语图叙事的童年想象

347种

图画书

赏析与共读设计

姚苏平 ● 编著

复旦大学出版社

谈儿童图画书的"中国书单"
（代序）

朱自强

　　2021年10月27日教育部基础教育司委托基础教育课程教材发展中心遴选出了347种幼儿图画书，某种意义上是从教育立场给出了一份图画书的"中国书单"。研究这批图画书，做好这批图画书的解读以及阅读的指导工作，形成成人与儿童的多维度的对话，具有十分重要而深远的意义。

　　图画书是一种十分独特的艺术形式，它结合文学（文字语言）与美术（绘画）这两种不同媒介，一方面对图画书的创意提出了特殊的要求，一方面也为图画书的创意提供了更多的空间和更大的可能性。以比阿特丽克斯·波特、伦道夫·凯迪克、凯特·格林威等人的作品为代表的西方儿童图画书的兴起，标志着以儿童为视角、关注儿童日常生活的特殊艺术形式——"儿童图画书"的诞生。我国原创图画书的出现可以追溯至郑振铎等人编绘《河马幼稚园》那一时期（1922—1923年）。在很长一段时间里，儿童文学中的"图像叙事"更多的是"插图"，其主题也多为神话传说、民间故事、榜样人物、成语寓言。周翔的《荷花镇的早市》（2006年）是"风格独特的写实故事。它的着力点不在于具体的事件和内在的心理，而是想传达中国江南水乡集市的风土、民俗、人情。周翔用写意画风，以十七幅对开页面，烘托出了浓郁的江南水乡的氛围"[1]。它与同时期的《团圆》《躲猫猫大王》等，构成了中国原创儿童图画书的新风貌。关注儿童日常生活、关注儿童生活环境，尤其是亲情、友情、邻里关系、代际互动等，成为中国儿童图画书叙事的底色与原色。

　　经过近20年的发展，中国儿童图画书已然成为中外文明交流互鉴的成果之一，不仅拥有深广的本土接受群体，也有一定的海外传播影响力。对儿童图画书进行全面的梳理、研讨，已

---

[1] 朱自强. 黄金时代的中国儿童文学[M]. 北京：中国少年儿童出版社，2014：201.

经十分必要。此次教育部推荐的 347 种图画书中，有 280 个本土原创作品、57 个海外引进作品、10 个中外合作作品。从占比来看，本土原创作品达到了 80.69%，涵盖了中国神话传说（《女娲补天》《夸父追日》等），民间故事（《哪吒闹海》《百鸟朝凤》等），典故、寓言、成语故事（《调虎离山》《绘心寓意：中国古代寓言典藏图画书》等），少数民族故事（《灯笼山》《羊姑娘》等），以及儿童耳熟能详的童谣与童诗（《老猫老猫》《天黑黑要落雨》等）等多种体裁。内容丰富，涉及的题材有历史名城（《敦煌》《这里是中国：西安》等），著名古建筑、古董（《建天坛》《兵马俑的秘密》等），萃取了剪纸、皮影、青花瓷、水墨等中国传统艺术元素（《阿诗有块大花布》《俺老孙来也》《天上掉下一头鲸》《水与墨的故事》等），民俗节令（《豆豆游走的二十四节气》《回老家过年》《十二生肖的故事》等），中华美食（如《包子一家》《吹糖人》等）；还有对儿童在幼儿园中一日生活（《请吧》《爱哭的小立甫》等），亲子关系、家庭氛围（《爸爸，别怕》《旅伴》《有了新宝宝，你还爱我吗？》等），兄弟姐妹及友伴关系（《和我玩吧》《黏黏超人》等）的细致描绘；与之相应，儿童的自然生活教育（《白鹤日记》《番茄的旅行》《乐园》等）、生命健康教育（《骨头骨头　咕噜噜》《讨厌牙刷的男孩》等），尤其是指向儿童受侵犯案例的《只是我不小心》，都进入了书单。当然，中国高铁、军旅家庭、革命者的代际传承等表现当代中国"进行时"的作品也有选入（《爸爸的火车》《我爸爸是军人》《归来》等）。另外，以地域特色为切入口的自然生态抒写（如《鄂温克的驼鹿》《老人湖》《小黑鸡》等），展现了极具表现力的"中国"视域下的"人与自然"景象。

同时，当下儿童的心理活动、情绪状态、奇思妙想（《不要和青蛙跳绳》《去冒险》《纽扣士兵》等），以及有"个性"的儿童（《慢吞吞的易迪》《小鸡漂亮》等）、残障儿童（《安仔一定会变好》《"怪"男孩和他的无字书》《我的孤独症朋友》等）、留守与流动儿童（《团圆》《脚印》《翼娃子》等）等或特殊或处境困难的儿童得到了深切的关注。与之相应，儿童也开始关注外部世界的"问题"，并用自己的方式去干预、改变外部世界，如《外婆变成了老娃娃》讲了对阿尔茨海默病的关注，《谁能战胜野蛮国王》讲了对强权者的不屈与智取，《募捐时间》讲了儿童对灾后重建的助力。更值得一提的是，有许多优秀作品想象力与童趣有机融合（如《别让太阳掉下来》《好神奇的小石头》《外星人收破烂》《外婆家的马》等），还有借助儿童的视角来表达人生态度（《夏天》《时间的形状》《其实我是一条鱼》等）。此外，以儿童图画书为平台所做的中外文化的探寻，无论是文化心理上的博弈与融合（如《彼此树》《更少得更多》），还是艺术形式的相互凝视（如《斗年兽》），都体现了教育部推荐 347 种幼儿图画书的"中国书单"的责任意识与价值立场。

上述作品丰富多元，充分展现了"选家"眼光的周全与审慎，而如何充分、恰切地对之进行解读，是图画书研究者的责任所在。姚苏平教授率领的团队历经三年多的反复调研，和一线教师、家长、儿童，以及学前教育研究者、教育科学研究院所等多方进行了多轮探讨，仅就解读模式如何呈现，就进行了 9 次调整，解读文稿更是经历了十多轮的修改。解读工作在"文本"解读、图文共赏的基础上,特别强调了成人与儿童的"对话"。尽管"对话"的主旨是提供给教育者的教学案例、晨谈素材等,但是这一部分最大限度地保留了成人与儿童对话的平等性、儿童阅读的自主性。此外,周翔、孙卫卫、余丽琼、孙玉虎、常立、苏梅、赵霞、张晓玲、赵菱等作者,陈文瑛、秦艳琼、高静等书目中作品的编辑,也参与到本次书目的解读工作中,形成了作者、编辑、读者对话的现场感。《语图叙事的童年想象:347种图画书赏析与共读设计》是对儿童图画书"中国书单"的一次全面深入的解读,可以帮助国人了解这份图画书的"中国书单"的思想和艺术的内涵,以及其在儿童心智发展的过程中所凸显的教育功能。

我认识苏平老师已逾10年,感佩她一直朴实而勤恳地在我们共同热爱的儿童文学领域内耕耘。她主持了国家社科基金项目"改革开放40年儿童文学的乡村叙事研究"并以优秀结项,主持了国家级一流课程"儿童文学",兼任江苏省作家协会江苏儿童文学研究中心主任。她将儿童文学(包括图画书)研究与职业、专业、事业紧密地联系在一起,是"心有猛虎,细嗅蔷薇"的赤诚之人。在喧杂的日常中,有沉醉其中的事业,有双向奔赴的同道,这是儿童文学赐予我们的幸福感。

目录
Contents

前言

姚苏平

    2021 年 10 月 27 日教育部发布了推荐幼儿图画书 347 种[1](以下简称"推荐书目"),明确指出:"丰富幼儿的学习经验,引导幼儿从小感知中国文化,培养爱国主义情感,促进他们在语言、认知等多方面能力的发展。"并对出版社提出相应的倡导:"引导图书出版单位创作更多优质的中国原创图画书,带动图画书市场健康繁荣发展。"

    本次推荐书目是在近十年来我国每年童书出版 4 万余种、年均新出版童书 2 万余种的大背景下,遴选出 2007—2021 年间出版的 347 种图画书(仅占出版总量的 0.057% 左右),充分反映推荐书目的价值定位:以立德树人为根本任务的儿童发展导向,以弘扬中华优秀文化为主旨的原创特色立场。这与 2021 年 9 月国务院颁发《中国儿童发展纲要(2021—2030 年)》、2018 年《中共中央 国务院关于学前教育深化改革规范发展的若干意见》及系列政策文件精神一脉相承,也是对国家倡导全民阅读的回应。对教育部推荐 347 种幼儿图画书的整体概貌与价值特点进行分析,可以为我国出版界在图画书出版的选题方向、内容、语言、呈现形式等方面提供文本创作策略和整体布局建议。

一、推荐书目的整体概貌

    推荐书目覆盖童话、儿童生活故事、神话传说、民间故事、儿童散文、儿童诗、童谣、寓言、成语故事、科普小品文、科幻故事等体裁,凸显了童年的趣味性、想象力、艺术感,尤其注重对儿童的品德素养、心理特点、情绪与情感、习惯与性格、科学启蒙、社会认知、文化传统、国际视野等方面的全方位挖掘与呈现。作品主角依次包括动物、男孩、女孩、植物等(见图 1),其中"动物"

---

[1] 教育部组织专家遴选推荐一批幼儿图画书——中华人民共和国教育部政府门户网站(moe. gov. cn)。

主角形象占了绝对优势，有 129 种，占比 37.2%；其次是男孩主角作品 52 种，占比 15%；女孩主角作品 31 种，占比 8.9%；植物类主题一般是科普类图画书，有 24 种，占比 6.9%。在上述数据统计中，尽管大部分图画书创作者是女性，但是作品的主角形象多为男性；同时，关联到孤独症、盲童、白血病等特殊儿童与家庭主题的 7 种图画书，其主角都是男童。

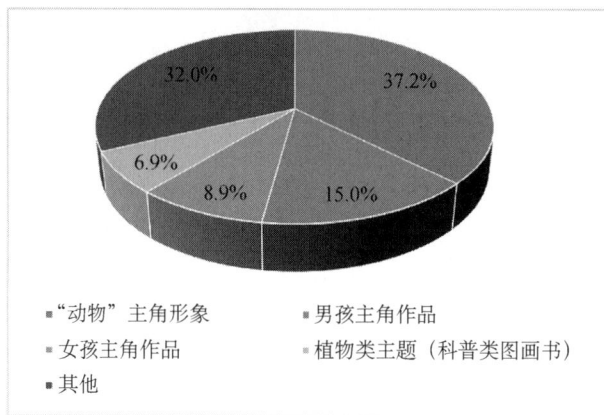

图 1　推荐书目主角分布

整体而言，入选推荐书目的基本原则是突出原创并推动走出去、展示线上线下融合的多形态阅读、兼顾多类型出版社等。

1. 高度重视原创，适当、均衡推荐引进版

推荐书目中，原创作品有 280 种，占绝对主体（占比为 80.7%），是本次推荐书目最大的亮点。如果将中外合作的本土出版作品（10 种）计入，那么原创作品达到 290 种，占比为 83.6%。此外，国外引进版 57 种，涉及 16 个国家，均为代表相关国家图画书水准与特色的经典之作。如，法国《今晚蜥蜴睡不着》《我的世界》等、美国《好饿的毛毛虫》《大卫，不可以！》等、英国《迟到大王》《母鸡萝丝去散步》《我爸爸》《雪人》等、日本《30000 个西瓜逃跑了》《啵》等、意大利《玛蒂尔达不害怕》、加拿大《爷爷一定有办法》、德国《飞鼠传奇》等。在 347 种图画书中，年代最"久远"的是 2007 年的引进版《大卫，不可以！》。原创作品、中外合作的本土出版作品、国外引进版作品的占比情况见图 2，不同国家引进版的分布数量见图 3。

其中，中外合作的本土出版作品 10 种，占比为 2.9%，分为三种类型：一是外国经典作品的中国汇编（2 种）。吉卜林的童话集《原来如此的故事》中的《鲸鱼的喉咙为什么那么小？》《猫为什么总是独来独往？》由中国绘者星澜编绘。二是华裔绘者与国内作者的合作作品（3 种）。英籍华裔绘者郁蓉与曹文轩、白冰、薛涛分别合作完成了《夏天》《云朵一样的八哥》《脚印》。三是中外合作（5 种）作品。一般是中国作者与外国绘者的合作，如《飞飞飞》（刘奔文；[克罗]薛蓝·约纳科维奇图）、《更少得更多》（郝广才文，[西]何雷洛图）、《姑姑的树》（余丽琼文，[法]扎字图）、《小黑和小白》（张之路，孙晴峰文，[阿根廷]耶尔·弗兰克尔图），但也有外国作者与中

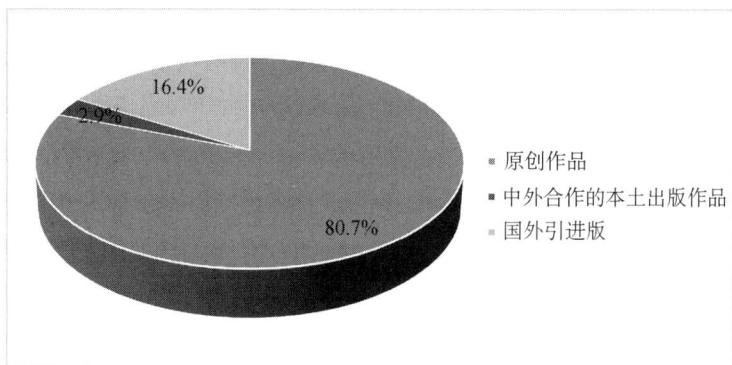

图 2　原创作品、中外合作的本土出版作品、国外引进版作品的占比分布

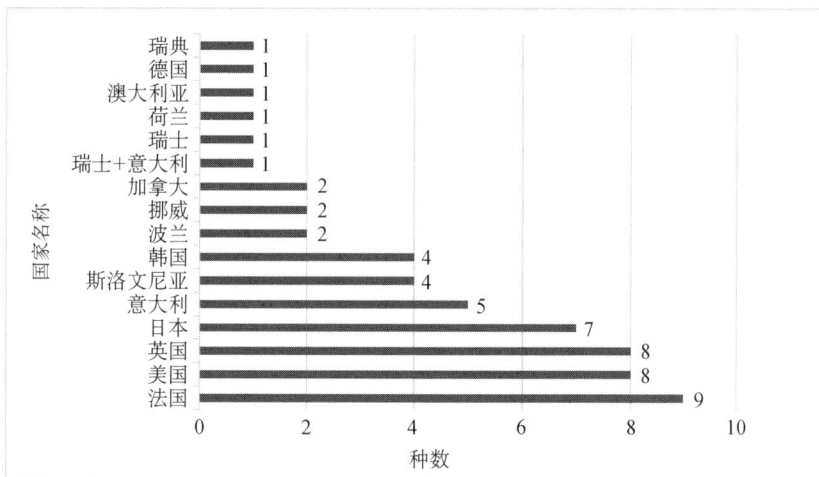

图 3　不同国家引进版分布数量

国绘者的碰撞(1种,《梦想》由意大利作者伊萨克与中国绘者杨一共同完成)。这些作品生成了"他者"镜像下的中国故事,别有一番趣味。这是我国童书走出去的积极探索,是出版业国际化的重要实践,也是融通中外儿童阅读接受的有效途径[1]。

2. 展示线上线下融合多形态阅读

本次推荐书目中,通过扫码可链接音频、视频等网络资源的作品有35个,占比为10.1%;有贴页、贴纸、互动项目、翻翻书、立体书等空间、机关设计的作品有24个,占比为6.9%。图画书中除了常态的导读手册、名家推荐、创作谈,还有很多作品添加了扫码可听音频的功能,方便读者了解作品相关的网络衍生资源。如《俺老孙来也》既有视频动画,也有关于该作品皮影制作的专题视频介绍。同时,插画师立足内容与主题,采用布艺、剪纸等艺术表现手法,结合洞洞书、立体书的装帧与印刷工艺,让图画书的呈现形式变得更加多元,如《玛尼卡·K.穆西尔

---

[1]　陈虹虹、卿志军《中外童书出版合作的新模式探析》,《出版广角》,2019年第11期。

布艺绘本精选(全 3 册)《豆豆游走的二十四节气》《神奇的小石头》《爬树》等。

图画书的叙事方式体现了此次入选作品的重要特色,既有像《萝卜回来了》这样传统经典作品从左到右、一环套一环的图文叙事结构;也有像《敲门小熊》这样带着解构叙事色彩的作品;还有通过有意识地"顺序"和"倒序"方式呈现两种表达情境的作品,如《乐园》《全世界最坏与最棒的狗》《了不起的罗恩》等。此外,《雪人》《纽扣士兵》《池塘》《奇妙的书》等无字书也是本次推荐书目的特色之一。

3. 兼顾多类型出版社与创作者

347 种推荐书目覆盖全国 100 家出版社,其中既有国家级少儿类、教育类专业出版社,如中国少年儿童新闻出版总社、教育科学出版社、天天出版社、接力出版社、人民教育出版社等,还有清华大学出版社、广西师范大学出版社、北京交通大学出版社、华中科技大学出版社等高校出版社。其中,各省的少儿出版社、教育出版社是本次推荐书目的主力军,如明天出版社共有 16 种,是被推荐书目最多的出版社,加上青岛出版社、山东教育出版社、山东画报出版社、济南出版社等 6 家出版社,整个山东省的出版社共有 39 种被推荐书目,在各省占比中排第一。入选的 24 个省份中,书目入选 10 本以上的省份见图 4。

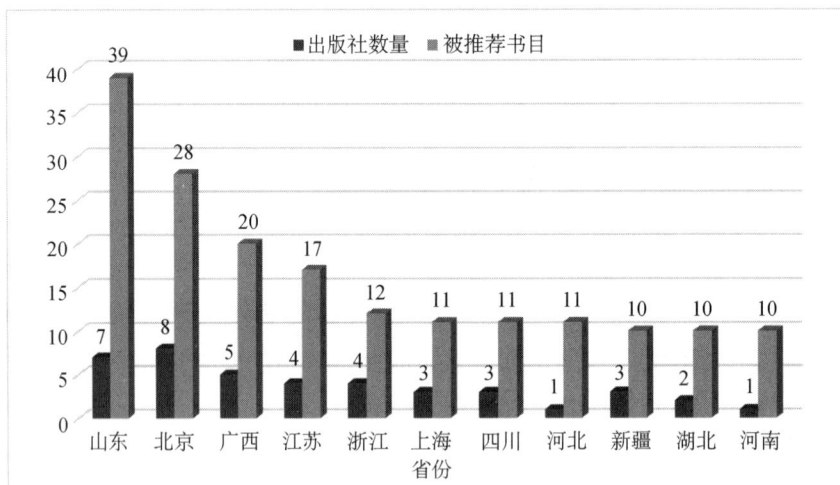

图 4 入选推荐书目省份排名

在诸多创作者中,作者入选率最高的是冰波,有《冰波童话(全 10 册)》《企鹅寄冰》《一封奇怪的信》三类独创作品和《好娃娃童话袖珍图画书(全 14 册)》参与创作作品。同时,保冬妮(《老人湖》《我有长辫子啦》《小小虎头鞋》)、金波(《小河》《雪人》《吹糖人》)、周兢(《老风筝和小风筝去散步》《两颗花籽找新家》《蓬蓬头溜冰的故事》)、魏晓曦(《小蚂蚁大国王》《写给爸爸的纸条》《外婆,我爱你》)等均有 3 部作品入选。曹文轩、汤素兰、高洪波、白冰、谢华、彭学军、黑鹤、孙卫卫、余丽琼、陈晖、常立、郑春华、萧袤、苏梅等作家均有 2 部作品(不含文字合作者)入选。在绘图方面,入选 3 部及以上作品的画家有周翔(《老风筝和小风筝去散步》《外星人收破烂》《一园青菜成了精》,以及他参与创作的诸多作品集)、朱成梁(《别让太阳掉下来》《老轮胎》《团圆》,以及他参与创作的诸多作品集)、九儿(《不要和青蛙跳绳》《鄂温克的驼鹿》《纽扣士兵》《十二只小狗》)、黄缨(《大灰狼娶新娘》《漏》《一只蚂蚁爬呀爬》,以及她参与创作的诸多作品集)、郁蓉(《脚印》《夏天》《云朵一样的八哥》)、颜青(《爱看书的猫》《九千毫米的旅行》《一封奇怪的信》)、黄捷(《吹糖人》《外婆变成了老娃娃》《小小虎头鞋》)。同时,沈苑苑、俞理、于大武、熊亮、黄丽、刘洵、贵图子、钟昀睿等绘者均有 2 本以上的图画书入选。值得一提的是,作为文图创作者,赖马(《猜一猜我是谁》《十二生肖的故事》)、杨思帆(《错了?》《奇妙的书》)、哈里牙(《茶壶》《最喜欢的一天》)、弯弯(《和我玩吧》《回乡下》)、刘朱瞳(《石兽》《一万只鳄鱼》)等,均有 2 本图画书入选。从文、图的双向统计来看,名家合作的情况较为普遍。此外,李茂渊、瞿澜、哈皮童年、铁皮人、陈长海、崔玉涛、王以培等主编或编绘者,均有同一书系的作品分别入选的情况。同一书系不同作品进入书目的情况如下(表 1):

表 1 同一书系不同作品

序号	书目编号、书名
1	019《百鸟朝凤》、093《后羿射日》、118《孔融让梨》、171《盘古开天地》
2	023《包子一家》、128《姥姥的红烧肉》、160《奶奶的麦芽糖》、190《软软的黏黏的》
3	031《不痛》、037《蝉之翼》、047《存钱罐》
4	036《茶壶》、345《最喜欢的一天》
5	050《大闹天宫》、117《空城计》、158《哪吒闹海》、191《三岔口》
6	055《胆小的大象》、082《海狸受伤了》、129《了不起的螃蟹》、274《小狗追月亮》
7	057《当天空出现了大洞》、089《河神的汗水》、103《火与石头》
8	058《灯笼山》、091《黑龙洞》
9	060《丢失的快乐》、344《竹篮里的花园》
10	063《斗年兽》、204《十二生肖谁第一》
11	078《谷种的故事》、196《神猫和老鼠》、280《小鸡救妈妈》
12	112《鲸鱼的喉咙为什么那么小?》、148《猫为什么总是独来独往?》
13	124《老风筝和小风筝散步》、134《两颗花籽找新家》、172《蓬蓬头溜冰的故事》
14	130《了不起的蔬菜》、244《我会保护眼睛》、263《洗洗小手好干净》
15	157《娜娜打扫房间》、159《娜娜拉便便》
16	181《青铜狗》、307《羊姑娘》、329《雨龙》
17	223《铁嘴锯工——天牛》、264《夏季歌者——蝉》
18	312《夜晚的云孩子》、331《云孩子在草原》

二、价值引领：弘扬中华优秀传统文化与当代风貌

推荐书目最鲜明的特征是对原创优秀作品的大力推举，其中大部分作品展示了中华优秀传统文化和中国当下的社会风貌。特别是童谣、童诗，不仅是中华文化母语启蒙的优质内容，也是儿童与成人构建文化记忆共同体的重要方法[1]。

1. 呈现传统风韵、地域特色和民族风情

（1）推荐书目中，对中华民族、民风、民俗的展示共有 56 种，可谓琳琅满目、异彩纷呈，囊括美食、民俗、风物等文化内容，同时，成语和寓言故事也以编绘合集的方式得以呈现（见图5）。有经典传统故事的图画书版，如《盘古开天地》《女娲补天》《后羿射日》《哪吒闹海》《百鸟朝凤》《十二生肖》《大闹天宫》《猴子捞月》《三个和尚》《九色鹿》《空城计》《孔融让梨》《三岔口》《调虎离山》等；以及《中华传统文化绘本：中华传统节日》《中国故事：神话篇》等；另有《成语故事》《绘心寓意：中国古代语言典藏图画书》之寓言故事的绘图版等。有儿童在年俗节令、品尝美食等各类体验中感受到的中华文化的丰富美好，如《包子一家》《奶奶的红烧肉》《奶奶的麦芽糖》《软软的 黏黏的》《吹糖人》《辞旧迎新过大年》《屋檐下的腊八粥》《小小虎头鞋》《中秋节》《中秋节快乐》等。有以儿童的探寻和冒险为线索，对中华传统文化的再解读，如《当天空出现大洞》《河神的汗水》《火与石头》《兔儿爷回来了》对女娲补天、大禹治水、燧人氏钻木取火、兔儿爷的年俗等传统故事的儿童化解读；《三十六个字》用简洁的汉字象形的变化过程中展现了中华文化的智慧与美德。同时，儿童不止是传统文化的被动接受者，更是进入传统文化中，成为其推动者，如 20 世纪诞生的儿童文学经典作品《神笔马良》等。

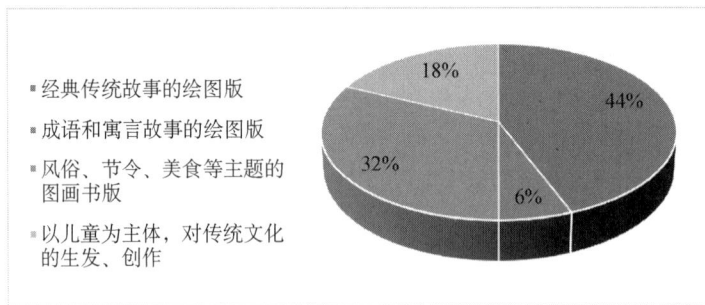

图 5　弘扬与传承中华优秀传统文化作品的不同主题的占比分布

（2）推荐书目作品充分展示了地域特色和民族故事。其中，少数民族民间故事有广西《灯笼山》《黑龙洞》、贵州《谷种的故事》《神猫和老鼠》《小鸡救妈妈》、云南《小黑鸡》《小红米漂流

---

[1]　姚苏平《童谣与儿歌：母语的再出发》，《教育研究与评论》，2023 年第 1 期。

记》、内蒙古《谁最厉害？》《茶壶》《最喜欢的一天》、新疆维吾尔族《我有长辫子啦》等。《羊姑娘》《雨龙》《长江边的传说.鲤鱼石》《长江边的传说小狐滩》等是对地方民间故事的挖掘。有站在当代立场对历史名城、国宝文物、非遗文化的彰显，如《敦煌:中国历史地理绘本》《西安》《一条大河》《建天坛》《两千年前的冰箱——青铜冰鉴》《我们的国宝》《米蒸糕和龙凤筝》等。值得一提的是《鄂温克的驼鹿》对鄂温克森林、猎人、牧民、驼鹿等共生环境的精细演绎;《老人湖》以"爷爷"的口吻讲述了蒙古地区额尔吉湖畔的土尔扈特人祖先辗转迁徙回国的故事。

(3) 推荐书目充分展示了传统文化意蕴、民族艺术特色的现代解读。如《水与墨的故事》《小雨后》中的水墨气韵;《豆豆游走二十四节气》《乌龟一家去看海》采用了布艺、扎染的技法;《天上掉下一头鲸》《阿兔的小瓷碗》对瓷器、瓷画等工艺的展示;《调虎离山》《俺老孙来也》对皮影戏的灵活运用;《大闹天宫》《空城计》《三岔口》等对"京剧"元素与传统"小人书"风格的再现;《竹篮里的花园》《丢失的快乐》等对历代名画的致敬，均将传统元素运用得自然、妥帖、生动。值得一提的是，《安的种子》所涌动的禅意;《和风一起散步》《小年兽》对"风起云涌"微观精灵世界的诗意表达、对中国"年兽"的现代儿童化的呈现;《别让太阳掉下来》和《金鸟》分别以漆画的用色、别致的场景描绘了太阳崇拜的神奇故事;《阿诗有块大花布》《奇妙森林原创剪纸绘本·春生的节日》《云朵一样的八哥》等，通过对剪纸、水墨、拼贴等艺术形式的综合运用，创建了独特的图像叙事表达。

2. 展示当代生活与精神风貌

一类是"乡愁与怀旧"主题,从纵向或横向、定点或流动等多种视角展现中国当下的变迁。如《那些年 那座城》用逼真的画面细节,展现了 20 世纪 80 年代的小城生活;《回老家过年》讲述了定居城市的父母亲带着孩子"回老家"过年的寻根故事;《回乡下》通过女孩陪家人回乡扫墓呈现了亲情、乡情的交融。当然,"怀旧"不止于一次具体的活动,也可以是普通人挥之不去的一份情怀,如《水哎》《桃花鱼婆婆》《姑姑的树》等作品呈现的一帧帧吉光片羽式的童年回忆录。

另一类是正在发生的"中国故事"[1]。如《爸爸的火车》《我爸爸是军人》分别展现了中国高铁发展史、中国军人的生活与奉献;《你的手 我的手 他的手》是对城乡劳动者的生动呈现;《飞船升空了》展现了我国飞船和宇航员的风采;《你好! 我是胖大海》《哇! 大熊猫》是对国宝大熊猫的细腻描绘;《翼娃子》《脚印》《回家》等作品透过儿童的目光呈现了当下国人的人间四季。此外,对近些年中国重大事件的表现是推荐书目中值得瞩目的内容,如汶川大地震等灾后心理建设主题作品《募捐时间》《奶奶的旗袍》等;防疫抗疫主题作品《九千毫米的旅行》《妈妈,

---

[1] 王壮、刘晓晔《我国原创儿童图画书中的国家形象建构研究》,《出版广角》,2021 年第 15 期。

加油!》《我想知道你的名字》《写给爸爸的纸条》《爷爷的 14 个游戏》等。

3. 母语启蒙的童谣与童诗

在畅销的图画书书单中,童谣(本文将"童谣""儿歌"统称为"童谣",笔者按)与童诗作品一直处于被忽视的状态。本次推荐书目特地选录了 20 种童谣与童诗,大致分为三类(见图 6):一类是童谣与童诗的绘编版(以图配文)。《景绍宗绘童谣》是著名艺术家景绍宗对传统童谣的绘编版,收集了人物篇、游戏篇、哄睡篇、自然篇、植物篇、动物篇、生活篇七个部分共 166 首,能够让小读者较为全面地认知我国传统童谣。启发文化编、朱成梁等图《小小的船》,将近现代以来作家创作的童谣进行图像版的编绘,展现了叶圣陶、鲁兵、任溶溶、张继楼、陈伯吹、圣野、望安、樊发稼、金波、薛卫民等作家的代表性作品。同样类型的作品还有《学堂乐歌》《儿歌》等。第二类是传统童谣的图画书创编(以图为中心的二次创作)。周翔《一园青菜成了精》对北方童谣的编绘;刘腾骞根据北方童谣编绘的《老猫老猫》勾勒出荒诞不经的生活喜剧;萧翱子《天黑黑要落雨》对湖南民间童谣进行了充满地域特色的编绘;《小小虎头鞋》用童谣和杨柳青年画风格的画面共同演绎"虎头鞋"的童趣想象。第三类是当代童谣与童诗的创编(图文合作)。鲁兵文、贺友直图的《小山羊和小老虎》初版于 1962 年,是我国儿童文学的原创经典,讲述了小山羊和小老虎从天真无邪的嬉戏玩闹,到被各自的妈妈"提醒"互为天敌后的"斗争"整个故事以韵文体的童话诗方式呈现:羊,羊,羊,一只小山羊。/虎,虎,虎,一只小老虎。//小山羊毛儿雪白雪白,/叫起来:"咩咩,咩咩。"//小老虎尾巴老粗老粗,/叫起来:"啊呜,啊呜。"象声词的惟妙惟肖、"虎""粗""呜"等押韵方式的恰当运用,故事情节一波三折、妙趣横生。再加上贺友直用京剧发饰、脸谱、衣着等元素对角色形象的点染,使得整个作品既有儿童嬉闹的欢愉,又在韵文的腔调、画面的仪式性中透露出舞台的表演性。同样优秀的作品还有林颂英文、詹同图《动物园》(初版于 1963 年),林颂英的童谣创作抓取了动物的形态特征,詹同用漫画式的笔墨勾勒出34 种动物的神态,与童谣的朗朗上口相得益彰。相关的作品还有《小老鼠又上灯台了》《俺老孙来也》《火车火车呜呜叫》《饺子笑哈哈》《穿花衣》等。尤其值得一提的是汪曾祺文、王祖民图

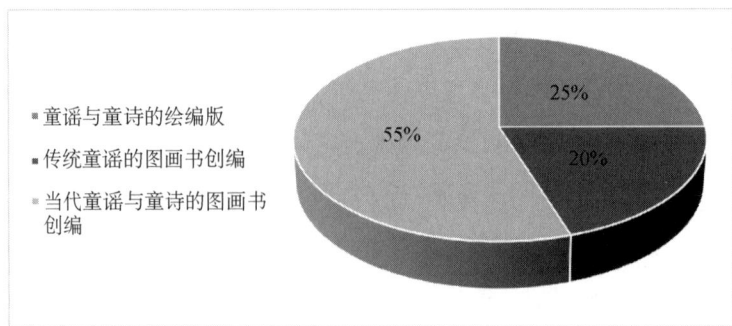

图 6　童谣、童诗类作品不同创编方式的占比分布

《仓老鼠和老鹰借粮》。1984年,64岁的汪曾祺从《红楼梦》里的一句:"仓老鼠和老鹰借粮——守着的没有,飞着的倒有?"得到启发,写下童谣体的小故事。整个故事从"天长啦,夜短啦,/耗子大爷起晚啦!/耗子大爷干吗哪?"的循环叙事中一波三折。杨早将之描述为:"耗子大爷让人忍俊不禁的做派,老鹰傲娇拽酷的人设,小老鼠奶声奶气、全无主张的受气包形象,都跃然纸上"。2020年该作品由王祖民绘制并出版,他用带着俏皮、率性风味的中国画呈现了这一作品的风趣。与此同时,《叽叽喳喳的早晨》《我想》《小河》等儿童诗(含散文诗)的选入是儿童了解现代诗歌的启蒙作品。

三、儿童发展立场:基于立德树人的根本任务

推荐书目涵盖了儿童发展的方方面面:有童趣、率真、嬉闹乃至鲁莽的童年精神,有对儿童自信、勇气的激赏,有对儿童良好行为举止和社会适应性的有意识地引导,有对儿童的生活经验如同伴、家庭、学校等社群的关注,还有对格局、精神和东方智慧的推崇。这些以儿童读者为本位的作品,尽可能地采用儿童喜闻乐见的方式,让儿童在极强的代入感中获得沉浸式地阅读体验和精神滋养[1]。

1. 尊重天性、彰显童趣

童年精神是欢愉、率真、嬉闹,乃至冒险和触犯,充盈着人类童年的奇幻想象。《外星人收破烂》外星人回收了孩童被蚊子叮的包、踢球撞的包、口吃等等,这些奇异想象令读者心驰神往。九儿的《纽扣士兵》是一本无字书,讲述了成为象棋里的"士兵"的纽扣有了意想不到的"自我实现"的神奇经历。孙玉虎文、布果图《其实我是一条鱼》是关于儿童追问"我是谁""我将往何处去"的命题。树叶的随物赋形、乐于成全恰恰成就了它"在路上"的梦想。《去冒险》从妈妈准备孩子去冒险的行囊开始,到男孩了无牵挂地勇闯天涯:"如果出现大怪物,我就笑一笑""如果草原上开满了花,我就睡一觉。如果走到世界的尽头,我就往回走。如果平安回到家,我就给妈妈一个大拥抱。"用儿童元气淋漓的热忱和无畏开启了一场想象世界的冒险。《如何让大象从秋千上下来》是一本互动性很强的创意图画书,每一种"可能性"都彰显着儿童想象力和试错意识。赖马的《世界上最棒的礼物》《猜一猜我是谁》都洋溢着一种儿童"喜不自胜"的欢愉场景,热热闹闹、一派天真的画面语言。类似的作品还有(荷兰)《白雪公主织怪物》、(英国)《迟到大王》《母鸡萝丝去散步》《雪人》《讨厌牙刷的男孩》《勇敢的小米》《淘气的小波波熊》《敲门小熊》《我可能会成为一个画家》《小刺猬赫比的大冒险》《企鹅寄冰》《夜晚的云孩子》《云孩子在草

---

[1] 姚苏平《学前儿童研究理念转向与童书出版的分析》,《出版广角》,2021年第17期。

原》《妖怪偷了我的名字》《一万只鳄鱼》等。某种意义上说，儿童想象力的狂欢无关教化，如《不要和青蛙跳绳》，男孩在扬言"不要妈妈"之后，狮子、长颈鹿等都来找男孩索要妈妈，由此引发了一场场"比拼"；在儿童的畅想中，妈妈一次次作为比赛的"筹码"，成为男孩取胜的动力。斯洛文尼亚玛尼卡 K.穆西尔的《布艺绘本精选（全 3 册）》包括《罗比想睡觉》《只能和你玩？》《不！我就不！》，用布艺拼贴的独特方式，情景剧的场景化叙事，将儿童的心理特点、日常生活的烦恼都惟妙惟肖地表现出来。美国《大卫，不可以！》是通过文字和画面的两种叙事的博弈来凸显儿童在成人的边界要求中"触犯""突破""收敛"等的童趣故事。

2. 遵循规律、正视差异

在成人的话语世界里，儿童是弱势的；他们需要表现出成人定义的自信与勇敢，这是一个充满悖论的话题。因为就童年精神而言，儿童并不缺乏勇敢和冒险精神。当然，我们仍然鼓励儿童勇于实践、拥抱社群生活，如《小马过河》对未知事物的探索精神；《妈妈心 妈妈树》既抚慰了小苹果不想上学的分离焦虑，也纾解了失去妈妈的阿志的嫉恨；《爱哭的小立甫》讲述了在幼儿园爱哭的小立甫逐渐克服自身胆怯，向老师表达谢意的故事。类似的作品如意大利《玛蒂尔达不害怕（全 3 册）》依照儿童心理发展的特点，回应了孩子怕黑、怕离开妈妈、怕小丑等情绪；法国《胆小的大象》、斯洛文尼亚《医生到底是好还是坏？》、挪威《黑暗中闪烁的光》都是有关儿童克服恐惧的作品。另外 3 岁以下幼儿的认知特点得到了较好的遵循，如《大灰狼娶新娘》《睡睡镇》等。

值得一提的是，儿童情绪和性格上的情况，不再被视为是"问题""缺点"，而更多地被视为"特点"，比如《慢吞吞的易迪》中凡事慢半拍的男孩易迪没有受到批评和歧视；他对白头翁、绿绣眼、黑冠麻鹭等鸟类的洞悉，令老师和同学们宽容和赞许："有些鸟飞得快，因为它们要追逐猎物；有些鸟飞得慢，因为它们比较喜欢地上的风景啊！"《西西》里的女孩西西总是落单，但整个作品的基调不是在同情、纠正，而是带着些许"找到"西西在某个角落时的欣喜。此外，儿童的情绪发泄也得到了合理的表达，如《小鳄鱼别气了！》。与此同时，书单作品强调了儿童在换位思考中自信心的培养。如《青蛙与男孩》中男孩和青蛙比试蹲、跳、洗澡……在寻找认同感的同时发现了自身的特点。《了不起的罗恩》出现了两个罗恩，或者说出现了罗恩的自我认知和他人评价的差异；作品的"顺序"阅读和"倒序"阅读能够对同一件事情产生两个认知，这种"互文"的阅读效果能够让读者学会"换位思考"。类似主题的作品还有《小鳄鱼别气了！》《青蛙与男孩》《了不起的罗恩》《全世界最坏与最棒的狗》等。

3. 关注品行、奖掖美德

儿童德育是国家民族品质保障的后续力量[1]，良好品行与社会适应性的养成是本次书目

---

[1] 中国儿童中心课题组《新时代儿童事业发展开启新征程——2021 年中国儿童发展现状、问题与展望》，《中国校外教育》，2022 年第 5 期。

的重点主题。《归来》迥然于常态儿童图画书的轻逸欢愉,用诚朴厚重的笔调绘制了红军遗孤的故事。作品名为"归来",却是一次次地失去。从这个带着悲怆色彩的中国革命家庭故事里,小读者可以品味到牺牲、博爱、等待、忍让等可贵的品质。德国库曼创作的极具视觉震撼效果的《飞鼠传奇》斩获了德国和美国很多大奖,主角是一个嗜书如命、渴望漂洋过海的老鼠;知识为它插上翱翔的双翼,梦想为它点亮执着的信念。故事的原型是来自历史上首个完成单人不着陆跨大西洋飞行的传奇人物林德伯格。于虹呈的《小黑鸡》讲述了一只小黑鸡努力地破壳而出、被迫离开妈妈后如何带领弟弟妹妹寻食、如何赶走坏鸭子、被鸡老大挑衅最终获胜的故事;作品用超写实的细腻画风呈现了成长的艰辛与努力。最后一张画面里出现了一锅热腾腾的鸡汤,在无言的"宿命"故事里,让读者体会到生命的热力与哀愁。

对儿童良好品行、社会适应性的关注是本次推荐书目等重头戏,如金波/贵图子《雪人》对儿童爱心、孝心、童心的赞颂。相关作品还有"宝宝好品格养成图画书"《海狸受伤了》《小狗追月亮》《了不起的螃蟹》《胆小的大象》《请吧(全5册)》《快乐小猪波波飞:性格养成故事系列(全5册)》《儿童行为养成与成长教育绘本(全4册)》《伴我长大经典童话(全20册)》《冰波童话(全10册)》《好娃娃童话袖珍图画书(全14册)》《情商培养绘本:神奇果园的大明星们·石榴的钻石王冠》《我要飞》《聪明宝宝入园攻略(全3册)》《幼儿园,我来了(全8册)》《我爱幼儿园》《巴赫:没有对手的比赛》《小琪的房间》等。值得一提的是,在诸多的良好品行中,"爱阅读"以及由此带来的好奇心、探索欲是推动儿童发展的重要力量,如《奇妙的书》《书里的秘密》《爱看书的猫》《森林图书馆》《图书馆里的奇妙世界》等。

4. 重视家庭、珍惜亲情

家庭生活、亲情主题是本次推荐书目的重头戏(56种),主要包含6大类主题,其中祖父母和儿童主题(13种)、父子关系主题(11种),超过了母子主题(7种),显现出推荐方对儿童所处的家庭、友伴、社群等微观环境整体化建构的重视,这也是本次推荐书目颇具意味的重要导向。见图7。

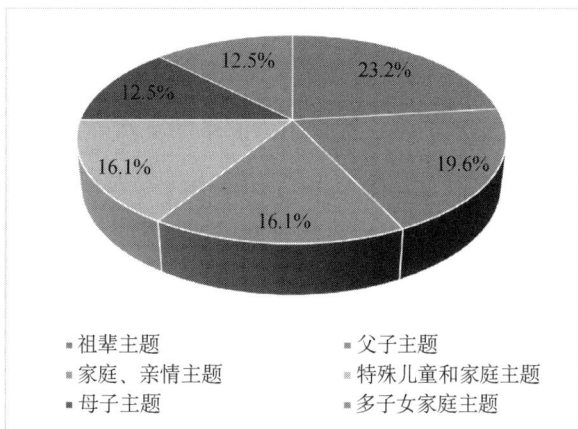

图7 亲情类作品的不同主题的占比分布

《浣熊妈妈》《妈妈的魔法亲亲》《妈妈心 妈妈树》《地上地下的秘密》《妈妈不在家》《妈妈,加油!》《小鸡救妈妈》等讲述了美好的母子关系。同时,"父亲"的形象得到了足够的重视和彰显,意在召唤真实的"父亲"参与到亲子共读的高质量陪伴中;而不再是文本角色缺失与陪伴阅读缺位的"相互失去"。相关作品有《我爸爸》《猜猜我有多爱你》《爸爸呢? 小狮子的白天与黑夜》《我爸爸是军人》《爸爸的火车》《爸爸,别怕》《写给爸爸的纸条》《蝉之翼》《不痛》《存钱罐》《旅伴》等。其中,《我爸爸》《猜猜我有多爱你》《爸爸呢? 小狮子的白天与黑夜》都强调了亲情关系对儿童成长的托举。"爸爸的爱很大"系列《蝉之翼》《不痛》《存钱罐》的图文均由李茂渊一人完成,讲述了小眼镜猴在接触外部世界过程中,爸爸给予的陪伴和鼓励。值得一提的是《旅伴》则彻底打破了常态意义上的父子伦常,而是以人生路上的"旅伴"来定义父子的缘分、相依相携,正如作品自序所言"挫败和辜负,是亲密关系中永恒的命题"。多子女家庭故事得到了体现,如《我想有个弟弟》《有了新宝宝,你还爱我吗》《汉娜的新衣》《一点点儿》《和我玩吧》《六只小老鼠》《黏黏超人》等。此外,书目选择也凸显了祖孙辈的情感,如《外婆变成了老娃娃》《桃花鱼婆婆》《外婆,我爱你》《外婆家的马》《奶奶的旗袍》《我的 1000 个宝贝》《爷爷的 14 个游戏》《爷爷的牙,我的牙》《爷爷一定有办法》《老风筝和小风筝去散步》《一封奇怪的信》《我依然爱你》《纽扣士兵》等。值得一提的是儿童在家庭关系中不只是被动的接受者,也能够成为主动作为者,比如《小蝌蚪找妈妈》《小鸡救妈妈》《爸爸,别怕》《梦想》等。

家庭生活、家庭关系是儿童最为熟悉的成长环境,提供了儿童发展的基本状态。《团圆》呈现了打工归来的爸爸和女儿毛毛、妈妈一家三口团圆过春节的感人场景。《特别的日子》则用一次次"特别"的仪式感来告诉读者每一天都可以是特别的日子;而每一次活动都丰富了温馨的家庭生活。《香喷喷的节日》《中秋节快乐》《乌龟一家去看海》《屋檐下的腊八粥》《妞妞的幸福的一天》《妈妈不在家》《谁知道夜里会发生什么》等图画书里的无数温馨动人故事,构成了"幸福"的模样。值得一提的是特殊儿童和家庭主题的出现。如《生命可以看见》《当手指跳舞时》分别讲述了盲人夫妇、聋哑人夫妇养育子女的感人故事;阿尔茨海默病主题作品有《外婆变成了老娃娃》《我依然爱你》。此外,白血病儿童主题《安仔一定会变好》,盲童主题《怪男孩和他的无字书》;孤独症儿童主题《多多的鲸鱼》《我的孤独症朋友》《小笛和流泪的橘子》等都给融合教育提供了真挚的素材。同时,如何应对生命中的"缺失"成为推荐书目关注的内容。如法国伊利亚·格林自传式图画书《我的世界》用极具美感的艺术化方式表达了"身体消失,爱仍然存在"的主题,是一首缅怀母亲的动人挽歌,也是一场关于爱和生命的修行。《小黑鸡》《岩石上的小蝌蚪》等都涉及了生命消亡的主题。

5. 鼓励交往、倡导共享

同伴关系是儿童社会化发展的重要内容。初版于 1962 年的《小山羊和小老虎》初见面时的两小无猜,是孩童间最本真的表现;此后变成弱肉强食关系,二人的"斗争"也充盈着戏谑的欢乐。20世纪80年代以来的儿童友伴关系变得更加生活化、日常化。如《俺老孙来也》《癞蛤蟆与变色龙》《太阳和阴凉儿》中情节的起落、细节的诙谐,飞扬着儿童争闹的变奏曲。值得一提的是《兔子和蜗牛》讲述了两种生活轨迹的人如何成为好友,悦纳彼此的故事。此外,陪伴既是幸福感的传递,如《啵》《送你一颗小心心》《小彩帽》《一条小小的,一块大大的》等悦纳彼此的故事;也是"桃李不言"的守候,如《夏日虫鸣》《艾爷爷和屋顶上的熊》《蔷薇别墅的老鼠》《它们一定是饿了》《小雪球的梦想》《我可以和你玩吗》等。

共同协作、互助分享,对于儿童成长来说具有非同一般的意义。《萝卜回来了》和《一块小手帕》都呈现了小动物们相互关爱、彼此分享、友爱助人的美好品质;《别让太阳掉下来》中小动物齐心协力不让太阳"掉"下来,天真的努力带着儿童的无畏、团结与执着;《夏天》是从炎炎夏日动物们争抢阴凉开始,到按照个头大小依次为对方遮阴的"分享"与"共赢"的故事。类似主题的作品《阿诗有块大花布》《一个男孩走在路上》《最喜欢的一天》《100只兔子想唱歌》《小喜鹊和岩石山》《彼此树》《谁能战胜野蛮国王》等。此外,成全他人、奉献与牺牲主题也在推荐书目中有所体现,如《金牌邮递员》《菊花娃娃》《莉莉的宝贝》《募捐时间》《西西的杂货店》《花奶奶的花裙子》等。

6. 东方智慧、现代哲思

347种图画书中大量原创作品呈现出了独有的东方智慧。如《爱跳舞的小龙》展现出"夫唯不争,故天下莫能与之争"的中国传统智慧。《安的种子》《大山的种子》充盈着对生命"根性"诗性的探寻。《老轮胎》《茶壶》《错了》《从前有个筋斗云》《礼物》等都传达出"将错就错""逆风展翅"的胸怀和能量。《云朵一样的八哥》用剪影的方式表达了"始知锁向金笼听,不及林间自在啼"的自由主题,比之更夸张的作品还有《30000个西瓜逃跑了》。此外,《鄂温克的驼鹿》用黑鹤冷峻克制的文字、九儿呈现全景又捕捉瞬间的画面,淋漓尽致地展现了自然主义的"天地大美而不言"。另一部二人合作的作品《十二只小狗》绘就了生命诞生的神奇和坚忍。

对现代生活的哲思也进入到推荐书目中。《一只蚂蚁爬呀爬》是个体在成为理想中的"他我"和现实中努力的"自我"的双线叙事中不断尝试的动人故事。《我有一个梦》蕴含了对当下教育现状的深思和一代人的童年追寻。《爬树》也是一个关于追寻和失去的故事;作品用长达4.6米的风琴折页、贴页、传统中国画册形式等独特的装帧设计淋漓尽致地呈现了老鼠三三爬树的过程。跨国合作完成的《小黑和小白》用醒世寓言的方式呈现了互联网世界人类"近在咫尺"又"遥不可及"的时代症候。《时间的形状》《我是谁》《目光森林》《更少得更多》《去过一百万座城市的猫》《小刺毛》《小猪变形记》《小猪埃德加》等涉及了儿童自我意识的觉醒与发展、平视儿童与成人两种认知立场,以及盈亏溢满的辩证关系等主题。

7. 健康安全、科学精神

"健康与科学"主题最常见的形式是科普图画书(见图 8)。其一是对科学常识、自然万物的认知。比如"日记体"的博物志《白鹤日记》《番茄的旅行》《蒲公英就是蒲公英》《我家附近的野花》对白鹤生活习性、番茄、蒲公英、日常可见的野花等的成长变化过程的观察、记录和绘制。《你好！我是胖大海》《哇！大熊猫》既是科普作品,也是生动鲜明的"国宝"特写。《大自然的礼物》《我的 1000 个宝贝》对自然生态的诗意、趣味的探寻。《哎呀,好臭!》《每个人都"噗"》对气味问题的趣味解读是儿童较为感兴趣的话题。相关作品还有《铁嘴锯工——天牛》《我爱大自然.花椒树》《夏季歌者——蝉》《飞飞飞》《冰箱历险记》《了不起的蔬菜》《我的第一套自然认知书:口袋本(全 40 册)》等。其二是数学等思维类主题,如初步了解统筹安排时间的《啊呜龙不明》;"分类""数字""色彩"综合运用的《好饿的毛毛虫》《猜一猜我是谁?》《红色在哪里?》《动物的颜色真鲜艳》等。《一个国王没有钱》初步介绍了货币的来源。《你好！小镇》对观察力和推理能力的训练。其三,生命教育。孙卫卫文、王蔚等图的《感触生命主题绘本(全 12 册)》是一套贴近幼儿日常生活经验的生命教育作品。《你肚子里有小宝宝吗?》通过贴页的小细节,饶有趣味地介绍了 22 种不同的动物妈妈孕育宝宝的形态和特点。相关作品还有《睡睡镇》《妈妈,我从哪里来》《莱特科学图书馆》等。其四,健康主题紧密联系儿童生活。如《洗洗小手好干净》《怎样成为运动高手》,以及崔玉涛主编的有关身体健康知识的系列图画书,包括《鼻子鼻子阿嚏阿嚏》《骨头骨头咕噜噜》。其五,安全教育。《认识我自己:安全教育》《王大伟儿童安全百科绘本:小石头、电饭煲与汽车警察(全 4 册)》,都是有关日常生活防火、防电等的安全知识警示。尤其是《只是我不小心》涉及遇到陌生人、熟人的邀请如何处理的问题,是儿童提高安全防范意识的作品。

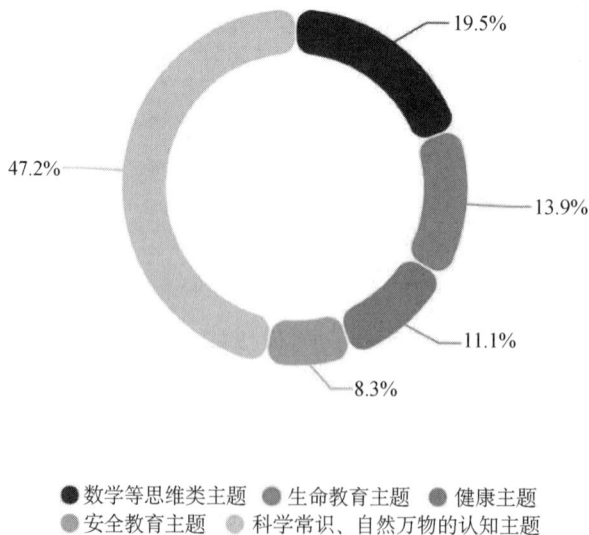

● 数学等思维类主题　　● 生命教育主题　　● 健康主题
● 安全教育主题　　● 科学常识、自然万物的认知主题

图 8　健康科学类作品的不同主题占比分布

另一种类型是故事情节性更强的科学童话、生态故事、科幻作品。《太阳和阴凉儿》涉及太阳和影子的自然原理和辩证关系。《今晚蜥蜴睡不着》是源自一个巴厘岛的民间故事,揭示了自然万物互为因果的道理。相关作品还有《塑料岛》《小田鱼的好朋友》《海洋里的小秘密》《听,什么声音?》《小猫穿鞋子:动物的脚爪》《章鱼先生卖雨伞》等。尤其是《乐园》故事的次第展示顺序也可以用"倒叙"方式重新讲述,让读者反复品味,体会到:"生命之间彼此汲取,彼此奉献,生生不息,永无止境。大自然是所有生命的乐园!"画面的恢宏与精美,文字的简洁与哲思,使得整个作品兼具科学精神与人文思想。值得一提的是,书目中较有未来意识的科幻作品,如《机器人托尼》《误闯虫洞》等对科学伦理、宇宙知识的涉及。

四、对"推荐书目"进行解读的动因

教育部推荐的 347 种幼儿图画书覆盖了立德树人背景下儿童发展的各方面,既展示了中外经典作品,也凸显了近些年原创图画书的优秀作品。如果教育部将推荐幼儿图画书的工作常态化,还可以适当考虑当下社会现象中特殊处境的儿童,如单亲家庭儿童、家庭困难儿童等主题作品;适当关注"幼小衔接"的相关内容,如一年级"快乐读书吧"第一学期主题"图画书"和第二学期主题"童谣与儿歌"等,以达到一定呼应。

此外,本次推荐书目中存在同一主题重复推荐的情况,如"百鸟朝凤""哪吒闹海""三个和尚"等主题出现了不同绘者、不同出版社两种以上的推荐作品,以及一个系列作品分为若干单册推荐的情况(18 个同一书系分别做了 50 个作品推荐)。尽管绘者的风格不同、每一册作品主题不同,但是从海量图画书中甄选最优作品时可以合并同类项,以扩大优秀作品的推荐范围。为进一步发挥推荐书目的传播效能,推动优质原创图画书的出版,笔者认为可从以下几个方面进行优化。

1. 委托第三方评价机构加强对推荐书目的观测和管理,精准抓取推荐书目传播与阅读的反馈信息和数据

347 种推荐书目能否成为幼儿园一日生活、五大领域教学活动,以及相关学校图书角的教育教学资源,能否进入各级各类图书馆的儿童阅读区域,或者部分成为家庭购书的内容,是推荐书目产生影响力的重要指标。尽管教育部在发布推荐通知时即强调"不具有强制性,各地不得要求幼儿园统一组织征订,幼儿园也不得要求家长统一购买",但还是应掌握推荐书目的实际推荐效能。推荐书目已发布多时,相关部门可以通过第三方评价机构抓取相关的数据信息,便于了解推荐书目的实际"推荐"效能。而且,在推荐书目的传播过程中,来自儿童、家长、教师、阅读推广活动的反馈信息,要比推荐书目的"拥有率"重要得多,尤其是对不同主题的选择偏好,同一主题不同作品的选择、评价,成为反向检验推荐书目品质的重要

依据。

2. 适时开展对推荐书目的文本与运用的研讨,提升推荐书目的国内知名度和使用效能

推荐书目发布以来,笔者撰写并发表了论文《基于价值引领与儿童发展导向的出版内容分析——以教部推荐 347 种幼儿图画书为例,但尚未出现相应的专题性研讨、专著、教材等;与此同时,大量的学校、家长对如何进行 347 种推荐书目的师生共读、亲子共读缺少实践意识和能力,也就较难将书目以"充足的资源投放"方式推送给儿童,使其成为儿童自主阅读的材料。因此,相关研究机构、出版社应适时发布阅读指导的策略和建议,幼儿园、小学等教育机构也可以就教学运用情况开展充分的教研活动,共同提升推荐书目的使用效能。

3. 重视与海外知名童书机构的合作关系,扩大推荐书目的国际影响力

经过多方专家的多轮遴选,推荐书目一定程度上折射了中国的教育观、儿童观,代表了当下原创图画书的品质和风貌。儿童图画书的对外翻译和传播是当下风云变幻的国际形势中障碍最少、传播效能最快、互动最流畅的品类之一,在文化走出去战略的指引下,相关出版机构可以将推荐书目按类别、分批次进行外译出版,以提升原创图画书的国际影响力。尤其是因地制宜地开展小语种的翻译出版工作,凸显文版的特色性。如本次推荐书目中新疆、内蒙古、广西、云南、贵州等地的少数民族民间故事,与周边国家的民俗民风、历史传承有一定的关联性,相关出版机构可按照"就近便利"原则,进行有针对性的对外翻译和传播。

与此同时,在对外传播已有的基础上,如《阿诗有块大花布》《爷爷的十四个游戏》等都已经有了较好的海外版权输出,相关出版机构可积极关注不同语种区域国家和地区的儿童阅读偏好和出版环境,进行有针对性的调整和翻译,更好地提升原创图画书的海外传播影响力。

4. 创建推荐书目线上线下的有效链接,实现阅读推广的广泛传播与深入互动

童书的多媒介融合、AR/VR 联动等已经不是新鲜事,此次推荐作品基本上在封底都附有可扫码上网的识别码,但也存在一个共同的问题:扫码链接的往往是该作品的出版社介绍、新书推广信息等,与作品本身基本没有关联度,无法形成有效的线下线上知识链。哪怕是同一系列的作品,即便有相关内容与背景介绍,也没有系列化的线上相关链接,由此生成阅读链的整体性、互文性。

此外,正如教育部通知所指出的"为幼儿园和家长有针对性地选择符合 3—6 岁儿童年龄特点和认知水平的图画书提供了参考",出版机构还需强化"读者中心"意识。相应的线上链接能够为成人(学校和家长)、儿童两类读者提供一个读者的反馈、互动平台,生成闭环式、系统化的知识链和阅读链,构建成人读者与儿童读者无时空限制的学习分享共同体,那么也就能够较好地解决"指导阅读""培养读者"乃至涵育公民素养与气度的问题。

5. 立足儿童认知规律,创新中华优秀传统文化与当代中国精神的表达方式,重点发展优秀原创图画书

正如教育部通知中强调,"引导图书出版单位创作更多优质的中国原创图画书,带动图画书市场健康繁荣发展",原创将会成为未来童书出版的主旋律。面对较为成熟的国内外童书市场、较为理性的家长等消费群体,仅凭"倡导原创"的口号是无法取得消费者信任的。事实上,经过多年经典引进版图画书的畅销和市场选择,教师、家长和阅读推广机构都对优秀图画书有了较为清晰的判断:无论是哪种主题、怎样的图像叙事、如何的装帧艺术,都首先要尊重、理解、表达儿童自身的需求。尽管,《萝卜回来了》《别让太阳掉下来》等作品代表了原创图画书的中国特色和世界水准;但是仍有不少作品画面粗糙、文字说教痕迹过重、无视儿童需求和身心规律;即便在本轮推荐书目中,也有个别作品情节刻意、图像随意、表述恣意。原创图画书整体性的优质提升,仍是我国童书工作者的未竟之业。或者说,从"倡导原创"走向"倡导优质原创",是原创作品在童书消费市场中的立身之本。

"原创""中华优秀传统文化""中国精神"等元素的融合,涌现了琳琅满目的"儿童版"中国故事。一方面,我们要警惕的是满足于将传统文化、神话传说、民间故事、非遗主题等进行绘编,而不注重以儿童为主体、以儿童的生活经验为出发点、以儿童的年龄与心理特征为对接点的当代童书"创作"。就图 5 所列的传统文化主题作品而言,56 种传统主题作品中仅有 18 种为当代创作作品,其余 38 种均为传统故事的"绘编"加工。另一方面,书目中图画书的当代主题作品,偏于宏大叙事,或高蹈于哲理化表达,对从儿童生活经验出发的童趣童真的挖掘,尚且不够。中国原创图画书要发展,就必须是以儿童主体为立场进行生发和创作,而不能止步于上述元素的拼贴或镶嵌。

《阿诗有块大花布》[1]

一、内容介绍

《阿诗有块大花布》(图 1-1)是一个关于相信爱和传递爱的动物童话。毫不起眼的灰喜鹊阿诗并不受其他动物待见，她没有因此自怨自艾。当她听到大象的一声叹息时，并不是和大象一起控诉不公境遇，而是用自己珍藏的大花布为大象做了合体的衬衫。此后，阿诗陆续为其他动物裁剪衣物。虽然花布在减少，但是她巧妙地用合适的尺寸为动物们打造合适的用品。比如说，大象的衬衫、黑熊的花裙、斑马的沙发套、狐狸的围巾、考拉的背包、松鼠的布袋、蜗牛的花被……每一个处于边缘化、沮丧期的动物都在阿诗的馈赠里得到了善待和惊喜。而且所有的赠予都是恰当、得体的，或者说每

图 1-1

一份礼物都是独一无二的专属品：黑熊的裙子穿在松鼠身上，就会成为松鼠的累赘，小蜗牛的花棉被也无法替换斑马的花布沙发套。他们欢聚一堂、悦纳彼此，给阿诗带来了欢愉。这个故事说明赠予、成全不应该是单向度的，"各得其所"才能"美美与共"。动物们对阿诗的喜爱，旨在说明付出必有回报的道理，也强化了被赠予者所应具备的感恩之心。

二、"图·文"解读

该作品图文全部出自符文征一人之手，他将中国笔墨、民间艺术与世界名画要素加以拼贴，成就了《阿诗有块大花布》的传承与共享的韵味。与之相应，《阿诗的神奇树叶》《阿圆的家》等作品也呈现了独有的图文风格。

全书主要采用红、灰、白三种颜色，极具视觉冲击力；剪纸、铅笔画、水墨画等技法混合使用，杂糅着中西方多种元素。比如第 4—5 页跨页的画面(图 1-2)，借鉴了《唐人宫乐图》(图 1-3)、《最后的晚餐》等名画的风格，有着《爱丽丝漫游奇境》中"疯狂的茶会"的腔调；餐桌上摆放着各类中式茶点，鸟儿们身着中式服饰，翘着兰花指，啜着盖碗茶，表情傲慢，举止矜持。第 22—23 页内容是阿诗送给小松鼠花布袋，画面右下角出现的蜗牛是阿诗赠予花布的下一个对象。一明一暗的图文互补，使作品的画面内容和叙事节奏一一呼应。

---

[1] 符文征.阿诗有块大花布[M].杭州:浙江少年儿童出版社,2017.

图 1-2   图 1-3

三、共读的对话与思考

1. 问题设计。"当阿诗不起眼，没有动物和她玩时，她怎么想？""当阿诗帮助所有动物完成他们的愿望后，她快乐吗？为什么？""最后阿诗独自钓鱼，她是什么表情？她还会觉得孤单吗？她的想法会改变吗？""你帮助过别人吗？说一说当时的感受。""你最喜欢阿诗用大花布做的哪一件衣物？你会用大花布给这些动物做什么礼物呢？可以把你的想法画出来！""如果你是狐狸、松鼠……，你会送给阿诗什么礼物？"

2. 分角色表演该作品。

3. 思考。该作品可以与多领域融合，拓展活动。如：(1)欣赏阿诗的大花布的色彩、图案以及用花布制成的衣物，感受中国元素之美；(2)了解阿诗帮助的动物们的基本外形特征和生长习性，知道阿诗帮助它们做的衣物有大有小，用料有多有少；(3)尝试用中国元素的色彩和图案设计一块属于自己的大花布，想想准备给谁做什么礼物；(4)关注身边有没有不被关注、没人一起玩的同伴或成人，勇敢尝试人际交往，让自己和他人获得幸福。如果自己没有同伴一起玩，知道主动改变、自我调适情绪，能让自己幸福快乐等。

（解读人：姚苏平）

002 《阿兔的小瓷碗》[1]

一、内容介绍

《阿兔的小瓷碗》(图 2-1)讲述了阿兔不小心打碎了妈妈最爱的小瓷碗，为了将小瓷碗修复好，阿兔带着碎了的小瓷碗一口气跑到做瓷器的小镇上寻求帮助的故事。阿兔跑遍了小镇上的各个作坊，都没能修好小瓷碗。这时，一位锔瓷师傅出现在阿兔面前，帮助它修好了小瓷碗。虽然还是不能和原来的一样，但是妈妈把阿兔抱进怀里告诉它："没关系！这样也很好看

---

[1]　杨慧文.阿兔的小瓷碗[M].北京:新世界出版社,2019.

啊!"在这个温暖的故事中,小读者可以感受到阿兔为了弥补错误所作出的努力,以及妈妈对阿兔宽容的爱,同时还可以学习到多种陶瓷制作工艺,尤其是"锔瓷"这一陶瓷修复工艺。

图 2-1

二、"图·文"解读

该书中的阿兔形象是用铅笔、擦笔和柔软的纸巾一层层揉开,先在画纸上铺出大的效果,再逐步细化的。这样能够更好地展现出画面的细腻感觉。

封面呈现一只小兔子踩着板凳拉抽屉,旁边一只瓷碗即将落地的场景,封底则是兔妈妈继续打扫的景象,封面和封底分别讲述了故事的开头和结尾,中间发生了什么故事呢? 确实耐人寻味。环衬部分呈现了瓷器的制作工艺,有助于小读者学习和了解瓷器的传统工艺。书中图文相互补充,在锔瓷部分更是详细地通过图画和文字的方式描绘了锔瓷工艺。

三、共读的对话与思考

1. 问题设计:"阿兔打碎了妈妈最喜爱的小瓷碗后,它是怎么做的?""阿兔为了修好小瓷碗,分别去找了谁? 结果怎么样?""锔瓷的师傅是怎么修小瓷碗的? 最后修好了吗? 和原来一样吗?""阿兔把小瓷碗带回家给妈妈时,它说了什么? 妈妈说了什么?""如果你以后做错了事情,你该怎么做呢?"

2. 思考:该作品通过讲述阿兔极力修复小瓷碗的故事,向幼儿传达做错事要努力弥补的道理,以及关于陶瓷工艺的相关知识。后续可以鼓励幼儿学习更多关于陶瓷的知识,并帮助阿兔一起寻找修复小瓷碗的更好方法。该作品能够激发幼儿对传统工艺的兴趣,引导他们进一步探索陶瓷工艺的奥秘。同时,它也教育幼儿在犯错后应采取的合理做法,并鼓励父母要像兔妈妈一样拥有宽容的爱。

(解读人:张攀、姚苏平)

003 《啊呜龙不明白》[1]

一、内容介绍

《啊呜龙不明白》(图 3-1)是"苏梅数学童话绘本"(6 册)中的一册。该套图画书的立意是

---

[1] 苏梅,文;王晓蕊,图. 啊呜龙不明白[M]. 北京:科学普及出版社,2018.

发现幼儿数学教育的规律，将抽象的数学知识，如数字、数量、形状、时间、空间、统筹方法等融入故事情节之中，文字生动流畅，画面富有童趣。比如《啊呜龙不明白》带领孩子感受时间，在具体的情境下初步学习分配时间、合理利用时间等。这些数学童话故事不仅具有文学性，也兼顾了科学性和应用性。故事中的数学教学目标和知识点是根据教育部 2012 年 9 月颁布的《3—6 岁儿童学习与发展指南》和 2001 年 7 月颁布的《幼儿园教育指导纲要（试行）》等要求设计的。本套数学绘本系列不仅适合家庭亲子阅读，也可作为幼儿园数学教育的补充教材。

图 3-1

二、"图·文"解读

　　数学是一个非常庞大的学科，幼儿的数学启蒙不仅仅是数数和加减，让孩子理解和运用抽象数字后的实际意义才是有效的启蒙方式，而这些数学思维能力需要在具有支持性的环境中进行铺垫和逐步发展。如果只把学习数学当作学习算术，不仅会使孩子错过数学启蒙的最佳时期，还会让很多孩子误解数学的有趣和美好，埋下讨厌数学的隐患。

　　作品中的卡通形象非常符合儿童心理，比如憨态可掬的 QQ 熊、古灵精怪的香香兔、活泼顽皮的跳跳猴，几个性格鲜明可爱的小动物形象跃然纸上。画风清新柔和，故事情节温馨有趣，孩子们的注意力自然地被吸引。与此同时，通过帮助卡通形象"啊呜龙"纠错，让孩子知道合理分配时间，引导孩子善于思考问题，培养逻辑思维能力，从而提高孩子的综合素质。

三、共读的对话与思考

　　1. "苏梅数学童话绘本"为幼儿打开数学世界的大门提供了一把快乐而有趣的钥匙。在讲述生动又富有童趣的故事的同时还设置了很多趣味延伸版块。

　　2. 家长导读提示。提示学习目标并提供实际应用的学习方法。

　　3. 互动游戏。通过趣味游戏，让幼儿巩固相应数学知识点。

　　4. 主题贴纸。完成互动游戏后，可取下贴纸贴在题目处，提高幼儿成就感，建立自信。

　　5. 有声故事。该套图画书有可扫码听书的设置，使阅读体验更加立体全面。

　　6. 参阅书目 167《妞妞的幸福一天》，了解作者苏梅的创作风格。

（解读人：苏梅）

004　《哎呀，好臭！》[1]

一、内容介绍

　　《哎呀，好臭！》（图 4-1）是一本让人忍俊不禁的图画书，语言幽默简洁，画风可爱顽皮，利

---

[1]　沙沙，文；张鹏，图.哎呀，好臭！[M].北京：北京少年儿童出版社，2019.

用孩子们对臭味的好奇心,巧妙地引导孩子们在不知不觉中习得好的卫生习惯。

在公共空间讨论"臭味"大约是儿童的特权,班级经久不散的臭味引发了孩子们对气味缘由、解决方法等问题的巨大好奇心。儿童日常生活景象、同伴交流情形等跃然纸上。

图 4-1

二、"图·文"解读

书名带有震惊、悬疑之感。最近,班上总有一股很臭的味道,小兔子说可能是小猫吃剩的鱼臭了,小猫说可能是小象又踩到便便了,小熊说可能是老鼠偷吃榴梿的味道,最后发现,其实是王子的脚丫太臭了。王子很难为情,小动物们想一起帮帮王子。小兔子给王子的鞋里倒了花露水,小猫建议舔一舔王子的脚丫,小熊出招用蜂蜜给王子泡脚,小猴子认为王子可以把脚挂在衣架上晒晒太阳……通过一波三折的故事情节,带领小读者去探究臭味的来源并探讨臭味的解决办法,体现了绘本故事所带来的乐趣和探索的意味。

作品充分采用语图"互文"的方式,前环衬上的踢球游戏其实很清楚地揭示了臭味的真正来源:游戏让孩子们出了大量的汗。结尾页的文字"哦,原来是这样啊……"对应的图画是王子和各种小动物豁然开朗的样子,并没有明示答案。而在后环衬展示了各种鞋子和太阳,暗示了臭味的来源和解决办法。封底部分,王子端端正正坐在椅子上洗脚的画面,也给孩子们以启发:要养成讲卫生的观念和习惯。

三、共读的对话与思考

1. 问题设计:"在寻找臭味来源的过程中,小动物们分别探寻到的臭味来自哪里?""最后,臭味来自谁?""大家是如何解决臭味的? 采用了哪些办法? 成功了吗?""你们认为臭味是来自哪里呢? 我们的日常生活中可能会有哪些臭味来源? 如何解决臭味?"

2. 行动与思考:请找一找家庭中有哪些东西是臭的,为什么会臭? 怎样才能消除臭味? 找一找,想一想,和爸爸妈妈探讨一下。

3. 阅读收获:幼儿在阅读寻找臭味的趣味故事时,于欢乐的阅读氛围中潜移默化地意识到卫生习惯的重要性。在大家共同努力寻找解决臭味的方法过程中,他们感受到了友善与包容,学会了接受自己和他人,学会了与小伙伴齐心协力解决问题。这对于刚开始集体生活的幼儿来说,是一种很好的引导。

(解读人:张攀、姚苏平)

005 《艾爷爷和屋顶上的熊》[1]

一、内容介绍

《艾爷爷和屋顶上的熊》(图 5-1)的故事笼罩在怀旧感伤的气氛中。艾爷爷是一个典型的美国清教徒老单身汉形象：生活极其规律，午餐内容一成不变，情感则主要寄托于假想的伙伴——工厂屋顶上的充气熊艾兹沃斯。唯有在童话的逻辑里，退休后离开城市的老人能够继续拥有这个伙伴：充气熊竟然挣脱固定绳，一路随风飞到了艾爷爷所在乡间的住宅。这意味着，老人以往的"情感输入"，艾兹沃斯都接收到了；正是因此，它做了足够有效的努力，"回到"老人身边。从此，老人有了名副其实的伙伴：虽然它不会说话，形貌不变，但双方彼此心意相通，每一天都变得饱含深情。

图 5-1

二、"图·文"解读

暖心的童话结局，包裹着十分辛酸的真实：老单身汉多年来的情感寄托有且只有一只屋顶熊，退休后将它带回乡间，作为余生的陪伴。也许正是在意这种"真实"，该书的画风并不明丽浪漫，而是大量运用灰调子的铅笔淡彩。工业城市里的景象固然忧郁黯淡，乡间田野全景也是灰蒙蒙的绿，这符合美国东北部马萨诸塞工业区的环境特征。在暗淡的气氛里，老人的服饰与熊的形象显得更加明亮；尤其是，当细读画面时，小读者方能了然熊之所以能"飞"起来，是因为许多小鸟帮它挣脱了绳子——小鸟是这份友情的见证者，它们的参与也暗示了这份情感的动人力量。

三、共读的对话与思考

1. 问题设计："从衣着、生活环境、生活习惯来观察、分析艾爷爷，你认为他是一个怎样的人？"(内敛沉默，生活虽然简单却很用心，温柔又坚强)"如何评价他将艾兹沃斯视为伙伴的做法？""艾爷爷退休离开时，艾兹沃斯有怎样的心绪？它和小鸟会有怎样的对话？""小鸟们为什么会帮助艾兹沃斯？"

2. 以艾兹沃斯的视角重新讲述这个故事。

3. 思考：伙伴意味着什么？你有好伙伴吗？你们的相处是怎样的？现代城市的便捷生活和丰富的物资供应，极大地降低人对于特定他人的依赖，"一个人生活"几乎成为一种新生活方式，这就是现代人的"原子化"困境。然而，人是社会动物，情感的需求、陪伴的需求，都是永

---

[1] [美]凯西·罗宾逊，文；[美]梅丽莎·拉森，图. 艾爷爷和屋顶上的熊[M]. 张波，译. 济南：山东人民出版社，2020.

恒的存在,是人生幸福所不可或缺的内容。那么,如何安放自己的精神,如何面对"孤独",将美好和善意寄托在哪里,艾爷爷的故事是个特别的提醒。儿童不应被刻意隔绝于人生的灰暗部分。儿童可以通过辨认、想象故事的细节,实现对真实生活的局部的了解、渐进的知晓,从而获得一些通向未来的必要的认知。

(解读人:盖建平)

006 《爱看书的猫》[1]

一、内容介绍

《爱看书的猫》(图6-1)中的米其是一只爱看书的猫,它在看图画书的时候,产生了想进入图画书里的念头,结果,猫儿心想事成,以"飘"的方式进入图画书中和一群老鼠相处在一起,它们不再是天敌,成了玩伴。作品由此开启了一个妙趣横生的故事:米其想什么,就变成什么,上演了一场想象力的狂欢。故事还表达了另一层的意思:书里藏着无数的秘密,书中内容妙趣横生。读书是一种享受,愿孩子们像米其一样爱看书。

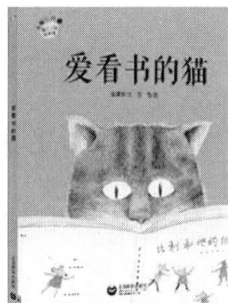

图 6-1

二、"图·文"解读

全书采用铅笔画、水墨画等混搭的方式,角色形象大胆、富有新意,现实与幻境互相交融,使一篇短小的童话弥散着奇妙的气氛。故事里有这样的情节:米其进入图画书中,咬住了帽子老鼠的尾巴,谁知帽子老鼠不逃也不挣扎,反而大笑着说:"痒死了!痒死了!"原来,图画书里的老鼠是不一样的,它们非但不怕猫,还不知道什么是疼痛。图画书底色都是白色,画面中老鼠和猫都处于飘浮的状态,呈现非现实的魔幻景象。除了一环扣一环、跌宕起伏的情节,出乎意料的结尾也让故事增色不少。黄衣服老鼠吓坏人群,自己也受到惊吓,慌张逃回到图画书中。米其主人领着邻居们再次进屋,这时,米其悄悄跳出图画书,躲在沙发后面假装睡着了,画面中猫咪在页面的右下角,只露出了一个头,嘴角微微上扬,一场冒险似乎并没有发生。整个情节、画面给人一种书中书、画中画的奇妙感觉。

三、共读的对话与思考

1. 问题设计:"米其为什么喜欢看书?""米其喜欢吃老鼠,为什么进入书中的米其没有吃老鼠呢?""黄衣服的老鼠翻出书外,米其心里怎么想的?它是怎么做的?为什么呢?""如果你的好朋友遇到困难了,你会怎么做?""米其时常会消失,你觉得它去了哪里?""你喜欢看书吗?为什么?"

---

[1] 金建华,文;颜青,图.爱看书的猫[M].上海:上海教育出版社,2019.

2．分角色表演该作品。

3．合作创作图画书《我的神秘之旅》：分享阅读趣事,用表征的形式记录下来,形成《我的神秘之旅》图画书。

4．该作品可以与多领域融合,拓展活动。(1)看图讲述米其神秘的书中之旅,感受读书带来的乐趣。(2)与同伴分享自己喜欢的图书,讲述自己的阅读经历。(3)亲子或者师生共同讨论:如果可以进入书中,希望变成什么样的动物,希望有什么样的经历。

5．参阅书目 114《九千毫米的旅行》、书目 314《一封奇怪的信》,了解绘者颜青的创作风格。

(解读人:张敏、姚苏平)

007 《爱哭的小立甫》[1]

一、内容介绍

《爱哭的小立甫》(图 7-1)是一个生活故事,讲述了小立甫每年幼儿园的毕业典礼都会因为各种原因哭泣,今年轮到他自己的毕业典礼,他发誓一定不再哭了。然而当他一看到一直关心他、照顾他的红花老师时,想起了和老师在幼儿园的美好时光,又和老师一起哭了……这个故事富有童趣,贴近幼儿生活。一方面,即将离开朝夕相处的老师、熟悉的幼儿园,会给幼儿带来新一轮的分离焦虑;另一方面,通过小立甫的亲身经历告诉孩子:哭泣是人类情绪的正常表现,不必觉得羞愧或难堪。故事情节、人物心理与孩子的日常生活相互呼应。

图 7-1

二、"图·文"解读

该书绘者用彩铅画和水彩画混搭的方式,描绘了纯朴有趣的幼儿生活。整体色彩鲜艳明快,又会跟随情节变化作细节调整,比如在 12—13 页中,台下观众皆为单一色彩,只有关注到小立甫的妈妈是彩色的,给读者一种鲜明的对比。画面构图方面,绘者运用了从整体画面到特写画面的表现手法,突出小立甫一开始在人群中总是哭,到后来的"有时候眼泪并不一定可耻,也可能是在表达感恩和不舍",让我们从"男儿有泪不轻弹""哭是不对的"等观念中跳脱出来。正如弗洛伊德所言:"未被表达的情绪永远不会消失,它们只是被活埋了,有朝一日会以更丑陋的方式爆发出来。"即使是大人,也可以从中获得提示:情绪表达能够缓解内心的压力,促进情感的平衡和调节,从而提升心理健康。无论是成人还是儿童,都应当尊重合理的情绪表达,维护个体心理健康,促进彼此的交流。

[1] 岑澎维,文;奇亚子,图. 爱哭的小立甫[M].青岛:青岛出版社,2020.

三、共读的对话与思考

1. 问题设计:"为什么每年幼儿园的毕业典礼,小立甫总要哭呢?""小立甫哭泣之后周围人是怎么说的,怎么做的?""在班级中如果遇到像小立甫一样爱哭的小朋友,你会怎样做呢?""在你有不愉快的情绪时,老师和同伴怎样关爱你的? 你想怎样感谢他们?"

2. 分角色表演该作品。

3. 该作品可以与多领域融合,拓展活动。(1)心理健康:利用晨圈谈话活动,引导幼儿大胆表达自己当日的情绪、情感,做真实的自己。(2)语言表达:和幼儿一起交流对这个故事的感受以及想做的事,提升故事理解能力、表达讲述能力。(3)人际交往:和幼儿一起回忆在园三年陪伴自己的老师,制订感恩计划,用面对面交流或手工方式向他们表达毕业前的感谢。(4)艺术创作:带领幼儿用绘画演绎故事或合作创作图画书。(5)记录与统计:班级设立"情绪角"或幼儿人手一本情绪记录本,提醒幼儿每天记录、表达自己的心情、情绪、感受,每月进行统计。

(解读人:任流萍、姚苏平)

008 《爱跳舞的小龙》[1]

一、内容介绍

《爱跳舞的小龙》(图 8-1)是一个带有抒情色彩的童话,讲述了一只名叫优优的小龙,不会呼风唤雨,只会静静地倾听溪流的声音、树叶飘落的声音,会跳"安静的舞蹈"。当龙之谷差点被其他小龙用"暴力"的方式摧毁时,他"安静的舞蹈"却产生了奇妙的力量,让整个龙之谷平静下来……故事中的龙之谷犹如一个班级、一个家庭、一个社区,甚至像一个区域生态,各种小龙就如群体中性格不一、优点迥异的幼儿。引导幼儿正确认识每个人的长处,学会欣赏他人,知道每个人都独特而美好,是本书的主旨所在。

图 8-1

二、"图·文"解读

该书绘者用"水彩画"来展现汤素兰童话"温暖而明亮"的特点,运用水彩渐变晕染来勾勒"优优"的整体形象:一只绿色的小恐龙,背上的一排凸起用红色进行点缀,融入了中国传统的

---

[1] 汤素兰,文;朱士芳,图. 爱跳舞的小龙[M].济南:济南出版社,2017.

撞色对比；且凸起的形状是柔和的三角形，尾端是爱心形，展示出优优恬淡优雅的性格。

书中使用较多的色彩为青绿、淡绿、橘红、赭石、黄褐等，装点出奇幻的效果。而色彩的繁多并不显得冲突或凌乱，通过灵活多变的绘制手法营造出怀旧、厚重的画风。优优跳舞时，画面背景是清澈透亮的淡黄色、淡绿色，衬托出其舞姿的轻盈；优优在大自然畅游时，多色叠加，画面瑰丽；众龙比拼时，白色炸裂型的纹路布满整个画面，给读者带来了强烈的视觉冲击。

三、共读的对话与思考

1. 问题设计："在这个故事中，出现了哪些小龙？它们各自都有什么样的本领？""优优的本领是什么？它在家族中受欢迎吗？""龙之谷为什么会发生危险的事情？""是谁解除了龙之谷的危险？""你喜欢优优吗？为什么？"

2. 分角色表演该作品。

3. 该作品可以与多领域融合，拓展活动。（1）心理健康：围绕"你的优点是什么？别人知道你的优点吗？哪些人知道？"进行交流，懂得做真实的自己，朝着内心热爱的方向去追逐，终有一天能发挥自己的潜能，绽放出闪耀的光芒。（2）语言表达：围绕"故事中哪只小龙最强大"展开讨论，知道真正的强大不止于喷火、咆哮，温暖、静谧也是一种力量，有时能化解争端。（3）人际交往：围绕"在你的班级中，你发现哪些小朋友的优点值得你学习？"展开讨论，正确认识、悦纳自己和他人。（4）艺术创作：用绘画演绎故事或合作创作图画书。（5）科学认知：观察、辨识作品中各种恐龙的外形特征，根据已有经验猜测、交流它们的性格特点。

4. 参阅书目 281《小鸡漂亮》，了解著名作家汤素兰的创作风格。

（解读人：任流萍、姚苏平）

009 《安的种子》[1]

一、内容介绍

《安的种子》（图 9-1）是关于生命"自然成长"的故事。如何让莲子开花？既要呵护与浇灌，也要放手与等待。教育也是同样道理。冬天，老师父给本、静、安三位弟子每人一颗莲花种子，让他们去种植。本想第一个种出莲花，等不及春天到来就把种子埋到雪地里，等了很久，种子始终没有发芽。静把种子种在金花盆里，放在最温暖的房间里。当种子发芽后，静用金罩子罩住它，百般呵护，没几天小幼芽就枯死了。最小的弟子安，和种子一起等待春天，将种子种在池塘里。

图 9-1

---

[1] 王早早，文；黄丽，图. 安的种子[M]. 郑州：海燕出版社，2015.

盛夏的清晨,池塘里莲花盛开。三位弟子对待种子的方法,犹如我们对待生命的不同态度:急不可耐、过犹不及、不疾不徐。对生命的自我探索,既有可能捷足先登,也有可能无功而返。人为干预和水到渠成之间,无法用定量去衡量,也许这就是以佛家弟子种莲花的故事来隐喻的某种人生真相。

二、"图·文"解读

该书线条简洁温暖、色彩古朴活泼、文字简短精炼,采用简单、圆润、流畅的线条,勾勒人物形象,寥寥数笔,人物便跃然纸上,充满童趣。翻开书,映入眼帘的是师父在堂前分发莲子。画面没有坚硬、尖锐的直角线条,供桌、斗柜、门窗拐角是圆弧,甚至冬天里的百年古树,线条也是柔和、可爱的,营造了一种温馨十足的环境。以安种下种子为分界线,之前色彩是古朴、沉静,之后是清新、活泼。故事发生在寺庙,采用暗色调,没有正色的夺目,安静、祥和、亲切。慢慢翻来,是一个有着浓浓的烟火味又静谧安逸的小空间。安种下种子后,画面充满生机:嫩绿的树叶、青蓝的池水、碧绿的荷叶、粉白的莲花,配上米黄色的底子,一切都那么灵动有生命力。该书整体文字质朴简练、文图互释,采用白描的表现方法,描述了孩童们所看到、听到、想到的世界,真率细腻,朴素流畅,无造作之态,有自然之美。

三、共读的对话与思考

成长是一种自身的体验和经历。本、静、安三人各有成长,只是成长的道路不相同。譬如本的成长,他需要调适情绪,理性思考,找到种子发芽开花的规律。成人要给孩子不断试错的机会,让他在经历中感受成长。

《安的种子》分为三个独立故事,分别是《本的种子》《静的种子》《安的种子》,先让孩子看《本的种子》,再看《静的种子》,最后看《安的种子》。对其做法进行先后讨论,并从做法出发让孩子猜测种子最后的结果。

期待孩子重写三个人的故事,可以对情节做一定的改变、补充和强化,表明他们对文本的参与程度:有哪些叙事层面引起他们的兴趣或关注?他们对这些文本的价值观和态度是什么?如果他们的答案存在差异的话,这种差异是否与孩子的性别、个性有关?注意故事中叙述模式从第三人称转变为第一人称,这应该是反映了孩子们对故事非常强烈的个人参与程度。

备注:参阅书目233《外婆家的马》,了解绘者黄丽的创作风格。

(解读人:庄怀芹)

010 《安仔一定会变好》[1]

一、内容介绍

《安仔一定会变好》(图 10-1)是一本原创图画书,通过一个简单又温暖的小故事,讲述了小志愿者乐乐跟随妈妈一起去医院帮助白血病儿童安仔的经历。故事分为两条故事线——一条是突然患病的安仔住进了白色的病房,不能再回球场和朋友们一起踢足球;另一条是健康活泼的乐乐在家总是和妹妹吵架,可爱中又带有一些小任性。这两条故事线在乐乐去探望安仔后交会。乐乐开始去医院给安仔讲故事,在这个过程中,他懂得了陪伴与分享的重要性。有了乐乐的陪伴,安仔不再感到孤单,更加勇敢地与病魔作斗争。故事的结局充满希望:安仔治愈出院,重回球场。乐乐和安仔的这段友情在两个孩子的心中种下了一颗种子,关于善意,关于成长。

图 10-1

二、"图·文"解读

全书采用手绘图画的形式,人物形象偏向卡通风格。故事内容由两条故事线构成,因此插图的安排采用了并行或同页上下分隔的方式。由于两位主人公生活现状的显著差异,绘图色彩采用了冷暖色调来加以区分。两位主人公的画面色彩一冷一暖,人物表情也分别呈现出不开心与开心的状态。将这些画面放置在平行或上下分隔的页面上,增强了对比性。

三、共读的对话与思考

1. 问题设计:"这本书里面有哪两个小朋友?""安仔怎么了? 他开心吗?""乐乐每天开心吗? 他每天都做些什么?""春天来了,妈妈带乐乐认识的新朋友是谁?""他们俩成为好朋友了吗? 他们一起做了哪些事情?""最后,乐乐有变化吗?""安仔病好了吗?""又一个春天到了,他们会做什么?""假如你身边的好朋友生病了,你会怎样帮助他呢?""乐乐其实就是一名小小公益志愿者,什么叫志愿者?""你愿意做哪些公益的事情呢?"

2. 粗浅了解白血病的相关知识,了解公益行动。

3. 该作品可以结合艺术、社会领域拓展活动。(1)社会领域:如同故事中的乐乐一样,结交白血病患者或和其他患者做朋友,愿意帮助他们,通过自己的帮助逐渐理解志愿者精神,即对他人、对社会奉献爱心。(2)艺术领域:可以给白血病小病友画画,制作祝福卡片,分享快乐;

---

[1] 谢军,文;翟芮,图.安仔一定会变好[M].广州:新世纪出版社,2020.

学唱"爱心"手语歌曲等。

（解读人：徐群）

011 《俺老孙来也》[1]

一、内容介绍

《俺老孙来也》(图 11-1)是通过数字化技术对传统皮影艺术进行创新的原创图画书,讲述了一个这样的故事:男孩昊昊有了新玩具激光超人之后,"指挥"它和曾经最爱的皮影玩具孙悟空打斗,两个玩具因此失了和气,互不相让;"影子怪"的欺侮迫使两个玩具并肩作战,握手言和。作品的文字叙事采用童谣的方式,如"激光超人也出手,兄弟联手把敌斗。激光联合金箍棒,化成火轮威力强",加上不时穿插的象声词,一同营造出故事铿锵有力的战斗性和紧张感。

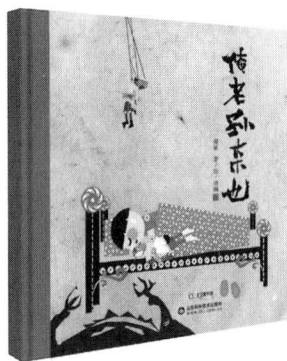

图 11-1

该作品可扫码观看动画短片;其配乐也是原创的,利用皮影说唱艺术中的二胡、铜、锣、鼓等乐器,结合人们耳熟能详的"声优"元素,按照故事的叙述节奏进行演绎。作品最后两页附有作者的创作谈和皮影制作步骤图。

二、"图·文"解读

该作品通过数字艺术赋予传统皮影工艺以新的生机与活力。童谣的"说唱"叙事方式、随着情节变化的字体、相应出现的拟声词、象声词,使画面充盈着激昂的战斗气息。

封面上作者的名字下面采用了印章式落款,书脊采用红色布艺装帧,前环衬是激光超人和孙悟空联手与"影子怪"对决的各个场景,后环衬则是激光超人和孙悟空争斗打闹的各个形态。前后环衬中的"影子怪"隐含着昊昊"恶作剧"的意念,打斗画面的光怪陆离充满了镜头特效的意味。

三、共读的对话与思考

1. 问题设计:"激光超人和孙悟空各有什么本领?"

2. 阅读指导建议:亲子或师生一起观看该作品的动画视频,了解中国皮影制作的工艺、皮影戏的渊源等;念诵作品中的童谣,尝试创作童谣。

3. 分角色表演该作品。

4. 幼儿如果在交往中遇到冲突,成人(教师、家长等)应当在什么时机,怎样介入?幼儿在

---

[1] 谢征.俺老孙来也[M].济南:山东科学技术出版社,2019.

游戏玩耍中试探、比拼，随时面临着相互生气、翻脸的情形，幼儿也正是在这样不断的磨合中习得和谐、舒适相处的方式方法。所以对于孙悟空和激光超人的争斗，成人无须要求幼儿辨析二人打闹的合理性；"影子怪"的欺压迫使二人并肩作战，更加说明幼儿的协作性是需要通过实践来生成的。

（解读人：姚苏平）

012 《了不起的罗恩》[1]

一、内容介绍

《了不起的罗恩》(图 12-1)是一本正反面双向阅读的图画书，从不同的视角讲述罗恩是个怎样的小孩，即"罗恩眼中的自己"与"别人眼中的罗恩"。本书有两个封面，完全可以作为两个独立的故事，但是两个故事读完之后，又能互相对应，最后在图画书中间融合在一起。这样的设计如同架起了一座桥梁，能让小读者一方面通过自己对世界的认识来获得成长，另一方面也从他人的评价、肯定中获取认知；同时让成人认识到，每一个孩子都是独立的个体，每一个孩子都是特别的，只有认可他们方能走进孩子的内心，方能帮助他们成为更好的自己。

图 12-1

二、"图·文"解读

该书绘者用丙烯、水彩两种绘画方式来展现不同场景中罗恩与同伴、邻居的相处，运用了水彩渐变晕染来勾勒"罗恩"的整体形象。绘本的封面、封底、环衬、扉页等设计独特：明亮的白色封底之上是带着腼腆笑容的罗恩，两个感叹号与正文封面的两个问号形成了对比和呼应；白色的封底对比碰撞红棕色的封面，开朗快乐的罗恩对比自我怀疑的罗恩，人物形象瞬间鲜明地出现在读者的脑海中。内页中的色调也有较多变化：罗恩自我认知，画面背景色彩浓郁，显示罗恩自我幻想的场景；别人眼中的罗恩，画面背景以白色为主，显示生活中平淡有爱的氛围。

三、共读的对话与思考

1. 成人的输入：(1)选择一个封面，读到中间时，再从另一个封面开始，继续读，再次读到中间，会合后进行亲子交流或师幼交流；(2)读完作品后，和孩子一起玩梳理信息的游戏，把作品中的相应信息填入表格，如罗恩觉得自己干啥都不行，爸爸认为他是男子汉。

---

[1] 午夏，文；马小得，图. 了不起的罗恩[M]. 合肥：安徽少年儿童出版社，2016.

2. 儿童的输出:(1)每一页中都描绘了对罗恩的看法、具体事例,可以让幼儿分别说说他的理解,选择书中已有的词,或幼儿自己概括当页中罗恩的特点;(2)用作品中罗恩的自问,引导幼儿说出对自己的认识和理解,最好是能举例说明,以便了解是哪些事情让幼儿产生这些自我认识。

3. 儿童能获得的领域经验。(1)心理健康:通过"认识我自己""爸爸妈妈眼中的我""同伴眼中的我""老师眼中的我"等系列活动,收获肯定与鼓励,发现自信源泉,深信自己了不起。(2)语言表达:学会正确、大胆地表达自己的想法和意见。(3)人际交往:正确认识自己,接纳自己,表现自己。(4)艺术创作:用绘画演绎故事或合作创作图画书。

(解读人:任流萍、姚苏平)

013 《巴赫:没有对手的比赛》[1]

一、内容介绍

《巴赫:没有对手的比赛》(图13-1)是一部图画书版的名人传记,描述了小巴赫成长成才的故事。图画书中的巴赫出生在童话般的小山城,那里音乐氛围浓郁,城门上赫然醒目地镌刻着"音乐世界"四个大字。小巴赫家境贫寒,为了学习音乐,他顶风冒雨,步行很远拜师学艺,终于学有所成。该作品塑造了坚韧不拔、勤奋刻苦的励志少年形象。

图 13-1

二、"图·文"解读

该书色彩搭配合理,线条大胆、充满活力,以第三视角描绘出了巴赫小时候从独自认真练习到拜师学艺、学有所成的经历。整体框架清晰,前期乡村的场景清新美丽,后面进宫表演时场景华丽壮观。书中的文字均安置在画面留白处,自然和谐,充满诗意。色调随着故事情节适时变化,之前是暗色调,演奏钢琴时画面是明亮的色调。这种色调的变化看似没有说明故事的情节,但体现出音乐对巴赫的影响。如果能这样引导孩子读书,不仅可以提升孩子的阅读能力,还可以提升孩子艺术创作的想象力。

三、共读的对话与思考

1. 问题设计:"小巴赫为了自己的目标付出了哪些努力? 遇到了什么样的困难?""当别人嘲笑他时,小巴赫是怎么做的?""读了小巴赫的故事,你有什么感想?""小巴赫为了音乐不畏困

[1] 井源.巴赫:没有对手的比赛[M].沈阳:辽宁人民出版社,2017.

难，勇于坚持，你有没有为了什么目标而坚持努力，取得成功呢？""定一个小小的目标，从现在起开始坚持，看一看一段时间之后，谁的目标实现了？"

2. 分角色表演该作品。

3. 该作品可以与多领域融合，拓展活动。（1）心理健康：大胆说出自己喜欢的事物或想要达成的目标，不畏困难，不在乎别人的看法，勇敢尝试。（2）语言表达：合作讲述故事，提升故事理解能力、表达讲述能力；互相交流自己所知道的其他音乐家的成长故事，了解音乐学习需要坚强的毅力、不懈的努力。（3）人际交往：当自己在为达成梦想努力时，能勇敢表达自己的需要和诉求，善于寻求外界的帮助，让自己的目标实现。（4）艺术鉴赏：观察画面中光影明暗的变化，感受小巴赫为梦想在月光下努力弹奏，在雨夜等待受教的艰辛和不易。

（解读人：任流萍、姚苏平）

014 《爸爸，别怕》[1]

一、内容介绍

《爸爸，别怕》（图 14-1）是作者白冰与插画师江显英继《换妈妈》（母爱主题）后，合作推出的一部父爱主题图画书。作品叙述了熊爸爸在带小熊卡卡外出找食物的过程中，替卡卡试吃了兔子草后，变成了一只小兔子。卡卡为保护爸爸，克服恐惧，勇敢地面对雷雨、老虎、河流、蜜蜂，最终让爸爸吃到了蜂巢变回原形的故事。朴素平直的语言，浅显易懂，又意味深长。故事中的对话较多，尤其是角色互换的语言，从"爸爸，我怕！""儿子，别怕，有我呢！"到"儿子，……""爸爸，别怕，有我呢！"，鲜明地表现了小熊卡卡的心理感受和转变，让这个故事充满勇气和温暖。《爸爸，别怕》既是一个充满魔力的童话故事，也是一则写给孩子的成长故事。

图 14-1

二、"图·文"解读

该书运用了较多的绘画技法：国画写意的远景、油画细致刻画的主角以及水彩水色交融的近景，不同的表现手法使每一帧画面虚实结合、主次有序。三角构图使画面具有稳定感，主体人物也更加突出。画面中大量的留白营造出的空间感、层次感和立体感，可以表现出丛林的辽阔以及小熊要面对的未知危险。文字放在留白处，使图画书的阅读更加轻松愉快，起到图文互补的作用。

---

[1] 白冰，文；江显英，图. 爸爸，别怕[M]. 北京：中国少年儿童出版社，2017.

三、共读的对话与思考

1. (1)阅读前,引导幼儿观察封面,并猜测"平时都是爸爸说宝宝别怕,这本书为什么是宝宝说爸爸别怕呢?"让幼儿带着疑惑和探究的兴趣开始阅读。(2)阅读中,教师可以将故事分为两个部分。第一部分是爸爸带着小熊卡卡去森林找食物,勇敢地保护卡卡。教师可以提问:"爸爸在遇到蛇、鳄鱼、下雨时,对卡卡说了什么? 又做了些什么?"引发幼儿感受爸爸对孩子的爱。第二部分爸爸吃了兔子草变成小兔子后,教师引导幼儿讨论:"爸爸变成小兔子后,卡卡害怕吗? 它想保护爸爸吗? 它是怎么做的呢?"引导幼儿感受成长的力量。最后一幅画面,引导幼儿讨论:"卡卡是什么时候开始长大的?"感受时间只会让我们长高,但爱和勇气能让我们变得强大。(3)阅读后,教师可以引导幼儿仔细观察画面中隐藏着的细节,如比较前环衬和后环衬,讨论:"一群误吃了兔子草的动物,它们还能恢复原形吗?"

2. 延伸阅读该书的姐妹篇《换妈妈》,并通过亲子阅读的方式,进行角色扮演,体验浓浓的父(母)子之情。

3. 参阅书目 330《云朵一样的八哥》,了解作者白冰的创作风格。

(解读人:顾明凤、姚苏平)

015 《爸爸的火车》[1]

一、内容介绍

《爸爸的火车》(图 15-1)源自中国"全履历火车司机"韩军甲的真实故事,一家几代人亲历了中国铁路从时速 30 公里到时速 350 公里的飞跃。当然这些大时代背景都是以女儿韩处暖的视角,通过讲述她的父亲和她一家真实质朴的生活经历而呈现的。从蒸汽机车到内燃机车,从电力机车到动车组,从"和谐号"到"复兴号","爸爸"成了中国为数不多的全履历火车司机。读者跟随作者一起,从小时候对"爸爸"职业的困惑、不满,到随着慢慢长大,越来越理解"爸爸"的工作,并在引以为傲的转变中,见证"爸爸"的追梦历程,感受中国铁路科技的高速发展。

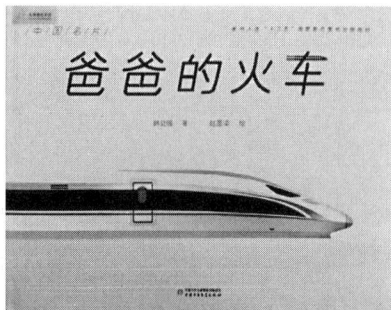

图 15-1

二、"图·文"解读

该书装帧设计、图文编排颇具匠心。如护封展开是一辆复兴号列车,拼贴画风格在黄色调

---

[1] 韩处暖,文;赵墨染,图.爸爸的火车[M].北京:中国少年儿童出版社,2020.

背景的衬托下，更具质感和现代感；封面是女孩趴在窗口看着爸爸开过的列车奔跑在轨道上，与周围黄色调的草木浑然一体，点明主题；前环衬上印着怀旧复古的老物件，后环衬色彩明亮的现代高科技信息化设备，展现科技带来的变化。画面巧妙地利用火车、铁路、窗户等形成了平行线构图，给人一种平稳而宁静的感觉。

文字的处理也特别用心，如护封上的"车"字最上面的一横是列高铁，"脏兮兮"三个字旁边画上淡淡的灰尘，"轰隆隆"加大了字体，"怪怪的味道"采用弯曲的书写形式，"蛋糕"用俏皮可爱的字体来体现……图与文的安排巧妙地融合了"轻"与"重"，将清晰的文字置于厚重的图画之间，生动传神地实现了作品的意义表达。

三、共读的对话与思考

1. 与幼儿共同阅读本书时，教师可以引导幼儿关注几个对比：从"脏兮兮"到"干净多了"，从"一走好几天"到"一天内往返"，从"把人吓坏的轰隆声"到"飞一样的感觉"……体会科技带来的变化，感受独有的"中国速度"。通过和幼儿充分交流是否坐过高铁、坐高铁的感受等，来就作品细节进行体验式交流。还可以进一步与幼儿聊聊"爸爸有哪些秘密？""爸爸是怎样实现他的愿望的？"引发幼儿关注爸爸为实现梦想所作的坚持和努力。

2. 书中的爸爸、火车都有现实原型，教师可以通过照片、视频资源、实地参访等途径，引导幼儿进行呼应和拓展。

3. 故事正文之外所附的三页补充，提供了另一种阅读模式。教师可以朗读其中的文字，供幼儿欣赏与模仿，帮助幼儿获得说明性语言的表达经验。教师可以提供火车主题系列图画书《中国高铁》《丝路高铁》等，丰富幼儿的阅读经验；有条件的还可以组织幼儿参访中国铁道博物馆，引导幼儿进一步了解铁路和火车的发展史；展示央视等媒体对故事主人公原型韩军甲师傅的深度报道视频，组织幼儿探讨"你喜欢韩师傅吗？为什么？"，引发幼儿对于梦想与坚持的关注。

4. 参阅书目239《我爸爸是军人》，了解绘者赵墨染的创作特色。

（解读人：顾明凤、姚苏平）

016 《爸爸呢？ 小狮子的白天与黑夜》[1]

一、内容介绍

《爸爸呢？ 小狮子的白天与黑夜》（图16-1）以"我们小狮子"的口吻讲述儿童的恐惧对象——黑暗、闪电、雷鸣、噩梦、孤独，以及驱散这些恐惧的力量源泉："爸爸"。小狮子精力充沛、天不怕地不怕、招猫逗狗的种种举动，对应了儿童不谙世事、"心不设防"的特征；不合常理

---

[1] ［斯洛文尼亚］兹加·科姆贝克，文；伊万·米特列夫斯基，图. 爸爸呢？ 小狮子的白天与黑夜[M]. Tinkle，译. 北京：作家出版社，2017.

的梦中情景,又将它的恐惧感渲染得生动、逼真、强烈;进而,通过大狮子的庞大形态,充分传达了"爸爸"所给予的安全感之强,凸显这一作品的主题。

图 16-1

二、"图·文"解读

这本图画书的动物形象设计独特,具有明显的木雕风格,多使用粗朴的直线条及规整的几何线条,组合出小狮子横眉竖眼、有些莽撞的稚拙样貌。这个到处撒欢的"熊孩子",却有极其胆小的一面:"遭到怪鸟群围攻"的场景形象表达了小狮子的恐惧感受。之后,以大狮子铺满画面的四条腿,传达出"父亲"形象的伟岸高大,也揭示了小狮子获得安全感的"物理"因素。从孩子的角度表达这种经验,比一般的"亲子和乐图"来得更加新颖,给读者以别样的感受。

三、共读的对话与思考

1. 尝试以富于变化的语调,读出小狮子独白的情感起伏,分别表现无忧无虑、战栗恐惧、得到保护的不同状态;对比描述小狮子强壮勇敢的状态与害怕时的面部细节变化,讨论作品画面的表达方式:想象中是目光阴沉可怕的怪鸟,现实中则是眼睛圆圆的小鸟。

2. 问题设计:进一步延伸至幼儿自己的心得:"你害怕什么? 有过什么特别难忘的害怕时刻?""小狮子在空荡荡的草原上会感到害怕,你有过类似的经历吗? 在哪里会感到害怕?"

3. (1)对于能随时享受父爱的幼儿,此书是一次日常感受的提炼升华,帮助孩子更自觉地回味与父亲相处时的安全感,实现对日常生活的深切感知;对于缺乏父爱,甚至无法获得父爱的幼儿,此书则是不免带有些苦涩味道的想象与寄托:鉴于"丧偶式育儿"以及单亲家庭在当代之多,将小狮子和爸爸相处的快乐当作一种并非理所当然,而是偶然性的"美好时光"来欣赏,也可以是一种情感成长的功课。(2)小狮子的独白也是对家长的一种情感教育。它在强调、提醒:父母自身的日常状态、生活表现,父母能否坦然自信地担当家庭的重担,对于幼儿当下的宁静快乐有极其直观的影响,对幼儿未来的成长也有举足轻重的意义。

(解读人:盖建平)

017 《百鸟朝凤》[1]

一、内容介绍

《百鸟朝凤》(图 17-1)讲述了一个"故事中的故事",讲一个叫团子的小男孩骑着小狗变成

---

[1] 杨帆,臧旭,苏文豪,等.百鸟朝凤[M].昆明:晨光出版社,2020.

的麒麟走进梦中，越过城市，穿过丛林，来到了一座古城。夜晚，团子被麒麟放在房檐上，然后被白鹭牵引着看到了"百鸟朝凤"的场景。团子在惊讶之余，听白鹭讲了一个故事：很久很久以前，凤凰只是一只平凡的小鸟，它从早到晚忙着收集粮食，终于在灾害不断、百兽断粮的时候，救助了所有的鸟儿；于是百鸟将自己最美丽的羽毛贡献给了凤凰，并奉凤凰为神鸟。就在这时，团子被妈妈叫醒了，然后和妈妈一起读了《百鸟朝凤》的故事。

图 17-1

故事构思巧妙，将百鸟朝凤的传说放到一个孩子的梦境中讲述，相当于用孩子的眼睛和耳朵来看图、听故事，而梦境和神话的浪漫也相得益彰，更加突出了凤凰作为"神鸟"的形象。该书曾荣获第二届金钥匙绘本创作大赛金奖，配有的《绘本导读》和《作者说》，介绍了本书的创作背景和特色。

二、"图·文"解读

根据《作者说》可知，该书在绘制过程中受中国传统工艺美术的影响很大，在创作过程中运用了大量的中国传统图案，如麒麟、凤凰、孔雀、花窗、青花瓷、牡丹、祥云、建筑、屋脊六兽、仙鹤、山水、梅花鹿等，"像是中国传统图案的大融合"。尤其值得称道的是书籍最中间的对开页，合上是以白色为主基调的冰冷和萧索，打开是以红色为主基调的温暖和灿烂，表现出了百鸟受凤凰恩惠前后的变化，非常精彩。

三、共读的对话与思考

1. 问题设计："团子的梦充满奇幻的色彩，你有做过这样奇幻的梦吗？""为什么小狗会变成一只麒麟，你在现实生活中见过麒麟这种动物吗？""仙鹤这种鸟的形象有什么特点？""绘本中的图画背景一共有多少种颜色？分别对应着什么样的场景？""团子在现实中和梦中穿的衣服和发型有何不同？""百鸟为了向凤凰表示感谢，奉献出了自己最漂亮的那根羽毛，你在对帮助过你的人表示感谢的时候，愿意拿出自己最喜欢的东西吗？"

2. 模仿讲故事：请你也讲一个"故事中的故事"吧，比如一个叫某某的小孩子，做了一个梦……

3. 在阅读这部图画书的时候，需要同时关注安全教育。书中有小男孩团子在梦中坐在屋檐上的画面，要和幼儿讲清楚：这是梦境，是艺术的表现，在现实生活中，是不可以坐在屋檐上的。

（解读人：邹青）

018 《白雪公主织怪物》[1]

一、内容介绍

《白雪公主织怪物》(图 18-1)以"意外"为基本要素:主人公白山羊名叫"白雪公主",却与原题故事毫无关系,令人意外;毛线能编织成活物,是个大意外;"白雪公主"是猛兽、怪物的创造者,未必能控制得了自己的造物,毛线动物能够自动地完成最后的一点自我编织,这倒不太意外;用大怪物吞噬掉猛兽,又及时拆除怪物将它还原成毛线,绵羊太太也受了教训,道了歉,故事似乎已经圆满收尾;此事之后,"白雪公主"正在编织的"青草地",却显然是只心怀叵测、静静等待的大鳄鱼……接下来会发生什么样的意外,便是小读者们要自行设想、思考应对之策的内容了。

图 18-1

二、"图·文"解读

该书的笔法貌似随意却传神。白山羊的头部轮廓全靠野外的黑色背景衬托出来,其余部分则与雪地融为一体,极力强调其"白",激发小读者对此实景效果的极力想象。作为故事最大看点的毛线动物形象,最富个性风格——以小块的艳粉、钴蓝、朱红、亮黄的水彩色块零星点缀着棕褐色的主体色彩,体现的是多色毛线的局部拼接效果,也展现"白雪公主"标志性的编织风格——随意、一气呵成,追求的是形制的完整而不是色彩的齐整,自由感十足。这样的画风与故事情节的构思风格一样出人意表,如同结尾中那条绿色鳄鱼——故事主人公在历险成长之后,仍有新的险境、新的难题出现。

三、共读的对话与思考

1. 问题设计:"故事的缘起是绵羊太太对'白雪公主'的挑剔挑衅,她挑剔的理由有哪些?""对挑衅,白雪公主如何应对?"〔它不仅"我行我素"、专注于飞速编织,而且"超常发挥"——不仅飞快地织出一个比一个大的、活的猛兽(狼—虎—怪兽),而且迅速想到了化解危机的办法——抓住活怪兽作为"编织物"的原有本质,加以操纵并拆解〕"'白雪公主'在埋头编织的时候,真的'一丁点儿也没在意绵羊太太说些什么'吗?""为什么她会织出大灰狼?"

2. 为绵羊太太"配音",用声音演绎这个人物。

3. 故事依托于毛线编织的经验心得——手织速度颇快,编织是转线为面、拆掉比织成更

[1] 〔荷〕安娜玛丽·梵·哈灵根.白雪公主织怪物[M].王奕瑶,译.济南:山东教育出版社,2016.

快，且拆下来的毛线总会是曲曲弯弯的一大堆。结合故事辨认这些细节，加上家长回忆讲述，可以给小读者增添间接的生活阅历，建立起与"过去的生活"——织毛衣的年代的情感联系。至于"白雪公主""走自己的路，让别人去说吧"的基本态度，本就是当代流行的；对此，宜将幼儿的关注点引到白山羊出神入化的编织技法——它来自专注地投入，以及"织出活物"的创造乐趣和非凡力量。

（解读人：盖建平）

019 《百鸟朝凤》[1]

一、内容介绍

这本《百鸟朝凤》（图 19-1）是"中华传统经典故事绘本"中的一册，对百鸟朝凤故事进行了一定的改编：凤凰本是一只不起眼的鸟，因此被孔雀等其他漂亮鸟儿嘲笑。在其他鸟儿炫耀美丽羽毛的时候，凤凰每天都在忙着储存食物，并且因此再次受到孔雀等鸟儿讥讽。一年夏天发生了旱灾，很多鸟儿都饿死了，凤凰就把自己储藏的食物拿出来分给大家，然后又飞到更远的地方寻找食物。终于等到了秋季的一场大雨。于是，以前嘲笑凤凰的鸟儿，都开始感激凤凰的恩德，从身上找出最漂亮的羽毛，为凤凰织成了一件百鸟衣，并在凤凰生日那天送给了它，凤凰非常开心，请大家吃了水果大餐。从此，凤凰不仅有了漂亮的外衣，还被推举成鸟王，每逢凤凰过生日，鸟儿们都会从四面八方赶过来，这就是传说中的"百鸟朝凤"的故事。

图 19-1

这一版《百鸟朝凤》故事最为突出的特点就是"生活化""童话化"和"去神话化"，把动辄持续一百年的灾害改编成一年的夏季和秋季，模仿丑小鸭的情节增加了嘲笑凤凰丑的孔雀，结尾取消了凤凰浴火涅槃的情节，将"百鸟朝凤"解释为众鸟给凤凰过生日。这样改编，就把一个神话故事变成了一个童话故事，虽然削弱了神话故事的浪漫和神秘，但也增强了童话感，可能更方便喜爱童话故事的孩子理解。

二、"图·文"解读

这一版《百鸟朝凤》采用中国画的风格进行编绘。在故事的一开始，凤凰还是一只"丑小鸭"，除了喙之外，只有黑白两色，用浓淡相间的墨色描摹，而高傲的孔雀则拖着非常长的美丽尾巴，挺胸、抬头、闭眼，有着傲慢的姿态。与之形成对比的是，在百鸟为了向凤凰表示感谢，为

---

[1] 哈皮童年.百鸟朝凤[M].福州：福建科学技术出版社，2017.（书目 019《百鸟朝凤》、093《后羿射日》、118《孔融让梨》、171《盘古开天地》是同一书系。）

他织造了百鸟衣这一部分,开始采用绚烂的色彩并做成渐变色,而此时已经服膺凤凰的孔雀,已经不再强调它的美丽长尾巴。孔雀和凤凰着色的对比,对突出故事的情节和角色的性格起到重要作用。另外,花鸟虫鱼、山石树木是中国画最擅长表达的元素,本书也对此充分利用,使每一个细节都透露着中国画的审美追求。

三、共读的对话与思考

1. 问题设计:"你是如何看待孔雀这个形象的? 它有哪些优点,哪些缺点?""凤凰的美丽主要体现在哪些方面?""凤凰为什么可以成为'百鸟之王'?"

2. 对比阅读:这一版《百鸟朝凤》故事和《丑小鸭》故事有何异同?

3. 角色扮演:表演凤凰和孔雀的故事。

4. 观看电影《狮子王》,与《百鸟朝凤》对比,思考"草原之王"狮子王和"百鸟之王"凤凰的共同特点是什么。理解"欲戴王冠,必承其重"的道理。

(解读人:邹青)

020 《白鹤日记》[1]

一、内容介绍

《白鹤日记》(图 20-1)是一本关于白鹤的科普图画书,呈现了美丽的白鹤的成长过程、生活习性,以及白鹤对湿地环境的生存要求。作品采用小白鹤"日记体"的方式,讲述了小白鹤生长的点滴日常:小时候一点也不白—住在湿地—吃小鱼小虫—和旅鼠朋友的友谊—满月—学飞—过冬—结交新朋友—长成像爸妈一样的白鹤。每一帧画面都记录了小白鹤成长的关键期和难忘时刻。小白鹤的"日记"语言简洁、画面动人,不仅写出了时间、地点、人物、事件,还写出了白鹤的心理活动,充满了童真童趣;既观照了白鹤生长的实际境况,又科普了湿地水禽生活的多领域知识。

图 20-1

二、"图·文"解读

该书利用水彩的水色交融和干湿浓淡变化使画面呈现出虚实相结合的效果,让读者仿佛置身于真正的湿地世界中。清新可人的画面、天色光影的变幻,还有白鹤身体细腻的纹理,都

---

[1] 胡雅滨,文;吉祥小左,图.白鹤日记[M].上海:华东师范大学出版社,2020.

赋予了画面蓬勃的生命力。如果单看画面，幼儿较难理解白鹤的心理变化历程，而文字的加入，有效补充了画面的内容，使幼儿不仅可以获得一种独特的审美体验，而且能够感知生命的循环与生生不息，起到了图与文分别讲述，又彼此互文的作用。

三、共读的对话与思考

1. 对幼儿来说，掌握这个故事的主线并不难。(1)阅读前可以和孩子聊聊"什么是日记？""白鹤的日记会讲些什么呢？"帮助幼儿感知本书独特的表现方式。(2)阅读中，引导幼儿观察画面细节，感受白鹤的心理。通过"白鹤的爸爸妈妈是怎样陪伴他成长的？"等问题，帮助幼儿感受爸爸妈妈对孩子的爱，从而珍视生命的成长。本书最后的一段文字，教师可以朗读给幼儿听，围绕"为什么白鹤越来越少？""我们可以做些什么呢？"与幼儿展开讨论，帮助幼儿整体了解世界濒临消失的动物西伯利亚白鹤的生存状态，激发关爱自然生命、保护环境的情感与意识。(3)阅读后，教师可以通过"你最喜欢这本书的哪一页？为什么？"等问题，引导幼儿说说对本书的看法。

2. 共读的过程中，教师可以引导幼儿观察白鹤生长变化的过程，围绕重点画面，对白鹤的生活史进行有序、连贯的讲述；阅读该书可以引起幼儿对白鹤生长习性的认知兴趣，教师可以进一步引导幼儿观看《鸟的迁徙》等纪录片，互相交流，加深对迁徙、湿地的理解；教师还可以引导幼儿发现日记的表达方式，学记日记；当然还可以引导幼儿用舞蹈、律动来表现白鹤美丽的样子。

（解读人：顾明凤、姚苏平）

021 《百鸟朝凤》[1]

一、内容介绍

《百鸟朝凤》(图 21-1)讲了一个历史神话故事，是"小喇叭嘀嗒绘本·中国原创故事"中的一册。故事源于《太平御览》九百一十五卷引《唐书》："海州言凤见于城上，群鸟数百随之，东北飞向苍梧山。"讲述了凤凰因救助天下苍生被封为百鸟之王的故事：从前，东海上有一片叫作"沃野"的乐土，有各种各样的鸟儿，凤凰住在东岭最高的丹砂洞里，后来天神开始争吵，世界开始出现纷乱的迹象，凤凰很担心，就开始四处搜集食物装满山洞。后来暴风雨下了一百年，花草树木皆淹没，鸟儿们没有了食物，凤凰就把食物分给鸟儿。再后来一百年的雷火烧光了森林和草原，凤凰为了保护鸟儿，就又把食物分发给了野兽，任由它们搬空了山洞。后来共工撞断不周山，天火四处燃烧，凤凰就在梧桐树上查看天火，守卫鸟儿，一直

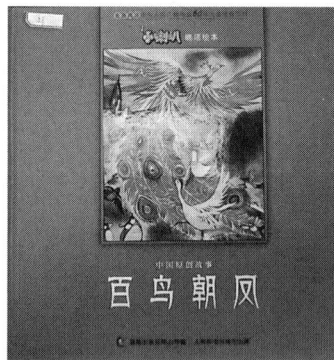

图 21-1

---

[1] 武汉江通动画传媒股份有限公司.百鸟朝凤[M].北京：人民邮电出版社,2017.

等到女娲补天,凤凰又用了一百年啄沙灭火,直至精疲力竭。鸟儿们为了感谢凤凰,都把自己最漂亮的羽毛给了凤凰,于是凤凰穿着百鸟衣浴火重生,并被伏羲封为"百鸟之王",鸟儿们纷纷前来朝贺。这个故事歌颂了凤凰的大爱和担当,也可能像大禹治水、诺亚方舟等中外早期神话传说一样,隐含着先民们曾经遭受自然灾害并努力对抗的文明记忆。

二、"图·文"解读

全书主要色彩鲜艳浓烈,极具视觉冲击力,兼具东西方绘画的审美特色。凤凰的形象从早期胖胖圆圆的卡通形象,到后来浴火重生后的高贵美丽,变化尤为明显。该书环衬页底色为明艳的橘红色,辅以羽毛和仰望天空的众鸟,切近故事主题。第20—21页的"百鸟衣"图用抽象浪漫的笔法表现百鸟对凤凰的感激之情,让读者印象尤为深刻。

三、共读的对话与思考

1. 问题设计:"观察环衬页的羽毛,猜测为什么会有这么多的颜色?""在故事的一开始,图画主要的色调是什么? 在灾难发生之后,图画的色调有什么变化? 在故事的结尾,色调又有什么变化? 为什么?""你喜欢白白胖胖的可爱凤凰,还是穿着百鸟衣浴火重生的凤凰?""在现实世界里,有凤凰这样一种鸟吗? 为什么在神话故事中会出现凤凰这样一种形象?"

2. 欣赏唢呐名曲《百鸟朝凤》。

3. 该作品可以与多领域融合,拓展活动。如:(1)作品里的故事、图画与音乐《百鸟朝凤》有着共同的主题,那么它们的表达方式有何不同? 可以和幼儿开展讨论。(2)在网络上搜集各种各样的凤凰形象,请幼儿总结凤凰形象的共同特点并讨论原因。

(解读人:邹青)

022 《伴我长大经典童话》[1]

一、内容介绍

《伴我长大经典童话》(图22-1)把中国孩子喜爱的故事做成精美的图画书,让中国文化在孩子们幼小的心灵中扎根。本书精选了《三只蝴蝶》《萝卜回来了》《雪孩子》等二十个故事,这些故事几十年来不断被讲述,成为陪伴几代中国儿童成长的经典童话。其中有脍炙人口的中国经典幼儿文学作品,也有来自像《伊索寓言》这样的作品的凝聚着人类智慧和思想的优秀民间故事。作品内容涉及友谊、

图 22-1

---

[1] 冰波等,文;朱成梁,等,图.伴我长大经典童话[M].北京:教育科学出版社,2016.

勤奋、分享、团结、勇敢等美好而珍贵的品质，生动而全面地呈现了中华优秀传统文化和社会主义核心价值观。这些经典幼儿文学作品语言简洁优美而富有童趣；情节引人入胜；形象活泼可爱，可以让孩子们感受到母语及其文化的美好。

二、"图·文"解读

《伴我长大经典童话》中的图画由中国著名图画书画家蔡皋、朱成梁等 16 位老中青艺术家倾情创作，他们根据每个故事的特点，用不同的色彩、构图、造型演绎出风格多样的精美图画书，使那些曾经感动了无数中国儿童的经典童话焕发出新的生命活力。朱成梁老师承担本套丛书的装帧设计，他以独到的艺术表现力，赋予全书以灵性、美感和儿童性。不同图画书名家以富有当代气息的艺术手法重新演绎经典童话，使"经典"获得再创作的新形态，使儿童得到图文共生的浸润，使这些图画书成为儿童童年的美好陪伴。

三、共读的对话与思考

1. 问题设计："你最喜欢哪个故事？为什么？"
2. 分角色表演该作品。
3. 该作品可以与多领域融合，拓展活动。如：(1)可以亲子共读，感受图画书里的故事情节；(2)选择自己喜欢的故事，与小伙伴互相讲述分享；(3)可以与家长一起，尝试对故事中的经典形象进行绘画、手工等艺术创作。

（解读人：杨燕、姚苏平）

023 《包子一家》[1]

一、内容介绍

《包子一家》(图 23-1)是一个从食物开始的故事，展示了包子一家其乐融融的热闹场景。

故事巧妙地用拟人化的自述方式呈现包子"家庭成员"各自鲜明的特点，展示出每一种包子的可爱之处："我们包子家的成员都喜欢蒸桑拿""我们一家都白白胖胖""水煎包黄澄澄""生煎包白嫩嫩""一个亮晶晶""一个白莹莹"……这种独特、新颖的叙事视角，非常容易让幼儿与包子一家产生共情，引发充满童趣的情

图 23-1

[1] 邱佳业，文；黄润佳，图.包子一家[M].南京：南京师范大学出版社，2020.（书目 023《包子一家》、128《姥姥的红烧肉》、160《奶奶的麦芽糖》、190《软软的　黏黏的》是同一书系。）

绪反应。

二、"图·文"解读

该书用了水彩渲染的技法，呈现出湿润、柔和的画面效果。形象夸张有趣、内容诙谐幽默，如"蒸桑拿""手拉手跳舞"等画面，把包子一家成员画得娇憨可人、俏皮鲜活，增添生趣，能够让幼儿在静态的画面中感知包子的动态表现，带给幼儿愉悦的阅读体验。物体的轮廓线清楚而不杂乱，能让幼儿仅看画面也能"读"出故事的大意。书中大量运用了低饱和度的色彩，使"留白"的包子更加突出，简明而清晰的文字对整个场景进行了补充说明，起到了图文互补的作用。

三、共读的对话与思考

1. 该书内容简单，却包含很多有趣的、有意义的细节。例如包子一家每一个成员都是有生命、有情感的个体，他们或展开辩论，或手拉手跳舞，幼儿可以感受一家人亲亲热热在一起的温馨，从而认识包子，爱上包子。再如包子一家"蒸桑拿"（寓意蒸蒸日上）的画面，通过破酥包和叉烧包页的舞狮子画面，烤包子页浓郁热烈的红色，各种包子馅儿页的中国宫灯、糖葫芦等中国元素，幼儿可以感受美食中的中国文化。教师可以根据幼儿阅读时的关注点，随机进行引导扩展。教师可以拓展相关的活动，例如以故事中包子制作过程图为蓝本，在生活区提供相关材料和工具，鼓励幼儿动手做一做包子。教师也可以提供《舌尖上的中国》视频，使幼儿在欣赏、交流中，感受博大精深的中华美食。

2. 阅读该书，幼儿可以在具体的故事情境中积累拟人化语言、比喻修辞等进行表达的经验，提高语言表达的生动性和形象性。读到最后一页时，建议教师可组织幼儿围绕"烧卖是包子家的吗？"这一话题展开辩论，并开展跨文本阅读，通过阅读《好吃的东西》系列丛书，引导幼儿在比较、联想、想象、表达中，探究不同食物的特点，发展思维能力，加深对食物的认知。

3. 可以带领幼儿一同做点心，或者用画画的方式，来加深对"包子一家"的认识。

（解读人：顾明凤、姚苏平）

024 《鼻子鼻子　阿嚏阿嚏》[1]

一、内容介绍

《鼻子鼻子　阿嚏阿嚏》（图 24-1）是《崔玉涛讲给孩子的身体健康书》丛书中的一本，是儿

---

[1] 崔玉涛，文；杨辉，图. 鼻子鼻子　阿嚏阿嚏[M]. 北京：北京出版社，2019.（书目 024《鼻子鼻子　阿嚏阿嚏》、079《骨头骨头　咕噜噜》、291《小手小脚　好朋友》是同一书系。）

科医生崔玉涛的首部原创身体健康书。该套图书通过牙齿、骨头、眼睛、鼻子、屁股和小手小脚六大萌宝形象的经历,向孩子展现身体王国的奇妙之处。丛书均采用小故事、小课堂和小游戏相结合的形式,寓教于乐,给孩子传递与身体有关的健康知识,其游戏性、趣味性较强。语言平易朴实,易于幼儿理解和喜欢。从幼儿认知规律来看,"鼻子"是其尤为感兴趣的身体部件。作品通过文字提问、画面解答的方式,围绕"什么时候鼻子宝宝会打喷嚏?""鼻孔里有什么?""鼻毛有什么作用?""有哪些神奇的鼻子?""鼻子宝宝可能会生哪些病呢?""怎样保护鼻子宝宝?"等问题,作了图文并茂的解答。

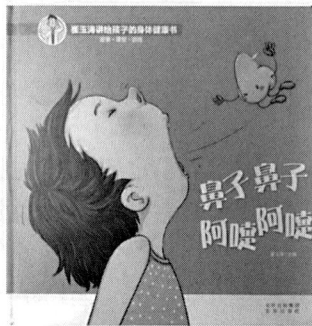

图 24-1

二、"图·文"解读

该书画面简洁明快、童趣十足,构图简单,大面积的留白和浅色背景给孩子的阅读提供了一个可以展开想象的空间。书中的人物形象简单可爱,容易引发幼儿的阅读兴趣。很多段落采用气泡式文字对话的排版,增加了故事的互动性,让孩子轻松理解;有部分幼儿无法仅凭画面来理解故事,文字承载着讲述故事的重要功能。

三、共读的对话与思考

1. 书中的故事和"一起上小课堂"部分,以图画结合文字描述的方式介绍鼻子的构造、功用等。建议师生共读或亲子阅读。在阅读的过程中,成人可以有详有略地先将文字读给幼儿听,根据幼儿的兴趣,对"呼吸是特别奇妙的事,鼻子里有什么秘密?""空气进入了哪里?""为什么我们会打喷嚏?""看起来不起眼的鼻子有哪些作用?"等问题展开讨论。教师也可以为幼儿提供镜子等工具,或提供相关的视频,帮助幼儿理解并获得与鼻子相关的经验。

2. "一起玩小游戏"部分,教师可以引导幼儿在"画一画鼻子的全家福"中动手添画鼻子和涂色,在游戏中练习绘画技能,表达认知和情感。

3. 幼儿在反复阅读该书的过程中,巩固对鼻黏膜、嗅神经、鼻腔和鼻窦、鼻息肉等专业名词的经验;树立保护好自己鼻子的意识和方法;拓展对不同动物、不同地区的人的鼻子的认知。教师也可以提供《崔玉涛讲给孩子的身体健康书》系列中其他几本书,萌发幼儿探究生命科学的兴趣。

(解读人:顾明凤)

025 《彼此树》[1]

一、内容介绍

《彼此树》(图 25-1)着眼于人类应当同呼吸共命运的当代话题,以牛和鸳鸯各有理由地深爱同一棵大树、以树为家,彼此间却猜忌、提防为故事缘起,以双方敌意升级、各自"备战"、无视现实中的最大威胁——风灾为主要情节,以大树经历两次风灾倒掉后,双方终于看清现实,以此和睦合作、重新种树为结局。这个简单的故事,隐喻了不同文明间的相处之道,呼应了我国在国际关系领域"各美其美,美美与共"的主张。

图 25-1

二、"图·文"解读

《彼此树》号称"中国故事",画面里点缀了许多西方读者最熟悉的中国文化符号,除了龙、熊猫,还有穿山甲、金丝猴等中国原产动物的形象。画风则属于最典型的传统英式风格——浓墨重彩的写实油画,故事主人公"牛"的形象并非中国黄牛、水牛,而是苏格兰高地牛,同样隐含了作者的英系文化背景。鸳鸯是中国的水鸟,在该书中却是在平原上的树根下挖洞穴居,还痴迷于红底白点的奇特蘑菇;它架着二郎腿的体态动作以及沙滩椅等生活设施,又是迪士尼式的。对于中国读者来说,这其实是部"异国情调"的作品。

该书的壮观之处在于结尾的大折页,在牛和鸳鸯的故事告终后,大折页打开来,乃是一幅悬于宇宙星云背景中、枝繁叶茂的地球图,以强烈的视觉冲击为该书点题。

三、共读的对话与思考

1. 问题设计:"为什么牛和鸳鸯把大树简单地当成是'自己的',并且怀疑对方是想抢夺自己的心爱之物?""哞哞梅和嘎嘎菇如何得名?""双方误解发生的源头是什么?""评价双方从吵架到'整军备战'的升级过程,有没有可能在争吵中找到彼此沟通的机会?""尤其重要的是——它们有没有可能及时地发现大树将倾这个真正的危机?""大树倒掉是天灾还是人祸?""如何避免大树倒掉?(树的根基如何稳固? 树头的形态是否影响了它的抗风力?)"

2. 引导幼儿识别:虽然号称"中国故事",但绘本中的"目光"仍是西方的。辨析其中的西方图像形式、元素,就是一种跨文化的阅读。

3. 幼儿以全知视角全景观察,可以充分直观地认识到牛和鸳鸯双方彼此误解、隔绝的荒

[1] [澳]葛瑞米·贝斯,文图;陈颖,文.彼此树[M].武汉:长江少年儿童出版社,2019.

诞之处，认识沟通的重要性和合作的必要性。同时，需要引导幼儿认识国际关系的历史现实——国家之间是不是如同牛和鸳鸯一般，各有所好、互不干扰？区分故事里"双方心态、地位、做法都一样"的平等结构，和历史现实里国际秩序的不平等结构，从而发展一种务实的国际眼光。

（解读人：盖建平）

026 《别让太阳掉下来》[1]

一、内容介绍

《别让太阳掉下来》（图 26-1）是一部视觉冲击力强烈，洋溢着稚拙童趣、天真勇气的奇妙作品。小动物们想要阻止太阳掉下来，一一使出浑身解数：小鸟（天上）、猴子（山顶）、松鼠（树梢）、牛（半山腰）、熊猫（山谷）、袋鼠（山脚）、猫（平地），随着太阳一点点下沉，动物们接力"捆""撬""托""顶""举""驮""抓"，甚至想"挖"出太阳。当太阳再次升起的时候，小动物们高兴地欢呼："太阳被我们挖出来啦！"它们的美好愿望通过齐心协力的努力"实现"了，这份情感上的信赖、认同以及它们的协作令整部作品闪耀着人类童年的勇气和温暖。

该作品获得第五届中国出版政府奖提名奖、布拉迪斯拉发国际插图双年展（BIB）金苹果奖、陈伯吹国际儿童文学奖图书（绘本）奖、文津图书奖等。书中附有朱成梁、郭振媛的创作谈和阿甲的导读。

图 26-1

二、"图·文"解读

绘者朱成梁综合运用了民间剪纸、木版年画、玩具刺绣、漆画等元素，以朱红、金色为主色调，以方、圆、半圆来分割画面，塑造了憨态可掬的民间动物玩具形象和极具镜头特效感的场景。封面和封底的"太阳"采用了磨砂的质地；书名页采用竖排的方式，仿佛汉字用"叠罗汉"的方式把太阳顶起来。

三、共读的对话与思考

1. 问题设计："故事里有几个小动物？它们分别用什么方法不让太阳掉下来？""小松鼠用

---

[1] 郭振媛，文；朱成梁，图. 别让太阳掉下来[M]. 北京：中国和平出版社，2018.

什么去'托起'太阳?""小花牛为什么不用头上的角去'顶'太阳?""是谁第一个发现太阳又升起来了? 它有没有做'别让太阳掉下来'的事情?""你知道太阳为什么会'掉'下去吗?""你和小伙伴一起做过什么高兴的事情?""接下来你想和小伙伴一起做什么有趣的事情?"

2. 与幼儿一同探索民间艺术的原始魅力和童趣之美。例如漆器的工艺、陕西的泥玩具、河南的民间玩具。尽管"袋鼠"并非中国本土动物,但它身着粉红和石绿色的衣服,色彩和画法与中国传统民间玩具十分接近。每个动物都以不同的方式托举太阳,齐心协力完成一件事,实现共同的愿望,引导幼儿体味其中所蕴含的人类美好的情感和团结的力量。

(解读人:姚苏平)

027 《冰波童话》[1]

一、内容介绍

《冰波童话》(图 27-1)收录了《螃蟹小裁缝》《小熊的阳光》《一座房子和一块砖》《会动的房子》《变大变小的狮子》《小老虎的大屁股》《小熊的森林》《独角兽妹妹》《梨子提琴》《小丑鱼》等十个童话,是一套抒情而唯美的短篇童话集。比如著名的《梨子提琴》讲述了小松鼠用梨子做了一把提琴,他的音乐让整个森林安静了下来,动物们不再追来打去了,全都在音乐中获得了心灵的洗礼。幼儿不仅会在这套书里感受童话故事的美好和生命力,还可以从中体验到音乐启蒙的非凡魅力! 一本书虽然是无声的,却可以使读者在作家的文字和每一页插画的浓郁色彩中,感受时间的流淌和大自然万千的变幻。整部作品流露出的淡淡的忧郁和浓浓的诗意,就像山涧清泉那样流淌不竭,沁人心脾。

图 27-1

二、"图·文"解读

该书绘者运用水彩画来展现小松鼠拉小提琴时所散发出的巨大感召力量。通过水彩渐变晕染技法,勾勒出小松鼠拉小提琴的背景色彩以及琴弦上的金黄色,预示着生活将从其常态向更高层次飞升。整个故事的画面在大小和色调上呈现出丰富的变化:在幽暗的蓝绿色调中,白色光晕和动物的影子交织在一起,营造出一幅月光轻泻的梦幻画面;原本栖息在树上的小松鼠,生活在朴素的色彩环境中,但当它拉起小提琴时,琴弦上的一缕金黄色如同丝线般飘浮起来,缭绕在寂静幽深的山谷之中;右上方的天空则呈现出由紫、蓝、红、橙、黄过渡的彩虹色系,这不仅表现了日夜和季节的变化,也体现了朝霞与晚霞的区别,色彩的变化象征着动物们不同的心态。

---

[1] 冰波,文;周建明,等,图.冰波童话[M].北京:教育科学出版社,2011.

三、共读的对话与思考

1. 成人的输入。(1)和幼儿一起阅读,引导幼儿观察画面,讨论:"小松鼠把梨子做成了什么? 又用什么做成了琴弓呢?""狐狸听到音乐后还追小鸡吗?""狮子听到音乐后还追小兔子吗?""这些梨子都被做成了什么呢?"(2)阅读后开展交流谈话,引导幼儿思考:"如果你的朋友不开心了,你会怎么做?""怎样传递快乐?"帮助幼儿学会做自己,感受生活的快乐。

2. 儿童的输出。在幼儿基本理解故事内容的基础上,鼓励幼儿围绕本书中的部分情节展开丰富的想象,为图画书增加新的故事内容。如:引导幼儿在第14—15页增加新的角色,来听小松鼠拉提琴,如"拉着拉着,地底下的鼹鼠也来听音乐"等。

3. 该作品可以与多领域融合,拓展活动。(1)语言表达:理解和学习使用重复的语言讲述故事,促进叙事性语言能力的发展,也为改编或续编故事情节提供着力点。(2)人际交往:尝试在集体中分享一个化解同伴争端的小故事,习得同伴之间和平相处、让友谊不断延续的方法。(3)艺术创想:学习图画书故事编构和画面设计的方法,在音乐熏陶中产生丰富的情感和想象。

4. 参阅书目178《企鹅寄冰》、314《一封奇怪的信》等,了解童话作家冰波的创作风格。

(解读人:任流萍、姚苏平)

028 《冰箱历险记》[1]

一、内容介绍

《冰箱历险记》(图28-1)构建了一个存活于冰箱中的菌群的童话世界,讲述了倍感孤独的乳酸菌"哆哆"在冰箱里寻找朋友的故事。作为一滴牛奶的"优优"对乳酸菌哆哆没有偏见,愿意和它做朋友。但是当优优想回到牛奶盒中时,却发现因为沾上了细菌,不能回家了。在牛奶盒妈妈的指引下,哆哆自我繁殖出很多的细菌,想帮助优优变成酸奶。在这个过程中,它们遇到了海绵太太,虽然海绵太太清理掉了很多乳酸菌,但冰箱里仍然有很多乳酸菌,它们不断自我繁殖,帮助优优变成了酸奶。当它们兴高采烈朝着酸奶阿姨家走的时候,突然遇到了喜欢让食物发霉的霉霉,好在海绵太太及时将霉菌清理掉。最后,大家来到了酸奶阿姨家,这里住着很多酸奶和乳酸菌,哆哆再也不孤单了。

图 28-1

二、"图·文"解读

该书采用非常明亮的色调呈现故事内涵。书中的图画虽铺满整个页面,但层次分明,重点

---

[1] 李卓颖.冰箱历险记[M].上海:上海教育出版社,2019.

突出。角色的特点也通过图案表达得非常清楚。比如,文中提及的乳酸菌的"自我繁殖"能力,前面画出了从分裂到分离的自我复制过程,同时配以文字"它会繁殖出几个一模一样的乳酸菌",后面的页面呈现中,既有已经分离的乳酸菌,也有在分离过程中还未完全分离的乳酸菌,这使得小读者能够更好地理解"自我繁殖"的含义。

三、共读的对话与思考

1. 问题设计:"哆哆是谁? 它要求做什么?""哆哆遇到了谁,它们怎么样了?""优优回不了家怎么办?""为了帮助优优变成酸奶,哆哆做了什么?""它们在去酸奶阿姨家的路上,遇到了谁?""霉霉喜欢什么?""是谁打败了霉霉?""哆哆最后找到朋友了吗? 它还孤单吗?"等。

2. 角色扮演:作品中的七个角色各具特点,幼儿可以通过扮演不同的角色来演绎故事内容,进一步加深对角色的理解和对实际物品的了解。

3. 后续的延伸活动中,还可以将该作品与多个领域结合开展活动。比如:(1)在健康领域,了解奶制品的发酵原理,知道注意卫生,注意食品安全;(2)在语言领域,创编朗朗上口的、有关卫生习惯的儿歌;(3)在社会领域,了解和理解他人的感受,学会与他人做朋友,能够主动帮助需要的人;(4)在科学领域,通过放大镜观察并了解细菌的更多知识;(5)在艺术领域,凭借自己的观察和想象,创作出更多有关细菌的"图话"故事或戏剧表演。

(解读人:张攀、姚苏平)

029 《兵马俑的秘密》[1]

一、内容介绍

《兵马俑的秘密》(图 29-1)借助英国男孩小杰克的一次奇幻博物馆之旅,展现中国兵马俑的制作工艺和秦朝的文化特质。故事缘起于中国的兵马俑要来英国巡展,小杰克高兴极了,睡梦中都会梦到古代的战场。在博物馆参观时,神奇的事情发生了:小杰克来到了秦朝,他跟随当地工匠,了解了兵马俑的制作过程,亲自参与了兵马俑的制作,认识了秦朝时将士们使用的各种兵器,发生了很多有趣的故事,他还知道了将军俑的小秘密……可是,那个带领小杰克来到这儿的神秘人到底是谁呢? 请小读者们在图画书中感受奥秘并寻找答案吧。

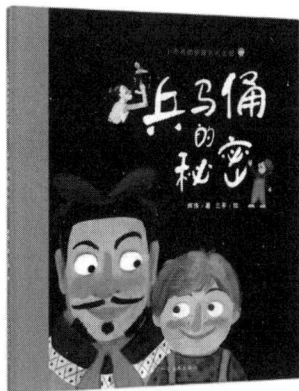

图 29-1

---

[1] 陈伟,文;三羊,图. 兵马俑的秘密[M].沈阳:辽宁科学技术出版社,2018.

二、"图·文"解读

该书图文紧密配合,互相诠释。文字"小杰克目瞪口呆,一片白亮的光芒笼罩住了他……",其配图是小杰克神奇地来到了兵马俑的制作现场:画面的呈现和文字相呼应,呈现方式具有较高的创新性。

在表现手法上,主要采用水彩画的方式,通过放大图画来凸显重点,整体颜色较为明丽,具有吸引力。由于读者对兵马俑的了解比较欠缺,对于主角展开奇妙之旅的方式也需要极具想象力,因此作者进行了大量的文字交代,对主角小杰克为什么能亲自了解并参与兵马俑的制作进行了较好的前期铺垫,让人易于接受。

三、共读的对话与思考

1. 问题设计:"小杰克围绕将军俑打转的时候发生了什么?""小杰克遇到了谁? 他做了什么?""将军俑怎么不见了?""带小杰克回去的是谁? 这到底是怎么回事儿?"等。

2. 阅读收获:该书还原了秦朝的文化特征以及兵马俑出土前的色彩与形象,使小读者仿佛置身于神秘的东方古国,与小杰克一起开启奇妙的文化之旅。作者将兵马俑的知识融入其中,让小读者在不知不觉中深入地了解中国传统文化,萌发爱国之情。

3. 知识拓展:该书最后几页介绍了兵马俑及其简单分类,每个兵马俑的制作过程,不同士兵所配备的不同兵器。这些科普小知识有利于小读者在了解兵马俑神奇故事之余,更进一步了解兵马俑和各式兵器的科学知识。

4. 情怀熏陶:通过刻画国外男孩小杰克对中国文化、对兵马俑的热爱,更进一步强调我们的小读者也需要掌握中国文化的精髓,了解我国传统文化和传统工艺,萌发身为中国人的骄傲和自豪。

(解读人:张攀、姚苏平)

030 《啵》[1]

一、内容介绍

《啵》(图30-1)是一本充分体现日本图画书的简约清新特质的作品。作品中的小老鼠排除万难,凭自己的努力和朋友的帮助,用亲吻向各种自己喜欢的动物表达出自己的心意。全书只出现过"啵"这个字,每一页的故事都跟"啵"密切相关,仿佛由亲吻组成了一曲清新愉快的乐章,洋溢着温柔与爱意。这本书旨在告诉人们:每个人来到这个世界时,都是一张白纸,因为遇

[1] [日]福田直.啵[M].上海:东方出版中心,2017.

到各种各样的人,发生各种各样的故事,人生才终于丰富多彩起来,就像这本图画书的主人公小老鼠一样,有爱的朋友们齐心协力托举它到达生命新的高点。

二、"图·文"解读

该书画风质朴,动物形象的勾勒简洁生动:简单的线条先牵下来,拐一个小弯儿,斜着上来一点点,这就是一只小脚丫了;两个不太规则的半圆挨在一起,就是一对大耳朵了;再来两个黑点点,眼睛也安上了;下面点两个红点点,就是腮红啦……寥寥几笔,就构成了本书的主角——一只小脸红红的老鼠。本书中使用的唯一的颜色是粉红色,但正是这唯一的颜色却表达出了小老鼠与被啵啵的小动物之间的爱。小老鼠在与每个小动物"啵"的时候都是两幅场景,很简单的画面,可能地上只有几根小草。啵啵的时候,泛红的脸颊是藏不住的爱,从黑白到粉红色的变化,前后表现出了小动物们被亲吻时的羞涩和甜蜜。

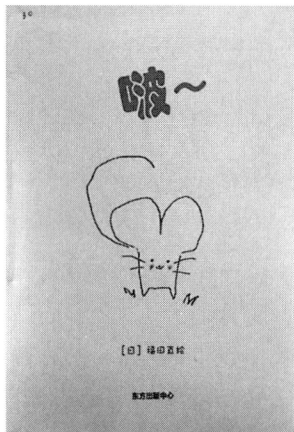

图 30-1

三、共读的对话与思考

1. 成人的输入。读完该书后,和幼儿一起交流"小老鼠分别亲吻了哪些小动物?""这些小动物都有什么特点?""这些小动物被亲吻后都有什么反应?""小老鼠最后收获了什么?""小老鼠还会亲吻哪些小动物?"将小动物与小老鼠之间的故事画下来,与同伴说一说。

2. 儿童的输出。(1)看一看,听一听,理解故事内容,在阅读区中撰写阅读记录。(2)在表演区罗列表演计划,进行角色分配,尝试角色扮演。

3. 该作品可以与多领域融合,拓展活动。(1)心理健康:学习大胆表达爱意,帮助、温暖别人。(2)语言表达:用接龙的方式讲述故事,提升故事理解能力、表达讲述能力。(3)人际交往:对别人保持爱意,最终也会收获来自别人的爱意。(4)艺术创想:尝试用简笔画、水粉画、水墨画等形式画出喜欢的故事情节,能力强的幼儿可创编、演绎整个故事。(5)科学认知:对小乌龟、大狮子、长颈鹿等小动物的高度有一定的了解,发现被亲吻的动物们个头越来越高,从而感受小老鼠为表达这份真诚与友好是竭尽全力的。

(解读人:任流萍、姚苏平)

031 《不痛》[1]

一、内容介绍

爸爸的爱，没人能替代，《不痛》（图 31-1）就是一本体现父爱与陪伴的图画书。在小眼镜猴的成长路上，有小小的梦想、小小的挫折和无尽的好奇，最重要的是有爸爸的爱与陪伴。小眼镜猴从树叶上取水喝，叶片上的锯齿割破了它的嘴唇，爸爸为它擦药，安慰它"不痛"。它在树上玩耍，被掉落的核桃砸中头，爸爸用一片神奇的叶子贴在上面，安慰它"不痛"。小眼镜猴成长的过程中遇到许多挫折，但那些伤痛每次都在爸爸的帮助、安抚中变得不痛了。简简单单的一句话，凝聚了爸爸对孩子深沉的爱。爸爸陪孩子长大，希望当爸爸自己渐渐老去时、受伤时，孩子也能告诉他："有我陪着你，不痛。"

图 31-1

二、"图·文"解读

该书绘者用"钢笔画"造就了线条丰富细腻的动物形象，图片多是黑色，但每页都采用局部上色的形式突出画面的重点，给画面带来一种呆萌可爱的感觉。绘者尊重自然原型，将中国传统绘画的留白要素与平面构成形式相结合，使画面显出独有的情趣。本书以小眼镜猴的成长为线索，以小眼镜猴的视角来绘画，当主角出现在画面中时，放大形象，突出细节。书中的文字均采用对话框的形式，且均安置在画面留白处。其中"好痛"和"不痛"字体大一号，前者使用了醒目的红色，后者使用了安静的蓝色，画面局部上色突出重点，与文字内容相契合。

三、共读的对话与思考

1. 成人的输入。（1）引导幼儿观察画面细节，思考"小眼镜猴受伤时它的爸爸对他说什么话？"体会爸爸和小眼镜猴之间细腻温馨的爱。（2）读完该书后，和幼儿一起交流"说一说当你遇到困难的时候你的爸爸是怎么安慰和鼓励你的呢？你想用什么方式表达对爸爸的爱？"鼓励幼儿用实际行动表达。

2. 儿童的输出。（1）看一看，听一听，理解故事内容，在遇到挫折和疼痛时尝试安慰自己和别人。（2）用自己的方式表达对父母的爱。

---

[1] 李茂渊. 不痛[M]. 成都：四川少年儿童出版社，2019.（书目 031《不痛》、037《蝉之翼》、047《存钱罐》是同一书系。）

3. 该作品可以与多领域融合,拓展活动。(1)心理健康:在遇到挫折时,尝试安慰自己,学会坚强。(2)语言表达:在集体中分享自己会说哪些安慰别人的话,或在教师创设的情境中,尝试用充满关怀和温暖的话语与之互动。(3)人际交往:愿意帮助同伴,做力所能及的事,提高交往能力。(4)艺术创想:用绘画演绎故事或用绘画和手工的方式表达爱。(5)科学认知:收集眼镜猴的相关资料,用图像视频等方式进行分享。

(解读人:任流萍、姚苏平)

032 《不要和青蛙跳绳》^[1]

一、内容介绍

《不要和青蛙跳绳》(图 32-1)生动、细致地勾勒出孩子的心理活动、精神世界,展现了孩子与父母之间深厚又微妙的情感联系。壳壳放学回到家,发现抽屉里的跳棋不见了。原来,妈妈看见跳棋缺了几颗,就把跳棋扔掉了。他扭头跑出屋外并生气地喊道:"我最讨厌妈妈了!"这时,一件神奇的事情发生了……一只又一只动物接踵而至,要和壳壳来抢妈妈。为了捍卫自己对妈妈的"拥有权",壳壳想出了比赛跳绳的办法,谁赢了就把妈妈送给它。青蛙赢了,壳壳会同意把妈妈送给青蛙吗?该书关键词为"情绪",壳壳通过天马行空的幻想舒缓了负面情绪,并在一个人的幻想游戏中获得成长的力量,再一次体悟到母爱和自己对妈妈的爱。

图 32-1

二、"图·文"解读

该书是著名童书作家彭懿、画家九儿一次高质量的合作。作品通过奇妙的幻想,细致入微地展现了孩子天马行空的内心世界,帮助家长更好地读懂孩子,理解孩子,同时审视简单粗暴的教育方式。值得一提的是,该作品图画有细节,有隐喻,有设计,与彭懿风趣幽默的文字相得益彰,图文配合,共同讲述和创造了言之不尽的丰富故事,展现了中国原创图画书所到达的新高度。作品鼓励孩子去想象每一种动物是怎样跳绳的,这可以成为一个无休无止的游戏。画面充满游戏的快乐,这不单体现在活泼的线条、明亮的色彩和生动的形象上,还体现在一些充满趣味的小细节上。

---

[1] 彭懿,文;九儿,图.不要和青蛙跳绳[M].南宁:接力出版社,2015.

三、共读的对话与思考

1. 问题设计。(1)"青蛙能跳绳吗?""为什么不能和青蛙跳绳?""如果和青蛙跳绳了会发生什么事情呢?""一只又一只动物出现了,都想来问壳壳要妈妈,壳壳该怎么办呢?""壳壳最终会把妈妈给它们吗?"(2)第二天下午,小青蛙又来找壳壳了。"壳壳,我们来玩悠悠球吧,要是我赢了……"激发幼儿对后续的故事发挥想象,接下来会发生什么事情? 引导幼儿思考"壳壳会再和小青蛙比赛吗? 小青蛙会赢吗? 小青蛙会提出什么要求呢?"

2. "交换"是一件很有趣的事情,成人和幼儿可以讨论一下,在我们的生命里,哪些可以交换? 哪些不能交换?

(解读人:张敏、姚苏平)

033 《猜猜我有多爱你》[1]

一、内容介绍

《猜猜我有多爱你》(图 33-1)是一个关于"爱"的哲理故事,感人至深。小兔子和兔子爸爸比赛谁更爱对方多一些。小兔子用张开手臂、举起手臂、倒立、跳高高的方式表达对爸爸的爱,爸爸也用同样的方式表达对小兔子的爱,但爸爸在肢体动作的宽度和高度上明显超过了小兔子。小兔子又用道路的长短、月亮的远近来代表自己的爱,但还是比不过爸爸。"爱"不是抽象的,但也不是可以精确计算的。小兔子在"爱"的比赛中并没有输,它只是暂时没有付出更多爱的能力罢了。"爱"的实现需要具备多种能力,"爱"的力量只有在成长中才能壮大。小兔子表达爱的方式,反映了儿童具象的思维特点和喜好比赛的心理特征。

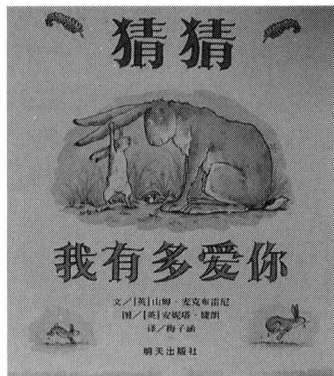

图 33-1

二、"图·文"解读

全书运用水彩技法,画面通透淡雅,线条灵动,烘托出角色夸张而富有情趣的动作。大兔子和小兔子形体大小悬殊,对比强烈;俯视和仰视的视角,使慈爱与仰慕的情感跃然纸上。作品艺术手法丰富多样,如第 16—17 页,借用摄影连拍模式的技法,在跨页中表现小兔子连续跳跃的动作变化,突出小兔子快乐好动的天性。版权页和扉页表现兔子睡前的游戏活动,使内页

---

[1] [英]山姆·麦克布雷尼,文;[英]安妮塔·婕朗,图.猜猜我有多爱你[M].梅子涵,译.济南:明天出版社,2013.

内容不显突兀；前后环衬单纯的草绿色，代表了兔子们生活的自然环境，强化了温馨的故事氛围。作品图文互补，节奏舒缓有致，结尾意境深远——静谧的月夜、辛苦的大兔子、熟睡的小兔子，以及抒情的文字，让我们思考：爱到底有多深，有多远呢？

三、共读的对话与思考

1. 问题设计："小兔子都用了哪些动作表达对大兔子的爱？""你觉得小兔子聪明吗？为什么？""你会用怎样的方式表达对爸爸妈妈的爱呢？"

2. 分角色表演该作品。

3. 该作品可以与其他领域融合，拓展活动。如：(1)观察兔子的外形特征，了解兔子的生活习性，尝试画一幅兔子全家福；(2)观察爸爸妈妈，发现他们爱你的生活点滴，用自己的方式表达对他们的感谢。

4. 启示：母亲是家庭中给予孩子更多关爱的角色，这种角色的定位不论在中国还是世界都具有普遍性，而《猜猜我有多爱你》则塑造了一位慈爱又智慧的父亲的形象，强调了父亲对于孩子的榜样作用，更适合父子间的亲子阅读，从而提醒每一位父亲重视陪伴，重视与家人情感的沟通以及爱的表达，善于表达"爱"的父亲才是优秀的父亲。

（解读人：丰竞）

034 《猜一猜我是谁？》[1]

一、内容介绍

《猜一猜我是谁？》(图34-1)是一本综合了数字、猜谜、游戏的图画书，互动性非常强。作品一开场就设置了两个悬念：第一个是"最期待的日子"是什么日子，第二个是在33个小孩儿(小动物)里采用第一人称叙述的"我"是哪个动物。整个作品从33个动物的肖像式介绍开始，用倒叙的方式，通过"12个小孩儿在刷牙洗脸，11个小孩儿在吃早餐。还有10个小孩儿在睡觉，我是其中一个"等动感十足的画面描绘，让读者用排除法、重叠法、线索提示法等方式一步步地找出"我是谁"。作品通过纤毫毕现的细节、色彩斑斓的场景，呈现出小动物们一日生活的愉悦，表现出儿童游乐、欢腾的情感，舒适、自洽的同伴关系。该作品获丰子恺儿童图画书奖。故事结尾的折页打开后可以看到烟花绽放的立体场景。

图 34-1

---

[1] 赖马.猜一猜我是谁? [M].石家庄:河北教育出版社,2017.

二、"图·文"解读

整本书都是运用倒计时来讲述的，每一页都暗含各种数字游戏、"捉迷藏"式的猜谜游戏；同时文字叙事中的"我"处于某一类型的游戏群体中，却无法确定身份：既制造了紧张感，又能让孩子认识到数字游戏的奥妙和有趣。前环衬出现的蜜蜂贯穿于每个通版的画面中，需要孩子们细心地去查找；每一个数字都有汉字、罗马字、阿拉伯数字等多种表达方式（后环衬对相关细节作了解读）。整部图画书充满了游戏互动的各种巧思。

三、共读的对话与思考

1. 问题设计："观察正文跨页 1，有哪些动物？有多少只？""选择其中一只动物，在每一个跨页里找出这只动物，说说它做了哪些活动？""'那一天是我们 33 个小孩儿最期待的日子'是个什么日子，这一天他们都做了什么？""'我'到底是谁？"

2. （1）科学领域的探究，可以根据幼儿的水平，让幼儿用不同的方式数数，比如点数、做记号等。引导幼儿从左到右、从上到下按顺序点数或查找，不漏数、不重数。如学习 10 以内"倒数"数字；每一个数字有阿拉伯数字、汉字、罗马字等不同表现形式，可参照后环衬的提示找出隐藏的不同数字。（2）观察力和注意力的统筹。画面隐藏了很多细节，比如作者赖马隐藏在哪个跨页中？晨起后小动物们各自都在做什么？跨页 6 中：小动物们去的"早安火车站"的钟是几点钟？它们乘坐几点的火车？小老虎为什么迟到了？它们前往何方？臭鼬在第几节车厢放屁？也可以数一数画面中出现的蝴蝶、小鱼、螃蟹等的数量。扉页上的照片、剪刀、胶水用来做什么？从前环衬开始出现的蜜蜂一直贯穿于整个场景中，请幼儿尝试找出来。

3. 可参阅书目 201《十二生肖的故事》，欣赏赖马创作图画书的风格特色。

（解读人：姚苏平）

035 《仓老鼠和老鹰借粮》[1]

一、内容介绍

1984 年，64 岁的汪曾祺从《红楼梦》里一句"仓老鼠和老鹰借粮——守着的没有，飞着的倒有？"得到启发，写了这个 500 多字的故事。杨早评价道："耗子大爷让人忍俊不禁的做派，老鹰傲慢拽酷的人设，小老鼠奶声奶气、全无主张的受气包形象，都跃然纸上。"2020 年，历时 3 年的打磨，王祖民将其绘制成图画书（图 35-1）并出版。

作品用童谣式的对话体，讲述了喜鹊、乌鸦、老鹰分别向仓老鼠借粮的故事。喜鹊和乌鸦

[1] 汪曾祺，文；王祖民，图. 仓老鼠和老鹰借粮[M]. 贵阳：贵州人民出版社，2020.

都表示有借有还，唯独老鹰蛮横地说："转过年来不定归还不归还！"小老鼠只好带话给老鹰："我爹说他没在家！"仓老鼠为了平息事端，主动跑到老鹰家借粮，结果被老鹰一口叼住……故事戛然而止，留给读者无限遐想，充盈着民间的慧黠。

图 35-1

二、"图·文"解读

该书的角色造型、人物关系、气氛烘托等方面洋溢着自由、放松、浪漫的画风，传统且不失幽默风趣。书名由绘者王祖民的孙子书写；前后环衬绘制的是一连串的小老鼠滚铁环、踢毽子、打陀螺的游戏。耗子大爷的起居场景、生活用品有着传统民间日常风格。

来借粮的老鹰腰间插把刀，显然不是善类。仓老鼠反过来找老鹰借粮，原文是："老鹰一嘴就把仓老鼠叼住，一翅飞到树上，两口就把仓老鼠吞进了肚里。"图画书将这最后一句删除，让画面去讲述，更有韵味和张力；而且开放式的结尾读起来更耐人寻味。

三、共读的对话与思考

1. 问题设计："喜鹊、乌鸦、老鹰分别怎么称呼小老鼠？透露出对小老鼠什么样的态度？""小老鼠怎么向仓老鼠描述来借粮的动物们？仓老鼠的表情和态度各有什么不同？""如果你是仓老鼠，会借粮给老鹰吗？如果不想借粮，用什么方法拒绝？"

2. 分角色表演该作品。

3. 尝试续编或改编这个故事。

4. 韵律感十足的童谣语言、洒脱随性的画风、风趣狡黠的民间智慧，这是个充满意趣的作品，并不需要刻意地寻找教育意义——濡染其中、会心一笑，大约就是汪曾祺送给小孙女的童年礼物吧。

(解读人：姚苏平)

036 《茶壶》[1]

一、内容介绍

内蒙古地域辽阔，自然风光壮丽，文化底蕴深厚，吸引着众多作家、摄影师和学者。《茶壶》（图 36-1）以茶壶的视角为我们讲述了一段内蒙古的故事，向我们展现了蒙古族特色的人文风

---

[1] 哈里牙.茶壶[M].呼和浩特：内蒙古人民出版社，2017.（书目 036《茶壶》、345《最喜欢的一天》是同一书系。）

貌和自然风光，通过茶壶和动物的互动展现美好生态；通过对蓝天、白云、绿草地等自然景物的描绘，帮助孩子树立科学的自然观，建立对自然世界的兴趣、理解和尊重。

二、"图·文"解读

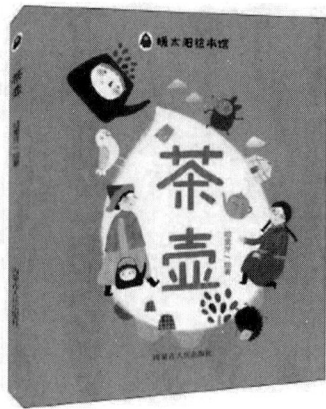

图 36-1

全书色彩柔和，运用复古色调和纹理呈现了内蒙古广袤的草原、壮丽的自然风光、丰富的民俗文化和独特的草原生活。

第7—8页内容是茶壶回忆了在家里装满了奶油、奶酪，度过了一段温暖的时光。画面向我们展示了蒙古族独特的服饰装扮，鲜明的民族特色、浓郁的地域特征、独特的审美情趣呼之欲出。

第9—10页内容是茶壶被孩子们带到野外变成了洒水壶。画面纹理的处理很好地展现了草原、云朵、树木等自然风光。

建筑艺术形态是儿童感受建筑的审美趣味和历史文化氛围的重要载体，第9—10页画面的右上方对蒙古包的刻画能让儿童领略到不同的建筑艺术和人文色彩。同时，这页画面出现了一个"兔子"形象，这是作者哈里牙的另一本图画书《我的晚饭在哪儿？》的主人公。

三、共读的对话与思考

1. 问题设计："茶壶除了被用来装奶油和奶酪，还用来干什么了？""草原上还会有哪些小动物会来和茶壶做朋友？它们之间又会发生什么呢？""夜晚的时候，茶壶的表情怎么样？它的感觉是什么样的？""长出来的小牙牙的种子是哪里来的呢？""最后小牙牙怎么样了？新的旅程指的是什么？""你在旅程中发生过什么有趣的事情？有没有认识到新的朋友？""你觉得这里的风景怎么样？有哪些美丽的风景？"

2. 分角色表演该作品。

3. 该作品可以与多领域融合，拓展活动。如：（1）欣赏蒙古族的一些服饰、妆发，体验一些蒙古族的民族风俗（奶酪、牛肉干，骑马，蒙古包），感受民族色彩的魅力；（2）尝试用点和断线的方式表现草地、树木、果实、云朵，体验不同的绘画方式；（3）根据对故事的理解，续编茶壶"新的旅程"还会发生什么有趣的事情。

4. 参阅书目345《最喜欢的一天》，了解创作者哈里牙的风格，以及图文中的蒙古族特色。

（解读人：史晓倩）

《蝉之翼》[1]

一、内容介绍

《蝉之翼》(图 37-1)是一个温暖而富有哲理的童话,情节深沉温暖,文字细腻感人。爸爸对小眼镜猴讲述了一个关于他过去的故事:曾经爸爸找到了一对可以带他飞翔的蝉翼,于是他开始了寻找"快乐"的旅行,他飞越了雪山、海洋、草原,最后知道小眼镜猴就是他寻找到的那份"快乐"。通过这本图画书,孩子们能了解到父亲对自己永远饱含着一份特殊的爱,也能引发家长们对"父爱是什么""父亲该如何陪伴孩子"这些问题的思考。该书正是父子阅读的最佳选择!

图 37-1

二、"图·文"解读

该书绘者以特有的绘画语言即钢笔画,来塑造主角眼镜猴的卡通形象,笔触细腻、逼真,富有浓厚童趣,通过色彩的深沉到黑白再到鲜明,体现了故事情节的层层推进。画面布局也深思熟虑:将中国传统绘画的留白要素与平面构成形式相结合,使画面显现出独有的情趣;采用中国国画的散点透视和长卷形式,以独特的书籍装帧给读者不一样的阅读体验。书中的文字皆以爸爸和小眼镜猴对话的方式进行呈现,与故事情节相互融合,并用鲜艳明亮的色彩突出小眼镜猴带给爸爸的快乐,通过色彩的变化将故事推向高潮。

三、共读的对话与思考

1. 成人的输入:从幼儿的已有经验出发,体验快乐,同时引导幼儿从自己对爸爸的爱中感受到爱是相互的;发动家园合作,增进幼儿与爸爸的亲子关系,让幼儿真切地感受到爸爸对自己的关心和爱护。

2. 儿童的输出:(1)听一听,看一看,说一说,演一演,进一步理解故事内容,分角色扮演;(2)写一写,记录自己听到的、感兴趣的故事人物或情节,并尝试围绕"小眼镜猴的快乐"和"我的快乐"进行创编、记录、分享。

3. 该作品可以与多领域融合,拓展活动。(1)心理健康:认识到每个人都有自己的快乐,体验快乐的情绪,意识到爸爸的爱,知道自己是被爱、被需要的。(2)语言表达:与父母、教师、同伴对"你有了蝉翼想飞去哪里?"和"你的快乐是什么?"进行讨论,清楚、连贯地表达自己的想

---

[1] 李茂渊. 蝉之翼[M]. 成都:四川少年儿童出版社,2019.

法。(3)人际交往：喜欢与人交流，愿意与同伴合作进行表演或创作。(4)艺术创想：能用绘画的方式进行记录，通过角色表演模拟对话，表达自己对故事的理解。(5)科学认知：了解眼镜猴、盘羊、鲸等动物和它们不同的生活环境、习性。

（解读人：任流萍、姚苏平）

038、039 《成语故事》2 辑[1]

一、内容介绍

成语是中国的智慧语言，多为四字，也有三字、五字或以上，每个成语都蕴含着一个故事。学习成语故事是孩童国学启蒙的一个起点。这两套《成语故事》(图 38-1、图 39-1)精心筛选了40 个成语，分为两辑，每辑 20 册，每册一个成语及其故事，来自民间传说、历史人物、寓言等，全方位地展现了中华优秀传统文化。阅读这两套书不仅可以让孩子了解人生智慧，还可以丰富孩子们的历史文化知识。将这些精心挑选的成语通过通俗易懂、简洁生动的语言构织的故事演绎出来，再配之以图画，易引起孩子们的阅读兴趣。每册成语的最后一页设置了"成语解析"模块，科学、合理、准确地对成语的引申义、比喻义进行详细解析，并选取一张典型图片，与该成语进行搭配。这两套书编写贴近儿童兴趣，符合孩子们的阅读特点，能帮助孩子们轻松地认识、理解和运用成语，明白为人做事的道理；从古人的生活经历中启迪人生，认识规律。

图 38-1

图 39-1

二、"图·文"解读

这两套书采用蜡笔画、水笔画和水墨画等综合性艺术手法，丰富成语故事的内涵，生动呈现故事发生的场景。在画面的比例上，故事的场景占据篇幅比较大，文字信息占据的篇幅较小，形成以图画为主，以文字为辅的空间形式。在选配插图时，也考虑到孩子们的绘画风格，其

---

[1] 中国教育科学研究院学前教育研究中心，编；黄缨，等，图. 成语故事[M]. 北京：教育科学出版社，2018、2019.

中的人物、动物、植物、建筑的线条都较为显著地体现涂鸦风。故事角色的神态、动作较为变形、夸张,如脸部、眼睛、头部等通过变形夸大,较为清晰地呈现出角色的神态。如在《掩耳盗铃》中,主人公砸大钟的场景,写"大钟发出了响亮的声音,把他自己吓了一跳"。与文字对应的绘画展现了主人公受到惊吓而惊恐的面部表情,瞪大的双眼、放大的鼻孔、张大的嘴巴,运用夸张的绘画手法展现了"吓了一跳"的面部表情和动作细节。这样符合孩子们的形象感知,切合孩子们阅读图文的特点。

三、共读的对话与思考

1. 引导幼儿思考成语含义。该书末页设有成语释义,内容虽简洁短小但含义丰富深刻,通过通俗化语言帮助幼儿学会恰当地运用相关成语。

2. 角色演绎成语故事。家长与幼儿一起选择感兴趣的成语故事,与幼儿一同创编台词,演绎故事情节,再现故事画面,让幼儿身临其境,体验过去的人们的生活经历,便于幼儿记忆和理解故事内容,锻炼语言表达能力,丰富词汇量,学习为人处世经验,丰富情感体验。

3. 提高绘画艺术审美水平。书中采用不同绘画风格,包括铅笔画、水彩画、水粉画、水墨画等。教幼儿辨认不同类型的绘画,体会不同风格的绘画表达的情感,鼓励幼儿进行模仿创作,培养欣赏美、发现美、表现美的意识。

4. "猜一猜"配对游戏。将成语、成语释义、典型配图分别做成三组卡片,或分成三个组列,设置情节,让幼儿将其一一对应起来。

（解读人：庄怀芹）

040 《池塘》[1]

一、内容介绍

《池塘》为我们描绘了夏日池塘的一天,从拂晓的万物苏醒,到清晨的生机勃勃,再到午后的暴雨倾盆,最终来到夜晚的宁静沉睡。故事中水色清风、天光流云、绵绵细雨等自然风景,虫噪蛙鸣、鱼儿穿行、蝴蝶起舞等动物景观,随着时间的推移一幕一幕地浮现,带着我们一起身临其境地度过这静谧自然的一天。

二、"图·文"解读

该书采用白描的手法,自然朴实又细腻深入地描绘了夏日

图 40-1

[1] 张乐.池塘[M].上海:中国中福会出版社,2020.

池塘的一天，通过描绘池塘中的各种小动物的千姿百态，以及天气环境的千变万化，看似平淡的白描却为我们呈现了一个生机勃勃的小池塘，看似简单的描绘却蕴含着丰富的故事情节。

书中的场景全部采用黑白速写的形式，虽然通篇都是黑白两色，但跨页撑满的画面给读者带来视觉的冲击，使读者仿佛身临其境，就站在池塘边一样。画面中虽然没有颜色的修饰，但细腻、清晰、简洁的笔触，让每一个动植物都显得如此灵动，跃然纸上。

书的封面是一幅被绿色边框围绕的小池塘的风景速写，这也是全书唯一的彩色元素。这一抹绿色就像一个取景框，捕捉到了这一片静谧的小池塘的景象。同时绿色又给人一种生机盎然的感觉，让读者从看到这本书的第一眼就带着这股生机去阅读后面的故事。

三、共读的对话与思考

1. 问题设计："你看过池塘吗？""你见过的池塘里面有什么呢？""故事里讲了什么事情？""你听到了，看到了哪些小动物？""你还听到了什么？""这本图画书的画面，你觉得有什么特别的地方吗？""这样的黑白画面，你喜欢吗？为什么？"

2. 阅读后可利用周末时间，来一场亲子游，找一片小池塘或者是湖泊进行一段时间的观察，看看孩子们能收获哪些特别的发现。

3. 如今这个飞速发展的时代，人们都突然变得非常繁忙，成人忙于工作和生活，孩子忙于学业和各种兴趣班，但看似繁忙，有时想想，却又会有种莫名的空虚，这样的日复一日不叫生活。如何让今天的孩子能像父母儿时那样，能有时间去做一些自己想做的事，能有闲暇的时间去欣赏和感受自然之美，能有让自己停下脚步放空冥想的机会，这或许是现在的父母更应该关心的话题。

（解读人：刘明玮、姚苏平）

041 《迟到大王》[1]

一、内容介绍

《迟到大王》是一本充满讽刺意味的图画书：一位刻板专横的老师、一个有趣倒霉的学生、一些稀奇古怪的遭遇、一个具有讽刺意味的结局，故事简单有趣却让人回味无穷。作者运用了循环往复的叙事结构，男孩约翰派克罗门麦肯席每天重复着去上学→遇意外→迟到→被惩罚的过程，除了故事的基本架构重复外，语言叙述和表述逻辑也是重复的。但在循环中，迟到的缘由是不同的，比如和鳄鱼打架、和狮子搏斗……而在老师看来这些"缘由"都是约

图 41-1

[1] ［英］约翰·柏林罕.迟到大王[M].党英台，译.济南：明天出版社，2009.

翰派克罗门麦肯席迟到的"借口"。直到有一天,老师被大猩猩掳走并不断地向约翰派克罗门麦肯席求救,而男孩却不动声色地说:"老师,这附近哪里会有什么毛茸茸的大猩猩!"通过这种极具喜剧性的反讽,解构了教师对儿童迟到的粗暴惩戒。

二、"图·文"解读

该作品为叙事类图书,故事环节紧凑,图画色彩鲜明,语言幽默讽刺,揭示了学校的僵化管理遏制了儿童的想象力。约翰派克罗门麦肯席上学路上的色彩是五彩斑斓、充满流动性的。如他和鳄鱼争夺书包,和狮子在旷野上追逐,突然涌起的巨浪将他卷走……所有的画面都充满了神奇的幻想力量。而当他到达教室,只有巨大的白墙、牙齿如同啮齿类动物般狰狞的教师,暗示了学校教育的枯燥和刻板。校内外环境的对照其实是现实与幻想的对比,同时,人物形象也是充满强烈反差的:约翰派克罗门麦肯席的那件暗红色的外套,随着外部环境的变化而发生着颜色的幻化,会在和鳄鱼抢书包时变成墨绿色,会在罚写三百遍"不迟到"的承诺时变成黑色。教师则张着似乎能吞掉男孩的大嘴,露出权威而凶狠的神情,巨大的黑色外套、黑色博士帽、黑皮鞋进一步暗示了刻板、僵化的教育方式。

三、共读的对话与思考

1. 感受作品的色彩。作品中大面积的明黄、嫩绿等鲜亮色彩表现天空、大地、鳄鱼、狮子、巨浪,向我们展示了小男孩心中多姿多彩的奇幻世界;同时,和黑白教室中空荡荡的墙壁和孤零零的课桌形成鲜明对比。这也映衬了孩子内心丰富的想象力以及渴望自由的天性,可引导幼儿观察"为什么颜色不一样""你看了心里有什么感觉"等。再如,主人公独自被罚抄时,作者用没有色彩的世界表达。可怜的小男孩因为说实话而被罚,辐射出去的三条线,更代表"无处容身"的无力感。

2. 感受作品的细节表达。如环衬中,不算工整的字迹、脏兮兮的页面,"把手套弄丢"变成"把手套弄去",页面中东一团、西一团的墨迹,显然是孩子在写的时候,边写边玩造成的。可引导幼儿观察"这里有什么不一样""为什么会有一团团的墨迹"等,鼓励幼儿体悟其中的意蕴。

3. 展开多元情境阅读。改编、创编或者续编故事,如"迟到大王遇到了好老师后"等;尝试角色扮演或唱诵童谣、儿歌;用绘画演绎故事或手工制作、独立或合作创作图画书等。如书本中"你迟到了! 下课后,你给我留下来,罚写 300 遍""你又迟到了! 你给我到墙角罚站,大声说 400 遍""约翰派克罗门麦肯席,你又迟到了! 我要把你关在教室里罚写 500 遍!"不仅可以让幼儿关注数字的大小,还可讨论后进行正面情境表演等。

4. 进行品德行为教育。鼓励幼儿讨论怎样不做"迟到大王",可以列举自己最喜欢的方法,如设定好闹钟、提前出发、不被其他事情打扰等。

(解读人:冷慧、王海英)

042 《穿花衣》[1]

一、内容介绍

《穿花衣》(图 42-1)的文字是通俗易懂、朗朗上口的童谣,画面是形象有趣的手印画,二者结合,构成了富有实践意义的图画书。作品巧用大大小小、不同方向的手掌印花呈现了不同的动物形象,又利用手掌的不同颜色展现出动物们各自独有的外衣"穿着"。同时,通过背景颜色的变化以及动物身后的背景插图,给读者带来视觉冲击,让他们在感受四季交替变化的同时,也获得了知识。

二、"图·文"解读

图 42-1

全书通篇以"穿花衣,穿花衣,大手伸出来,小手伸出来。大手、小手一起来,来帮 xx 穿 x 衣"的句式为主,采用"重章叠句"的方式,给人一种节奏感、律动感,通俗易懂便于幼儿反复吟诵。在文字部分,大部分为黑色字体,只有其中的两个"花"字使用彩色,并且是插图中呈现的主要颜色。例如两个"花":一个是红色,取自荷花的颜色;一个是绿色,取自荷叶的颜色。这是书中随处可见的细节。整本书的插图以手掌拓印的方式为主,通过手印展现小动物们独有的外形特征,将阅读与游戏融为一体。同时在拓印中也各有不同,有的五指张开,有的五指并拢,有的利用指尖,有的利用指根。在拓印的基础上还采用添画的方式,让小动物的形象更为生动有趣。整体画面色彩也藏有玄机,色调依照一年四季交替的顺序不断变换,以四季中常见的颜色为主,交替展现一年的时光流转。

三、共读的对话与思考

1. 问题设计:"你看到了哪个小动物?""你在图画中发现什么秘密了吗?""画中藏着我们身体的什么部分?"

2. 尝试鼓励幼儿,继续按照图画书文字的句式进行自由创编。

3. 该作品可以开展多领域活动。如:(1)按照季节变化,创编"为更多的小动物穿花衣"系列故事;(2)尝试用手进行拓印游戏,或自由挑战用身体的其他部位进行拓印游戏。

(解读人:刘明玮、姚苏平)

---

[1] 樊青芳,文;李静,图. 穿花衣[M]. 北京:朝华出版社,2018.

043 《吹糖人》[1]

一、内容介绍

《吹糖人》(图 43-1)以小男孩"我"的视角,呈现了我国非物质文化遗产——吹糖人的精湛技艺,展现了一代人美好的童年回忆。作品通过小男孩前后三次买糖人的经历,展现了儿童对吹糖人的爱好。第一次是男孩自己在庙会的摊子前买的油光满面的"猪八戒";第二次是和爸爸一起去买的"猴拉稀";第三次是爸爸买给男孩的大肚子"弥勒佛"。每一次带着糖人回家后都发生了非常有意思的事情,真切体现了小孩儿对糖人垂涎三尺又不舍入口的童真心理。同时,老北京城的风貌风俗也在叙事和场景中纤毫毕现。

图 43-1

二、"图·文"解读

该书用风趣质朴的语言,通过多次购买糖人的故事情节,描绘出男孩对糖人的喜爱,以小孩子的视角用充满童趣的内容介绍了"吹糖人"这一非物质文化遗产,同时一个禁不住诱惑的"馋猫"形象也跃然纸上。让阅读的孩子们能够在会心一笑中找到自己的影子,十分贴近孩子们的生活。大人们也会在阅读中被一起带回记忆中的儿时。书中采用四联图的方式展示糖人的制作过程,同一个镜头有着仰视、俯视、平视等不同视角,有近景、远景、特写等不同聚焦方式。在介绍准备工作时,采用近景特写的方式,凸显了画面中手部的动态感,给人一种老师傅近在眼前制作一般的感受。在制作的过程中采用屏风隔断的远景,一格一格的连续动作让读者真切地感受到糖人在老师傅的手里就跟"玩儿"一样,彰显了老手艺人的高超技艺。与此同时,老北京城的繁华景象、风俗风物、四合院的结构特点,以及当时人们的穿衣打扮、生活爱好等,都随着精细的画面栩栩如生地展现出来。

三、共读的对话与思考

1. 问题设计:"你见过糖人吗?""你知道糖人是用什么做的吗? 是怎么做的呢?""故事中的老师傅是怎么做糖人的? 准备工作有哪些呢?""故事中的小朋友买了几次糖人? 每一次到最后糖人都怎么样了?""最后一次的'弥勒佛'糖人,你们猜'我'会怎么做呢?"
2. 阅读后可在自己的城市中寻找糖人的踪迹,观看糖人的制作过程,品尝糖人的美味。

---

[1] 金波,文;黄捷,图.吹糖人[M].北京:北京少年儿童出版社,2019.

3. 思考：图画书《吹糖人》让"吹糖人"这一传统民间手艺再一次被新一代的孩子们看见，但更多的中国传统非物质文化遗产仍在慢慢消逝，我们是否需要更多的类似书籍，帮助孩子们认识更多的中华优秀传统文化？在 347 种推荐书目中 151《米蒸糕和龙凤筝》也是关于非遗手工艺主题的作品。

（解读人：刘明玮、姚苏平）

044 《辞旧迎新过大年——春节》[1]

一、内容介绍

图画书《辞旧迎新过大年——春节》（图 44-1）是由资深儿童文学作家王早早著文，北京师范大学出版社出版的《中国记忆·传统节日图画书》丛书（共 12 册）之一。这一作品立足国情，深描当下儿童生活，旨在弘扬与传承中华优秀传统文化，铸牢中华民族共同体意识。对于儿童来说，过春节什么最有趣呢？是大家围在一起端着热腾腾的饺子狼吞虎咽地边吃边找"福气"；是小伙伴们抱着花柴想发财；是"熬年"时，爷爷嘴里的神话传说与民间故事；是噼里啪啦的鞭炮声；是长辈们给的压岁钱；是红艳艳的吉祥对联，是倒贴的"福"字和火红的灯笼……

图 44-1

二、"图·文"解读

这是一本细腻刻画传统节令民俗的文化图画书，该书采用水彩、水粉等技法，年画、剪纸等传统民间工艺等多种方式拼贴、融合，综合性地表现中国的传统节日。其笔触细腻，有黛瓦白墙的写意，又有气势恢宏的年兽吐雾。画面整体采用暖色调，用以体现过年的温馨氛围。构图上以曲线构图居多，让各种元素有序排列，使得画面更加富有节奏感；而水平构图在视觉上的平衡感，用以表现家的宁静祥和。文本语言形式多样，既有朗朗上口的童谣，又有生动有趣的儿童心理叙事；配合着精美的插画，过年时的欢快热闹顿时跃然纸上，令读者仿佛看到碗里的饺子在冒热气，听到噼里啪啦的鞭炮在响。

三、共读的对话与思考

1. 问题设计："大家为什么都想要吃到包有硬币的饺子呢？""除夕夜的重要活动是什么？"

[1] 王早早，文；李剑、沈冰，图. 辞旧迎新过大年——春节[M]. 北京：北京师范大学出版社，2014.

"大家是怎么吓走年兽的呢?""'福'字为什么要倒着贴?"

2. 故事讲述:选择其中最喜欢的一个环节,尝试进行故事讲述。

3. 自主思考。(1)春节期间的各种活动是按照什么顺序来进行的?(2)通过故事阅读,了解过年"熬年"、贴对联、放鞭炮、挂红灯笼等风俗习惯的由来。看看除了书中所写,自己家乡还有哪些年俗?(3)结合书中所写的过年场景,请爷爷奶奶、爸爸妈妈、老师讲一讲童年过年时的温馨画面,和现在过年有什么相同与不同。与同伴一起讨论为什么每到快过年的时候,大家都要从四面八方赶回家。

4. 故事体验:在阅读过程中,家长也可以以故事中的某一个环节为例,带幼儿体验过年氛围,比如带着幼儿一起和面、揉面、擀饺子皮、调饺子馅,全家围坐在一起,一边聊天,一边包饺子。在包饺子的过程中,也包个干净的硬币进去,让幼儿体会到"福气"饺子的快乐!

(解读人:张敏、姚苏平)

045 《聪明宝宝入园攻略》[1]

一、内容介绍

《聪明宝宝入园攻略》(图 45-1)是一套专为即将入园的幼儿提供情绪管理、行为指导的丛书。这套书分为三册:《幼儿园我来啦!》《想妈妈了怎么办?》《我长大了呀!》。三册书内容层层递进,针对幼儿入园的不同适应阶段可能会遇到的问题进行童趣化的描述。《幼儿园我来啦!》主要帮助幼儿了解幼儿园一日生活流程、环境、基本的游戏规则,缓解幼儿入园前的抗拒心理。《想妈妈了怎么办?》主要帮助幼儿寻找正确的方法表达对妈妈的想念,缓解幼儿入园后的分离焦虑。《我长大了呀!》围绕喝水、吃饭等进行描述,鼓励幼儿自主完成力所能及的小事,培养幼儿良好的生活习惯及学习意识。

图 45-1

二、"图·文"解读

全册以红、黄、蓝为主色调,色彩明亮且饱和度高,符合低龄幼儿色彩感觉和情感反应特点。卡通风格的绘画技巧塑造出可爱、单纯、稚拙的人物形象。全册图文并茂、穿插立体图像场景。洞洞书的设计带来真实轻松的互动场景,精彩无限的翻翻页让幼儿在眼动、脑动、手动、心动的同时,帮助幼儿了解幼儿园的环境、生活,缓解入园焦虑,培养独立意识和良好的生活习惯。

---

[1] 蓝草帽,文;尹艳,图. 聪明宝宝入园攻略[M]. 银川:阳光出版社,2019.

三、共读的对话与思考

1. 问题设计："为什么要去幼儿园？""入园前需要准备什么？""幼儿园的生活是什么样子的？""在幼儿园想妈妈了，应该怎么办？""喝水、吃饭、上厕所、洗手，这些小事你可以做好吗？应该怎样做？""你找到好朋友了吗？"

2. 思考：幼儿入园是人生成长中的一次转变，我们需要结合该作品帮助幼儿了解新环境，认同新身份，顺利融入新环境。(1)在开学前一周推荐作品《幼儿园我来啦！》，配合流程图带领幼儿一起共读。创设家庭化、亲自然的班级环境，让幼儿产生似曾相识的熟悉感。色彩上可根据该书的色调，以暖色调为主，以纯度较高的颜色点缀，带给幼儿视觉上的安全感。家长根据作品内容开展亲子游戏，制订并执行有序、弹性阶梯式入园作息时间表。(2)开学第一周推荐作品《想妈妈了怎么办？》，教师需要尽快和幼儿建立安全、温暖、有信任感的师幼关系。比如渐进入园，帮助亲子双方学会说"再见"，当好幼儿的"依靠者"，与幼儿共进午餐，陪伴幼儿午睡等。(3)当开学第三周推荐共读《我长大了呀！》，在吃饭、如厕、睡觉等环节，告诉幼儿"你已经长大，要学着自己动手了"……给幼儿一些心理暗示。当幼儿尝试做这些事情时，及时给予鼓励，逐步培养幼儿的生活自理能力。

（解读人：张敏）

046 《从前有个筋斗云》[1]

一、内容介绍

《从前有个筋斗云》(图 46-1)是对中国经典名著《西游记》的一次妙趣横生的续编，讲述了唐僧师徒取经归来，孙悟空的筋斗云寻找自己的生活方式的故事。筋斗云整天无所事事、不断闯祸；孙悟空觉得没面子，打算给筋斗云找个合适的工作。第一份工作是帮牛郎织女送信件，但是随着信件越来越多，筋斗云累得筋疲力尽，他还载着织女偷偷去银河对岸和牛郎约会，再次闯祸。孙悟空只得重新为他找工作，第二份工作是给太上老君的炼丹炉扇火，但是扇着扇着他就犯困了，炼丹房着火了。孙悟空气得火冒三丈，发誓再也不想见到他，在筋斗云委屈地哭泣时，遇到了耐心倾听、善良热心

图 46-1

的小童子。小童子邀请他一起送元宵节礼物，一起去北极玩耍。筋斗云终于找到自己喜欢的事情，每天都过得充实快乐。

[1] 陈沛慈、李明华，文；李卓颖，图. 从前有个筋斗云[M]. 南昌：二十一世纪出版社集团，2020.

二、"图·文"解读

这是一本洋溢着"孩子气"的图画书,充满着儿童才能懂的插科打诨和无厘头,无论是内容还是画风,都展现出浓浓的中国风,又融入世界童话的元素,整体有一种图文均天马行空的稚趣。作者为筋斗云塑造了丰满有趣的人格,而绘者让这朵小云儿"活"了起来。熟稔的水墨技巧,加上中国古代壁画的色调,让该书有着古雅又活泼的中国风;如神秘天宫、楼阁云海、蟠桃宴上出现的传统乐器:箜篌、笙、古筝等。画面中还适时地设计了许多小彩蛋,放眼望去处处是惊喜,带给读者欢愉的阅读体验。

三、共读的对话与思考

1. 问题设计:看封面猜一猜这是谁;读书名,根据幼儿的认知情况,解释筋斗云和孙悟空在《西游记》里的故事。介绍筋斗云,它有一身好本领,具体是什么呢? 观察每个画面中筋斗云的动作表情,"你觉得它当时的心情怎样,在想什么?"书中藏着许多传统文化内容,可以和幼儿一起找找,讲述相关的故事。筋斗云最后有什么变化? 为什么会有这样的转变? 它经历了哪些? 和幼儿一起回顾每个阶段筋斗云的成长与收获。

2. 分角色表演该作品。

3. 思考:成人与儿童可以讨论对彼此的评价,如可以讨论哪些事情是自己擅长的,哪些是不擅长的;遇到"闯祸"或"犯错"的事情时,自己是怎么想的,自己打算怎么处理,希望对方怎么处理。

(解读人:张敏、姚苏平)

047 《存钱罐》[1]

一、内容介绍

《存钱罐》(图 47-1)是一个与儿童生活经验息息相关的故事,讲述了小眼镜猴拥有一个存钱罐,由此他有了许多愿望,想存下很多贝壳币,买棒棒糖,买玩具,买一本好书……但是有一天,妈妈上街丢了钱包,伤心得哭了,小眼镜猴把存钱罐打开,将贝壳币都给了妈妈。后来,在家人的帮助下,小眼镜猴最初的愿望也都实现了,爸爸妈妈、爷爷奶奶一起动手制作了他梦寐以求的礼物。通过这个故事,小读者能够体会到:存钱罐不仅能存下零花钱,还能存下亲情和愿望,当打开存钱罐的那一刻,还能懂得什么叫作"分享"。一个小小的存钱罐,盛下了成长的磨砺、亲情的温暖、分享的快乐。

---

[1] 李茂渊.存钱罐[M].成都:四川少年儿童出版社,2019.

二、"图·文"解读

该书绘者以特有的绘画语言，即钢笔卡通造型风格，来放大形象的细节刻画，创造了拟人化的主角眼镜猴形象，丰富了眼镜猴爷爷奶奶、爸爸妈妈的人物形象，笔触细腻、逼真，形成了绘者特有的中国绘画风格，富有审美情趣。灰黑色调更利于突出每个形象的不同特征，人物饱满，个性各异。局部上色的形式突出了画面的重点，给画面带来一种呆萌可爱的感觉。书中的文字均安置在画面留白处，且用色彩和背景进行区分，给予读者视觉上的冲击。

图 47-1

三、共读的对话与思考

1. 成人的输入。(1)从幼儿的已有经验出发，让幼儿知道自己是家庭的一分子，感受到家庭生活的温暖。同时，引导幼儿了解到家庭成员之间的爱是相互的，家人之间需要互相帮助。(2)发动家园合作，增进幼儿与家人的亲子关系，让幼儿真切地感受到家人对自己的关心和爱护。

2. 儿童的输出。(1)听一听，看一看，说一说，演一演，进一步理解故事内容，分角色扮演。(2)用说、画、写等方式，记录自己听到的、感兴趣的故事人物或情节，并尝试围绕"我的存钱罐"和"我的愿望"进行创编、记录、分享。

3. 该作品可以与多领域融合，拓展活动。(1)心理健康：关注别人的情绪和需要，并提供力所能及的帮助，感受家庭温暖、轻松的幸福感。(2)语言表达：针对"我的存钱罐"和"我的愿望是什么?"进行讨论，清楚、连贯地表达自己的想法。(3)人际交往：愿意帮助别人，喜欢与人交流，愿意与同伴合作进行表演或创作。(4)艺术创想：能用绘画的方式进行记录，通过角色表演模拟对话，表达自己对故事的理解。(5)科学认知：通过存钱罐贝壳币的收集，从实际操作中感知和理解数、量及数量的关系。

（解读人：任流萍、姚苏平）

048 《错了?》[1]

一、内容介绍

《错了?》(图 48-1)描绘了八个镜片的眼镜、多条腿的短裤、一条裤腿的长裤、几十只特别小的鞋子、特别长的靴子、两个手指的手套、长长的口罩、极长的 T 恤……这些好像都错了。

---

[1] 杨思帆.错了?[M].桂林:广西师范大学出版社,2017.

可是,真的错了吗? 看似与众不同的日常用品,放在我们常见的东西中间,显得格格不入,甚至被判断为错误。但是,用在蜘蛛、章鱼、海马、毛毛虫、鸵鸟、螃蟹、鳄鱼和龙等动物身上,一点儿也没有错! 作品富有节奏的变化,翻页间想象力的迸发,带给我们数不清的惊喜。

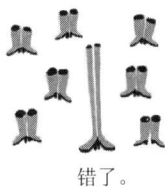

图 48-1

二、"图·文"解读

该书以其简洁的图画和文字展开创作,极具想象力。全书中"错了。"和"不错!"这样的文字解读反复交替出现。当页面呈现某种物品时,总有一个与其他不同,与人们的常识理解不同,这样的页面配以文字"错了。";翻页之后,发现总有生物能够与人们先前认为的错误物品相匹配,这样的页面配上"不错!"。翻页间展示了极强的想象力。

例如下面四张图,图 48-2 呈现了很多靴子,但是有一双特别长,人们无法穿,可能会据此认为画"错了。",而翻页后(图 48-3)发现原来鸵鸟可以穿,"不错!"。图 48-4 画了很多条短裤,右下角的一条"错了。",小读者们想想,翻页后,谁穿这条裤子才是"不错!"? 哦,原来是章鱼穿上后"不错!"。(图 48-5)

错了。

图 48-2

不错!

图 48-3

错了。

图 48-4

不错!

图 48-5

同样地,当人们认为只有两个指头的手套"错了。",那么翻页后发现,螃蟹戴上就是"不错!"。蜘蛛戴了八个镜片的眼镜"不错!",那前一页什么画"错了。"? 全书采用粉、黄、蓝、黑、白五种颜色,画风简洁、干净利落,但画面中的每个图案或文字都富有深意。

三、共读的对话与思考

1. 问题设计:"八个镜片的眼镜、多条腿的短裤、一条裤腿的长裤、几十只特别小的鞋子、特别长的靴子、两个手指的手套、长长的口罩、极长的 T 恤,错了吗? 用在谁身上不错?"

2. 想象拓展:请幼儿发动脑筋想一想,还有什么东西,当人们认为"错了。"的时候,其实可能是"不错!"的? 幼儿可以和爸爸妈妈或者老师同伴一起交流,也可以拿起画笔画下来。

3. 参阅书目 176《奇妙的书》,了解创作者杨思帆《风格特点》。

(解读人:张攀、姚苏平)

049 《大灰狼娶新娘》[1]

一、内容介绍

《大灰狼娶新娘》(图 49-1)是一本适合低幼儿童阅读的图画书。故事从一个问题开始："大灰狼先生要结婚啦。他的新娘是谁呢?"捧着书的孩子很容易被这个问题吸引,忍不住翻开下一页。"新娘新娘,请伸出手来让我看看。"此时,画面上的大灰狼先生伸着脖子看向对面,和小读者一样,既好奇又急切,还带着一点儿不好意思。接下来,故事按照"请求—回应"的节奏,新郎新娘的互动持续了多个回合。通过观察新娘的手、脚、尾巴和嘴巴,大灰狼先生心里已经有了答案。红盖头掀开,"哈哈,新娘也是大灰狼呀"。大灰狼先生笑得无比满足,新娘羞中带着点儿顽皮,跟着玩了一场游戏的小读者一定也是嘴角上扬吧。

图 49-1

二、"图·文"解读

心理学的解释是,孩子通过一次又一次"不见了—回来了"的游戏建立客体永久性,当客体永久性建立起来,孩子的安全感也愈加稳固。此外,语言和情节的重复对孩子来说,也是他在探索世界的过程中的一个"过渡性客体"。如果一个孩子开始在这个世界的"星球"探索,那么熟悉的事物和流程就是他的"太空舱"。只要"太空舱"在附近,孩子就会一步步扩大自己的探索范围。这就是为什么孩子喜欢重复玩一种游戏,重复去一个地方,重复走同一条路,这也是为什么很多图画书会有情节和语言上的循环往复。

再回到该书的画面,大灰狼先生和新娘一左一右,面对面各立一侧。这样的站位营造出对话的感觉,让刚刚开始接触阅读的孩子无形中学会翻页。不要小看翻页这个动作,这恰恰就是阅读的第一步。到下一个回合,成人甚至不用说话,孩子就能说出"新娘新娘,伸出脚来看看",因为他看到了新郎的眼睛在往下看。这也是优秀图画书的力量所在——用画面细节、布局以及情节和语言带着孩子不知不觉间学会阅读,敢于表达。

在大灰狼先生依次要求新娘露出手、脚、尾巴、嘴巴等身体部位的过程中,小读者也跟着新郎完成了一次有趣的"猜新娘"游戏。当然,故事的结局也是低龄儿童最喜欢的皆大欢喜式结局:新娘也是一只大灰狼,而且喜结良缘的二人很快就有了宝宝。封底小小的图画中多了一只戴着虎头帽的小灰狼,一家三口幸福美满,甜蜜喜悦之情跃然纸上。

---

[1] 朱庆坪,文;黄缨,图. 大灰狼娶新娘[M]. 南京:南京师范大学出版社,2013.

三、共读的对话与思考

1. 讨论话题:(1)在每一次大灰狼提出请求时,请幼儿说一说大灰狼会怎么说;(2)当新娘露出身体部位时,请幼儿仔细观察,说一说有哪些特点。

2. 拓展建议:准备一块红色披肩或头巾,玩"猜新娘"游戏。所有幼儿闭上眼睛,教师悄悄请出一位幼儿,把头巾盖到该幼儿头上,扮作新娘。其他幼儿睁开眼后模仿大灰狼的话一起向新娘提出请求,请她根据要求露出身体局部(注意提醒"新娘"要遮住脸),其他幼儿猜扮演新娘的小伙伴是谁。

3. 参阅书目 137《漏》、322《一只蚂蚁爬呀爬》,了解绘者黄缨的创作风格。

(解读人:秦艳琼)

050 《大闹天宫》[1]

一、内容介绍

《大闹天宫》(图 50-1)是"国粹戏剧图画书"丛书中的一册,是一册"有声图画书",读者可以扫描书中二维码听取配套的名家讲故事音频。故事取材于小说《西游记》和戏曲《安天会》,故事从"美猴王"孙悟空花果山称王开始说起,读者所熟悉的孙悟空大闹东海龙宫,封弼马温,偷蟠桃,打翻太上老君炼丹炉的情节都包含在内。值得我们注意的是,作为戏曲舞台表演艺术的《大闹天宫》,并不是以孙悟空被如来佛祖压在五指山下为结尾的,而是以孙悟空成为"齐天大圣"为结尾,体现出了戏曲演出,尤其是"闹热戏"演出时,需要有一个"大团圆"结局这样的叙事特点。

图 50-1

该书最后的"延伸知识"栏目介绍了京剧《大闹天宫》的源流。值得注意的是,尽管这部剧被认为是"京剧"并且京剧院团也能演出,但如同绝大多数京剧武戏一样,该剧原本是由昆班演出的,剧中所唱的都是昆曲。这体现了昆剧和京剧之间紧密的传承关系。

此外,戏曲属于"戏剧",是代言体;而图画书是在讲故事,是叙述体。这也是这部戏曲图画书的叙事特点。

二、"图·文"解读

该书在绘画方面的显著特点是充分借鉴了戏曲舞台美术的元素,比如各种头盔、翎子、髯

---

[1] 海飞、缪惟,文;刘向伟,图. 大闹天宫[M].乌鲁木齐:新疆青少年出版社,2017.(书目 050《大闹天宫》、117《空城计》、158《哪吒闹海》、191《三岔口》是同一书系。)

口、脸谱等。（图50-2、图50-3）另外图画人物在出场时都标注了名字，也符合戏曲舞台上，演员上场要首先"自报家门"的特点。与戏曲舞台有所不同的是，戏曲舞台是虚拟性的，不需要复杂的背景和砌末（道具），仅凭演员表演变换各种场景，但是图画书《大闹天宫》在此方面有所改编，比如用绘画的方式补足了戏曲舞台上没有的花果山水、海底世界和天宫胜景。

图 50-2　戏曲《安天会》孙悟空脸谱及头盔　　　图 50-3　图画书《大闹天宫》孙悟空形象

三、共读的对话与思考

1. 问题设计："图画书中的孙悟空、东海龙王、玉皇大帝、托塔李天王形象与你印象中的有何不同？"观察东海龙王、玉皇大帝、托塔李天王、孙悟空的脸谱颜色，猜测不同的脸谱颜色与人物特点有怎样的对应关系。"孙悟空的装扮一共有几种，可以分别介绍其特点、身份与相关的故事情节吗？"观察不同场景下孙悟空的表情，说说其不同，讲讲为什么。

2. 欣赏昆剧院团或京剧院团表演的戏曲《大闹天宫》《安天会》，如果幼儿还不识字，则需要家长提供支持，帮助幼儿了解对话和演唱的内容。

3. 阅读图画书《大闹天宫》后，观看戏曲《大闹天宫》，说说哪一个更好看，为什么。

（解读人：邹青）

051　《大山的种子》[1]

一、内容介绍

《大山的种子》（图51-1）讲的是一个寻根的故事，表达的是"我是谁""我来自哪里""我将

---

[1]　董宏猷，文；青时，图. 大山的种子[M]. 南昌：二十一世纪出版社集团，2019.

去何方"的生命主题。春天,"我"从城里来到山区的爷爷奶奶家,看到爷爷奶奶辛勤播种,"我"期待在各种果子成熟后收获它们的种子。但是,我还想得到更多的种子,爷爷帮我收集到了太阳的种子、鸟鸣的种子、星星的种子。最后,爷爷告诉我,"我"就是大山的种子。这个环节与《外婆家的马》的构思相似,即儿童的梦想是由长辈帮助完成的,强调长辈在这一过程中的重要性。"大山"代表了故乡、亲人和土地,说明我们来自土地,是土地的孩子。只有扎根土地,才能茁壮成长;只有好好耕耘,才是对土地最好的报答。作品语言抒情恬淡,如"墨蓝色的夜空。金色的月亮。剪影般起伏的群山"等,与画面相互补充,营造出安谧深邃的意境;"小小""棒棒""金黄金黄""好多好多""许许多多"等叠音词的使用,都使文字更具童趣。

图 51-1

二、"图·文"解读

绘者选取连绵的青山、绿色的梯田、清澈的溪水、盛开的桃花及梨花这些湖北山区的自然景物,作为人物活动的背景;以绿色和黄色表现大地,又以竹笋、蝌蚪、黄狗、水牛加以点缀,强化了山区田园生活的恬适与浪漫,呈现了较为丰富的中国元素;结构设计随性洒脱,如第17—18页中,被夸张了的巨大的月亮与爷爷、"我"一起向山顶走去,各种大色块斜向叠加,增强了夜晚的神秘感与深邃感。作品语言细腻生动,如第4页"溪水昨天还很瘦的,下了雨,就哗啦哗啦长胖了",作品语言从儿童的视角描写景物,与画面和谐互补。

三、共读的对话与思考

1. 问题设计:"'我'为什么要收集太阳的种子? 太阳的种子是什么样的?""你见过哪些种子? 你吃的食物里有种子吗?""你知道大自然中的种子都有哪些传播方法?"

2. 收集一种粮食、蔬菜或花卉的种子,在春天播种,并观察它们的生长。

3. 该作品可以与其他领域融合,拓展活动。如:(1)了解植物发芽、生长、开花、结果的过程;(2)走进大自然,观察大自然中植物的种子,让自己爱上植物,爱上大自然;(3)去故乡居住一段时间,去体验、感受那里的自然环境和风土人情,培养热爱家乡的情感,树立"根"的意识。

(解读人:丰竞)

052 《大卫，不可以！》[1]

一、内容介绍

《大卫，不可以！》(图52-1)是美国著名图画书作家大卫·香农以自己的童年经历为原型，用儿时自己绘制的自我"造型"作为人物形象，描写了童年生活中的各类调皮捣蛋的行为。他每天都会把家里搞得天翻地覆：他伸着舌头，站在椅子上去够糖；他一身淤泥，在地毯上留下黑脚印；他在浴缸里"翻江倒海"，导致水流成河；他光着屁股跑到了大街上……而妈妈对他说得最多的一句话就是："大卫，不可以！"直到最后他在屋子里玩棒球，打碎了妈妈最喜欢的花瓶，被罚坐在墙角的小圆凳上，他流眼泪了。妈妈对他说："宝贝，来这里。"妈妈给了他一个温暖的拥抱，并对他说："大卫乖，我爱你！"

图52-1

二、"图·文"解读

该书的文字不多，每幅就只有一句话，都是妈妈对大卫的禁止语令——"不可以""不要"等，更多的是通过图画的方式，告诉读者大卫又闯了什么"祸"。这本书独具匠心的地方是从封面就开始讲故事了，大卫用三本书垫高拿鱼缸，对于自己马上成功取到鱼缸正兴奋着呢。随后的扉页上出现了双手叉腰的妈妈，妈妈来了！整本书基本采用跨页撑满的画面，通过图画来表现被妈妈禁止的事情。这样的整幅满版，给人以视觉的冲击。大卫的人物形象是依照作者童年时的涂鸦设计的，犹如几何拼贴的木偶人，令小读者有似曾相识的感觉。

三、共读的对话与思考

1. 问题设计："画面中大卫在做什么呢？""你猜他的妈妈会说什么呢？""大卫打碎的花瓶，你猜妈妈会怎么做？""你在家做过什么不好的事情吗？你的家人是怎么做的？"

2. 思考：幼儿和成人可以讨论自己"小时候"的故事。哪些特别有趣？哪些是"犯错"？哪些活动希望和父母再合作一次？如果"犯错"了，希望父母怎么做？

（解读人：刘明玮、姚苏平）

---

[1] ［美］大卫·香农. 大卫，不可以！[M]. 余治莹，译. 石家庄：河北教育出版社，2007.

《大象在哪儿拉便便？》[1]

一、内容介绍

《大象在哪儿拉便便？》(图 53-1)是一本关于拉便便的幽默、夸张、荒诞的原创图画书。大象想要拉便便,而小蚂蚁、鼹鼠、兔子、火烈鸟、野猪、小鸭子、老鼠等畅想了若干个大象不能随便拉便便的理由,不容辩驳,大象焦急得四处奔跑,令人忍俊不禁。书中以小动物的视角想象一坨便便会惹来的数不清的小麻烦,不知不觉中为读者带来欢乐。

该书文字简洁,仅用寥寥数笔便勾勒出大象不知在何处拉便便的为难处境,并描绘了 10 种动物与大象的便便之间既尴尬又有趣的复杂关系。每提及一种动物,便设计一个场景,每一句话都充满了轻盈的想象。在句与句之间气氛的叠加下,逐步制造出悬念,将全书推向紧张的高潮。最后,巧妙的结尾打破了之前设置的思维陷阱,用"扑通"二字释放了先前积累的大象无处拉便便的焦躁情绪。随着大象终于拉出便便,读者的心情也随之痛快、酣畅起来。

图 53-1

二、"图·文"解读

配合作者精练的文字,绘者以化繁为简的线条、大面积色彩以及写实中充满幽默的画风,赋予大象和动物们造型、表情和情绪。五彩缤纷的动物与灰色的大象形成色彩反差,配以橙红暖色为主的背景,烘托出非洲大草原炙热的氛围。结尾艺术化的五颜六色的灌木丛和"扑通"二字的黑色背景形成对比,更是把故事的情绪推向高潮。丙烯材料特有的肌理,增加了画面的丰富性,赋予了便便不同的颜色和厚度。贴近孩子涂鸦般的自然笔触展现出动物毛发的真实质感;颜色单一却不单调的画面背景,读者可以将其想象成草地或土地。动物们没有语言,全靠眼神、表情和肢体语言在说话,代表它们的心情。便便里藏有五颜六色的颗粒,是大象未能消化的排泄物,绘者的这些用心之处不仅丰富了画面的细节,更增加了写实感与认知功能。

三、共读的对话与思考

1. 问题设计:"如果大象把便便拉在鼹鼠的洞口,会发生什么? 拉在兔子旁边呢?""猜猜看,最后的一声'扑通——'发生了什么?""仔细观察前后环衬的脚印,有什么区别?"

---

[1] 巩孺萍,文;王祖民、王莺,图. 大象在哪儿拉便便? [M].南宁:接力出版社,2019.

2. 通过这本图画书，家长可以教育幼儿不要随地大小便，不然会打扰到他人的生活。

3. 思考：便便是幼儿毫不陌生的事物，他们不仅从不避讳，而且在提到拉便便时总是咯咯笑个不停，乐此不疲。儿童发展研究表明，幼儿口中的"屎""尿""屁"跟控制感、自主意识以及对身体的初步探索有关。幼儿在不断认识、探索自己身体的过程中，学会掌控自己的身体，并获得更多的心理能量。

（解读人：金媛）

054 《大自然的礼物》[1]

一、内容介绍

《大自然的礼物》（图54-1）是一本属于孩子的自然科学型探索图画书。在日常生活中，小朋友们经常收到各种礼物。有爸爸妈妈送的，有爷爷奶奶送的，还有好朋友送的……其实大自然也在悄悄地给我们赠送礼物，不信，你打开书看看！海水给了我们盐，沙子给了我们玻璃，稻子给了我们饭和年糕，豆子给了我们豆腐，棉花给了我们衣服，泥土给了我们陶器，牛奶给了我们奶酪，树木给了我们纸张。对于大自然给予我们的馈赠，我们也要学会懂得珍惜，心怀感恩。

图 54-1

二、"图·文"解读

该书中的水彩插画配色清新自然，画面整体生动唯美，语言简练，充满童真童趣。小朋友们每天都穿着衣服，但是衣服究竟是怎么来的呢？作品中"棉花给了我们衣服"这一节，作者通过精美的插画、简洁明了的文字描述，将复杂难懂的纺织染色、成衣制作等步骤浓缩在几页内。如此一来，纺纱、织布、染布、缝衣裳也变得有趣起来。《大自然的礼物》在插画构图上以水平构图来体现大自然风光的宁静平和，以曲线构图来丰富画面，使其更具生动，更富幻想。

三、共读的对话与思考

1. 问题设计："大自然都送给了我们什么礼物？""衣服是怎么来的呢？""沙子怎么变成美丽的玻璃呢？""牛奶除了可以做奶酪还能做什么？你最喜欢哪一种呢？"

2. 故事讲述：选择最喜欢的一篇故事，尝试进行故事讲述。

3. 自主思考。如：(1)欣赏书中大自然的风光之美；(2)通过阅读故事，了解生活中常见的

[1] 小知了. 大自然的礼物[M]. 北京：文化发展出版社，2017.

一些物品都是怎样生产得来的,对自己身边的事物更加了解;(3)面对大自然的无私馈赠,除了珍惜,还应心怀感恩,同时作为生活的小主人也应该反思,我们可以为大自然做些什么?

4. 故事体验:成人和幼儿可以选择作品中的一个项目来体验,比如一起摘棉花,尝试用手来搓棉线,也可以一起磨米粉,尝试做米糕。一起通过亲身实践,体会"大自然的礼物"的珍贵。

(解读人:张敏、姚苏平)

055 《胆小的大象》[1]

一、内容介绍

《胆小的大象》(图 55-1)是一个啼笑皆非的故事。森林里传来一声巨响,大象受伤了,它觉得这是件很可怕的事,于是它去找医生。医生发现是一个很小的蚊子包,要用显微镜才能看得见。虽然只是很小的一个包,但是大象就是觉得特别疼。有时候微不足道的伤口,也会令人疼得嗷嗷叫! 我们需要有勇气来面对和克服。

图 55-1

二、"图·文"解读

书名《胆小的大象》,大象身形庞大却如此胆小,"大"与"小"形成鲜明的对比。该书线条细腻,色彩如春天的阳光般温暖,动物、人物形象较大,表情、神态具体生动,一目了然。语言幽默、童趣、滑稽。文字有黑色、咖啡色两种颜色,分别表示人物与动物的不同对话,一些线条加深了画面的动感效果。

三、共读的对话与思考

1. 问题设计:"大象为什么喊救命?""大象的伤严重吗? 你从哪里看出来的?""医生想了一个什么办法给大象止疼?""大象会接受打针吗?""你觉得大象胆小吗? 为什么?""如果你是大象,你会怎么做?""怎样才能让自己变得勇敢?"
2. 创编故事《勇敢的大象》。
3. 该作品可以与多领域融合,拓展活动。(1)仔细观察《胆小的大象》中的人物、动物形象及其夸张的动作和表情,感受人物内心情绪。(2)通过医生与大象的对话,感受大象的胆小是

---

[1] [法]桑德里娜·波,文;[法]阿丽亚娜·德尔里欧,图.胆小的大象[M].吴天楚,译.北京:北京时代华文书局,2018.(书目 055《胆小的大象》、082《海狸受伤了》、129《了不起的螃蟹》、274《小狗追月亮》是同一书系。)

解决不了问题的，要学会勇敢面对，其实事情并没有那么严重。(3)回忆自己觉得胆小害怕的事情，与同伴交流，一起面对，寻找解决办法，让自己变得勇敢。

(解读人：张敏、姚苏平)

056 《当手指跳舞时》[1]

一、内容介绍

《当手指跳舞时》(图 56-1)的小主人公卡卡的父母是聋哑人。因特殊的生活环境，卡卡性格内向，不善交流，情绪低落，内心焦虑。然而爸妈以其特有方式让卡卡感受到爱和温暖。该书通过感人的故事和画风清新的图画，讲述了一个情绪低落、抑郁的孩子被父母感化，逐步接受现实生活并愿意去帮助别人的心路历程。作品以手指跳舞折射出手语交流的独特之美，让读者通过简单轻松的阅读欣赏，感受到正视自己不同，接受他人不同的重要意义。这不只是帮助有特殊需要的孩子树立自信坚强的品质，更是引导和帮助普通孩子学会接纳和关爱他人，学会自助，学会助人。

图 56-1

二、"图·文"解读

全书用色与故事情节、人物的情绪情感相契合，绘者以大量的色块和简单的线条呈现，画风明快而清新，十分符合儿童的审美需求。第 15 页以略带灰的深紫色背景反映卡卡忐忑不安的情绪和梦境，一大块亮黄则映衬出卡卡内心强烈的希望。第 34—35 页是书中最特别的，页面以红色为主，加上蓝、绿色，绘者以独特的绘画技巧描画出扭曲、缠绕、粗细不等的线条，折射出爸爸妈妈内心的痛苦和焦灼。颤抖着写字的爸爸，读者虽不能看到他的全貌，却可感知到他形象高大、心胸宽厚、意志坚定。第 36—45 页，整体画面以亮黄色为主调，明亮、温馨的氛围感十分强烈。听着奶奶念着爸爸写的字，卡卡的心亮堂起来，和爸爸妈妈的心相交融，跳舞的手指传递着爱的乐音。图画书的文字十分简洁、富有韵律感。通过卡卡和父母的互动，更传达出对家庭关系的呼吁和关注，让读者感受到温暖亲情的重要性。

三、共读的对话与思考

1. 问题设计："当卡卡听到其他小朋友说爸爸妈妈喊自己小名的时候，她是怎么想的?"

[1] 方锐，文；孟可，图. 当手指跳舞时[M].北京：海豚出版社,2020.

"卡卡为什么一连几个晚上都没睡好？""卡卡做了一个什么样的梦？""卡卡过生日的时候开心吗？她的生日愿望是什么？有没有实现呢？""爸爸跟卡卡说了什么？卡卡怎么做才能让爸爸妈妈知道自己的心意？"

2. 分角色表演该作品。

3. 思考：该作品可以多领域融合，拓展活动。如：(1)阅读作品，感受和体验卡卡的情绪情感及其变化；(2)了解与众不同的朋友，学会和与自己不同的人相处，关爱他人，帮助他人；(3)尝试以绘画的色彩和线条、简洁的构图来表现自己的情绪情感体验；(4)关注关爱身边的每一个人，以乐观阳光的生活态度和充满爱意的情绪和家人相处，将爱和温暖传递给每一个家庭成员。

(解读人：徐群)

057 《当天空出现了大洞》[1]

一、内容介绍

《当天空出现了大洞》(图 57-1)是一本由神话故事改编的图画书。古时候，天空出现了大洞，浑浊的水从天而降，淹没了村庄。女娲娘娘看到后心急如焚，马上去向千年海龟求助。千年海龟告诉她方法，她便一刻不停地按照海龟的方法去做，为了能制出世界上黏性最强的黏液来补天空的大洞。最终，女娲娘娘通过努力将天空出现的大洞补好，水慢慢退去，草重新变绿，大地又恢复了生机。

图 57-1

二、"图·文"解读

在《当天空出现了大洞》中，故事与画面融入了现代的文学手法与艺术形式，为我们的传统文化传承赋予了现代性。结合小读者的年龄特征和阅读水平，作者王蕾将中国传统文化的故事素材以全新的童话方式原创呈现，既生动有趣，又有益于现代的儿童理解。

三、共读的对话与思考

1. 问题设计："天空出现了大洞后发生了什么？""当天空出现了大洞，该怎么办呢？""女娲娘娘是怎么补天的？有什么好办法吗？用什么才能补好天空呢？""你喜欢女娲娘娘吗？为什

---

[1] 王蕾，文；冯子熠，图.当天空出现了大洞[M].天津：天津人民美术出版社，2019.（书目 057《当天空出现了大洞》、089《河神的汗水》、103《火与石头》是同一书系。）

么?""如果我们生活中遇到困难,我们怎么办呢?"

2. 思考:故事中女娲娘娘通过自己的努力,寻求办法将天空的大洞补好,重还大地一片生机。引导幼儿明白:当生活中遇到困难时也要努力想办法去解决,或通过自己的力量和智慧,或寻求他人的帮助,积极主动克服困难,解决问题,勇于挑战。

(解读人:张敏、姚苏平)

058 《灯笼山》[1]

一、内容介绍

《灯笼山》(图 58-1)根据广西左江花山的神话传说创作而成,作者塑造了一个叫"桂娃"的壮族小朋友的形象。桂娃是太阳之子,他和村里的老伯为了让船夫们安全回家,制作了一个大灯笼挂在山顶上,以照亮航道,并献出了自己的护身宝物——夜明珠,但是,没有了夜明珠,桂娃就不能回到天上了。后来,凶恶的布怪偷走了夜明珠,桂娃与布怪斗智斗勇,打败布怪,夺回了夜明珠。故事表现了壮族人民团结、善良、勇敢、智慧的优秀品质。

图 58-1

二、"图·文"解读

该书把广西花山岩画所表现的民间传说与中国传统的剪纸艺术相结合,展现了壮族人民鲜明的民俗风情。书中采用的剪纸形式主要为套色,以阳刻为主,线线相连;大面积镂空用于套色,如国画中的大青绿山水,明快瑰丽。前环衬全景式展现了左江的自然环境以及人民生产生活的全貌。青蛙是壮族重要的图腾之一,有繁衍生命、驱邪避害的含义,如第 27—29 页中,青蛙参战,与桂娃一起与布怪斗争。青蛙阴、阳两刻相谐:阳刻的绿色青蛙沉静呆萌;阴刻的青蛙,施以黄紫两色点染,活泼可爱,富有童趣。

三、共读的对话与思考

1. 问题设计:"你知道'桂'是哪个地方的简称吗?""你能找出作品中的岩画吗? 你觉得岩画上的人物有什么特点?""桂娃一个人能拿回夜明珠吗? 他依靠什么取得了胜利?"

2. 完成作品后面的"填色挑战"和"剪纸挑战"。

3. 该作品可以与其他领域融合,拓展活动。如:(1)欣赏几幅不同类型的剪纸作品,感受

---

[1] 吴烜,文;钟昀睿,剪纸.灯笼山[M].南宁:广西民族出版社,2020.(书目 058《灯笼山》、091《黑龙洞》是同一书系。)

中国传统艺术之美。(2)了解青蛙在壮族人民生活中的重要性。(3)如果遇到了困难,不要怕,要想办法去克服;如果自己有能力,有条件,要去帮助他人,照亮他人的同时也可以照亮自己。

(解读人:丰竞、姚苏平)

059 《地上地下的秘密》[1]

一、内容介绍

《地上地下的秘密》(图 59-1)绘本用剪纸的"阴阳"创作了地上和地下的两个家庭、两对母子,既有各自的生活又有呼应,同时用儿童的眼光和游戏精神贯通起来。文图中呈现出来的爱也是孩子们能够直接体会到的。这是真实的生命体验,这样的真实是能打动孩子的。两位小主人公从始至终的表情里都透露着一份惬意、天真、欢愉,让人感受到信任和幸福。温馨的家庭环境是儿童健康成长的首要条件。

图 59-1

二、"图·文"解读

全书采用中国传统剪纸画构图,技法精巧,天然地将剪纸的艺术特点与故事结合,与人物结合,与情节结合。该书阴刻与阳刻结合,例如封面,阳刻的红色部分是妈妈抱着宝宝,阴刻部分在白色衬纸下形成鼹鼠妈妈抱着小鼹鼠的图案,在共读中可以慢慢引导孩子去感受和识别出图案。书中的颜色也是采用传统的剪纸红色,同时采用白色作为另一大色彩,这样,红白两色就成为整本书的全部颜色,简洁、清晰、明了,给人一种纯净之美。虽然全文采取的是剪纸画形式,但是并没有因形式简单而影响表达,人物的形象与表情被体现得惟妙惟肖,每一处的情绪都被展现得淋漓尽致。象声词的恰当运用、悬疑式的提问,吸引读者一页一页地去寻找答案,同时引导读者漫步于传统剪纸艺术的美好情境中。

三、共读的对话与思考

1. 共读。问问幼儿能看出哪些内容,点读书名,猜测地上指哪里,地下指哪里,秘密是什么。可以与儿童一起开启共读:看环衬,猜测这是哪里,小鼹鼠在做什么,它周围有什么;看书名页,引导幼儿看出两位妈妈在做什么。

2. 观察思考:地上地下有什么不同? 通过观察,与幼儿一起发现与罗列地上地下有什么物品,孩子和妈妈的活动内容,特别是地下还生活着哪些动物和植物。

---

[1] 依依.地上地下的秘密[M].北京:人民教育出版社,2014.

3. 交流。读完图画书后，可以了解幼儿是否知道宝宝和贝贝的秘密？

4. 创意互动。剪纸体验：准备纯色的纸和剪刀，与幼儿一起尝试剪纸。

（解读人：唐燕、王海英）

060 《丢失的快乐》[1]

一、内容介绍

《丢失的快乐》（图60-1）是一部充满传奇色彩的叙事童话，属于《乐乐游中国画》系列图画书。故事主要讲述了乐乐穿越到中国画的世界，帮助朋友小黑寻找丢失的快乐。在他们的旅程中，他们遇到了通过歌声获得快乐的伙伴们，与小动物们嬉戏得到快乐，乌鸦通过自由飞翔获得快乐，乌龟则因守护家园而感到快乐。最终，乐乐在老爷爷的启示下领悟了快乐的真谛，变得更加乐观、勇敢，更加珍惜友情和热爱生活。本书语言简洁，叙述画面感强，采用对话的方式进行叙事，并巧妙地引用中国传统诗词进行插叙，展现了儿童文学语言的独特魅力。

图 60-1

二、"图·文"解读

该书绘者用"中国画"来向经典名画致敬，将故事内容和名画情景相结合，让读者穿越在现实和古代之间。书中色彩多为淡色，如缃色、素色、水绿、鸭卵青，给人清新淡雅的感觉。线条清晰流畅，视角由远及近，由景到人，细节描绘引人遐想：近景描绘时突出人物，远景描绘时突出景物。画面随着人物心情的变化由冷色调向暖色调转变，意境悠远，展现出鼓舞、愉快、引人向上的生活气息。书中的文字采用的是楷体，多以对话为主，相较于其他图画书，文字略多，但均安置在画面留白处，与中国画的风格相得益彰，充满诗意。

三、共读的对话与思考

1. 成人的输入：（1）引导幼儿跟随乐乐的经历欣赏中国古代名画，感受中国文化的博大精深、中国历史的灿烂悠远；（2）使幼儿知道真正的快乐源于内心，分享快乐，自己也会变得快乐。

2. 儿童的输出：（1）尝试用蜡笔临摹作品中的插画，感受中国画的独特韵味；（2）分享自己的快乐经历和让自己开心起来的方法；（3）自由探索中国画的作画工具，如毛笔、墨汁、国画颜

---

[1] 司南,文;梁惠然,图.丢失的快乐[M].北京:中译出版社,2018.（书目060《丢失的快乐》、344《竹篮里的花园》是同一书系。）

料、宣纸等。

3. 该作品可以与多领域融合,拓展活动。(1)心理健康:愿意和同伴分享自己的快乐经历,摆脱负面情绪。(2)语言表达:对古诗词产生兴趣,同时提升对故事的理解能力、表达能力。(3)人际交往:学会礼貌地与人交流,正确使用"谢谢""你好"等用语。(4)艺术创想:初步了解"踏歌"这种艺术形式,对中国古代名画产生兴趣,提升审美情趣。(5)科学认知:在认识中国画作画工具的基础上,通过小实验感受毛笔、宣纸的特性。

(解读人:任流萍、姚苏平)

061 《动物的颜色真鲜艳》[1]

一、内容介绍

史蒂夫·詹金斯是闻名全球的科普拼贴画大师。他擅长用拼贴画表达主题,创作的科普图画书获得过凯迪克奖等众多大奖。《动物的颜色真鲜艳》(图61-1)入选了纽约公共图书馆推荐值得阅读与分享的一百本书。本书中包含了红色、蓝色、黄色、绿色、橘色、紫色、粉色在内的7种颜色,66种动物,展现了出人意料的自然之美和动物生存的智慧。书中介绍的动物,它们大多数的身体都是单一颜色,其中一些动物,包括大部分的哺乳动物,它们多是棕色或者灰色的——这样的颜色可以帮助它们很好地融入周围的环境,也是它们在这个充满困难与危险的世界上顽强生存的法宝。还有一些动物要么是花色的,要么是单一的颜色配有很多的花纹或图案。它们用颜色来警告敌人,向伙伴发出信号,吸引异性的注意,甚至隐蔽在环境中不被敌人发现。整本书以颜色来分类,展现了

图 61-1

每一种颜色的动物的习性、喜好、作息,以及它们的羽毛、鳞片、皮肤对它们的作用。阅读之后,我们会发现原来动物的世界是如此丰富多彩。

二、"图·文"解读

该书中各种动物栩栩如生的造型和高于生活色彩的美感,都是作者通过拼贴画的手法展现出来的。本书的画面细致精美,文字通俗易懂。书中的每一幅动物作品都极具艺术欣赏性。作者不仅以第三人称的角度对每一种动物的色彩与生存关系进行了介绍,还让动物以第一人称的角度与读者进行对话,拉近了读者与动物的距离,展现了人与自然的和谐相处。在书中结

---

[1] [美]史蒂夫·詹金斯. 动物的颜色真鲜艳[M]. 静博,译. 北京:北京少年儿童出版社,2018.

尾的部分，我们还可以看到除了颜色之外的其他秘密，这让我们对动物的了解更加全面。

三、共读的对话与思考

1. 问题设计："书中出现了哪几种颜色？说一说每种颜色里的动物有哪些。""动物身上的颜色是怎么来的？你能举个例子说一说吗？""你觉得鲜艳的身体颜色有哪些利弊？""动物身上的颜色会变化吗？""你知道哪些动物是靠颜色来觅食的？哪些动物是用颜色来躲避天敌的？"

2. 亲子互动：(1)走进大自然，观察记录各种动物，并尝试按颜色分类；(2)尝试通过拼贴画的形式创作自己喜欢的动物，并生成自己的《自然笔记》。

3. 透过自然科学之美，让幼儿看到了大自然的神奇，引发好奇之心。"学习科学知识，就是帮助孩子们获得欣赏神奇自然的能力的一个优雅而美好的途径。"当幼儿以惊奇之心去认识自然，走进自然，探索自然的时候，他们不仅仅获得了科学认知，更提高了生命的体验感。

（解读人：徐群）

062 《动物园》[1]

一、内容介绍

《动物园》(图 62-1)以朗朗上口的童谣和简约传神的水墨漫画相结合的形式，生动描述了动物园里的 35 种动物。书中的童谣平白易懂，韵律自然活泼，句子短小生动，节奏欢快明朗，想象奇特新颖，文字俏皮风趣，通过动感、直观、充满童趣的形式让孩子认识和了解动物的习性和特点。比如："闪光长毛金丝猴，外国没有中国有，淡蓝脸儿翘鼻子，长相可爱把人逗"，把金丝猴的特点生动传神地呈现出来；"这儿就是狮子家，短头发的是妈妈，长头发的是爸爸，生个娃娃满身花"描绘了公狮、母狮和幼狮的不同特征。

图 62-1

二、"图·文"解读

书中扉页上画着三个扎着小辫、红红脸蛋的小娃娃手牵着手去动物园玩耍，头顶两只小鸟叽叽喳喳叫，明黄的底色和小娃娃脸上洋溢的笑容让我们一下子就能捕捉到他们的喜悦心情。模仿小娃娃背着手穿着溜冰鞋溜冰和单手抱着球骑着独轮车的滑稽可爱的黑猩猩；穿着红裙子的女娃娃抱着近乎自己身体大小四分之一的鸵鸟蛋；两眼闪闪发光、舌头上翘舔着嘴唇、紧

[1] 林颂英，文；詹同，图. 动物园[M]. 北京：朝华出版社，2018.

紧盯着前面奔跑的大公鸡、狡猾的红狐狸……每一种形象都生动逼真,富有童趣。

《动物园》首版于1963年6月出版;1980年经重新绘制后出版。詹同(詹天佑的孙子)是著名儿童美术家,上海美术电影制片厂"三剑客"之一,中国美术家协会漫画艺委会"中国漫画金猴奖"荣誉奖得主。林颂英,著名儿童文学作家,其作品《小壁虎借尾巴》《松鼠和松果》等都曾经入选小学语文教材。二位卓越文艺工作者的合作,成就了《动物园》的赏心悦目。

三、共读的对话与思考

1. 问题设计:"这本图画书里你最喜欢哪幅画? 哪个动物? 为什么?""你去过哪些动物园? 认识哪些动物? 它们各有什么样的特点?""你最喜欢动物园里的哪种动物? 你也给它编一首童谣,画一幅画吧。"

2. 尝试全班幼儿或者一家人合作完成一套"幼儿园里的动物"或者"我家小区里的动物"的童谣绘画集。

3. 《动物园》是一本优秀的童谣图画书,对它的赏读可以与多领域融合。詹同生动传神的绘画技艺加上林颂英韵律工整的文字描写,让幼儿不但能感受到母语的精妙和水墨画的魅力,而且能认识和了解动物的特点和习性。可以说,保护动物、热爱自然的优良品行,不但是成人对儿童的期待,更应是成人的自我规约。

(解读人:姚苏平)

063 《斗年兽》[1]

一、内容介绍

《斗年兽》(图63-1)沿用了民间传说中"年"的怪兽形象:体形庞大、长相凶恶、祸害百姓。起初,人们在"年"要来的时候,就会逃到山里避难,后来,人们用穿红衣服、贴春联、挂红灯笼和放炮仗的方法,吓走了"年"。那么,这些办法是村民们想出来的吗? 不是,是一位神仙想出来的。那么,神仙为什么会为村民想出这个好办法呢? 因为村民中有一位乐善好施的丁婆婆。故事构思巧妙,通过介绍除夕风俗的由来,告诉人们要用勇敢和智慧抵制邪恶,善良和体恤他人会得到美好的回报,同时也赞美了中华民族崇尚礼仪、敢于反抗邪恶、向往和平的优秀品质。

图63-1

---

[1] 刘嘉路,文;[俄]伊戈尔·欧尼可夫,图.斗年兽[M].郑州:海燕出版社,2015.(书目063《斗年兽》、204《十二生肖谁第一》是同一书系。)

二、"图·文"解读

中国传统故事由俄罗斯画家绘制，显现出别致的"异域想象"。作品采用色粉画的技法，表现故事中浓厚的历史文化，人物造型与服饰也颇具古风。前后环衬运用了大面积的红色、"福"字、灯笼等中国元素，营造出除夕红红火火的节日氛围。作品有八处使用跨页，展现了丰富的宏大场景，如神秘的深海、大雪覆盖的村庄、逃难的队伍、伫立雪中毫无惧色的老者、喜庆热闹的除夕等，与作品内容完美互补。

三、共读的对话与思考

1. 问题设计："你们家过年的时候都有哪些习俗？""过年的时候，你会帮爸爸妈妈做些什么事呢？""神仙爷爷为什么会帮助村民驱赶'年'呢？""大怪兽'年'有怎样的特点？""面对邪恶，我们应该如何战胜它们？"

2. 可与书目 44《辞旧迎新过大年——春节》、287《小年兽》进行同主题的群文阅读。画出年兽和它害怕的东西，或制作一只小灯笼。

3. 该作品可以与其他领域融合，拓展活动。如：(1) 了解有关春联的知识，说一说自己家春联的意思。(2) 了解有关"年"的民间传说，给同伴讲一讲。(3) 善良是美好的人性，在家长的帮助下懂得善良会有美好回报的道理，认识到智慧是一种生存和创新的能力，战胜邪恶仅凭勇气是不够的，还要有智慧。在这些方面，成人应以身作则，给幼儿以良好的示范。

（解读人：丰竞、姚苏平）

064 《豆豆游走的二十四节气》[1]

一、内容介绍

二十四节气是中国劳动人民经验智慧的结晶，本书（图 64-1）通过一粒豆子的游走经历展示了二十四节气的不同特征。豆豆从春天走过夏天，从秋天走到冬天，颜色也由绿色变为黄色、褐色，最终在大寒节气中到达游走的终点。书的最后"好困啊，让我睡一觉，明年再出发"以及豆豆颜色的转绿都暗示这将是下一年游走的起点，以此也体现了二十四节气轮回交替的特点。这是一本认识、理解二十四节气，艺术性极强的图画书。书中每个节气的名称都用中国传统

图 64-1

---

[1] 杨智坤.豆豆游走的二十四节气[M].北京:人民邮电出版社,2017.

印章阴刻的方法展现,在每个节气的下面还配有四句三个字的小诗,朗朗上口的同时又将该节气的特点、习俗完全展现。

二、"图·文"解读

该书的图画与文字内容相互呼应补充,其中文字有两部分:一部分集中在二十四节气的下方,以诗歌的形式呈现;另一部分则与图画相互呼应,以故事的形式呈现,故事部分又分为浅显易懂的旁白和豆豆儿童化的独白语言。图画部分主要采用了中国传统手工艺方法,包含了布艺拼贴、刺绣、手绘、毛毡等,用这些传统手工艺呈现的图画作品让读者感受到了浓浓的中国传统文化。极具艺术性的画面让人感受到传统工艺的美,发展了读者感受美、欣赏美的能力,同时也潜移默化地传承了中国传统手工艺教育,让文化自信在阅读中发芽。

书中的豆豆藏在画面中间,阅读的同时可以寻找豆豆在哪里,如惊蛰时豆豆藏在了蜗牛的怀里,清明时豆豆在风筝上,小满时豆豆在麦苗上⋯⋯这不仅大大增加了阅读的趣味,也更加凸显二十四节气的自然表现。

三、共读的对话与思考

1. 问题设计:"你知道二十四节气分别是哪些吗?你能说出几个呢?""你最喜欢二十四节气中的哪个节气?它有什么特点?""你的家乡冬至节气有什么习俗?""你了解刺绣或布艺拼贴画吗?你在哪里见过这样的装饰方法?""布艺拼贴画与水粉画、水彩画比较,有什么独特的美感呢?"

2.(1)尝试唱一唱二十四节气歌,吟诵书中每个节气下的小诗,结合自己的经验说一说对每个节气的理解。(2)亲子手工:找一找碎布等"边角料",尝试设计拼贴出一幅作品,说说作品内容。

3.(1)二十四节气与幼儿的生活息息相关,引导幼儿在了解的同时可以更有意识地关注生活,关注自然,感受四季更替的美;(2)文化传承从娃娃开始,图画书是中华优秀传统文化在少儿阶段传承的重要表现方式;(3)结合幼儿的年龄特点,进一步挖掘二十四节气的资源价值。

(解读人:徐群)

065 《敦煌:中国历史地理绘本》[1]

一、内容介绍

图画书《敦煌:中国历史地理绘本》(图65-1)把璐璐的敦煌之旅、小石头的文化之旅和敦

---

[1] 苏小芮.敦煌:中国历史地理绘本[M].北京:中信出版社,2020.

煌知识科普三条线索融合起来，交叉演进，共同展现敦煌的全貌。作品先从璐璐视角切入，前 10 页为璐璐在旅途中的见闻；第 10 页璐璐敦煌之旅结束，回家后，当晚小石头进入璐璐的敦煌梦中，向璐璐讲述自己在敦煌的经历；第 58 页，璐璐梦醒，至 61 页讲述璐璐返校，通过暑假作文——《我的敦煌梦》向同学和老师分享自己的敦煌之旅；第 62 页后是璐璐的敦煌旅行笔记，介绍了莫高窟的建筑和壁画。接着是小石头视角，从第 10 页到第 58 页，描述的是小石头在璐璐梦中，跟璐璐讲述敦煌的千年历史：从雅丹地貌到河西走廊，从西汉张骞出使西域到东晋和尚乐僔在敦煌开窟修行，从南北朝建造佛像、绘制壁画到唐代"千佛洞"正式形成，从元代马可·波罗途经敦煌赞美石窟艺术到清末大量经卷、绢画、佛像流失海外，敦煌文物引起了世界关注。直到 1935 年，中国年轻人常书鸿发现了《敦煌石窟图录》，回国守护敦煌。科普

图 65-1

视角则是在特定的区域对敦煌特有的植物、乐器、人物、地名等，陆上丝绸之路上粟特人和汉朝人相互贸易的物品，以及敦煌壁画颜料、画笔、彩塑、绘画方式等进行敦煌相关知识补充。

二、"图·文"解读

该书中的人物、动物、建筑、物品以及整体场景画面的肌理描绘得非常细腻。笔触方向保持统一，线条排列均匀、整齐，画面质感自然、通透，并利用水溶性铅笔溶于水的特点，将铅笔与水进行相融，达到退晕的效果。色彩有敦煌风的浪漫。人物塑造方面具有明显的印度、西域痕迹，人物造型多是头戴花冠、直鼻细眼、耳轮长垂。色彩丰富、明亮、浓郁，画面磅礴大气，有强烈的视觉张力。黄色调运用得比较多，一方面用于敦煌漫天黄沙的景象描绘；另一方面金色在敦煌壁画中往往代表着高贵庄严和富丽堂皇。

三、共读的对话与思考

1. 陆上丝绸之路的地理知识竞猜。陆上丝绸之路途经多个国家，敦煌是其中的重要节点。可以采用游戏方式，例如"小导游"，让幼儿模拟介绍这些国家的基本情况，包括当地的风土人情、民俗文化、动植物以及东西方贸易等知识。用作品中小石头介绍的方式，进行壁画制作，感受壁画的制作过程，理解壁画的制作形成的过程，更能感受到敦煌壁画艺术的技艺，进而为中国古代的伟大工艺和智慧感到自豪。

2. 采用敦煌风格进行绘画创作，鼓励幼儿大胆尝试颜色的调试和搭配，让他们亲身感受敦煌色彩的艺术张力，从而加深对色彩的理解，以及在不同风格和不同情境下对色彩的感受和表达能力。

3. 实现一次敦煌之旅。亲自前往敦煌，身临其境地感受敦煌壁画的富丽堂皇和大气磅礴，并与身边的朋友、同学、老师分享所见所感。

（解读人：庄怀芹）

066 《多多的鲸鱼》[1]

一、内容介绍

《多多的鲸鱼》取自一个真实的故事，多多是一个患孤独症的小朋友，他非常喜欢自己的鲸鱼玩具，盼望着在上学的时候可以把他的鲸鱼玩具给所有人看。但是，得知不能带玩具后，多多非常伤心。好在经过校长与老师的沟通，多多又重新拿回了鲸鱼玩具，和同学们一起参与各项活动。这一切让多多非常开心，因此，他爱幼儿园，爱同学，爱老师，当然还有他的鲸鱼。

图 66-1

鲸鱼这一特殊爱好不仅满足了这个男孩的心理需要，还能够被老师用于全班的课程、教学和班级管理中，对这个孩子起到教导、安慰和激励的作用。想向全班学生讨论特殊爱好及需要的老师们、想向学生们解释个别化差异（如孤独症）或课程改编的老师们，都可能会用到《多多的鲸鱼》。家长们也可以使用该图画书，以恰当且尊重的方式和子女讨论特殊爱好，并探索如何运用、支持，甚至限制“最爱”的方法。

二、“图 · 文”解读

整本书色彩鲜艳，线条简洁，人物形象生动，适合低龄儿童特点。比如封二、封三等前后页面采用的是淡蓝色，与内容鲸鱼生活的海洋吻合；而人物的色彩比较鲜艳，有的人物的背景色采用的是红、绿、橙等色彩，与儿童活泼的性格吻合。有些画面采用半幅，也使得作品更加干净简洁。作品的最后附有“如何使用这本书”的小贴士，以及作者和绘者的简介。

三、共读的对话与思考

1. 问题设计：“故事里的小男孩叫什么名字？”“他的最爱是什么？”“多多为什么哭啊？”“多多带着鲸鱼学到了哪些本领？”“同学带给多多什么？”“春游他们去了哪里？ 多多开心吗？”“同学们喜欢多多吗？ 从哪里可以看出来他们喜欢多多？”“多多喜欢幼儿园吗？”“他爱老师和同学吗？”“如果你遇到这样的同学，你会怎样和他相处呢？”“你有没有自己最喜爱的玩具？”

2. 介绍像书中的多多那样有着异于常人、有着“阿贝贝”恋物情结，乃至孤独症的孩子。

[1] [美]葆拉 · 克拉思、[美]帕特里克 · 施瓦茨，文；[美]贾斯汀 · 卡尼亚，图. 多多的鲸鱼[M]. 王漪虹，译. 北京：华夏出版社，2017.

"恋物情结"包括但不限于鲸鱼、蒸汽机、雨刷器、天气、橡皮筋、皮带扣、车库大门、鲨鱼、汽车号牌、地铁路线、站名、铅笔头等等，与其交往、沟通要懂得要尊重他们的观念。对于孤独症儿童，支持孩子的特殊兴趣和优势，并创设支持和理解的环境。

3．思考：(1)以"自己的喜好"为题作画，了解自己或班级的孩子；(2)通过一些音乐，关注身边异于他人的同伴、同学，以恰当且尊重的方式和老师、同伴讨论他们的爱好。

（解读人：徐群）

067 《鄂温克的驼鹿》[1]

一、内容介绍

《鄂温克的驼鹿》(图67-1)以我国北方大兴安岭鄂温克使鹿部落的生活为背景，讲述了老猎人格力什克抚育驼鹿小犴，带它回人类营地生活，因不适应，最终将小犴"赶回"原始森林的动人故事。作家黑鹤诗意地展现鄂温克人"使鹿一族"所特有的狩猎生活方式，绘者九儿用细腻写实的笔触刻画了他们正在消逝的民族文化。作为一本在动物小说基础上创作的图画书，作品兼具文学和绘画的综合表现力，用恢宏的场景描绘了超写实的大兴安岭四季变化中的动植物景象、不苟言笑的老猎人、日渐壮硕庞大的驼鹿小犴等形象，展现了鄂温克使鹿部落从古至今独有的民族特色；同时传达出尊重动物天性的生命观、敬畏自然的生态观。

图67-1

《鄂温克的驼鹿》自出版以来包揽了诸多重要的图书奖项，如第十四届文津图书奖、2018年度桂冠童书奖（儿童绘本类）、2020年度国际儿童读物联盟（IBBY）荣誉榜单、2020年美国民俗学会"伊索荣誉奖"等。

二、"图·文"解读

该书采用了碳铅和水彩相结合的画法。绘者九儿在创作中力求克制，多处使用以碳铅和淡棕色为主的单色，例如作品开头的跨页，展现了鄂温克的圆锥形"斜仁柱"（又称"撮罗子"，鄂温克语，即帐篷)，以及一些简单的生活用品等。整个场景宛如翻阅的一段历史文献、纪录片或老电影。直到小驼鹿出现后，画面才增添了一抹明亮生动的色彩。画面中所有动植物的描绘都遵循了大兴安岭生态图谱的特征。老猎人格力什克带着小犴散步消食，从白天到夜晚，整个森林场景和光线色彩也随之相应变化，透露着全景式的壮丽恢宏。

[1] 格日勒其木格·黑鹤，文；九儿，图.鄂温克的驼鹿[M].南宁：接力出版社，2018.

三、共读的对话与思考

1. 问题设计:"驼鹿小犴为什么不能在人类的营地生活了?""如果你是猎人格力什克,你会怎么做?""你去过哪些景点? 印象深刻的有哪些?""你喜欢森林和野生动物吗? 为什么?"
2. 尝试续编这个故事。
3. 和儿童一起了解鄂温克族的民族文化、生活习性和大兴安岭的生态风貌,体会人与自然和谐相处的厚重感、辽远感和纵深感。
4. 可参阅书目 032《不要和青蛙跳绳》、168《纽扣士兵》、199《十二只小狗》,欣赏绘者九儿的图画书创作风格、作家黑鹤的写作特色。

(解读人:姚苏平)

068 《童声中国——儿歌》[1]

一、内容介绍

《童声中国——儿歌》(图 68-1)是一本经典儿歌集,又是一本广东龙门农民画作品集。40 首童谣与插画相映成趣。儿歌按内容分为问答歌、童趣歌、游戏歌、摇篮歌、自然歌、故事歌、绕口令谜语歌等,种类丰富,读起来朗朗上口。内容方面与儿童的生活紧密联系,洋溢着满满的农家生活气息,涉及动物、植物、天气、农事、经典故事、民俗、游戏等,与幼儿各项活动息息相关。该书主题既是科普,能够培养孩子的求知探索欲;又是行为规范,培养孩子良好习惯。它是童声伴读、学习帮手。经典童谣诵读,专业作曲配乐,培养孩子的乐感,提高吐字辨音的能力。童谣是孩子"心灵的游戏",阅读经典,能够让孩子们在优美的旋律中得到知识教育、情趣教育、文学教育、审美教育和道德教育。

图 68-1

二、"图·文"解读

该书的语言押韵、朗朗上口,充满童趣,洋溢着浓浓的民俗风情。采用农民画风格绘制,以水粉画为主,部分画面辅以剪纸、国画色、丙烯、油画色等的综合运用;画工精细,充满童趣。插画采用广东龙门农民画的创作风格,颜色绚丽,富有传统意味和民间艺术特色,以朴

[1] 蓝山.童声中国——儿歌[M].成都:四川美术出版社,2019.

实真切的艺术语言,生动地记录了绚丽多姿的民族与地域风情。孩子能够在朗诵童谣经典的同时,感受民间插画的魅力,并通过插画认识绚丽多彩的民俗风情。

三、共读的对话与思考

1. 展开多视角的阅读与表达活动。该书中几乎每首儿歌都很押韵,便于记忆、朗读与表演,可结合一些材料边朗诵边游戏。有的是绕口令,能培养幼儿的语言能力。有的是谜语,能提高幼儿的思考力。可鼓励幼儿选择自己感兴趣的画面展开观察与阅读,用自己的感知去体悟儿歌的内容;支持幼儿倾听欣赏,萌发进一步探究的欲望;通过朗诵、表演等感受农村气息,还可讨论、创编、亲子游戏等。

2. 可以与多领域融合,拓展活动。可从《带弟弟》《拍手歌》中体会同伴关系的积极和谐;可从《打大麦》《看场佬》《小木盆》等养成热爱劳动的习惯;可从《小板凳》中懂得爱父母长辈;可从《月亮歌》《虫虫歌》《小花狗》《马兰花》等萌发爱家乡的情感;可边朗诵边进行运动游戏、角色扮演游戏等;可进行创作绘画、手工制作,如剪窗花、影子、墙上一个鼓等;可对喇叭花、十二个月不同的花、风婆婆、雨儿下、葫芦根儿、葫芦蔓儿等进行科学探究,结合小木盆、影子等展开相关实验等。

(解读人：王海英)

069 《儿童行为养成与成长教育绘本》(全4册)[1]

一、内容介绍

《儿童行为养成与成长教育绘本》系列丛书(图69-1)以城乡不同的两个家庭为背景,叙述了居住在埃默河谷的乡村小女孩洛莱和城区的小客人尼克与他们的伙伴、家人之间发生的生活故事。《我学会了虚心求教》讲述了来自大城市、手中总是拿着手机的小男孩尼克来到了瑞士美丽的埃默河谷度假,面对陌生的一切,他不懂就问,学会积极请教。《我会努力解决问题》叙述了"小笨蛋"格雷塔弄坏了阿尔卑斯长号后,开动脑筋,寻找合适的木料解决问题。《我学会了换位思考》叙述了洛莱和尼克正在户外野餐,调皮的格雷塔走丢了,两个小伙伴寻找、求助,学会换位思考,作出正确判断。《我们能找到回家的路》叙述了尼克和洛莱出门去滑雪,回家之路难以辨认,尼克凭借平时积累的生存技巧,信心十足地找到了归途。整套书以故事情节为明线,以蕴含的道理为暗线,生动形象,易于读者阅读与回味。

---

[1] [瑞士]米歇尔·亨泽尔,文;[意]安娜·梅利,图. 儿童行为养成与成长教育绘本[M].李子靓,译.北京:北京日报出版社,2019.

图 69-1

二、"图·文"解读

全套书语言风格轻松欢快、充满童趣,洋溢着浓浓的乡村气息,充满着日常生活中点滴的美好与恬淡。通篇采用的是彩铅画、水彩画相结合的方法表现。色彩以浅蓝、粉紫、棕色、白色、绿色等清新色调为主,封底统一着深橙色,扉页反面为整版黄、红、绿、蓝纯色;线条流畅,富有纹理,充满动感;方向有近景、远景,较有层次感与立体感;画面大小适宜,色调变化相对保持统一,线条勾勒与主色调保持和谐一致。

三、共读的对话与思考

1. 阅读活动:自主观察画面,感知理解故事内容;进行同伴阅读、集体阅读、师幼一对一阅读、亲子一对一阅读等,体悟小女孩洛莱的可爱、淳朴,小男孩尼克的天真、活泼。

2. 品德行为习惯养成教育活动:联系美好(假期)生活,养成虚心向人求教、积极思考以及重在平时积累等学习品质;感受作品中温暖、关爱、平等又幽默、有趣的家庭生活氛围,养成与同伴友好相处、正确看待自己和他人、懂得沟通与协商等积极行为;从洛莱和尼克两位小伙伴与汉斯的对话,与小动物的和谐相处,在河谷的村庄里野餐,山林里认识与寻找树木等言行,使幼儿萌发热爱家乡、热爱生活、尊敬长辈的情感。

3. 拓展学习活动:参观、体验自己居住地的城乡生活等;进行角色扮演;自创故事情节表演;进行手工创作,如制作雪橇、乐器、森林、小桥等;可以进行"牛奶"生产加工线的探究、乐器的探究、指南针辨识方向探究等;进行如捉迷藏、走迷宫等智力游戏和"寻找格雷塔"运动小游戏等。

(解读人:王海英)

070 《番茄的旅行》[1]

一、内容介绍

《番茄的旅行》(图 70-1)是一本自然笔记式的图画书,从番茄的种子播种开始,描述了番茄生长、成熟、采摘和被加工成番茄酱的过程。全书既能让读者了解番茄的生长过程,认识许多农用器械,又能让他们领略农业劳作的新奇有趣,感受农业现代化及其与人们生活的密切联系,体会食物的来之不易,从而养成爱惜粮食的良好习惯。整本书富有恬淡的田园气息。

图 70-1

二、"图·文"解读

该书采用水彩画的表现形式,画风清新淡雅。语言细腻翔实,布局在书中每页的留白处,与图画相结合,进行图文的相互补充,尤其是描写番茄生长过程的语言十分生动可爱。在阅读图画书的过程中,读者可以感受到优美语言的魅力。本书入围第三届丰子恺儿童图画书奖。

三、共读的对话与思考

1. 在了解番茄的一生中知晓更多自然界动植物的生长过程。引导幼儿了解番茄的种子、番茄生长、成熟、采摘和被加工成番茄酱的过程,如"番茄什么时候开花?""番茄的花是什么样子的?""番茄刚长出来的时候是什么颜色?""番茄怎么变成番茄酱?"等,调动幼儿的好奇心,引导他们去探究生活中的科学,关注和观察更多植物一生的旅程等。

2. 了解更多农用器械。引导幼儿观察图画中各种种植的工具、收割的机械,也可以去真实的番茄种植基地观察种植、收割等过程,初步感受农用机械的特征、工作过程等。

3. 开展阅读与品德养成教育活动。展开同伴阅读、集体阅读、师幼一对一阅读、亲子一对一阅读,并分享交流,如"你怎么看待番茄成为番茄酱的过程?""我们平常吃的食物又是怎么来的?"等,知道食物的来之不易,懂得珍惜粮食,养成爱劳动的习惯。

4. 开展多元阅读拓展活动。如创编不同植物生长与变化过程的图画书,展开角色表演互动,进行艺术创作等,开展食物分享与品尝会,鼓励幼儿在班级种植园或者家里也来种一种番茄,通过自己动手操作感知番茄的生长过程,在生活区域可以尝试着制作番茄酱,了解番茄酱

---

[1] 汤杰英,文;刘洵,图. 番茄的旅行[M].上海:华东师范大学出版社,2020.

的用途等。

5. 参阅书目 324《翼娃子》，了解绘者刘洵的创作风格。

（解读人：唐燕、王海英）

071 《飞船升空了》[1]

一、内容介绍

《飞船升空了》(图 71-1)是航天科普系列图画书之一，另两本是《你好！空间站》和《我想去太空》。这套书是由中国航天科工二院二〇八所组织编著审定，由多位中国工程院院士、科学院院士推荐的航天科普图画书。本书聚焦载人航天飞船的发射，讲述了飞船从组装、测试到发射的全过程，具有很强的科学性。书中以飞船发射倒计时为线索介绍了飞船的发射地点、组装地点、飞船结构、载人火箭结构、载人火箭发射前的组装检验、火箭发射当天的流程等知识，并以符合儿童认知和表达的方式呈现。儿童在阅读的过程中将了解火箭、飞船和空间站等航天知识，还能进一步激发自身崇尚科学、探索未知、敢于创新的热情。

图 71-1

二、"图·文"解读

该书中的插画采用手绘的形式，既保留了科普图画书的科学性，又增加了艺术性和可读性。该书第 10—11 页直观地呈现了飞船和运载火箭的多个部位，内容通俗易懂，非常适合给孩子做航天知识科普。文字部分详细介绍了长征二号的各部位名称，右侧的卡通图画让孩子初步了解了比例尺的概念，也对火箭的尺寸有了更加具象的了解。第 32—33 页采用连环画的形式，将火箭发射的过程通过视觉、听觉的形式展现了出来，让幼儿对火箭发射的认识更加立体。

三、共读的对话与思考

1. 问题设计："载人飞船的各舱段和火箭的各部件分别是由什么运抵发射中心的？""神舟飞船由哪些部分组成？""航天员乘坐的飞船藏在火箭的哪里？""逃逸塔是做什么用的？""什么叫'发射窗口'，它受哪些因素的影响？""如果你站在发射现场的观礼台上，你会怎么样？""如果你是一名航天员，你会对小朋友们说什么呢？"

---

[1] 张智慧，文；郭丽娟、酒亚光、王雅娴，图.飞船升空了[M].北京:北京科学技术出版社,2019.

2. 观看神舟飞船发射升空的视频,感受中国航天技术的先进,激发热爱祖国的情感。亲子参观航天科普展,更加全面细致地了解航天科学知识。

3. 虽然本书讲述的是飞船发射的过程,但书中不管是图画还是文字,都体现出科学探究活动严谨认真的研究态度,这也是做人做事的基本态度。阅读本书,儿童不仅可以了解航天技术方面的知识,还能在心中种下一颗热爱科学的种子。也许在不久的将来,他们就出现在了国家载人航天飞船上。这正是幼儿科普图画书的力量。

（解读人：徐群）

072 《飞飞飞》[1]

一、内容介绍

《飞飞飞》(图72-1)展现了一系列的"飞行者"——苍蝇、瓢虫、蝴蝶、天鹅、飞鱼、鸵鸟(并不会飞,穿插在其中打破一下节奏)、蝙蝠、燕子、鼯鼠、飞蜥、风筝、滑翔机、热气球、飞机、火箭,引导小读者从近到远、从低到高、由自然到科技地去观察、思考"飞"这个现象。人类对于"飞"的奇幻想象古已有之,从筋斗云、魔毯到飞天扫帚。如此,通过举例子的方式,作者就把对于"飞"的执着向往、"飞"的乐趣想象传递给了小读者。

图 72-1

二、"图·文"解读

该书的文字部分简短、轻快且富有节奏感,所配的画面则疏朗、开阔,与文字的气质相得益彰。绘者大量使用烟蓝、蓝灰、鲑鱼粉、鲑鱼橙、钛白等低饱和度的色彩,和谐搭配,营造出悦目又舒展的效果。构图常采用"环境全景+主体近景"的明快组合,描绘出遥远的天际线,为画面中"飞"的动作留下充足的视觉空间。绘者对各种生物形态的刻画笔法传神,细节上写实,廓形简洁写意,既有儿童画的情趣,又尽显老练技法。用丙烯颜料厚涂背景以反衬画面主体的做法,大大增添了画面的层次感,更显自由的艺术趣味。

三、共读的对话与思考

1. 问题设计:"你也做过飞翔的梦吗? 作者说的哪些'飞'的情境是你共鸣的?""你有哪些梦境、想法、创意是他们没有提到的?""书中提到的各种各样的'飞行者',可以分成哪几类?"

[1] 刘奔,文;[克罗地亚]薛蓝·约纳科维奇,图.飞飞飞[M].桂林:广西师范大学出版社,2019.

"在每种'飞行者'类别下,你还能举出更多的例子吗?""如果可能,你最希望体验其中哪一个飞行活动?""如果你是一只鸟儿,你想怎样生活?"

2. 朗诵图画书的文字部分,传达节奏活泼、生动之美,特别注意拟声词的表达。

3. 参阅作者、绘者的创作谈,把握图画书的创作缘起。你是否也向往飞行? 是否欣赏飞翔之美?"飞行"不仅蕴含着人类无尽求索的自由精神和英雄气质,而且也为人类提供了种种风格鲜明的审美想象。中国古诗中,就有鸿雁、白鹭、燕子、蜻蜓、蜜蜂、蝴蝶等动物,乃至流云、山岚、柳絮、落花的诸多"飞行"画面;许多经典童话中也有飞行情景的描写,比如《青蛙和大雁》《拇指姑娘》等。回忆一下,你知道哪些描写"飞",提到"飞"的名句? 还有哪些故事里有人类"飞翔"的情节?

(解读人:盖建平)

073 《飞鼠传奇》[1]

一、内容介绍

《飞鼠传奇》(图 73-1)使用第三人称全知叙事,主人公没有名字,没有台词,符合"老鼠不会说话"的生活常识,又有"老鼠认字又好学"的幻想设定。故事层次感极佳,小老鼠飞越大西洋的行动既是务实的保命行动(鼠群在汉堡消失了,要逃离杀机四伏的环境),也是浪漫的"回归"("人"需要群体)、壮举和传奇(为此发明飞机,一举完成越洋飞行);因此,无论就世俗意义论,还是以创造性的生活为标准,主人公都是实实在在的英雄。故事将"飞鼠"说成是美国传奇飞行员林德伯格儿时的榜样、驾驶单引擎飞机越过大西洋的先行者。这段"历史"得到了一位真正的博物馆馆长郑重的承认(他撰写了作品的前言),给小读者营造出亦真亦幻的阅读感受。

图 73-1

二、"图·文"解读

该书风格堪称华丽,这是其沉稳协调的工业风用色(熟褐、钢灰、蛋白、暗金……)、笔触流畅的满幅水彩、拟真的动物形象设计、厚重的书页体量所共同营造的效果。书的封面四边四角刻意做旧,书中又大量使用老照片元素,以纪实手法传达出 20 世纪初欧洲的标志性特色——重型工业突飞猛进,出现火车、蒸汽轮船,以及初代飞机的稚拙形态。作为该书一大看点的设计图纸脱胎于达·芬奇的著名手稿,笔触、底色、画风与之高度一致,将作者本人对于飞机、蒸汽火车和机械设备的热爱传达得淋漓尽致。

---

[1] [德]托本·库曼.飞鼠传奇[M].梅思繁,译.天津:新蕾出版社,2015.

三、共读的对话与思考

1. 故事线梳理:清点小老鼠面临的威胁(新发明的机械鼠夹、猫、目露凶光的猫头鹰群,哪一种最可怕?);飞鼠飞机的发明和几次改良(单纯借助风力的滑翔装置—简单的蒸汽螺旋桨装备—双层襟翼飞机—莱特兄弟式飞机);等等。

2. 知识拓展:通过故事的场景,儿童接触到了简单的机械图纸,成人可以适时引入达·芬奇的手稿图片,增添对故事的不同感知;适度结合史料,提取故事里隐含的飞行器史(螺旋桨式、展翼式等)、人类飞行史。

3. 思考:(1)品味主人公飞鼠的形象——行动拟人而形象不拟人(体态没有卡通变形,缺乏"人类"表情);(2)感受主人公性格的张力(沉浸于求知,又洞察周遭世事变幻;创造发明既是快乐的探索,也是紧锣密鼓的自救,专注、沉着和勇气缺一不可);(3)评价主人公的勇气和创造力。(如果只选一个词来描述飞鼠,你会用哪个词? 聪明,还是勇敢? 还有没有更恰切的词?)

(解读人:盖建平)

074 《"怪"男孩和他的无字书》[1]

一、内容介绍

《"怪"男孩和他的无字书》(图 74-1)讲述了一个叫星辰的男孩子,他搬到小镇后,总是出现一些奇奇怪怪的行为,比如,他几乎不出门,不说话,他的不合群遭到周围小朋友的不满,大家说他是怪物。更奇怪的是,他手里的书居然一个字也没有。由于他总是行为怪怪的,大家决定来一场秘密的侦探行动。在这过程中,他们发现星辰原来是盲童。知道实情的孩子们聚集在星辰身边,听他讲那本奇怪的书的事儿。

本书通过"怪"男孩星辰的故事,旨在帮助孩子正视自己的不同和接受他人的不同,引导和帮助孩子学会和与自己不同的人相处,无论是学校里一起上学的小伙伴还是生活中遇到的朋友,只要大家多一点理解,多一点关爱,多一点融洽,就能共同营造一个更加和谐、温馨的成长环境。

图 74-1

---

[1] 方锐,文;孟可,图."怪"男孩和他的无字书[M].北京:海豚出版社,2020.

二、"图·文"解读

该书画面色彩柔和,考虑到盲童的特点,在故事的后半段,讲述的是晚上的事,画面亮度偏暗。但结合故事内容,还是给读者一种温馨的感觉。故事中提到星辰说:"虽然我看不见,但我能闻出味道,梨花和树是白色的,白色是甜中带点苦味;太阳和鲜血是红色的,红色的味道有点热辣辣……"文字到此页,画面换成了书中少见的白色和绘有鲜艳色彩的事物,生成了暗色与亮色的前后对比,展现出主人公星辰嗅觉世界的斑斓,引读者代入其中为之高兴。书的最后一页,还附有盲人节的介绍和如何帮助盲人的温馨小贴士,引导读者在生活中遇到盲人朋友,如何保持平常心对待他们,给人特别温暖的感觉。

三、共读的对话与思考

1. 问题设计:"故事的主人公叫什么?""他怪吗? 哪里怪?""星辰喜欢在院子里做什么?""小朋友发现了星辰的书有点奇怪,哪里奇怪? 和我们平时看的书有什么不同?""什么是无字书? 你们见过无字书吗?""小浪他们发现星辰的眼睛看不见,他们是怎么对待他的?""假如是你遇到星辰这样的朋友,你会怎么办?""怎样才能帮助那些眼睛看不到的小朋友,而且还不能让他难过?"

2. 借一本盲人的书给幼儿,让他们摸一摸,看一看,感受盲文书文字的触感。

3. 播放叙利亚盲童阿萨姆的《心跳》,让幼儿感受爱,学会爱周围的人,爱周围需要帮助的人。

(解读人:徐群)

075 《感触生命主题绘本》[1]

一、内容介绍

《感触生命主题绘本》(图75-1)以"关注生命教育,体味美好童年"为主题,囊括了"触摸生命"之《我有一个小花园》《眼睛看一看》《耳朵听一听》《小手摸一摸》,"保护生命"之《妈妈丢了》《努比,再见》《生病了别怕》《这些不可以》,"珍惜生命"之《我懂得节约》《爱不一样的我》《我和小表妹》《欢迎来我家玩》,共12册图画书。作品紧扣幼儿成长的日常生活环境、年龄特征、心理状态,将幼儿的所见、所听、所感、所思汇聚为细腻温馨的生命对话;涉及了幼儿的认知经验、友伴交往、安全防护、环保意识等多个方面。

比如《小手摸一摸》在"抚触"的欢愉中,让幼儿体验到爸爸和妈妈、水和沙、螃蟹、蚯蚓、

---

[1] 孙卫卫,文;王蔚、卢福女、李莉,图.感触生命主题绘本[M].西安:未来出版社,2018.

乌龟、小狗、金鱼、大树，以及硬邦邦的篮球、夏天被晒得滚烫的公交座椅，乃至无法被"触摸"到，却又无所不在的"空气"……在父母循循善诱中，让幼儿体会到不同物体的触感。由此，幼儿能够"生长"出认知外部世界的体验、经验，从而获得丰润、健旺的观察力、同理心。再比如《努比，再见》讲述了宠物狗努比的离世带给小主人"我"的伤痛和遗憾，让幼儿直面生命的相聚与离别，从而更加珍惜当下的彼此陪伴。

图 75-1

二、"图·文"解读

王蔚、李莉、卢福女分别执笔绘制了"触摸生命""保护生命"和"珍惜生命"三个主题，画风接近又各有特色。"触摸生命"强调了幼儿感知世界的新鲜感，故而多采用彩铅的线条来表现儿童的稚拙，在跨页中多展示风、云、雾、雪的质感，凸显儿童探索形貌和互动方式。"保护生命"的画面装饰风色彩较强，明艳的色彩对比、人物表情的特写、故事关键场景的聚焦，都带着儿童视角的好奇心。"珍惜生命"主题的彩铅使用更加柔和，虚化的远景、渲染式的发型和衣饰，都使得整个画面带有清新之美。

三、共读的对话与思考

1. 问题设计："在这12个故事里，你最喜欢哪个故事？为什么？""你有过到小朋友家做客或者邀请小朋友来家里做客的经历吗？如果你们吵架了怎么办？""你养过宠物吗？你们平时怎么玩？"
2. 给自己画一幅自画像，讲讲自己和别人不一样的地方。

（解读人：孙卫卫）

076 《更少得更多》[1]

一、内容介绍

《更少得更多》（图 76-1）以两兄弟人生道路的不断对照，为小读者展示两种截然不同的人生态度和生活方式：哥哥代表对物质成功的无止境追求，弟弟则代表享受闲暇、亲近自然、以情感生活为核心的"体验式人生"。该书文字全篇押韵，以朗朗上口的儿歌的形式来讲述故事，交叉描写哥哥、弟弟两人在人生各个阶段的作为和收获。一个是除了物质财富的累积升级别无兴趣，别无收获；一个是不断拓展日常生活的宽度，得到精神的充实富足。双方各自的成就，时时构成鲜明

---

[1] 郝广才，文；[西]何雷洛，图. 更少得更多[M]. 乌鲁木齐：新疆青少年出版社，2017.

的对比。最终,富于热情、满怀友爱的弟弟"解救"了陷入金钱包围的孤独的哥哥,双方的"重逢",再次强调了生命状态的多种可能性,升华了故事的乐观精神。

二、"图·文"解读

图 76-1

该书的绘画手法十分丰富,色块既有剪贴,也大量采用海绵、布面印画,色彩层次组合叠加,明快而充满肌理感。线描人物群像的风格也多种多样,有长臂、宽肩、窄头的非洲木雕风格的,有圆头圆眼的儿童画式的;动物形象则加入原始岩画风格。两个主人公形象的设计尤其体现绘者的表现力,看似随意潦草,却十分生动地传递出兄弟俩全然不同的气质——穿套装、戴礼帽、状态紧绷的哥哥,和衣着鲜艳、表情浪漫柔和如在梦中的弟弟,这样就使汲汲营营的入世者与超然物外的出世者各自有了鲜活的面目。如封面画上哥哥的焦虑状态尽在那一撇上弯的眉毛。

三、共读的对话与思考

1. 诗歌朗诵:作品文字朗朗上口,句子错落有致,读来富有跳跃感。试具体结合画面内容,有感情地诵读,尝试把哥哥的上进、紧张和弟弟的随性、自由用不同的音色、语调、语速表现出来。

2. 读图:作品画面内容丰富,细节颇多,人群的动态感尤其生动有趣,气氛热闹而不过火。尝试对每一页画面里,弟弟、哥哥各自在做什么,处于什么状态,周围的环境如何进行对照性的描述。(在画面里我们能看到……,哥哥在……,他……。当哥哥……时,弟弟在……,他……。)

3. 思考:作品封底"自卖自夸",强调此书如天平、量尺、灯塔,让孩子思考孰轻孰重、孰多孰少、孰远孰近。如此直白的理想主义当然是浪漫化的——现实生活中的人,既很难像弟弟一样,做永远悠闲的"生活家",也很难像哥哥一样,每一分"耕耘"都极高效地转化为"收获",以至于陷入财富不断膨胀的漩涡无法自拔。当孩童辨识出弟弟的生活态度深受弟弟丰富创意的影响,而哥哥则因物质成功的易得而受害时,他们对未来人生的取舍可能会更加笃定。

(解读人:盖建平)

077 《姑姑的树》[1]

一、内容介绍

《姑姑的树》（图 77-1）中的"我"，因家乡遭遇天灾，六岁时来到姑姑家暂住。姑姑其实是爸爸的姑姑，她年纪很大，没结婚。每次看见姑姑摆弄她的假牙，"我"和姑姑间都会发生有趣的对话。姑姑对街心花园的一棵老树异常珍视，因为这棵树藏着她心中的秘密——那是一段姑姑错失的爱情。后来，病中的姑姑意外看到老树被砍倒和街心花园改建的场景，因此深受打击……这本书表现了"我"和姑姑两代人的陪伴与理解，展示了往日时光的一角，以及老一辈人的传统生活与城市发展之间的各种冲突。通过姑姑的故事，小读者们可以体会到个体生命与时代变迁间微妙动人的联系。

图 77-1

二、"图·文"解读

全书以第一人称的孩子的口吻，通过"我"与姑姑的相处，写出了一段旧时光里人和城市的逝去和变迁。绘者扎宇为法国国宝级大师，其画风颇具东方神韵，同时他又以法国人的视角，用图像语言为这个中国故事注入了新的元素。书中采用中国毛笔墨法，间以水彩，表现出姑姑与孩子之间神情、语言、动作的细腻变化。画面中有细节的安排，如姑姑的猫和衣服，最后都交给了孩子，传递出情感传承的力量。再如姑姑家的背景安排、小街巷的描画，符合那个年代的审美以及中国元素的特征，素净的笔法既有旧年代的味道，又呈现出故事里对往事不再的质朴追忆和淡淡叹息。

三、创作手记

很多年前，我上班总会路过一个工地，工地上有棵很粗的老树。周围一片空旷，只有它还站在那里，歪着脖子瞧我们这些匆匆的路人。这树像老人一样，有我们不知道的年岁，见过我们不知道的人和事，它与这个城市一起走过，身上镌刻着风雨，心里装满了故事……终于有一天，工地上机器轰鸣，一派繁忙，而那棵树，不见了。

整整一年，我无法从抑郁里走出来，我明白，这是每个人的归宿，当时间流去，不管我们曾经怎么轰轰烈烈、肝肠寸断，那些爱过恨过的痕迹，终将被掩埋。城市发展的车轮一路滚去，碾碎

[1] 余丽琼，文；[法]扎宇，图. 姑姑的树[M].桂林：广西师范大学出版社，2020.

了我们曾经的样子。所以,大概我们自己,都不太记得在钢筋水泥的下面,曾是一片怎样的土地。

那个工地上,一座高楼很快拔地而起。我仰头看去,冰冷刺目。"姑姑的树"这几个字就那么一下子蹦出来,让人隐隐作痛。故事也跟着冒出来。

我试图以一个孩子的视角去观察姑姑,她与老树一样,又远又近,猜不透。"我"不曾了解年轻时的姑姑,但通过她的言行,可以想象她走过了和平和战争,以及激情燃烧的年代,她有过不同寻常的过往,有过年轻躁动的心……不管时代给予她的,还是独属于她自己的情感经历,那都是支撑她活下去的精神力量。一切都可以变,但这种深深扎根在心里的经历永远不会变。但是,当那棵记载着所有青春记忆的老树被轰然推倒时,姑姑的精神支柱也瞬间倒下。从某种意义上,树即姑姑,姑姑也是树。在孩子的眼里,或许能看到,感受到一个生命对故人故地的万般眷恋。

这本书里,我总想用自己的文字留住些什么,但字里行间都是叹息。人是永恒的,但又是无力的,在每个时代重复着自己,留下相似的悲喜,那些问题搁在那里,永远没有答案。这个故事,送给日新月异的城市,送给过往,更送给每一个爱过和被爱过的平凡的生命。

备注:参阅书目229《团圆》,了解作者余丽琼的创作特点。

(解读人:余丽琼)

078 《谷种的故事》[1]

一、内容介绍

《谷种的故事》(图78-1)是"贵州民族民间传说绘本系列"中的一本。此书挖掘民间传说里蕴含的"讲仁爱、重民本、守诚信"等具有时代价值的思想与美德,按流传的原貌提炼加工和编写,将一个美丽、睿智、勤劳、情感深厚的当代中国形象,传递给今天的儿童,同时通过图画书让孩子知道粮食的来之不易,帮助孩子们养成爱惜粮食的好习惯。

图 78-1

二、"图·文"解读

插画中具有贵州苗族地方特色的人物形象及写实风格很真实地呈现出了故事中的人物外形和生活场景。该书的插画有着极强的中国地域特色传统美感,整本书是以对页大幅画面进行创作的。由于故事发生在洪水发生后的大地上,为了表现洪水前后的对比,无论是色彩的运用还是整个画面构图都符合这种独特的环境,增强了画面的情感表达。整本书中,文字被绘者

[1] 海嫫,文;木棉绘画工坊,图. 谷种的故事[M]. 贵阳:贵州人民出版社,2016.(书目078《谷种的故事》、196《神猫和老鼠》、280《小鸡救妈妈》是同一书系。)

作为一种画面内容的解说与图画相互映衬，独特又巧妙的设计既讲述了故事内容，又增添了阅读乐趣。

三、共读的对话与思考

1. 阅读活动。通过阅读，培养幼儿的观察力、想象力、审美能力，促进幼儿的语言发展以及社会经验的发展，拓宽知识面。如"主人公遇到了什么问题？""他如何面对困难？""他用什么方法战胜了困难？""你还有更好的办法吗？"，帮助幼儿体悟故事中人物坚持克服困难的优良品质，进而进一步形成正确的人生观及良好的生活态度。

2. 多元拓展活动。如让幼儿挑选作品中的一个桥段，进行分角色饰演。演过后，幼儿更深入理解了人物的处境，也能表达出自己的观点。再如鼓励幼儿根据书中图画，讲故事，复述故事，用自己的语言按照图画把内容讲出来，支持幼儿对故事进行加工内化；根据书中图画，创编故事内容，如"小老鼠偷吃了谷仓里面的谷粒后会怎么样呢？"等等。

（解读人：唐燕、王海英）

079 《骨头骨头　咕噜噜》[1]

一、内容介绍

《骨头骨头　咕噜噜》（图 79-1）是一本可以看，可以玩，还可以动手操作的健康科普图画书。该书将人体的骨骼化为萌萌的卡通人物，以一个骨头宝宝的口吻和视角，讲述关于骨头的奥秘。"咕噜——咕噜——咕噜——""Duang——"等拟声词的运用，不仅提高了图画书的可读性，还激发了幼儿对"骨头里面长什么样？""骨头为什么能动起来？""骨头与骨头之间如何合作？""关节有什么作用？""如何保护骨头？"等问题的探索欲望。

图 79-1

二、"图·文"解读

该书采用连贯且流畅的彩铅线条勾勒人物形象，画风柔和，充满了想象力。可爱的骨头宝宝做出的各种动作让孩子们直观地了解自己的骨骼构造和作用。全书采用了清新、舒缓的色彩，使视觉的感受尤为轻松、愉悦。书中"骨头的自然拼图"部分，需要孩子自己动手剪、拼、贴，既发挥了孩子的主体作用，又提高了孩子的动手动脑能力。气泡式的文字对话适合家长与孩子做亲子互动、角色扮演，让孩子轻松理解故事内容。

[1] 崔玉涛，文；杨辉，图.骨头骨头　咕噜噜[M].北京：北京出版社，2019.

三、共读的对话与思考

1. 该书以图画结合文字描述的方式介绍关于骨头的不同形状、名称、数量、构成、功能及骨头的保护方法等，没有故事情节。阅读前，可以引导幼儿观察封面，了解故事名称并聊一聊关于骨头的已有经验。阅读中，可以从幼儿任意一个感兴趣的画面切入，展开游戏或讨论。例如，书中第 10—11 页，可以跟幼儿一起摸一摸身上不同部位的骨头，找一找关节在哪里。再如，书中第 12—15 页，可以问幼儿："每一个游戏里都有骨头，你发现了吗？"提供纸和笔让幼儿画一画游戏时的人体骨骼，再对照第 14—15 页的人体骨骼，说一说认识的骨头名称。阅读后，可以允许幼儿反复阅读该作品，给幼儿充分观察和表达的空间。

2. 该作品不仅可以促进幼儿语言能力的发展，而且可以帮助幼儿获得关于骨头的健康与科学领域的经验。可以引导幼儿拓展阅读《崔玉涛讲给孩子的身体健康书》系列丛书，激发幼儿探索身体奥秘的兴趣，做自己的"健康小卫士"。还可以提供视频《奇妙的骨头》，组织幼儿观看视频片段，丰富幼儿对不同动物骨骼的认知经验。

（解读人：顾明凤、姚苏平）

080 《归来》[1]

一、内容介绍

《归来》（图 80-1）是一部跨越时空的现实主义题材作品，故事起于寻找，因寻找而归来而团圆。结构上双线推进，以"我"的爷爷奶奶当年在长征途中，把自己年幼的儿子寄养在老乡家里，后又收养了一名孤儿为主线，以"我"根据祖辈留下的地图、手镯、照片等线索，终于找到了叔叔——爷爷奶奶的亲生儿子为副线，将倒叙和插叙相结合，讴歌了战争年代革命者的英勇顽强，以及在亲人别离的悲伤与思念中所蕴藏的家国情怀。叔叔的归来，象征着家的团圆，作品意在致敬为国家的建立和发展贡献一生的前辈，主题鲜明，引人奋进。

图 80-1

二、"图·文"解读

该书采用素描与水彩相结合的方法，以区分不同时空的讲述。前环衬用铅笔素描讲述革命时期，爷爷奶奶寄养孩子和收养孩子的两个重要情节；后环衬用水彩的形式重复内页中的内

[1] 陈晖，文；周成兵，图. 归来[M]. 合肥：安徽少年儿童出版社，2017.

容,强调"寻找"的结果——归来。作品多达十几处跨页,展示故事发生的宏大背景,与召唤长征精神的主题相呼应。作品也给读者留下了诸多思考,如"叔叔从来不曾寻找过爷爷……",那么,这么多年叔叔在养父母家都在做什么呢? 第33—34页的跨页通过区别性的色彩和叠图的方式,把过去与现在交织在一起,再现了叔叔的生活,隐喻其历史性的命运,赞美了人物对于善良、质朴等优秀品质的传承。

三、共读的对话与思考

1. 问题设计:"当年爷爷奶奶为什么要把他们刚出生的孩子寄养在老乡家呢?""爷爷奶奶为什么后来要收养一名孤儿? 你觉得爷爷奶奶是怎样的人呢?""地图和手镯在寻找叔叔的过程中起到了什么作用?""我和爸爸、奶奶为什么要找叔叔?""为什么叔叔从来不曾寻找过爷爷?"

2. 观看一部红色主题的儿童电影。

3. 该作品可以与其他领域融合,拓展活动。如:(1)了解红军长征中爬雪山、过草地的事迹,体会红军英勇顽强的革命精神;(2)挖掘本地红色文化的资源,让红色的种子在心中发芽,学会感恩,懂得今天的美好生活来之不易。

4. 参阅书目335《长大以后干什么》,了解作者陈晖的创作风格。

(解读人:丰竞、姚苏平)

081 《果子红了》[1]

一、内容介绍

《果子红了》(图81-1)主要描述了由一个成熟的石榴引发的一条食物链。石榴、果蝇、蜘蛛、螳螂、蜥蜴、牛蛙、蛇等形象依次登场。就在每个角色都认为自己即将获得美味的食物时,察觉到了身后隐藏的危险,一声"哎呀"开启了新的转折。一阵风轻轻吹来,熟透的果子往下落。最终猎人的枪意外走火,所有的动物惊慌失措。一片"哎呀"声中悬念被引爆。一片混乱的场景后,果蝇感叹太好了,终于吃到了红红的果子。

图81-1

该故事以顶针式的手法将角色、场景铺展开来,通过设置悬念吸引读者边读边猜。通过声音、气味、形体等来进行推理,猜测下一个出现的角色,整个故事凸显"螳螂捕蝉,黄雀在后"的警示意味。

---

[1] 林秀穗,文;廖健宏,图.果子红了[M].济南:山东教育出版社,2018.

二、“图·文”解读

全书用色大胆、艳丽，主要使用了红、黄、蓝三原色。高饱和的色彩搭配呈现了光照充足的季节特性、枝繁叶茂的景色特征以及动物自身色彩的转换所体现的情绪变化。

环衬采用刮画的技法，刮出的动感线条呈现出红果子的藤蔓缠绕、果蝇的飞行路径以及猎人在草丛中的窥探，紧张的氛围已经呈现，大幕即将拉开。

第3—4页内容是果蝇发现了红果子准备饱餐一顿，而画面的右侧像胶片底板一样，反转的色彩不仅具有强烈的视觉冲击，更能凸显角色在察觉背后异样时的心理变化。如此强烈的色彩对比渲染出一种惊悚的氛围，从而紧紧抓住小读者的注意力。

在第29—30页，采用了立体式剪裁设计。将画面拉开，会看到各种前文出现过的昆虫和动物因猎枪的走火四处逃窜的情景，“哎呀”声一片。立体式的剪裁和剧情配合融洽，是故事的高潮部分。之前所有的悬念都被揭开，读者内心的情绪燃点在这一瞬间被引爆。

三、共读的对话与思考

1. 问题设计：“红色的果子是什么？”“为什么猎人的猎枪会走火？”“果蝇最后有没有吃到红果子呢？”“一个晴朗的午后，森林里的树上又缀满红红的果子，又会发生什么呢？”“如果你是里面的动物，你会如何让自己既能吃到猎物又不被其他动物吃掉？”

2. 基于故事延伸的表演游戏。

3. 该作品可以与多领域融合，拓展活动。如：（1）帮助教师布置科普小档案，理解相关动物的外貌特征、生活习性；（2）到动物园、昆虫博物馆等参观，亲身去观察动物，了解动物，进而树立科学的自然观；（3）在故事结尾作者留下了一个空白式的开放世界，“一个晴朗的午后，森林里的树上又缀满红红的果子”，又会发生什么呢？尝试续编和创编故事内容。

（解读人：史晓倩、姚苏平）

082 《海狸受伤了》[1]

一、内容介绍

该作品属“宝宝好品格养成图画书（全十册）”（图82-1）系列丛书。该套丛书分别从十个主题讲述十个小动物的故事，既能让宝宝读得兴味盎然，又能联系日常生活，在潜移默化中传递美好品行。本册《海狸受伤了》讲述了土拨鼠小姐看望表弟海狸先生艾克多的故事。海狸先生艾克多在描述受伤的经过时，同时叙述土拨鼠小姐的感受，最终真相大白，形成了一个出人

［1］［法］桑德里娜·波，文；［法］阿丽亚娜·德尔里欧，图.海狸受伤了[M].吴天楚，译.北京:北京时代华文书局，2018.

意料,又在情理之中的"欧·亨利式"结局。本书故事极富想象力,拟人化的情节设计,颠覆了各种动物本来的行为特点,使整个故事充满了令人捧腹的惊喜和意想不到的结局。同时,故事帮助儿童理解关于爱心、责任、自主力等心理成长、品格发育的必备要素。

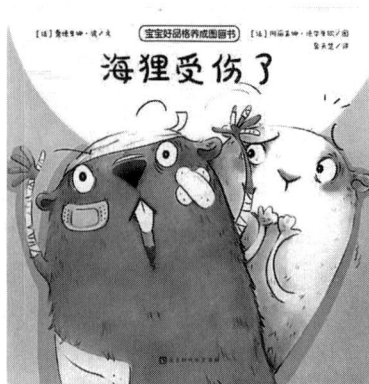

图 82-1

二、"图·文"解读

该书语言风格幽默风趣、特征鲜明,既能表现表弟海狸先生艾克多的夸夸其谈,又能呈现土拨鼠小姐谨小慎微的表情变化。书中,角色对话文字用棕色与黑色两种颜色加以区别,并对需要强调的重点字词加大字号突显,特别是一些象声词如"嘭""嗖""嘣",以及一些离奇情节等,表现了艾克多描述时的夸大其词,以及所谓车祸的"不值一提",对应了故事的妙趣横生与情节发展的逐步深入。该书的艺术元素为现代卡通风格,采用水彩画表现方式,色彩清新,线条流畅,视角全知,画面大小适宜,色调和谐统一。

三、共读的对话与思考

1. 阅读活动。鼓励幼儿自主观察画面,特别是观察文字颜色的变化、大小的变化以及两个角色的表情、动作、语言,可以尝试在模仿中感受角色的语气、语调、神情、体态等。通过同伴阅读、集体阅读、师幼一对一阅读、亲子一对一阅读等感知理解故事内容,比如适时融入描述性提问"海狸会怎样说'又来了一辆坦克'这句话?"、比较性提问"'嘭、嗖、嘣'有什么不一样?"、质疑性提问"你认为这是真的吗?"、发散性提问"为什么字的颜色不一样呢?",帮助幼儿理解故事的诙谐等。

2. 多元拓展学习。联系自身坐旋转木马的体验,改编或续编故事情节,仿照艾克多的语言风格拓展故事情节;同时还可自主发现生活中的小挫折与小意外,表述如何积极看待、幽默化解的过程;还可以进行角色扮演,自主在表演区表达与呈现;也可以自创故事情节表演,进行角色游戏、旋转木马体育游戏等。

(解读人:王海英)

083 《海洋里的小秘密》 [1]

一、内容介绍

《海洋里的小秘密》(图 83-1)是一本科普类图画书,它以小海龟的旅程为线索来介绍海洋

---

[1] [波兰]安娜·索比其·卡米斯卡,文;[波兰]莫妮卡·菲莉皮娜,图. 海洋里的小秘密[M]. 译邦达,译. 北京:现代教育出版社,2019.

里各种生物的特点。语言幽默生动。在平静的海面之下，藏着很多有趣的小秘密，都有什么呢？海洋里有什么动物？为什么鲀鱼身上的刺会竖起来？章鱼有几只触手？鲨鱼有多少颗牙齿？沙丁鱼为什么要成群结队地出行？通过小海龟的旅行，作品带着读者一探究竟。

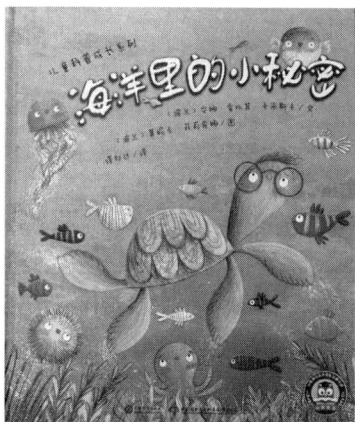

图83-1

二、"图·文"解读

整本书色彩鲜艳，画面特别有真实感。每一个海洋生物的细微处都画得非常逼真，比如小丑鱼身上的花纹，每一条都很特别，清晰可见；每个海洋生物身上的线条都与众不同，比如小乌龟、章鱼的线条柔和，给人一种很温顺平和的感觉，旗鱼、鲀鱼的线条就比较粗粝，给人一种不易接近的感觉。整个画面有平面的呈现，也有空间的立体感，画面大小构图合理，基本是近大远小，画面的色彩基本以暖色调（黄蓝紫系）为主。文字的位置与故事的情节呼应，文字的颜色与画面的基调契合。比如在讲述"鲸鱼可是海洋里最大的生物哦"这一段，在鲸鱼身上就呈现了"特别大"这三个字，而且字体是蓝色加大加粗的，别的文字都是白色和红色的，这样的呈现既使整个画面色彩协调，又带给读者视觉上的直观感受。

三、共读的对话与思考

1. 通过对海洋生物生活习性的介绍，增强儿童的认知经验，激发他们的探索欲。鼓励幼儿观察、讲述海洋中的生物，了解这些生物的名称、特征等。比如章鱼有8只"手"，鲸鱼是海洋里最大的生物，海蜇会蜇人。虽然很多的海洋生物不一定都能在幼儿眼前真实呈现，但通过该书的阅读，能帮助幼儿更好地认识海底世界，提高幼儿探究海底秘密的兴趣。

2. 观察和体悟作品的细节表达。如在"很抱歉，我一害怕就会把刺竖起来！鲀鱼女士解释道"这一段，为了体现鲀鱼女士的害怕，文字"哎哟！哎哟！好疼啊！！"以加大加粗的方式在锯齿框里呈现，让幼儿通过画面就能感觉到鲀鱼女士的害怕。

3. 多元拓展活动。如续编"小海龟和家人一起去海底世界"，进行海底世界绘画或手工创作、情景表演等活动；带幼儿参观真实的海底世界，了解更多的海洋知识。

4. 品德养成教育。如书中对沙丁鱼的介绍——"他们总是一起行动，因为这种生活方式可以让他们更快、更安全地找到食物"——就很好地体现出温暖、关爱、平等的集体生活氛围，让幼儿懂得"只有团结一致才能生活得更好"，萌发集体意识。再如通过对鲀鱼的介绍——"很抱歉，我一害怕就会把刺竖起来！"——可以支持幼儿知道在特别的场合要学会保护自己。通过"小海龟终于回到了家里，它开心极了，它一个一个地拥抱了自己的兄弟姐妹"，鼓励幼儿和小海龟一样，回到家感受到家的温暖和亲情的可贵。

（解读人：冷慧、王海英）

084 《汉娜的新衣》[1]

一、内容介绍

《汉娜的新衣》(图 84-1)是一本富于小镇生活气氛、人情味十足的女孩教育图画书。女孩对于美丽服饰的向往，和镇子里儿童穿衣的基本传统——捡大孩子的旧衣服穿，自然形成了矛盾。主人公小女孩汉娜"丰富多彩"的穿衣心得，将她不满这个传统的理由讲得令人信服。故事延续了西方女性教育的基础内容：在从星期一到星期六的时间顺序里，日常家务要分块执行，洗衣、熨衣、清扫、务农、赶集、缝纫，这是传统女性的生活常态；星期天则是收获的日子——穿上了亲手裁制的红裙子，这是劳动与美丽的双重喜悦。亲友们对红裙子的赞赏也是对汉娜种种优点的充分肯定。这条红裙子也将传给镇上更小的孩子。此时，汉娜也感到了身为小镇一员的自豪与快乐。

图 84-1

二、"图·文"解读

该书开本较小，铅笔淡彩绘制。线条简洁，施色鲜艳而不厚重，画面内容排布丰满，十分切合故事的朴实气氛，也传达出小镇生活的亲密氛围。汉娜的宠物伙伴——小鸭子，时时穿插其间，造型同样百变，有效地增添了画面的童趣。此书具有手工书性质，书的最后有供小读者涂色、剪贴的人物和衣物纸样，既是故事的具体延伸，也能大大满足小读者发挥想象力、实现创意设计的需求。

三、共读的对话与思考

1. 口头诵读：此书文字表述清晰，富有逻辑性，同时又有一定的书面性，需要经过反复阅读才能掌握。可以通过熟练朗读全文的方式，充分体验、吸收其细腻之美。

2. 手工制作：按喜好为衣物纸样填涂颜色，剪贴纸娃娃，为汉娜和小鸭子搭配衣服。可以多复印几份，涂画出一式几样的多个花色，在作品的罗列、更换和收纳中，培养小读者的条理性。

3. 思考。(1)主人公汉娜的形象生动可爱。从她的故事中，幼儿可以从更宽广的视野理

---

[1] [意]米梵魏·乌德斯-杰克，文；[意]瓦莱莉亚·佛卡托，图. 汉娜的新衣[M]. 李子靓，译. 北京：北京日报出版社，2019.

解"百家衣"的人情味,认识到习以为常的购买行为之外的、传统生活方式的情感内涵,感知家务劳动的朴素愉快,也对会缝纫的汉娜生出羡慕、效仿之心,为未来的动手创造、美化生活埋下一颗种子。(2)汉娜亲手给自己做了一件心爱的衣服。这个事件、这个"示范",体现了中西方传统文化教育与现代女性意识的一种融合。对于当代已经高度适应了工业品购买、消费的中国小读者,为自己做衣服,联结的则是一种个性化的才艺表现。可以向孩童适当介绍传统家庭生活中的女性角色、现代女性的自我认知和社会认同,并与孩童作一些讨论。

(解读人:盖建平)

085 《好饿的毛毛虫》[1]

一、内容介绍

《好饿的毛毛虫》(图 85-1)通过毛毛虫的"饿"的线索,展现了星期一、星期二、星期三等每一天的食物、数量等,以及毛毛虫最后的蜕变。既有科普意义的日期、数字、量词、象声词、蝴蝶生命周期等的描述,又有"洞洞"游戏的互动,还有从毛毛虫变成蝴蝶的故事情节,多重要素成就了这本书的经典。

图 85-1

二、"图·文"解读

艾瑞·卡尔采用珂拉琪技法完成这部作品,杂糅着拼贴、拇指画等手法。封面、环衬,以及最后蝴蝶的形象都是绚丽多姿、不守成规的。毛毛虫经过每一天的食物时都留下犹如啃咬过的"洞",使稚拙的画面、循环往复的语言"推理"、数量词所构成的游戏互动等,得到了巧妙的融合。

三、共读的对话与思考

1. 阅读与表现表达活动:自主观察画面,感知理解故事内容;进行同伴阅读、集体阅读、师幼一对一阅读、亲子一对一阅读等。幼儿在读这个故事时,可以互动,如从虫眼里面相互看对方的游戏,把小手指从洞洞里伸过去并模拟毛毛虫吃东西时的动作与声音,数一数食物的数量,学习观察星期几,假装毛毛虫从水果里面爬过去的情境创意表演,结合洞洞图书的这种方法创编制作出自己喜欢的毛毛虫故事,等。

2. 健康饮食的教育。可以让幼儿体会到生活小常识,比如,吃多了会肚子疼。吃什么样的食物容易不舒服呢? 吃什么样的食物更有益健康? 每顿饭要适量,不要一下子吃太撑!

---

[1] [美]艾瑞·卡尔. 好饿的毛毛虫[M]. 郑明进,译. 济南:明天出版社,2008.

3. 拓展多元学习活动。在进行亲子阅读的时候，爸爸妈妈们可以利用一些好玩的方法，加深幼儿对故事的印象。比如，根据幼儿的年龄，可以利用画画、手工、乐高、角色扮演、思维导图等方法来进行扩展阅读。能力强一些的幼儿，可以鼓励他们去复述、表演故事。

（解读人：唐燕、王海英）

086　《好娃娃童话袖珍图画书》[1]

一、内容介绍

《好娃娃童话袖珍图画书》(图 86-1)共 14 本，均为童话小故事，取材于孩子的现实生活，通过丰富的想象、拟人的手法反映儿童日常经验、友伴关系、家庭氛围等，让小读者产生共鸣。如：《小猫尿床了》让孩子明白成长过程中遇到问题不用担心害羞，要勇敢面对，找到解决问题的办法；《扁扁嘴和尖尖嘴》《甜甜的手掌》《一棵树》《伞屋》《大狮子的许多许多辫子》《恐龙的牙齿》等，让小朋友知道朋友多了不孤单，交朋友要彼此包容；《香香的被子》《大狮子的许多许多辫子》《一棵树》《小猴造车》《跷跷板》蕴含了数学与生活的诸多知识点；《种萝卜》《山羊开店》可以让孩子看到生物多样性的美；《美丽的影子》《小鸭子吃星星》能激发孩子关注自然，关注身边的科学现象；《小猴造车》《伞屋》能激发孩子们对发明创造的兴趣！

图 86-1

二、"图·文"解读

该书采用的是水彩卡通画的表现形式，形象萌动可爱，颇受孩子喜欢。文字简洁明了，并巧妙地融合在画面中，互为补充。如：《山羊开店》中，小动物购买食物时使用量词"个""串"，动词"拎""捧""托""抱""背"，等。小读者看后会忍不住去模仿，并轻松地理解这些量词、动词。《大狮子的许多许多辫子》图文幽默风趣，故事中梳着一条大辫子的小兔子给大狮子梳了许多小辫子，让大狮子经历了惊讶—伤心—害羞—快乐等情绪变化；同时故事又蕴含着"1"和"许多"等概念的认知。图文间的互动性、匹配度很高。

三、共读的对话与思考

1. 问题设计："哪些故事是关于找朋友的？""当你遇到困难时，有没有得到朋友的帮助？"

---

[1]　冰波，等，文；王荮荮，等，图. 好娃娃童话袖珍图画书[M]. 北京：教育科学出版社，2015.

"这些故事里有没有数字、图形、色彩?""故事中有没有提到'1'和'许多'?""你在生活中遇到过类似的情况吗? 你是怎么处理这些问题的?"

2. 该套图画书涉及多个领域,如科学、语言、艺术、健康、社会情感、心理调适等,可以开展丰富多彩的活动。(1)了解动物的外形与其本能之间的关系。(2)数数图画书中的动物数量,感知数字和物体数量的匹配,理解"1"和"许多",体验感知平衡等。(3)结合图画书和生活,学习运用量词和动词。(4)找朋友游戏,体验合作游戏的快乐,讲述成长中的趣味故事。(5)踩影子,手影游戏;照镜子,倒影绘画等。(6)复述、表演、创编故事等。

(解读人:匡明霞、姚苏平)

087 《和风一起散步》[1]

一、内容介绍

对于无形的风,我们该如何感知它呢?《和风一起散步》(图87-1)的创作灵感源于宋玉《风赋》中对风的描述,"木客"和"庆忌小人"则源于古代典籍中有关精怪的传说。风唤醒小木客让他与自己去散步,小木客不情愿,继续睡觉。于是风吹跑了小木客的小橘帽,小木客追到小橘帽后,仍然想回去睡觉,风便使用了各种办法,变成狂风、龙卷风……扰乱了山林中动物们平静的生活。小木客批评了风的做法,最后变被动为主动,让风跟随自己慢慢散步,使周围的环境恢复了和谐与平静。小木客的形象因其体形小巧,在亲子阅读时,能给小读者带来亲近感,小读者可与小木客一起带风散步,

图 87-1

感受风的力量,感受大自然的力量。作品节奏缓急有致,语言平实幽默,意境唯美,充满儿童的游戏精神。

二、"图·文"解读

该书的画面以青绿色为主,与传统的水墨技法共同营造出优美的意境。主体使用线描淡彩,简洁稚拙;画面留白处表现流淌的溪水和起伏的山谷,为读者展示了一个神秘而亲切的精灵世界;人物与山林同色,造型呆萌可爱。作品中细节设计巧妙,如第1—2页左右两边画面中内容相同,但右边画面中,小木客伸出的一只胳膊以及帽子、挂画、窗帘的变化,都使无形的风变为了有形的风。作品图文互补巧妙,文字多处排列图形化,如第11—12页中的文字仿佛被风拽着跑,最后跌落山谷,文字图形化具有很强的视觉冲击力,可促进读者阅读心理的变化。

---

[1] 熊亮.和风一起散步[M].天津:天津人民出版社,2016.

三、共读的对话与思考

1. 问题设计:"小木客和风一起散步的时候,他的心情都有哪些变化?""为什么小木客说风的做法是不礼貌的,你同意他的看法吗?""为什么小木客不断地向动物们解释'不是我干的'?""小木客的小橘帽是什么时候丢掉的? 是谁找到了小橘帽并送还给了小木客?""你相信世界上有小木客吗? 为什么我们现在看不到小木客了?""在日常生活中,你喜欢风吗? 为什么?""你愿意和风这样的朋友去散步吗? 为什么?"

2. 和幼儿交流对风的感受。

3. 该作品可以与其他领域融合,拓展活动。如:(1)观察风吹过景物时发出的声音,以及景物发生的变化,训练幼儿的观察力和感受力;(2)亲子阅读时,注意语气和音量要随作品中风的力量和速度的变化而变化;(3)家长应重视幼儿因对自然感受的缺失而产生的生理和心理问题,与幼儿一起去欣赏风景,感受自然,亲近自然。

4. 参阅书目 287《小年兽》,了解绘者熊亮的创作风格。

(解读人:丰竞、姚苏平)

088 《和我玩吧》[1]

一、内容介绍

《和我玩吧》(图 88-1)用妹妹的口吻讲述了兄妹间的生活故事。思思的哥哥不爱带她玩,嫌她太小太麻烦,兄妹俩总是为生活琐事争闹。一天哥哥带着思思合力抬梯子、爬假山取哨子,爬阳台拿皮球、取弹弓,最后爬上围墙摘果子当子弹,二人通力合作,获得了前所未有的快乐。为了感谢妹妹的帮助,哥哥决定带思思去看花鼓戏。路上遇到可怕的狗狗拦路,哥哥展现了他的勇气和担当,妹妹表现了她的机智和爱心。二人用妈妈给的面包,成功引开了狗,看了花鼓戏。一天的相处充满了快乐与融洽,彼此间的关心和互相帮助让兄妹二人不约而同地想:"明天我们还一起玩!"随着二孩、三孩政策的实施,许多孩子将在哥哥姐姐的陪伴下成长,他们都将经历与另一个个体或多个个体相处、共同成长的过程。这是一个贴近儿童情感和经验的生动故事。

图 88-1

二、"图·文"解读

该书采用水粉画方式,细致描绘了哥哥和妹妹的游戏活动;通过面部表情特写,细腻表现

---

[1] 弯弯.和我玩吧[M].北京:天天出版社,2015.

了哥哥嫌弃、无奈、接纳、感动、牵挂等多种情感特征,而妹妹号啕大哭、涕泗横流的样子令人忍俊不禁。作品用一把梯子贯穿整个故事,自然又富有节奏。不管是文字语言表达还是画面,都展现了哥哥的调皮、勇敢和担当,妹妹的娇憨、热情、机智又富有爱心等鲜明的个性特点。写实的人物表情与动作,贴近幼儿的生活,不仅能激起幼儿的共鸣,也能勾起成年人对童年的回忆。

三、共读的对话与思考

1. 问题设计:"故事中的哥哥为什么刚开始总是嫌小妹妹烦呢?""他是真的嫌她烦吗?""哥哥真的像妹妹想象的那样不爱她吗?""故事中的梯子是干什么用的?""哥哥为妹妹做了哪些事?""当遇到可怕的狗狗挡路时,哥哥是怎么做的? 妹妹又是怎么做的? 你喜欢谁的做法?""如果是你,你会怎么做?""经过了一天的相处,哥哥和妹妹最后做了个什么决定?""你有哥哥姐姐或弟弟妹妹、好朋友吗? 你们之间有什么有趣的故事可以与大家分享?"

2. 该作品可以与多领域融合,拓展活动。(1)美育:画画我的哥哥(姐姐、弟弟、妹妹、好朋友),在绘制的过程中进一步理解体验与家人、与朋友相处的快乐! (2)看图连贯讲述故事,并结合自己的生活经验与同伴、老师分享自己与哥哥、姐姐、妹妹、弟弟、好朋友相处的一段愉快或不愉快的事,以及处理的方法。(3)小社团活动:通过跨班级、跨年龄段的小社团活动,学习与人相处的方法和技巧。在集体活动中感受互相关心、互相帮助的快乐! (4)体育游戏:梯子的妙用、梯子创意玩。

3. 参阅书目 100《回乡下》、185《去过一百万座城市的猫》,了解绘者弯弯的创作风格。

(解读人:匡明霞、姚苏平)

089 《河神的汗水》[1]

一、内容介绍

《河神的汗水》(图 89-1)讲述了这样一个故事:河神的身材是人类的一千万倍,所以流的汗也是人类的一千万倍。这样,麻烦就来了,他每年夏天出的汗水都会淹没村庄。为了不再因为汗水淹没村庄,他心急如焚地找大禹帮忙想办法。在不经意中,大禹发现了治水的方法:把大河的渠道开得更大,开得更多,水就会迅速地流向大海,从而解决了河神的汗水淹没村庄的问题。本书用童话的方式讲述了人们熟悉的神话传说——大禹治水。在作家的笔下,大禹和河神的对立关系竟神奇地转化为和谐的共处关系。

图 89-1

---

[1] 王蕾,文;亚波,图. 河神的汗水[M]. 天津:天津人民美术出版社,2019.

二、"图·文"解读

该书绘画中融入了中国传统艺术手段，大量运用了写意图画的技法，并通过对神话传说的再解读，让当代儿童在传统艺术、现代思想间找到契合点，并获得阅读的想象力和愉悦感。

三、共读的对话与思考

1. 问题设计："河神找大禹商量什么事情？""太阳和太上老君能帮助河神吗？为什么？""大禹想到了一个什么办法解决了问题？""你喜欢河神吗？为什么？""你有没有遇到过什么问题和困难？你是怎么解决的？"
2. 共读并情景表演该作品。
3. 幼儿在游戏和生活的过程中，成人要鼓励并引导他们大胆尝试，发现问题，解决问题，养成良好的学习品质。(1)利用晨谈及学习活动，与幼儿共读图画书，在了解故事内容的基础上，鼓励幼儿大胆表达自己的想法，并进行表征和记录。(2)生活中遇到问题，鼓励幼儿寻找解决办法。

(解读人：张敏、姚苏平)

090 《黑暗中闪烁的光》[1]

一、内容介绍

《黑暗中闪烁的光》(图 90-1)图文形式较为传统，属于配整版插图的故事书。故事讲述的是小男孩艾弗到乡间奶奶家小住时内心激起的万丈波澜——他怕黑，不敢一个人睡。作品将"怕黑"这一普遍的童年经验描绘得极为生动传神。也正是由于怕黑，艾弗对新环境中的一切细节都极为敏感，于是，小读者得以透过他那高度紧张的双眼，精细入微地观察到、体会出乡间的夜与城市的夜的大不相同。作品细腻地描绘出不同时刻、不同光线条件下，房屋、天空、大地绚丽多姿的色彩变化，由此为"时间"画出一幅十分亲切、充满回忆色彩的"画像"。而伴随着奶奶无限耐心的安慰和许诺，这些丰富的感受、经验，最终又转化成了我们深深认同的从容信念："光明一定会来。"

图 90-1

[1] [挪]哈瓦德·苏瓦森，文；[挪]阿金·杜查金，图.黑暗中闪烁的光[M].李馨雨，译.上海：东方出版中心，2017.

二、"图·文"解读

该书画面中的光影处理极富特色。植物、建筑的轮廓都晕染得模模糊糊，与环境融为一体，带有点彩画派的效果，营造出了光线朦胧、如在梦中的氛围，精确地"重现"了黑暗中万物朦胧的视觉效果，也生动地传达出小主人公对周遭环境的主观感受：对光的敏感，直接体现为他对周遭事物色彩变幻的确切观察；而在关灯入睡的无光环境中，画面效果又是另一种生动，一片昏黑中那些确切勾勒的清晰线条，正是孩子瞪大着双眼、定睛看到的；而当奶奶来了，她的拥抱伴随着一片暖色光亮，安全感便溢出了画面。

三、共读的对话与思考

1. 问题设计：阅读文字部分，提炼情节要点。"艾弗为何去奶奶家？""他在夜里注意到哪些细节？"（着重读他最紧张、害怕的部分。）"引发他恐惧之情的具体环境是什么？""奶奶怎样化解他的恐惧？""白天的乡村又有哪些赏心乐事？"（仔细欣赏画面，体味其中传达的情绪变化。）

2. 着重品读书中关于光影变幻、事物色彩变化的文字，在此基础上观察自己身边的现实生活：同一天内，阳光下的建筑、窗外的风景究竟有怎样的色彩变幻，尝试加以具体描述，或用画笔表现出来。

3. 思考：当代的城市儿童生活在高度人工化的环境里，对自然界的光线变化长期缺乏自然而然的知觉记忆，这又仅仅是城市儿童远离自然生活、知觉钝化的冰山一角。有必要通过对该书的细读，充分借助小主人公的双眼，共情他对黑夜的"发现"，分享他对"黎明"的感知。当然，若能真正过一段乡村生活，对儿童生命的滋养壮大就更有益处了。

（解读人：盖建平）

091 《黑龙洞》[1]

一、内容介绍

《黑龙洞》（图91-1）根据广西左江花山的神话传说创作而成，作者塑造了一位名叫"桂娃"的壮族小朋友的形象。桂娃是太阳之子，他偷偷来到人间，遇到了祸害百姓的黑龙，于是他率领天兵，和村里的百姓一起把黑龙赶回了洞里。黑龙洞周围的峭壁上雕刻着许多蛙人的形象，传说这些蛙人就是当年的天兵，他们和桂娃一起保护着当地百姓的安康。故事

图 91-1

[1] 吴烜，文；钟昀睿，图. 黑龙洞[M]. 南宁：广西民族出版社，2019.

表现了壮族人民团结、善良、勇敢、智慧的优秀品质。

二、"图·文"解读

广西花山岩画和中国传统剪纸艺术都被列入《世界遗产名录》，作品把二者结合在一起，表现壮族人民的生产生活，极具民族特色和民俗特色。剪纸形式主要为套色，以阳刻为主，线线相连，人物动作夸张，如舞台上的人物亮相，姿态优美，表现出壮族人民能歌善舞的特点。壮族以黑色为美，黑色代表土地，常用于人物服装、山石树木的表现上。前环衬镂空处为多彩套色，如国画中的大青绿山水，明快瑰丽，全景式展现了左江的自然环境以及人民生产生活的全貌。

三、共读的对话与思考

1. 问题设计："你知道广西的简称吗？""你能找出作品中的岩画吗？你觉得岩画上的人物有什么特点？""桂娃一个人能战胜黑龙吗？谁帮助他取得了胜利？"
2. 完成作品后面的"填色挑战"和"剪纸挑战"。
3. 该作品可以与其他领域融合，拓展活动。如：(1)了解剪纸常用的几种纹饰，感受中国传统艺术之美；(2)尝试剪一只小动物，送给自己喜欢的人；(3)关注周围是否有需要帮助的小朋友，主动帮助他一起解决问题，感受帮助他人的快乐。

（解读人：丰竞、姚苏平）

092 《红色在哪里？》[1]

一、内容介绍

生活中有无数的颜色，每种颜色都有其独特的意义，带给人独特的感受。《红色在哪里？》(图 92-1)一书用散文诗般的语言回答了这个问题。红色在春天的花园里，花园里的红色给人的感觉是花蜜，一定很香甜；红色在深深的海底里，红色珊瑚所在的深海里，可能我永远都不会到那里；红色在危险的地方，我最好快点躲开那里……生活中有各种各样的红色，这些红色或大或小，或甜蜜或危险，或能看见或能感受，可以表示不同的空间、不同的情绪、不同形态的物体，充满着想象和情感，激发着幼儿去发现世界，探索世界。

图 92-1

[1] 张瑜.红色在哪里?［M］.上海：中国中福会出版社,2018.

二、"图·文"解读

该书用色大胆,色彩艳丽,线条流畅,构图合理。书中的红色大部分是中国红,给人一种文化认知上的熟悉感。虽然红色是主要的颜色,但每一页都还能看到黄、蓝、绿等多种颜色,这也代表着世界是多彩的。书中的语言简洁,充满启发,内容生活化,富有现代气息,深入浅出,既具有科学的启蒙,又有艺术的想象。每次提问时,"红色在哪里?"的字体都不一样,给人一种思维跳跃和启发的暗示。

书中回答"红色在哪里?"问题的最后一句,大部分采用了感叹句和疑问句,如"好鲜艳的红色啊,花蜜一定很香甜!""我可能永远都不会去那里!""这些红色都是什么味道呢?""大家的舌头好像都不大一样啊?"……这些带有强烈语气的句子表现出探索世界后的惊奇和惊喜。

三、共读的对话与思考

1. 问题设计:"你最喜欢书中哪里的红色? 它给你什么样的感觉?""红色还会在哪里? 你能模仿书中的语言,用完整的话说一说吗?""红色除了是用眼睛看到的,还可以如何感知呢?""如果生活中少了红色,会怎么样?""你喜欢什么颜色? 说一说它在哪里,它带给你什么样的感受呢?"

2. (1)观察生活中的红色或其他自己喜欢的颜色,尝试用书中的语言说一说,画一画,并自制小书在阅读区游戏。(2)亲子游戏:头脑风暴"色彩大搜索",迁移书中的语言经验。借助"红色在哪里?""在……"的对话,进一步提高幼儿对生活中颜色的敏感度。

3. 思考:保持探究的热情,也就保持住了对生活的热情。世界是五彩斑斓的,任何一种颜色都有其独特的价值,生活少了哪种颜色都不完美。多彩的世界除了可以用眼睛观察发现,还可以用心感受,用触觉、嗅觉、听觉、味觉等多种感官来体会。敏锐地观察与静静地思考是连接主客观世界的力量。关注周围真实的生活环境,提高对多彩世界的感受力,也就增强了生命的幸福感。

(解读人:徐群)

093 《后羿射日》[1]

一、内容介绍

这版《后羿射日》(图 93-1)是"中华传统经典故事绘本"中的一本。后羿射日的故事源远流长,比如屈原《楚辞·天问》有"羿焉弹日,乌焉解羽?"之句,汉代刘安《淮南子·本经训》也

---

[1] 哈皮童年.后羿射日[M].福州:福建科学技术出版社,2016.

有："逮至尧之时，十日并出，焦禾稼，杀草木，而民无所食。"王逸《楚辞章句》卷三《天问》注文曰："尧时十日并出，草木焦枯，尧命羿仰射十日，中其九日，日中九乌皆死，堕其羽翼，故留其一日也。"后来这个故事逐渐丰富起来。

　　该书讲述了一个这样的故事：很久很久以前，天上有十个太阳，经常变成火鸟玩耍，十个太阳轮流值日，保证万物生长，人们日出而作，日落而息。有一天，这十个太阳心血来潮，想一起到天空遨游。于是开始了天干物燥的气候，万物都无法生长，到处都是森林大火。这时有一个年轻的英雄叫后羿，他是一个神箭手，他历尽千辛万苦，拉开万斤重的弓，射掉了九个太阳，只留下一个，让世界恢复了原有的秩序。

图 93-1

二、"图·文"解读

　　该书吸取了中国传统绘画、卡通画、汉代画像砖、日本浮世绘等元素进行创作，人物和景物多"二维平面图"，配色以明黄、红色、绿色等鲜艳明快的色调为主。比较有特色的是太阳中心都有形态各异的火鸟（"乌"）的形象，边缘也不是惯常的光线，而是一团团小小的火焰，让读者能够通过画面，更加深切地感受到炎热干燥和生灵涂炭的感觉。另外一个值得讨论的细节是，第 18 页"水中的怪物便爬上岸偷窃食物"，画面中的"怪物"是龙的形象。而在中国的话语体系内，龙是吉祥的象征，而在西方文化中，"dragon"才是恶魔的象征。因此，这种画面处理的方式，是否有不妥之处？值得商榷。

三、共读的对话与思考

　　1. 问题设计："那九个太阳为什么会被射？它们如果遵守规则，会有怎样不同的结局？""为什么我们说后羿是一个英雄，他除了勇敢之外，还有哪些方面值得我们学习？"
　　2. 活动：表演《后羿射日》故事，或者配合肢体动作，讲述《后羿射日》的故事。
　　3. 思考：（1）从科学的角度来说，这个故事可能是真实的吗？如果它是一个"假的故事"，那我们一起阅读它的意义在哪里呢？（2）该书第 2—3 页十个太阳一起到东海遨游的画面和第 26—27 页后羿射日的画面非常震撼，可以请幼儿自己选择一个场景，也画一幅自己想象中的"十日遨游图"和"后羿射日图"。（3）头脑风暴：除了射掉九个太阳，人们还有没有其他的办法解决问题？

（解读人：邹青）

094 《花奶奶的花裙子》[1]

一、内容介绍

《花奶奶的花裙子》(图 94-1)以图文并茂、娓娓道来的方式,讲述了一个社群伙伴相亲相爱的童话故事。第一部分,描述了老奶奶每天与森林里的小动物们一起享受恬静美好有规律的生活。第二部分,以小动物的视角发现老奶奶年纪大了,作息时间没有规律了,稀里糊涂地,连最喜欢的小动物的聚餐也没精打采了,给故事设置了一个小小的悬念。第三部分,写小动物"每天"都在努力探索做一件漂亮的礼物送给老奶奶,让老奶奶开心快乐起来。二十天后,小动物们终于用自己的智慧和双手给老奶奶做了一件漂亮的礼物——"花裙子",老奶奶感动地流下了眼泪:"这是我收到的最珍贵的礼物。"生动形象又富有哲理的小童话,语言恬淡,感情真挚,能让小读者理解善心和分享的美好。

图 94-1

二、"图·文"解读

该书采用水粉、丙烯颜料绘画,色彩艳丽,写实又不失装饰之美。人物、动物形象采用写实与拟人相结合的方式,描绘了老奶奶精致有爱的生活画面,以及老奶奶年纪大了生活没规律时,小动物为回报老奶奶的关爱付出了行动的情景。

该书图文"相映成趣"。封面题目"花裙子"用了主人公老奶奶花裙子的花纹,突出主题,又能激起小读者对文字的兴趣。绘本第 15、16 页中上方简洁的几句时间事件描述,下方一个时钟、一扇窗,还有老奶奶窗前的表情、动作,画面清新自然,一下就把读者带入情境,关爱感恩之情油然而生。

三、共读的对话与思考

1. 问题设计:"老奶奶生活的环境怎样? 穿的是什么衣服?""老奶奶的一日生活有规律吗? 你从哪里看出来?""老奶奶年纪大了,生活没有规律了,小动物们都做了些什么?""为什么老奶奶对小动物们说这是她收到的最珍贵的礼物?""如果你也生活在这个森林里,你会为老奶奶做些什么?"

---

[1] 任靖,文;罗少玲,图. 花奶奶的花裙子[M].乌鲁木齐:新疆文化出版社,2019.

2. 该作品可以与多领域融合,拓展活动。(1)欣赏故事:将故事中的内容与自己的生活进行关联,说说爷爷奶奶对自己的关爱,懂得感恩,理解孝顺。(2)设计花裙子:(大班)设计花裙子的造型,探索学习用水粉颜料平涂,用点、线及简单图案,以重复且有规律的排列方式装饰裙子,表现一定的色调;(中班)提供衣服模板供幼儿自主绘制花纹或剪、撕贴装饰等。(3)科学:(中班)数一数,说一说小动物们给老奶奶的"花裙子"上装饰的物的数量和种类;(小班)小动物与食物匹配游戏。(4)生活:小组合作制作"美食",体验生活和合作的愉悦;(大班)基于时钟认知,学习制作在园、在家一日生活流程图,养成有规律、健康的生活习惯。

(解读人:匡明霞、姚苏平)

095 《画说中国经典民间故事·猴子捞月》[1]

一、内容介绍

《画说中国经典民间故事·猴子捞月》(图 95-1)运用套色木刻版画的形式来重现传统民间故事。这个原本出自佛经的童话故事,寄托了中国人自古对月亮的浪漫想象,揭示了"顺其自然,聚散随缘"的深刻哲理,更启发人们不要做那群执念太深的猴子,要善于观察和思考,透过现象看到事物的本质,不能被事物的表面现象迷惑,否则只能是水中捞月,付出一切,到头来也只是竹篮打水一场空。这本具有强烈作者创作风格的图画书,运用古老的艺术形式,在线条和着色中传达经典的民间艺术韵味。

图 95-1

二、"图·文"解读

古老传统的故事,在绘者林俊杰的笔下拥有了岁月赋予的特殊韵味。绘者的灵感源于中国民间木版年画。阅读形式上打破以往的习惯,运用上下翻阅竖构图的图书形式,借机唤醒读者对传统年画和挂历的记忆,历史感和形式感俱存,令人身临其境、感同身受。刻刀那厚重质朴的笔触,以及木头纹理那丰富的肌理层次和细节,都赋予画面力量和生机,让孩子更容易沉浸于猴子的毛茸质感和热烈深邃的夜晚氛围中。

而那厚重而浓烈的套色上色,为各种植物肆意绽放的夏夜风情背景平添了几分表现力和张力。猴子肤色的莲红、月亮的藤黄,和山水光影的湖蓝,共同打造出一种现代夜晚霓虹灯的质感。这种传统木刻版画结合现代绘本手法的形式,让阅读显得古老却不陌生,创作者借此创

---

[1] 陈加菲,文;林俊杰,图. 画说中国经典民间故事·猴子捞月[M].南京:江苏凤凰美术出版社,2019.

作出深入人心、充满力量感的画面。绘者也用心刻画了每一只猴子的神态和心理活动,比如跌落时的表情从举措茫然,到号啕大哭,还有猴子们被银盘大的月亮光芒点亮的瞳孔,都是孩子们喜欢反复翻阅的小细节。

三、共读的对话与思考

1. 讨论话题:(1)猴子们这么努力,最后捞到月亮了吗? 你认为它们怎么才能捞到月亮呢? (2)请仔细观察图画,说一说这本书和其他图画书的不同之处。猜一猜这本书是在什么材料上画的? (引导孩子认识版画)(3)你们喜欢这些猴子吗? 它们到底是聪明还是傻呢? 为什么? (4)什么是倒影呢? 要是在白天,猴子能从水里看到月亮吗?

2. 拓展建议。(1)动手折一折书后的立体卡片。(2)进行"捞月亮"小实验。(用手电筒在地上照一个光斑当月亮,给幼儿准备小勺等工具,模拟捞月过程,理解月亮只是光的反射。)(3)组织"水中捞月"游戏活动。家长站在终点,面前放水、碗、勺等;幼儿站在起点,面前放空碗,限时用各种工具把水盛到自己碗里,游戏结束后比较水量。(4)组织幼儿了解更多民间艺术,比如版画、年画、剪纸等,感受传统文化的魅力。(5)组织"猴子捞月"手影表演。老师使用手电筒在墙上制造一个"月亮",幼儿两个人一组,一个幼儿用手在手电光下比画猴子的身影,另一个幼儿配合移动手电制造月亮在水中的效果,师幼通过手影合作表现猴子捞月的过程。这样的手影表演简单安全,可以培养幼儿的合作精神和创造力。

(解读人:高静)

096 《画说中国经典民间故事·三个和尚》[1]

一、内容介绍

《画说中国经典民间故事·三个和尚》(图 96-1)是一本用彩铅绘制的图画书。故事通过描绘三个和尚没水吃,寺庙失火,再到三个和尚协力救火,最终三人合力打水的情节,阐述了"想不劳而获,只是空欢喜一场"的深刻寓意。在这本书中,现代彩铅和中国工笔花鸟画的融合,使图画书具有高度的艺术性,更让孩子们沉浸在故事创造的诗意和画面中,体会传统文化的韵味。

图 96-1

---

[1] 陈加菲,文;梁灵惠,图. 画说中国经典民间故事·三个和尚[M].南京:江苏凤凰美术出版社,2018.

二、"图·文"解读

该书的文字还原了我们耳熟能详、口口相传的民间故事,语言精练、毫无累赘,带有东方传统意蕴和诗意美。绘者别具一格地使用了一种淡淡的、色彩饱和度低的彩铅,"激活"了中国工笔花鸟画,将中国传统民间故事恰到好处地留在纸上,点在心里。故事在宣纸色调的页面中展开,体现了中国画"留白"之精妙。天地之间、篇页之间的空间营造,不仅让欣赏者借助留白拓展了审美想象和联想想象,更是以简洁明了的形式承载含蓄宁静的意境之美,以期达到"只可意会不可言传"的美学效果。

画面中树的颜色运用了传统中国画的颜料石绿,蒲团和包裹的颜色接近中国画的颜料花青,而寺院和大火的颜色更是中国画具有代表性的赭石和朱砂。这些色调与画面的灰色调相融合,营造了一种"暖暖远人村,依依墟里烟"的桃源生活的意境。画家让颜料不动声色地在画面上"造势",比如在大火开始之初,我们就能看到个别水果已经带上了朱砂色,喻示平静之下的危机四伏。而和尚平素穿的灰色衣服,也在大火发生的前后,被大火渲染成了淡淡的赭石和石绿的颜色,正是这种颜色的细微变化暗示了故事发生的高潮。

三、共读的对话与思考

1. 讨论话题。(1)你们感受过一个人挑水是什么感觉吗? 两个人抬水,会比一个人挑水更轻松吗? 三个人挑水又是什么感觉呢? (2)突然有一天,庙里着火了,三个和尚谁也不挑水的结果是什么呢? 放学后,老师让迟走的小朋友收拾桌椅。如果周围小朋友都抢着回家,不想收拾椅子,你会主动留下吗? (3)故事的最后,在三个和尚齐心协力下,寺庙的火被扑灭了。经过这件事以后,三个和尚在庙里的生活会发生变化吗? 你最喜欢书中的哪一个场景? 为什么? (4)如果你是三个和尚中的一个,为了让大家都有水喝,你会怎么安排呢? 我们周围还有什么事情需要大家团结合作呢?

2. 拓展建议。(1)动手折一折书后的立体卡片。(2)想一想以后在生活中要注意什么。(3)以"假如寺院又来了一个新和尚"为题,续编三个和尚后来的故事。(4)尝试长期三个人或者更多的人合作做一件事情。(5)阅读更多中国传统民间故事。

(解读人:高静)

097 《浣熊妈妈》[1]

一、内容介绍

《浣熊妈妈》(图 97-1)讲述了特别爱干净的浣熊妈妈把小朋友和爸爸带回家的脏兮兮的流浪狗、流浪猫、大象等洗得香喷喷;还不厌其烦地将它们的皮毛吹得蓬松,并神情愉悦地提供美食。作品中的浣熊妈妈就像小读者的妈妈一样爱洁净,一家人充满爱心和善意。最后一段更充满诗意:浣熊妈妈给孩子带回来的暗淡的小星星洗澡,小星星高兴地唱歌,浣熊妈妈让每一颗小星星都闪亮。妈妈不仅给暗淡的星星洗去满身灰尘,同时也洗去了它们的忧伤。妈妈在孩子眼中就是一颗美好、乐观、勤劳、善良的星星,是孩子的明灯与榜样。

图 97-1

二、"图·文"解读

该书以孩子的视角,采用油画棒彩绘和黑白简笔画相结合的方式描绘了浣熊一家人愉快度周末、充满爱的生活故事。其中把妈妈的形象比拟成爱洗东西的"浣熊妈妈"的形象,萌萌的卡通风格充满了童话色彩,特别符合儿童爱幻想的心理特点。另外彩色和黑白对比的绘画风格,凸显了主人公妈妈的勤劳和善良。该书的语言简洁清晰,句子省略部分由画面补充,给读者留出无限的想象空间。书中的小朋友和爸爸捡回来的流浪动物以及沾满宇宙尘的星星被浣熊妈妈洗净后光彩照人,它们前后的表情、色彩变化能给孩子、成人更多的启示:关爱身边需要帮助的人和动物,做个讲卫生的人。总之,丰富而细腻的细节描绘、天马行空的构思不仅让故事富有浓烈的童话色彩,还使故事呈现出梦幻与现实的统一、人与自然的和谐之美。

三、共读的对话与思考

1. 问题设计:"故事的名字叫什么?""为什么故事中小朋友把她的妈妈比作浣熊妈妈呢?""浣熊妈妈一家人帮助了哪些小动物?""小动物被洗干净了心情怎样?""我们生活中有像故事中的沾满灰尘的小动物、小朋友吗? 你见到了会怎么做?""周末你们的妈妈都做些什么?""你会帮妈妈做力所能及的事吗?""你们看出来这本图画书是用什么绘画工具画出来的吗? 能试试用这种画法表现你和爸爸妈妈的周末故事吗?"
2. 该作品可以与多领域融合,拓展活动。(1)劳动:理解妈妈的辛苦,帮助妈妈做力所能

---

[1] 吕丽娜,文;吴雅蒂,图.浣熊妈妈[M].北京:人民教育出版社,2020.

及的事情，乐意帮助别人；知道爱干净，细菌才会远离自己。(2)美育：尝试用油画棒涂色和简笔画的方法，记录自己的生活小故事；制作情绪脸谱；玩玩心情色彩游戏。(3)社会情感：关注身边需要帮助的人，体验助人的快乐。(4)语言：讲故事，续编故事。

（解读人：匡明霞、姚苏平）

098 《回家》[1]

一、内容介绍

家，是最温暖的地方，每个人的家里都有讲不完的故事。《回家》(图 98-1)分两条线索讲故事。主线是讲述在城里打工的家俊爸爸在除夕夜晚跋山涉水回家的艰辛过程，途中为了急切赶回家团聚而"丢三落四"，但是爸爸感觉"一切皆可丢，唯独不能丢送给儿子的礼物"，他在赶回家过年的一路上，交通工具越换越小，最后无奈步行，为了爱而不惜一切代价地赶回来。另外一条线索是从儿子家俊那边展开的，描写了一个小男孩在老家盼望爸爸回来，以及对爸爸的关心，成功地展现了留守儿童盼望过年与父亲团聚的心理行为表现。可在家的时间却是那么短暂，家俊爸爸最后为了家庭的生计又出发了……

图 98-1

二、"图·文"解读

该书的每段总结，串联起来就是一首小诗——《家》："每一个人都有一个家。/家是心里的一粒种子。/家在很远很远的地方，/家在时间的那一头等你，/家就在大路的那一端，/家就在小路的那一头，/家就在河的对岸，/家就在山的那一边，/家在一家人相聚的地方，/家在开始出发的地方。//家是心里的一粒种子，/它生长，把力量传递给我们，/同时，/我们也努力去浇灌它……/家在心里要回来的地方。"故事采用"双线"描绘，一条线从"环衬"开始，用素描速写的方法，在纯色跨页纸的左下角描画小男孩家俊打电话给爸爸，期盼他回家过年，启动故事。另一条线就是用水彩绘画的方式描绘家俊爸爸购票，完成工作回家。途中三四次转车，丢三落四，可唯独对给孩子的礼物视如珍宝，将其放在贴近心脏的位置，时时刻刻提醒自己不能弄丢。画面采用全景和特写相结合的方式表现，突出了爸爸对儿子的疼爱、儿子对爸爸的期盼和关心以及一家人团聚过新年的艰辛与美好！

---

[1] 魏捷，文；徐灿，图. 回家[M]. 上海：中国中福会出版社，2014.

三、共读的对话与思考

1. 问题设计:"车站为什么会有这么多人?"(了解春运和团圆。)"急着回家的爸爸为什么丢了东西总要摸摸心脏的地方?""除了爸爸对儿子的关爱,你从书中看到儿子对爸爸的关心吗?""怎么知道家俊爸爸工作的地方离家很远? 他坐了哪些交通工具?""为什么爸爸回家了又要再出发?""不能在家陪宝贝过元宵节,爸爸是怎么做的? 儿子又是怎么做的?"

2. 该作品可以与多领域融合,拓展活动。(1)语言、社会:了解什么是春运、团圆、元宵节。过年了爸爸为什么要回家? 为什么爸爸丢了东西总要摸摸心脏的地方?(2)科学:认识各种各样的交通工具及其作用。(3)美育:手工制作灯笼,绘画各种各样的交通工具、下雪了的场景,用超轻黏创作团圆饭,等等。

(解读人:匡明霞、姚苏平)

099 《回老家过年》[1]

一、内容介绍

《回老家过年》(图99-1)使用了儿童的内视角进行叙述,讲述了爸爸妈妈带着小小的"我"第一次回老家过年的一段经历,跨越了"我"、爸爸、爷爷三代人的春节回忆,勾连起时代更替、乡村发展的巨大变迁。用新旧对比、以小见大的方式,绘就了祖国壮丽70年的沧桑巨变和繁荣发展,描绘出"中国人""中国年"的民族情结。

图99-1

二、"图·文"解读

该书正文的第一页,是跨越满满两页(对开页)的高铁站台,横穿在三个轨道上的高铁犹如暂时休憩的白色巨龙,站台上涌向高铁的人流洋溢着春运期间特有的匆忙和欢喜。尤为令人惊喜的是,站台间的转换扶梯,以及真实的高铁车次G671(北京西—西宁)、G403(北京西—昆明南)都极有代入感地绘制出来。而在这熙熙攘攘的人群中,读者需要一点时间来找到"我"的一家。文字通过内视角自述,着重描绘心理变化;画面则以外视角俯视,着重展现全局总貌。两者既形成对比,又相互呼应,共同开启了一场"回老家过年"的奇妙旅程。收音机、纺车、缝纫机、犁等老物件,既是一代人的年代记忆,也是"我"这群新时代儿童首次走进时光隧道的人生课堂。在处理这

---

[1] 孙卫卫,文;张娣,图.回老家过年[M].济南:明天出版社,2019.

些充满怀旧意味的细节时，作者总是以细腻的笔触娓娓道来，恰似"我"这个天真无邪的孩子首次触摸历史巨变中的家事与国事。而绘者则通过带有边框的木刻版画，来标识这些老物件和陈年旧事。如果说跨页、满页的版面信息，在描绘"我"过年的情形时，是一种身临其境的代入；那么，相对紧凑的边框、木刻版画式的粗犷、如褪色老照片一样的构图，会产生空间层次的丰富性，以一种嵌入、分离又呼应的方式，回望过去，形成一种"蒙太奇"般的审美效果。

为了实现上述的丰美深情，绘者不仅用大开大合的水彩画，从俯视、仰视、平视等多种空间视角，丰富细致地描绘了"回老家过年"的喜气洋洋；同时穿插、嵌入了加上边框的木刻版画，呼应着文字表述中的新旧对比，对整个图画书的叙事节奏和风格统摄，起到了画龙点睛般的作用。与此同时，心理学家告诉我们，对饱和度、明暗度的控制在图画"情感""情绪"的表达上要胜过色相，而绘者对这一切的精心把握，起到了唤醒、催发、升华文本意义的作用。

三、共读的对话与思考

1. 问题设计："你有过'回老家过年'的经历吗？""老家有什么让你难忘的物品、事情、风俗？"
2. 画一幅和家人一起过春节的图画。
3. 参阅书目 75《感触生命主题绘本》，了解著名作家孙卫卫的创作风格。

（解读人：孙卫卫）

100 《回乡下》[1]

一、内容介绍

《回乡下》（图 100-1）讲述的是小女孩跟着爸爸妈妈回家扫墓的过程。作品巧妙地用"礼物"串起孩子的情感认知变化，从懵懂地目睹二伯一家人热情的等待，到听着大人聊起爷爷奶奶的旧事，慢慢地升起对爷爷奶奶的敬意，并主动为爷爷奶奶做礼物，展现了一个大家庭爱的传承。其间，二伯母、大伯母、姑姑为爷爷奶奶准备的梅子酒、桂花糕、枇杷果的细节，"我"与堂哥堂姐乡间逗狗追鹅看猪的乐事，孩子们摘野花、做花环送给爷爷奶奶的场景，不疾不徐地呈现出来。作品贴近儿童生活，又展现了乡间民俗与美景。

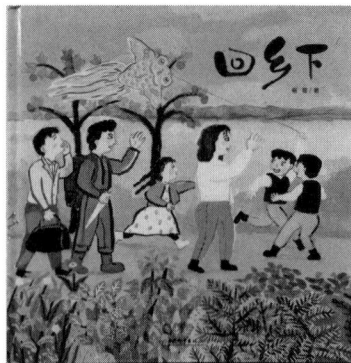

图 100-1

二、"图·文"解读

扫墓故事听起来很沉重、严肃，但作者以小女孩的视角，描绘她的所见所闻、所思所感，使

---

[1] 弯弯.回乡下[M].北京：中国和平出版社，2019.

这个话题变得轻松、流畅,既有传统仪式感,又饱含着亲情的美好。打开作品扉页,映入眼帘的是明度很高的黄色、红色、蓝色、绿色,用平涂、拼色方法描绘乡野的菜花黄、麦苗绿、鱼塘清澈的"清明"时节的景象。一辆长长的绿皮火车载着回乡的人们,开到了春意浓浓的庄子湾,小女孩一家人与二伯、大伯、姑姑等家人一起,开启了前往墓地祭奠爷爷奶奶的旅程。一路上他们坐三轮、过小桥、走田埂、追鹅、逗狗、采野花。在和亲人短暂而亲密无间的相处中,很少回老家的"我"不仅体验了中国传统的缅怀先人的扫墓习俗,更与亲人建立了深厚的情感联系,尤其是封底一张"我"周岁时与爷爷奶奶的合影更显现出了中国人的血脉传承。整个作品采用了稚拙的人物形象、浓郁的色彩、错落有致的构图,透着民间绘画的气息。

三、共读的对话与思考

1. 问题设计:"小朋友跟着爸爸妈妈回乡下做什么事?""她看到了什么?""春天的田野是什么颜色?""图文对照,你能找出谁跟谁是一家人?""二伯、大伯、姑姑与爸爸是什么关系?""上山祭奠爷爷奶奶都准备了什么?""你参加过扫墓活动吗?""扫墓是为了什么?"

2. 思考:该作品可以与多领域融合,拓展活动。(1)社会:踏青,半日活动——清明扫墓,缅怀先烈,弘扬爱国主义精神;探索亲戚关系和彼此之间的称呼。(2)语言:欣赏诗歌《清明》,与图画书结合,比较两种不同的意境,进一步感知中国传统文化清明节扫墓的习俗。(3)美育:走进自然,感受春天,用绘画、摄影等方式表现春景以及春天里人们的活动。

(解读人:匡明霞、姚苏平)

101 《绘心寓意:中国古代寓言典藏图画书》[1]

一、内容介绍

《绘心寓意:中国古代寓言典藏图画书》系列丛书(图 101-1)(共10 册)讲述了 45 个中国传统文化中著名的寓言小故事。作品内容深入浅出,如:颇受孩子们喜欢的生活寓言故事《拔苗助长》,让人明白做任何事都不能违背事物发展的客观规律,急于求成只会把事情搞得更糟糕;《截竿入城》《愚人买鞋》截取了生活中的一件事、一个现象,讽刺了不知变通、刻板愚昧;《隐形叶》《偷鸡的人》运用夸张的手法,彰显了人性的丑陋;《鸭子当鹰》运用拟人的手法,说明自以为是的人不认识事物的本质,任意安排人做与能力不相符的工作,只能事与愿违,伤害自己又伤害他人。

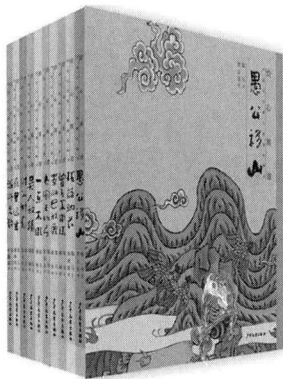

图 101-1

[1] 郑马,文;贺友直、韩硕、速泰熙等,图.绘心寓意:中国古代寓言典藏图画书[M].上海:少年儿童出版社,2019.

二、"图·文"解读

这套寓言故事以国画的人物画表现形式为主,又各具特色。其中《叶公好龙》一书,综合运用了中国水墨和剪纸艺术,红、白、黑鲜明的对比,使画面更具张力;书中提供了活动折页"中国民间传统窗花剪纸",满足幼儿的艺术探究需求。又如《秦西巴放鹿》《吴人放猿》《拔苗助长》等则有着儿童画水粉平涂风格,其用色纯度高,对比强;《一点不假》采用的是水墨画泼墨技法,自由灵动;《曾子不撒谎》《愚公移山》笔墨勾线灵动有力,墨色润染酣畅淋漓,具有写意人物画的气韵;《齐宣王的弓》《滥竽充数》《死里逃生》借鉴了中国工笔画、壁画的人物特点。上述分册各美其美,又美美与共地展示了充满哲理的中华寓言故事的文化魅力。

三、共读的对话与思考

1. 问题设计:不同的故事有不同的设计提问,也可以引导幼儿找类似或寓意相反的寓言故事比较阅读。如:《愚公移山》《纪昌学射》中的愚公、纪昌做事怎样? 他们有个共同的特点是什么?《滥竽充数》《假本领不行》《认不得自己的字》这些故事里的人怎样做事? 他们与愚公、纪昌相比差什么?《秦西巴放鹿》《吴人放猿》《赵简子放生》中的主人公同样都是放生,结果一样吗? 怎样才是真正爱护动物的行为?《懒婆娘》《寒号鸟》《饿死猴公》最后的结局都是由什么导致的? 生活中应该向谁学习?《拔苗助长》《鸭子当鹰》《愚人买鞋》这些故事里的人,其所作所为为何不能如他们所愿呢?

2. 该作品可以与多领域融合,拓展活动。(1)故事会:讲成语、寓言故事。(2)美育:欣赏中国剪纸艺术,学剪窗花、剪故事;欣赏中国人物画和风景画、写意泼墨渲染;感知作品中剪纸艺术与中国水墨画相结合的艺术表现形式,并尝试应用。(3)阅读,生活体验:如故事《自己吓自己》可与《好娃娃童话袖珍图画书》中的《美丽的影子》结合阅读,了解影子的产生,玩手影等光影游戏。

(解读人:匡明霞、姚苏平)

102 《火车火车呜呜叫》[1]

一、内容介绍

《火车火车呜呜叫》(图102-1)主要讲述:载满故事的火车,穿森林走地道,爬高山跨大桥,一路向前跑,载了小猫又载狗,公鸡、小鸭、小猪、小羊、小老鼠、小青蛙一个一个坐上车,呈现出小动物们高高兴兴坐火车,欢歌笑语、无比快乐的场景! 非常适合低龄幼儿阅读。

---

[1] 吴敬芦.火车火车呜呜叫[M].上海:华东师范大学出版社,2020.

二、"图·文"解读

　　该书是一本采用翻页换景、跨页设计的"儿歌体"图画书。书中一段段朗朗上口、充满童趣的儿歌,搭配无背景的主体形象插画,显得生动可爱。结构重复的句型"火车怎么叫?呜呜呜""小猫怎么叫?喵喵喵"不仅展现了小动物们的叫声特点,还体现了它们的生活特性。这些内容富有节奏感,仿佛一辆满载着众多小动物的火车,踏着歌声向我们驶来。

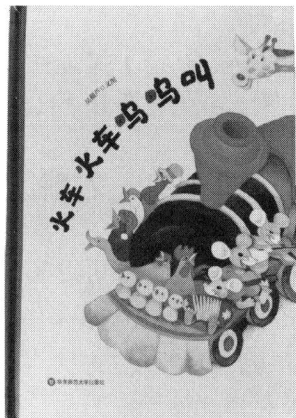

图 102-1

三、共读的对话与思考

　　1. 问题设计:"小猫、小狗怎么叫?""大自然里除了动物会发出不同的叫声外,你还听到过什么声音?"(各种车的声音、雨声、雷声——用你们的小耳朵仔细去听一听,你会发现大自然有很多奇妙的声音。)"小猫喜欢吃什么?""小狗开心时会怎样做?"(了解动物的习性。)"小火车上坐了哪些小动物?谁第一个坐上小火车?小鸭坐在谁的前面?小老鼠跟在谁的后面呢?""唱起歌来乐陶陶是什么意思?"

　　2. 该作品可以与多领域融合,拓展活动。(1)表演游戏:创设游戏情景,扮演故事中的角色,通过模仿动物叫声、动作,边表演边熟悉故事内容。通过游戏表演形式再现文艺作品,将图画书阅读从发展幼儿的纯语言活动转变为含多种教育因素在内的多元学习活动。(2)科学认知:通过模仿动物的叫声,说说动物的生活习性,建立对动物的初步认知。(3)数学认知:利用故事操作材料(可以是桌面操作材料,也可以是动物头饰),玩小椅子排队,玩小动物坐火车游戏,感知前后方位;点数动物数量,感知序数;等等。(4)语言表达:仿编童谣,仿编故事。

(解读人:匡明霞、姚苏平)

103　《火与石头》[1]

一、内容介绍

　　"火"是日常生活中常见且必不可缺的东西;但是对"取火",儿童没有感性经验,尤其是我们的祖先,在没有打火机、火柴等取火工具的时代如何生火,是一件具有人类发展史意义的事情。对此,中国神话有"燧人氏钻木取火"的传说。《火与石头》(图 103-1)以此为模本,讲述了山神将金色的火鸟赠予燧人氏,燧人氏便带着这只神鸟四处游走,让人们体验到"火"的好处。可有一天,火鸟生病了,燧人氏责备自己没有照顾好火鸟,便一气之下捡起石头扔了出去。就在小石头

---

[1]　王蕾,文;继琼,图. 火与石头[M]. 天津:天津人民美术出版社,2019.

与大石头碰撞的那一瞬间，出现了火星。就是这偶然间的发现，让祖先们知道了如何生火。伟大的发现就在生活中不经意的瞬间里。我们也要有一双善于发现的眼睛，勤于思考，勤于总结！

二、"图·文"解读

该书是海绵姐姐"汉风中国原创神话故事系列"中的一本，它融合了中华传统文化与现代艺术表现力，以"燧人氏钻木取火"这一流传已久的神话传说为基础，展现了人类乐于分享、善于思考等优秀品质。此外，绘画采用了装饰感强烈的火焰造型和传统中式云纹等元素，增强了作品的观赏性。

图 103-1

三、共读的对话与思考

1. 问题设计："古代的人们是如何生火的呢？""你相信两颗石头碰撞就可以擦出火花吗？"
2. 故事讲述：尝试讲述燧人氏偶然发现生火方法的过程。
3. 自主思考：(1)欣赏该书中的中国艺术；(2)我们还知道哪些生活中的小技巧呢？(3)燧人氏的生火方法是如何得到的？(引领幼儿明白实践是发现真理的办法。)
4. 注意事项：幼儿不能单独使用打火机等危险物品，石头碰撞重要生火的实验应在老师、家长陪同下完成。

（解读人：张敏、姚苏平）

104 《叽叽喳喳的早晨》[1]

一、内容介绍

由童诗作家林焕彰与插画家刘伯乐共同完成的《叽叽喳喳的早晨》(图 104-1)是一部优秀的儿童诗图画书。作品缘起于小朋友被麻雀叽叽喳喳的声音吵醒了，他安安静静地躺在床上，想着麻雀们在说什么，它们是从哪里过来的。根据孩子仅有的生活经验，他猜测麻雀也会上课，只不过麻雀老师教它们的是如何捉虫、要小心孩子们的弹弓。这首儿童诗用生活化、口语化的文字，烂漫的儿童想象，纯真的童心童趣，构建了一个天马行空的小麻雀上学、戏耍的世界。

图 104-1

---

[1] 林焕彰，文；刘伯乐，图. 叽叽喳喳的早晨[M]. 北京：东方出版社，2016.

二、"图·文"解读

该书采用细腻的线条,配以水彩,把空灵又欢腾的小麻雀的活动方式体现出来。诗歌的语言是"我"对麻雀们的注视、解读和想象;画面展现的是麻雀们的"学习""对话""游戏"。诗歌语言和画面共同构成了各具形态的麻雀"群像":既有整体的"叽叽喳喳",又有每只麻雀的特写。在儿童所凝视的屋顶、电线杆、窗外、天空等场景中,通过线条分割、分色块渐变平涂等方法,将写实和诗意融合起来。

三、共读的对话与思考

1. 问题设计:"你听过麻雀的叫声吗? 它们在说什么? 你可以讲讲麻雀的故事吗?"
2. 可以多读几遍,感受作品中语言的美。
3. 观察实践:和幼儿一起观察麻雀,比如麻雀喜欢停在哪些地方,有哪些动作,叫声是怎样的? 还有些什么特点? 是否和图画书里的一样? 有什么不同? 你觉得它们可能在商量什么? 要干什么?
4. 思考:可以和幼儿一起了解台湾儿童诗的发展情况,欣赏林焕彰、林良、杨唤等人的诗作。

(解读人:姚苏平)

105 《机器人托尼》[1]

一、内容介绍

《机器人托尼》(图 105-1)是一本充满想象力与情感张力的图画书。有一天,爸爸带回来一个名叫托尼的机器人,负责照顾小男孩。从此,托尼陪伴着男孩走过城市,走过时间,走过生命。男孩为自己拥有一个优秀的机器人而感到骄傲,虽然托尼并不像男孩幻想的那样是个大英雄,但它却无微不至地照顾着男孩,在平淡的岁月中陪伴着他成长。随着时间慢慢流逝,托尼的身躯渐渐变得老旧了,男孩望着大街上的各种新型机器人,开始不再愿意让托尼跟着他,甚至开始讨厌它了。后来机器人托尼终究是无法追上逐渐跑远的男孩,孤单落寞地流浪街头,甚至被其他小朋友嬉笑捉弄。最后在机器人托尼即将报废的时候,男孩回忆起了彼此相处的快乐时光,心中万般难过与不舍。他想到

图 105-1

---

[1] 星河,文;李萌,图. 机器人托尼[M].济南:明天出版社,2019.

可以将托尼留在花园里作为一座雕像,这就避免了托尼被送进工厂熔化的悲剧。于是机器人托尼换了一种新的形态,继续静静地陪伴着男孩……

二、"图·文"解读

本书呈现的机器人满街走的画面让人联想到,是否真的有一天,机器人会走进人类的日常生活,成为我们形影不离的伙伴。在机器人身躯变得老旧破败,再也无法追上男孩脚步的画面中,一张背影,一张侧影,让落寞悲伤的情绪扑面而来。每个孩子都曾希望有这样一个全能型角色陪伴左右。机器人托尼的形象,既有成人对少儿的帮扶象征,有少年之间的伙伴意义,也有多年后彼此渐行渐远的可能。

故事充满了想象力,也充满了爱和温暖。其实我们的身边也存在着像托尼一样默默陪伴我们的人,彼此间也会经历亲密与矛盾的阶段,但最终,爱会让我们理解彼此,拥抱彼此。

三、共读的对话与思考

1. 问题设计:"机器人托尼是怎样照顾陪伴男孩的?""故事前后托尼和小男孩的感情发生了什么变化?""当托尼追不上男孩的时候,它是什么样的心情?""你想拥有一个机器人吗?你希望它如何陪伴你?""你的生活中有没有像托尼一样无微不至照顾你的人?你想对他说什么?"

2. 你能尝试设计、制作一个属于自己的机器人吗?和好朋友画一画设计图并试试用回收材料制作。

3. 思考:故事中的机器人托尼,就像是个一直陪伴、照顾我们的亲人,陪我们走过时间,经历成长。当我们年幼时,他们是我们的偶像;当他们老的时候,我们更要关心、感恩、回报他们。

(解读人:徐群)

106 《建天坛》[1]

一、内容介绍

天坛始建于明朝,是明清两代举行"祭天""祈谷丰收"等国家重要祭典的地方。图画书《建天坛》(图 106-1)用细腻、翔实的图例方式,按建造顺序一一介绍了天坛建筑的每一个细节、施工难点等;讲述了劳动人民如何运用智慧解决地面水平、夯实地基、采石、伐木、运输等问题;展现了劳动人民创造的斗拱和榫卯结构,别具一格的穹窿状的"藻井"装饰,"千龙吐水"的排水系统等中式

图 106-1

[1] 崔彦斌. 建天坛[M]. 北京:北京科学技术出版社,2019.

建筑的特色与精髓。作品通过向小读者详细展示天坛祈年殿、祈谷坛的建造全过程,让读者深切体会到中国能工巧匠的聪明才智,展示了中国古建筑的魅力!

二、"图·文"解读

该书的图文重心是"建",也就是如何建造天坛。作者采用了工笔画的细腻手法,纤毫毕现地呈现了天坛建设的全过程,对"斗拱""榫卯""藻井"等富有中国传统建筑特色的技艺,作了聚焦性的刻绘。与此同时,作者从儿童视角和认知接受水平出发,运用了比拟方法,让孩子轻松理解祈年殿的屋顶如何能稳稳地搭建额枋,和柱子连上。如"试一试只伸出一根手指,你可以让一本书稳稳地平放在指尖上吗?是不是很困难?不过,如果你伸出三根手指,这就变得非常容易了"。本书通过画面的"条分缕析"、文字的深入浅出,将中国建筑的代表作——天坛的建造过程、精湛技艺、独特风格作了充分的展现。

三、共读的对话与思考

1. 问题设计:"古代建筑工匠用什么方法找到水平面?""用什么工具测量土地的长度?""我们现在有哪些测量工具?""人们为什么要在运输石料的路上挖水井?有什么作用?""你在图画书里看到古人是怎么运送粗大的木材的?""我们现在用什么方法运大石头、粗木材?""不用钉子怎样将房子的部件牢牢连接在一起?屋顶是怎么稳稳地搭在柱子上的?他们发明了什么?""屋顶盖的是什么瓦?是什么颜色?""'千龙吐水'是指什么?""你喜欢顶部的'藻井'图案吗?色彩是怎么搭配的?""天坛有几层?整体看上去有什么感觉?你还见过哪些古建筑?"

2. 该作品可以与多领域融合,拓展活动。(1)建构:提供天坛模型玩具,合作建构,感知古建筑的科学美。(2)科学:了解步规的测量方法,尝试利用各种自然物学习测量。(3)美育:观察"藻井"创意设计,使用圆形纸,尝试运用自己已有的经验进行大胆的设计。感知天坛穹窿顶上的华美符号以及所蕴含的深厚的中国传统思想文化,如天人合一、天圆地方等。探寻古建筑装饰的各种各样的图案符号。(4)体育游戏:尝试多人齐心协力用绳运滚筒、运轮胎,体会古人的智慧。(5)亲子活动:亲子阅读、亲子游天坛,从平面到立体地感知天坛的雄伟壮观。

(解读人:匡明霞、姚苏平)

107 《饺子笑哈哈》[1]

一、内容介绍

《饺子笑哈哈》(图107-1)源自《幸福的味道》(共4册)系列丛书,是两位妈妈献给自己宝宝的生

---

[1] 陌姐,文;贤哥,图.饺子笑哈哈[M].北京:北京交通大学出版社,2017.

活童话。该书聚焦中华传统美食——饺子，通过朗朗上口的童谣，再现了一位小朋友加水和面、揉面搓团、分块擀薄、切菜拌馅，以及包饺子、数饺子、下饺子、吃饺子的完整过程。内容浅显，篇幅短小，语言活泼，节奏明快，富有童趣，洋溢着参与劳动的快乐，传递着家的温暖和文化的味道，在潜移默化中引导幼儿愉快进餐、享受美食。

图 107-1

二、"图·文"解读

全书借助水彩手绘来呈现，色彩柔和温馨、情态灵动丰富。无论是玩面团、包饺子的小朋友，还是面团、面皮、蔬菜和饺子，都各具神态，颜色各异形象憨态可掬、活灵活现，尤其是第 12—13 页中的各类蔬菜和第 14—15 页中的各个饺子，惊恐的、不屑的、无畏的、贪吃的、期待的、窃喜的……似乎是生活中每个孩子的翻版。同时，一些细节的设计也非常巧妙：比如和面粉时转动 90 度页面阅读，看饺子颜色时翻开卡片比对阅读，下饺子时打开折页完整阅读，引发了小读者的兴趣，渲染了故事的情境，暗藏了科学教育的隐性目标；再如文字的位置、大小与插图的滑稽对照，张力感和幽默效果十足。

三、共读的对话与思考

1. 阅读前，不妨和幼儿一起准备食材，一起纯手工制作一次饺子，在感受作品内容的同时，体验亲子互动的快乐，共同品尝幸福的味道。

2. 阅读中，可以和幼儿一边念童谣一边做动作，回味制作过程，引发情感共鸣。可以和幼儿一起聊一聊：包好的饺子有哪些不同？有几种颜色？你最喜欢的饺子是哪一个？为什么？下饺子时，它们的表情各是什么样的？它们可能会在想什么？吃饺子，享团圆时，你觉得大家的心情是怎样的？

3. 阅读后，可以继续拓展延伸，比如：给饺子涂色，帮饺子添画（表情、动作），玩下饺子的韵律游戏，做创意面人等；另外，还可以和幼儿一起阅读《幸福的味道》（共 4 册）中的《粽子脱光光》《馒头变变变》《汤圆滚啊滚》等系列图书，进而一起欣赏童谣的语言美和插图的艺术美，一起感受中国特色的食育文化，一起品味家的味道。

（解读人：韦琴芳、姚苏平）

108 《脚印》[1]

一、内容介绍

《脚印》(图 108-1)用细腻的笔触讲述了一个发生在中国东北的留守儿童的故事。过完热闹的春节,小禧的父母回城务工了,他们在北坡的雪地上留下了两行脚印。小禧时常去北坡,每天踩着爸爸妈妈的脚印。冰雪融化,他在脚印里种下野菊的种子,等着它们发芽,也等着爸爸妈妈回家。但北坡的一场大火,让脚印化为乌有,也让等待变得那么漫长。小禧装作忘记了脚印与野菊,只在心底默默等待。终于春天来了,小禧终于等到了新生的"脚印",等到了漫山遍野的花蕾,等到了小客车上那一对熟悉的身影。

图 108-1

二、"图·文"解读

作品通过小禧和脚印玩游戏的方式,让读者感受留守儿童小禧对亲情的渴望与守望。通过一件件小事的积累,用孩子理解的方式,让读者体会到留守儿童的内心感受。

该书配图由插画家郁蓉完成,书衣设计的很有特点,也令读者浮想联翩,它看着像是一片白茫茫的雪地,中间镂空了一只脚印,脚印下透出茂盛的野菊花。脚印旁蹲着一个孩子和一只小狗,正静静地闭上双眼,伸手去感受这片雪地中唯一的脚印。采用这种镂空的设计,以及白色和绿色的对比,让人眼前一亮的同时也会猜想这本书讲了什么样的一个故事。同时,从护封到封面再到内文,有许多"脚印"的痕迹,许多画面的取景框就是几个脚印。绘画创意使用中国传统剪纸进行创作,让读者在图画中看到剪纸的灯笼,拼贴的人物形象,使阅读更有层次感。

作者在颜色使用上,主要采用大面积色块来呈现画面。主色调随着季节变化,例如冬天就是大面积的黑白元素描搭配零星的彩色人物,给人营造出一种严寒、萧条、忧伤的情调。主色调也会随着主人公的心情变化。

三、共读的对话与思考

1. 问题设计:"你在封面上看到了什么?""小禧为什么要踩着脚印来玩?""小禧不想让它们消失?""大火之后,小禧为什么再也不愿意去北坡了?""你什么时候最想念爸爸妈妈?""想念

---

[1] 薛涛,文;[英]郁蓉,图.脚印[M].合肥:安徽少年儿童出版社,2021.

是一种什么样的感觉？""想念的时候，可以做什么？"

2. 镂空脚印：可以模仿图画书书衣和封面的设计样式，参照幼儿的脚丫形状，用白色硬纸剪出空位，套在其他物品上，创作出不同图案的脚印。

3. 思考：可以问问幼儿想念父母的时候可以做什么游戏？也可以告诉幼儿，父母因为工作等原因不在他们身边，但是想念和疼爱一点儿也没有少。

（解读人：刘明玮、姚苏平）

109 《今晚蜥蜴睡不着》[1]

一、内容介绍

《今晚蜥蜴睡不着》(图 109-1) 取材于巴厘岛的一个古老传说，讲述了一个耐人寻味的童话故事。一天晚上，萤火虫一闪一闪到处飞，响声搞得蜥蜴怎么都睡不着，蜥蜴便去找狮子告状。狮子先后追溯了萤火虫配合啄木鸟啄树干，啄木鸟提醒大家屎壳郎在滚粪球，屎壳郎清理水牛拉出的粪便，水牛用粪便填平雨水坑，最终雨水还原了生态系统……原来，蜥蜴睡不着，竟然是源于它自己。故事情节环环相扣，循环中又变化不断，且最终出现反转，展示了自然万物的循环往复——没有任何事物是独立存在的，看似毫无关联的事物之间有着千丝万缕的关系，且只有互相作用，世界才能变得更加和谐丰富。

图 109-1

二、"图·文"解读

全书以绿色为主色调，通过跨页彩铅插图呈现儿童画的稚拙风格，一下拉近了作品与孩子的心理距离。比如文本的节奏性和韵律感很强，每种动物以贴合其动作特点的拟声词出场，充满动感、朗朗上口。又如狮子一改猛禽的惯性思维，以温柔、可信任的邻家哥哥形象出现，担当了调解和沟通者的角色，串起了整个故事，并最终揭开了表象后面隐藏的秘密。再如最后的跨页设计，需要我们将书旋转 90 度，才会发现所有动物汇聚在一起和平相处，预示着它们已达成和解的结局，揭示了世界和谐、生命延续的真谛，以及换个角度看问题的戏剧性、趣味性、哲理性。

---

[1] [法]玛丽·布里尼奥内，文；[法]艾洛蒂·努恩，图. 今晚蜥蜴睡不着[M]. 王文静，译. 西安：世界图书出版西安有限公司，2018.

三、共读的对话与思考

可以紧扣"自然生态观"的视角和"换个角度看问题"的策略,和幼儿一起展开深度阅读。

找一找:今晚,蜥蜴为什么睡不着? 是因为谁引起的? 后面又找到了哪些小动物? 最终是什么原因?

画一画:你能用思维导图的形式,画出故事的来龙去脉吗?

演一演:我们来讨论一下,演一演这个故事吧!

议一议:生活中,你遇到过哪些烦心事? 你当时的心情是怎样的? 如果换个角度可以怎么想,怎么做呢? 如果这样想,这样做,你的心情可能会怎样?

从而,提升幼儿分析问题、看待世界的辩证眼光。

(解读人:韦琴芳、姚苏平)

110 《金鸟》[1]

一、内容介绍

《金鸟》(图110-1)讲述了神奇、精彩的古蜀太阳传说:一天,太阳突然不见了,大巫师奶奶带领大家祭祀后,太阳仍旧没有回归,此时急需有人去找回金鸟(太阳)。小英雄阿布自告奋勇地踏上了寻找金鸟之旅。一路上,善良的阿布帮助了老虎母子团圆,帮助了饥饿的大鱼突破重围,帮助了迷路的熊父子共同前行。同时,他们也和阿布同舟共济,用智慧和力量打败了九头蛇,解救了金鸟,让阳光重新回到了大地。故事映射出巴蜀人民勇敢智慧、团结互助、积极开拓的精神,散发出古蜀文明神秘而独特的魅力。

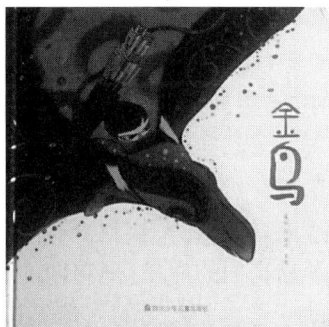

图 110-1

二、"图·文"解读

全书以白色和金色为主色调,具有浓郁的巴蜀文化特质和鲜明的中国画画风。绘画采用山水画的形式,并借鉴敦煌壁画、宋代院体花鸟画中的经典作品,运用工笔重彩、套色木刻等方式,展现了一个古朴、瑰丽而又雄奇的视觉世界——三星堆的青铜神树、祭祀场景、礼器、青铜神鸟、太阳神鸟金箔,以及《山海经》中多次出现的虎、豹、熊,蛇身九首的相繇、平息洪水的玄鱼等,都能从中找到缩影。同时,构图简练,造型夸张,用色大胆,艳而不俗,带来强烈的视觉震

---

[1] 金矩,文;吴敬,图.金鸟[M].成都:四川少年儿童出版社,2018.

撼，民族文化的恒久魅力扑面而来。

三、共读的对话与思考

首先，可以从书的封面入手：你看到了什么？你觉得这是怎样的一只鸟？你从哪里看出来的？猜猜看，后续这只鸟会引发哪些生动的故事呢？

其次，一起完整欣赏图画书：太阳为什么就不见了？阿布在谁的帮助下，一起打败了九头蛇？你喜欢阿布吗？为什么？故事读完了，你觉得书的首尾为什么要用五张黄色页？

最后，聚焦书后溯源：你还知道哪些传说中的动物和神兽？如果幼儿感兴趣，还可以一起阅读图文版的《山海经》，发现更多上古传说中的生物，感受古人令人惊叹的想象力和创造力。

由此，借助图画书，在感受冒险情节，欣赏绚烂画面，追溯神话元素的过程中，帮助幼儿系统地了解中国传统文化，增长历史文化知识，进而产生传播民族文化的意识。

（解读人：韦琴芳、姚苏平）

111 《金牌邮递员》[1]

一、内容介绍

《金牌邮递员》（图 111-1）是"郑春华奇妙绘本·了不起的职业"系列之一，讲述了一个简单温暖的童话故事。邮递员关叔叔每天都穿着绿色的工作服走过草坪为人们送信。可是今天，草坪突然变得很大，大到把关叔叔陷了进去。此时，三只小鸟飞过来，指引着关叔叔来到了流浪猫狗之家。善良的关叔叔读懂了猫狗们的请求，把它们的信放进了人们的信箱，并在鸟儿的帮助下送达了人们的回信。最终，关叔叔帮猫狗们找到了一个个温暖的家，被赠予了"金牌邮递员"的大奖牌。这个故事让大家品味到邮递员的每一次投递，都是一次爱心与希望的传递，每一个生命都要得到关爱，每一份职业都需得到尊重。

图 111-1

二、"图·文"解读

全书采用跨页的水彩插图，与文字相互呼应，互为补充，让小小的图书蕴含着大大的能量。其一，是温暖的——以绿色为主色调，身穿绿色工作服的关叔叔喜欢在绿色的草地上打滚儿或躺一会儿，暗示了他是一个热爱生活的人。其二，是夸张的——不停扩大的草地，忽然飞出来

---

[1] 郑春华，文；沈苑苑，图. 金牌邮递员[M]. 成都：天地出版社，2019.

的三只小鸟,插在大树上的信,打开了孩子们想象的阀门。其三,是灵动的——一开始,关叔叔为人类送信时,猫狗们在观察,在思考;中间,流浪之家里,猫狗们在暗示,在祈求;最后,叼着信的猫狗们跟着关叔叔在奔跑,在雀跃。

三、共读的对话与思考

阅读时,不妨从三只小鸟出现的部分,引导幼儿开始想象:猜猜看,接下来关叔叔可能会走到哪里? 遇到谁? 又会发生什么故事呢? 从关叔叔答应一定帮猫狗们把信送到的部分,继续追问:猫狗们的信该送给谁? 送到哪里呢? 如果对方回信,又怎么送回给猫狗们呢? 由此,感悟图画书的奇妙,拓展联想思维。

不妨让幼儿分析一下人物特点:读完故事,你觉得关叔叔是一个什么样的人? 说说你的理由。由此,感受爱心与希望传递的那份美好。

不妨生成一些社会实践活动:和幼儿一起走进邮电局、环卫处,走近邮递员、环卫工等平凡而又温暖的职业,进而学会尊重与感恩。

备注:参阅书目335《长大以后干什么》,了解绘者沈苑苑的创作风格。

（解读人:韦琴芳、姚苏平）

112 《鲸鱼的喉咙为什么那么小?》[1]

一、内容介绍

《鲸鱼的喉咙为什么那么小?》(图112-1)以童话故事"解释"鲸鱼喉咙口很小、不吃人的"原因",颂扬的是人的智慧和勇敢。故事的缘起是,鲸鱼的大喉咙吃空了海洋,于是,仅存的一条聪明的小鱼劝诱它去吃人——吃一个难缠的水手。果然,水手被吞入鲸腹后,不仅凭着一番拳打脚踢"驯服"了鲸鱼,顺利回到故乡,还成功地给鲸鱼的喉咙装上了栅栏,把它的喉咙口变小了。

故事以海洋全境为尺度——水手漂流在北纬50°,西经40°;鲸鱼穿过大西洋把水手送回英格兰老家;小鱼害怕被鲸鱼报复竟躲到了赤道另一边;最终,故事落到了一个为小读者专设的虚拟情境,"你"就在水手漂流的位置,正在海船上享受着美梦初醒,阅读这个神奇故事的快乐。在如此开阔的尺度中展开绮丽的想象,传达的是人对自身力量的自信和自豪。

图112-1

---

[1] [英]约瑟夫·吉卜林,原作;瞿澜,编绘. 鲸鱼的喉咙为什么那么小? [M]. 杭州:浙江人民美术出版社,2019.（书目112《鲸鱼的喉咙为什么那么小?》、148《猫为什么总是独来独往?》是同一书系。）

二、"图·文"解读

全书设色浓艳鲜明，符合故事里洋溢的激情与活力。深海醒目的信号蓝，浅海层的天蓝，海波的灰蓝，鲸鱼内部的橘红、浅红橙，等等，营造出明朗、乐观、活力向上的童话氛围。庞大的深色蓝鲸与红白条纹小鱼的对照组合十分醒目。水手体态壮硕，肤色健康，姿态敏捷灵活，神情愉悦。水手被吞吃，在鲸鱼腹中活动的"透视"场面格外有趣：总体写意，又有解剖示意图的可分辨、可分析的性质。天马行空的画风与异想天开的故事相映成趣。

三、共读的对话与思考

1. 观察、描述画面细节：鲸鱼的表情变化（在……时，它的表情是……，这说明它……；当……时，它又……，这说明……）。

2. 分析讨论：水手不仅从鲸鱼腹中死里逃生，还顺势摆脱了他遇到海难、无奈漂流的大困境，直接回到了故乡。他为什么能做到转危为安？（临危不乱、随机应变的沉稳心态；有工具、善于使用工具的能力和技术；充分推想、准确预料事情的发展方向的处事风格；事先做好准备、未雨绸缪的生存意识。）小鱼的计划为什么行得通？（对鲸鱼自大心态的准确把握、巧妙的话术、极强的安全技巧和安全意识。）

3. 思考：作品包含着英国人对大海的独特感情。这种感情并非单纯对美丽、深邃的人类故乡的怀恋遐想，而是植根于"日不落帝国"纵横四海的辉煌战绩，隐含着鼓励下一代海上骄子大胆出击、享受冒险、成为英雄的教育意味，与民族国家的总体利益直接配合。当今中国儿童接触大海，想象大海的情感态度，必然与之有所不同。可以将这个故事讲述为对人定胜天的信念、不畏艰险的奋斗精神，以及对大海之广袤、生灵之绮丽、弱者之智慧的歌颂。

（解读人：盖建平）

---

113 《景绍宗绘童谣》[1]

一、内容介绍

《景绍宗绘童谣》（图113-1）中精选了印刻在中国人童年记忆里的166首传统民间童谣。作品内容丰富多彩，语言朗朗上口，画风灵动又充满韵味，作品分为人物篇、游戏篇、哄睡篇、自然篇、植物篇、动物篇和生活篇，与儿童的日常生活、情绪心理、友伴互动、家庭氛围、成长经验等息息相关。

---

[1]　景绍宗. 景绍宗绘童谣[M].北京：东方出版社,2018.

二、"图·文"解读

作品中的每首童谣都短小精悍,具有鲜明的节奏、韵律等特点,既散发着汉语"母语"的魅力,也符合幼儿倾听吟诵的年龄特点。同时,民间童谣诙谐、生动,寄寓着人们对自然万物的美好感情,也勾勒出一幅幅人与自然、人与人和谐相处的温馨画面,更便于幼儿理解。

全书的插图与文字内容相契合,极富民间乡土气息。作者的绘画带有中国漫画的风格,色调明丽、布局别致、构图饱满、人物造型活泼,大片高饱和度的绚丽颜色,有着浓郁的中国风,又闪烁着儿童画的稚趣,尤其将民俗细节和人物情态展现得细致入微,具有很强的视觉观赏性。

图 113-1

三、共读的对话与思考

1. 问题设计:"什么是童谣?""你知道哪些民间童谣?""你最喜欢哪首童谣? 为什么?""图中你看到了什么?""书中的插图你喜欢吗? 为什么?""看了这些插图,你有什么感觉?"

2. 寻找身边的童谣,向父母等长辈征集他们从小念唱的民间童谣进行了解。尝试为自己征集到的童谣绘制插画,通过自己的画笔再次理解童谣的含义,以及感受童谣带来的快乐。

3. 思考:该作品通过祖祖辈辈流传的民间童谣,引导幼儿走进乡土中国,增进了幼儿对中国传统文化的认知理解与喜爱。还应从祖辈的童年出发,挖掘更多适宜幼儿了解的传统文化、传统民俗,同时以符合幼儿的年龄特点、能激发他们探究兴趣的方式,鼓励他们走进传统中国。

(解读人:刘明玮、姚苏平)

114 《九千毫米的旅行》[1]

一、内容介绍

《九千毫米的旅行》(图 114-1)是一本充满想象力的图画书,反映疫情时期儿童真实的生存状态。九千毫米,是从客厅到大门的距离;九千毫米的旅行,是最温暖、最令人意想不到的旅行。本书坚持儿童本位理念,讲述了疫情期间孩子们在居家隔离的小天地里进行的一场大旅

---

[1] 张晓玲,文;颜青,图.九千毫米的旅行[M].南京:江苏凤凰少年儿童出版社,2020.(参见相关主题作品:书目114《九千毫米的旅行》、140《妈妈,加油!》、252《我想知道你的名字》、300《写给爸爸的纸条》、309《爷爷的14个游戏》。)

行。狭窄的空间，困不住姐弟俩蓬勃的想象力和涌动的生命力；在孩子眼中，方寸之地也可以是广袤的世界。本书关注儿童的精神世界和心灵成长，带给孩子逆风飞扬的勇气和希望。

图114-1

二、"图·文"解读

该书中的姐弟俩，因为父母生病住院，自己作为密切接触者而需要居家隔离。有一天，当姐弟俩量完家里从阳台到门的长度时，发现他们的家竟然有九千毫米这么长！就在这时，他们的家忽然变大了，沙发、桌子、玩具都在变大，他们无论想要去哪里，都需要进行"长途跋涉"。他们修好了玩具汽车，拥有了交通工具。为了够到桌上的电话，他们"翻山越岭"，打完电话，他们用口罩当作降落伞，顺利降落地面。为了到门口取社区阿姨给他们送的午餐，他们经过了复杂的鞋子迷宫……就在他们打开门的一瞬间，世界又恢复了正常，在门口的花盆里，他们看到花苗正在发芽。虽然这一路非常艰难，但支撑他们的，有对父母的思念，有来自父亲的许诺，有邻里的关心和帮助，还有自然的律动给予他们的安慰。

画家颜青把故事用写实的方式呈现出来，每一笔都细细描绘，一丝不苟。虽是一部富有想象力的作品，但画面严格注意方向性，按照姐弟俩的旅程路线从内向外铺展。同时移步换景，随着姐弟俩"旅行"的开始，将阳台、客厅、餐厅、厨房、门厅的场景逐一展示给读者，并透过一些特殊的方式，呈现文字背后的信息。比如透过窗口街景，暗示疫情的严重，透过电视机展示防疫工作的开展，透过墙上的照片展示其他家庭成员等，这些都是图画书画面创作中常用的叙事手法，同样展现了画面"说故事"的能力。

三、共读的对话与思考

1. 讨论话题

（1）你会和小坡姐弟俩一样，把家里想象成一个冒险的场所吗？你会在家里"翻山越岭"，来一场世界级的旅行吗？

（2）你想象过自己变小吗？如果你变得和小老鼠一样小，你会怎么办？

（3）你最喜欢书中的哪一个场景？为什么？

（4）故事的最后，小坡姐弟俩发现门外的波斯菊发芽了。你能说一说其中的寓意吗？

2. 拓展建议

（1）画一画你的家，画一画你的家人。

（2）如果有不在家的家人，给他打个电话；如果家人都在家，给他们每个人一个拥抱。

（3）观察一下你所在的社区，说说社区工作人员为你做了什么。

（4）尝试长期承担一种力所能及的家务，比如浇花、把门口的鞋子摆放整齐等。

（5）阅读更多富有想象力的图画书。

（解读人：张晓玲）

115 《九色鹿》[1]

一、内容介绍

《九色鹿》(图 115-1)故事出自《佛说九色鹿经》中"鹿王本生"的故事。在敦煌莫高窟第 257 窟中有《鹿王本生图》,是敦煌壁画的代表性作品,是我国存世最早的"连环画"之一。在上海电影制片厂《九色鹿》动画片的传播下,九色鹿已经是妇孺皆知的神话形象。

图画书《九色鹿》改编自敦煌壁画故事。书中讲述了国王和王后发出悬赏通告,希望得到能让自己长生不老的仙草。一名叫调达的弄蛇人听闻此消息后,便上山寻找仙草。在寻仙草的途中,调达遇到了危险,危急时刻他大声呼救。深林中的九色鹿听到了呼救声,跑来奋力相救。九色鹿拒绝了调达做奴仆报恩的请求,只希望调达不要告诉别人自己的住处。调达起誓后便回家了。后来,国王从波斯商人那里得知了九色鹿的存在。王后非常想用九色鹿的皮毛做成衣服,于是又重金悬赏,希望找到九色鹿。没有信誉的调达带着国王,利用九色鹿的好心引其到国王面前。九色鹿用神力保护了自己,并怒斥调达的忘恩负义。最终,调达淹死了,而九色鹿则乘金光飞去。

图 115-1

作者冯健男是资深美术片编导。该书获联合国教科文组织和亚洲文化中心举办的第三届野间国际儿童图书插图比赛二等奖。该书配有导读手册,画家、出版人贾德江以《属于中国·属于世界——读冯健男彩墨神话故事画》为题撰写了导读。

二、"图·文"解读

该书的图画风格被贾德江称为"彩墨神话"。其构图和配色都参考了敦煌壁画《鹿王本生图》。图 115-2 来自敦煌壁画《鹿王本生图》,图 115-3 来自图画书《九色鹿》,可以看到图画书中调达和九色鹿的形象都直接继承了敦煌壁画的风格,只不过有了更加具象的图画表达。深红色的主色、松石绿色的辅色也保留在了图画书中。

在《导读手册》中专门配有"画作赏析"栏目,也细致地介绍了书中若干经典图像的设计意图,比如"古国皇城"这幅画"利用高丽纸的纹路制造肌理效果,使画面更古朴厚重",又如"鹿显神威"这幅图中的"光环借鉴佛光的画法,鹿的造型来自敦煌壁画中鹿王的形象,但更健美、灵巧"。

---

[1] 冯健男.九色鹿[M].长沙:湖南少年儿童出版社,2017.

图 115-2

图 115-3

三、共读的对话与思考

1. 问题设计："这个故事中，九色鹿、调达、国王、王后、波斯商人都是怎样的人？你从文字和图画中的哪些细节可以看出？""为何图画中九色鹿是白色的？你怎么理解这个问题？""调达和普通人长得一样吗？他的外表有哪些特殊之处？为什么这样设计他的形象？"

2. 活动：对比欣赏敦煌壁画《鹿王本生图》、上海电影制片厂《九色鹿》动画片和图画书《九色鹿》。

3. 思考：这个故事讽刺了哪一种不好的行为？你在学校生活中，遇到过类似的情况吗？（当然，不会有这么严重。）你是怎样看待或者处理这件事的？

（解读人：邹青）

116　《菊花娃娃》[1]

一、内容介绍

《菊花娃娃》（图 116-1）讲述了一个美丽的女孩儿降生在一片美丽的菊花地，于是她的一生都与菊花分不开了的故事。成年后，她不分季节，不分昼夜，用各种美丽的花布缝制布娃娃，每个布娃娃的身上都绣着一朵菊花。她把菊花娃娃送给了那些需要陪伴和帮助的人，而她只留下了一个菊花娃娃陪伴年老的自己，但这唯一的菊花娃娃最后也送给了一位身患重病的孩子。在她即将离开这个世界的时候，所有的菊花娃娃都来到了她的身边，叫她"妈妈"。"菊花"象征着大地和母爱，"菊花妈妈"虽然没有子女，但她把爱送给了许许多多需要爱的孩子，也得

---

[1]　曹文轩，文；赵蕾，图. 菊花娃娃[M]. 济南：明天出版社，2010.

到了爱的回报。叙事延续了曹文轩语言抒情的风格,整个作品都充满了爱、诗意和花香。

图 116-1

二、"图·文"解读

作品采用水彩与布贴相结合的技法。布贴画的使用,把菊花娃娃演绎的童话与缝制娃娃的现实区分开来,既是内容的需要,同时也给读者以视觉的艺术享受。前后环衬画面相似,但后环衬多了一个面朝左的菊花娃娃,这一细节寓意感恩与爱的回归。作品多处使用折页,艺术性地展示了爱之博大的主题,如第25—26页菊花娃娃们如天使般围绕着主人公,与文字描写的拟人手法相呼应。第17页是作品中唯一一页没有文字的画面,用春夏秋冬四季代表性的物象,暗示女主人公在由青丝到白发,甚至到生命尽头的整个历程中,都在奉献爱,收获爱。

三、共读的对话与思考

1. 问题设计:"为什么她要在每个缝制的布娃娃上绣上一朵菊花?""从哪里可以发现这些菊花娃娃不是真正的娃娃,而是缝制的娃娃?""每当她送走一个菊花娃娃的时候,她的心情是怎样的?""你觉得她孤独吗? 为什么?""为什么菊花娃娃们要叫她'妈妈'?"

2. 缝制一只布娃娃,送给你想送给的人。提问:"为什么你想送给他?"

3. 该作品可以与其他领域融合,拓展活动。如:(1)和幼儿一起了解菊花的特点,说一说菊花在中国文化中的特殊含义。(2)引导幼儿观察画面中菊花娃娃们衣服的图案和色彩搭配,选出自己认为最漂亮的一个菊花娃娃,培养自己的审美情趣。(3)善良是美好的天性,应帮助幼儿在日常生活的点滴中,挖掘和呵护他们善良的天性,让他们懂得善良会有美好的回报;同时,成人应以身作则,给幼儿以良好的示范。

4. 参阅书目266《夏天》,了解作家曹文轩的创作风格。

(解读人:丰竞、姚苏平)

117 《空城计》[1]

一、内容介绍

《空城计》(图117-1)是国粹戏剧图画书之一,取材于我国京剧传统保留剧目《空城计》,以《三国演义》第九十五回《马谡拒谏失街亭,武侯弹琴退仲达》的著名情节为蓝本,再现了诸葛亮

---

[1] 海飞、缪惟,文;刘向伟,图.空城计[M].乌鲁木齐:新疆青少年出版社,2014.

以疑兵之计智退司马懿的故事。三国时期，曹魏大将军司马懿率领 15 万大军围困蜀汉的西城，不巧诸葛亮身边已无兵马调遣。危急之中，诸葛亮自坐城头，悠闲抚琴。司马懿兵临城下，见城门大开，扫地百姓旁若无人，再听诸葛亮琴声镇定不乱，断定城内必有重兵埋伏，急令撤退兵马。最终，得知中了诸葛亮的空城之计。这个故事再现了中国传统戏剧的艺术魅力，也传递着遇事沉着冷静、智慧果敢的精神。

图 117-1

二、"图·文"解读

该书用精描细绘的唯美画面，讲述经久不衰的历史故事，渗透精彩纷呈的戏剧知识，弘扬博大精深的中国文化，为小读者打开了炫目多姿的艺术之门。全书通过精湛的语言和唯美的中国画并行来演绎——浩浩荡荡、势单力薄，争先恐后、纹丝不乱，捶胸长叹、如释重负等四字成语，完美呈现了众与寡、动与静、虚与实的对比，形成了张弛有度的节奏感；工笔人物、青绿山水等表现技法，民间年画、京剧脸谱造型和服饰设计等表现手法，营造出生动传神、古朴绚丽的视觉效果。

三、共读的对话与思考

阅读时，可紧扣"艺术熏陶"这条主线，引导幼儿思考：与以往阅读的图画书相比，这本书最大的不同点是什么？图画书里的"中国味"有哪些？在此基础上，和幼儿一起欣赏有声图画书，欣赏川剧、晋剧、蒲剧、越剧版的《空城计》，继而一起分工合作，在熟悉台词，选择音乐，制作道具，分角色进行表演的过程中，了解一些简单的戏剧常识，感受中国元素的无穷魅力。

还可紧扣"人物分析"这条辅线，读到司马懿围困空城时，和幼儿一起猜测：在敌众我寡的紧急时刻，诸葛亮会赢得这场胜利吗？读到诸葛亮下令打开城门的时候，让幼儿发挥想象：诸葛亮要干什么？读完全书，再和幼儿一起推敲：诸葛亮为什么敢打开城门？他想干什么？司马懿为什么会相信城中必有埋伏？从而习得遇事沉着冷静的态度，以及困难面前永不放弃的精神。

（解读人：韦琴芳、姚苏平）

118 《孔融让梨》[1]

一、内容介绍

这本《孔融让梨》（图 118-1）是"中华传统经典故事绘本"系列丛书之一，故事见于《世说新

---

[1] 哈皮童年.孔融让梨[M].福州：福建科学技术出版社，2017.

语·笺疏》注引《续汉书》："孔融,字文举,鲁国人,孔子二十四世孙也。高祖父尚,巨鹿太守。父宙,泰山都尉。"《融别传》曰:"融四岁,与兄食梨,辄引小者。人问其故。答曰:'小儿,法当取小者。'"又见《后汉书》李贤注:"《融家传》曰:'年四岁时,与诸兄共食梨,融辄引小者。'大人问其故,答曰:'我小儿,法当取小者。'由是宗族奇之。"经典童蒙读物《三字经》也有"融四岁,能让梨"之句。

图 118-1

　　该书的故事更加具体,比如孔融的爸爸妈妈经常给孔融兄弟讲"互相谦让"的道理,比如兄弟冬日读书时闻到梨子香味,遐想转年自己种梨并安排分工的对话等。这些细节的加入,让故事更曲折生动,更加符合小读者的阅读心理,但是遐想种梨等情节也稍微有些复杂,且偏离主题,是否适合加入有待商榷。

二、"图·文"解读

　　该书画面干净清新,以白色为底色,在人物形象设计方面,服饰均为传统人物画风格,但是头部比例比较大,五官经过卡通化的处理,绘画风格结合了中国传统绘画和卡通图画的特点。环境和物品则是水墨写意画的风格,比如其中重要的"道具"梨子,还有画面中作为背景的草木山石,就是非常标准的水墨写意画形象。其中比较精彩的画面,是第14、15页孔融和兄弟们迫不及待去吃梨的画面,三个男孩子神态各异,动感十足,充分地表现出对吃梨这件事的期待。

三、共读的对话与思考

　　1. 问题设计:"孔融为什么不吃大梨?""在《孔融让梨》的故事中,你觉得有哪些细节不能删去,哪些细节可以删去而不影响整个故事的意义表达?""孔融兄弟似乎没有想到,客人和爸爸妈妈也还没有吃到梨子,你愿意丰富相关情节,对这个故事进行改编吗?""看着第16页黄澄澄的梨子的照片,你有什么想法?"
　　2. 活动:回忆《三字经》中与"孔融让梨"有关的句子。("融四岁,能让梨")
　　3. 思考:如果幼儿有兄弟姐妹,请结合生活中的具体事例,分析《孔融让梨》故事中孔融的心理活动,懂得"兄友弟恭"是中华民族的传统美德。

（解读人:邹青）

119 《快乐小猪波波飞：性格养成故事系列》[1]

一、内容介绍

"快乐小猪波波飞"系列故事（图 119-1）的主人公是一只名叫"波波飞"的小猪，他快乐、天真、幽默、调皮、善良。小猪波波飞永远是一只与大自然、与伙伴、与自身的天性和谐相处的快乐小猪。波波飞不断地探索、发现这个世界，遇到各种妙趣横生的事物和经历，并在这一过程中积极健康地面对，乐观向上地成长。本套书共 5 册，包括《雪花小猪》《荷叶小猪》《帐篷小猪》《火晶柿子小猪》《草垛上躲小猪》（图 119-2），故事选取了孩子熟悉的生活场景，并对这些熟悉的场景和人物进行了充满童趣的想象，营造了一个属于孩子的童真世界。本套书面向 3 岁以上的儿童，但它不仅是给孩子看的图画书，大人也能从中收获无穷的乐趣和启迪。

图 119-1

《火晶柿子小猪》　　《草垛上躲小猪》　　《帐篷小猪》　　《雪花小猪》　　《荷叶小猪》

图 119-2

二、"图·文"解读

该系列图画书画面简约、明快、优雅、灵动，色调清新明丽，图文搭配精巧，用丰富饱满的细节表达儿童生活和儿童情趣，富有艺术表现力和感染力。从故事的叙事节奏感到小猪波波飞的性情，再到作家人文性、生态性的情感和价值观，都呈现出作家精心的艺术打磨，给人以愉悦的审美回味。

语言文字朗朗上口，优美而富有韵律，充满动感并适宜朗读，且具备很强的音乐性。故事中使用的韵语也颇具艺术效果。其口语化的特点符合小猪波波飞的性格。每个故事都有它的深意，故事的结尾也能给人启发和思考……

[1] 高洪波，文；李蓉，图. 快乐小猪波波飞：性格养成故事系列[M]. 北京：中国少年儿童出版社，2020.

三、共读的对话与思考

1. "你喜欢小猪波波飞吗？为什么？"
2. "你和小伙伴说过哪些童谣？你能编一个吗？"
3. "遇到不开心的事情,你会怎么办?""遇到朋友不开心的时候,你会怎么办?"

(解读人:张攀、姚苏平)

120 《腊八粥》[1]

一、内容介绍

《腊八粥》(图 120-1)主要讲述了经典民间传说——勤劳父母与懒惰儿子的故事,道出了腊八粥的来历。腊八节是过年前的重要节日,该书通过腊八粥的由来讲述了腊八节的习俗、腊八粥的制作方式以及腊八粥所包含的特殊寓意,并借助儿子的人物形象告诫人们要勤劳善良。故事具有隽永深刻的教育性,让孩子们在阅读中感知文化渊源,品味腊八粥里的"中国味道"。

图 120-1

二、"图·文"解读

全书画风优美、古朴,唯美地展现了我国人民勤劳、朴实的生活样貌,在推进故事的同时向我们展示了美好的田园风光。

第1—2页主要讲述了老夫妻勤劳善良、乐于助人,同时为后文邻居前来帮忙埋下伏笔。房门上的十二生肖刺绣挂件,布帘上的传统纹样,等,对于强化民族情感,提升民族审美观,提高儿童热爱传统文化的自觉性有着重要的意义。

故事的最后是生活在现代的一家人围坐在一起过腊八节,时空变幻,但传统文化在延续,传统节日里饱含的美好寓意在延续。借助于这个画面,小读者可以将图画书中描绘的场景与自己的现实生活和生命体验建立联结,实现与自我及周围世界的对话和意义建构,促进民族性格与民族精神的形成。

三、共读的对话与思考

1. 问题设计:"大家为什么会给老爷爷、老奶奶送食物?""邻居送来的食物有哪些?""为什

---

[1] 郑旭,文;余憧憬,图.腊八粥[M].杭州:浙江教育出版社,2019.

么粥的名字叫腊八粥呢？""老爷爷、老奶奶的儿子最后在分粥的时候怎么样了？""你认为老爷爷、老奶奶的儿子在认识到自己的错误后会怎么做？""你们家是怎么过腊八节的？"

2. 基于图画书延伸的表演游戏。

3. 该作品可以与多领域融合，拓展活动。如：(1)学唱儿歌《小孩小孩你别馋》，了解腊八节的传统习俗；(2)模仿故事情节，各自带一些食物，体验一起煮腊八粥并进行分享；(3)续编故事内容，续写老爷爷、老奶奶的儿子改变后会怎么做；(4)围绕教育契机，开展劳动教育，争做勤劳能干的小能人，树立正确的劳动价值观。

（解读人：史晓倩）

121 《莱特科学图书馆》[1]

一、内容介绍

《莱特科学图书馆》（图 121-1）是贴近儿童生活的科普图画书。儿童的好奇心多来源于对生活的观察。本套丛书共 18 册，每册书都详细解释了孩子们生活中经常感到疑惑的问题。比如：为什么不能多吃糖果？我为什么有影子？为什么每天都要便便？书中用浅显易懂的文字配上可爱新奇的插图，来吸引孩子，提高他们的阅读兴趣，学习科学知识。

图 121-1

二、"图·文"解读

该系列图画书的语言浅显易懂，画风生动有趣，能轻松抓住孩子们的眼球。内容围绕儿童的生活经验，能够激发孩子的阅读兴趣，引发他们的思考，进而帮助孩子学习科学知识。

每一本书都是"一个故事"＋"N 个知识点"，满足儿童的好奇心和求知欲。每一个有趣的故事都和科普知识结合在一起，让孩子们在快乐的氛围中慢慢学习，发展认知能力，搭配专注力训练扩展思维，全方位培养儿童的好奇心和主动思考的能力。每册中设置了不同的小游戏和小问题，帮助孩子们加深记忆，互动性强，学习方式不再单一，以全新的形式吸引孩子们的眼球。

三、共读的对话与思考

1. 每一册故事都包含一个科普知识，家长与幼儿一起阅读，帮助幼儿了解神奇的"奥秘"，解决困惑他们的"问题"。

---

[1] 铁皮人.莱特科学图书馆[M].成都：四川教育出版社，2020.

2.实践操作:每册故事都有"小问题"或"小游戏"或动手操作,家长们配合幼儿的需要,使他们通过游戏或实操的方式进一步了解知识,加深印象。

3.领域拓展:根据不同册的特点,可以将每册的科学知识与五大领域结合,在发展幼儿认知能力的同时,也极力发展他们的情感能力、社会性等方面的能力,促进全面发展。

(解读人:张攀、姚苏平)

122 《癞蛤蟆与变色龙》[1]

一、内容介绍

《癞蛤蟆与变色龙》(图122-1)主要讲述了自大的癞蛤蟆和变色龙为了一只小虫子大动干戈,导致他们的舌头缠绕在了一起。在分开舌头的过程中,他们不得不相互配合才能躲过黄鼠狼、大蟒蛇、猫头鹰的袭击。通过从"被动"到"主动"的相互配合,他们终于解决了舌头缠绕的麻烦,并意识到了精诚合作的重要性。这一故事凸显了矛盾冲突与合作共赢的对立统一。

图 122-1

二、"图·文"解读

全书色彩艳丽,高饱和的色彩搭配呈现了光照充足的季节特性、枝繁叶茂的场景以及动物自身的色彩特征。油画棒、水彩、刮画、拼接等混合使用,交织呈现了故事的"复杂矛盾"。

第1—2页,突出了癞蛤蟆和变色龙的自大。画面上下构图,变色龙以红色为主,癞蛤蟆以绿色为主,两者的颜色、形象的巨大反差也为后面两者的矛盾冲突埋下伏笔。

第3—4页内容是虫子的出现,作者用叠色的手法将癞蛤蟆和变色龙隐藏在色彩的下面,既表现出两者在草丛中的伺机而动,又为同时出动捕捉虫子作铺垫。

全书多使用互文手法,在第23—24页左下角出现了猫头鹰,是癞蛤蟆和变色龙遇到的下一个天敌。一明一暗的图文互补,使作品的画面内容和叙事节奏一一呼应。

在第27—28页主要讲述了癞蛤蟆和变色龙相互合作吓走了天敌猫头鹰。作者通过黑色背景凸显两者组合的恐怖气息。

除了环衬部分的刮画技法,开放式的结尾也是这部作品的最大亮点之一,两个角色相互配合赶走天敌并意识到了合作的重要性。作品结尾出现的飞虫,二者又会怎么处理呢?会一起合作吗,还是继续争抢?全书情节设置跌宕起伏,具有童趣,符合孩子们争强好胜的心理。

---

[1] 林秀穗,文;廖健宏,图.癞蛤蟆与变色龙[M].济南:山东教育出版社,2018.

三、共同的对话与思考

1. 问题设计："癞蛤蟆和变色龙的舌头为什么会缠在一起?""他们遇到了什么危险? 又是怎样化险为夷的呢?""请你猜猜看,接下来会发生什么危险,这个影子可能是什么危险呢?""最终他们是通过什么方式吓走猫头鹰的?""你觉得最后遇到虫子他们会怎么做? 会一起合作还是争吵呢?""你在平时的生活学习中和伙伴一起合作完成了什么事呢?"

2. 分角色表演该作品,理解合作的重要性。

3. 该作品可以与多领域融合,拓展活动。如:(1)在区角活动、户外游戏中参加一些需要相互合作完成的游戏,体验合作带来的成就感,如小球进洞、相互抛接球;(2)体验刮蜡画的特殊艺术表现形式;(3)续编故事内容,续编作者留下的空白式结尾,并尝试说明原因;(4)围绕教育契机,多与同伴进行合作游戏,制订合理的分工计划。

（解读人：史晓倩）

123 《蓝星人绘本·乐园》[1]

一、内容介绍

《乐园》(图 123-1)是一本关于动物,关于生命,关于地球的史诗式图画书,讲述了一个生命轮回、生态平衡的科学故事——在非洲大草原上,一头大象死去了,它的身体成为虫子、飞鸟、胡狼、兀鹫、鬣狗、狮子的生命能量乐园。最终,食物链顶端的狮子"唤醒"了大象,把死亡的过程转化为创生的过程,从无到有,从死到生。由此揭示出非洲大地上的生命、能量千万年的演化,就这样生生不息、永无止境。让人深深震撼于生命的顽强,折服于大自然的力量!

图 123-1

二、"图·文"解读

该书首先通过马赛族谚语——"生命一旦诞生,永远不会结束",来引领图画书的宏大主题。接着,铅笔画所营造的极具立体感的灰褐色画面中,非洲大草原上林立着纵横交错的"枝干",伴随着沙沙沙、叽叽喳喳、扑棱棱、呼啦啦等拟声词,时间在推移,似电影镜头在扫描……虫子、飞鸟、胡狼、兀鹫、鬣狗、狮子纷至沓来,共享生命的"乐园"。直到食物链顶端的狮子震撼地呈现在跨页中,似电影镜头一下聚焦,狮子"唤醒"了大象。同

[1] 姜楠. 乐园[M]. 上海:少年儿童出版社,2019.

时,时间镜头翻转,补叙了"乐园"的背景和源头:死去的大象成为其他动物的乐园。此时,画面变得明朗起来,纯净的白色、淡淡的黄色中,众多动物汇聚在一起,揭示主题。由此,文字和插图相互交织,共同呼应。

三、共读的对话与思考

纵观整本书,生命、能量的循环不息,演绎着自然生态的微妙平衡,为幼儿深入理解食物链搭建了平台;层次分明的构图、精致细腻的笔触,凸显了立体、有张力的画工,为幼儿爱上画画提供了优质的素材。阅读时,可以沿着上述这两条线索,做以下引导。

1."故事中出现了哪些动物的乐园? 为什么会成为它们的乐园? 你能用思维导图的形式再现书中的食物链吗? 你发现食物链上的这些动物是怎么变化的? 动物与植物之间又有哪些关联呢? 你还知道哪些食物链呢?"

2."仔细观察,图画书中的画是怎么画出来的? 你能尝试着用铅笔画的形式,来画一画你最感兴趣的故事吗?"

3."生命是怎么循环的?""大自然是怎么保持生态平衡的?"

(解读人:韦琴芳、姚苏平)

124 《老风筝和小风筝去散步》[1]

一、内容介绍

《老风筝和小风筝去散步》(图 124-1)是一本蕴含着"年老"和"年轻"这一对相对关系概念的图画书。老风筝和邻居小风筝一起去天空散步,他们来到城镇,跨过工厂,见到了渡轮,飞过机器与磨坊。起初他们会发出相同的感慨,后来他们又决定分开去散步。正在他们互相思念对方的时候,一场暴风雨又将他们紧紧地牵在一起,最终,他们互相帮助,飞出了雷雨区。

"老"和"小"体现了年龄的差距,也是每一种生命成长的客观状态。故事中的老风筝和小风筝一起经历了很多,老风筝对小风筝的保护,小风筝对老风筝的照顾,都让我们感受到生命传递中的浓浓爱意。我们的生活环境里,有各种各样"年老"和"年轻"的人和物,他们都是美好的生命存在,需要我们给予充分的尊重。

图 124-1

---

[1]周兢,文;周翔,图. 老风筝和小风筝去散步[M]. 南京:南京师范大学出版社,2012.(书目 124《老风筝和小风筝去散步》、134《两颗花籽找新家》、172《蓬蓬头溜冰的故事》是同一书系。)

二、"图·文"解读

该书采用了水彩偏写实的风格进行描绘,画者笔法洒脱又不失细腻。全书以绿色为基调,描绘老风筝和小风筝野外散步的过程。更为巧妙的是,绘者为了突出老风筝和小风筝这两位主角,在技法上对二者进行了特殊处理:先用手撕下两个形象的纸张外轮廓,在此基础上进行刻画,使得风筝形象活灵活现地跃然纸上。天空颜色的加入带给幼儿不一样的阅读审美体验:天空的颜色随着故事情节的推进发生变化,从一开始的明亮到灰沉,再到黑色的狂风暴雨,把情节推向了高潮。天空的颜色由明到暗,再从暗到明恢复平静,伴随着故事情节的起伏,让人意犹未尽。

儿童阅读是结合了语言文学、教育学、心理学等不同学科的综合体,以培养幼儿持续的阅读兴趣、艺术审美素养和全面的阅读能力为目标。除去细腻洒脱的美术语言特征,该书的文学语言特征也非常显著:选词平实而流畅,句式结构简单且具有一定的重复性,叙述内容贴近幼儿生活。在引导幼儿进行阅读的时候,可以读出情境诗意,可以读出遣词造句,可以读出情节结构,帮助幼儿在欣赏故事的同时,获得语言文学经验的积累。

三、共读的对话与思考

1. 问题设计:"老风筝和小风筝一起散步的时候,他们分别看到了什么? 他们都在跟什么事物打招呼?""老风筝和小风筝又为什么决定分开散步了呢?""老风筝和小风筝分开散步后,他们开心吗? 为什么?""后来又发生什么事情让老风筝和小风筝重新聚在了一起?""当雷暴风雨来临时,老风筝和小风筝又是怎么保护或照顾对方的呢?""你周围的环境里,有哪些年老和年轻的人或物? 年轻的人或物会变化吗?"

2. 分角色表演作品。

3. 该作品可以与多领域融合,拓展活动。(1)欣赏图书中优美的自然风光,感受原野与乡间的多姿多彩,尝试使用"撕贴画"的方式创作艺术作品;(2)外出寻访名胜古迹,瞻仰那些已经很老很老的建筑或已故之人,了解它(他)们的经历,感受它(他)们的故事;(3)尝试将家人从年轻到年老的照片按照从"年轻"到"年老"的顺序排列,知道这是生命成长的规律,这也是我们应当知道的:今天的"年轻"会成为将来的"年老";(4)尝试使用故事中出现的句式和连接词,续编故事。

4. 参阅书目 234《外星人收破烂》、332《早餐,你喜欢吃什么?》、321《一园青菜成了精》,了解绘者周翔的创作风格。

(解读人:周翔)

125 《老轮胎》[1]

一、内容介绍

《老轮胎》(图 125-1)主要讲述了离开吉普车的老轮胎坚持着自己的梦想,行走远方的故事。纵使不能再当吉普车的轮胎,它也开心地当起餐桌、游泳池、运动场和舞台。

孩子们喜欢听老人讲故事,《老轮胎》像一位暮年的老人一样,为孩子们讲述着人生旅途的过往,引发小读者的思考与感悟。

图 125-1

二、"图·文"解读

全书画风优美,画面温馨,以油画的方式呈现旅程中的风景,笔触细腻,色彩柔和。封面是一个老轮胎静静地躺在草地上,轮胎里的积水,边上的小鸟、青蛙、瓢虫营造出一种祥和、恬静的氛围。

前环衬部分,只是一张用胶带固定的老照片,像极了制作手账、张贴照片墙的回忆瞬间。图片是老轮胎即将离开吉普车的时刻,这一瞬间是老轮胎"人生"的转折点,是人生中值得记录的重要时刻。同样,在图画书的后环衬部分,老轮胎里面开满的鲜花,成为旅程中另一个重要的风景。

扉页部分,以"我"第一人称讲述自己的故事,具有强烈的代入感。悠悠的云朵,绵延到天边的小路如同人生旅途一样即将开始,故事的帷幕也即将拉开。

第 9—10 页主要讲述了老轮胎离开吉普车穿越稻田吓逃农场里的小动物们。逃跑的猫咪、飞跳的母鸡、伸长脖子的大白鹅、飞起的鸟群……画面的动态感十足,呈现出老轮胎独自旅行的强烈愿景,也进一步推进故事高潮的发展。

第 20—21 页的内容是老轮胎里的积水成为青蛙的泳池。虽说是一群青蛙,但是群像姿态丰满,画面信息丰富。轮胎上方从左到右依次为咏唱蛙、叠高蛙、跳水蛙、观摩蛙;轮胎里从左到右的泳姿为花样游泳、仰泳、潜水、蛙泳……群像塑造得十分精彩。

三、共读的对话与思考

1. 问题设计:"老轮胎为什么要离开吉普车?""老轮胎离开吉普车后被小动物们当成了

---

[1] 贾文,文;朱成梁,图. 老轮胎[M]. 南京:江苏凤凰少年儿童出版社,2015.

什么？""老轮胎在旷野上还可能会遇到谁呢？""长满鲜花的老轮胎后来会怎么样呢？它的旅行还会继续吗？""在生活中轮胎还可以做什么用呢？"

2.尝试将故事角色出现的顺序进行梳理，尝试复述故事内容。

3.该作品可以与多领域融合，拓展活动。如：(1)在户外游戏的时候玩一玩与轮胎相关的游戏，如滚轮胎、大力士、开汽车游戏；(2)尝试用轮胎和其他材料在自然角创设鱼缸、花盆等物品，进行废物再利用；(3)讲一讲自己在旅程中发生过的趣事；(4)与老师、同伴分享成长档案，一起欣赏回忆幼儿园的美好时光和成长刻痕。

4.参阅书目 026《别让太阳掉下来》、229《团圆》、258《屋檐下的腊八粥》，了解绘者朱成梁的创作风格。

（解读人：史晓倩）

126 《老猫老猫》[1]

一、内容介绍

《老猫老猫》(图 126-1)改编自北方童谣。老猫一早起来就上树摘桃，将又大又鲜的桃子送给老张。可是"老张摆手又关门，气得回家睡闷觉。翻来覆去睡不着，起来喝水摔了瓢"。心情不好的老猫感觉事事不顺，谁都在和他作对，比如磨拉坏了，面汤烫了嘴，拉车、撞钟都不顺利。老猫终于绷不住了，道出了心情烦闷的缘由："我种桃树喜洋洋，辛苦摘桃两大筐。当礼物送给老张，他为什么不让我见新娘?!"原来一天各种状况皆缘于此。作品中"老猫"的形象憨直、鲁莽，因为心中的"理想之事"未能如愿，渐渐迷失在自己不断累积的情绪怪圈儿之中，闹出了不少让人啼笑皆非的生活笑话。从而让人明白，好的情绪对人、对生活的重要性。

图 126-1

二、"图·文"解读

该图画书采用水粉的创作手法，朴实诙谐，具有北方大地的风土气息。北方童谣中"老猫"是一个未婚青年的形象，而在图画书中则是一个大大咧咧的猫的形象，而且在每页中的表情都有细微变化。老猫自被老张拒绝后越来越郁闷，人物的形象也越来越小，直到被和尚拒绝撞钟，"老猫一跳三尺高"这 7 个字是从下到上"夸张"排列的，反映出老猫的气急败坏，继而崩溃大哭，采用了跨页的头像特写和铺满跨页的文字倾诉的方式，表现出老猫累积的无力感与最后

[1] 刘腾骞.老猫老猫[M].桂林：广西师范大学出版社,2018.

情绪的大发泄。同时,前后环衬遥相呼应,前环衬用灰白色描绘出"单身"的老猫乱糟糟的居家状态;后环衬用淡雅的粉色、米色等描绘了整洁、温馨的家居环境,尤其是粉色的床褥和双人枕、墙头的合照,暗示了老猫最终娶到媳妇,如愿以偿。

三、共读的对话与思考

1. 问题设计:"老猫为什么生气?""老猫遇到了哪些烦心事?""老张摆手又关门,张家小妹愿意见老猫吗? 为什么?""老猫后来怎么样了?""你会碰到倒霉事吗? 如果碰上了,你会怎么想? 怎么做?"

2. 可以画一画"老张""和尚"和张家小妹的样子。续编这个故事。

3. 用童谣的方式编一首有关自己烦恼的事情。

4. 思考:一方面,受情绪影响,老猫深陷于各种啼笑皆非的烦恼中,或者说始终不能做好每一件事,这是传统童谣用戏谑的方式告诉我们生活的某种真相。另一方面,老猫从不钻牛角尖,一事不成就换另一事,他的目的是去排解烦恼;哪怕事与愿违、处处不顺,这也是一种生活姿态。

(解读人:姚苏平)

127 《老人湖》[1]

一、内容介绍

《老人湖》(图 127-1)讲述了小巴特尔和爸爸再一次回到胡杨林,接爷爷老巴特尔到城里居住却被爷爷婉拒的故事。作者以诚挚动人的语言,通过表现爷爷与孙子间久别重逢的亲情,借助爷爷之口,将土尔扈特人迁徙的故事娓娓道来。虽然城市生活便捷舒适,但对于世世代代在额济纳河岸生活的土尔扈特人的后代——老巴特尔来说,胡杨林才是自己魂牵梦绕的家园。"活千年不死,死千年不倒,倒千年不朽",不仅是对胡杨顽强生命力的赞美,也是对土尔扈特人热爱家乡,扎根草原的称颂。结尾处,小巴特尔决定长大后回到老人湖守护家乡,让故事得到传承和升华。

图 127-1

二、"图·文"解读

该书的绘画运用水彩技法,生动地展现了内蒙古自然风光的多姿多彩:层林尽染的胡杨

[1] 保冬妮,文;于洪燕,图. 老人湖[M].北京:人民教育出版社,2017.

林、宁静宽广的湖面、繁星璀璨的夜空、雾气弥漫的清晨……这些画面让每个阅读这本书的人都对老人湖心生向往。书中不时切换俯视、仰视、特写等视角,也让读者更容易沉浸在故事之中。偏写实的画风与接近史实的故事相互呼应,而一直陪伴在老巴特尔身边的猫、狗和两只刺猬,为画面增添了童真和趣味性。

三、共读的对话与思考

1. 问题设计:"老巴特尔为什么不想和小巴特尔到城里去?""想象一下,住在胡杨林的老巴特尔和住在城里的小巴特尔每天的生活会有哪些不同?""你来自哪个民族? 你的民族有什么样的传说呢?"

2. 准备一些内蒙古风景的照片,以及关于蒙古族传统服饰、日常生活和风俗的简短介绍,让幼儿能够了解更多关于少数民族的信息。

3. 借助图画书引导幼儿关注少数民族的生活与文化。如果身边有来自少数民族的朋友,不妨向他们请教,了解这个民族的独特之处;如果自己本身就是少数民族,可以和家人一起探寻自己的"根",深入了解自己民族的文化和历史。

4. 参阅书目 256《我有长辫子啦》、295《小小虎头鞋》,了解作家保冬妮的创作风格。

(解读人:金媛)

128 《姥姥的红烧肉》[1]

一、内容介绍

《姥姥的红烧肉》(图 128-1)选自《中国文化绘本·好吃的东西》书系(套装 8 册)。本书通过小主人公的视角,将他在姥姥家的美好生活,尤其是有关烧红烧肉、吃红烧肉的快乐记忆娓娓道来:"我特别盼望星期六。因为,星期六是姥姥家的日子。""姥姥正在做我最喜欢的菜。""每一次吃姥姥做的红烧肉,我都想要吃三碗米饭。"儿童的率真、欢欣,跃然纸上。

图 128-1

二、"图·文"解读

该书采用彩铅的画风,让画面整体细腻、朴实,颇具年代感。"红烧肉"的造型在彩铅基础上铺染了充满层次感的红色水彩,再略添上几笔白色高光,使"红烧肉"显得油润光泽,充满视觉上

[1] 郑燕斌,文;焦昱,图.姥姥的红烧肉[M].南京:南京师范大学出版社,2020.

的美食诱惑感。通过多次描写"红烧肉"的特点,凸显了儿童在观赏姥姥烹制美味佳肴时的垂涎欲滴,也具象化了绵长的隔代亲情和温馨的家庭氛围。

三、共读的对话与思考

1. 书中姥姥炒糖色、配大料、烧红烧肉等过程有明显的程序感,阅读时,可以围绕"为什么要炒糖色?""烧好红烧肉要配哪些大料?""红烧肉可以搭配什么菜一起烧?""除了红烧肉还有什么红烧菜?""姥姥是怎么烧红烧肉的呢?"等问题,边观察画面边与幼儿一起用时间线索来理解故事。

2. 在阅读到书中"有一个人和我一样喜欢姥姥的红烧肉,这个人就是妈妈"的页面时,可以问幼儿:"在你家,妈妈也喜欢吃姥姥烧的红烧肉吗?""那你喜欢吃妈妈烧的红烧肉吗?"引发幼儿体验在食物的传承中渗透的亲情,从而获得情感上的满足和升华。

3. 文中蕴含丰富的 ABB、AAB 结构的形容词,如"红艳艳""红彤彤""红亮亮""软软的""黏黏的""糯糯的""香香的"等,可以引导幼儿结合生活经验,大胆表达对词语的理解,并运用这些词语描述与之相应的事物。

4. 书中彰显了"红色"这一浓浓的中国色彩文化元素,给人强烈的视觉冲击力。可以鼓励幼儿找找身边的中国红,用颜料和画笔进行创作,激发幼儿对色彩美的感悟和体验。

5. 本书与《好吃的东西》故事系列中的其他图画书之间有异曲同工之妙,如与《软软的 黏黏的》都有和家人围坐桌前品尝食物的场景,与《糖葫芦 排排队》都有红红的糖葫芦的设计,可以引导幼儿开展跨文本阅读。

（解读人：顾明凤、姚苏平）

129 《了不起的螃蟹》[1]

一、内容介绍

《了不起的螃蟹》(图 129-1)是"宝宝好品格养成图画书(全十册)"中的一个故事。阿奇巴是一只生活在海底的其貌不扬的螃蟹,当他被小鱼儿们误认为是一块又大又丑的石头时,气恼的阿奇巴要一而再,再而三地解释自己是世界上独一无二的螃蟹、最美的螃蟹;当他被大鲨鱼误认为是又大又丑的石头时,却深感幸运,且小心翼翼地继续"伪装"成石头,任凭其他鱼儿坐在他身上聊天,不忘追问:"快告诉我,鲨鱼走了吗?"作品用风趣幽默的方式告诉读者,看待事物可以有不同的角度。

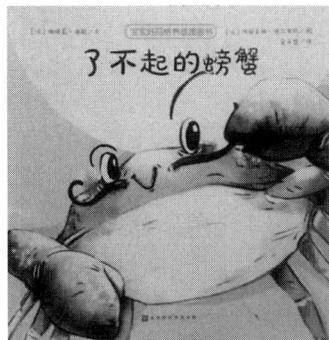

图 129-1

---

[1]　[法]娜塔莉·洛朗,文;阿丽亚娜·德尔里欧,图. 了不起的螃蟹[M]. 吴天楚,译. 北京:北京时代华文书局,2018.

二、"图·文"解读

整本书的文字非常简洁,借助螃蟹阿奇巴以及与之互动的不同鱼类之间的对话,呈现一波三折的情节,充满了幽默又颇具哲思的力量。螃蟹阿奇巴和海洋生物们的情绪反应是多样的：一方面,阿奇巴面对小鱼们的误解,从解释,到生气,到恐吓,面对鲨鱼的误解,是惶恐和庆幸；另一方面,不同鱼类对误认后的回应,有的主动道歉,有的极力为自己辩解,有的各持美丑之见,还有的反复存疑、确认,就像不同个性的孩子就在面前一般。

三、共读的对话与思考

1. 阅读该书时,不妨和幼儿一起走进螃蟹阿奇巴的情绪之旅——阿奇巴被小鱼儿们误认为是一块又大又丑的石头时,他是怎么说的？怎么做的？谁来模仿一下？阿奇巴听到大鲨鱼说好像看到了一只大螃蟹,他会怎么想？接着被大鲨鱼误认为是又大又丑的石头时,他又会有哪些语言、动作和表情呢？谁愿意来演一演阿奇巴？

2. 不妨和幼儿一起换个角度看待问题——阿奇巴愿意被别人误认为是一块又大又丑的石头吗？你觉得他是怎样的一只螃蟹？为什么图画书的名字叫《了不起的螃蟹》？他了不起在哪儿？

3. 不妨和幼儿一起建立自信——每个人都是独特的个体,都是了不起的存在。当你遇到不开心的事的时候,你有什么好办法来调节自己,让自己开心起来,又变得很了不起的样子呢？

4. 相信每个幼儿阅读了这本有趣的图画书,一定会深深明白：原来,看待事物可以有不同的角度！

（解读人：韦琴芳、姚苏平）

130 《了不起的蔬菜》[1]

一、内容介绍

《了不起的蔬菜》(图 130-1)是"儿童健康习惯养成绘本·第 1 辑"中的一本集科学性、知识性、艺术性、趣味性和操作性于一体的科普类图画书。该书从关爱幼儿健康出发,以幼儿生理和心理特点为基础,讲述了小女孩欢欢讨厌吃蔬菜,但在爷爷奶奶带她去花园散步的过程中,听完蔬菜的趣事后,爱上蔬菜的生活故事。该书设计了"亲子互动"环节,激励孩子积极参

---

[1] 北京健康教育协会,文；海润阳光,图. 了不起的蔬菜[M]. 北京：中国人口出版社,2019.（书目 130《了不起的蔬菜》、244《我会保护眼睛》、263《洗洗小手好干净》是同一书系。）

与健康行动;还设计了"给家长的话"版块,向家长传递健康行动的科学信息和寓教于乐的教育方法。

二、"图·文"解读

该书语言平实、亲和力强,似乎故事就发生在你我身边。同时又不失儿童的想象与创造,荡秋千的外星丝瓜、帮小蚂蚁照路的灯笼辣椒、带灰姑娘去参加舞会的南瓜车等,非常生动有趣。与之并行的蜡笔画表现手法亦是稚拙、活泼,没有太多的背景,主题突出,颜色清新柔和,平涂均匀细致,与文字信息各有独立性,又相互补充。

图 130-1

三、共读的对话与思考

阅读前,可紧扣"健康饮食"这一主线,从幼儿的主观感受出发,聊一聊"你最不喜欢吃什么蔬菜? 为什么?"以此让幼儿与书中的主人公欢欢心灵相通,感同身受地走进故事,走进各种蔬菜的童话世界:"你觉得哪种蔬菜最有趣? 有趣在哪里? 它们可能还会发生哪些好玩的事?"然后,再从书本回到生活,和幼儿一起想象:"刚才你说的那些不喜欢的蔬菜,可能会发生哪些有趣的故事?"以此让幼儿从心底里慢慢接近原本不喜欢的蔬菜。最后,和幼儿一起完成该书第36—37页的互动游戏,对吃蔬菜的哪个部位进行探秘。

此外,日常生活中,要关注幼儿的膳食平衡。当出现挑食现象时,一方面,可以用书中的方法,和幼儿一起联想,让进餐变得轻松愉悦;另一方面,还可以群策群力,在制作上下功夫。如:在形状上做文章——把不喜欢的蔬菜变成可爱的卡通形象;在形态上做文章——把固态的蔬菜变成液态来试试;在数量上做文章——不喜欢的先少吃一点儿,减少心理压力;在大小上做文章——把不喜欢的菜切细,做成馄饨、点心等;在营养上做文章——一起查阅资料,知道每种菜都有独特的营养;在实践上做文章——参与种植、采买与制作,体会蔬菜变成美食的辛勤劳动过程……从而让挑食渐行渐远,使幼儿养成受益终身的健康饮食习惯。

(解读人:韦琴芳、姚苏平)

131 《雷震子的翅膀》[1]

一、内容介绍

《雷震子的翅膀》(图131-1)是一个根据神话改编的故事。雷震子的老师给了他一粒种

[1] 张云开.雷震子的翅膀[M].北京:天天出版社,2020.

子,让他种一棵杏树,可雷震子总是心急。第一次,他给种子浇水浇多了。第二次,又嫌芽长得慢,把芽拔了出来。第三次,雷震子吸取了前两次失败的教训,种下种子后,精心呵护,耐心等待,种子终于长成了树,并开花结果。雷震子吃到了杏子,长出了翅膀,并凭借这双翅膀,帮助父亲和哥哥成就了伟大的事业。作品旨在说明,一个人想要成功,不仅要坚持不懈,还要遵循事物的发展规律,不可操之过急。

图 131-1

二、"图·文"解读

该作品采用了中国传统剪纸艺术作为基本结构,并运用多层套色的方式,赋予画面以纵深感。在人物造型设计上,去除了《封神演义》中雷震子的獠牙、雷公嘴等狰狞形象,突出了其"风雷双翅"的特征,使其更具少年感。鲲鹏展翅般的英姿,以及梦幻般的日月星辰设计,增强了人物的神话色彩。水彩渲染出人物出场的背景,营造出浪漫的意境。例如在第17—18页,通过点乩洒色的技法表现星光灿烂、月光笼罩下的幼苗与温暖的宫灯,衬托出夜空的深邃与玄幻。作品中还多处运用了中国传统吉祥图案,如祥云、日月、星辰、瑞鸟、植物、宫殿、窗棂、宫灯、盘状结等,呈现出浓厚的中国韵味。

三、共读的对话与思考

1. 问题设计:"雷震子前两次的种植为什么失败了? 他最后成功的原因是什么?""你喜欢雷震子的老师吗? 为什么?""雷震子的翅膀帮助他做了什么?""你想有一双翅膀吗? 为什么?"
2. 引导幼儿自己完成一次播种,做到精心呵护,仔细观察,耐心等待。
3. 该作品可以与其他领域融合,拓展活动。如:(1)欣赏我国传统剪纸艺术,尝试制作一幅简单的剪纸作品;(2)了解常见的中国传统吉祥图案,说说这些图案的名称,培养对中国传统艺术的审美情趣;(3)与家长一起有步骤地做一件事情,学会认真做事、不急不躁。

(解读人:丰竞、姚苏平)

132 《礼物》[1]

一、内容介绍

《礼物》(图 132-1)讲述了一个充满温情和智慧的童话故事:小鸟、老鼠、小猫、老奶奶和大

---

[1] 刘玉峰,文;薛雯兮,图.礼物[M].上海:中国中福会出版社,2016.

树收到了礼物，看到礼物盒包装外形时，均认为是自己心仪的礼物，开礼物盒时却发现事与愿违，收到的是自己完全不喜欢的，也用不到的东西！或者说，收礼物的人希望打破礼物的"刻板印象"——开动脑筋，换个思路：马桶变鸟窝、老鼠夹变教具，鳄鱼变钓鱼台，拐杖变高尔夫球杆，锯子变修枝去叶的工具。不管收到的"礼物"是否是自己期待的，都是人生的礼物，随缘顺势、坦然从容。作品的幽默和哲思渗透在不同主人公收到礼物后情绪上的一波三折中，与其弃之不用，不如转化思路，且慢慢品味出"万物皆有其用"的哲理，耐人寻味。

图 132-1

二、"图·文"解读

该书用并列、重复的结构，12121212的句式，讲述故事。书中的文字只讲述了故事情节的三分之一，还有三分之二渗透在水彩和彩铅相配合的淡雅绘画中。跨页插图上，几乎没有复杂的背景，主体形象非常突出，且动作夸张，表情细腻。每个主人公看到礼物盒是心仪轮廓时的窃喜，打开包装见到礼物时的惊愕，换个视角合理利用礼物后的安逸，意料之外的会心一笑便在心头荡漾。文字和画面相得益彰，幽默的想象力和表现形式，令作品非常具有可读性。

三、共读的对话与思考

1. 阅读时，采用猜谜的方式，和幼儿一起体会收到礼物后，主人公的情绪变化，比如："你觉得小老鼠收到的礼物可能是什么？你为什么这么认为？小老鼠喜欢这个礼物吗？你从哪里看出来的？最终小老鼠是怎么利用这个礼物的呀？它的心情变得怎样了？"以此提高幼儿的观察能力和语言表达能力。

2. 阅读后，可以和幼儿一起想象仿编："你觉得小狗会收到什么样的礼物盒？你认为小狗的礼物盒打开后里面会是什么？如果是你，你会把小狗收到的礼物用来做什么呢？"以此培养幼儿思维的想象力和延伸力。还可以和幼儿聊聊自己收到过的礼物："如果收到不喜欢的礼物时，可以用它来做什么呢？"以此提高幼儿的反应能力和处理问题的能力。

3. 思考过这样多元视角的问题后，和幼儿一起小结：哪怕遇到再不如意的事，只要开动自己的小脑筋，终会迎来美好的将来，即用双眼看万物之美，用智慧解万物之用。

（解读人：韦琴芳、姚苏平）

133 《莉莉的宝贝》[1]

一、内容介绍

《莉莉的宝贝》（图133-1）在搭建故事基本逻辑时，不仅充分运用了喜鹊热衷收集亮晶晶的物品的生物习性，还结合了某些老年人的突出特色——旁若无人、执着于物质、坚守巢窠。随着故事展开，只需要宝贝，不需要朋友的"老妇人"莉莉善良热心的本性却显露出来：她"想都没想"地救下了险些被狐狸吞食的雏鸟，接下来，为收留、养育雏鸟，一样一样地舍弃了自己的宝贝——茶壶、军号、钥匙、怀表、银盘子……雏鸟长成了，飞走了，自己昔日的收藏则成了邻居的宝贝，样样都另有所用，增添了众人的幸福。就这样，喜鹊莉莉因"舍"而"得"，收获了一众真挚情谊，还有最为宝贵的母子亲情，某种意义上，她收获的乃是全新的生活、全新的生命。

图 133-1

二、"图·文"解读

该书的画风具有一望而知的法国特色——浅青为主色，搭配暗金、银白、棕褐，富有洛可可的情趣；笔触勾勒随意、不加雕琢，有详有略，生趣盎然；诸多动物角色都有着一副细瘦面目，带着些落落寡合的"隐者"气质。文字叙事讲述的是莉莉喂养小雏鸟的具体活动，画面的叙事则有更多的空间，来逐一交代、展现莉莉丢掉的宝贝的去向，也留下了悬念——动物们拿走了莉莉的宝贝，后续如何？这一悬念在故事结尾处集中交代。她看到了旧日的宝贝如今各有其用，也收获了邻居们的由衷感谢——如此，"有舍有得"的主题就令人信服地水到渠成了。

三、共读的对话与思考

1. 梳理文字之外的画面场景。什么时刻、谁拿走了什么宝贝？用来做了什么？
2. 讨论：品味、思考喜鹊莉莉的形象与品格——她为什么会救小雏鸟？她为什么会一次次丢掉多年积聚的宝贝，而始终没考虑过放弃小雏鸟？一个勤于聚敛财富的老妇人不仅情感上顾惜孤儿，还亲自动手把他养大，可以评价她为"古道热肠"，这是道德角度的解释；也可以谈论所谓"母性本能"，从生理角度来解释——你更认同哪一种评价呢？

---

[1] [法]克里斯汀·诺曼-维拉蒙，文；苏菲·雷加尼，图. 莉莉的宝贝[M]. 王文静，译. 西安：世界图书出版西安有限公司，2018.

3. 喜鹊莉莉是个动人的形象,她看上去有些刻薄,我行我素,实则嘴硬心软,虽然多年沉溺于聚敛"宝贝"却并不吝啬,面临生命还是财产的选择题时总是果断地倾向前者,最终实现了对物质欲望的超越,也实现了内心情感的充分释放,享有了真实的情感关系。跟随故事的讲述,充分体会这样的人物形象,对幼儿的价值观念有着全方位的陶冶作用。

(解读人:盖建平)

134 《两颗花籽找新家》[1]

一、内容介绍

《两颗花籽找新家》(图 134-1)是"相对关系概念丛书"中的一本科普类图画书。该书从儿童的视角出发,讲述了地球两边一大一小两颗花籽,借风力找新家的童话故事。故事中蕴含了属于儿童发展的核心经验。其一是植物的生长环境:两颗花籽在"不好,不好,这里不能做新家"的重复中,对冰雪覆盖的高山、浩瀚无垠的大海、又干又热的沙漠、无比潮湿的沼泽进行了否定,最终选择了平坦的土地,找到了新家——情节简单重复。其二是植物的生长过程:两颗花籽,冬天休眠,春天长叶,夏天开花,秋天结籽,又开启一个新的轮回——文字简洁明了。其三是大小概念的相对性:小花籽叶子小、个子矮,开出来一朵大大的花;大花籽叶子大、个子高,开出来一朵小小的花,反转对比强烈。

图 134-1

二、"图·文"解读

该书有趣的文字故事,借助夸张的水粉画来补充和渲染。打开书,儿童画的风格特别引人注目,跨页呈现画面,主体形象大而突出。构图也很有童趣,如:第1页中,用垂直构图的方式,将地球的两端呈现在一分为二的两个半圆上;第24—25页中,用平行构图的方式,将草地、沼泽、沙漠、大海、冰山呈现在一个画面上,开启花籽生命的新轮回。此外,大小花籽夸张的动作和表情中所隐藏的幽默感,让儿童在轻松快乐的阅读中,潜移默化地提升认知和语言的发展。

三、共读的对话与思考

首先,可以从调动幼儿的已有经验入手:"你知道花籽种在哪里才能开出美丽的花吗?"

---

[1] 周崴,文;俞理,图.两颗花籽找新家[M].南京:南京师范大学出版社,2012.

其次，在共读中理解故事内容："小花籽飞过了哪些地方？为什么不能做新家？大花籽飞过了哪些地方？为什么不能做新家？它们最终选择在哪里安了家？冬天，它们在干什么？后来呢？你发现了什么奇怪的现象？"以此帮助幼儿把握植物的生长环境和生长变化这些核心经验。

最后，和幼儿一起讲述，鼓励他们用"不好，不好，这里不能做新家"这一重复句式串联情境，发展语言。

当然，如果幼儿感兴趣，我们还可以引申出画一画故事、种一种花籽等系列活动，从而将图画书的"美"延伸到幼儿生活的角角落落。

备注：参阅书目124《老风筝和风筝散步》、172《蓬蓬头溜冰的故事》，了解作者周翔的创作风格。

（解读人：韦琴芳、姚苏平）

135 《两千年前的冰箱——青铜冰鉴》[1]

一、内容介绍

《两千年前的冰箱——青铜冰鉴》（图135-1）是一本介绍历史文物的科普类作品。该作品以历史故事的形式介绍了青铜冰鉴的由来以及当时人们的生活情景：两千年前有一位名叫"乙"的君主，经常邀请大臣一起喝酒听音乐。但是一个炎热的夏天，聚会上的食物和酒很快变了味，跳舞的宫女也热晕倒了，聚会草草收场，国王很不开心。没想到第二年夏天，有一个大臣给他送上一个大大的惊喜：一个装满冰块的大箱子里面放了冰凉的美酒和各种好吃的。这个神奇的箱子便是古代的冰箱——青铜冰鉴。

图135-1

二、"图·文"解读

该书采用铅笔画的风格，模仿初学写生的儿童的画法去展现画面：将人物的心理状态放在能一眼看到地方——眼睛和嘴巴；用蜗牛状、电话线、半圆形等不同类型的圆圈表现人物的头发、胡子、汗水、衣服褶皱等；背景加上了一些像幼儿随意涂鸦出的线条，增添了一份童趣。

绘画整体呈现出仿旧、复古的风格：整体色调偏暗，建筑颜色主体是灰、黑、棕，与现代建筑有明显区别，更接近"青铜"的色系，这样能让幼儿意识到两个时空的变化。自然背景的颜色较鲜亮，颜色选取也不复杂，都是幼儿能够认出的简单颜色，比如画树叶用的绿色，画脸颊用的红色，画花朵用的粉色等，符合幼儿的认知与绘画心理。

---

[1] 赵利健,文;李蓉,图.两千年前的冰箱——青铜冰鉴[M].天津:新蕾出版社,2019.

构图中暗藏"玄机":书中出现许多奇怪却不违和的小东西,如国王背后的扇子、餐桌上的水果等。幼儿可能并不了解这些小细节是什么,但书最后的"你知道吗?"里的小问答,恰好回应了相关的设计小机关。这个栏目的增设能使幼儿产生对历史的兴趣,返回图画寻找物品的过程更能加深印象。

加大关键性字词以引起读者好奇:语言风格较简单有趣,每个画面配的文字都比较精简,图文互补,并且会突出一些场景、人物,一些语气词或关键的疑问,如叫乙的君主"经常邀请大臣和朋友来家里聚会"等等。

三、共读的对话与思考

博物馆里隔着层层保护的展品不一定能吸引幼儿,而这一系列丛书用故事吸引着幼儿,用接地气的故事建立和历史文化的关联,让幼儿自觉地对书中的图画感到好奇,想要去探寻真实的中国文物是什么样子。作品中图文互鉴,详细介绍了青铜冰鉴的使用方法和冷冻原理,并在"说明"中指导父母与孩子互动,培养一种"亲子共学"的氛围。

(解读人:庄怀芹)

136 《六只小老鼠》[1]

一、内容介绍

《六只小老鼠》(图 136-1)一书讲述了黑球带着弟弟妹妹们到森林里采果子,弟弟妹妹们一个个消失不见,又一个个出现在黑球身后,并且满载而归的故事。故事一波三折,情节扣人心弦,在充满童心童趣的情节中传递出温馨、淳朴、善良、友爱的氛围,同时揭示了兄弟姐妹间浓浓的亲情,内涵丰富感人。

图 136-1

二、"图·文"解读

全书形象具体鲜明,情节生动有趣、跌宕起伏,处处充满悬念,充分调动了读者的阅读兴趣。故事中小老鼠们被一只只拉出队伍,在"历险"后又被一只只送回去,循环式的情节设计,充分激发了读者的好奇心和探索欲。语言风格童趣盎然、清新自然。作品开始以一页跨页、一页小图的方式呈现故事情节,到了高潮部分,就变成了连续的跨页设计,画面效果很棒,充分调动了读者的阅读兴趣。

---

[1] 芷涵,文;阿咚,图.六只小老鼠[M].北京:北京联合出版公司,2017.

三、共读的对话与思考

1. 问题设计："小老鼠们要去森林里干什么？六只小老鼠的排列顺序是什么样的？""松鼠看到小老鼠的队伍后想到了什么点子？""哪些小动物拽走了小老鼠？它们分别给了小老鼠什么东西？""黑球发现身后没有老鼠后心情是什么样子的？它做了什么？""最后，小老鼠回来了吗？黑球最大的收获是什么？"

2. 进行情景表演，分别扮演黑球和它的弟弟妹妹们、松鼠、鼹鼠等形象，自制道具，合作表演故事情节。

3. 该作品可以与多领域融合，拓展活动。如：(1)进行故事宣讲，将这个故事讲给更多人听。(2)相互交流分享自己和兄弟姐妹的亲情故事，感受亲情的可贵。(3)进行语言游戏，根据不同情节画面的图卡，自主排序并讲述。(4)思考如果自己就是黑球，发现弟弟妹妹不见了可以怎么办？将自己的答案用绘画的方式记录下来，逐渐培养独立思考和解决问题的能力。(5)学习故事中传统歌谣的内容，以及清新自然的语言表达。

（解读人：孔晓丽、姚苏平）

137 《漏》[1]

一、内容介绍

《漏》(图 137-1)是一本极具中国特色的图画书，封面上那个象形的"漏"字和"人"字形屋顶，两位老人身上盖的被子，扉页上那只有个豁口的碗，无一不流露着浓浓的中国风。故事的戏剧冲突是不同角色对"漏"的理解。"从前有座驴背山，山腰间住着个王老汉，王老汉家养了一头大胖驴"……故事是围绕这头大胖驴开始的，它早就被山下的小偷和山上的老虎惦记上了。在一个伸手不见五指的夜晚，小偷和老虎同时来到王老汉家偷驴，他们一个在上面扒屋顶，一个在下面挖墙脚。窸窸窣窣的声音传到了王老汉耳朵里，他坐起身，竖着耳朵，担忧地听着外面的动静，王老太却"潇洒"地说："管它贼哩虎哩，我什么都不怕，就怕漏。"说完翻了个身继续睡。

图 137-1

老虎和小偷有些好奇："不怕贼也不怕虎，就怕漏？看来这个'漏'特别可怕啊！"疑惑和担心之下，黑暗中的他们不小心发出声音，却令对方以为是可怕的"漏"来了，吓得拔腿就跑。心虚和雷雨交加的天气更是加重了逃跑的难度，慌乱中他们撞到了一起，看着对方满是泥水的

---

[1] 黄缨.漏[M].南京：江苏凤凰少年儿童出版社,2015.

脸,吓昏了过去……

二、"图·文"解读

该书是一本由民间故事改编的图画书,语言生动幽默,带着民间文学特有的节奏感和活力。虽然故事是老的,但改编者加入了新时代的价值观和人文关怀,给民间传说中常见的带有道德惩戒意味的故事铺上了幽默的底色。绘者用泛黄的陈旧色调和圆润饱满的线条,呈现出一个既有中国味道又充满童趣的故事;反面角色小偷和老虎,绘者没有让他们看起来那么"穷凶极恶",反而赋予他们圆头圆脑的形象和带着点憨气的动作,让他们的疑惑、惊慌和无措显得稚拙而滑稽。

值得一提的是,《漏》的绘画中明显体现了中国画以意写境的特征,背景简单且没有过多的细节,将读者的目光自然地引至情节上,在一动一静中体验紧张,感受幽默,仿若欣赏一台精彩的情景喜剧。

三、共读的对话与思考

1. 讨论话题:"漏"到底是什么? 为什么小偷和老虎会那么害怕"漏"? 你最喜欢故事中的哪个部分或者哪个画面?

2. 拓展建议:如果你是小偷/老虎,听了老奶奶的话,你脑子里想到的"漏"会是什么样子的? 把它们画下来吧。你遇到过因为理解错一个字或者词而发生的有趣的事吗? 是什么?

3. 欣赏京剧《三岔口》片段,感受黑夜中行动的戏剧感。

4. 阅读画家的另一部作品——《七只鼹鼠磨豆浆》和梁川绘制的《漏》,感受同一作家不同主题、不同作家同一主题的作品的阅读乐趣。

(解读人:秦艳琼)

138 《萝卜回来了》[1]

一、内容介绍

《萝卜回来了》(图138-1)是一个动物童话,讲述了小兔在寒冷的大雪天找到两个萝卜,他吃掉了小萝卜,担心小驴饿着,把另一个大萝卜送给小驴。得到食物的小驴不舍得吃,把萝卜送给了小羊……就这样,萝卜在几个朋友间传递,最后又回到了小兔家里。故事通过小动物们对一个萝卜的传递,潜移默化地告诉我们:人与人之间要心存善意,相互关心,互帮互助,有好

---

[1] 方轶群,文;严个凡,图. 萝卜回来了[M]. 武汉:长江少年儿童出版社,2019.

东西要和朋友分享，不能做自私的人；帮助别人，你也会获得尊重，收获他人的帮助。

二、"图·文"解读

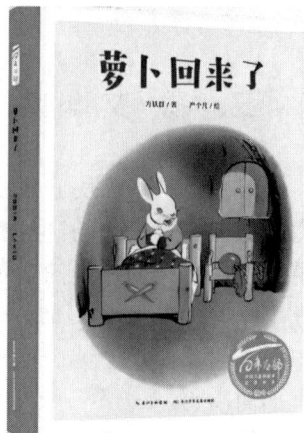

图 138-1

该书画风清新自然，白色的冰天雪地与小动物们的暖心动作形成鲜明对比，水彩画的创作方式，线条式的动物形象，非常符合儿童的认知。文字语言简洁且很有规律，前后情节相似，都遵循"送萝卜—朋友不在家—放在桌子上—再分享给下一位朋友"的情节结构。

第5—6页内容是小兔抱着萝卜，跑到小驴家，"小驴不在家，他把萝卜留在那里"。紧接着小驴、小羊、小鹿依次把萝卜给了朋友，故事依照从画面外部到画面内部的镜头语言，鲜艳与素净的图文互补，带给读者冬日暖意，同时触发读者感受环境，学会换位思考，从而建立同理心，与朋友建立交互式友谊的心理。

三、共读的对话与思考

1. 讨论话题："萝卜怎么回来了？""为什么小动物要把萝卜送给别人？""如果你是小兔，萝卜很少，你会把萝卜给朋友吗？为什么？""把萝卜送给朋友，你心里有什么感受？""小动物看到朋友送来的萝卜，心里怎么想？""你和别人分享过好东西吗？说一说事情的经过，谈一谈自己心里的感受。"

2. 拓展建议：(1)说说图画书中小动物们在冬天的不同装扮，感受鲜艳的色彩给人温暖的感觉；(2)观察并对比小动物们在雪地里的不同脚印，以此认识不同动物的特点；(3)了解冬天的季节特征、人们的着装及活动方式、动植物的变化等；(4)了解动物抵御寒冷的方式，并说说我们抵御寒冷的方式。

3. 回溯原型：故事原型是发生在抗美援朝物资匮乏环境下的一个真实故事。抗美援朝时期，中国人民志愿军物资匮乏，流传着一个送苹果的故事，苹果在志愿军的伤病员、重伤员、司令员之间传递。作者听后很感动，为讲给孩子们听，他经过巧妙艺术构思创作成经典童话。通过回溯原型，让幼儿产生童话与现实的链接，同时当下与历史的对话，可以激发幼儿创作童话的兴趣。

4.《萝卜回来了》1955首版后，相继有法国、德国、西班牙、美国、日本等版本；目前国内也有30多个版本。可进行多个版本的比较阅读。

（解读人：田素娥）

139 《旅伴》[1]

一、内容介绍

《旅伴》(图 139-1)以"旅伴"界定父子关系,"逆向"地演绎父
与子的认识关系和情感联系:大人和小孩各自经历了长久的孤独
后结伴同行——是结伴同行,又是各自寻觅。大人一再显示他的
愚拙:一心追求传说中的"金子",于是收集坚硬而闪闪发光的东
西,随后证明,这些东西都是不值钱的。小孩的背包里,也装满了
他的"宝贝":大人说给自己的词语、两人对话的句子,以及彼此相
伴的许多记忆。书的最后是一张"字条",即孩子的心里话——爸
爸成为爸爸的理由。父子之为父子并非血缘的规定,而是以"父
爱"为基础。最终,一大一小两人相互依靠、共看城市落日,图画
书的主题表达便水到渠成了。

二、"图·文"解读

图 139-1

较之文字部分的低沉、感伤,图画部分打破了单一的"现实"空间,展现出极为绮丽、梦幻的
场景:地面之下活动着各种巨兽,空中则悬着神奇的天体。空中的洒金、地下分散的彩色碎屑,
都在强调世界的神妙多彩。正是基于这样的前提,孩子的背包里才容纳了令人折服的"词与
物"。这与西方传统浪漫主义中"儿童是成人之父"的观点有契合之处,又并不相同:"儿童是成
人之父"更多地强调成人失落了对真理的直觉,这份智慧的直觉本是先天的,是与生俱来的;
《旅伴》的情形则是长期陷入迷茫而徒劳追寻的大人,被孩子赋予的"爸爸"身份所充实、所安
顿,这是对于"父爱"的另一角度的赋义。

三、共读的对话与思考

1. 问题设计。充分享受高质量的画面(构图、场景设置),辨认画面中丰富的细节——有
哪些动物?是什么样的场面?为什么要画许多"看不见"的东西?强盗们为什么看完孩子的背
包之后有那样奇怪的表现?对孩子背包里的东西,他们到底是怎么评价的?
2. 默读后有感情地朗读结尾的"小纸条"——这是对"爸爸"极高的赞美。品味诗心之乐。
3. 思考:现代社会的儿童很容易看到成人的失败之处,如作品中大人对"黄金"的可笑追
求;而作品向小读者提醒的是,在这个神妙的世界里,"他"所给予你的"宝贝"当然不是多么优

---

[1] 粲然,文;马岱姝,图. 旅伴[M]. 北京:北京联合出版公司,2017.

厚的物质，而是你成长中经历的充满爱意的相处，是寻常生活的点点滴滴，也是鼓励、陪伴和许诺。幼儿本就长于感知，将这份感知明确化，便是情感的进一步成长。

（解读人：盖建平）

140 《妈妈，加油！》[1]

一、内容介绍

《妈妈，加油！》（图 140-1）作为防疫主题图画书，通过小樱桃的口吻，以第三人称的角度讲述了小樱桃妈妈在疫情面前不畏困难、服务大家的故事，同时以小见大地赞美了像小樱桃妈妈一样勇往直前、乐于奉献的人们，赞扬了基层工作人员在疫情面前勇往直前的可贵精神，歌颂了他们积极向上、乐于奉献、坚强勇敢的美好品质，凸显了人与人之间爱的力量。

二、"图·文"解读

该书采用彩铅画的形式，从第三人称的角度叙述了小樱桃妈妈在疫情期间为大家所做的每一件平凡而伟大的小事，这一

图 140-1

人物形象融入了多个奋斗在抗疫一线的职业角色，展现了疫情期间的情况。故事前后语言相互呼应，"小樱桃妈妈是个普普通通的妈妈，但是，爱让一个普普通通的人变得不一样"，升华了故事主题。构图上，全页画面和小圆图相结合，涵盖多个场景画面，展现疫情期间的不同角色和防疫现场。画面颜色以暖色调为主，温馨治愈。

三、共读的对话与思考

1. 问题设计："小樱桃妈妈是个怎么样的人？""小樱桃妈妈会带'我'做哪些事情？""疫情期间，小樱桃妈妈做了什么事情？"
2. 开展社会实践活动，进行小调查：讨论如果遇到传染病的大流行，大家应该怎么做。
3. 该作品可以与多领域融合，拓展活动。如：（1）可以将自己对小樱桃妈妈的感受用绘画的形式表达下来，然后请成人进行记录；（2）可以合作讲述该故事，声情并茂地体现故事主旨；（3）可以自制连环画，将画面内容画出来，然后看图讲述；（4）了解不同职业人们的劳动，认识不同职业，体会他们的艰辛，并萌生敬意。

（解读人：孔晓丽、姚苏平）

[1] 陈梦敏，文；钟彧，图. 妈妈，加油！[M].济南：明天出版社，2020.

141 《妈妈不在家》[1]

一、内容介绍

《妈妈不在家》(图 141-1)一书展现了哈奇奇在妈妈短暂出差离家后,从诧异到害怕,再到难过,最后独立的成长过程。儿童不仅可以从中体会到自己的事情自己做,还能理解合理规划的重要性。

二、"图·文"解读

该书主题明确突出,书名就是故事的背景,讲述了妈妈出差后,哈奇奇和爸爸一起生活的种种状况。对话完全模拟儿童的心理特征,画面以卡通的方式呈现儿童家庭生活的日常,色彩艳丽、形象生动、过渡自然。

图 141-1

三、共读的对话与思考

1. 问题设计:"妈妈不在家,哈奇奇和爸爸是怎么度过的?""哈奇奇和爸爸一开始就能顺利完成很多事情吗? 遇到了什么问题?""哈奇奇和爸爸是怎么解决遇到的问题的?""你在生活中遇到过这样的事情吗?"

2. 分角色表演,再现故事内容。

3. 该作品可以与多领域融合,拓展活动。如:(1)可以共情,体验哈奇奇的情感变化,学会调节情绪的方法,以积极的情绪面对事情;(2)可以自主尝试制订计划表,并按照计划表打卡;(3)学习适应不同的生活情形,提升自己的自理能力,并做一些力所能及的家务;(4)尝试接受不同难度的小任务,努力完成任务,体验成就感。

(解读人:孔晓丽、姚苏平)

---

[1] 刘爽、王丽娜.妈妈不在家[M].长春:吉林出版集团股份有限公司,2019.

142 《妈妈的魔法亲亲》[1]

一、内容介绍

《妈妈的魔法亲亲》（图 142-1）用别样的方式处理儿童的分离焦虑。小海狸奥兹因为不愿意离开妈妈去陌生环境而不肯上学。面对奥兹的担忧，妈妈向它保证，它一定会喜欢新学校，并告诉它一个魔法：妈妈在小海狸奥兹的掌心印上一个吻，这样当它在学校感到孤独的时候，就用掌心轻按脸颊，妈妈的吻就会温暖它的心，它就不会再孤独和害怕了。

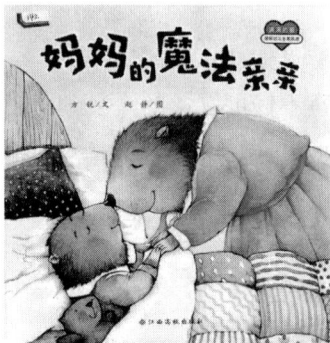
图 142-1

二、"图·文"解读

该书以水彩画的形式呈现故事内容，语言风格生动形象、童趣盎然。构图上，使用了跨页的方式，将小海狸奥兹在幼儿园独自生活的情景完整呈现出来。颜色基调比较亮，给人温馨愉快的感觉，给读者满满的安全感。

三、共读的对话与思考

1. 问题设计："小海狸奥兹在上幼儿园之前是什么心情？它为什么害怕？""妈妈和小海狸奥兹玩了什么游戏？为什么要玩这个游戏？""小海狸奥兹在幼儿园的一天是什么样的？""最后小海狸奥兹喜欢上幼儿园了吗？"

2. 进行角色扮演，扮演不同角色，呈现故事的情绪情感。

3. 该作品可以与多领域融合，拓展活动。如：（1）开展讨论，说一说自己关于本书的感受，以及相似的经历；（2）尝试用多种方式表达自己的爱，如为家人唱歌，做力所能及的家务，做贺卡，等；（3）说说自己的妈妈以及妈妈为自己做的事情，充分感受妈妈的爱，能够更好地理解、感受围绕在身边的满满的爱；（4）了解克服不良情绪的方法，能够尝试调节自己的情绪，产生安全感和信赖感。

（解读人：孔晓丽、姚苏平）

---

[1] 方锐，文；赵静，图. 妈妈的魔法亲亲[M]. 南昌：江西高校出版社，2018.

143 《妈妈心·妈妈树》[1]

一、内容介绍

　　《妈妈心·妈妈树》(图143-1)是一个温馨的亲情、师友情的故事。小苹果不想上学,于是妈妈做了一颗"妈妈心",让小苹果带到学校,就像妈妈陪在身边一样。但是,没有妈妈的阿志,常常抢小苹果的"妈妈心",让老师伤透了脑筋。老师给阿志的爸爸打电话,请他为孩子做一颗"妈妈心"。第二天,老师也带来一颗"妈妈心",那是她奶奶做的……"妈妈心"代表关心和爱心,一直在身边关爱我们的那个人,不论他是谁,他的关心与爱心,就是一种"妈妈心"。作为成年人,我们何尝不是这样,为了能站在孩子的身后,给孩子勇气,随时准备好"妈妈心",让孩子带着爱和安心,健康地成长。这同时也是成年人的一种自我成长。该书特别请悠贝亲子图书馆创始人林丹撰写了"绘本赏析"——《在书中遇见自己的妈妈心》;请小学语文教师倾情设计了"导读手册",为图画书教学和亲子共读设计生动有趣的阅读活动;还请画家设计了有趣好玩的"视觉游戏",内容丰富、形式多彩,把该书打造成可读、可学、可玩"三合一"的、具有个性和阅读张力的原创图画书。

图 143-1

二、"图·文"解读

　　该书色彩柔和淡雅,线条细腻,尤其在人物头发的描绘上,一根根发丝勾勒得栩栩如生。从读者的角度出发,画面非常协调。色调与书的主题"关心、爱心"贴合,给读者带来一种温暖的感觉。书中有一幅图:树上有爸爸、妈妈、奶奶以及他们的爱心,通过这幅图很直观地让读者知道"妈妈心"是一种泛指,代表的是一种关心和爱心,不论他是谁,他的关心和爱心就是一种"妈妈心"。文字在图画中的位置适宜,图文相互补充、分别讲述,适合幼儿阅读。

三、共读的对话与思考

　　1.阅读活动:自主观察画面,感知理解故事内容;进行同伴阅读、集体阅读、师幼一对一阅读、亲子一对一阅读等。小苹果的"妈妈心"、阿志的"妈妈心"、老师的"妈妈心"都体现了爱与关心的情感。"妈妈心"不但可以帮助自己,让自己感受到温暖,后来"妈妈心"还去帮助了更多

---

[1]　方素珍,文;仇桂芳,图.妈妈心·妈妈树[M].杭州:浙江少年儿童出版社,2015.

有需要的小朋友，他们之间还会发生很多暖心的事情，鼓励幼儿在观察、交流、分享中体悟"妈妈心"的伟大与无私。

2. 支持幼儿多领域学习与发展。社会领域：学习缓解入园、分离焦虑，能够情绪安定愉快地入园，有归属感，友好地与同伴相处。语言方面：学习讲述与表达故事，与老师、同伴讨论"妈妈心是什么样子的""你的妈妈是怎么表达妈妈心的""我们应该怎样关心妈妈""我最想对妈妈说的话"，开展故事表演等。艺术领域：通过对作品中图画的欣赏，能够感受多种多样的艺术形式和作品，可以尝试制作"妈妈心"、"送给妈妈的礼物"、表演的道具等。

3. 参阅书目 154《募捐时间》，了解作者方素珍的创作风格。

（解读人：冷慧、王海英）

144 《玛蒂尔达不害怕》[1]

一、内容介绍

《玛蒂尔达不害怕》系列（图 144-1）包括《夜晚我不怕》《看见小丑我不怕》《离开妈妈我不怕》3 册图画书。第一册讲述了玛蒂尔达原本害怕黑夜，然后她和小神怪一起交流认识了黑夜，发现了黑夜里的月亮和星星，逐渐不再害怕黑夜。第二册讲述了玛蒂尔达原本害怕小丑表演，觉得小丑的形象很古怪吓人，但是和小丑对话后，发现马戏团的很多事物也是很平常的，于是不再害怕。第三册讲述了玛蒂尔达原本害怕离开妈妈，刚进入幼儿园的时候，内心充满不安全感，但是老师非常关心她，在老师的帮助下，她逐渐适应了独自上学。该套作品分别从三个几乎每个孩子都会遇到的共性问题，即怕黑、怕小丑、怕离开妈妈等夸张奇怪的东西着手，引发儿童的共鸣，然后通过很多对话告诉

图 144-1

儿童这些东西很普通，没有什么恐怖的，最终小主人公玛蒂尔达克服了内心的恐惧，获得了成长。作品弥漫着温暖、关爱的气息，营造出充满安全感和信赖感的温馨氛围。

二、"图·文"解读

该套书总共 3 册，采用水彩画的形式，分别讲述了儿童普遍会遇到的问题，引发儿童的强烈共鸣，儿童能够从中获得一定的情绪体验，从而用积极的态度来看待原本害怕的事物，也能改变一味恐惧的情绪，获得安全感和信赖感。作品中玛蒂尔达与小神怪、小丑和老师进行了很

---

[1] ［意］瓦伦蒂娜·菲奥鲁齐，文；［意］劳拉·扎诺尼，图. 玛蒂尔达不害怕(全 3 册)［M］.李子靓，译. 北京:北京日报出版社,2019.

多对话,这些语言也为儿童提供了很好的语言示范,促进语言的发展。画面构图天马行空,充分激发儿童的想象力和创造力。

三、共读的对话与思考

1. 问题设计:"玛蒂尔达为什么害怕黑夜?""玛蒂尔达在梦里遇到了谁?他带玛蒂尔达去了什么地方?这个地方保存着什么?""玛蒂尔达为什么害怕小丑?如果是你,你会害怕小丑吗?""玛蒂尔达离开妈妈是什么心情?你有过类似的心情吗?""玛蒂尔达后来是怎么克服离开妈妈的恐惧的?"

2. 进行角色扮演。

3. 思考:该作品可以与多领域融合,拓展活动。如:(1)围绕自己曾经害怕的事物进行讨论,说说自己原来害怕什么?后来还害怕吗?通过什么方式来克服恐惧的?(2)续编和创编故事内容,并和同伴介绍自己的故事,给故事取名字。(3)尝试照顾目前有分离焦虑的弟弟妹妹,为弟弟妹妹制作手工礼物,给他们爱的拥抱。

(解读人:孔晓丽、姚苏平)

145 《玛尼卡·K.穆西尔布艺绘本精选》[1]

一、内容介绍

斯洛文尼亚的艺术家玛尼卡·K.穆西尔擅于用布艺构建充满童趣的情景剧。这套布艺书包括《不!我就不!》(图145-1)、《罗比想睡觉》《只能和你玩?》3册。第一册讲述了卡尔对生活中的一切都会说"不",体现了典型的叛逆行为,但是他逐渐意识到这样是不对的,然后改变了这样的表达方式。第二册讲述了罗比要求周围必须绝对安静,否则就无法入睡的故事,情节简单却荒诞有趣,引人深思,后来罗比通过亲自爬山、过河、赏月等感悟到大自然的真谛,不再排斥周围的声音。第三册讲述了艾拉希望朋友皮卡只和自己一个人玩,但是随着两人之间发生的矛盾和自己的一系列情绪变化,艾拉逐渐意识到朋友不只属于自己一个人,要尊重别人的想法。虽然主人公一开始都非常自我,

图 145-1

但是他们并没有在说教,而是在亲身体验和感悟中逐渐对自己的行为展开思考,从而养成良好的习惯和健全的品格。

---

[1] [斯洛文尼亚]玛尼卡·K.穆西尔.玛尼卡·K.穆西尔布艺绘本精选[M].幼时文化,译.成都:四川美术出版社,2019.

二、"图·文"解读

该套书总共 3 册，采用了布艺、剪贴画的跨页形式，图与文相互补充，书中使用不同颜色表达主人公的心情，如用红色表示卡尔的生气，用黄色表现卡尔和妈妈温馨有爱的画面。作品环衬前后呼应，从第一人称的角度呈现了主人公的内心想法和各种行为，叙述文字简单明了，直奔主题，具有力量。尤其是布艺的创设，充满想象力和艺术性，是儿童图画书中极有特色的作品。

三、共读的对话与思考

1. 问题设计："为什么卡尔一开始觉得妈妈很令人讨厌？""卡尔为了拒绝妈妈的要求，会对妈妈说什么？""卡尔后来改变了对妈妈的想法吗？为什么？""罗比几次睡觉被吵醒？是被什么吵醒的？吵醒后感觉心情怎么样？""最后罗比睡着了吗？周围环境怎么样？""艾拉为什么觉得皮卡只能和自己玩？""你觉得艾拉这样做对吗？""我们应该怎么和好朋友相处？"

2. 进行角色扮演。

3. 该作品可以与多领域融合，拓展活动。如：（1）可以回顾自己在生活中类似的行为，并进行自我评价和反思，说说这样对吗？为什么？（2）可以基于这样的叙事风格，结合自己的经验创编故事内容，并和同伴分享交流。（3）可以根据自己创编的内容，模仿书中画面的呈现方式，搜集身边多样化的材料制作剪贴画。

（解读人：孔晓丽、姚苏平）

146 《麦克彩虹绘本馆》[1]

一、内容介绍

《麦克彩虹绘本馆》（图 146-1）共 11 册，分别是：《彩虹色的花》、《月亮的味道》、《你为什么悲伤？》（《你在哪儿？》）、《绯儿》、《克莱利亚神秘消失》、《9 只小猫呼——呼——呼——》、《10 只小猴加油！》、《好困好困的蛇》、《哈哈哈》、《别叫醒鳄鱼》、《小小的蛇 大大的梦》。这套书描绘了一个个天真可爱的小动物和小朋友：有乐于分享、甘于奉献的彩虹色的花，有想尝尝月亮的味道的小海龟，有喜欢讲故事的小红鱼，还有想找一条尾巴的小青蛙等。在它们身上发生的妙趣横生的故事，既贴近儿童生活，又充满想象力。

图 146-1

[1] ［波兰］麦克·格雷涅茨. 麦克彩虹绘本馆［M］. 彭学军等，译. 南昌：二十一世纪出版社集团，2019.

二、"图·文"解读

这套书运用了大胆而富有表现力的色彩、夸张且流畅的线条,不仅符合孩子的审美情趣,也能在无形中激发孩子的审美意识。

《彩虹色的花》环衬用彩虹般色带贯穿,六种鲜艳的颜色也代表了彩虹色的花瓣的六种颜色,故事也将围绕这六种颜色展开。第10—11页,油画感的涂鸦拉近了与孩子之间的距离,近景聚焦于披上红色花瓣的绿蜥蜴,占据了一个整页,如此强烈的色彩对比衬托出蜥蜴的神气。

《10只小猴加油!》竖开本的设计让小猴吃香蕉这件事看起来非常困难,随着画面的翻页,不停有小猴过来帮忙,当所有小猴都够不到香蕉而摔倒的时候,猴爸爸的出现让故事多了一份温情。故事内容简洁、生动有趣,而且在翻页的过程中向小读者传达了数量递增的概念,有利于低幼读者掌握基本的数概念。

"月亮,是什么味道呢?"《月亮的味道》第1—2页便向小读者抛出了这个问题,画面中月亮的纹理好像小朋友爱吃的甜薄脆饼,摇摇晃晃的天梯、战战兢兢的表情,都是小动物在努力想尝一口月亮的味道呢!

《小小的蛇 大大的梦》的最后一页,梦想落空的小蛇做了一个梦,发现自己虽然没有脚,却可以"滚呀,滚呀……"。小蛇在滚,太阳在滚,云朵在滚,"好像世界上的一切事物都滚了起来",连文字都东倒西歪地跟着滚了起来,绘者用诙谐的画面循循善诱地同孩子探讨了如何与自己和解的问题。

三、共读的对话与思考(以《彩虹色的花》为例)

1. 问题设计:"彩虹色的花有哪几种颜色?""彩虹色的花盛开后,它的快乐是什么?""彩虹色的花帮助了哪几种小动物?""小老鼠为什么挑选蓝色的花瓣做他的扇子?""第二年的春天,彩虹色的花身上又会发生什么样的故事?""彩虹色的花身上有哪些品质是值得我们学习的?""在阅读过程中,你的心情经历了怎样的变化?""如果生活中你遇到有困难的人,你愿意帮助他们吗?"

2. 基于图画书延伸的表演游戏。

3. 该作品可以与多领域融合,拓展活动。如:(1)欣赏彩虹色的花各色花瓣的色彩,感受色彩背后蕴含的力量,如橙色代表温暖,红色代表鲜艳,蓝色代表清凉等。(2)进行户外活动时,寻找不同颜色的花朵,制作花朵标本,观察花朵的各个部分,了解其作用。(3)在故事结尾,作者留下了一个空白式的开放世界,"春天到了,冰雪消融,一朵美丽的彩虹花迎风绽放",接下来又会发生什么呢?尝试续编和创编故事内容。

(解读人:史晓倩)

147 《慢吞吞的易迪》[1]

一、内容介绍

《慢吞吞的易迪》(图 147-1)以儿童性格、社会评价、互动方式等为主题，讲述了不同成人对"慢吞吞"易迪的不同态度：父母以及彩虹老师感到着急；自然老师很喜欢他的性格，欣赏他观察鸟类时的专注力和耐性。本书用易迪对鸟类的关注点题："有些鸟飞得快，因为它们要追逐猎物；有些鸟飞得慢，因为它们比较喜欢地上的风景啊！"由此揭示作品主题：尊重儿童的差异性。

图 147-1

二、"图·文"解读

该书从第三人称视角介绍了易迪，通过彩虹老师、自然老师、爸爸妈妈不同的评价，多角度地刻画出易迪的性格特点。同时，易迪非常明确自己喜欢什么，并不在意旁人的目光，长期专注地观察各种鸟类，完成了老鹰模型，塑造了自尊、自信、自主的儿童形象。画面色彩充满对比意味：彩虹老师等成人多用红色，表现焦虑、不满等；描绘易迪的部分多用蓝色、灰色、暗青色等冷色调，表现其少言寡语、情绪稳定的特点。

三、共读的对话与思考

1. 问题设计："易迪是个什么样的人？他喜欢干什么？""易迪的优点和缺点是什么？""为什么彩虹老师改变了对他的看法？""你身边也有像易迪一样的人吗？你觉得他们怎么样？"

2. 根据故事情节进行童话剧表演，将不同角色的特点和前后态度的变化表现出来。

3. 该作品可以与多领域融合，拓展活动。如：(1)欣赏和认识不同的鸟类模型，丰富相关经验，并尝试动手制作简单的模型；(2)自主选择同班的一个人，说说他的特点，描述其闪光点和缺点，并相互猜猜这个人是谁；(3)交流自己的兴趣爱好，并举办一场展览，将自己擅长做的事情展示出来。

(解读人：孔晓丽、姚苏平)

---

[1] 岑澎维，文；黄意文，图. 慢吞吞的易迪[M]. 青岛：青岛出版社，2020.

《猫为什么总是独来独往?》[1]

一、内容介绍

《猫为什么总是独来独往?》(图 148-1)一本正经地"解释"家猫的性格成因,将这种动物的"独来独往"追溯到人类最初驯化家畜时的"历史现场",也"解释"了男人常打猫、狗常追猫的原因。女人一次次故技重施,使用"魔法",即用火烹调过后的食物,先后吸引来野狗、野马和野牛,把它们变成了人类生活的伙伴和仆人,从此,劳动有了工具,打猎有了帮手。至于始终跟在其他动物后面偷看,具有丰富的"反诈骗"经验的野猫,却克制不住好奇心和好胜心,最终中了女人的激将法,帮女人哄孩子、捉老鼠,努力证明自己的"有用",主动赢得了与人类合住的权利。故事既充分展示人征服自然、改造自然的智慧,又刻画出猫的"独立意识"之可爱,逐步渲染出双方在拉锯对峙中逐渐结成的微妙情谊。

图 148-1

二、"图·文"解读

该书采用红褐搭配灰黑的主色调,使用综合材料作画,把"原始社会"的生活场景烘托得安定又丰实——温暖安全的山洞,宁静茂密的山林——充分配合了故事里女人每次"施魔法"都能手到擒来的舒畅节奏。该书刻画最生动的两个"人物形象"便是女人和猫。两者的眼神都明晰、聪慧、狡黠。女人多智、勤劳,时刻显示出充满自信的姿态和表情;猫机警、灵巧,竖起的尾巴表示它愉悦的心情,有了牛奶,它会贪馋地吐舌头,更有丰富的姿势(托腮、跷腿)来表现它的桀骜不驯。两位神采飞扬的主人公,共同成就了这场幽默又温馨的"远古回忆"。

三、共读的对话与思考

1. 梳理故事细节:女人用"魔法"先后引来了哪些动物? 她的魔法道具分别是什么? 她与动物们分别许下的约定是什么? 为什么猫每次都偷偷跟在后面看? 为什么它嘲笑先头的动物愚蠢,却在其他的动物都不肯进山洞时,自己进去了?

2. 讨论:你想做故事里的猫,还是做其他的动物呢? 为什么? 猫为什么总是强调自己是独来独往的猫?

3. 思考:作为现代城市里最常见的宠物,猫被现代人赋予了"猫主子""喵星人"这样或戏

---

[1] [英]约瑟夫·吉卜林,原作;瞿澜,编绘. 猫为什么总是独来独往? [M]. 杭州:浙江人民美术出版社,2019.

谑或卖萌的昵称，无论是"敬"是"逗"，都是时下玩宠消遣的生活风气的体现，人类要求宠物提供的唯有"情绪价值"；而传统上，在普通人的生活世界里，确实如图画书里所讲述的情形，猫更是人类生产生活里的"伙伴"，它们可靠、有力，是技能型的帮手。借助故事，跳脱出现代生活单调的消费怪圈，揣摩人类祖辈开拓生活、发挥智慧的快乐和自豪之情。

（解读人：盖建平）

149 《每个人都"噗"》[1]

一、内容介绍

《每个人都"噗"》（图149-1）作为科学类图画书，从一个小朋友的视角出发，以生动童趣、儿童化的语言介绍了屁。屁是怎么产生的？在人体怎么循环的？屁的排放量是多少？屁的不同表现有哪些？书中通过提问和与动物比较、举例说明、科普拓展等多种方式，帮助儿童更好地理解屁。该作品通过图文结合的方式，向儿童科普了屁的小知识，充满童趣。故事浅显易懂，寓教于乐，帮助儿童初步了解关于屁的知识，知道放屁是一种正常的生理现象，以平常心看待；儿童能正确对待这种放屁现象，并且更加关注自己的身体。儿童可以从夸张、放大的图片中认识人体不同器官，进一步了解人的生理结构，探寻不同屁的秘密，激发强烈的好奇心和探索欲望。

图149-1

二、"图·文"解读

该书从小朋友的视角来介绍"噗"的产生，在人体的循环以及不同的表现情况，通过提问、类比等方式帮助读者理解。语言风格幽默风趣、朴实无华。构图童趣十足，对想要表达的重点图片配以夸张、放大的效果，画面温馨而幽默，处处流露出孩童般的天真可爱。书的最后还配套了关于屁的科普小课堂，如"有屁不放会怎样？""水生动物会放屁吗？""找不同"等。

三、共读的对话与思考

1. 问题设计："屁是每个人都有的吗？它是怎么产生的？""每天要放多少屁？""有屁不放会怎么样？""你放屁的时候，是什么感觉呢？"
2. 进行故事表演，自制相关道具，然后在小舞台上讲述故事内容。

---

[1] 铁皮人科技. 每个人都"噗"[M]. 成都：四川少年儿童出版社，2016.

3. 该作品可以与多领域融合，拓展活动。如：(1)将屁的形成路径做成连环画或图示，然后向别人进行介绍；(2)继续搜集和屁相关的知识，然后开展关于不同物种屁的不同的讨论活动，拓展丰富相关经验；(3)认识人体不同器官，进一步了解人的生理结构。

（解读人：孔晓丽、姚苏平）

150 《梦想》[1]

一、内容介绍

《梦想》(图 150-1)的想象力极尽丰富、巧妙。故事主人公是城市里的一块行动自由而又深受情感牵绊的小石头——它的父母、216 个兄弟姐妹都作为建筑材料过着静止的生活，而它心怀成为伟大画家的艺术梦，四处游走、画画，尽管它的创作并不引人注目。小石头创作升华的契机是遭遇丧母——一辆汽车撞碎了墙上的石头妈妈。为了纾解亲友们悲伤的情绪——整个城市都因之变成灰色——它开始在亲友们身上画画，持续不断，坚持不懈，直到将整个城市都涂满了明快的色彩。该书以“小石头的确是一位伟大的画家”作结，含蓄地传达了一种对于艺术本质的判断标准：艺术是一种来自真实生命经验，承载着介入生活现实的激情的视觉表达。

图 150-1

二、“图 · 文”解读

该书大量使用重彩油画棒厚涂色块，再在其上勾画细部线条的手法，图画色彩浓厚饱满，富于浪漫氛围。在故事线中，小石头先是在画面中作画的“人”，它的绘画类似于孩子们涂在地面上的片段线条。后来，它以色彩图案包裹石头，即它的“同胞”，创作的性质、效果都随之升华。故事的结局，则是小石头的画像与各位名家的画像挂在了一起，而且是居中、最大的一幅，充分呼应了图画书的标题：梦想。这个愉快的结局究竟是小石头的愿景，是它的自我评价，还是“美梦成真”——在童话世界里，这三种可能性完美地统一在了一起。

三、共读的对话与思考

1. 问题设计：“石头为什么会有爸爸妈妈、兄弟姐妹？”“它们在墙上‘工作’，每天怎么生活？”“人能够完全静止地生活吗？”“像石头那样生活，会遇到什么有趣的事情？”“为什么说小石

---

[1] [意]伊萨克 · 弗里德，文；杨一，图. 梦想[M]. 沈阳：辽宁科学技术出版社，2017.

头是伟大的画家？""它的工作最后产生了什么样的效果？""它的作品美在何处？"

2. 朗读作品文字，并对画面中的其他细节进行"扩写"："小石头坚持画画，它在……画了……，还在……画了……""它给高楼涂上了……的颜色，还画上了……"

3. 思考：小石头的故事，有助于幼儿更细腻地认识梦想对于人生的指导力量。小石头爱画画，坚持画画，这是它的快乐，也是它成为大艺术家的开端。当悲伤和意外发生后，它仍然坚持画画，并把自己的经历、愿望、思考都真诚地寄托在其中。一块小小的石头要画满整个城市，这是多么辛劳的工作，这位小画家又有多强的体力和决心啊！它的作品传达了快乐，驱散了忧愁。小石头创作了这样的作品，算不算伟大的艺术家呢？

（解读人：盖建平）

151 《米蒸糕和龙风筝》[1]

一、内容介绍

《米蒸糕和龙风筝》(图 151-1)一书从第三人称的角度讲述了少年龙豆跟着老师傅学习传统手艺的故事，最后龙豆学会了做三件事：做米蒸糕，扎龙风筝，做勤快人。前半部分描述了当下龙镇人逐渐变得冷漠、懒散，对非遗等传统工艺的学习望而却步。由此与少年龙豆的热爱传统、勤学苦练形成了鲜明的对比。作品不仅讲述了米蒸糕的制作方法，而且传递出了勤劳、勇敢、善良的中华民族传统美德。儿童能够从龙豆与其他人的鲜明对比中，体验到米蒸糕、龙风筝等非物质文化遗产的特色，从而更加热爱中华传统文化，传承中华传统美德。

图 151-1

二、"图·文"解读

该书采用跨页的形式，展现出龙豆学习传统手艺的背景和过程，画面以水墨画为主，中国风特点浓郁。画风简约，清新淡雅。色彩以黑色、灰色为主，结尾处主要运用了黄色，暖黄色的基调与前面形成对比，体现龙镇的变化以及龙镇人民的心理变化。作品语言风格朴实真挚，富有教育性和哲理性。

三、共读的对话与思考

1. 问题设计："龙豆是怎么学会做米蒸糕和龙风筝的？""你觉得龙豆是个什么样的人？"

---

[1] 吴斌荣，文；王笑笑，图. 米蒸糕和龙风筝[M].北京：天天出版社，2019.

"龙镇的人们一开始是怎么样的？接下来他们会怎么做？""你听完有什么感受呢？"

2. 设计光影剧场,自制道具讲述故事内容。

3. 该作品可以与多领域融合,拓展活动。如:(1)可以和家人一起尝试做米蒸糕和龙风筝,进行亲子手工活动;(2)探寻了解中国更多传统文化以及民间手艺,并用多种方式进行记录;(3)了解米蒸糕的营养价值,尝试绘制营养金字塔;(4)学习歌曲《勤快人和懒惰人》,感知两种人物的差异,体会勤劳的重要性。

(解读人:孔晓丽、姚苏平)

152 《母鸡萝丝去散步》[1]

一、内容介绍

《母鸡萝丝去散步》(图152-1)是一本采用文字与画面双线叙事,同时双线又共建、互补的经典作品。故事缘起于母鸡萝丝的一次饭前散步。画面是一心想吃掉母鸡的狐狸,鬼鬼祟祟地尾随在母鸡后面,各种妄图偷猎却弄巧成拙的滑稽场面;文字叙事是萝丝舒展地散步,对狐狸的尾随和诡计浑然不觉。

图 152-1

二、"图·文"解读

整本书的画面色彩明媚,主色调以暖橙、暖黄为主,给人一种欢快活泼、稚拙夸张的基调。采用大面积平铺的方式展现出画面中物体的细节,例如树上的树叶、果子、母鸡身上的羽毛、狐狸身上的毛发纹路,地面的稻草等,让画面充满装饰性的美感。同时,采用跨页的方式,将母鸡与狐狸一前一后,一明一暗的关系更好地展现。书中的语言文字非常少,一个跨页有时候只有一句话,通过丰富的动词"走过""绕过""经过""穿过""钻过"等,显现了母鸡萝丝闲庭信步的节奏感。

三、共读的对话与思考

1. 问题设计:"从封面中母鸡的姿态和狐狸的姿态可以看出谁光明正大？谁鬼鬼祟祟""狐狸会吃到母鸡萝丝吗？""母鸡继续往前面走,你在图中看到了什么,发生了怎样的故事呢？""最后狐狸吃到母鸡了吗？""为什么母鸡一直没被吃掉？""你们猜母鸡发现身后的狐狸了吗？""明天狐狸还会来吗？"

---

[1] [英]佩特·哈群斯.母鸡萝丝去散步[M].信谊编辑部,译.济南:明天出版社,2018.

2. 故事续编：故事中的狐狸四次失败后还坚持要追母鸡，可以和孩子想象狐狸下次还来吗。

3. 思考：狐狸掉进池塘时吓跑了青蛙和小鸟，母鸡萝丝真的不知道有狐狸想吃掉它吗？母鸡在面对危险时临危不乱，战胜了比自己强大的狐狸。可和幼儿探讨一下：如在外面玩，遇到危险怎么办？面对的是比自己大的人和物，怎样克服恐惧的心理？同时可以思考，狐狸在四次失败后还坚持要追母鸡，第五次还是失败了，狐狸锲而不舍的精神也值得我们学习。

（解读人：刘明玮、姚苏平）

153 《目光森林》[1]

一、内容介绍

《目光森林》（图 153-1）讲述了一个富有哲理的童话故事：在一个没有太阳的森林里，每个人需要吸引别人的目光来取暖。主角梅花鹿因为吸引了太多的目光，而让身上开满的梅花变成了花园，但当梅花凋落时，她担心自己不再是"梅花"鹿，于是为了守护最后一朵梅花，它决定隐藏自己，逃到荒无人烟的地方。然而，在逃跑的过程中，它的心境发生了巨大转变：它发现自己的目光可以温暖别人，收获他人的感恩。于是它开始用自己的目光温暖他人，也接受了现在的自己。故事结尾的留白，给了读者无限的想象空间。

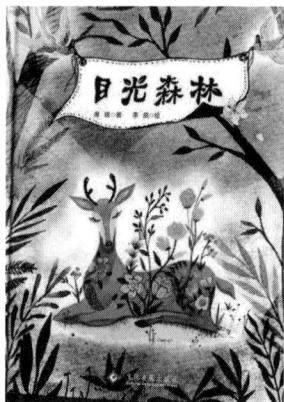

图 153-1

二、"图·文"解读

该书采用跨页的形式，展现出十分优美的意境，故事性很强，讲述了梅花鹿吸引很多人的目光而一直发光发亮，渐渐地它害怕失去身上的花园，最后调整心态，将自己的目光关注到别人身上的变化故事。语言风格清新自然。画面风格传统，色调富有深意，打破了以往图画书跳跃性选色的特点，整体上融入了中国风味，具有禅意。本书唯美的插画给了儿童很好的审美经验。

三、共读的对话与思考

1. 问题设计："为什么梅花鹿享受这么多目光却还要难过和害怕？""梅花鹿只剩下最后一朵梅花了，它是怎么做的？""在逃跑的过程中，梅花鹿遇见了谁？发生了什么事情？""最后梅花鹿是怎么看待自己的呢？"

2. 进行角色扮演，分别扮演不同角色表演故事情节。

[1] 席璟，文；李辰，图. 目光森林[M]. 北京：文化发展出版社，2017.

3. 该作品可以与多领域融合,拓展活动。如:(1)可以将梅花鹿前后的心情变化用绘画的方式表现出来,并进行排序,体验梅花鹿的不同情绪,并迁移自己的经验,说说自己什么时候会有这种情绪,应该怎么调节;(2)讨论自己和好朋友身上的优点,以及自己可以用这个优点为对方做什么事情;(3)感受文学作品的意境美,学习"沐浴""荒无人烟"等文学性词汇,并尝试运用这类词汇讲述自己的经历;(4)模仿该书的画风,尝试续编故事内容,用绘画的形式表现出来。

(解读人:孔晓丽、姚苏平)

154 《募捐时间》[1]

一、内容介绍

《募捐时间》(图 154-1)是一本关于灾后重建主题的图画书。一场地震让很多人失去了家园。消防、武警、医生们奋力抢救灾区人民,大人们捐款,一方有难,八方支援。小珍珠也想帮助灾区小朋友,她做了一个募捐箱,收到了长颈鹿捐来的 10 分钟、小猪的 12 秒、乌龟的 100 年……他们用自己的方法和力量去帮助别人,为别人带来温暖。受到灾难伤害的人们除了物质需要,同样也需要精神力量,需要时间、陪伴、拥抱、梦想、勇气,还有故事。这些都是可以捐赠的无价之宝。这个故事传递着爱、奉献、勇气、信心等永恒的主题。

图 154-1

二、"图·文"解读

该书用不同色调的铅笔画来呈现场景和情绪。灰色调的铅笔画,或烘托地震后的忧伤气氛(如灰色的废墟),或展现动物们悲观的遐想。彩铅则展现了彩色的书包、玩具小熊、救援人员等。现实场景的彩色画面和动物们想象的场景的黑白画面切换,使作品在现实和童话中游走,体现了救援人员的伟大、生命的珍贵。

三、共读的对话与思考

1. 问题设计:"哪些小动物参与了募捐,它们都能为灾区小朋友做什么?""请你想一想,如果有更多的动物来募捐时间,它们会募捐什么呢? 请你想出几个来。""你如何评价小珍珠和募捐时间的小动物们?""如果你是小珍珠,你会组织募捐什么? 会给大家讲什么故事?"

---

[1] 方素珍,文;徐开云,图. 募捐时间[M]. 南宁:接力出版社,2019.

2. 拓展：该作品主要与社会领域结合，引导幼儿去感受奉献的传统美德，同时理解一个人很渺小，但是即使微小的付出也能给他人送去温暖与希望；在阅读中可充分引导幼儿根据动物的特点猜测画面中的动物会为募捐做些什么，还可以根据自己了解的动物去创编更多参与募捐的动物故事。

3. 观看地震相关的新闻资料和电影，了解中国几次重大地震的史实。尝试让幼儿了解地震是什么，它是如何形成的，以及地震来临时如何保护自己和身边的人。

（解读人：江宁馨、姚苏平）

155 《哪吒闹海》[1]

一、内容介绍

《哪吒闹海》（图155-1）取材于中国脍炙人口的神话传说"哪吒闹海"。作者唐亚明强调了小哪吒的天生神力、无拘无束，东海蓝妖和龙三太子的邪恶，以及龙王的残暴。哪吒为保护无辜百姓，毅然牺牲自己，终获重生，斗败龙王。绘者于大武用极具装饰性的画风凸显了神话的独特魅力。

图 155-1

二、"图·文"解读

该书的绘画融合了中国传统绘画和现代动画的元素，呈现出独特而精美的艺术效果。首先，绘画风格在色彩运用上非常鲜艳丰富。插图中使用了大量明亮的红、黄、蓝等色彩，使画面充满生机和活力。同时，绘画中还融入了渐变色和光影效果，让角色和场景显得更加立体和真实。其次，绘画风格注重细节和线条的精细表现。无论是人物形象还是背景场景，都展现了精心的设计和刻画。人物的面部表情、服饰纹理以及背景中的细节元素都被精心描绘，增强了画面的层次感和立体感。此外，该书还借鉴了中国传统绘画的技法和意象。例如在描绘海洋场景时，常出现波涛汹涌、浪花飞溅的景象，有烟波浩渺之感。同时，角色的姿态也呼应了中国传统绘画中的神韵和节奏感。

三、共读的对话与思考

1. 通过细致观察插图和阅读文字，引导幼儿理解故事的基本情节。问幼儿关于主要角色、发生的事件以及故事结局的问题，帮助他们复述和梳理故事线索。

2. 自由表演：引导幼儿自由发挥，用自己的想象力表现故事情节、角色形象或场景细节。

---

[1] 唐亚明,文;于大武,图.哪吒闹海[M].武汉:长江少年儿童出版社,2019.（书目155、158均为《哪吒闹海》。）

3. 探索文化元素："哪吒闹海"是中国古代神话故事,可以借此向幼儿介绍一些与中国文化和神话相关的背景知识,例如哪吒的来历和中国传统的龙王形象,并介绍相关影视作品。

4. 参阅书目318《一条大河》,了解绘者于大武的创作风格。

(解读人:汪宁馨、姚苏平)

156 《那些年　那座城》[1]

一、内容介绍

《那些年　那座城》(图156-1)是一个没有情节的"故事"。作品以跨页的形式讲述20世纪80年代普通人的日常生活,有很强的时代感。透过普通的居民院落、小摊及饭馆里各种香喷喷的食品、农贸市场里新鲜的瓜果蔬菜、百货大楼里各式的商品、马路上的喧闹声、童年的游戏、互助的邻里、母亲的责骂……我们可以想见那些年、那座城普通人的日常与情感,感叹生活的变化与时代的变迁。作品旨在抒发对童年、对亲人、对家乡的深厚感情,展望未来更加美好的生活。

图 156-1

二、"图·文"解读

作品中的图文各自精彩又互相补充。画面中只有部分内容与文字描述相配合,而更多细节是文字所没有提及的,是对文字的补充,这些细节是回忆和想象的基础,使故事更具趣味性,如第13—14页左下角的小学生模仿交警指挥交通的动作,类似的细节在作品中随处可见,妙趣横生。作品以散点透视的构图,再现了20世纪80年代淄博城区具有代表性的几条街区的生活景象。展开护封,则是一张75 cm×44 cm的地图,既包括了内页中的内容,也包括了前后环衬中的内容,是对那些年那座城的一个宏观俯视。大场面与小细节的结合是这部作品的一大特点和亮点。素描技法使作品充满怀旧韵味,艺术地再现了那个逝去的年代人们的生活场景,亲切而质朴。

三、共读的对话与思考

1. 问题设计:"作品中讲到了哪些好吃的东西?""你发现画面中的小朋友都有哪些游戏活动?""你觉得小摊上和大商场里卖的东西有什么不同?""你喜欢小商贩们的吆喝声吗? 为什么?""你喜欢那个年代的生活吗? 为什么?"

---

[1] 李嘉伟,文;王文哲,图.那些年　那座城[M].北京:新世界出版社,2019.

2. 在护封或内页中，找到最后一页中的老物件。

3. 思考：该作品可以与其他领域融合，拓展活动。如：(1)仔细观察环衬，说说画面中的人物都在做什么，了解那个时代人们的生活，不懂的地方可以向长辈询问；(2)仔细观察内页中的第一幅画面，发现有趣的细节，并与同伴一起分享；(3)可以请祖辈或者父辈结合最后一页的内容，讲一讲有关老物件的故事，从而了解祖辈和父辈的童年生活，以及社会发生的变化。

（解读人：丰竞、姚苏平）

157 《娜娜打扫房间》[1]

一、内容介绍

《娜娜打扫房间》(图 157-1)是一本儿童自理能力培养的立体手工书，讲述了娜娜自己打扫自己房间的故事。娜娜开始动手清理房间，她先收拾了自己的玩具、图书、画笔等，然后整理衣服、擦桌子、扫地，房间变得干净整洁。娜娜感到非常自豪和满足，她明白了整理房间的重要性以及自己的责任。最后，娜娜在妈妈的陪伴下开心地洗澡。这本图画书鼓励孩子们在日常生活中养成良好的生活习惯和劳动习惯。它激励孩子们主动承担责任，保持整洁和有序的生活方式。

图 157-1

二、"图·文"解读

该书选自立体手工书"娜娜快乐成长系列"，该系列共有《娜娜穿衣服》《娜娜打扫房间》《娜娜的早晨》《娜娜拉便便》四个主题情境故事，涵盖生活自理、时间观念、良好习惯等内容。"立体书"的设计，真实还原了日常生活场景，通过抽拉、翻翻、滑动、旋转、折叠等互动，既充分锻炼孩子的手指精细度，又让孩子理解摆放书本、叠放衣服等事物前后的逻辑性，锻炼孩子做事的条理性。作为劳动教育的优秀素材，在每一个需要孩子独立完成的具体步骤里，都有可抽拉、可动的操作，让儿童在玩一玩、动一动中学习，感受图画书的魅力，更能让儿童体会到成功的快乐与满足，建立生活自理能力的自信心。

三、共读的对话与思考

1. 问题设计：娜娜打扫房间都用了哪些劳动工具呢？打扫房间都要做哪些事情呢？你在家会做哪些事情呢？

---

[1] 陈长海.娜娜打扫房间[M].济南：山东人民出版社,2020.(书目 157《娜娜打扫房间》、159《娜娜拉便便》是同一书系。)

2. 让幼儿在阅读图画书中熟悉并在生活中去实践,尝试打扫自己的房间。

3. 可拓展阅读"娜娜"的其他系列图书,让幼儿跟着书本学生活。

(解读人:汪宁馨、姚苏平)

158 《哪吒闹海》[1]

一、内容介绍

《哪吒闹海》(图 158-1)是"国粹戏剧图画书"丛书中的一册,是一册"有声图画书",读者能够扫码听取配套的名家讲故事录音。故事取材于《封神演义》,原书中哪吒是一个顽劣残暴的少年,无端闹海闯下大祸,如《封神演义》第十二回有:"敖丙一见问曰:'你是谁人?'哪吒答曰:'我乃陈塘关李靖第三子哪吒是也。俺父亲镇守此间,乃一镇之主;我在此避暑洗澡,与他无干,他来骂我,我打死了他也无妨。'"但是戏曲舞台则将哪吒改编成了一个除暴安良、为民牺牲的少年英雄形象,这符合民间戏曲改编故事情节的一般规律,本册图画书也据此编绘。

图 158-1

故事从哪吒出生开始讲起,哪吒出生即与众不同,被太乙真人收为徒弟,并被告知要勤学苦练,为百姓排忧解难。东海龙王敖广是个昏庸的霸王,不仅不下雨,还派龙太子和夜叉来抢童男童女,百姓苦不堪言。哪吒挺身而出,杀死龙太子并抽筋剥皮,为百姓除害,东海龙王一气之下来寻仇,哪吒要与恶龙决一死战,但是看到滔天的洪水,决定自刎以护百姓。百姓为哪吒哭泣,感天动地,哪吒的魂魄找到了师傅太乙真人,太乙真人让哪吒死而复生并帮助他再次打败敖广,救出童男童女,从此百姓安居乐业。我们看到,这样的故事情节,和《封神演义》中的哪吒形象有着非常大的差别。

二、"图·文"解读

与"国粹戏剧图画书"系列其他作品不同,这一本《哪吒闹海》在故事情节上遵从了戏曲舞台的改编,但是在人物形象上却没有复制戏曲装扮,反而更类似传统年画的风格,比如东海龙王敖广在广舞台上由净行扮演,需画脸谱,但是图画书中就是一个龙的拟人化、卡通化形象。另因哪吒在这一版《哪吒闹海》故事中是一个除暴安良的英雄少年,所以人物表情也充满正气。图 158-2 从左至右依次为戏曲舞台、戏曲电影、动画片、图画书中的哪吒形象,可以看出不同舞台背景中的哪吒形象各有其风格。

[1] 海飞、缪惟,文;李珂,图.哪吒闹海[M].乌鲁木齐:新疆青少年出版社,2017.(书目 155、158 均为《哪吒闹海》。)

图 158-2

三、共读的对话与思考

1. 问题设计：哪吒为什么要打死龙太子？该书中鱿鱼、螃蟹、鱼都是什么形象？哪吒重生前后的形象有什么不一样？

2. 活动：观看《哪吒》系列电影，对比其中的哪吒形象与前文提到的这本书中的哪吒形象。

3. 思考：对比这本《哪吒闹海》图书和电影《哪吒·魔童降世》《哪吒·魔童闹海》中哪吒形象、龙太子形象的不同，引导幼儿思考：更喜欢哪一个哪吒的形象，为什么？哪一个哪吒的形象更可爱。

（解读人：邹青）

159 《娜娜拉便便》[1]

一、内容介绍

《娜娜拉便便》（图 159-1）是一本培养儿童自理能力的立体手工书，讲述了娜娜开始自己学着拉便便的故事。她的第一次尝试不算太成功，差点儿掉进马桶；自己拉完了便便后，又不小心摔了一跤。故事生动有趣，让孩子在看娜娜"笑话"的同时，学习脱裤子、擦屁股、冲马桶、穿裤子、洗手等拉便便的正确步骤。

二、"图·文"解读

《娜娜拉便便》是"娜娜快乐成长系列"（儿童自理能力培养立体手工书）中的一本，另一本《娜娜打扫房间》也入选推荐书目，均为立体图画书，内含多个可打开，可抽拉，可互动的"小机关"，不仅能够激发幼儿看书，玩书的兴趣，还可以锻炼幼儿的观察能力，有效帮助儿童学习生活中的自

图 159-1

---

[1] 陈长海.娜娜拉便便[M].济南:山东人民出版社,2020.（与书目 157、159 均为同一书系。）

理的"程序",在每一个需要孩子独立完成的具体步骤里,通过可抽拉,可选择的操作,让儿童在阅读中加深记忆。

三、共读的对话与思考

1. 问题设计:"娜娜第一次尝试拉便便没有成功,还差点掉进马桶里了,为什么呢?""拉便便都有哪些步骤呢? 你学会了吗?""你会正确使用七步洗手法洗手吗?"
2. 成人与幼儿互动,交流让自己骄傲的一项生活技能。
3. 可拓展阅读"娜娜"的其他系列图画书,让幼儿跟着书本学生活。

(解读人:汪宁馨、姚苏平)

160 《奶奶的麦芽糖》[1]

一、内容介绍

《奶奶的麦芽糖》(图 160-1)讲述了会做麦芽糖的奶奶,一点一点将麦芽熬制成金色的糖汁,又魔法般地将糖汁搅出"麻花""面条"和"小桥"等造型的麦芽糖,浇出"老虎""蝴蝶""孙悟空""猪八戒"等造型的石板糖画。最后,这些石板糖画不仅神奇地绽放在漫山遍野的小朋友手中,还从乡村带进了城市。整个文字和画面给读者一种甜蜜、轻松的愉悦感。

图 160-1

二、"图·文"解读

彩铅和水彩相结合的画法使该书真实细腻、栩栩如生。娓娓道来的糖画制作过程显得有趣、精致、温馨。该书选取了孩子喜爱又常见的熬制麦芽糖、制作糖画的过程,激发了孩子的阅读兴趣。书中可爱的人物形象不仅能增加幼儿对中华传统美食的了解和兴趣,也能拉近幼儿与传统文化的距离,让其在阅读中感受传统美食,品尝中国味道。文字和绘画相辅相成起到了图文互补的作用。

三、共读的对话与思考

1. 阅读前,可以引导幼儿观察封面的糖画,通过提问"孩子们手里拿的是什么? 你见过

---

[1] 宋凌涵,文;龙欢,图.奶奶的麦芽糖[M].南京:南京师范大学出版社,2020.(与书目《姥姥的红烧肉》是同一书系。)

吗？""你知道它们是怎么做出来的吗？"引发幼儿进一步阅读的兴趣。

2. 阅读中，可以鼓励幼儿通过观察单幅画面，或对多幅画面的连续观察，围绕"麦芽糖是怎么从麦子变成麦芽糖的呢？""奶奶都用麦芽糖变了哪些魔术？"这些问题展开讨论，引导幼儿梳理麦芽糖魔法般的制作过程，并尝试用清晰连贯的语言进行描述。

3. 阅读后，可请幼儿聊一聊"你喜欢这本书吗？""你最喜欢书中的哪一页，为什么？"鼓励幼儿积极地表达自己的阅读感受和想法。

4. 书中的石板糖画，既是一种传统的小吃，也是一种优秀的传统文化，对幼儿来说并不是很常见。有条件的可邀请糖画、面塑、糖塑、冰糖葫芦等技艺传承人，为幼儿讲解这些中国传统民间手工艺的悠久历史，现场演示制作技艺，帮助幼儿理解故事内容，感受中国传统民间艺术的魅力。

5. 还可以推荐阅读《奶奶的青团》《姥姥的红烧肉》等图画书，围绕"你的奶奶、姥姥平时都做了些什么好吃的？""是怎么做的？""你喜欢她们吗？为什么？"引发幼儿对身边爱做美食的老人们的关注和喜爱。

（解读人：顾明凤、姚苏平）

161 《奶奶的旗袍》[1]

一、内容介绍

灾后重建的不只是硬件设施，还有心理和情绪。《奶奶的旗袍》(图 161-1)正是有关劫后余生的故事。作品从小女孩"我"的角度，先是讲述了让她感到骄傲又神秘的奶奶的衣橱，里面挂着各式各样的旗袍。"我"总喜欢藏在衣柜里，感受这些旗袍的精美，期盼自己早点长大，能让奶奶兑现赠予的诺言；并向好友"小芊"炫耀着这些旗袍和奶奶的约定。但是一场地震，毁掉了一切，"小芊"不在了，奶奶家只剩下这个被雨水渗透的衣橱。奶奶在废墟上拉了根绳子，把旗袍一件件晾出来。不管是露天做饭，还是搭建小窝棚，奶奶都每天穿着不同的旗袍，她说漂亮的衣服能让人心情变好。

图 161-1

二、"图·文"解读

该书避开了正面再现灾难与伤害，避免了再次咀嚼亲历者的痛楚，并不轻易将伤痛、死亡满纸铺陈，而是以游走于外围的形式描述汶川地震那场人类生命的浩劫，写大灾中的幸存者如何顽强地"自愈"，写心灵如何敏锐地捕捉"向美"的感召，如何在永不失去"希望"的引领下走出灾难的阴霾，走向生生不息的新生活。画面中奶奶的旗袍总是倔强又轻盈地飘扬在废墟上，让

---

[1] 麦子,文；刘璇,图.奶奶的旗袍[M].太原：希望出版社,2018.

读者感受到精神的力量、优雅的美好。

三、共读的对话与思考

1. 问题设计："奶奶的旗袍是哪个国家的特色服饰呢？这个国家的特色服饰还有哪些呢？""房屋都倒了，周围都发生了很大变化，奶奶没变的是什么？""在废墟里，'我'和奶奶在衣橱里坐着，她们都在想什么呢？""奶奶说'美丽的衣服会让人心情变好'，你怎么理解奶奶的话呢？""为什么说'某些东西留了下来'？留下来的和失去的到底是什么呢？""奶奶对旗袍的坚持，你怎么看？你认为奶奶是个什么样的人？她对生活的态度是怎样的？""你遇到生活中的困境，你是如何对待的？"

2. 和幼儿一起了解地震相关知识和汶川大地震的相关视频、资讯，让幼儿了解什么是地震，为什么会发生地震，地震对人们的生活有什么影响。去认识一些在地震中依旧对生活抱有热情、坚定生活的幸存者。

3. 引导幼儿思考：当我们的生活遇到困难的时候，我们如何向穿旗袍的奶奶学习？

4. 和幼儿一起了解旗袍文化，了解旗袍的设计，自己动手设计旗袍的花纹。

（解读人：汪宁馨、姚苏平）

162 《你的手　我的手　他的手》[1]

一、内容介绍

《你的手　我的手　他的手》（图 162-1）是一本带有散文诗意味的生活类图画书。每个人都有一双手，每双手都能做出不一样的事情：外公用他的手种庄稼，外婆用她的手做针线活，爷爷用他的手做竹编，阿姨用她的手做好吃的点心……故事里的一大家子，人人都用双手去劳动，去创造美好生活。

故事视角独特，关注"手"这个平常话题，赞美用勤劳的双手精益求精创造美好生活的普通劳动者。同时，体现人与人之间的亲密关系，呈现中国式传统大家庭的特征，让孩子在不知不觉中深受浸润与感染。

图 162-1

二、"图·文"解读

该书图画色彩鲜明，具有现代气息。夸张与写实相结合的构图风格恰到好处，环环相扣的

---

[1] 刘奔，文；何谦，图. 你的手　我的手　他的手[M]. 上海：中国中福会出版社，2017.

文字和艺术气息浓郁的图画巧妙配合,勾画出用双手创造美好生活的画卷,这也是当下中国人实现中国梦在生活中的具体体现。

图画书直观展现了现代气息、人文底蕴、传统魅力,对看起来有些复杂的人物称谓以及各类职业、劳动工具等信手拈来,极大地满足了孩子的好奇心。值得一提的是,对人物称谓和职业(或手艺)的介绍文字简洁且很有规律,画面都遵循"人物与自己的劳动成果(全页呈现)—职业或手艺工具、劳动过程、许多劳动成果(下一页呈现)"的内容,拓展了孩子对周围社会和职业以及劳动的认知。第2—3页内容是大山脚下我的家和外公的家。整个画面具有写实特点,用色明快。白墙黑瓦的民居、黄绿相间且错落有致的庄稼地和山间梯田、星星点点的人来车往,涂抹出中国美丽乡村一派生机盎然、安居乐业的场景。第6—7页的跨页主要介绍爷爷是篾匠,他从竹林砍回毛竹,会做各式各样的竹编。画面上勾勒出个性十足的角色造型。竹编激发读者的新奇感,使读者对勤劳和能干的双手充满敬意。

三、共读的对话与思考

1. 讨论话题:"一大家子里的每个人都有一双手,每双手都能做不一样的事情,分别说说他们是什么职业(或者有什么手艺)? 他们的劳动成果是什么? 用了什么工具? 他们是怎么劳动的?""他们的劳动成果有什么用处? 他们会获得快乐吗?""将来家里的孩子们双手会做什么?""你将来长大会用双手做什么? 你现在可以做什么?"

2. 拓展建议。(1)说出图画书中的人物称谓。结合生活经验,补充并丰富对人物称谓及家庭关系和社会关系的认知。(2)感受图画书中的色彩和角色造型。多观察周围,尝试用语言或绘画表达。(3)了解"满月酒"等民间习俗。(4)调查记录自己家里每个人的职业(或者手艺),参照制作一本图画书。

(解读人:田素娥)

163 《你肚子里有小宝宝吗?》[1]

一、内容介绍

《你肚子里有小宝宝吗?》(图163-1)是一本科普图画书。作者以一个小男孩儿与不同的动物妈妈对话的形式,带领读者去探索知识:动物们是如何将它们的孩子带到世界上的。作品介绍了二十二种动物,有卵生动物、胎生动物和卵胎生动物,让我们看到了动物们孕育生命的有趣过程,比如鳄鱼宝宝的性别取决于孵蛋时的温度,海马宝宝竟然是海马爸爸"生"出来的,狼宝宝刚出生时听不见也看不见,等等。最后,小男孩提出"妈妈,你的肚子里有小宝宝吗?"的问题。该书在普及科学知识的同时,涉及生命教育的主题,旨在提醒儿童:尊重生命,热爱生

[1] [意]露西亚·斯库德里.你肚子里有小宝宝吗?[M].译邦达,译.北京:现代教育出版社,2019.

命,珍惜生命。

二、"图·文"解读

该作品用简洁的背景点明动物的生活环境,较多的留白,使读者更加关注动物们孕育生命的不同之处。动物造型简单稚拙,动物宝宝呆萌可爱,动物爸爸和动物妈妈亲切温柔,图画与文字配合,营造出动物们幸福的家庭氛围。画面设计生动有趣,每一幅画面都设计成折页的形式,可以横向打开,右边的折页打开后,可以发现前一幅画面被遮挡的动物妈妈的肚子,以及问题的答案。这种巧妙的设计,使看似没有关系的前后画面具有了连贯性,同时也激发了小读者的好奇心,增强了阅读的愉悦感。文字讲述通俗易懂,符合科普类作品重在知识讲授的特点。

图 163-1

三、共读的对话与思考

1. 问题设计:"大蓝鲸和大鲨鱼都是卵生动物吗?""哪些动物妈妈还会照顾别人的宝宝?""哪些动物的爸爸承担了养育后代的任务?""蝙蝠和鸟都会飞,但它们最大的区别是什么呢?""哪些动物宝宝出生后是待在育儿袋里的? 哪些动物宝宝一出生就有独立的生活能力?""你最喜欢哪个动物宝宝? 为什么?"

2. 完成作品中的小制作任务(给动物涂色,画出它们肚子里的宝宝,做成折纸)。

3. 该作品可以与其他领域融合,拓展活动。如:(1)了解动物的孕育知识和生活习惯,体会生命的神奇;(2)了解动物们的生存能力,从中得到启发——不过度依赖父母,自己的事情自己做;(3)听父母讲解人类生育的知识,了解母亲生育的辛苦,懂得感恩,懂得珍惜生命——生命教育应该引起家庭和社会的重视。

(解读人:丰竞、姚苏平)

164 《你好! 我是胖大海》[1]

一、内容介绍

《你好! 我是胖大海》(图 164-1)是一套基于对大熊猫真实成长经历的细致观察而创作的科普图画书,整套书就像是一本充满爱意的成长册,记录了大熊猫胖大海在四川大熊猫保护基地里的成长过程,以及它与熊猫妈妈、奶爸、奶妈的日常生活互动场景。全书分为三册,分别是

---

[1] 元元.你好! 我是胖大海[M].成都:四川少年儿童出版社,2020.

"趴趴熊"时期(0 岁—4 个月)、"存钱罐"时期(4 个月—6 个月)和"小小男子汉"时期(6 个月—1 岁半)。本书以胖大海出生后的天数为线索,介绍了有关熊猫的科普性知识,比如第一次睁眼,第一次会"嘤嘤叫",第一次会自己翻身趴着……日记中记录的胖大海是一个可爱调皮的小家伙,身体的外形也随着日记记录天数的增加而发生着变化。

图 164-1

二、"图·文"解读

该书以水彩画的表现方式,以日记的记录形式,从第一人称的视角,记录了不同时期胖大海的身体特点、情绪表现。图画细腻地描绘了表情生动呆萌、惹人喜爱的胖大海的日常生活场景以及它的活泼可爱。文字部分以第一人称的口吻拟人化地表现了胖大海充满童趣的心理独白。

书中插画多处展现了熊猫妈妈对胖大海无微不至的照顾,如第 22 天熊猫妈妈边抱胖大海边吃竹子的样子,第 155 天熊猫妈妈教胖大海爬树的样子,像极了妈妈日常照顾宝宝的场景,让人感受到真挚的母爱亲情。

三、共读的对话与思考

1. 问题设计:"它为什么叫胖大海呢?""你最喜欢胖大海什么时候的样子呢?""书中出现了哪些角色? 他们是如何帮助胖大海成长的呢?""胖大海跟着妈妈学会了哪些技能呢?""胖大海是怎么标记自己领地的?""胖大海的成长离不开妈妈和奶爸、奶妈的照顾,你能说说你成长过程中爸爸妈妈对你的照顾吗?""想一想胖大海乘坐飞机去了哪里? 它会害怕吗?"

2. 欣赏插画,尝试用水粉画、撕贴画等多种方式表现大熊猫的形态、表情。

3. (1)丰富对熊猫的认识。熊猫是中国的国宝,也是世界范围内极具影响力的易危动物,保护大熊猫是我们的职责。(2)感知生命的独特性。大熊猫的健康成长并非容易之事,是人类与自然和谐共生的行动之一。(3)学习理解与感恩。胖大海从一个只能发出"嘤嘤"声的如老鼠大小的小家伙成长为能够独立建立领地的大熊猫,离不开妈妈和身边人的悉心照顾和教导。我们的成长也是如此,要感恩每一个关心照顾我们的人。

(解读人:徐群)

165 《你好！小镇》[1]

一、内容介绍

《你好！小镇》(图 165-1)用看似纪实的方式展现了一个奇妙小镇的一天。这个小镇西临大海，东有通衢，工厂、居民区、店铺街、教堂、建筑工地，应有尽有。镇上的居民不止有人——鳄鱼在牙科诊所里拔牙，鬼魂夜间在墓地聚会，还有童话里经常出场的公主和巫婆。画面"如实"地呈现：在一天的不同时段，小镇里的各个建筑、各条道路上，分别出现了怎样的情景，发生了什么事件，有哪些人在做哪些事。小读者以全息俯瞰的视角参与到小镇的一天之中，自由地观察、发现。书中的文字部分提供了丰富的故事线索，令这场"观光"时时处处都有新的发现。小镇里发生的大事也切合游戏的自由精神——想要出走的人最终走出了小镇，寂寞的公主把城堡租给了巫婆，自己去和流浪汉快乐地相爱。

图 165-1

二、"图·文"解读

该书使用儿童画的稚拙线条，与童话趣味十足的小镇景象相得益彰：除了一般小镇居民的日常活动，还有猴子在小镇里捣乱，有怪兽在海湾里游泳，有人专心拯救青蛙……种种异想天开的奇怪场景都十分自然地显现出来。小镇的布局写意而完整，既有现代生活随处可见的基本设施，如社区杂货店、医院、游乐场等，也有彰显民族文化传统的地方，比如教堂墓地里"闹鬼"的场面就很有西方特色。乐高车会排出透明的乐高尾气，则是小读者能够轻松领会的小小匠心。

三、共读的对话与思考

1. 充分参阅该书的使用手册，享受细节：可以依循时间顺序，定点观察某个建筑(如诊所、教堂)在一天之内先后发生的事情；或依循人物顺序，如"女巫"，观察她在镇上的活动路线，分析她遇到的事情和最终的结果；或参阅画面配文的描述，去找出相关的具体情景，结合"找一找"的提示，去发现更多的事件。

2. 互动游戏：一人提出场景中的细节、人物或事件，另一人找。

3. 思考：线索书是一种无声的读物，它模仿生活，展现人类至今尚未参透的那个宏大奇迹——时间。同一时间里，所有的人在各自活动，思考，感受；会有各种各样的相遇，大事发生

[1] [瑞典]安娜·菲斯克.你好！小镇[M].李菁菁，译.南宁:广西科学技术出版社，2016.

时，许多人的生活里无事发生。除了文字提示的少数细节之外，尚有海量的细节供小读者自由发现。耐心观察、发现"事件"，就某些场景展开猜想，自圆其说，都是此类书籍有助于培养孩子专注力、想象力、思考力的机理所在。与之相关的是，孩子必须能够将足够的时间"浪费"在漫无头绪的寻找和发现中，这就需要足够的余裕，即需要给孩子留出不受作业或其他娱乐活动打扰的时间。

（解读人：盖建平）

166 《黏黏超人》[1]

一、内容介绍

《黏黏超人》(图 166-1)讲述的是哥哥利用"黏黏超人"面具和妹妹"争夺"妈妈的爱的故事。隆志的妹妹小美每天都爱黏着妈妈撒娇，身为哥哥的隆志十分羡慕，于是利用"黏黏超人"面具把自己变小，痛快地向妈妈撒娇，但"黏黏超人"遭到小美破坏，隆志很伤心。此时在妈妈的引导下，小美理解了哥哥对妈妈的爱的渴望，于是戴上"黏黏超人"面具向哥哥撒娇道歉，妈妈拥抱着两个可爱的孩子，故事以爸爸向隆志和小美借用"黏黏超人"面具的搞笑方式结尾。这个故事不仅通过幻想的方式满足孩子柔软的童心，也让"二胎"家庭的孩子学会分享。整个故事温馨、夸张、幽默，且富有想象力。

图 166-1

二、"图·文"解读

该书色彩鲜艳，绿、粉、米黄为主，整体画面给人以温馨感，人物表情丰富、夸张，画风简约、卡通风格，更显图画书的轻松可爱。画面中，隆志变身黏黏超人后，奔向妈妈，画面满是爱心，让人从画面中感受到隆志对妈妈的爱与对母爱的渴望。全书构图设计基本为一面文字，一面图的形式，留白处带给读者关于"变身黏黏超人"的想象空间。妹妹化身黏黏超人紧紧拥抱哥哥，展示了兄妹之情，让读者感受到源于孩子内心的爱与家庭的温暖。

三、共读的对话与思考

1. 问题设计："当隆志很羡慕可以向妈妈撒娇的妹妹时，他是怎么想的？怎么做的？""故事的最后，哥哥和妹妹是怎么和好的呢？""如果你是隆志，面对妹妹独占妈妈的行为，你会怎么做？"

---

[1] ［日］秋山匡. 黏黏超人[M]. 彭懿、周龙梅，译. 北京：现代出版社，2018.

"你有兄弟姐妹和你一起分享爸爸妈妈的爱时,你感觉怎样? 生气? 害怕? 还是欣然接受呢?"

2. 该作品可以与社会、艺术、语言领域相结合,拓展活动。(1)尝试通过观察书中人物的夸张表情,去理解书中人物当时的情绪;(2)通过联系自身,学会在家庭生活中用更多的方式表达自己的情绪、想法,倾诉自己的内心;(3)尝试感受不同情绪中作者用色的不同,感受不同颜色所展现的情绪特点。

(解读人:汪宁馨、姚苏平)

167 《妞妞的幸福一天》[1]

一、内容介绍

幸福是什么? 幸福是肚子饿的时候有东西吃,做自己喜欢的事,听到别人真心的称赞,想到所爱的人,等待的过程,阅读一本美妙的好书,仔细地品尝美味的食物,有健康的身体,聆听美妙的音乐,没有被大雨淋湿,下雨时有人给你送伞,有可爱的孩子,一家人一起吃饭,泡在温暖的浴缸里,香甜地睡觉做个好梦……《妞妞的幸福一天》(图167-1)告诉孩子:生活中,幸福无处不在,只要我们善于观察和发现。我们还要学会知足和感恩,感谢那些给予我们幸福的人和事物。

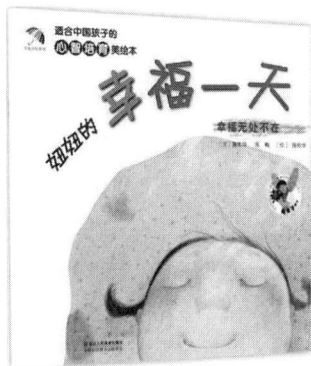

图 167-1

二、"图·文"解读

该书的图与主题内容结合,以暖色系的色调带起整本书温情的基调。画面基本以跨页的形式,一帧帧并列平铺:充足的睡眠,一份可口的早餐,一首歌,一点晨光,园丁与小花朵,相扶而行的老人,阅读,一家人围坐灯下的晚餐,睡前的泡泡浴,柔软舒适的床,等等,不急不喧,徐徐展开。每一个平实的日常,皆以最为普通的绘画材料彩铅来铺就画面的素朴与清新,内容与绘制技法表现契合。希望小读者们从视觉出发,把这些个体的感受投射到日常生活中,去看见、听见、触摸那些生活中不起眼的点点滴滴,用心去体察这些最为朴素的美。以小见大,了解生命的本真。幸福的感受往往是源于生活中的微小与一些小确幸。

三、共读的对话与思考

1. 话题讨论:(1)什么是幸福? (2)你遇到的幸福的事有哪些? (3)你觉得至今的哪一天是最幸福的? 为什么?

---

[1] 施欢华、苏梅,文;施欢华,图. 妞妞的幸福一天[M]. 杭州:浙江人民美术出版社,2017.

2. 拓展建议：(1)与幼儿创编儿歌《我是一个幸福的孩子》。(2)引导幼儿认识周围为我们服务的人,知道他们的工作很辛苦,要尊重他们,感激他们。培养幼儿的感恩之心。(3)请幼儿看图说一说,妞妞遇到了哪些幸福的事情?

(解读人:苏梅)

《纽扣士兵》[1]

一、内容介绍

《纽扣士兵》(图 168-1)通过一枚纽扣的遭遇,侧面讲述了"爱"的漂流与代偿的故事。这枚纽扣从衣服上脱落后无人问津,辗转于人流、车轮底下、垃圾堆……即使有一位小女孩发现后把它捡了起来,但还是被大人随手丢弃了。秋去冬来,直到有一天,一个男孩从地里把它如获至宝地带回家。然而有一天,他认真地把纽扣洗干净,并用红笔在上面写了一个"兵"字。从此,这枚平凡的纽扣变成了象棋棋盘上的一颗棋子,随着军队上阵博弈。最终,它成为一枚重要的象棋子被好好地珍藏。同时,收纳象棋盒的橱窗里放置着疑似老人的"遗照",带给画面无限的遐想。

图 168-1

二、"图·文"解读

该书是一本无字书,全部由图画构成,从形式上适合各年龄段的孩子阅读。无字书能更好地激发孩子的观察能力,启发孩子的想象力。没有文字的束缚,每个小读者都能在书中有自己的发现,从而获得自己独有的收获。

全书采用了黑白画的形式,大部分采用素描的方式,只有纽扣变成士兵后在战场博弈时采用两种水墨呈现,巧妙地将传统水墨与中国象棋相结合。书中只有个别地方(如纽扣)添了淡淡的颜色,通过黑白色的衬托,让彩色的纽扣更容易被人们看到,也显示了纽扣的主角地位,让读者更容易将视线聚焦到它的身上,去关注它的故事。

护封和书皮都有着值得细看的内容。在观察护封时,有没有发现藏在角落里的小纽扣?书皮上有一个人物在穿戴装备,它的胸口也有一枚纽扣,图画书到底会讲一个纽扣和士兵什么样的故事?

该书的画面给人一种多角度不断切换的感受,有全景和特写间的切换,有第三视角和第一视角间的切换,给人一种真实的灵动感,同时该书的前半段的画面都由一个一个小方框框住,

---

[1] 九儿.纽扣士兵[M].贵阳:贵州人民出版社,2020.

里面描绘的是小纽扣的"前世今生",后半部的现实部分则没有边框,这样的前后对比体现了时间的变化。

三、共读的对话与思考

1. 问题设计:"你在封面上看到了什么?""这本书有什么特别的?""这本书讲了一个什么故事?""小纽扣经历了哪些事情?""最后小纽扣变成了什么?""这样没有文字的书你喜欢吗?为什么?""如果是你捡到了一颗小纽扣,你会怎么做?"

2. 自主阅读:事先向幼儿说明,这本没有文字的书,大家一起翻看一遍,然后分别讲述这本书讲了什么故事,看看两个人的阅读观察、想法是否一样。

3. 思考:无字书给幼儿带来了无穷的想象空间,让幼儿不再局限于作者给出的文字内容,从小读者变身为小作者,为图画书故事创编新的内容,注入自己的想法和灵魂,让阅读变得更加有自己独特的风味。

(解读人:刘明玮、姚苏平)

169 《女娲补天》[1]

一、内容介绍

本版《女娲补天》(图 169-1)是"中国名家经典原创图画书乐读本"丛书中的一本,虽然名为"女娲补天",但实际上讲述了盘古开天辟地、女娲造人和女娲补天三个有关联的故事。这些故事出自《风俗通》《淮南子》等文献,是中国神话中的经典情节。作者毛水仙是中央民族大学美术学院教授,出版有《中国当代美术家精品集·毛水仙专集》《傣族姑娘》《吉祥如意》等画集。这部图画书的文字还有待斟酌,比如开篇"在很古很古的时候,天和地原是混成一团的。就像一个很大很大的鸡蛋。""很古很古"的表述不妥,第一个句号的使用也不妥。

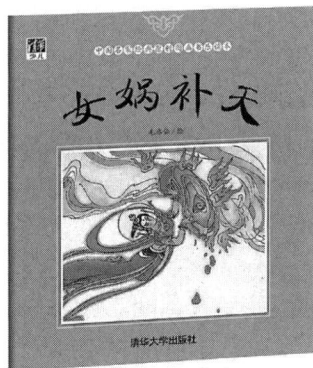

图 169-1

二、"图·文"解读

该书图画颜色明快,比如在盘古开天辟地之前,天地混沌犹如鸡卵,作者就用红、黄、蓝、绿等多色表现混沌之感。在处理盘古和女娲这两个主要人物形象上,作者也有不同的处理方式:盘古的形象更加粗犷,身上有一些装饰,但是没有衣服,露出健硕的肌肉;而女娲的形象则更像

---

[1] 毛水仙.女娲补天[M].北京:清华大学出版社,2017.

古典仕女图，服饰一应俱全，体现出了女娲"母亲"的形象，为了凸显其神仙的气质，增加了飘带和光环。这部图画书的图画风格，与 20 世纪八九十年代小人书或者童书插图的风格比较接近。

三、共读的对话与思考

1. 问题设计："你相信盘古开天辟地的神话传说吗，为什么？""你相信女娲造人的传说吗，为什么？""书中的女娲形象符合你的想象吗？""女娲有哪些美德值得我们学习？"

2. 活动：表演盘古开天辟地和女娲补天的故事。

3. 画出幼儿心目中女娲的样子。讨论：很多神话传说都和人类文明的最初记忆有关，比如中国有大禹治水的故事，西方有诺亚方舟的故事，根据部分科学家的研究，在人类文明早期，确实经历了史前大洪水的阶段。《女娲补天》的故事中，也有灾害相关的记载，请幼儿根据故事情节和画面，推断一下这部图画书中的故事可能反映出人类文明的哪些早期记忆？

（解读人：邹青）

170 《爬树》[1]

一、内容介绍

《爬树》(图 170-1)中的主角三三是一只平凡的小老鼠，虽然常听大老鼠们说："爬树又累又危险！"可是它还是想到树顶上去，因为那里有一只红气球。一路上，三三遇到了亦师亦友的松鼠，遇到了心爱的花朵，为了保护花朵，它鼓足勇气战胜了它最害怕的大猫。它一路遇见，一路告别，终于爬到了树顶，看到了梦寐以求的红气球。当它伸手去够，一阵风又把红气球吹跑了。顿感失落的三三在树顶上，看着它从不曾见到过的壮阔风景，独自坐了很久很久……

图 170-1

二、"图·文"解读

整部作品的风格抽象而富有活力，在以白色为底色的画面上，浓墨重彩突出老鼠要爬的那棵大树，风琴页的设计，扩展了大树的高大，也暗示老鼠实现愿望的艰难。运用色彩讲述古树，推动情节发展，是这个作品的重要特征。整部作品的画面主要由三种暖色调的颜色构成：黑色的

---

[1] 西雨客. 爬树[M]. 合肥：安徽少年儿童出版社，2019.

老鼠,褐色高大的树,紫色的大猫。冷峻的色彩加上硬朗的直线条,让整本书更加清爽。暖色基调的构图中,红色气球、小小的红花,还有绿色的茂密叶子,给作品平添了一丝温暖与希望。

从表现手法上看,作者用水墨、水彩、颜彩和拼贴等综合表现,视觉上温柔但坚定,也从侧面反映了老鼠三三的性格特点。

三、共读的对话与思考

1. 问题设计:"小老鼠在爬树的过程中都遇到了什么呢?""小老鼠面对大猫的时候,是怎么做的?""小老鼠最后没有得到红气球,它坐在树梢想什么呢?""你遇到困难的时候会做些什么去克服困难呢?""你有没有爬树的经历? 爬树给你什么样的体验呢?"

2. 引导幼儿以多种方式阅读,跟着图画书"爬",体验三三爬树的趣味,同时可以找到适宜的地方,真实地体验爬树,感受爬树的快乐。

3. 成人和幼儿一起讨论:没有实现愿望的时候怎么办?

(解读人:汪宁馨、姚苏平)

171 《盘古开天地》[1]

一、内容介绍

这本《盘古开天地》(图 171-1)是"中国经典神话故事绘本"中的一册。盘古开天辟地的故事在多种古籍中均有记载,如《艺文类聚》卷一引《三五历纪》有"天地混沌如鸡子,盘古生其中。万八千岁,天地开辟,阳清为天,阴浊为地。盘古在其中,一日九变,神于天,圣于地。天日高一丈,地日厚一丈,盘古日长一丈。如此万八千岁,天数极高,地数极深,盘古极长……故天去地九万里。"《绎史》卷一引《五运历年记》有:"首生盘古,垂死化身:气成风云,声为雷霆,左眼为日,右眼为月,四肢五体为四极五岳,血液为江河,筋脉为地理,肌肉为田土,发髭为星辰,皮毛为草木,齿骨为金石,精髓为珠玉,汗流为雨泽。"这本图画书《盘古开天地》基本依据这些记载改编,在细节处作适当的具体化处理,

图 171-1

比如描绘了盘古在"混沌如鸡子"的空间中的感受以及盘古"开天辟地"的动作、情态和心情;又如除了眼睛变成日月之外,还有睫毛变成了万点繁星;除了血液变成江河外,还有泪水变成湖泊;等等。这些延伸和补充让盘古开天辟地的故事更加生动,也更加适合用画面来表现。

---

[1] 哈皮童年.盘古开天地[M].福州:福建科学技术出版社,2016.

二、"图·文"解读

该书的图画以卡通画的风格为主。在"混沌如鸡子"的阶段，底色色调为黑紫色，之后变为深蓝色，在眼睛变成日月之后就有了光明，底色色调又变成金色，在万物创生之后，又变成更浅的淡蓝色和白色，整个画面越来越像我们熟悉的世界，体现出盘古开天辟地的重要意义。

特别值得提出的是，一些图画书中的盘古形象参考原始部落住民的形象进行设计，会佩戴首饰，会以树叶遮羞，这些明显是不符合盘古创世这样的故事逻辑的。该书中的盘古全以裸体形象"出镜"，更加贴合故事情境，同时又用不同造型、不同颜色的云气缭绕的方式来"遮羞"，营造出"阳清为天，阴浊为地"的感觉，这样的处理方式实在是非常巧妙。

三、共读的对话与思考

1. 问题设计："盘古的伟大之处在哪里？""你相信我们的世界是由盘古创造的吗？""如果说'盘古开天辟地'是一个虚构的早期神话故事，那么其中寄托了先民们怎样的情感和愿望？"
2. 讲故事比赛，要求幼儿在讲"盘古开天辟地"故事的过程中，充分使用肢体语言。
3. 跨学科小探究。从科学的角度，在老师或家长的帮助下查阅资料，探究地球的由来、大气的由来、山川湖泊的由来、动植物的进化，并分别探讨科学探究和神话故事研究的意义。

（解读人：邹青）

172 《蓬蓬头溜冰的故事》[1]

一、内容介绍

冬天到了，蓬蓬头穿了一件又一件衣服。摔了一跤后，又逐次脱掉一件又一件衣服，最终找到让自己摔跤的原因。孩子会潜移默化地理解里面、外面、上面、下面等空间方位词。

《蓬蓬头溜冰的故事》(图 172-1)选自《哦，原来如此！生活中的相对关系》系列丛书。这套图画书是由国内名家原创，专为3—8 岁儿童精心打造的思维启蒙图画书，文学性、艺术性与教育性兼具。全套书包含 12 册图画书、1 册导读手册、24 页趣味操作单(附 3 张贴纸)和 1 套益智游戏卡，并且附有故事音频和互动游戏等线上资源。相对关系的学习是幼儿认知发展的重要概念。本套书的 12 册图画书，涵盖了生活常识、交通规则、科学

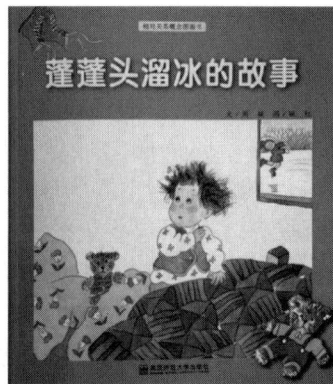

图 172-1

[1] 周婧，文；姚红，图. 蓬蓬头溜冰的故事[M]. 南京：南京师范大学出版社，2012.

认知、人际交往、社会关怀、生命教育等多种主题,其中渗透了生活中常见的相对关系概念,比如空间方位、物体特征、数量、模式等,让幼儿在有意义的情境中理解概念,有益于认知和语言的发展,以及阅读和审美的启蒙。

二、"图·文"解读

该书通过穿脱衣服这一情境,阐释里面、外面的相关概念,故事情节简单,但是不断重复里外的相对概念。在文字阐述中,采用图文结合的方式,用衣服图片直接替代文字,更利于幼儿关注重点"里面""外面"。

该书幽默有趣,轻松快乐。在故事中蓬蓬头有个不起眼的"好朋友",是"朋友",也好似一个"读者"——小熊玩偶,在一旁感受着蓬蓬头的喜怒哀乐,不仅在衣着上,就连表情、动作、神态都与蓬蓬头一致,为图画书增加了趣味性。

三、共读的对话与思考

1. 问题设计:"蓬蓬头穿了几件上衣?是怎么穿的呢?""蓬蓬头是被什么'咬'了一口呢?""蓬蓬头按什么顺序脱掉衣服的呢?""书中蓬蓬头有个好朋友,你看到了吗?它一直陪着蓬蓬头,你发现它有什么变化吗?"

2. 引导幼儿在冬天自己穿衣服的过程中去表达里面、外面等空间概念。

3. 利用日常生活情境巩固幼儿对"里、外"相对概念的认知。

(解读人:汪宁馨、姚苏平)

173 《瓢虫的星冠》[1]

一、内容介绍

《瓢虫的星冠》(图173-1)从一只瓢虫去旅行的线索切入,以第三人称的视角讲述了一只对世界充满好奇心的瓢虫,发现别人身上独特的地方之后,也很渴望拥有一顶属于自己的"冠"。尽管争取的过程中遇到过失败,但瓢虫最终坚持不懈地找到了属于自己的"星冠"。在瓢虫寻觅的过程中,可以发现:一是万事万物都有自己的特点,都是独一无二的;二是失败是一种很好的挫折教育;三是要充分发挥自身优势,能够认可自己,喜欢自己,悦纳自己。

图 173-1

---

[1] 吉葡乐,文;苏卡,图. 瓢虫的星冠[M]. 北京:中国大地出版社,2015.

二、"图·文"解读

全书用水彩画的形式呈现故事内容，画风清新淡雅，给人舒适的视觉感受。瓢虫的红色和黑色在其中显得格外醒目突出，吸引了读者的眼球。语言风格朴实真挚，富有教育性和哲理性，与图画内容相互呼应，有节奏地讲述了故事，将其中真谛娓娓道来。

三、共读的对话与思考

1. 问题设计："瓢虫在旅行中看到了什么？这些东西的特点分别是什么呢？""瓢虫与它看到的东西发生了什么故事？""瓢虫为什么要参加诗歌比赛？它成功了吗？""瓢虫后来是怎么做的呢？它做了一顶什么'冠'呢？""你听完有什么感受呢？"

2. 进行故事表演，制作故事中的角色道具，然后通过表演戏剧或皮影戏的方式讲述瓢虫旅行过程中所发生的事情。

3. 该作品可以与多领域融合，拓展活动。如：（1）体验感知瓢虫的情绪情感变化，制作心情小屋，记录自己的情绪变化；（2）了解瓢虫旅行中遇到的动物们的基本外形特征和生长习性，老师出示不同动物有特点的局部图片，让小朋友猜测该动物的名称；（3）发现并交流同伴身上的优点，并将优点记录下来，了解到每个人都是独一无二的，要学习发现别人的优点，同时也要意识到自己的优点，发挥优势和长处，创造出属于自己的精彩。

（解读人：谢菲、姚苏平）

174 《蒲公英就是蒲公英》[1]

一、内容介绍

《蒲公英就是蒲公英》（图 174-1）是一本诗歌图画书，一句诗配一幅图。全书描绘了蒲公英的一生——发芽、长叶、生茎、开花、花谢、结籽、散籽。无论何种形态，它的名字一如既往，不会改变，就叫作蒲公英。绘本着重刻画蒲公英生命力顽强、不择土壤的特质，它到处生长，漫山遍野一片生机勃勃的金黄色。蒲公英是世界各国人民都喜爱的一种植物，许多民族都在春天吃这种野菜，在韩国也不例外。作品歌咏了蒲公英千姿百态又始终如一的一生，寄寓着自我悦纳、坚持本心、持守本色的朴素情怀。

图 174-1

---

[1]　[韩]金昌盛，文；[韩]吴贤敬，图.蒲公英就是蒲公英[M].赵明爱，译.上海：少年儿童出版社，2018.

二、"图·文"解读

该书由一系列精美的植物水彩画构成,画面笔触精细,植物形象高度写实。熟悉、欣赏植物画的细部,有助于启发小读者的"自然之眼"。小读者既能领会自然之美的构成因素——植物的生命之美、数学之美,也能培养对于植物形态、特征的观察力。画面施色鲜艳柔和,反复点染蒲公英的叶片之鲜绿、花朵之金黄;极少的文字与精细的图案相组合,构成一种疏朗、内秀、质朴的美。按作品所展现的,可知蒲公英扎根生长之地有城市的人行道,也有乡间的山野,还有中国读者看来十分熟悉、亲切的传统瓦房的檐隙。满幅跨页的风景,同样处处赞美着寻常生活的热力和芬芳。

三、共读的对话与思考

1. 赏读图文:缓慢翻页朗读,边读边欣赏图画与文字映衬之美。玩味书中描绘的蒲公英生长的各个地点,尤其是与蒲公英相伴出现的人文景观和自然生灵,如汽车、房屋、风力发电机、飞机、蜜蜂、蝴蝶、瓢虫,等等,尝试用文字有条理地表述。领会蒲公英所传达的顽强生机、朴素的生命力。感知作者对日常生活的注目、热爱之情。

2. 知识拓展:了解蒲公英的相关知识——菊科多年生草本植物,旧名婆婆丁、奶汁草等,是一味经典的中药,性寒,去火,英文为 dandelion,意为狮子的牙齿。在春天可以品尝野菜蒲公英,秋天可以吹蒲公英球。

3. 思考:该作品的精细描绘,足以打破小读者对蒲公英"黄花/绒球"的模糊印象——它的枝叶鲜嫩得出奇,茎秆充满汁液,花瓣层层叠叠,具有绚丽之美,结出的绒球更是精致迷人。在城市里,它是不期而遇的小野花,在田野里则是肆意张扬的主人。从蒲公英推想开去,幼儿可以体悟,世界之美,在于那双发现美的眼睛:是谁看到了如此美丽的蒲公英? 是谁在这里、那里,到处看到了蒲公英? 那点缀着蒲公英花的窗户里,会住着什么样的人?

(解读人:盖建平)

175 《其实我是一条鱼》[1]

一、内容介绍

"一片叶子做了一个梦,梦见自己变成一条鱼,在大海里游来游去……"于是,故事就这么开始了。《其实我是一条鱼》(图 175-1)是一个关于奉献的故事,也是一个关于梦想的故事。善良的叶子在追梦的路上,毫不吝啬地帮助每一个它能够帮助的人。在成全别人的同时,善良

---

[1] 孙玉虎,文;布果,图.其实我是一条鱼[M].北京:中国大地出版社,2017.

的叶子从水井来到池塘，从池塘来到河边，从河边来到湖面，又从湖面来到大江，最终抵达大海。

叶子的每一次奉献，每一次帮助，既成全了别人，也让自己离梦想又近了一步。最终，叶子能够实现自己的梦想，变成一条鱼吗？那就有待于读者自己去慢慢体会了……

这是一个温暖又略带忧伤的童话，构思精巧、简练隽永，在纯真的故事中寄寓着悠远的哲思。作者用回环往复的叙事手法，逐层递进地展现叶子去往大海的旅程，叙事中不断重复的"其实我是一条鱼，我要去大海，但我不介意……"符合低龄儿童的记忆特点，便于他们理解并复述故事。

图 175-1

二、"图·文"解读

1. 这个故事的文本只在结尾处才点明叶子的破败，但在图像语言中，绘者细腻地画出了叶子逐渐破败的全过程：从破了一个洞到两个洞，到叶子边缘逐渐破损，到最后只剩下叶脉。可以提醒小读者去仔细观察叶子的形态变化。

2. 叶子的破败过程在图画书的前环衬（图 175-2）、后环衬（图 175-3）均有体现。

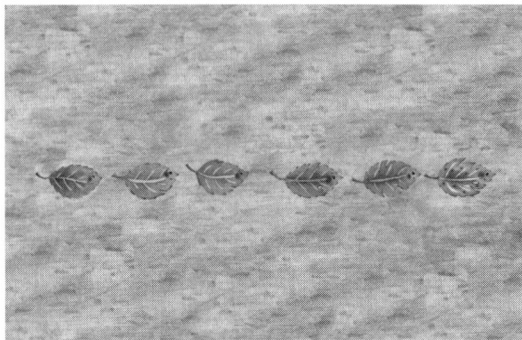

图 175-2　前环衬

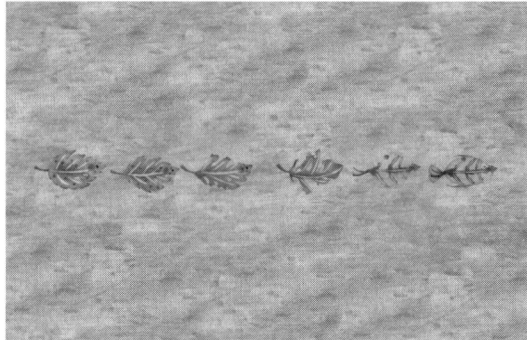

图 175-3　后环衬

3. 虽然正文是在猫舔树叶那里结束的，但封底却画了一个鱼在鱼缸里的场景，等于是留给读者的一个彩蛋。其实，这个看起来像鱼的东西是树叶。画面暗示这是一个温暖的结局。至于说叶子为什么在鱼缸里，读者可以理解成叶子变成了鱼，还可以理解成叶子来生是一条鱼。

三、共读的对话与思考

第一，与其说这是一个关于追梦的故事，不如说它首先是一个关于奉献的故事。在追梦的路上，叶子没有拒绝任何一个它能够帮助的人，正是因为这些善良的帮助，叶子从水井来到池塘，从池塘来到河边，从河边来到湖面，又从湖面来到大江，直至最终抵达大海。可以说，几乎叶子的每一次帮助，都让它的追梦之路又前进了一些。

第二，这个故事的结尾是略显悲伤的，不是常见的大团圆或者大圆满。其实，悲伤、难过也是一种审美体验，也是人生的组成部分，我们不用去强调，也不用去回避。

第三，关于故事的结尾，很多孩子会问叶子到底有没有实现梦想。有个孩子说得特别好，他说，连最爱吃鱼的猫都觉得叶子是鱼，那么叶子就实现梦想了。这个孩子还有两句话也说得特别好：第一句是"如果你的梦想实现不了，那么帮助别人实现梦想也很不错"；第二句是"有梦的人才能更理解有梦的人"。

第四，一个可能被忽略的细节，那就是蜗牛。蜗牛为什么不老老实实在家里待着，而要驾着一只木碗小船去大海呢？它从哪里来？一路上都经历了什么？那一定是另外一个故事了，可以启发小读者大胆想象，自行创作。

（解读人：孙玉虎）

176 《奇妙的书》[1]

一、内容介绍

《奇妙的书》(图 176-1)是一本无字图画书，表现了书的魅力和阅读带给我们的奇妙体验。一群动物被一个小女孩手里的书吸引，纷纷沉浸在自己想象的世界里。轻松的插图描绘了有趣的场景，比如长颈鹿和鳄鱼贪婪地喝着书，一只老鼠住在蛇背上的房子里去冒险，一只兔子勇敢地与一只凶猛的狼搏斗，一只狐狸用一本书拐骗了一群鸡，一只虫子和一群鸟儿在夜空中飞翔……"书"在每个画面中不断变化，在动物们各自的想象和冒险里发挥至关重要的作用，展示出书籍如何开阔我们的视野和想象力，为生活寻找更多的可能性。

图 176-1

二、"图·文"解读

这是一本无字图画书，书中自始至终没有一个文字，纯以图画在讲述故事。根据图画，读者可以解读出属于自己的意蕴。其实，对于无字图画书，书中看似没有文字的参与，却并未离开语言。日本学者松居直认为"它只不过是没有印上文字而已，实际上却仍然存在着支撑图画表现的语言"。

书的封面就呈现出，小女孩在看书，好多小动物也围过来看书。之后，长颈鹿和鳄鱼喝着书，吮吸书中的营养(图 176-2)，小白兔拿着书和胡萝卜能与凶猛的狼展开搏斗(图 176-3)……(读者可以有自己的理解。)

---

[1] 杨思帆. 奇妙的书[M]. 桂林：广西师范大学出版社，2016.

图 176-2　内页 1

图 176-3　内页 2

全书采用鲜明的对比手法，体现相对弱小的动物读书后能够与强壮凶猛的动物抗衡，暗示读书的益处。作品中将书化作饮料，化作房子，化作椅子，化作风帆，化作翅膀……暗示书籍的用途广泛，能够开阔思维和眼界。

三、共读的对话与思考

1. 故事掌握：请幼儿们以语言的形式讲述无字图画书的内容，呈现出自己独特的理解。共读的成人朋友们切勿用自己的观点"纠正"孩子的观点，无字图画书就是这样，见仁见智。以这样的方式来激发幼儿的想象和看图编故事的能力。

2. 故事续编：请幼儿发挥想象续编故事：读书还会带来怎样的改变。

3. 与幼儿一起进行故事表演，制作故事中的角色道具，然后通过表演戏剧或皮影戏的方式发挥想象力，演绎"奇妙的书"的奇妙之处。

（解读人：张攀、姚苏平）

177　《奇妙森林原创剪纸绘本·春生的节日》[1]

一、内容介绍

《奇妙森林原创剪纸绘本·春生的节日》（图 177-1）是一套用剪纸方式讲述中国传统节日的图画书。在元宵、新年、端午和中秋的时光流转中，小兔子春生游戏于神秘的奇妙森林，经历成长与蜕变。作者伊安用剪纸构建的童话世界充满了美感与巧思。古典的青花蓝作为底色，给读者营造了一片静谧的氛围。画面既是对传统剪纸的继承，又打破了其中的限制，结合拓印、绘画、拼贴、日本浮世绘等多种艺术手法，让奇妙森林中发生的故事更立体耐读，更有奇幻之感。

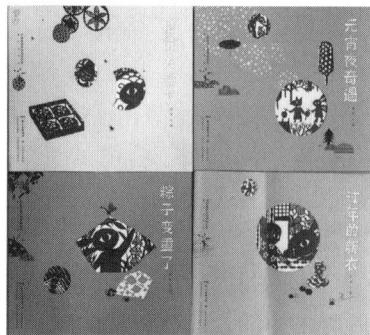
图 177-1

[1]　伊安. 奇妙森林原创剪纸绘本·春生的节日[M]. 广州：广东教育出版社，2019.

（一）《过年的新衣》

《过年的新衣》的节日主题是"春节"。春生被一个正在哭闹的小福娃吵醒,原因是福娃的新衣裳破了个洞,春生帮忙补上,可小福娃还是不满意。春生通过请教妈妈、不断调整修补方法等,最终为福娃绣了一件满是梅花的新衣裳。正当春生梦醒,窗外的梅花悄然绽放。

（二）《元宵夜奇遇》

元宵节,爸爸带着春生和表弟秋宝去镇上赏灯。遇见熟人的爸爸和朋友聊得热火朝天时,春生发现了一只孤单的小狐狸。热情的春生走上去打招呼,却意外开始了一段神奇历险:和小狐狸穿过一座又一座的山,通过神奇的海螺听到了"天堂之音",牵着云朵变的气球,通过一个三棱镜看到了满天繁星。最后梦境回归现实,爸爸和叔伯们找到春生,平安回家。

（三）《粽子变重了》

端午节要来了,草木开始繁茂起来,春生的妈妈交给春生一项任务——穿过密林给外婆送粽子。春生十分雀跃,在森林里闻野花、逗小鸟、穿过小河、走过小桥、看蜻蜓、扑蝴蝶,边走边玩,在路途中总觉得粽子变重了,于是一次次拿出几个粽子放在路边。最后他采了一束野花,送了三个粽子给外婆。外婆也给他送了一些绿豆糕,让春生用艾草洗澡,给他戴上了五毒香包。春生带着满满的祝福回家。

（四）《月饼失踪了》

在这个故事中,白露过后,中秋就不远了。春生的妈妈做了好多月饼,莲蓉、豆沙、枣泥,每一种看起来都很好吃。春生舍不得吃,他觉得月饼必须留到中秋那天再吃。可是中秋还没有到,月饼却少了一个。春生发现失踪的月饼被小精灵们带去开舞会了,春生夺回了月饼,却破坏了小精灵的舞会,春生自己也不开心。在妈妈"遵从内心"的引导下,春生决定参加小精灵们的舞会。

二、"图·文"解读

这是一套用剪纸讲故事的书,书里的每一个场景都是一幅惊艳的剪纸作品,画面里满是精致的细节,有鸟的森林,有花的海洋。这是一套充满爱与悦纳的图画书,通过春生的亲身经历,鼓励孩子尚美、崇爱、包容、勇敢。这是一套为中国娃娃守住传统文化根脉,剪出别样趣味的节日之书! 书里有节日习俗,也有节令美食,还有藏在节日仪式感身后的文化传承。

三、共读的对话与思考

1. 问题设计:(1)《过年的新衣》:"春生帮助福娃想了几次办法? 分别是什么?""你喜欢春生吗? 为什么?""你知道新年的哪些习俗呢?"(2)《元宵夜奇遇》:"狐狸向春生展现了哪些有趣的事?""如果是你,你会和狐狸一起走吗? 为什么?""你觉得真的有狐仙吗? 你害怕吗?""你知道哪些元宵节习俗? 你是如何度过元宵节的呢?"(3)《粽子变重了》:"春生一路上都做了些什么事?""春生都遇到了哪些这个季节的特有植物和动物呢?""春生放下了几次粽子?""你觉得放在森林里的粽子会怎么样?""书中提到了哪些端午节的习俗? 你还知道哪些端午节的习俗?"(4)《月饼失踪了》:"春生的月饼去哪了呢?""小精灵把月饼偷走做什么呢?""如果你是春生,你会怎么做?""你是如何理解春生妈妈说的'遵从内心'?"

2. 该作品可以与多领域融合,拓展活动。(1)在阅读中体会帮助他人的快乐以及解决困难后的喜悦,从而潜移默化地促进社会性发展。(2)通过多种途径了解剪纸这一非物质文化遗产,并尝试简单的剪纸活动。(3)通过多样化的节日活动,更加充分地了解中国传统节日,增进对中国传统文化的理解,增强民族自信。

(解读人:汪宁馨、姚苏平)

178 《企鹅寄冰》[1]

一、内容介绍

《企鹅寄冰》(图178-1)是冰波喜剧童话的代表作,是"夏虫不可语冰"的解构式再现。故事发生在非洲和南极,狮子大王住在炎热的非洲,给企鹅写了一封信,拜托他给自己寄一块冰降暑。住在南极的企鹅收到信后,立即挑了一块大的方冰寄给狮子大王。可是狮子大王收到邮件后发现是一袋水,他又写了一封信给企鹅,并把水退了回去,企鹅收到退回的邮件后,打开一看,明明是一块冰,他遇到了一个非常头疼的问题。

二、"图·文"解读

这是一个有趣的童话故事,故事幽默风趣,画面色彩艳丽,对比度强,通过色彩体现两个不同地域的环境差异。环衬页是比较有特

图 178-1

点的一页,画面中有无数企鹅,相同表情,而无数的狮子却有很多表情,到底是为什么呢? 环衬页就十分吸引人,让人产生诸多想象。

三、共读的对话与思考

1. 问题设计:"企鹅为什么要给狮子大王寄冰呢?""狮子收到冰了吗? 他是怎么做的呢?""如果你是狮子,面对企鹅寄来的'水',你会怎么想,怎么做呢?""企鹅寄的冰怎么会变成水了呢?""你能帮企鹅解决这个'让人头疼的问题'吗?""企鹅和狮子都生活在哪里呢?气候有什么特点?"

2. 此书不仅幽默,还渗透着科学常识,激发幼儿助人为乐的热情,研究讨论故事中所蕴含的科学知识。联系文中写信的沟通方式,尝试给企鹅"写"(绘)一封信,给企鹅答疑解惑。

3. 分角色表演,表现出狮子不同的情绪特点和说话语气。

---

[1] 冰波,文;郭雨晴,图.企鹅寄冰[M].杭州:浙江少年儿童出版社,2018.

4. 通过地图、视频等了解南极、非洲在地球上的位置、气候特点。

（解读人：汪宁馨、姚苏平）

179 《蔷薇别墅的小老鼠》[1]

一、内容介绍

《蔷薇别墅的小老鼠》(图 179-1)是一个关于收养和爱的温情童话。蔷薇奶奶独自居住，曾经收养过蜗牛、鸟、狗和一个年轻的男人，也收养了流浪的小老鼠班米。即使班米有许多缺点，蔷薇奶奶依然爱他，甚至为他流泪。不久，年老的大脚猫皮拉来了，他也渴望拥有家。这让蔷薇奶奶为难，她担心家里发生猫鼠大战，犹豫间，老猫皮拉生气了，他用各种方法闹腾，蔷薇奶奶同样宽容老猫的行为，还为他包扎伤口。为了不让蔷薇奶奶为难，小老鼠班米悄悄离开了蔷薇别墅，重新开启流浪生活。几年后，想念蔷薇奶奶的小老鼠班米又回到蔷薇别墅探望，发现蔷薇奶奶已经离开人世，于是，猫和老鼠这一对天敌，并肩坐在蔷薇花下为爱他们的蔷薇奶奶落泪……

图 179-1

二、"图·文"解读

苏州的一条老街，一个开满蔷薇花的窗口，外婆等待的身影，空气中水汽和花香弥漫，淡淡的阳光温暖着街道、河流、田野……家乡老街的生活画卷一直都在作者的脑海中。在这样的回忆中，她写下这个略带忧伤的美丽故事。

故事的原型是作者的外婆，由于亲人们外出辛劳，守家的外婆便常常等在窗口，看街边的路，看来往的人，风雨岁月，聚少离多。但外婆从不抱怨，她种花种菜，养鸡养鸭，把日子过得平和笃定。她孤独的背影、爬满蔷薇花的窗，成为爱的守望中不变的风景。于是在故事中就有宽容人和接纳人的蔷薇奶奶。

作者在文字中并未过多表达真实的故事背景，人物也跳脱了原型的束缚，她把重点放在以"人物"为中心的故事构思和情感渲染上。故事第一部分只用寥寥数语概括了蔷薇奶奶几乎一生的故事；第二部分讲述蔷薇奶奶收养老鼠班米的故事；第三部分讲述蔷薇奶奶收养老猫皮拉的故事；第四部分时光跳跃到许多年之后，老鼠和猫一起怀念蔷薇奶奶。与故事情节相伴相生的是情感的流动，蔷薇奶奶的情感是平稳和充沛的，她安静、慈爱、细致、宽容、持久……她的爱就像江南水乡的水雾弥漫在一生的时光中，就像落英缤纷的蔷薇花纷纷地飞落在读者心头。

---

[1] 王一梅，文；陈伟、黄小敏，图. 蔷薇别墅的小老鼠[M]. 郑州：海燕出版社，2015.

值得一提的是，绘者在阅读作品的文字之后，认真地去苏州老街感受了烟雨江南，感受了蔷薇花开的五月，于是，画面呈现了白绿色调的春天，用水彩的方式把具有年代感的故事缓缓地呈现在读者面前。层层叠叠的绿色、满屏白色的蔷薇花都充满了晕染的色彩感，契合了爱的情感，河流、桥、白墙黑瓦的临水老房子、棕色带着肌理的木门以及晒着的腊肠、油灯、竹椅竹篮等生活细节，使回忆般的老故事和画面的蓬勃春天碰撞，显示出图画书独特的美感。

三、共读的对话与思考

1. 讨论话题："蔷薇奶奶是怎样的人？哪些描写可以看出来蔷薇奶奶的这些特点？""根据你对故事中老鼠班米、黑猫皮拉的了解，猜测一下班米和皮拉没有来到蔷薇别墅之前的生活是怎样的？""你最喜欢书中的哪一个画面？为什么？""故事结尾，老鼠班米和黑猫皮拉静静地坐在蔷薇花下，你认为它们为何可以和平共处？"

2. 拓展建议：观察蔷薇花，查阅蔷薇花的百科知识，感受蔷薇花的美，画一画书中的蔷薇花。书中角色、书中地点、书中道具都可以做成书签，任选一套（或者一个）进行制作，可以在书签上写下你对角色、地点或者道具想说的话。

3. 写一封给书中人物的信。和同伴交流曾经收养过的小动物，说说其中的故事。

（解读人：王一梅）

180 《敲门小熊》[1]

一、内容介绍

《敲门小熊》（图 180-1）以书中书的方式讲述了一只小熊很爱敲门，并且带着一群动物、布偶和人去敲门的故事。故事呈现了小熊的心理活动，爱敲门的小熊设想敲开了狗、猫、鸡、小鸟等动物、人和布偶的门，以及对方可能会问的问题，后来敲门的队伍变得浩浩荡荡。故事的最后，画面场景缩小到一本书上，文字部分呈现了评论家们的评价、小熊与他们的对话，也给了读者以震撼和思考。这个作品用"解构故事"的方式讲述故事，生成了一种奇妙的"书中书""事中事"的游戏化结构。现实生活中许多幼儿都像"敲门小熊"一样，充满了好奇心和探索欲，对故事的"循环往复"保有巨大的热情。成人应当理解、尊重、悦纳、支持、陪伴这样的叙事结构和游戏方式，激发儿童对世界更多的探索欲。

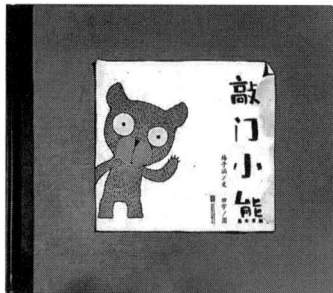

图 180-1

---

[1] 梅子涵，文；田宇，图. 敲门小熊[M]. 北京：北京联合出版公司，2017.

二、"图・文"解读

该书主要采用红、黑、黄三种颜色,整体色彩饱和度较低。前后环衬是整齐排列的不同样式的房子,充分吸引了读者的兴趣。画面内容从一本书开始,深入到书里面呈现了小熊敲门的故事,最后又回到一本书,是书中的趣味故事,让人感到非常新奇。图与文相互补充,文字介绍着画面中各个角色之间的对话与发生的故事,尤其是最后评论家的话,以及小熊与之的对话,升华了故事主旨。

三、共读的对话与思考

1. 问题设计:"小熊的特别之处是什么?""小熊分别敲开了谁的门? 对方说了什么? 小熊说了什么?""评论家说了什么? 他们觉得漂亮房子是指什么呢?""小熊是怎么回答评论家的?为什么这样说呢?""你觉得小熊是什么样的? 你喜欢它吗? 为什么?"

2. 通过角色扮演的方式呈现该作品,复述故事内容。

3. 该作品可以与多领域融合,拓展活动。如:(1)欣赏不同建筑的风格,感受建筑的多样化特点,拓展建构区的游戏内容;(2)了解不同动物的叫声特点,并尝试模仿表演;(3)共同讨论"敲门"的话题,了解去别人家做客的注意事项和礼貌用语,学习人际交往的技巧;(4)关注身边像敲门小熊一样的人,说说他的行为举止和学习品质,以及自己可以从他身上学习到的闪光点。

(解读人:谢菲、姚苏平)

181 《青铜狗》[1]

一、内容介绍

《青铜狗》(图 181-1)结合青铜器与汉代画像石的艺术形式,讲述了一只青铜狗的故事。一对贫穷的兄弟意外获得一只可以为他们带来财富的青铜狗,正当他们畅想未来美好生活的时候,青铜狗吞掉了哥哥。这时,如果弟弟放过青铜狗,就会得到他想要的财富,但是,弟弟不为利益所动,作出了放弃财富、拯救哥哥的选择。青铜狗是兄弟之情的试金石和见证者,作品通过青铜狗的故事,歌颂了贫贱不移的手足亲情,彰显了中华民族的传统美德。

图 181-1

---

[1] 李健. 青铜狗[M]. 乌鲁木齐:新疆青少年出版社,2018.(书目 181《青铜狗》、307《羊姑娘》、329《雨龙》是同一书系。)

二、"图·文"解读

该书的前后环衬和内页背景为土黄色，与人物的深褐色、青铜色相配合，使画面呈现出凝重的历史感。作品以画像石特有的浮雕与古朴线条表现人物强健的体魄，人物动作夸张，造型简练质朴，富有质感；青铜狗双目有神，双耳直立，神态笨拙可爱，栩栩如生。画面设计在画像石长方形的基础上，又有上下分格、左右分格、跨页、出框等多种变化的形式，既再现了我国画像石这一古老的艺术形式，又呈现出故事发展的节奏，让人耳目一新。如第11—12页采用橙红色，画像石由左上向右下变形弯曲，表现情节急转直下，紧张气氛跃然纸上；第15—16页则借用折扇弯弧的形式，随形布势，稳重而灵动，便于全景式展示。

三、共读的对话与思考

1. 问题设计："故事中青铜狗的表情都有哪些变化？""你能找出哥哥和弟弟在外形上的不同吗？""你喜欢青铜狗吗？为什么？""弟弟为什么要舍弃财物去救哥哥？你同意弟弟的做法吗？"
2. 完成作品后面的"填色挑战"和"剪纸挑战"。
3. 该作品可以与多领域融合，拓展活动。如：(1)欣赏我国汉代画像石艺术和古代青铜器艺术，观察上面的人物和纹饰，培养审美能力；(2)了解我国都有哪些国宝，讲一讲有关某个国宝的故事，树立文物保护意识，增强民族自豪感；(3)与家庭成员相亲相爱，珍惜兄弟姐妹之情，珍重亲人之情，懂得传承中华民族传统美德。

（解读人：丰竞、姚苏平）

182 《青蛙与男孩》[1]

一、内容介绍

《青蛙与男孩》(图182-1)是一本充满童趣的图画书。男孩抱着罐子在田间游玩，偶然遇到了一只青蛙。青蛙对男孩说"我会蹲"，男孩说"我也会"；青蛙说"我会跳"，男孩说"我也会"；青蛙说"我会洗澡"，男孩说"我也会"……是男孩仿佛和青蛙较上了劲，还是孩子都有模仿的天性？一番比较之后，青蛙竟然以为找到了失踪的青蛙王子，并将男孩带回了青蛙王国。这时男孩才发现"糟了"。男孩虽然还是个小孩子，独自遇上了这样的事儿，却也能反过来说出自己与青蛙的不同，极力证明自己不是青

图182-1

[1] 萧袤，文；陈伟、黄小敏，图.青蛙与男孩[M].郑州：海燕出版社，2015.

蛙……最后,小男孩还是抱着他的罐子开心地在田间玩耍。

二、"图·文"解读

这本图画书通过充满童真的语言视角,成功塑造出个性鲜明的儿童形象,在虚实交融的叙事空间中生动诠释了童年特有的精神气质与生命意趣。故事通过男孩与青蛙的趣味互动,比如比较肢体动作叫、蹲、跳,描述身体部位舌头、肚皮等,将童年期特有的具身认知与游戏天性自然融入叙事脉络,使儿童形象特征随着情节递进呈现出多维度层次感。充满张力的视觉呈现中,诙谐的角色塑造、灵动的表情刻画、富有韵律的图文编排,共同构建出极具表现力的图像语言体系,完美实现了文学性与艺术性的深度融合。

故事从亲子共处的现实场景,过渡到孩童的幻想秘境,后又抵达童话王国的奇幻疆域,最终完成叙事闭环。这部兼具简练形式与丰厚内涵的绘本作品,以精准的儿童心理洞察力构建出令人难忘的艺术世界。期待更多读者能在这样独特的童年剧场中,感受幻想维度与现实世界交织共舞的文学魅力。

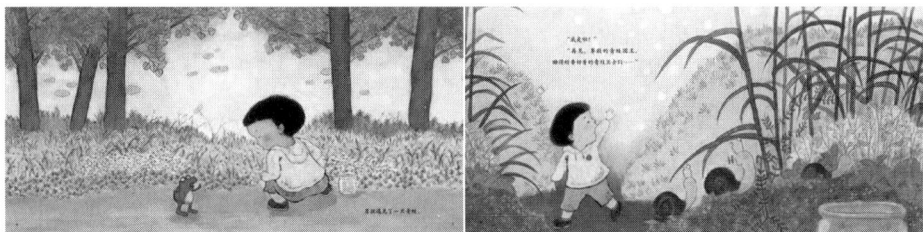

图 182-2

三、共读的对话与思考

1. 问题设计:"前扉页上是什么场景?""男孩遇见了谁?""男孩和青蛙做了什么?""青蛙带男孩去了哪里? 见到了谁? 为什么?""青蛙国王和男孩在干吗? 男孩为什么这么做?""后来男孩怎么样了?""后扉页上是什么场景?"

2. 激发想象:青蛙和男孩还有哪些相似之处? 哪些不同之处? 男孩在青蛙王国经历了春夏秋冬,当他回到田间时,爸爸妈妈还在原处,但是和去时相比,已经过去了一年的时间。那么男孩会把这些经历告诉爸爸妈妈吗? 为什么? 如果告诉,你认为他会怎么说?

3. 阅读反思:(1)幼儿通过阅读图画书,要能够明确"自我"的概念,知道"我"的独特性;(2)家长通过阅读图画书,明确幼儿的成长不一定一直伴随成人的目光,在某些微不足道的时刻,幼儿本身或者幼儿的精神世界会发生一些小事情,可能荒诞,可能奇妙,但都很重要。最终让幼儿成长的,是他自己,还有整个世界。

4. 参阅书目 261《西西》,了解作者萧袤的文本创作风格。

(解读人:张攀、姚苏平)

183 《石榴的钻石王冠》[1]

一、内容介绍

《石榴的钻石王冠》(图 183-1)从石榴"炫果果"的视角介绍了石榴获奖的故事,开头以炫果果的提问启发读者思考:石榴为什么可以戴上"钻石"王冠? 故事介绍了石榴聪明、漂亮、热爱芭蕾的特点,重点描述了石榴跳舞受伤后闭门不出的状态以及好朋友对它的担忧和关心,体现同伴之间的纯真友谊。最后石榴出现在电视里并拿到了国际宝石设计大赛的最高奖,出人意料又在情理之中。受过挫折的石榴一改此前的沮丧,突破了自我,找到了新的方向。石榴坚持不懈、不怕困难的美好品质是它通往实现梦想之旅的必要条件。

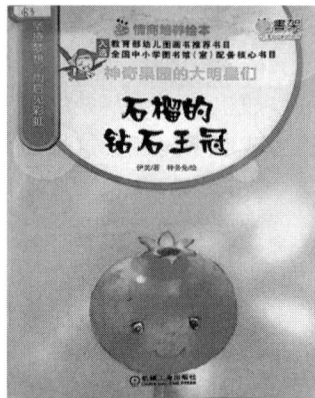

图 183-1

二、"图·文"解读

该书采用了水彩画的方式,色彩鲜艳,线条流畅,画面从广角开始,逐渐聚焦到石榴身上,展现了石榴不同时期的心理状态。石榴在舞台上表演芭蕾舞剧的画面充满想象力,右脚受伤的特写刻画入微,在消沉期的表情刻画很有表现力,最后获得国际宝石设计大赛的场景颇具童趣。作品语言优美,富有韵律感。

三、共读的对话与思考

1. 问题设计:"你觉得石榴是什么样的?""石榴受伤后心情是什么样的? 为什么?""石榴的朋友有谁? 它们是怎么关心石榴的呢?""最后石榴重新站上舞台了吗? 它得到了什么?""石榴身上有哪些地方值得学习? 为什么?"

2. 分角色表演该作品,体现每个角色的鲜明特点。

3. 进行一项语言活动,举办小小辩论赛,正方是石榴可以成功,反方是石榴不能成功,围绕石榴的最终结局和原因进行思维碰撞。

4. 该作品可以与多领域融合,拓展活动。如:(1)可以续编创作故事内容,从石榴的视角介绍自己的心路历程;(2)绘制石榴的心情变化图,并说说自己遇到什么事情也会有这样的情绪,讨论缓解不良情绪的方法;(3)说说自己的好朋友,交流自己为朋友、朋友为自己做过的温暖的事情,感受友谊的可贵;(4)尝试运用多种材料制作一项属于自己的王冠,并给这顶王

---

[1] 伊芙,文;特务兔,图.石榴的钻石王冠[M].北京:机械工业出版社,2015.

冠取名字。

（解读人：谢菲、姚苏平）

184 《请吧》[1]

一、内容介绍

《请吧》系列丛书（图184-1）一共有5册，讲述了小动物之间的温情故事。第一册中小兔子做了一把写有"请吧"的椅子，小驴、小熊、小狐狸和十只小松鼠依次坐上椅子，吃掉前一位留下的食物，又放上新的食物，形成了一条循环又递进的链条。第二册中小驴做了很多背包，送给了大熊、小狐狸和十只小松鼠，最后没能做好自己的背包，就和大家一起去郊游了，在郊游时别的小动物又纷纷把自己带的食物和小驴分享。第三册中小松鼠埋在土里的一颗核桃发芽了，于是它们期待这棵小树苗长成大树，结出很多核桃和大家一起品尝。第四册中小狐狸发现了雪地里的灯光，并带着十只小松鼠一起前往房子，在房子里和爷爷奶奶一起品尝美食，最后爷爷奶奶还送给它们一人一个布娃娃。第五册则是讲述了小兔子运桌子、做椅子的故事，因为有了大家的帮助，运桌子上坡都变得很轻松。五个温情的故事无不彰显着分享的快乐，同伴之间的互助更是体现了友谊的珍贵。

图 184-1

二、"图·文"解读

该书主要采用了暖黄色，给人非常温暖的感觉。稚拙的造型设计、简洁的构图风格，将小动物的特点、彼此帮助的故事生动形象地表现出来。每一册都采用了跨页的形式，尤其是在《小驴的背包》这本书的最后部分，可以将页面递进式打开，小驴和好朋友们一起玩耍的画面跨越了四页纸，有很强的视觉冲击力。有些部分还会通过放大的形式，突出小动物的神态表情，与文字相互补充，前后呼应，反映了温暖、关爱、平等的同伴氛围，趣味的故事体现了同伴间的分享与互助。

三、共读的对话与思考

1. 问题设计："《请吧》故事中，哪些小动物来到了椅子旁，它们分别留下了什么东西？"

---

[1] ［日］香山美子，文；［日］柿本幸造，图.请吧（5册）[M].朱自强，译.北京：光明日报出版社，2014.

"《小驴的背包》里，小驴给谁做了背包？背包用来干什么？小驴的背包里装了什么？为什么装这些呢？""《核桃的约定》里，为什么要把核桃埋到土里呢？后来找到核桃了吗？怎么找到的？核桃和松鼠的约定是什么？""《森林深处的灯光》里，小狐狸看到的灯光处住着谁？走进房子里，小狐狸感觉怎么样？它们发生了什么故事？那些奇怪的影子究竟是什么呢？""《骨碌骨碌骨碌碌》里，小兔子做的桌子是什么样的？它要把桌子放到哪里？后来是怎么运过去的呢？"

2. 进行故事表演。

3. 该作品可以与多领域融合，拓展活动。如：(1)尝试续编和创编故事内容，并制作成连环画；(2)交流自己和同伴之间互相分享、互相帮助的故事；(3)讨论交朋友的方法，尝试结交新的朋友。

（解读人：谢菲、姚苏平）

185 《去过一百万座城市的猫》[1]

一、内容介绍

《去过一百万座城市的猫》(图 185-1)描绘了一只嗓音甜美、身姿婀娜、皮毛如白月光的猫，前往猫城参加选美大赛的故事。临出发前老猫告诫她："如果你决定去猫城，不管路上遇到什么，你都不要停下来。"可白猫在途经鸭城、蛙城等城市的时候，流连忘返、迷失自我，逐渐耗尽了自己的嗓音、身姿、皮毛，在猫城选美大赛上受尽嘲笑，落荒而逃。她成了又一只"老猫"，并告诫即将出发的小黄猫切不可左顾右盼。可是这只年轻、漂亮、骄傲的小黄猫头也不回地走了，就像当年的白猫……这是一个耐人寻味的故事，梦想的彼岸、生命的轮回，哪一种才是人生的真相呢？

图 185-1

二、"图·文"解读

该书采用卡通油画的表现风格，色彩艳丽，形象生动地表现了白猫的追梦过程。白猫经过的第一座城市——"鸭城"，插画颇有"春江水暖鸭先知"的味道；接着到了"蛙城"，背景用了典型的"夏日荷塘蛙声鸣"；一幅跨页设计的四季交替的背景图，使读者一眼就能看出猫走了一年又一年，经过了一百万座城市，有较强的视觉冲击力。

该书采用重复结构，融入诗韵语言，配上白猫到了一个城市无背景的特写和全景谐趣图画，将猫在不同城市的经历徐徐展开，情节不断递进。结尾白猫和黄猫追梦的场景完整地重

[1] 愚一，文；弯弯，图. 去过一百万座城市的猫[M]. 太原：希望出版社，2019.

复,首尾相连耐人寻味。相同的场景,相同的时间,相同的语言,相同的神情,只是对象不同,他们最后的结果会相同吗? 给小读者带来了多元思考。

三、共读的对话与思考

1. 问题设计:"猫为什么要去猫城参加选美大赛?""猫出发前遇到谁? 说了什么?""猫去了哪些城市? 做了些什么?""为什么猫优美的猫步、甜美的嗓音、如同披着月光的皮毛在鸭城、蛙城、刺猬城都不受欢迎呢?""仔细观察白猫出发前是什么样? 到了猫城什么样? 为什么到了猫城她却放弃了选美梦想呢?""最后她看到年轻的黄猫准备出发去猫城时,她说了什么?""年轻的小黄猫也会和她一样吗?""如果你也和小黄猫一样追求梦想,你会怎么做呢?"

2. 该作品可以与多领域融合,拓展活动。(1)阅读:看图讲故事、续编故事。(2)美工:绘画故事,表现自信走路、矫健的猫等各种动物,写生四季。(3)认知:动物的外形特征与其生活特点和生存的关系。(4)社会:长大了想做什么? 想去哪些地方?

(解读人:匡明霞、姚苏平)

186 《去冒险》[1]

一、内容介绍

《去冒险》(图186-1)通过男孩与妈妈的对话展现了他们对待去冒险的截然不同的态度:妈妈认为去冒险前要做大量的准备,男孩认为冒险就是一往无前。故事中,男孩通过一系列想象表达了他在冒险过程中对待问题所采取的方法措施和轻松自如的心态,体现了孩子身上所具有的爱闯、敢闯的勇敢精神。一个又一个"如果……"向我们展现了男孩的内心独白,与妈妈的想法形成鲜明对比,体现了孩子的天真烂漫、自由自在。该作品充分肯定了儿童所具有的勇敢无畏的美好品质。

图 186-1

二、"图·文"解读

全书采用了跨页形式表现男孩的想象,极具视觉冲击力。故事通过叙事的方式讲述了男孩去冒险前的想象,展现了男孩的内心独白,与妈妈的想法形成鲜明对比。图画中男孩想象到的事物会呈放大效果,与文字相互补充,具有夸张、滑稽的效果,也比较容易抓人眼球。

---

[1] 哲也,文;陈美燕,图. 去冒险[M].北京:外语教学与研究出版社,2018.

三、共读的对话与思考

1. 问题设计："去冒险的途中，会遭遇什么呢？""妈妈和男孩对待冒险的态度一样吗？""最后男孩去冒险了吗？为什么？""你心目中的冒险是什么样的？"

2. 分角色表演该作品，充分体验人物情绪情感，并通过相关道具表达想象的内容。

3. 该作品可以与多领域融合，拓展活动。如：（1）与同伴说一说，如果自己去冒险，可能遇到什么困难，将如何解决？（2）想象自己去冒险遇到的事情，用绘画的方式记录下来并展示；（3）进行安全教育，了解在冒险过程中需要注意的安全事项，制作安全宣传海报；（4）和父母共同搜集了解社会上的各种冒险故事，如国家登山队攀登珠穆朗玛峰，了解不同行业的冒险者及其冒险精神。

（解读人：谢菲、姚苏平）

187 《全世界最坏与最棒的狗》[1]

一、内容介绍

《全世界最坏与最棒的狗》（图 187-1）以双线叙事的形式，分别从主人和狗两个视角陈述狗的行为举止。作品中的狗叫作"影子"，在主人的眼里，它会做出一些疯狂的事情，会搞破坏，故事中蓝色字体的部分就是主人对影子的印象。尽管如此，主人依旧非常喜爱影子。故事中黑色字体的部分是影子自己的内心独白，无不表现着对主人的依赖与热爱。双线的方式，更立体地呈现出主人和影子之间的爱，体现了人与动物之间的温情。同时，故事通过两个不同的视角看待狗做的事情，可以对比发现两种看法的差异性，从而帮助儿童理解人与人之间思维的差异性，学习换位思考。故事中主人对狗的"误解"并没有影响他对狗的喜爱，让儿童明白"包容"和"悦纳"的意义，进一步促进儿童社会性情感的发展。

图 187-1

二、"图·文"解读

该书在文字上采用了双线叙述的形式，分别从主人和狗两个不同的视角描述名为"影子"的狗。文字的颜色也有所区分，蓝色字体部分是主人的视角，黑色字体部分是狗自己的视角，能够让读者明显区分出来。在画面上采用了跨页的形式，将狗做的事情以及与主人的互动清

---

[1] 周索澜.全世界最坏与最棒的狗[M].广州：广东教育出版社，2019.

楚地刻画了出来,画面非常生动形象。语言风格简洁明快、生动有趣。

三、共读的对话与思考

1. 问题设计:"为什么说影子是全世界最坏的狗? 又为什么说是全世界最棒的狗呢?""影子喜欢做哪些事情? 你对此是什么看法呢?""影子最爱做的一件事是什么?""你喜欢影子吗?为什么?"

2. 分角色表演该作品,通过语言、表情、动作等生动地表现主人和影子的内心想法。

3. 该作品可以与多领域融合,拓展活动。(1)开展语言活动,充分理解故事内容,对比讨论主人和狗的想法,从而亲身体验不同思维的差异性;通过实际案例直接感知,体会换位思考的重要性。(2)通过图片、视频等多种方式,认识不同种类的狗,丰富对狗的知识经验。(3)如果家里有宠物,可以聊一聊对宠物的认识。

(解读人:谢菲、姚苏平)

188 《认识我自己:安全教育》[1]

一、内容介绍

《认识我自己:安全教育》(图188-1)着眼于幼儿身体部位,通过主人公果果脱掉身上所有衣裤、鞋子,要到海滩去游泳,在树林里奔跑过程中邂逅不同小动物的故事,展现其与小动物们生动有趣的对话,渗透健康教育,帮助幼儿认识身体的重要部位,树立健康意识,从而养成良好的生活卫生习惯,并使幼儿知道身体隐私部位不能让陌生人触碰,增强自我保护的意识和能力。

图 188-1

二、"图·文"解读

该书以生动有趣的对话、色彩鲜艳的画面和具有教育价值的操作游戏,帮助幼儿了解自己的身体部位和健康的行为习惯,培养幼儿的健康意识。一开始从平视视角整体表现故事场景,然后画面逐渐变大,聚焦于果果本身与动物的互动。色调以绿色、蓝色、橙色等明亮且有对比度的色彩为主。图与文相互补充,放大特写了男孩果果的身体部位,画面具有夸张效果。故事的最后,配套了"和果果一起玩""五个警报""情景判断""头发肩膀膝盖脚"的操作游戏,寓教于乐,帮助幼儿理解故事内容,巩固新学的知识。

[1] 人民教育出版社课程教材研究所学前教育课程教材研究开发中心.认识我自己:安全教育[M].北京:人民教育出版社,2020.

三、共读的对话与思考

1. 问题设计："果果去沙滩前做了什么事情？你觉得在公共场合这样做好不好呢？为什么？""果果遇到了哪些小动物？它们分别观察到了果果的什么部位？""故事中一共提到了果果的几个部位？其中哪些是隐私部位？""如果有人触碰隐私部位,你该怎么做？"

2. 分角色表演该作品,扮演男孩和小动物进行对话,在实际操作中进一步认识身体部位。

3. 该作品可以与多领域融合,拓展活动。如：(1)开展健康活动,认识人体构造,了解自己身体的不同部位及其作用；(2)从内附贴画页取下小背心和小裤衩图片,按要求给小娃娃穿上,进行操作小游戏；(3)阅读书中"五个警报"的内容,和别人说一说,画一画,并尝试制作警报标志；(4)进行情景判断,允许发生的情况,在旁边贴上笑脸贴纸,不允许发生、会触发警报的情况,在旁边贴上叉叉贴纸；(5)扫描书中的二维码,和爸爸妈妈一起,跟着音乐玩"头发肩膀膝盖脚"的游戏,能够有节奏地跟随《头发肩膀膝盖脚》的音乐做动作,动作合拍。

（解读人：谢菲、姚苏平）

189 《如何让大象从秋千上下来》[1]

一、内容介绍

这是一本游戏书(图 189-1)。

幼儿的世界是游戏的世界。我想通过这本书和孩子们一起玩想象的游戏。小读者们不光可以用眼睛看和耳朵听,还可以拿出手来,摇一摇,剪一剪,贴一贴,有时还可以打破书的边界,把幻想和现实融为一体。

这是一本可以随时开始,随时中断的书。

看过书名后,读者可以从书的任何一页开始阅读,想想以下三个问题：主人公用什么方法尝试让大象从秋千上下来？这个方法成功了吗？你有什么别的方法吗？

幼儿读者也不用担心这是一个长得没完没了的故事,在你想终止阅读的任何时刻,都可以终止阅读,你不会有任何损失。

图 189-1

同时,这也是一本读不完的书。

你读到最后,当然知道大象从秋千上下来了,也知道主人公是用什么方法使大象从秋千上下来的。但故事真的结束了吗？连大象都变成大象滑梯了,还会有什么新的麻烦呢？这就要留给读者自己去思考了,我这里做一个小小的提示：比如说有一天,你想去玩秋千,发现一只霸

---

[1] 常立,文；抹布大王,图. 如何让大象从秋千上下来[M].南宁：接力出版社,2019.

王龙正站在秋千上……

这还是一本亲子书。

我希望家长(尤其是父亲)可以和孩子一起阅读这本书,我希望它能给读者带来一段快乐美好的亲子时光。

二、"图·文"解读

抹布大王的图画让这个故事妙趣横生。

文字里简简单单四个字——"外星大象",在画家的图画中化作了千姿百态、脑洞大开的外星大象们。(图 189-2)

图 189-2

大象带着秋千腾空而起时,你注意到秋千脚上的泥巴以及地面的两个泥坑了吗? 有一条文字中只字未提但在图画中贯穿始终的叙事线索:一只小红帽。封面、前环衬、扉页、正文、后环衬,小红帽无处不在。这是谁的小红帽? 大象为什么决不放弃这只小红帽,就像它决不放弃秋千一样呢?

编辑为这本书贡献了许多设计方面的巧思,比如那张静电贴纸,小读者可以毫不粘手地把大象贴上去,拿下来,拿下来,贴上去,就像荡秋千一样来来回回。

三、创作手记

这个故事的创作契机来源于日常生活,当时我的两岁女儿想玩秋千,可秋千正被一个小姐姐坐着呢……回家后,我的妻子黎亮写了一个《如何让老鼠从秋千上下来》的故事,而我想给主人公设计出更难的挑战,有什么动物能把秋千占得满满的,再也容不下任何别的动物了呢? 于是,我就写了这个《如何让大象从秋千上下来》的故事。

(解读人:常立)

190 《软软的　黏黏的》[1]

一、内容介绍

《软软的　黏黏的》(图 190-1)是送给爱吃软软黏黏食物的小朋友的图画书,是中华文化绘本《好吃的东西》系列丛书中的一本。

该书用讲故事的语气,以贴近幼儿审美情趣的语言方式,将一个个不同外形、色彩及制作方法的软糯食物呈现在幼儿面前。文中通俗易懂的语言、带有情境的句子,都能帮助幼儿在阅读中欣赏、感受和理解食物的色香味,从而爱上中华美食,爱上奇妙的食物制作过程。

二、"图·文"解读

图 190-1

该书画风美、故事暖、形象萌,大量使用了低饱和度色彩使画面平和中透着诱惑,让读者直观感受到了一粥一饭的香甜软糯。全书贯穿着中国元素,如青花瓷的餐具、传统的蒸笼、兔子灯、油纸伞以及我国主要的传统节日和民俗,让幼儿在欣赏美食的同时也增强了对传统节日的兴趣。简明的文字和清新的画面起到了相得益彰的作用。

三、共读的对话与思考

1. 软黏食物和重要日子常常是连在一起的:春节的年糕、元宵节的汤圆、清明节的青团、端午节的粽子、冬至的南瓜饼。(1)阅读过程中,可以请幼儿仔细地观察画面,围绕书中软黏食物的外形、色彩和制作过程,引导幼儿感受应令尝新、择令而食的中华美食传统。(2)阅读后,可以提供不同软黏食物及相应时令的图片,引导幼儿玩软黏食物与特殊节日的分类游戏。

2. 可以鼓励幼儿用清晰连贯的语言介绍自己感兴趣的软黏食物,说说它的色、形、味和制作过程,提升幼儿叙述性讲述的语言能力。还可以通过提问引导幼儿讨论:"你有像书中和家人坐在一起吃汤圆的经历吗?""和家人在一起吃饭有什么感觉?""中国还有哪些特殊的节日与美食有关?""你最喜欢吃哪一种软黏食物?""这些食物可以多吃吗?"

3. 根据幼儿的关注点和兴趣点,设计组织不同的活动。如:请家长多给幼儿一些全家人围坐在一起吃饭的体验;特殊节日,和幼儿一起动手做一做与节日相关的美食;提供中华文化

[1] 郑燕斌、郑荔,文;史正希,图.软软的　黏黏的[M].南京:南京师范大学出版社,2020.

绘本的系列丛书供幼儿阅读；开展学刷牙活动；等。这些活动能够通过与生活的联结，帮助幼儿了解中国传统节日与美食的文化，激发对生活的热爱。

（解读人：顾明凤、姚苏平）

191 《三岔口》[1]

一、内容介绍

《三岔口》（图 191-1）是"国粹戏剧图画书"丛书中的一册，是一册"有声图画书"，读者能够扫码听取配套的名家讲故事录音。故事取材于《杨家将演义》。北宋年间，杨六郎帐下猛将焦赞为人所害，又有奸臣买通解差想在充军流放途中杀害焦赞，同时焦赞的好朋友任堂惠为了保护焦赞，乔装打扮，暗中跟随。他们一起来到了三岔口的客店，两个解差想趁天黑在此杀掉焦赞，这个计谋被店主刘利华的妻子听到，他们也是焦赞的好朋友，也想暗中保护焦赞，并商量夫妻二人一个杀掉解差，一个杀掉来历不明的住客（其实就是任堂惠）。月黑风高，客店伸手不见五指，刘利华就和任堂惠摸黑打了起来，两人剑拔弩张，这时杀掉解差的刘妻和焦赞也摸黑加入战斗，夫妻、好友分别相认，才发现四人都是"自己人"。这是一场囊括武生（任堂惠）、武丑（刘利华）、武旦（刘妻）、武花（焦赞）四个行当的武戏，武打的片段难度极

图 191-1

高。值得说明的是，现在舞台上比较常见的版本是主要突出任堂惠和刘利华的精简版，而本书所绘是情节更加完整、画面更加丰富的原版。另外需要指出的是，《前言》中所说"从京剧《三岔口》到明人小说《杨家将演义》"有误，京剧《三岔口》的出现要比《杨家将演义》晚得多。

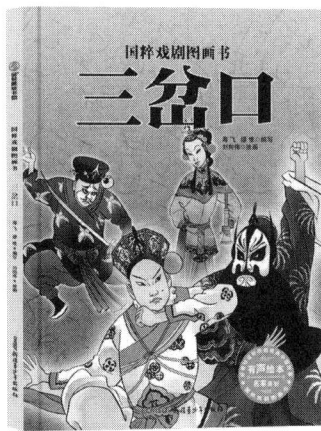

二、"图·文"解读

该书的图画是模仿戏曲舞台而绘制的，包括头盔、服装、道具、脸谱、动作等，画面精细，符合戏曲舞台美术的审美特点，尤其是把剧中人物的动作、神态模仿得惟妙惟肖。其中难度最高的地方是任堂惠和刘利华武打的片段，这个片段是整出戏的精华所在，没有对话，完全靠肢体语言呈现，而将这种经典的、连续的肢体语言用图画表现出来是非常不容易的，图画描摹了戏剧表演中的几个经典定格画面，并配合简短的文字说明。尤其值得称道的是，任堂惠与刘利华剑拔弩张地对视这个细节，被图画放大、强调，起到了"拉近镜头"的效果。此外，这本书还考虑到读者可能对戏曲角色行当及其装扮不太熟悉，容易混淆，每一页都标注了人物的名字，方便

[1] 海飞、缪惟，文；刘向伟，图. 三岔口[M]. 乌鲁木齐：新疆青少年出版社，2014.

读者阅读。

三、共读的对话与思考

1. 问题设计："书中哪些人物形象是正面的，哪些是负面的，他们的装扮有什么特点吗？""最后一页四人的表情，和此前四人的表情有什么不同，为什么？""任堂惠和刘利华在伸手不见五指的房间里打斗，你能根据图画书所绘内容，演示这个画面吗？"

2. 欣赏京剧《三岔口》。

3. (1)尝试选择一个自己最感兴趣的人物，绘制他的脸谱；(2)欣赏京剧《三岔口》刘利华和任堂惠武打的片段，结合图画书《三岔口》，说说中国戏曲表演艺术的特点；(3)做游戏"摸黑寻人"——如果晚上关上灯，和爸爸妈妈或者兄弟姐妹在安全的空间内，能够在不发出声音的情况下辨别彼此吗？

（解读人：邹青）

192 《三个和尚：珍藏版》[1]

一、内容介绍

图画书《三个和尚：珍藏版》(图 192-1)由蔡皋编绘。蔡皋为湖南少年儿童出版社资深编辑，其作品曾获第 14 届布拉迪斯拉发国际儿童图书展(BIB)金苹果奖，2014 年陈伯吹国际儿童文学奖年度图书(绘本)奖。对于《三个和尚》这部图画书的创作，作者曾说："'一个和尚挑水喝，两个和尚抬水喝，三个和尚没水喝'这句话体现的是人们对人性弱点的洞悉，有无奈，更是教训。"

图 192-1

经过蔡皋改编的故事如下：前面和常见的"三个和尚"故事一样，从前山上有一座庙，庙里住着一个和尚，庙里没有水，用水就要去山里挑；后来来了一个高高的和尚，两个人就一起诵经、一起种地，也能一起抬水喝；后来又来了一个胖胖的和尚，他也住了进来，他们的生活更加丰富，也更加杂乱了，而且喝水也成了个大问题，三个人都在忙着，都没办法挑水，也没时间抬水。原来的故事到这里就结束了，结局就是"三个和尚没水喝"。

但是蔡皋的改编给了这个故事一个不一样的尾巴：一天夜里，三个和尚都睡了，小老鼠打翻了烛台引发了火灾，可是却没有水，三个和尚这时候再也不互相推诿了，都在奋力地挑水，嘴里喊着："快！快！快！"好在这时候突降甘霖，解决了他们的大问题。这样惊险的事情，让三个和尚开始重新思考用水的问题，于是他们想了一个好办法：就地取材，劈开竹子，通力合作，把

[1] 蔡皋.三个和尚：珍藏版[M].北京：教育科学出版社,2015.

水引到了庙里！但是，接下来的故事，也更有意思了……就这样，蔡皋的《三个和尚》，留下了一个耐人寻味、引人思考的开放式结局。

二、"图·文"解读

该书的环衬页非常有趣，都是辛辛苦苦劳作的和尚的形象，这容易使读者将其与故事中三个和尚懒散的形象进行对比。绘者画中国山水人物画的功力十分深厚，书中的图画都是非常典型的传统山水画和人物画，颜色以墨色、赭石、石绿色为主，画面色调清淡，非常符合中国画的审美。其中人物的表情尤其值得称道，和尚们不想干活的懒散、一起读经的欢乐、共同抬水的勉为其难、不想挑水的繁难、彼此推脱时的理直气壮、遇到火灾时的焦急、想到办法之后的开心，这些表情都通过寥寥几笔墨色就表现出来。书中表现"三个和尚没水喝"的场景时，为了突出三个和尚一起生活的杂乱，在画面中罗列了三碗饭、三本经书、三个水杯、三支笔、三双鞋、六个土豆、三个板凳……但是没有把三个和尚画进去，这种表现方式富有创新性。

三、共读的对话与思考

1. 问题设计："你能理解一个和尚为什么挑水喝吗？""你能理解两个和尚为什么抬水喝吗？""你能理解三个和尚为什么没水喝吗？""如果没有突然降下的大雨，会出现怎样严重的后果？""三个和尚最后用什么办法解决了用水的问题？""他们之后会不会再出现分工不均、互相推诿的情况？""如果想避免类似情况，应该怎么办？""我们应该批评三个和尚，还是理解三个和尚？""社会的运行需要什么，才能避免在方方面面出现'三个和尚没水喝'的情况？"
2. 活动：听儿歌《三个和尚》，说说图画书《三个和尚》在故事情节方面有哪些创新？
3. 探究如何合作完成一个任务？设置一个难度适中的任务（比如多子女家庭，两个或三个孩子共同完成扫地的任务），先讨论分工，分清责任，再分别完成，并鼓励在责任明确的同时互相帮助。

（解读人：邹青）

193 《三十六个字》[1]

一、内容介绍

《三十六个字》（图193-1）讲述了一个父亲教儿子识字，通过讲解象形文字说明中国文字的起源的故事。爸爸用"日、山、水、森、林、鸟、象、马、夫、竹、田、草、刀、舟、燕、网、鱼、云、雨、伞、石、火、龟、鹿、豕、叟、虎、弓、舍、羊、花、月、门、女、子、犬"三十六个汉字串联出一个类似探

[1] 上海美术电影制片厂.三十六个字[M].沈阳:春风文艺出版社,2019.

险、充满爱心与互帮互助、感恩分享的小故事。作品涉及人物、自然环境、日常家畜、使用工具等方面,将生态、季节、时间、传统美德、人性关怀、数学思维、生活智慧等多种知识和观念巧妙联系在一起。比如男子恰好遇到摔倒的老爷爷被老虎追赶,立即张弓搭箭射死老虎,救了老爷爷;老爷爷感激男子救命之恩,特别赠送一只羊给男子:体现了中国人慷慨侠义、知恩图报的德行。

图 193-1

二、"图·文"解读

作品采用水墨笔法,将象形字以非常生动、有趣的形象展示在孩子面前。整本书的设计具有浓郁的中国文化特色。每一个文字同时又是一幅画,每个汉字都有其鲜活的内涵。比如日月山川的水墨韵致,男人满载而归,一家人在月光下团圆的温馨场景,都令人动容。作品带领读者回到远古时代,知晓象形文字的来源,感受汉字之美,体悟到中华文化的美德和智慧。

三、共读的对话与思考

1. 问题设计:"男人要把小老虎、花、羊用船送到对岸去,可是小老虎会吃羊,羊会吃花,该怎么渡河呢?"

2. 鼓励幼儿在阅读时进行自主表征,比如让幼儿自己讲述一遍这个故事,猜测象形字和现代汉字的关联。

3. 为了让幼儿深刻了解象形字,成人可以让幼儿用画画、捏橡皮泥的方式做出象形字的形状,让其在游戏中更直观地感受字的轮廓和形状,创作出更多有趣的象形字。

4. 续编故事:"一个马夫骑上马不小心摔倒了,然后想过河,可是没有船,于是用刀砍木头做船,一只大象帮助推船入河,接着就展开了一场冒险之旅……"

5. 本作品可以让读者触摸文字之形,体会书写之美,探索文明之根。成人在陪幼儿阅读时可以准备一张白纸,让其尝试画出象形文字,使其深入体验汉字之美,并在阅读中获得前识字经验和前书写经验,从而对图书和生活情境中的文字符号产生兴趣。

(解读人:姚苏平)

194 《森林图书馆》[1]

一、内容介绍

《森林图书馆》(图 194-1)讲述了这样一个故事:森林深处有一幢杉树房子,里面全是各种

---

[1] [日]福泽由美子.森林图书馆[M].季颖,译.石家庄:河北教育出版社,2019.

各样的书,那是离群索居、热衷阅读的猫头鹰的家。有一天,小兔和小狐狸无意中来到了猫头鹰家,发现了读书的趣味,于是他们每天都到猫头鹰家读书。森林里的动物们逐渐都来到猫头鹰家读书,问题也随之而来,猫头鹰不得不思考:怎样才能让大家做到安静读书;怎样才能让他们从这么多书中找到想读的书;怎样帮助读书犯困的动物;怎样解决大家想听八哥读绘本的事情;等。后来这些问题都得到了圆满的解决,大家还可以边吃点心边读书,可以把书借回家去读。大家按照各自的喜好享受阅读的快乐。看到自己心爱的书给森林里的动物们带来了快乐,猫头鹰感到无比喜悦。

图 194-1

二、"图·文"解读

该书封面上尽显森林图书馆的特点,以猫头鹰为中心,动物们都在享受读书的乐趣。前环衬上一大片森林里只有一家动物旅馆,现在大家都在猫头鹰家读书。后环衬上有了森林旅馆、森林图书馆、餐馆、洗衣场等丰富的标志,暗示了读书带给森林小动物们更丰富友善的互动。全书图案色调明亮温暖,构图别致,尤其是庞大的书柜和众多的书,规则的线条给人庞大而震撼的感觉,凸显猫头鹰藏书之多,完全满足动物们的阅读需求。封底上,明月悬于深夜,猫头鹰坐在吊篮里静静阅读,既与猫头鹰的特征吻合,也凸显了静谧深夜阅读的魅力。

三、共读的对话与思考

1. 问题设计:"动物们都来读书后,为了应对人多吵闹和找不到书的问题,谁做了什么?""猫头鹰是怎么对待读书犯困的小动物的? 怎么解决大家想听绘本的问题的?""有书可读,大家应该对猫头鹰说什么?""森林图书馆有哪些规则?""大家走后,猫头鹰的心情怎么样? 它做了什么?""如果你是猫头鹰,你还会做什么?"

2. 阅读习惯:(1)知道进入图书馆后要保持安静,遵守图书馆管理规则;(2)能够根据指示牌找到对应的书;(3)能够整理自己家的书,并制定分类牌,看完书后能根据分类将书放在正确的位置。

3. 实践探索:可以去图书馆看一看,尝试采访图书管理员,了解实际生活中的图书管理规则。

(解读人:张攀、姚苏平)

195 《神笔马良》[1]

一、内容介绍

图画书《神笔马良》(图 195-1)以洪汛涛创作的故事为蓝本,讲述了穷孩子马良意外得到了神仙赠予的一支神笔,画什么都能变成真的。财主和官老爷知道此事后,想方设法让马良画出金山。马良将计就计,将金山画在大海之中,又画上大船让他们前往金山,趁机让贪婪的剥削者淹没在惊涛骇浪中。马良信守对神仙老爷爷的承诺:只给穷人画画,用画画帮助穷人。作品旨在培养儿童对善的向往和对美的追求,激起人们对美好事物的向往和对丑恶事物的痛恨。

图 195-1

二、"图·文"解读

该书主要将中国画、水彩画、水粉画、油画、钢笔画等混合使用,画面展现了中国元素的艺术韵味。打开书的前后扉页,映入眼帘的是具有色彩晕染特点的画面,给人以色彩丰富的视觉感受,并产生对内容的遐想,整个画面既呈现了混合使用不同绘画手法的效果,又呈现了故事情节中马良栩栩如生的神笔画作,给人以联想。第 14 页的内容是一个老农和一个小孩很吃力地拉着犁在耕田。马良拿出神笔给他们画了一头大耕牛,"哞",耕牛下田拉犁了。两个场景置于同一画面,使作品的画面内容和叙事节奏紧密关联,突出表现了善与恶的尖锐对立。

三、共读的对话与思考

1. 问题设计:"马良家里很穷,连一支笔也没有,没有笔,他是怎么画画的?""神仙给马良一支笔,对马良说了什么?""马良有了笔,他画画出现了什么神奇的事情?""神笔马良给穷人画画,帮助穷人了吗? 说一说。""神笔马良被官老爷抓了起来,他被逼着给财主和官老爷画了什么? 后来发生了什么?""神笔马良自由了,他又给穷人画画了吗?"
2. 该作品可以与多领域融合,拓展活动。(1)语言、艺术领域,如说一说,画一画,神笔马良还会怎么帮助穷人。(2)社会领域,如通过视频等手段,了解现实中需要帮助的人,讨论我们如何帮助,我们会有怎样的心理感受等。
3. 分角色表演该作品。

(解读人:田素娥)

---

[1] 洪汛涛,文;万籁鸣,图. 神笔马良[M].武汉:长江少年儿童出版社,2019.

196 《神猫和老鼠》[1]

一、内容介绍

"贵州民族民间传说绘本系列"取材于贵州民间文化传说,以各民族代表性的传说为底本,挖掘民间传说里讲仁爱、重民本、守诚信等具有时代价值的思想与美德,按流传的原貌提炼加工而编写,以浅显易懂的文字加以演绎,结合流畅、精美、富有民族特色的绘画,将一个美丽、睿智、勤劳、情感深厚的贵州,传递给今天的儿童。《神猫和老鼠》(图196-1)选自该系列。天上的老鼠下凡喽! 跳来跳去的松鼠,爬来爬去的田鼠,还有五颜六色的老鼠……它们在凡间逍遥快活,而玉帝派出的神猫神犬已经悄悄盯上了它们……

图 196-1

二、"图·文"解读

该书中的配图保留了纯手绘的肌理变化,又在此基础上增加了噪点效果的处理,以丰富画面细节,增加画面的层次变化,让画面整体变得传统、复古,画面统一。书中穿插了数不清的恶作剧和幽默的场景,神猫的威武、神气,老鼠的狡猾、灵活,神犬的呆萌、可爱,让人感受到久违的天真。该书以简洁、准确、清晰的语言叙述了很久很久之前的故事,就像在一个宁静的夜晚,长辈倚在小院的摇椅上给孩子讲述着他们那个年代的故事,诙谐、神奇、深情。

三、共读的对话与思考

1. 问题设计:"神猫和老鼠之间发生了什么有趣的故事?""如果你是神猫,你会用什么方法来抓住老鼠?""为什么神猫要留在凡间世世代代帮助人们抓老鼠?""你最喜欢故事里的哪个角色? 为什么?"

2. 分角色表演该作品。

3. 该作品可以和多领域融合,拓展活动。如:(1)神猫和老鼠以后还会发生什么有趣的事情呢? 请你猜一猜,并和你的爸爸、妈妈说一说!(2)请你设计出你喜欢的神猫和老鼠的样子,并把它画下来。(3)你玩过猫抓老鼠的游戏吗? 想一想游戏规则,和你的朋友一起玩吧!

(解读人:徐姗、姚苏平)

---

[1] 倪小泥,改编;杨红群,图. 神猫和老鼠[M].贵阳:贵州人民出版社,2016.

197 《生命可以看见》[1]

一、内容介绍

《生命可以看见》(图 197-1)是一本感恩生命、思考生命的图画书。惠理家的邻居璐美和她的丈夫是一对盲人夫妇,惠理在帮助璐美生产的过程中,感受到了盲人妈妈孕育生命、照顾生命的不易。在此过程中,惠理对"生命是否可以看见"产生了疑问,在她为盲人妈妈不能看见可爱的生命而惋惜时,盲人妈妈的一举一动却阐释了"生命可以看见"。生命是出生时啼哭的声音,生命是脸颊上的皱纹,生命是怀抱中的温暖。生命是可以听见、看见的,更是可以用心、用爱真切感受到的。每个人理解生命的途径不一样,每个人理解生命的视角不一样,每个人理解生命的内涵也不一样。

图 197-1

二、"图·文"解读

该书主要采用黄、黑、白三种颜色,暖黄色的背景给人一种温暖的感觉,粗壮流畅的人物轮廓给人坚定而充满力量的感觉。纯净稚趣的画风,展示出生命的坚韧、活力,也展现出儿童对生命的好奇、欣喜。

第 7 页有意设计成凌乱的场景,画面中色彩艳丽的向日葵代表着希望,散落一地的水壶和水花暗示了璐美夫妇生活的不易。惠理飞奔帮忙、热心焦急的画面通过几条短线的组合形象地展现了出来。第 25 页的画面比较写实,展现出了刚刚生产完的母亲的疲惫、感动以及初生小宝贝皱皱的样子,是真实、朴素、辛劳的生活写照。

三、共读的对话与思考

1. 问题设计:"本书出现了哪些人物? 他们有什么特别的呢?""当璐美妈妈抱起小望宝宝的时候,她的心里会想什么呢?""为什么老师要邀请璐美来讲生命呢?""你觉得小望在成长的过程中,会遇到什么困难呢? 又会怎么办呢?""你知道自己是如何出生的吗?""你愿意帮助那些需要帮助的人吗? 你会怎么帮助他们?""你觉得生命可以看见吗? 如何看见的呢?"

2. 游戏活动:扮演孕妈妈,在一日活动中开展"保卫蛋宝宝"等活动;在娃娃家扮演妈妈,尝试照顾宝宝的生活起居,感受爱的传递。

3. 思考。(1)"人,只有相互帮助、心与心相连才能生活下去。"感恩教育是生命教育中永

---

[1] [日]及川和男,文;[日]长野英子,图. 生命可以看见[M]. 吴常春,译. 北京:东方出版社,2016.

不过时的话题。只有共情感知到生命的不易,用心体验生命的关怀,才能对生命的存在有更多自己的思考。(2)"我就想,这就是生命,生命呀!"生命教育的形式应贴合幼儿的真实生活,书中提及的"邀请璐美和小望到学校来",让幼儿在真实事件中感受生命,在真实互动中获得体悟。

(解读人:徐群)

198 《十二生肖》[1]

一、内容介绍

《十二生肖》(图198-1)将中国传统的十二生肖故事通过好玩有趣的图画书形式展现出来,构思巧妙,独具匠心,更将我国非物质文化遗产代表性项目巧妙地展现在图画书中,让儿童在了解中国生肖文化的同时,获得对中国非物质文化遗产"糖画制作技艺"的认识。本书配套提供了"糖画制作技艺"视频介绍,轻松扫描二维码即可欣赏;同时也配套提供了"生肖转盘"制作材料和制作指导,引导儿童在操作中巩固对生肖的认识。

图 198-1

二、"图·文"解读

该书以白描手法勾勒人物和生活场景,以钢笔淡彩展现十二生肖形象,明暗对比交织出栩栩如生的画面,画风精致细腻,色彩淡雅,刻画的生肖形象生动有趣。大跨页拉伸的设计风格磅礴大气,展开后让人赏心悦目。

该书开篇就突出了糖画技艺,整页黑白笔墨之间忽见一抹黄色,这既是制作糖画的起点,又是儿童感兴趣的元素,还是贯穿全书始终的精髓。以这种民间手工技艺形式诠释十二生肖,展现出极强的艺术性和可读性。

比如公鸡所在的跨页,在画面左下角出现一只小小的狗,预示着排在鸡后面的生肖是狗,在其他生肖如虎、龙等的画面中均有这样连贯的细节刻画;大公鸡排在第十位,手上拿到的纸上写着"拾",背景是一片柿子,巧妙地利用了谐音,阅读起来更具想象力。

再比如以折叠页设计勾勒了龙的形象,整本书里龙的笔墨最多,饱含了作者的情感传递:龙是中华民族的象征之一,我们都是龙的传人;龙是吉祥、喜庆、腾飞的祥瑞,承载了人们的美好愿望。在画面左上角还可看到一只凤凰,暗含了龙凤呈祥的寓意。

三、共读的对话与思考

1. 问题设计:"十二生肖包括哪些动物? 它们是按照什么顺序排列的呢? 你知道自己是

---

[1] 张业磊,文;李丹,图. 十二生肖[M]. 北京:教育科学出版社,2019.

什么属相吗？""今年是什么年？今年过完又该是什么年？再过12年又会是什么年呢？为什么？""十二生肖里你最喜欢什么动物？生活中见过这种动物吗？把你最喜欢的动物画一画。""吃过糖画吗？谁带你去的？糖画是什么味道？讲一讲吃糖画的感受。""小兔子的尾巴是什么样的呢？为什么它以前是长尾巴，现在却变成了短尾巴呢？""猫和狗，谁是十二生肖里的动物呢？排在第几呢？猪又为什么排在最后一名呢？"

2. 以角色游戏形式完成作品演绎。

3. 该作品与各领域的内容相互渗透，从不同的角度促进发展。如：(1)观看糖画技艺视频，尝试亲手制作一次糖画，体验民间手工技艺；(2)开展家庭生肖大调查实践活动，了解家庭成员的生肖属相，懂得家人之间相互关爱，学会感恩；(3)学习了解十二生肖里动物们的基本特征和生长习性；(4)欣赏更多非遗手艺，如皮影戏、剪纸、糖画等，传承和发扬中华优秀传统文化。

（解读人：徐姗、姚苏平）

199 《十二只小狗》[1]

一、内容介绍

《十二只小狗》(图199-1)是一个关于生命延续的故事，是一首以图文构建的、礼赞强韧生命力的散文诗。在中国北部的内蒙古草原，有一只蒙古细犬就要当妈妈了，它已经等了六十天了。夜幕降临，狗妈妈终于生下了第一只小狗，一只美丽的白色小狗，紧接着一只又一只幼崽出生。本以为一切都很顺利，但是第六只小狗从出生就没了呼吸。主人和狗妈妈做了很多努力，仍无济于事，主人最终只能趁狗妈妈休息片刻，将这只狗宝宝悄悄送到了屋外。极度疲惫的狗妈妈仍坚持生完了最后一只小狗，此时第二天的太阳已悄悄升起，狗妈妈和主人也一起休息了。

图 199-1

二、"图·文"解读

该书通过自然、平凡、朴实的文字，将我们带入生命诞生的神圣场景中，让孩子们体会到生命的可贵、生育的神奇，从而敬畏生命，尊重生命，热爱生命。故事从护封其实就已经开始了：狗妈妈在中间软软地趴着，眼神透露着疲惫，一只手温柔地安抚着它。这迅速激发出读者的同情心。打开护封出现了一窝可爱的狗宝宝，引得读者数一数。数完会发现有十只小狗——书名和画面间留下了悬念；另有一只小狗露出了一小节尾巴，读者一定会想另外两只一定在背

---

[1] 格日勒其木格·黑鹤,文;九儿,绘. 十二只小狗[M].贵阳:贵州人民出版社,2018.

面！可翻开一看还是一只小狗，这不禁引发更大的好奇，令读者迫不及待地想知道原委。

绘者通过写实描绘，将我们拉入蒙古族的环境氛围中，整体采用跨页方式，让画面里饱含丰富的信息和细节，例如，蒙古族特色的服饰、家具、内蒙古大草原、牛羊等，通过细腻的绘画让读者仿佛身临其境。同时，画面采用暖黄色的主色调，给人一种温暖、舒适、安逸感。全书没有一幅图出现主人的面部表情和身形全貌，但通过他彻夜的陪伴、守护、安抚等特写，将主人对狗的深情纤毫毕露地展现出来，更让读者能感受到以主人公为代表的蒙古族人与动物、草原的深沉、阔朗的情感。

三、共读的对话与思考

1. 问题设计："你在封面上看到了什么？有几只小狗呢？""狗妈妈生产了几只小狗？""哪只小狗发生了意外？""那只被狗主人移出去的小狗去了哪里？""狗妈妈生产的过程，主人是怎么照顾它的？""从哪里可以看出主人一直陪着狗妈妈？""如果你养了小动物，你会怎么照顾它呢？"

2. 故事续编：十一只狗宝宝会怎样长大呢？长大后又会发生什么样的故事？

3. 思考："生命"这个话题，对于幼儿来说很抽象，是难以直接感受和理解的内容。《十二只小狗》这一图画书，通过简单的小故事让我们感受到生命的不易，也引发我们反思所有生命的无价以及尊严。可以在共读之后，利用生活中很多机会，鼓励幼儿去关心爱护身边的每一个生命。

（解读人：刘明玮、姚苏平）

200 《石兽》[1]

一、内容介绍

《石兽》(图 200-1)是通过一只能够鉴别谎言的"石兽"断案的民间故事。石兽可以分辨世人的谎言，只要把双手放到石兽嘴巴里，如果有人说了假话，石兽就会咬他的手；如果没有撒谎，石兽的嘴巴就纹丝不动。一个贪财的人对朋友不忠，却企图欺骗石兽，但最终被识破，受到惩罚。这个关于谎言、惩戒的故事，告诉读者：对朋友要忠诚，不能损人利己；再完美的谎言，都会被拆穿；正义不会缺席。

图 200-1

二、"图·文"解读

该书以土黄色、青灰色为主要色调，带有仿古、做旧的气息。老者的"白衣"与不怀好意的内心世界形成了讽刺性的对比。在第 7、10、11 页的画面中，趴在桌上的人物动作是一样的，

[1] 刘朱曈. 石兽[M]. 重庆：重庆出版社，2018.

如一块块石头；第10—11页中，老者则是歪着头，一副不怀好意的模样；第18—19页中，采取了特写与全景结合呈现的手法，使得画面更为饱满、丰富。

三、共读的对话与思考

1. 问题设计："如果你的生活中也有一只这样的石兽，你会用它做什么？""故事中的商人出门前，为什么将金子交给老者保管？此时商人是怎么想的？当商人回来后，你认为他又是什么想法？""老者辜负了朋友的信任，想方设法地进行欺骗，最终导致了什么结果？""如果你的朋友将一件很好吃或好玩的东西托你保管，你会怎么做？"

2. 分角色表演该作品。

3. 该作品可以与多领域融合，拓展活动。如：(1)欣赏书中石兽的样子，说一说自己是否还见到过其他石兽，它们又是什么样的，了解中国这一特色雕刻物；(2)了解撒谎、欺骗的危害，在自己不欺骗他人的同时，也要注意谨防被他人欺骗；(3)探索是否真的有可以辨别谎言的石兽，现代技术中是否有具备相同功能的物品。

4. 参阅书目 320《一万只鳄鱼》，了解绘者刘朱瞳的创作风格。

（解读人：杨燕、姚苏平）

201 《十二生肖的故事》[1]

一、内容介绍

《十二生肖的故事》(图 201-1)是以中国耳熟能详的十二生肖故事为底本的现代改编版。作者让玉皇大帝和土地公等神仙成为"十二生肖"运动会的组织者，设计了"渡河比赛"的情节主线。故事通过小动物们在渡河比赛中的种种表现，呈现各自鲜明的性格特点、合作精神，给传统的民间传说添上了现代气息、儿童精神，生动幽默地描绘了选拔十二生肖的过程。

图 201-1

二、"图·文"解读

该书的文字内容通俗易懂，每一段文字的第一个字都采用放大的形式，给人以突出重点的感觉。文字内容除了描述十二生肖的顺序，还对十二种小动物各自的外貌特征作出了乐趣十足又合乎情理的创意想象。比如：为什么老鼠怕猫？为什么蛇没有脚？为什么猴子是红屁股？书的最后还附有"生肖年谱对照表"，让孩子看到年龄和生肖

---

[1] 赖马.十二生肖的故事[M].石家庄:河北教育出版社,2018.

的关系,同时还可以对照查看家人、好朋友的生肖。

该书呈现了赖马创作的一贯风格:热情洋溢、童趣十足、色彩缤纷,互动设计的"小关目"随处可见。画面采用跨页形式,艳丽丰富的构图带给读者强烈的视觉冲击,人物表情眉飞色舞,造型夸张欢快,很多小细节充满喜剧特色,如玉皇大帝的门铃、土地公泡澡和裹浴巾等,使整个作品都充盈着传统与现代、智趣与稚趣交融的奇妙气象。

三、共读的对话与思考

1. 问题设计:"你知道中国传统十二生肖的故事吗?""故事中小动物们用什么方式排顺序呢?""为什么老鼠得了第一?""为什么老鼠和猫成了敌人?""你是哪一年出生的? 属什么呢?""你的家人、好朋友都属什么?"

2. 作者用一种通俗易懂、风趣幽默的方式,将十二生肖顺序用"选拔"的小故事生动展现。关于十二生肖的民间故事还有很多,可以和家人一起搜集,共同分享。

(解读人:刘明玮、姚苏平)

202 《时间的形状》[1]

一、内容介绍

《时间的形状》(图 202-1)以"我"(一个娴静的小女孩)的独白口吻,罗列表达出儿童对于"时间"的种种感知心得——独处时悠然变幻如蜥蜴,做功课时沉重庞大如大象,飞奔时自由如鹰,迫切时跃动如小狗,懵懂时扑飞如夜蝶……文字采用典型的"美文"风格,每组场景都大量使用形容词,以精致的句式,构成华丽的比喻;诸多场景的集合,又构成了富有气势的排比。展示出儿童自由无边的想象世界、细腻的生命经验,以及与自然生灵呼吸相通的生命知觉。

图 202-1

二、"图·文"解读

该书以极其诗意唯美的手法,描摹儿童生活经历中富有代表性的场景。彩铅线条的细细叠加,构成细节清楚而总体朦胧的质感,营造出一种恒久的安谧气息,即使是激动人心、充满动感的时刻,也描绘得如同在定格之中。这一画风与"记忆"这一特殊的情感现象高度契合——人本来就是通过回味记忆中的时刻,去感知时间,思考时间的。配合文字极尽华丽的描述,画面一方面

---

[1] [意]齐娅拉·罗兰佐尼,文;[意]弗朗切斯卡·达芙妮·维纳佳,图. 时间的形状[M]. 梅思繁,译. 济南:山东画报出版社,2019.

精心描绘、凸显作为喻体的动物形象，一方面将其与生活的实相穿插结合，大量点缀以舒展的树木枝叶、随风摇摆的草茎等植物元素，将孩童以想象力为特征的知觉世界呈现得十分优雅。

三、共读的对话与思考

1. 文字赏读：文字部分堪称"优秀作文"，值得拆解精读，可反复朗诵，促进理解。作者描述的诸多动物形象各有特色，又起着直接传达主体情感并将其"视觉化"的作用，这些修辞的具体效果，值得一一细心揣摩。尝试提出其他的动物比喻，练习语言表达。

2. 讨论：作品列举了儿童生活中诸多的经典时刻——快乐的、新奇的、难过的……读来具有直观对照、自我感知、升华思考的效果。落实到具体的小读者，每个人的共鸣、痛点又各有不同。"你的时间里，什么动物比较多呢？"借助这种直观的形式，我们可以不失时机地走进孩子的精神世界。

3. 大开本大跨页的优美画幅与修辞精美的文字彼此映衬，在充分辨析、欣赏画面中的细节，品味、消化大量比喻修辞的巧妙结构后，小读者可以获得图文并茂的美感熏陶。经由作品的生动"代言"，小读者回忆、代入、想象，由此发散开去，追溯到自己以往未曾细细分辨的、丰富多样的生命感受，在这个过程中，知觉、情感得以逐渐成长。作为伴读者的成人，也得以在此过程中最为真切地体会到儿童作为"主体"的差异性，增强尊重儿童的自觉意识。

（解读人：盖建平）

203 《世界上最棒的礼物》[1]

一、内容介绍

《世界上最棒的礼物》（图 203-1）延续了赖马的一贯风格，用小动物们连续不断送来的礼物，逐步揭开了谜底：原来他们是带着礼物去祝贺猪爸爸、猪妈妈生了十只小猪宝宝。虽然收到了小动物们那么多的礼物，但是猪爸爸、猪妈妈仍对孩子们说："你们才是我们最棒的礼物。"缘此，"世界上最棒的礼物！"得到了彼此的印证：既有好朋友们精心的准备、快乐的赠予，也有爸爸妈妈对新生命诞生的喜悦、对子女浓烈的珍爱。

图 203-1

二、"图·文"解读

故事以送礼物开始，以新生命是"最棒的礼物"结束，开头和结尾相互呼应。通过循环往复

---

[1] 赖马. 世界上最棒的礼物[M]. 北京：北京联合出版公司，2019.

的语言、情节,使故事有着较强的节奏感、游戏性,加深了孩子对于故事内容的印象与理解。

图画中通过跨页方式,让每一个角落都暗藏玄机。每一幅画都精美可爱,满满的大跨页中充斥着各种颜色、形状和事物,有图案各异的动物,有藏在角落里的人物,有彩色图案拼成的前景,有纯色铺满的背景……画面中藏着一些数字捉迷藏游戏,如每一幅图画中都藏有数字1—10、藏在窗框上的数字1、变身成围栏的数字8等,这些暗藏的小元素都在不停地吸引读者停下来仔细观察,反复品味。

全书从头到尾都蕴含着数学启蒙,在文字部分每个动物出场都会出现一个新的数字,例如:1只长颈鹿、2只河马,将抽象的数字与具象的小动物相结合,便于幼儿理解数。同时还藏着"凑十法"的数学游戏,例如1只长颈鹿遇见了9只乌龟,2只河马遇见了8只蜥蜴,丰富孩子们的数学概念。

三、共读的对话与思考

1. 问题设计:"你在画面中看到了什么小动物?""他准备的礼物可能是什么呢?""在图画中你还看到什么呢?""发现图画中藏着什么了吗? 还有哪些数字藏在里面呢?""你心目中最棒的礼物是什么? 为什么呢?"

2. 尝试对故事进行创编,继续用"凑十法"的游戏方式,创编其他小动物送礼物的情节。

3. 作品通过简洁有趣的故事情节带着孩子们玩了数学游戏,最终利用一个巧妙的温馨的结局,讲出父母对于孩子的爱。在日常生活中我们还可以通过鼓励幼儿回忆身边小事,引导幼儿感受亲情。

(解读人:刘明玮、姚苏平)

204 《十二生肖谁第一》[1]

一、内容介绍

《十二生肖谁第一》(图 204-1)在原有民间传说的基础上,对十二个动物的来历与排序做了丰富和生动的解读,融知识和趣味于一体。故事从玉皇大帝组织的一次比赛开始,开篇就充满了悬念和紧张的气氛,迅速吸引了儿童的注意。对于儿童来说,比赛是竞争,更是游戏。作者根据包括猫在内的 13 个动物的物性,对它们进行了不同的组合,既展示了游戏的规则性、娱乐性等特点,又表现了动物们不同的性格:牛勤劳,龙仁慈,猫咪单纯……故事讲述详略得当,突出作为主角的老鼠——老鼠知道利用其他动物的优

图 204-1

---

[1] 刘嘉路,文;[俄]伊戈尔·欧尼可夫,图.十二生肖谁第一[M].郑州:海燕出版社,2015.

势,但不懂得公平竞争,背信弃义,所以赢得很不光彩。故事旨在说明诚实、公平、合作才是比赛中应该采取的正确方法,用不正当的方式取胜是可耻的。

二、"图·文"解读

该书由俄罗斯画家伊戈尔·欧尼可夫主笔,他对中国的"十二生肖"的绘制有着不同于传统的异国风情。作品采用色粉画的技法,表现复杂的环境氛围。封面中,龙的体形被设计成S形,环绕着除老鼠之外的其他10只动物,色彩温润,神态憨萌,显示了其作为图腾的重要地位;老鼠小巧活泼,虽远离中心位置,却暗示了其在故事中的特殊作用。作品多处使用跨页,便于表现众多动物的行为以及它们之间的关系,也便于对细节的设置。如第25—26页左边牛头上的老鼠正注视着右下方一个即将爬上河岸的动物,这个动物正是先前被它推下河的猫,这个细节不仅说明此时老鼠的"做贼心虚",也起到了衔接前文、预示后文的作用。

三、共读的对话与思考

1. 问题设计:"会游泳和不会游泳的动物都是怎样渡河的?""猫为什么要吃老鼠? 你觉得老鼠的做法对吗?""故事中还有谁的做法是不对的? 为什么?""如果你是小老鼠,你会用什么方法取胜呢?""为什么说龙是仁慈的?""你会为哪些动物的名次感到遗憾?""如果用生肖纪年的话,你知道今年是什么年吗?"

2. 画出你的生肖(属相)。

3. 该作品可以与其他领域融合,拓展活动。如:(1)了解有关十二生肖的传说,结合十二地支,记住十二生肖的排序;(2)生肖也叫属相,仔细阅读后环衬,说一说自己和每个家庭成员的属相;(3)参加比赛活动时,事先了解自己的优势和不足,在比赛中观察和发现别人的长处,学会与他人合作。

(解读人:丰竞、姚苏平)

205 《书里的秘密》[1]

一、内容介绍

《书里的秘密》(图205-1)讲述了女孩"墨墨"五岁生日的那天收到了爸爸的礼物——一本书。夜里,墨墨被小魔法师霍尔带入"书"的世界,并在其中经历了被安第斯神鹰抓上天空并坠入海洋,参加"海底舞王"选举比赛,被小鱼们追赶等神奇的事情。叙述充满故事性,情节跌宕起伏,抓人眼球。最后,霍尔念着咒语将墨墨送了回去。在书的世界里,一切都天马行空,生动

[1] 周索澜.书里的秘密[M].沈阳:辽宁科学技术出版社,2018.

有趣,故事情节可以激发幼儿的好奇心、想象力和探索欲。

图 205-1

二、"图·文"解读

该书采用跨页、小分割框等不同形式,呈现墨墨在书中遇到的不同情形、变化过程。第26页还用小图标的形式,将墨墨做早操的步骤一一展现了出来。作品以彩铅画的形式表现故事情节,颜色以暖色调为主,图文相互补充,文字幽默童趣,展现了儿童世界天马行空、富有想象力和创造力的特点。书的前后环衬一致展示了墨墨和霍尔的不同动态,激发读者浓厚的阅读兴趣。

三、共读的对话与思考

1. 问题设计:"墨墨生日这天收到了哪些礼物? 墨墨不喜欢哪个礼物呢?""夜里,墨墨发现了谁? 他看起来是什么样子的?""墨墨在书里遇到了什么事情? 她感觉怎么样? 经历了哪些情绪变化?""当墨墨遇到危险时,霍尔是怎么做的?""最后墨墨回去了吗? 她和霍尔还会再见面吗?""墨墨现在喜欢书了吗? 为什么?"

2. 进行情景剧表演,演绎书中墨墨和小魔法师经历的事情。

3. 该作品可以与多领域融合,拓展活动。如:(1)开展语言活动,讨论交流故事中的情节内容,尝试进行复述;(2)续编创编故事内容,将墨墨再次进入书的世界所经历的事情制作成连环画,并与同伴分享交流;(3)对于生活中不同种类的书,进行亲子调查,了解不同类别的书,拓展相关经验;(4)开展图书漂流活动,进一步促进阅读发展。

(解读人:谢菲、姚苏平)

206 《谁能战胜野蛮国王》[1]

一、内容介绍

《谁能战胜野蛮国王》(图 206-1)是一本蕴含着智慧、勇气的图画书。一天,一位野蛮、身形如城堡的巨人国王要来攻占小国王的城堡。小国王英勇迎战,先后派出了狮子、犀牛、鳄鱼,都战败而归;但没有想到的是,最后战胜野蛮国王的竟然是跳蚤太太。这个结尾大反转的故事,令读者忍俊不禁。作者巧妙地运用孩子的逻辑和语言,真切地描画出他们自由想象的历程。整

图 206-1

---

[1] [法]艾瑞克·巴图. 谁能战胜野蛮国王[M]. 王文静,译. 西安:世界图书出版西安有限公司,2018.

本书用简单诙谐的文字配以明亮活泼的图画，再现了孩童想象王国中的冒险故事。

二、"图·文"解读

图画书本身是一场极具趣味的色彩艺术启蒙之旅。轻松、明艳的色彩，简洁、循环式的对话，向小读者讲述了一个结局出乎意料的有趣故事。作品中，小国王一方用红色表示，大国王一方用黑色表示。这样鲜明的色块对比，有着"快意恩仇"的是非观，清晰地表现了对阵双方的"战况"。这一对比式构图，就像国际象棋等棋类比赛、军事演习或电竞游戏中双方模拟对抗赛一样，令读者很容易感受到战斗的激烈感。

三、共读的对话与思考

1. 问题设计："我们都是小不点，周围都是大块头，我们该怎么办？又能怎么办？"小时候因为个子小，年龄小，往往在见到比自己高大很多的陌生人和看起来不友好的人和动物时，心里就会不由产生一种恐惧感。每当这时候，心里就会有困惑和无助。在这个故事里，弱小的小国王计谋百出，先后派出强大的狮子、犀牛和鳄鱼去迎战大国王，虽然没有取得胜利，但这种大无畏的精神值得我们学习，这种机智百变的应对方法值得我们学习。

2.（1）谈话活动：当我们有勇气应对个头比我们大的人的时候，接下来我们要学会的是用正确的方法来应对恶势力的压迫。个子小有时候看起来是一种缺点，个子小的人经常会被个子大的人欺负。但是只要善用自己的优点，运用自己的智慧，小个子也能打败高大的对象。（2）爱动脑筋的孩子做事情都会更加顺利。大家会发现，小个子国王在应付大块头国王的时候，派出了很多强有力的帮手，虽然都不管用，但这是他善于动脑筋想办法的表现。跳蚤太太的出现让局面有了转机，最终打败了大块头国王。在生活中，在学校里，孩子们难免会遇到大孩子欺负小孩子的事儿，那怎么办？逃避肯定不是办法，只有勇敢地站出来，运用周边的资源，采用机智的方法，才能震慑大块头的欺凌行为。

（解读人：杨燕、姚苏平）

207 《谁知道夜里会发生什么》[1]

一、内容介绍

《谁知道夜里会发生什么》（图207-1）的人物刻画生动可感，可信的人物形象，使得家庭之爱的温暖氛围无所不在：温柔的父母、友爱的兄弟、按捺不住冒险冲动又胆气不足的小男

---

[1] ［斯洛文尼亚］花儿·索科洛夫，文；［斯洛文尼亚］彼得·思科罗杰，图. 谁知道夜里会发生什么［M］. 赵文伟，译. 北京：作家出版社，2017.

孩……围绕着在院子里搭帐篷过夜这件新奇的事情，小主人公迈克经历了惊心动魄的心路历程——从迫不及待地搭建、"测试"帐篷，到入住后犹疑渐生、畏惧不可知的危险又不忍放弃，再到备觉鬼影幢幢、几次向父母求援，每一步转折都入情入理。面对孩子的一惊一乍，父母则始终给予耐心又及时的回应、鼓励，这也极富示范意义。到故事结束时，"镜头"直接切换到海滩宿营的晴朗早晨，空间时间的极大跳跃，有力地传达出孩子心目中如愿以偿的满足感。

图 207-1

二、"图·文"解读

该书的人物外形简洁而富有特点：圆锥形的体态，细瘦的四肢，传达出质朴从容的平凡感，与故事里家庭生活的家常氛围配合得十分贴切。画面用色饱满、沉静，丰美的草坪绿、黄昏的金色反光，具有透明感的天蓝加暗蓝，营造出一派夏季夜晚的静谧气氛。在如此充满安全感的环境里，作者一一刻画主人公的种种情绪变化，能够更加有力地带读者"入戏"，使读者充分体会到故事中父母的温柔关切、孩子合情合理的忧惧以及天真可爱。许多画面采用孩子视角的仰拍镜头，尤其凸显了孩子对父母的依赖之情，强调了父母包容、守护态度的重要性。

三、共读的对话与思考

1. 通读文字部分，提炼迈克的几次"大动作"，比如：他为了睡帐篷而做的一系列具体准备（检查营钉，给床垫充气，从大厅柜子里拿睡袋，拿指导书，找手电筒）；他的几次害怕情绪（因弟弟描述的情况而引发，因单独待在帐篷里而引发，因听到莫名的风声而引发）、相应的"求援"动作（口头呼唤，要求母亲讲故事，"逃出"帐篷）；等。这些细节能帮助读者真正体会到小主人公在宁静夏夜里内心经历的一番又一番惊心动魄。

2. 朗读：有感情地朗读作品中的对话，尝试在语气中表达出爸爸的耐心、妈妈的温柔、弟弟的天真，还有主人公情感状态的丰富变化——信心满满、急不可耐、产生疑虑、不忍放弃、惊慌失措、惊魂未定……

3. 思考：作品展现了极为美好的家庭氛围和具有示范意义的育儿态度，表达了父母尽量支持孩子情有可原的奇思妙想，又充分包容孩子在这个过程中难以避免的软弱、畏惧情绪的态度。父母并不采用口头反复强调"要勇敢""没什么可怕的"的说教方式，而是对几番"无事生非"的孩子在行动上给予及时而适度的回应，尊重、珍惜他感受恐惧、消化恐惧的成长过程。

（解读人：盖建平）

208 《谁最厉害？》[1]

一、内容介绍

《谁最厉害？》(图 208-1)是以问答体的形式来构建全篇的儿童故事。"我"被河冰滑倒，河冰比我厉害；但是太阳能把河冰融化，云朵又能把太阳遮住，大风能把云朵吹跑，树木能让大风变小，小猫能爬到树上挠痒痒，而小猫又需要"我"的照顾，原来最厉害的就是"我"。故事以"我"和小猫出去玩耍开始，中间以观察和想象为主要内容，结尾又把想象拉回到现实中"我"的身上。这种环环相扣、首尾衔接的闭环式结构不仅设计巧妙，而且揭示了事物之间的内在联系，从而启发儿童要善于观察、积极思考。作品采用一问一答的形式，语言简洁，节奏明快，讲述与阅读皆有一气呵成之感。

图 208-1

二、"图·文"解读

该书大量使用蓝、白两种颜色作为自然背景的主色调，使北方冬季银装素裹、空气清冽的特点跃然纸上，人物的暖色调使画面充满动感；渔猎、火炕、毡靴、鹿角帽等，反映了达斡尔族人民的生产和生活，具有鲜明的民族特色；龙凤的设计，体现了中国的祥瑞文化，长着鸟嘴鸟头、鹿角、豹身豹尾的神兽，更是给作品增添了浓厚的神话色彩。作品问与答的内容分置左右两页，画面布局清晰简洁，现实与想象巧妙结合，如第 17—18 页，在现实的大自然中，"我"和小鸟、小熊、树叶、昆虫都坐在气泡里，借用卡通中儿童喜欢的气泡来表现想象的内容。

三、共读的对话与思考

1. 问题设计："代表冰河、太阳和大风回答问题的动物都是谁？它们有什么共同的特点？""你能说出龙在回答两个问题时的不同表情吗？""观察代表大风的神兽，你知道中国传统文化中还有哪些神兽？""你家乡的冬天有什么特点？"

2. 模仿封底儿歌，自编一首《谁最厉害？》的儿歌。

3. 该作品可以与其他领域融合，拓展活动。如：(1)除了达斡尔族，你知道中国的东北地区还有哪些少数民族？(2)经常走进大自然，观察大自然中的一些事物，想象它们之间存在怎

---

[1] 张锦贻,主编;照日格图,改编;海乐,图.谁最厉害? [M].呼和浩特:内蒙古人民出版社,2020.

样的联系,让自己爱上观察,爱上想象。

(解读人:丰竞、姚苏平)

209 《水哎》[1]

一、内容介绍

《水哎》(图 209-1)是以图画书形式,对长篇小说《腰门》进行的再创作,故事素材源于作者在湘西古城的一段童年记忆。"水"是一名听障孤儿,以卖水为生。"水哎"是男孩儿卖水时的吆喝,也是他唯一会说的两个字,人们不知道他的名字,就用"水"来称呼他。"水"每天清晨给老街上的人们送水,不收贫困老爷爷的钱,还及时发现了火灾,救了老街。"我"不仅和"水"建立了友谊,更见证了"水"及老街居民的勤劳、善良、团结、勇敢的美好品质。虽然"水"的职业被现代供水系统等科技取代,但存在于人性中的美好不会被取代,也不应该被取代。作者以第一人称的角度进行叙述,描写平实、细节动人,如对"水"在井边打水时动作的描写、对人物脚印的描写、对井沿勒槽的描写、对倒映于井中云朵的描写等,都非常唯美与抒情。

图 209-1

二、"图·文"解读

该书以青石板路、木质房屋、沿街店铺作为人物活动的背景,衬托出当地古朴的民风,具有浓厚的湘西地域特色和历史文化的厚重感。作者大量使用铅笔粉墨的绘画效果,渲染出怀旧意味的人物活动环境;小女孩儿裙子的明黄色,又不失温暖与柔和;发黄的、带有水渍的前后环衬,如老照片般瞬间把读者带入过去的岁月;封面与扉页中"水哎"二字,与两位小主人公成纵向排列,他们的脚印和身影所形成的弧度,加强了画面纵深的张力,寓意"水哎"的声音渐行渐远,但勤劳善良的优秀品质永远不会消失。

三、共读的对话与思考

1. 问题设计:"你能说出作品里的房子和自己住的房子有什么不同吗?""小女孩儿和'水'没说过一句话,他们是怎样成为好朋友的?""你喜欢'水'吗?为什么?"

2. 画出自己和爸爸妈妈的脚印,观察这些脚印有什么不同。

---

[1] 彭学军,文;张卓明、段颖婷,图. 水哎[M]. 南宁:接力出版社,2019.

3. 思考：该作品可以与多领域融合，拓展活动。(1)了解水在生活中的作用。(2)观察家人或朋友，说出他们身上勤劳、善良、坚强的优秀品质体现在哪里。(3)主动与班里或小区里不爱说话的小朋友沟通、做游戏，培养观察能力、交际能力和爱的能力。

4. 参阅书目 216《桃花鱼婆婆》、316《一个男孩走在路上》等，了解作者彭学军的文本写作风格。

（解读人：丰竞、姚苏平）

210 《水与墨的故事》[1]

一、内容介绍

《水与墨的故事》(图 210-1)讲述的是水孩子在公鸡的邀请下奇遇了墨孩子、笔娃娃、纸、云姑娘的故事。他们在游玩过程中，相互接触，发现了水和墨的神奇变化，创作了许许多多充满灵气的动物、人物、自然景观。这一童话般的组合，让小读者知道了一幅美丽的水墨画需要笔、墨、水、纸协调配合。故事结尾处，云姑娘送出了珍贵的礼物：从植物、矿物里提取的五彩颜料——中国画颜料，激励孩子继续探索中国画的不同表现形式。

图 210-1

二、"图·文"解读

该书用水墨童话故事的方式，深入浅出地介绍了中国传统的水墨画最基本的用笔、用墨、用水的方法，符合孩子的认知规律和特点。作品用中锋、侧锋、圆笔、方笔、折笔、转笔、点、勾等多变笔画和墨分五色的技法，表现了水娃娃、墨娃娃、大公鸡、笔娃娃、云姑娘等人物及动物形象；用酣畅淋漓的没骨画法，展现中国画的笔墨精妙。

全书图文分开，一气呵成。不管是跨页设计还是独立页面，都主题突出、文图与印章相映成趣。小读者在阅读的过程中，能轻松地发现：墨遇到水后，会发生扑朔迷离的变化；在笔和纸的协助下，能墨分五色、自由塑形。同时水墨渗开形成的图案又能激起读者与故事主人公一起借形想象。最后云姑娘赠送的植物、矿物中提炼的五彩中国画颜料，更能激发幼儿大胆尝试。

三、共读的对话与思考

1. 问题设计。"水娃娃遇到谁，发生了什么变化？""书里的图画又叫什么画？""为什么水

---

[1] 李青叶，文；梁培龙，图. 水与墨的故事[M]. 杭州：浙江少年儿童出版社，2013.

娃娃在纸上画的痕迹会消失？""毛笔立起来、侧身半躺拖着走，纸上留下的痕迹是什么样的？"
"干墨不加水画出来是什么感觉？""墨加一份水、两份水，会发生什么变化？有哪些颜色？""试
试一笔画出墨分五色。""中国画颜料最早是从哪里提取的？"

2. 该作品可以与多领域融合，拓展活动。(1)阅读认知：欣赏故事，感知水孩子、墨孩子、
笔娃娃、纸之间的友好情谊；了解把水、墨、笔、纸各自的特点结合在一起，就能创作出惟妙惟肖
的形象、美丽的中国画，体验合力量大！(2)美育：①观察文房四宝，感知了解中国画需要的
"笔墨纸砚"，欣赏中国画，如吴冠中的《播》《春雪》、齐白石的虾、徐悲鸿的马、李可染的牛、刘继
卣的虎等；②笔墨游戏——探索毛笔不同的用笔方法，大胆利用水墨在纸上留下的痕迹，借形
想象，创作有趣的水墨形象，尝试用水和墨画出墨分五色；③重读《水与墨的故事》，自由尝试书
中的没骨画法。

（解读人：匡明霞、姚苏平）

211 《睡睡镇》[1]

一、内容介绍

《睡睡镇》(图 211-1)文字简单，多用拟声词、感叹词，
展示了常见又各有特色的动植物成长、变化的盛况——
从蝌蚪到青蛙，从毛毛虫到蝴蝶，从蛆到苍蝇的变态现
象；从鸡蛋到小鸡，鱼、熊猫、孔雀从幼体到成体的"大变
身"；西瓜、蒲公英、香蕉开花与果实成熟；等等。每一组
形象都呈现出稚嫩可爱的幼态与极盛的成熟态的极致对
比，如此变换主角，反复展示、咏叹，叠加地渲染出睡眠的
快乐、成长的迅速、生命的神奇，向小读者强调了睡眠的
重要性，也揭示出世界的多姿多彩。

图 211-1

二、"图·文"解读

该书的主要看点在图。明快、圆润的简笔线条，饱满的形象，鲜明的配色，都充满轻松喜悦
之感，与风格低幼的简短文字配合得恰如其分，尤其是后半部分的植物形象，从香蕉串、葵花花
盘的热闹"人脸"效果，再到高耸入云的乔木的拟人面目，构成了奇观递进的效果。最后，以爸
爸、妈妈、宝宝酣睡后的神奇变化(宝宝长大了，爸爸妈妈还年轻)来点题。在高度拟人的同时，
《睡睡镇》的画面形象又在细节上凸显各种生物的突出特征(如蝌蚪尾部的形态、质地)，使小读
者在直观感知睡眠的神奇力量，对成长产生更加明确的憧憬之余，还在识物上有所进步。

[1] 亚东,文;麦克小奎,图.睡睡镇[M].北京:中信出版社,2018.

三、共读的对话与思考

1. 亲子共读：声情并茂地逐页朗读文字，沉浸观察画面的色彩和线条，以艺术化的方式认识睡眠对于宝宝健康成长的重大作用，谈论动植物生长变化的具体知识。在此基础上，可运用书尾的动植物生长周期表进行知识的深化和汇总，辨析幼态和成体的巨大差异，拓展想象力。

2. 音乐欣赏：《睡睡镇》附有同标题歌曲的曲谱，可以自行演奏、扫码听歌。此歌既有民谣吉他曲风的男女合唱，又有纯音乐版，曲调清新朴素，歌词充满对儿童的祝福，格调健康宁静，适合睡前听。

3. 思考：《睡睡镇》附有文字风格明快的导读手册，作者和绘者分别就创作的主题思想——表现"时间"的神奇和生长的快乐，作了详细的说明，有助于读者理解，启发读者思考。经由同主题画面的反复欣赏，可以十分生动地感受生命的多姿多彩。全书都在明确强调一个与幼儿体验相符的基本认知：睡眠是快乐的、享受的。全书强化了一种基本知识：适当的睡眠是极为有益的。意识到生命现象的神奇，再结合导读手册，就可以初步感触、思考"时间"这个不解之谜了。

（解读人：盖建平）

212 《送你一颗小心心》[1]

一、内容介绍

《送你一颗小心心》(图 212-1)是一首礼赞成长的散文诗。小猪嘟嘟刚离开妈妈的怀抱，独自踏进广阔的世界。他的眼睛看到了什么，心里感受到了什么呢？他刚走上田间的小路，就碰上了一个从地里钻出来的鼹鼠朋友。两人结伴同行，看见了一闪一闪的花朵、轻轻飞舞的蝴蝶、叽叽喳喳的小鸟、游来游去的小鱼儿、滴滴答答的雨点儿、织网的蜘蛛、乖乖的云朵……这本书教会了我们要放手让孩子去体验，去成长，在体验中学会一切。他会收获友谊，收获欢乐，收获尊重，但也会遭遇挫折，遭遇苦难，遭遇不解，一切都需要他自己去经历，去体会。

图 212-1

二、"图·文"解读

该书色调柔和、清丽，以白色与绿色为主，淡雅的水彩画让人过目难忘。文字内容反映孩子们的日常生活，既充满童趣，又充满了诗性的哲理意味。在第 21—22 页内容中，妈妈与小猪

---

[1] ［韩］金成恩，文；［韩］赵美子，图. 送你一颗小心心[M]. 张静雪，译. 西安：世界图书出版西安有限公司，2019.

的对话引出了嘟嘟对自己经历的梳理,作者以一幅幅小漫画的形式呈现给读者,帮助读者一同回顾、总结,拓展经验。

三、共读的对话与思考

1. 问题设计:"小猪嘟嘟去远足,它的眼睛看到了什么,心里感受到了什么呢?""小猪嘟嘟的第一次远足很成功,所以它充满了自信;但假如小猪嘟嘟遇到了一些小挫折,它究竟会如何去应对呢?""小猪嘟嘟把所有的小心心都送给了大家后,它快乐吗?""对于小猪嘟嘟独自远行,妈妈是什么态度?""想象一下,当你第一次离开妈妈的怀抱,独自跨进广阔的世界,会是一种怎样的感觉呢? 是憧憬? 害怕? 还是充满好奇?"

2. 分角色表演该作品。

3. 拓展:画一画你一个人的时候看到的世界。

(解读人:杨燕、姚苏平)

213 《塑料岛》[1]

一、内容介绍

《塑料岛》(图 213-1)以一只海鸭的口吻讲述了海洋垃圾污染的由来与后果,展示出各种海洋生物因接触、吞食,长期栖身于海洋垃圾之中,而受困、挨饿、死亡的悲惨事实。海鸭讲述的语调"客观而无动于衷",将受害动物深陷其中而懵然无知的处境入木三分地揭示出来:"我"看到的只是各种各样海洋动物的日常生活,它们捕食、游弋,与祖祖辈辈的行为模式似乎毫无区别,都是接受自然环境的支配而已。直到故事结尾,我们才看到这一系列惨剧的现状与全貌——人类制造的垃圾早已改变了"自然"本身,甚至早已"再造"了自然,连海鸭所居住的"岛"本身,都是一片清理不尽的垃圾漂浮带。

图 213-1

二、"图·文"解读

该书以水墨画为基底,以暗红、灰黄、信号灯绿的点、线、色块来点绘画面,营造出沉郁、压抑而不至于晦暗、丑陋的视觉效果。巧妙的是,为画面带来色彩的红、黄、绿三色,所描绘、指代的恰恰是塑料制品。这些色彩在画面中广泛分布,最为直观地强调了塑料制品无所不在,它们

---

[1] [韩]韩明爱.塑料岛[M].张晟,译.济南:山东教育出版社,2019.

的鲜艳色彩，施加于以水墨描绘的各种生物，尤其直观地点出了工业的胜利、生物的被害。到了书的结尾，"岛"的假象褪去，呈露出垃圾堆积如山的本来面目，令人有如梦初醒的震惊感。如此，便能够进一步启发小读者，透过生活场景中塑料制品悦目无害的外表，看到它可能（或必然）会造成的塑料岛现象，从而增强环保意识。

三、共读的对话与思考

1. 读图：充分享受作品大跨页、广景深的画面。在水墨画特有的宁静气氛中，慢节奏地阅读，渐进而明确地辨识出消费主义"一次性"生活方式的既成恶果——我们司空见惯、以为理所当然的日常消费，已经戕害了多少无辜的自然生灵。

2. 讨论：细心辨识作品所描绘、提示的日常生活场景中那几乎无处不在的塑料制品。为了阻止环境继续恶化，逐渐扭转海洋污染的惨烈现状，应该怎么做？个人能做什么？群体能做什么？各国政府能做什么？还有哪些力量应该参与到这项工作中来？

3. 思考：通过该作品，首先认识海洋污染的严重性，了解其具体表现——垃圾袋的堆积扩大、海洋生物悲惨的生存状态和凄惨的死亡结局；进而完整把握海洋污染问题的重大原因——以塑料为代表的化工产品的大量生产、消费、丢弃，这是一整套的"现代生活"，也是目前人们广泛采用的所谓"主流生活方式"的必然结果。我们每日的"生活需要"有多少是真的不可缺少？你是否愿意为了减少环境污染作出一些改变，比如，用自带水杯代替随手买的饮料、奶茶，自备购物袋……

（解读人：盖建平）

214 《它们一定是饿了》[1]

一、内容介绍

《它们一定是饿了》（图214-1）讲述了独居的老爷爷家里突然有一天涌进一群小兔子，它们在老爷爷家里调皮捣蛋，啃咬地毯、撕扯书籍……老爷爷猜想它们一定是饿了，就照着《兔子食谱》给它们煮好吃的。小兔子们很喜欢老爷爷，老爷爷走到哪里，它们就跟到哪里。老爷爷视它们如家人，陪它们一起看书，担心它们未来可能遭遇麻烦，带它们看《兔子的50种天敌》节目。梦中的爷爷想着"我要陪伴它们，支持它们，直到它们长大"。兔妈妈回来了，小兔子们回到了兔妈妈身边。老爷爷醒来，发现只剩自己一个人，慌忙打开房门去寻找，门口放着一篮子菜，里面有胡萝卜、

图214-1

[1] 呼拉.它们一定是饿了[M].北京：北京联合出版公司，2020.

包菜……故事到这里戛然而止,留给读者无限遐想:小兔子们真的来过老爷爷家吗?

二、"图·文"解读

该书以大幅的图画配以简洁的文字,老爷爷和12只兔子以及兔子妈妈,每一个人物造型都有自己的特点,所以细节成为展示角色个性的重要方式。如扉页上出现的唯一一只倒立的小兔子,黑黑的脑袋上唯有鼻尖上有一抹白,大概是最调皮的一只。一只全身棕黄毛的兔子,戴着一副眼镜,大家闹腾腾的时候只有它在全神贯注地看书,它应该是最好学的小兔子。12只兔子本身就预示了一个和数字有关的游戏,幼儿可以用指读的方法进行计数,数一数每一页图画中有多少只小兔子。游戏简单,目的明确,处在数字敏感期的孩子会非常喜欢。另外,在书的最后5页中,没有任何文字,仅以连环画的方式将故事的结局呈现出来,读者可以自由为图画配以文字,同时,这种无字的图画,也将一个老人的担忧、紧张以及他深深的爱表现得淋漓尽致。

三、共读的对话与思考

1. 问题设计:"在生活中除了爸爸妈妈在关爱我们,还有谁也在一直关爱帮助着我们呢?""他们平时是怎样关心我们的?"

2. 思考:作品中老爷爷对小兔子的照顾和关爱,象征了祖父辈对子孙爱的表达。成人可以和幼儿一起聊一聊各自的"爷爷奶奶""外公外婆"们的小故事。

3. 拓展:故事的最后,小兔子们回到了妈妈的身边,失落的爷爷一觉醒来发现屋子里又空空荡荡了,然而家门口的地上多了一筐新鲜的蔬菜。当爷爷转身进屋时,画面上出现了兔子一家的大门,原来它们就住在爷爷家小院的大树洞里。可以一起续编这个故事。

(解读人:杨燕、姚苏平)

215 《太阳和阴凉儿》[1]

一、内容介绍

《太阳和阴凉儿》(图 215-1)是一个富有童趣的哲理故事。张之路一反以往将太阳视为"公公"的童话刻板形象,而将太阳塑造成了顽皮好胜的小男孩形象。小太阳和兔子赛跑,它赢了;和孔雀比美,它又赢了;和阴凉儿玩捉迷藏,它却怎么都找不到阴凉儿。全书用语充满童趣,从书名就体现出来:对比"树荫","阴凉儿"与"太阳"押韵,读起来有趣,加上儿化音,更

图 215-1

---

[1] 张之路,文;乌猫,图. 太阳和阴凉儿[M].青岛:青岛出版社,2018.

显俏皮。若对故事进行更深入的思考,便可发现其中蕴含着阴与阳、显与隐、动与静等哲理意味。

二、"图·文"解读

该书绘画兼具敦煌壁画的青绿色调和气韵,以及神话的瑰丽和童话的朴拙。比如山川树木、草地丘陵的线条与灰兔子跑动着的身姿融为一体,好像整个世界都被"动如脱兔"的疾风裹挟;花孔雀开屏时蓬大的尾羽绽放了整个时空的炫目;小太阳的争强好胜、蓬勃活力、稚气顽皮,以及寻找阴凉儿时的急切,尽在那一身火焰的光泽和形态中得到传神的表达;还有千变万化、无处不在的小阴凉儿,绘者用一抹柔软、清凉的水波般的蓝色,恰如其分地渲染出它的沉静的阔大与柔和的力量(参见赵霞《太阳照在有阴凉儿的地方:太阳和阴凉儿》)。绘者乌猫在创作过程中经过多次推翻重画,"从线条到没骨,从新色到宿墨,从膏状颜料到矿物粉末",最后呈现出带有敦煌画元素的韵动的线条及构图,还有天地、水火、风云的融合和壮丽。

三、共读的对话与思考

1. 问题设计:"兔子会和太阳比什么内容? 为什么? 谁会赢?""孔雀提议比什么内容? 为什么? 它会赢吗?""太阳这么厉害,谁能赢它呢?""如果你来画阴凉儿,你会怎么画?""太阳和阴凉儿比赛谁输谁赢,你怎么看? 对阴凉儿的回答,你怎么理解?"
2. 观察:植物们随着比赛的进行,也有不同的表现;比赛中的兔子、孔雀,在初始时的神态、比赛中和输了之后的样子,可以对比看看不同;其他动物的位置、可能的心理活动,都可以一一猜测。
3. 分角色表演该作品。做一些影子游戏。
4. 该作品可以与多领域融合,拓展活动。如和幼儿一起欣赏敦煌壁画的艺术美,和幼儿一起讨论遇到比赛输赢的时候如何处理。

(解读人:姚苏平)

216 《桃花鱼婆婆》[1]

一、内容介绍

《桃花鱼婆婆》(图216-1)改编自彭学军的长篇小说《你是我的妹》,这一图画书以明线暗线同时推进的方式,讲述了一个发生在孩子与"巫婆"之间的故事,具有浓厚的传奇色彩,展示

[1] 彭学军,文;马鹏浩,图.桃花鱼婆婆[M].贵阳:贵州人民出版社,2017.

了世俗观念与真善美的冲突与撞击。放蛊是苗族民间传说中的一种巫术。据说外表古怪、离群索居的阿秀婆会放蛊,孩子们起初非常怕她,但他们非常喜欢吃阿秀婆制作的桃花鱼,在探索桃花鱼秘密的同时,孩子们发现了阿秀婆的神奇、勇敢与善良,渐渐与阿秀婆建立起了深厚的感情,同时也学会了理解与感恩。暗线则由一连串悬念组成:阿秀婆会对孩子们放蛊吗? 阿秀婆是如何捕捉到桃花鱼的? 美味的桃花鱼是如何制作出来的? 阿秀婆会死吗? 明线暗线相互印证、悬念迭出,共同推进情节的发展。

图 216-1

二、"图·文"解读

这是一个颇具创意的素描作品。作品大量使用蓝紫色作为主色调,具有苗族蜡染的艺术风格,又结合国画点染的技法,以桃粉和秋黄点缀其中,以区分季节,画面色彩简洁,沉静而温暖。阿秀婆羽毛般蓬乱的头发、黑色的大袍子、长长的烟杆,以及孩子们的神态与动作,显示出人物造型的大胆夸张,幽默风趣;石屋、陶罐、服装、树干上出现的苗族纹饰,也都极具民族特色。画面造型与构图新颖别致,如第7—8页中,阿秀婆吐出的烟雾如长长的魔法布袋,装满了神奇与有趣;又如第29—30页中,线条大面积同向排列,笔触自由奔放,表现野猪追赶阿婆如疾风、狂风,与文字"呼呼"配合,极具紧迫感。折页设计巧妙,如第18页中的黑陶罐和第32页中"风把阿秀婆的长袍吹得鼓了起来,像打开的翅膀",折页的设计使人物形象更加神秘和立体。前环衬中,小老鼠举着一根与阿秀婆的头发一样的羽毛;后环衬中,羽毛却从空中落下了。阿秀婆永远消失了吗? 答案就在前后环衬中的细节里。

三、共读的对话与思考

1. 问题设计:"为什么大人们不喜欢阿秀婆? 他们对阿秀婆的看法对吗?""你能找到防下蛊的手势吗? 书中哪些地方出现了这样的手势?""阿秀婆的小老鼠都会做什么?""你觉得阿秀婆会魔法吗?""你喜欢阿秀婆吗? 为什么?"

2. 仔细阅读最后一页,说一说桃花鱼的制作方法。

3. 该作品可以与其他领域融合,拓展活动。如:(1)了解苗族的建筑、服饰、饮食和节日的特点;(2)观察书中孩子们对于阿秀婆情感的前后变化,体会如何理解他人、接纳他人;(3)判断是非时,要有自己的思考,不要人云亦云。

(解读人:丰竞、姚苏平)

217 《淘气的小波波熊》[1]

一、内容介绍

《淘气的小波波熊》(图 217-1)是"蘑菇城堡名家经典童话"系列中的一本,讲述了小波波熊一系列淘气的故事。小波波熊是个爱吃的小家伙,他一口气把招待客人的食物吃了个精光。小波波熊是个有点儿懒的小家伙,他喜欢穿花袜子却不愿意洗。小波波熊更是一个淘气的小家伙,他和白鼻子小狼跑进鸵鸟太太的养蜂场,不小心打翻了蜂箱……作品用诙谐的方式,呈现了儿童各种调皮捣蛋、无心之过。

二、"图·文"解读

图 217-1

该书充分考虑了儿童的理解力,全书均采用大幅画面配大段文字的形式,语言幽默,情节生动,画面童稚活泼。在凸显波波熊的顽皮的同时,强调了团结友爱、真诚勇敢的可贵品质。

三、共读的对话与思考

1. 问题设计:"当小波波熊做错事情的时候,其他人是怎么对待小波波熊的? 小波波熊又是怎么做的呢?""每当小波波熊遇到困难的时候,他是用什么样的心情去面对的? 在生活中我们也会遇到困难,那么你是怎么去面对困难的呢?"

2. 分角色表演该作品;合作创编淘气的小波波熊的故事。

3. 该作品可以与多领域融合,拓展活动。如:(1)集体讨论小波波熊的行为是否合适,自己在家中有没有做过类似的事情;(2)向小波波熊学习,积极面对问题,自己的事情自己做;(3)自由选择喜欢的小波波熊的故事,与同伴共同表演。

(解读人:杨燕、姚苏平)

---

[1] 张秋生,文;刘梅,图. 淘气的小波波熊[M].北京:中国和平出版社,2020.

218 《讨厌牙刷的男孩》[1]

一、内容介绍

《讨厌牙刷的男孩》(图 218-1)将引导儿童养成刷牙习惯、保持口腔卫生的事情变成了一个神奇的童话。男孩比利最讨厌牙刷了,也不愿意刷牙——为什么要刷牙呢? 还有太多太多比刷牙更有趣的事情可以做。有一天,比利的一颗牙齿掉了,他把那颗牙齿放在枕头下留给牙仙子。当他一觉醒来,却发现牙仙子的纸条,上面写着:"你的牙齿脏死了! 试试这根神奇的牙齿闪亮棒!"牙齿闪亮棒能让讨厌牙刷、不爱刷牙的男孩爱上刷牙并养成刷牙的好习惯吗?

二、"图·文"解读

图 218-1

该书是一本涉及健康领域的图画书。故事一开始是比利把牙刷往垃圾桶里扔,一脸的不开心。整个画面呈现的是各种不同的牙刷:绿色牙刷、蓝色牙刷、条纹牙刷、点点牙刷、疙瘩牙刷、动物形状的牙刷……可见,比利的家人为他准备了很多种牙刷,却都不能唤起他对刷牙的兴趣。自从比利爱上刷牙后,就拥有了整个镇上最闪亮的笑容。这个画面作者用黑夜的月亮和星星,还有城市的灯光来和比利的牙齿作对比。作品构建了不爱刷牙和爱刷牙的前后对比,牙齿"闪亮"与月亮星星的"闪亮"地相互辉映,其中牙仙子的信和牙齿闪亮棒的出现是比利发生变化的关键转折点。整个画面有着儿童画"涂鸦"式的稚拙,更贴近儿童相应年龄的心理特征。

三、共读的对话与思考

1. 问题设计:男孩比利特别讨厌牙刷,也不愿意刷牙。在他看来,为什么要刷牙呢? 还有太多太多比刷牙更有趣的事情可以做。那到底是什么让他改变,从讨厌牙刷,不爱刷牙,变成爱上刷牙并养成了刷牙的好习惯的呢? 在大家都以为故事已经结束的时候,比利又有了新的讨厌的东西,在另一个故事中,比利最后会不会爱上梳子呢? 他是怎么爱上梳子的?

2. 成人与幼儿共同讨论自己讨厌的事物和为什么讨厌,分享各自是怎么处理这个问题的。

(解读人:杨燕、姚苏平)

---

[1] [英]泽赫拉·希克斯.讨厌牙刷的男孩[M].谢静雯,译.石家庄:河北教育出版.2019.

219 《特别的日子》[1]

一、内容介绍

《特别的日子》(图 219-1)对儿童一日生活进行了细腻、舒展的描写,并通过一日生活平淡中的惊喜、遗憾中的自洽等,告诉小读者寻常日子的珍贵。只要有一双善于发现的眼睛、一双善于倾听的耳朵、一颗善于感受的心,就能在平淡无奇的日常生活中,感受到各种美好和欢欣。

图 219-1

二、"图·文"解读

该书以白色、暖黄色为主色调,配以铅笔画的画风,通过朴素真挚的儿童语言,将小熊芒果这"特别的一天"娓娓道来,让读者感到悠闲而宁静,正如作品的主题一般,在平静的日子里找寻宁静而特别的惊喜。在书中,作者也给读者准备了一份"惊喜"——夹在书中的一封信"让平凡的日子闪闪发光"。信中作者是这么说的:"只要有一颗善于感悟的心,每一天都是特别的日子。"同时,这封信的背面还是一个趣味小游戏"找不同",提醒读者"你有一双善于发现的眼睛吗?"图文内容和互动性游戏,都浸润在一种从容、自在的氛围中。

三、共读的对话与思考

1. 问题设计:阅读之前,成人与儿童可以共同讨论"什么是生活中特别的日子";阅读过程中,可以讨论"小熊芒果在这一天都做了哪些事情?他们又到了哪里",猜想小熊芒果梦中还有什么特别的事情发生呢?阅读后,可以讨论"小熊在特别的日子里做了好多事情,那你的特别的日子是什么样的呢?"

2. 分角色表演该作品。

3. 该作品可以与多领域融合,拓展活动。如:(1)与爸爸妈妈一起讨论如何将今天过成特别的日子,并一同计划、实施;(2)制作自己的愿望清单;(3)关注自己生活中发生的点点滴滴,用积极乐观的态度去拥抱每一个今天、每一件事,并尽量将它们记录下来,与自己的同伴、家人分享,用心去感受这个世界的特别。

(解读人:杨燕、姚苏平)

---

[1] 吕丽娜,文;俞寅,图.特别的日子[M].上海:上海教育出版社,2019.

220 《天黑黑要落雨》[1]

一、内容介绍

《天黑黑要落雨》(图 220-1)是一本用水墨呈现湖南童谣,表达民风民俗的妙趣的图画书。本书有一明一暗两条线,明线是阿公一家,暗线是小龙一家,两个家庭,一个地上,一个天上,体现的是相同的亲情。明线以文字表达为主:阿公在地里挖芋头时,发现一只小泥鳅,将泥鳅捉回家中,准备炸了吃,可是阿婆觉得炖了吃最好,两人吵成一团。暗线通过画面表达:天上龙王一家打雷布雨时,最小的龙不慎从云端掉落下来,正巧被阿公抓住,当作泥鳅,准备当作下酒菜。龙王一家为了救出小儿子,赶紧打雷布雨,弄得人间鸡飞狗跳,趁机救回小儿子。书尾附有《天黑黑要落雨》的方言版,泥鳅被叫作"旋留鼓",用原汁原味的方言童谣再一次梳理了故事的梗概。整个作品采用童谣的对话体,并有方言的选用、大量拟声词的使用,生动诙谐,充满民间烟火趣味。

图 220-1

二、"图·文"解读

该书的绘画采用漫画式的水墨笔法,通过对开折页呈现故事的两个空间:折页画面是龙王一家奋力打雷布雨,扰乱阿公阿婆的心神;对开后的跨页呈现的是阿公和阿婆为煎泥鳅还是煮泥鳅汤而吵得不可开交,打翻了罐子,小泥鳅趁机逃走了。透明硫酸纸洇染着灰度不同的乌云,形成了一个"天上"与"天下"的间隔:从"乌云"往上看,可以看到龙王一家在云端的焦灼;往下看,是阿公阿婆一家的争吵。从而形成了天上、地上两个维度的有趣对比。

三、共读的对话与思考

1. 问题设计:"阿公挖到的小泥鳅是从哪里来的?""阿公和阿婆为什么争吵?""阿公为什么说'咦,老婆子,发生什么事了? 泥鳅咋不见啦?'""小泥鳅去哪里了呢?""如果你遇到家里人吵架,你会怎么做?"

2. 分角色表演该作品。续编这个故事。

3. 该作品可以与多领域融合,拓展活动。如对地方方言童谣的了解和赏读;请父母亲或者爷爷奶奶辈用家乡话一起读一遍这个故事和书后的民间童谣。

(解读人:姚苏平)

---

[1] 箫翱子.天黑黑要落雨[M].长沙:湖南少年儿童出版社,2019.

221 《天上掉下一头鲸》[1]

一、内容介绍

《天上掉下一头鲸》(图 221-1)用烧制青花瓷的画风讲述了一个奇幻的故事。龙卷风过后，"轰"的一声响惊动了整个森林。小动物们纷纷猜测到底发生了什么——不是打雷，不是地震，不是天塌，不是老师吼叫……只有飞得高看得远的鸟儿知道：原来是被龙卷风卷起又抛下的鲸掉到了沙漠深处。小动物们想尽各种办法送鲸回家，最终难以做到，大家只能为鲸鱼的命运献上生命的挽歌。后来，鲸鱼和沙漠融为了一体，沙漠变成了绿洲，滋养着更多的生命……作品是一首关于生命、生态的散文诗。烧制青花瓷的钴矿来自大地，正应和了作品的主题：万物归一、一元复始。

图 221-1

二、"图·文"解读

该书的语言颇为讲究：前半部分富有节奏感，后半部分蕴含哲理，既朗朗上口，又富有诗意。更值得一提的是，这是一本设计感非常强的图画书，原稿运用了中国传统青花瓷烧制方法完成，呈现出丰富而具有肌理质感的视觉效果。页面设计富有节奏感，作者恰当地利用了不同结构和形态的反差，营造出作品优美舒展的氛围，别具一格。(图 221-2、图 221-3)

图 221-2

[1] 西雨客.天上掉下一头鲸[M].北京：天天出版社，2019.

图 221-3

全书在色彩上以白蓝为主,采用大量青花瓷的元素。封面、封底展开连接在一起,会呈现出鲸鱼的身体,连贯的画面展现了鲸鱼巨大的身躯。封面上半部分是"釉下青花"的"蓝",下半部分是"釉上新彩"的"彩",完美运用了青花瓷元素。书中还有多个长达一米的大跨页,给人一种强烈的视觉冲击感。图画布局也很用心,将生活在不同地方的动物放在一起,如洞穴里的老鼠、森林里的小鹿、天空中的鸟儿等,上天入地,将空间的纵深感表现到了一种极致。

三、共读的对话与思考

1. 问题设计:"'轰'的响声是什么? 不知真相的小动物们是怎么认为的?""是谁看到了真相?""小动物们决定怎么做? 最后结果如何?""再后来,鲸落下的地方怎么样了?"

2. 角色扮演:分别扮演各种小动物,演绎故事内容。

3. 工艺学习:该书附有青花瓷版画的制作过程,通过翻阅可以了解釉下青花瓷版画的制作步骤。有条件的话可以按照书中要求准备所需工具,亲自实践。

4. 该书不光在制作工艺和排版上给人以惊艳之感,故事的内容也非常精彩。通过这个故事,我们能够感受到生命和死亡、团结和爱。

(解读人:张攀、姚苏平)

222 《调虎离山》[1]

一、内容介绍

《三十六计绘本》系列包括《声东击西》《暗度陈仓》《围魏救赵》《调虎离山》四个主题。"调虎离山"是"三十六计"中著名的成语故事,原意是指设法让威猛的老虎离开它的老窝,以便自

[1] 深圳市书童文化发展有限公司,文;张诗媛,图.调虎离山[M].成都:四川少年儿童出版社,2020.

己能安全行事而不受老虎的威胁。三国时期孙策设计诱骗刘勋率主力攻打上缭，然后乘虚而入，占领了刘勋的庐江郡。这个故事告诉我们，在双方实力悬殊的情况下，可以诱使对方离开主阵地，全力攻击其巢穴，以增加成功的概率。《调虎离山》（图 222-1）告诉我们面对困难或强大的对手时，需要变通地解决问题，而不是一味地蛮干。

图 222-1

二、"图·文"解读

本书以赭石色为基础，采用水墨加皮影的呈现手法，给人以强烈的视觉冲击感，让人感受到中华民族传统文化的智慧、趣味和精美。书的第 1 页将"调虎离山"的意思与用法交代清楚，便于读者理解故事的发展。书的结尾处，作者将皮影的发展历程一一呈现出来，让读者更充分地了解民间传统艺术，感受它独特的表演魅力。

三、共读的对话与思考

1. 问题设计。（1）介绍故事：首先，介绍故事中的主要人物，让幼儿理解故事情节。然后，通过问答方式，让幼儿参与到故事中来。（2）开展小组讨论：引导幼儿讨论故事中的问题，并提供问题解决方案；让幼儿在小组里分别扮演故事中的不同角色，并演练解决这些问题的方法。

2. 分角色表演该作品。在表演过程中，让幼儿参加一些特别的活动，如角色扮演、绘画、小游戏等，以激发幼儿的兴趣和探究问题解决方案的热情。

3. 通过阅读故事，幼儿能够理解如何处理冲突和困难，学会沟通解决问题的方法。（1）用简单明了的语言讲述故事，让幼儿了解故事的情节和主要人物。（2）引导幼儿思考解决困难的方法，并与他们分享自己的经历，以便提高他们的学习兴趣和参与度。（3）教幼儿如何和他人合作，并在小组活动中演练解决问题的方法。通过小组合作，让幼儿学会分享和理解，提高幼儿的社会交往能力。

（解读人：杨燕、姚苏平）

223 《铁嘴锯工——天牛》[1]

一、内容介绍

《铁嘴锯工——天牛》（图 223-1）是一本关于昆虫"天牛"成长习性的手绘科普读物，展现天牛

---

[1] 付赛男.铁嘴锯工——天牛[M].西安：未来出版社，2019.（书目 223《铁嘴锯工——天牛》、264《夏季歌者——蝉》是同一书系。）

的主要生存环境和生活习性。图画书细致地描述了从天牛宝宝演变成能够啃咬树枝的成熟天牛这一过程,如天牛是怎么在树上安家、啃食树木,天牛的天敌是啄木鸟和管氏肿腿蜂等。图画书能够引导小读者观察和认识更多昆虫,体会人与动植物之间的关系,从而培养儿童热爱大自然、敬畏生命的人文情怀。

图 223-1

二、"图·文"解读

该书采用手绘形式,配色鲜艳丰富,笔触精美细腻,细节刻画十分逼真,绘制的天牛外观栩栩如生,跃然纸上,配合文字叙述,将文学创作与知识点阐述巧妙结合。开篇第2—3页,枝繁叶茂的大树,孩童摇晃的枝干,呈现了天牛的生存环境,有身临其境的美感,又颇具童趣;掉落下的长须子虫,在孩子心中设下疑问。第18—19页,设计用放大镜观察天牛的画面,描摹天牛宝宝时采用细腻手法突出绒毛质感,线条杂而不乱,非常写实,激发孩子观察昆虫的兴趣。

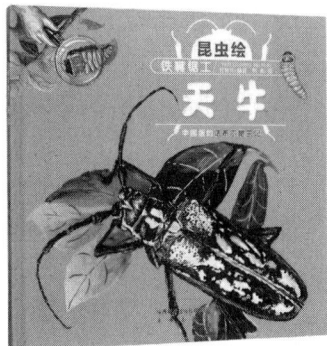

三、共读的对话与思考

1. 问题设计:"天牛为什么被称为铁嘴锯工呢?它的嘴巴能够锯掉哪些东西?""你知道天牛的头顶那双长长的触须有什么作用吗?""在现实生活中,你见过天牛吗?画出你见过的天牛的样子。""天牛是不是无敌的?它有哪些天敌呢?""你还认识哪些昆虫?它们有什么特点呢?用几句话进行描述,和小朋友们一起分享一下。"

2. 把模拟角色和实物观察相结合来赏析作品。

3. 该作品可拓展到幼儿发展各领域,发挥其教育功能。如:(1)以亲子活动形式走向户外抓天牛,了解天牛喜欢的生存环境特点;(2)观察天牛的身体特征,用绘画形式展现天牛的外观特征,培养细节观察能力,知道昆虫有害虫和益虫之分;(3)开展科学试验活动,投放树枝、纸张、塑料等物体,对天牛的啃咬能力进行试验,激发自主探索兴趣;(4)开设生命教育课程,从认识天牛成长变化到探究人类身体变化,学会关注自身和尊重生命,形成自我保护意识。

(解读人:徐姗、姚苏平)

224 《听,什么声音?》[1]

一、内容介绍

《听,什么声音?》(图224-1)故事内容简单,画面形象有趣。故事中拟声词"嗦嗦"的反复

---

[1] 任靖,文;刘林沛,图.听,什么声音?[M].乌鲁木齐:新疆文化出版社,2019.

出现,使故事充满了趣味性,让语言敏感期的孩子也情不自禁地去模仿。那到底是什么声音呢? 带着疑问和孩子们一起打开书本听一听书里的秘密吧! 这本图画书给孩子无限的遐想空间,让孩子快乐地、无拘无束地徜徉其中,也开发了孩子们宝贵的想象力! 无论你的结论是什么,总有一个更意外,更有趣的惊喜等着你,我想孩子们肯定也会非常喜欢这猝不及防的惊喜。

图 224-1

二、"图·文"解读

该书主要以泥土的色调,用自然的画风、小动物的视角、彩铅和油画棒相融的手法,呈现了小动物们对外面世界未知的猜想、好奇,画面可爱、灵动。第19—20 页是所有小动物们对外界声音的猜想,背影呈现的小刺猬、挠头迷茫的大熊、淡定的青蛙、机灵的小蛇和好奇的小蚂蚁都在听,这是什么声音? 活灵活现地表现出了每个动物的不同神态。第23—24 页中所有的小动物准备冲破泥土向上一探究竟的动作出奇地一致,由绿色的草地、五彩的小花、蓝蓝的天空和棕黄色的泥土形成的鲜明对比,呈现出小动物们对未知世界的好奇与期待。

三、共读的对话与思考

1. 问题设计:"故事里有哪些小动物? 它们都发出了哪些声音?""你还知道哪些小动物? 它们会发出什么样的声音呢?""小动物们到底听到了什么声音呢? 它们最后是怎么知道的?""如果你是里面的小动物,你猜会是什么声音? 你又会怎样找到答案呢?""生活中遇到问题的时候,你是怎样找到答案的? 你的心情是怎样的呢?"

2. 分角色表演该作品。

3. 该作品可以与多领域融合,拓展活动。如:在表演区提供小动物的头饰,供幼儿分角色表演、讲述;在材料区提供多种材料装在不透明瓶子里,请幼儿听一听,猜一猜,画一画。

(解读人:徐姗、姚苏平)

225 《大船》[1]

一、内容介绍

《大船》(图 225-1)是一个以一艘大船为主角的故事。从过去到现在,从春天到冬天,曾经是渔村骄傲的大船,现在默默地停靠在港口,看着四季的交替,看着时代的变迁。当年的小渔村变

[1] 黄小衡,文;贵图子,图. 大船[M]. 北京:中信出版社,2019.

成现代化大都市,人们生活变得越来越美好。故事巧妙地把大船设计成这件事的参与者、见证者。通过一艘有生命、有情感的大船,让孩子了解到时间会悄悄流逝、世间万物是在不断变化的。

二、"图·文"解读

该书采用水彩加丙烯的形式呈现一帧帧画面,层次丰富,色彩浓烈,冲突中保持和谐,表现出由缓到急的节奏感,极具视觉冲击力。画面中以蓝色海面呈现出夜里的静谧感,左上角月亮从缺到满再到缺的细节刻画,隐喻着时间无声地流逝着,大船却

图 225-1

日复一日回归到海湾里守护着村落里的人们。经历了台风后的大船,虽然残破但依然坚定高大,绘者以刮擦手法涂抹出大片杂乱线条表现大船的锈迹斑斑,大船无声记载着时光留下的印记。大船和旁边人物的明快色彩形成对比,体现画面张力。

三、共读的对话与思考

1. 问题设计:"猜想一下,当大船第一次远航时,它的心情如何?""大船每天行驶在大海里,猜想一下它遇到过什么困难? 它害怕过吗? 它是怎么解决的呢?""在生活中,你觉得谁最像大船这样一直在守护着你呢? 讲一讲他是一个什么样的人。""大海挡住了台风,它快乐吗? 你想对它说什么呢?"

2. 通过情景模拟的方式完成作品的欣赏。

3. 该作品可以延伸拓展到多个领域的实践活动。如:(1)尝试用建构材料,运用拼贴等形式搭建一艘船,观察船体、船舱、桅杆等特征;(2)用讲故事的形式,分享自己身上或者周边事物的成长和变化,发展语言能力;(3)在模拟台风、火灾等现象的场景中,知道如何做好应对措施,掌握基本常识。

4. 参阅书目 302《雪人》,了解绘者的创作风格。

(解读人:徐姗、姚苏平)

226 《图书馆里的奇妙事件》[1]

一、内容介绍

《图书馆里的奇妙事件》(图 226-1)是"国际安徒生奖大奖书系"中的一本,讲的是一只狐

---

[1] [瑞士]罗伦茨·保利,文;[瑞士]卡琳·谢尔勒,图.图书馆里的奇妙事件[M].谢凤丽,译.合肥:安徽少年儿童出版社,2014.

狸在追捕一只小老鼠的过程中,无意间进入了一个特别的地方——图书馆。刚刚还疲于逃命的小老鼠,突然停了下来,仅用三言两语就震慑住了要吃掉他的狐狸,并给狐狸扛来了一本有意思的图画书,是关于狐狸的。狐狸第一次看到了丑陋的"自我",他深深地叹了口气。第二个晚上,狐狸又来到图书馆,他被小老鼠阅读时自由而愉悦的状态吸引,又一次听小老鼠的话,乖乖拿了 CD 和书回去边听边看。第三个晚上,狐狸再次来到图书馆,他的嘴里叼着一只母鸡,很快,他和小老鼠就沉浸在了阅读的欢乐中,甚至互相依偎着沉沉睡去……这个关于阅读启蒙的故事,加上想象力和表现力十足的插图,引导孩子思考阅读的意义,感受阅读的无限魔力。

图 226-1

二、"图·文"解读

该书笔触灵动,画风生动细腻,以彩铅和油画棒相融的手法,将狐狸和小老鼠身上毛茸茸的质感表现得活灵活现,画面具有极强的表现力。第 12—13 页内容是小老鼠告诉狐狸自己正在阅读一本很奇妙的书,小老鼠手里有一根火柴,隐隐散发着光芒,这是小老鼠阅读时的照明,也隐喻着是照进狐狸心里的一束光,激发了狐狸对阅读的好奇心和兴趣。在第 24—25 页最后的页面里,没有任何文字,仅以构图来表达张力和主题,画面里狐狸和鸡同看一本书,下方是地球,背景是夜空,表现了书本涵盖地球、宇宙一切知识的包罗万象,启示着幼儿要坚持阅读。

三、共读的对话与思考

1. 问题设计:"小老鼠用了什么方法让狐狸没有吃掉他呢? 如果你是小老鼠,想象一下,遇到了狐狸该怎么解决困难?""说一说这本书里都有哪些内容呢? 从书上我们学习到哪些知识?""分享一本你最近阅读的图画书,或者讲一讲从书本上了解到的某个故事。""爸爸妈妈经常带你去图书馆吗? 把你看到或者喜欢的图书馆的样子画一画。""狐狸最后爱上了阅读吗? 坚持阅读会给我们带来什么样的变化呢?"

2. 分角色扮演,演绎该作品。

3. 作品赏析中可将各领域相互渗透和拓展,倡导幼儿教育的整体观。如:(1)模拟表演图书馆主题活动,在看书和借阅书籍时了解图书馆规则;(2)参与"图画书漂流"书香活动,精选出图画书,制作成漂流袋,漂流进幼儿家庭,由家长进行引导和配合,亲子互动的同时培养阅读兴趣;(3)查阅动物百科全书,了解狐狸、鸡和小老鼠以及身边常见动物的生长习性;(4)尝试利用如卡纸等简单的工具和材料,制作一次手工书,以自制图书形式启蒙阅读兴趣。

(解读人:徐姗、姚苏平)

227 《兔儿爷回来了》[1]

一、内容介绍

说到兔儿爷,老北京人都知道。祭月拜兔儿爷的习俗据说兴于明朝,盛于清朝。清人方元鹍《铁船诗钞·都门杂咏》中写道:"中秋月色净无瑕,洒扫庭前列果瓜。儿女先时争礼拜,担边买得兔儿爷。"相传,月亮上有一座广寒宫,里面住着一位美丽的仙子叫嫦娥。嫦娥有一只可爱的兔子,传说她能制作神奇的灵药,人们叫她玉兔。《兔儿爷回来了》(图227-1)就是这一民间传说的延续,以非物质文化遗产元素中的"兔儿爷"为主人公,讲述了一个细腻温润的情感故事。

图 227-1

二、"图·文"解读

本书用水彩和丙烯画搭配的形式,将非遗主题表现得柔和而生动,使画面节奏跟随文字节奏,相辅相成。第16—17页内容里,玉兔喜欢人间的衣服,画面突出了老奶奶做的小褂,展现了玉兔童心童趣的一面,她像人间孩子一样喜欢新衣服,这也是人们对"玉兔"的一种艺术化和人格化的认知。第28—29页画面中,人们给玉兔画上了威风凛凛的老虎坐骑。虎为百兽之王,人们让玉兔坐虎,以老虎的威猛衬托了兔儿爷的神通广大,带着事业兴盛、人脉广博的寓意和寄托。这也是民间艺人的大胆创造,是一种民俗文化的流变。

三、共读的对话与思考

1. 问题设计:"你知道嫦娥和玉兔的故事吗? 玉兔生活在什么地方呢?""仔细想一想,玉兔来到人间时,做的第一件事是什么?""老奶奶为什么哭呢? 她的钱能够买到药吗? 为什么呢?""病魔来临时,玉兔面对困难做出了什么举动? 玉兔做这些事的行为会让你联想到生活中哪些人呢? 你想对这样的人说什么?""你帮助过别人吗? 是怎么帮助的呢? 说一说。""玉兔最后回来了吗? 你心目中的玉兔是什么样子的?"

2. 模拟角色理解该作品。

3. 该作品可与其他领域的内容进行有机联系。如:(1)参加户外涂鸦活动,对玉兔形象进行自由创作,发展想象力,感受地方传统文化;(2)利用多种材料设计一个"小小诊所",关注身体健康,知道身体不适时,及时告知老师和家长;(3)开展一次"非遗"系列故事演讲活动,家长

---

[1] 余乔,文;刘泽鑫,等,图.兔儿爷回来了[M].北京:连环画出版社,2017.

协助搜集故事素材和整理；(4)关注身边需要帮助的人，愿意主动帮助他人，如自己需要帮助时，能够主动寻求帮助。

（解读人：徐姗、姚苏平）

228 《兔子和蜗牛》[1]

一、内容介绍

《兔子和蜗牛》(图228-1)是一个语言优美、具有哲学意味的童话故事。兔子和蜗牛在形体、力量和行走速度上都存在着巨大的差异，那么，它们是怎样成为好朋友的呢？兔子喜欢远游，去欣赏一路风景；蜗牛喜欢居家，观察生活中的点点滴滴。它们用写信的方式互相学习，取长补短，分享彼此的生活，也分享了彼此的幸福和对生活的感悟。作品构思巧妙，兔子和蜗牛一快一慢，一远一近，二者相映成趣；写信作为兔子与蜗牛的交流方式，有利于展现书面语言的文学性。故事告诉我们要正确看待朋友间的差异，外在的差异并不能影响我

图228-1

们在精神上达到高度的一致，也不能影响我们对生活的热爱和对美的追求。

二、"图·文"解读

该书图文丰富。兔子旅行的内容更多采用跨页和出框的方式，表现其旅行生活的丰富与视野的开放；蜗牛身上的装扮、家里精美的餐具和精心呵护的花卉，反映了蜗牛喜欢居家生活的娴静性格。画面中树木和物体的形态大多倾斜，线条随意自在，风格灵动活泼，富有儿童性。前后环衬在大面积清新的黄绿色中，安放着蜗牛心爱的紫色牵牛花、兔子与蜗牛写的两本书，画面淡雅沉静。作品语言优美，情感细腻，尤其是信件中的语言，长句较多，句式严整，有较强的文学性。

三、共读的对话与思考

1. 问题设计："当兔子知道蜗牛想见朋友的时候，它的反应对吗？为什么？""兔子是如何帮助蜗牛的？当朋友遇到困难的时候，你会帮助他们吗？""作品中有两处呈波浪形的文字叙述，你发现它们被镶嵌在哪两幅画面中呢？想想这样做有什么道理。""封面和前后环衬都以蜗牛的生活为主要内容，为什么没有兔子呢？""如果你想念朋友了，你会选择什么方式告诉他呢？"

[1] 李东华,文;邹晓萍,图.兔子和蜗牛[M].青岛:青岛出版社,2019.

2. 让爸爸妈妈陪自己给要好的朋友写(画)一封信。

3. 该作品可以与其他领域融合,拓展活动。如:(1)观察蜗牛的外形特征,了解蜗牛的生活习性;(2)记下自己劳动和旅游中有趣的事情,并与朋友分享;(3)想一想自己有哪些兴趣爱好,向兔子和蜗牛学习,坚持做自己喜欢并有意义的事情。

(解读人:丰竞、姚苏平)

229 《团圆》[1]

一、内容介绍

《团圆》(图 229-1)由一枚小小的好运硬币串接,讲述了毛毛的爸爸过年回家,一家人团圆的故事。因为在外工作,毛毛爸爸每年只在过年时才回家,而短短几天的相聚是毛毛和妈妈最盼望的事情。毛毛经历了包硬币,吃硬币,收硬币,丢硬币,找硬币等一连串小小波折,最后她将重新找回的好运硬币送给了即将出门的爸爸,期待着他下一次回来过年。浓浓的亲情和牵挂,人生的聚散,中国人的思归情,透过父女的相处表达得淋漓尽致。

图 229-1

二、"图·文"解读

文字以孩子的视角,将过年几天与爸爸的团圆和离散娓娓道来,亲情的温度让读者产生了共鸣。全书用水粉的手法,将江南水乡的民间颜色和节日的喜庆气氛浓墨重彩地表现了出来。几张无字跨页图将故事轻松过渡到下一个情节。孩子吃到硬币,爸爸背起孩子看舞龙灯,孩子将好运硬币送给爸爸是书中三个重要的特写,都将节奏推向高潮。爸爸修补家里的物件等以及孩子寻找硬币的两页中,几张连续动作的接排,画面语言丰富,在时间的流动中温情和紧张并置,至情至理,过目难忘。

三、创作手记

《团圆》的故事是我童年生活里无数次与亲人相聚再离别的缩影。

我的童年时代,是一个父亲无所谓有、无所谓无的时代。他是建筑师,常年出差在外,唯一的印象是每次回家他都会从大皮箱里像变魔术一样掏出礼物来跟我套近乎。而我,因为收了礼物,被他哄得很开心,也就不再疏远他。不过有一次,他有一年多的时间待在哈尔滨参加学习,在我淡忘了他的存在时,他回家了。我用一个陌生人的眼神远远地去看他,他一靠近,就会

---

[1] 余丽琼,文;朱成梁,图.团圆[M].济南:明天出版社,2008.

吓得哇哇大哭,无论什么礼物都是哄不过来的,他很伤心,觉得必须为此做点什么。于是,他费尽辛苦找来了一个有相机的朋友,花了一天时间为我们拍了一张全家福。那一天让我记忆深刻。父亲花了很多心思在楼下找到合适的位置摆好椅子,于是我们坐下来,妈妈搂着哥哥,我坐在爸爸的腿上,我们四个人紧紧坐在一起。在那个摄影技术并不普及与成熟的年代里,我们诚惶诚恐,不知道对着机器要怎样笑出来才好,带着几分紧张与不自然,我们一家人被收到了这迄今为止唯一的一张全家福里。

对家的重新定义和对父亲的全部记忆似乎都是从那一天开始的。父亲的良苦用心,我是在很多年后才逐渐领悟的。那张全家福,我至今都视为生命中最重要的东西。它是一个开始,将我们四个人的心紧紧地拴在了一起。即使今天父母已老,我和哥哥也已长大成人,但彼此间仍保持着相同的心跳,以及随着时间推移而愈发深厚的依恋。从今以后,无论家里谁出远门,我们都不会再有那种无所谓有、无所谓无的心态,取而代之的是遥远的祝福、深长的眷念和对团圆的期待。

在创作《团圆》时,庆幸的是,我首先找到了这种气息,我以为,它比故事更重要,笼罩在童年之上的心绪与氛围比故事的情节更能打动我自己。我很在意这个,无论是自己写东西,还是看别人的,我都会很在意先于故事所传递出来的味道与气息。我很喜欢看侯孝贤先生导演的电影,他的电影放一个开头和音乐,我就能掉到他的故事里去忘记一切……他也是一个重气息、很懂营造氛围的人,这种东西能让人不由自主就被吸引进去,成为情节的俘虏。我想,任何人,只要是在看故事,应该都会不自觉地将自己调整成感性优于理性的状态吧。

串联故事始终的是一枚小小的硬币。整个创作过程中,我一直想找到一样东西能把所有对亲人的爱承载并且包容进去,不用过多的言语,用它就能表达全部的心意。有这样的一个东西在里面时隐时现,或许能达到意想不到的效果,能让人一再地感触和回味。什么东西会有这么大的力量呢?稿子在搁下了一段时间后,突然有一天,我的脑子里闪出了"好运硬币"的念头。过年期间,包在汤圆里的硬币是最寻常但又意味深长的物件,不是吗?

可能孩子对过年的传统形式并不懂太多,他们只把包硬币和吃到硬币当成好玩的游戏。我把这枚一开始并不起眼的硬币放到故事里,但随着孩子与父亲情感的攀升,硬币的分量也在一天天增加,应该说,它是父女情感升华的见证。到最后,孩子肯把失而复得的宝贝硬币送还给父亲,十分不易,因为送还的不只是硬币这么简单了,而是对父爱的回馈与新一轮对全家团圆的渴望。从吃到硬币到炫耀硬币,到珍藏硬币,到丢失硬币,再到找到硬币,最后返还硬币,对一个孩子来说,短短几天是经历了一段多么不平的心路历程。

其实,硬币的意外发现让我自己一下子释怀,我相信它是灵感交给我的,但我更相信它是多年来藏在我心里但又一直没有发现的东西。如果没有这么多年收下的父爱在心里累积,我无论如何都是找不到这枚硬币的。感谢时间和亲情的沉淀!这本书、这枚硬币掏空了我心底里所有对他的爱。

《团圆》里面那个叫毛毛的小女孩是我自己。毛毛是我的小名,至今父母还在用。那时候院子里的孩子都叫毛毛,只是姓不同,有王毛毛、李毛毛、徐毛毛、袁毛毛……一群毛毛。可能外国的孩子不会起这样的小名,但不知道为什么,在中国的民间,大家会有一种约定俗成的习惯。所以,小孩子们在一起玩时如果有谁家的大人来喊自己家的毛毛回家吃饭,就会有人问道:"到底找哪个毛毛吗?"我少年时开始讨厌这个名字,觉得好幼稚,一个长大了的人还顶着这样的称呼是会被人笑掉大牙的。但无论我怎么反抗,父母终究是改不过来,只好随他们去吧。

然而,这个没有特别之处的名字叫到今天却越听越亲切,现在听到电话那头父母这样叫唤,我就忍不住要变成一个孩子。其实今天我才体会到,一个人的小名因为带上了岁月的陈迹,染上了亲情的味道,无论怎么无厘头,都是很好听的。

故事里我毫不犹豫地用了"毛毛"这个小名,它代表的可能不是我一个人,而是那个时代的一群孩子,是打着中国烙印的一群人。他们虽然长着不同的面孔,住在不同的城市里,成长在不同的家庭中,但也许他们也在被人用着同样的名字呼唤着,人生种种相似的聚散也在他们身上一次次发生……很多东西是共通的,能在心与心之间畅通无阻,故事里的硬币是这样的东西,"毛毛"这个小名也应该是心照不宣的东西吧。

我很喜欢一遍遍地回顾自己,回顾那些已经一去不返的时代。假如时光倒流,我一定会逃回去,重复去做那个叫"毛毛"的小女孩。有些东西在今天的社会里已经找不到了,它们单纯地活在过去的日子里,温暖而厚重,我们的成长便是离它们越走越远。这是一件很无奈的事情,幸好我们还能怀想,还能用言语和文字不断重复它们曾经的模样,还能让后来的孩子们去感悟。所以,借图画书之手,作为成人的我们其实可以做很多事情。童年是一个宝库,退回去寻找一些属于自己的东西,再拿这样的东西来跟我们的孩子分享,何尝不是一件有意义的事情呢?

所以,我更愿意说,《团圆》是为我自己写的,也是为我们这些有了生活阅历的成年人写的。我们的孩子如果现在还不能体会其中的感情,在以后的某一天,他们也一定会从中找到共鸣。图画书本身不正是这样神奇吗? 它没有成人和孩子的划分,在一个人的成长中,它也没有阅读的界限。文学行走在它里面,完全是自由自在的。

(解读人:余丽琼)

230 《哇! 大熊猫》[1]

一、内容介绍

《哇! 大熊猫》(图 230-1)是"自然课哇系列"丛书中的一本,这套丛书还有《看! 蚂蚁》《看! 蜗牛》《哦! 中草药》等。这是一本介绍国宝大熊猫的儿童科普图画书,它从儿童的视角,以一个个独立的小故事,趣味地描述了大熊猫的种类、生长特点、生活习性以及生存环境,带领幼儿揭秘大熊猫的神秘世界,学习大熊猫的科普知识。"和其他熊类相比,大熊猫有哪些不同的地方?""为什么不能随便靠近大熊猫?""你睡觉的姿势最像哪一只大熊猫?"书中穿插的互动小问题引导幼儿边阅读边思考,拉近了读者与编者的距离,也进一步激发了幼儿保护珍稀动物,爱护动植物,热爱大自然的情感。

图 230-1

---

[1] 邱振菡.哇! 大熊猫[M].济南:山东科学技术出版社,2018.

二、"图·文"解读

该书画风细腻,充满童趣。作者用中国水墨味道的插图为大家呈现了大熊猫"肥宝"的精彩"熊生"。细腻的插图让本书摆脱了科普书的枯燥无味,幽默的文字向大家展示了大熊猫肥宝的日常生活。环衬页以连环画的形式,展现了大熊猫憨态可掬、无拘无束的生活状态,好像一个顽皮的孩子跳跃在读者眼前。第 6 页的"大熊猫的亲子生活"中,肥宝和妈妈依偎在一起的状态以及细腻的表情让我们感受到了浓浓的爱。本书不仅展示了大熊猫的生活环境,还激发了读者保护自然,保护野生动物家园的意识。

三、共读的对话与思考

1. 问题设计:"大熊猫出生的时候是什么样子的?""大熊猫是熊还是猫呢?""肥宝在六个月的时候,学会了哪些技能?""肥宝最喜欢吃什么? 它还喜欢吃哪些零食?""萌萌的大熊猫什么时候会发怒呢?""当发生什么情况时,肥宝会爬到树上呢?""肥宝是不是'睡神'呢? 它会在什么时候进入梦乡?""肥宝为什么会随时随地拉便便呢?"

2. 观看关于大熊猫的纪录片,与书中的肥宝进行对比,说一说自己的新发现。

3. 该作品可以和多领域融合,开展活动。如:结合第 22—23 页,参加"找肥宝"游戏,锻炼细致观察的能力;在表演区表演肥宝的日常生活;在美工区用多种材料表现大熊猫;在语言区结合自身成长经历,说一说和妈妈之间的温暖小故事。

(解读人:徐群)

231 《外婆，我爱你》[1]

一、内容介绍

《外婆,我爱你》(图 231-1)是一个关于"爱"的故事。"爱"这个字很美好,也很抽象,但在外婆这里,爱变得具体可感了:我不爱吃胡萝卜,外婆编童话故事让我改掉了挑食的毛病;外婆带我一起动手建造花园和菜园,让我懂得劳动才有收获,劳动才有快乐;外婆假扮外星人,不仅让我对太空产生了浓厚的兴趣,还让我学会了写信和交朋友;外婆让我懂得了时间的含义,时间就是爱的河流,爱是需要传承的,我们只有在爱的沐浴下才能健康成长。在这个故事中,我们看到的不是长辈对于晚辈的溺爱,而

图 231-1

---

[1] 魏晓曦,文;宣晓,图. 外婆,我爱你[M]. 南昌:江西高校出版社,2019.

是在培养儿童良好的习惯和品德上,给予"隔代亲"的一种良好示范。

二、"图·文"解读

该书选用多种色彩和生活中常见的事物,表现祖孙生活的丰富多彩。外婆可亲的形象、外孙快乐的笑容、桌上的美食、阳台上的植物和花卉,营造出幸福温馨的生活氛围,与外婆对外孙循循善诱、因势利导的教育方式和谐地统一在了一起。作品多处使用跨页表现人物户外的活动和想象的内容,也擅长使用分格的形式表现事物在时间上的变化,如第8—9页的分格叙述,左边第一、第二分格与右边第三分格有问有答,节奏连贯,分别表现了外孙渴望—急切—失望的心情,至第四分格,外孙变得非常开心,节奏虽显跳跃,但情节顺理成章,表现了外婆教育的艺术性。

三、共读的对话与思考

1. 问题设计:"你的最爱是什么 + 什么 + 什么?""你偏食吗? 你觉得偏食好不好? 为什么?""你爱你的爷爷奶奶、外公外婆吗? 为什么?""你能说一说什么是时间吗?"

2. 春天的时候播种一种蔬菜或花卉,照顾它,并观察它的生长过程。

3. 该作品可以与其他领域融合,拓展活动。如:(1)了解一种你不喜欢吃的蔬菜或食物的特点,尝试去喜欢它;(2)尝试用绘画的方式给小朋友写信,交流彼此的爱好或分享一件有意思的事情。

4. 启示:"隔代亲"是中国家庭的普遍现象,祖辈对孙辈的爱更多体现在物质生活上,极易导致溺爱。虽然外婆没有对外孙有批评和责备的话语,但她了解孩子好奇的心理和喜欢幻想的特点,采取因势利导的方法,培养孩子良好的习惯和品德,取得了事半功倍的效果。这种理性的教育方式,对家长有很好的借鉴意义。

5. 参阅书目 285《小蚂蚁大国王》、300《写给爸爸的纸条》,了解创作者魏晓曦的风格。

(解读人:丰竞、姚苏平)

232 《外婆变成了老娃娃》[1]

一、内容介绍

《外婆变成了老娃娃》(图 232-1)是一个关于"爱"与"生命"的故事。外婆既照顾外孙的生活,也陪伴了外孙的成长,她是外孙最依赖的人,也是最爱的人,但是作者却把笔墨的重心放在了外婆如何变老、生病以及妈妈、外孙如何精心照顾外婆、陪伴外婆的细节上,从而突出了故事的主旨:晚辈要懂感恩,要对长辈给予反哺之情。作品中出现的方言词语、童谣、食品、建筑牌匾

---

[1] 殷健灵,文;黄捷,图.外婆变成了老娃娃[M].南宁:接力出版社,2016.

图 232-1

等,使作品带有浓厚的上海地域特色。作品对阿尔茨海默病典型症状的描写,以及妈妈对阿尔茨海默病形象的讲解,都会让小读者对该病有一定的了解。人物之间深情的对话、外婆香甜的赤豆红枣粥和那首"摇啊摇,摇到外婆桥,外婆叫我好宝宝"的童谣,让我们产生心灵的共鸣:难忘童年,难忘那些爱我们和我们爱的亲人。

二、"图·文"解读

该书中,人物随着年龄的变化,外形也发生了夸张性的变形:外孙高大如成年人,外婆弱小如幼儿,外孙成了外婆的依赖。反常的身份,对读者产生了巨大的视觉冲击,突出"反哺"主题。画面以红色为主,红色贯穿作品始终,象征温暖和永恒的爱。画面中的一些物象和图案设计具有象征意义:如前后环衬中,红色线团扯开两根红线,交叉并行,如亲人之间的爱绵长不断;又如故事结尾处,小玩偶占据了外婆的座椅,桌下是未织完的毛线团,暗示外婆已经去世;飘落的红色花瓣在跨页中组成"心"形,象征着祖孙亲情以及外孙对外婆的无尽思念。

三、共读的对话与思考

1. 问题设计:"从哪些地方可以看出外婆非常爱小米?""你能找到小米关心外婆的地方吗?""为什么说外婆变成了老娃娃?"

2. 和爷爷奶奶或外公外婆互换角色,做两件关心他们的事情。

3. 该作品可以与其他领域融合,拓展活动。如:(1)观察作品中都有哪些东西被画成了红色,体会红色带给我们的感受;(2)体会爷爷奶奶或外公外婆对自己的关爱,用你喜欢的方式表达对他们的感恩之情;(3)在老龄化日益严重的今天,重视生命教育,提倡"反哺"和"感恩",从家长做起,给孩子以良好的示范。

4. 参阅书目 43《吹糖人》、295《小小虎头鞋》,了解绘者黄捷的创作风格。

（解读人:丰竞、姚苏平）

233 《外婆家的马》[1]

一、内容介绍

《外婆家的马》(图 233-1)是一个关于爱和成长的生活故事,更是一个幻想故事。作者的创作灵感来源于"骑竹马"的儿童游戏和养育孙辈的生活体验。外孙在去外婆家的路上捡到一

[1] 谢华,文;黄丽,图. 外婆家的马[M].郑州:海燕出版社,2018.

根竹竿,他把竹竿想象成许多马,外婆没有责备外孙,反而配合他照顾马的生活起居。在这个过程中,外孙感受到的不只是外婆对自己的关爱,还体会到了外婆的烦恼和辛劳,他在想象中学会了照顾马儿,在想象中学会了为外婆分担家务。马儿由少变多,最终冲破了现实空间的限制。对于"马"的想象正是基于儿童渴望玩伴的游戏心理,以及舒缓压力的心理需求。

图 233-1

二、"图·文"解读

该书色彩与布局皆围绕"幻想"来设计。画面左右两部分分别表现现实与幻想的内容,现实中的家居背景多以墨色勾勒,线条灵动简洁,与使用丰富色彩的幻想部分形成鲜明对比。前后环衬皆为暖色调的云海,给人以变幻莫测之感,适合儿童天马行空的想象,说明"幻想"是这个作品的艺术母题。故事结尾两处空白既衬托了外婆失落的心情,也为读者的想象提供了空间。画面布局收放自如,运用跨页、出框等形式,使幻想内容挤压现实内容,给人以幽默风趣、潇洒奔放的艺术享受。以人物对话展开叙述,有利于表现人物的心理和情感变化;如外孙的语言由开始对外婆的求助式语气,转为后来对外婆的关照式语气;"多哺哺""多皮皮"作为拉屎和撒尿的代用语,也颇具儿童语言的特点。

三、共读的对话与思考

1. 问题设计:"小东西的马除了吃饭睡觉玩耍,它们还会做什么?""小东西的马给外婆的生活带来了哪些烦恼? 他是如何帮助外婆解决这些烦恼的?""你喜欢小东西的这些马吗? 为什么?""你能找出小东西关心外婆的地方吗?"

2. 尝试为爸爸妈妈、爷爷奶奶或外公外婆分担一项家务劳动,并说说劳动后的感受。

3. 该作品可以与多领域融合,拓展活动。如:(1)引导幼儿把身边的某件物品想象成一只小动物,并想象一下和小动物一起做游戏的情景。(2)幻想的世界,也是幼儿宣泄情绪、实现自我的"理想国",家长应用心保护并培养幼儿的想象力;幼儿的良好情绪、生活体验、感恩意识等,都可以在想象、游戏和家人的关爱中去获得。

4. 参阅书目 306《岩石上的蝌蚪》,了解作家谢华的创作风格。

(解读人:丰竞、姚苏平)

234 《外星人收破烂》[1]

一、内容介绍

《外星人收破烂》(图 234-1)是一个关于外星人的故事。这位外星人看起来一点儿也不可

---

[1] 武玉桂,文;周翔,图. 外星人收破烂[M]. 武汉:长江少年儿童出版社,2019.

怕,他是一位和蔼可亲的老爷爷,唯一不一样的是他有着绿色的皮肤和满脸黄色的大胡子。外星人来地球不是做坏事,而是来收破烂儿。纸盒不收,瓶子不收,专收那些地球上没有人要的东西。

图 234-1

打开你们的想象力,什么是地球上不要的东西呢?外星人来地球做什么?外星人老爷爷收的破烂都是地球上没人要的东西,比如被蚊子咬的包,头上被撞出的包,还有口吃的毛病。可是居然有个叫尖猴儿的人要送走一位瞎了双眼的老奶奶,说她是没人要的。这个人正好是老奶奶的儿子,大伙儿连忙说出了真相。最后,老奶奶的双眼治好了,外星人把尖猴儿带走了。

丰富的想象力使读者读这个故事时津津有味,而更值得我们品味的是故事想告诉小朋友们的道理:要懂得尊敬长辈,孝敬父母,不然的话会被当作"破烂"收走的哦!

二、"图·文"解读

该书的故事情节构思奇巧,破空而来,"专门收那些地球上没人要的东西",这些东西竟然是蚊子包、撞头包、疾病,透露出讲故事的人对市井生活的关注。那么"谁才是地球上没人要的人?眼盲的老人还是抛弃老人的儿子?"最后这个问题为儿童故事增添了伦理的维度。故事想象非凡、奇特,极富新意,完全贴近儿童心理,妙趣横生,向读者传递了外星人助人为乐、惩戒对老人不孝的尖猴儿,传递抑恶扬善的精神。不得不夸赞的是,这样一个"时髦"的故事,竟然出自 30 多年前,放在现在,依旧会成为孩子们常读常新、极具笑点、看点的作品。

该书的画面用色大胆亮丽,外星人绿脸长胡子红帽子,袖子和裤子上有星星图案,有些像圣诞老人。人群里,出现了狐狸警察、穿背带裤的熊、穿裙子的兔子,还有什么都没穿的长颈鹿……动物们的存在带来了活力,营造了和谐宽容的社群文化,令人如同置身未来。整本书人物众多,但个个形象不同,外星人怪异,小朋友活泼可爱,所有人物表情生动丰富。前后环衬的细微区别,展示了外星人从飞船上鸟瞰地面的大幅场景,并形成情节上的贯通,为图画书增色添彩。

三、创作手记

儿童时期是习惯的养成期,儿童对善恶是非有了懵懂的判断。图画书用艺术的方法、孩子能领会的角度来传达最普适的价值观——努力的人终会获得幸福,欺负别人的会得到惩罚。如《外星人收破烂》中不自食其力还啃老不孝顺的人是要被当垃圾收走的;《哪吒闹海》中天真烂漫的哪吒不畏强权、惩恶扬善,为大家所喜爱;《梨子提琴》里美好的事物是可以像播种一样与众乐乐的;《画马》中纯朴忠厚的崔生不贪便宜就会有神骏来助力;等等。这些最朴素的情感和谆谆教导让幼小的心灵相信美好、质朴方正、笃志尚学。也许未来他成长路上会经历现实的种种磨难,但依然有爱自己、爱他人和爱世界的力量。即便身边没有陪伴的家人朋友,他也会觉得难受时天上的云会为他落泪,沮丧时路边的花会为他加油;他也会相信一分耕耘一分收获,好人一定有好报,不会被一时的不顺坏了心情,降了斗志。这是追求生命意义的过程,更是儿童图画书授人以渔的精妙之处。

（解读人：周翔）

235 《小石头、电饭煲与汽车警察》[1]

一、内容介绍

该套书分为《居家安全》《出行安全》《游玩安全》《心理安全》四册(图235-1)，讲述了这样一个系列故事：三岁的田仔是北京城里的小居民，他的爸爸在国外读书，他和妈妈、姥姥一起生活。有一天，他通过心爱的平板电脑进入了一个梦幻世界，和他的小伙伴电饭煲机器人、花狐狸一起经历了种种险情，幸得汽车警察的保护而化险为夷。这些童话故事改编自真实案例，具有高度的典型性。

二、"图·文"解读

全书包含24个安全童话、24首安全童谣、24个安全提示和24句平安英语，随书还附赠"做个安全小警察"相框，对儿童必须具备的基本安全知识进行梳理、展示和演练，让孩子们在有趣的

图 235-1

童话故事中，潜移默化地树立安全意识，从而健康快乐地成长。扫描书中的二维码，还可以收听王大伟叔叔绘声讲述的24个故事，为小朋友扫除了不识字的阅读障碍；另外还可以看到大伟叔叔亲自表演的安全童操，从而使小朋友多感官地吸收安全知识。

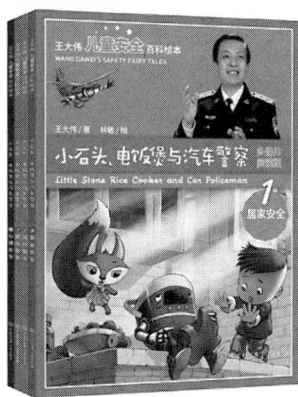

三、共读的对话与思考

1. 问题设计：(1)你知道怎样保护我们自己的眼、耳、口、鼻吗？(2)居家、出行、外出游玩时我们要注意哪些安全，你能说一说吗？(3)如果你是小石头，遇到故事里的问题你会怎样做？为什么？

2. 分角色表演该作品。

3. 该作品可以和多领域融合，拓展活动。如：(1)你能设计出有趣的安全标志提醒小朋友们注意居家、出行、外出游玩等安全吗？快来动手试一试吧！(2)你能完成爸爸妈妈设计的安全小游戏吗？和爸爸妈妈说一说、玩一玩吧！(3)卡片中有对应的正确安全行为配对，我们一起来找一找吧！

（解读人：徐姗、姚苏平）

---

[1] 王大伟,文;林敏,图. 小石头、电饭煲与汽车警察[M].北京:中国大百科全书出版社,2016.

236 《我爱大自然·花椒树》[1]

一、内容介绍

《我爱大自然》系列图书是儿童文学作家安武林的童诗作品，题材紧扣大自然，将田园中常见的植物、动物通过拟人的方式，活灵活现地展现于读者眼前。语言清新幽默，富含哲理。本册《花椒树》(图 236-1)是其中一本，讲述生活中常见的花椒树的特征、习性，呈现花椒树神奇有趣的生活习性和栖息环境。该书通过童趣优美的童诗话语，真实鲜活的动物形象，生动可爱的情节，细腻震撼的画面，在孩子心中播撒下科学的种子，让孩子学会从身边发现自然，探索自然。

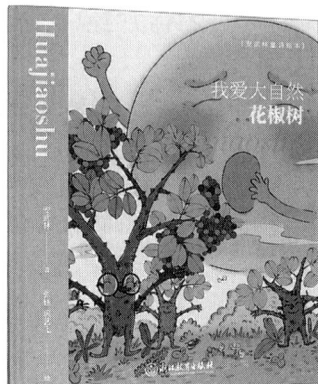

图 236-1

二、"图·文"解读

该书主要采用清新的蓝绿色调，这是大自然的颜色，充满了生命力；水彩和彩铅的混合使用，呈现出极具层次感的画面；同时运用拟人化的手法，将植物演绎成呆萌可爱的人物形象，从视觉上抓人眼球，配上优美童趣的诗歌，文字和画面相得益彰。第8—9页，花椒树和玫瑰的对比中，拟人化的小花椒树哭了，被妈妈抱在怀里安慰，寓意着要勇于接受自己的缺点、不足，取长补短，学会欣赏自己，把德育巧妙融合在图画书中。第24—25页，页面左上角有一棵枯萎的树被放在担架上，第25页则突出了凤蝶，强调凤蝶是花椒树的天敌，也和开篇第一句诗歌"一棵小小的花椒树，长大不容易"前后呼应。

三、共读的对话与思考

1. 问题设计："花椒是什么味道的？在平常的饮食中，有哪些食物用到了花椒？""花椒树和玫瑰花对比，它们有什么共同点和不同点？如果你是花椒树，你喜欢自己吗？说一说你的特长。""花椒凤蝶生命成长过程是怎么样的？你知道有哪些昆虫喜欢吃树叶的？说一说。""当花椒叶和花椒被做成美食食材时，花椒树是什么表情？如果你是花椒树，你会觉得开心吗？讲一讲你的想法。""除了图画书里提到的，想一想花椒树还有什么作用和功能呢？可以从花椒树的根茎、枝干、花叶等多方面思考。"

2. 以情景剧的形式表演该作品。

3. 根据作品主题可开展多个领域的实践活动。如：(1)开展科学种植活动，积累种植方

---

[1] 安武林,文；张钰、巩艺飞,图. 我爱大自然·花椒树[M]. 杭州：浙江教育出版社,2019.

法、步骤、测量、空间、协作、规划、责任感等多方面经验,亲近自然,践行生态教育;(2)观察花椒树的成长历程,了解它的生长习性,并尝试做好生长记录表,感知植物生命力;(3)亲子合作做一道需要花椒做调料的美食,感受中国美食文化;(4)开展"悦纳自我"主题活动,讲一讲自己的与众不同之处、特长、优势、不足,正确评价自己和接受自己。

(解读人:徐姗、姚苏平)

237 《我爱幼儿园》[1]

一、内容介绍

《我爱幼儿园》(图 237-1)是一本充满温馨和爱意的图画书,该书以孩子的口吻叙述,写出了幼儿园的真实情景和孩子的内心。"幼儿园是什么样子呀? 有好玩的玩具吗? 有好吃的东西吗? 有很多小动物吗? 幼儿园远吗? 幼儿园大吗?"第一天上幼儿园的"我"发出了一系列问题,并用"我思""我问""我看"的方式呈现了幼儿首次入学的好奇与兴奋。

图 237-1

二、"图·文"解读

《我爱幼儿园》文本语言活泼,以孩子的口吻轻松讲述了第一天上幼儿园的复杂心情,有期待、害怕、惊喜、快乐……幼儿园的精彩生活跃然纸上,孩子在阅读中能感受到积极的能量,仿佛幼儿园是个欢乐的游乐场。手绘风格清新,色彩搭配出色,将很多颜色夹杂在一起却显得那么和谐,符合孩子们天马行空的思维特性,充满了欢乐的气氛,符合孩子的视觉审美需求。它的画风符合毕加索所说:我用一生的时间,力图使自己画得像个孩子。画风非常童真有趣,小读者仿佛在看自己和同伴的画作,代入性很强。

三、共读的对话与思考

1. 问题设计:(1)故事里的小朋友上过幼儿园吗? 他喜欢上幼儿园吗? 为什么?(2)如果你是故事里的小朋友,你会在幼儿园做哪些事情呢?(3)你爱你的幼儿园吗? 为什么?(4)在幼儿园里你最开心的事情是什么? 跟我们分享一下吧!
2. 分角色表演该作品。
3. 该作品可以和多领域融合,拓展活动。(1)你心目中的幼儿园是什么样的? 请你把它

[1] 考拉童书. 我爱幼儿园[M]. 北京:华夏出版社,2020.

画出来。（2）如果让你给幼儿园编一首好听的歌曲，你会怎样歌唱自己的幼儿园呢？（3）在幼儿园里每天都会做哪些事情？请你画一画，记一记吧！（4）幼儿园里真有趣！请把你在幼儿园最快乐的事情编成一个小故事，说给你的好朋友和爸爸、妈妈听一听。

（解读人：徐姗、姚苏平）

238 《我爸爸》[1]

一、内容介绍

《我爸爸》（图 238-1）主要描绘了一个孩子眼中的爸爸——"爸爸跑步快，像马一样，跑了第一名。""爸爸力气大，像猩猩一样举起杠铃。""爸爸会跳舞、爱唱歌，踢足球可厉害了。"表达了孩子对爸爸的喜爱和崇拜。该作品语言简单朴实、幽默，精心设计的排比、比喻等手法呈现了一个孩子眼中既强壮勇敢又温柔且有爱的爸爸，他不仅有许多本领，给孩子十足的安全感，还温暖得像太阳一样。

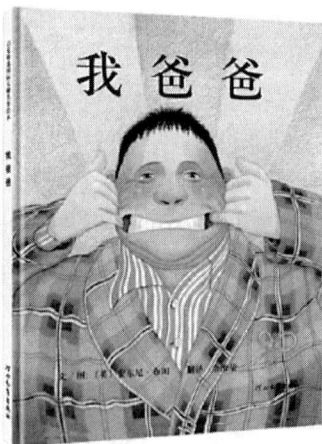

图 238-1

二、"图·文"解读

该书画面简单、清晰，易于理解，书的前后扉页是爸爸的黄色睡衣的图案，色彩和图案，给人以安全与温馨感。整本书也始终以爸爸的黄色睡衣颜色为主色调，无论爸爸做什么，睡衣总是穿在身上，爸爸与睡衣紧密相连，这种连接凸显了爸爸特有的有趣形象，表达了孩子对爸爸满满的喜爱和崇拜。文字表达生动、形象，易于模仿。

三、共读的对话与思考

1. 讨论话题："画面中的爸爸是什么模样？有什么本领？给你怎样的感觉？你看了开心吗？""你发现爸爸无论做什么、变成什么，他都穿着什么衣服？你有什么感受和想法？""你觉得书中的这个爸爸好棒吗？为什么？你喜欢这样的爸爸吗？""你的爸爸有什么本领？你喜欢自己的爸爸吗？""爸爸爱你吗？你怎么知道的？"

2. 拓展：家长与幼儿共读该书时，聊聊有关爸爸的话题，邀请爸爸加入家庭亲子阅读中。如"对爸爸说说心里话"，"说说书里的爸爸与自己的爸爸行为有什么不一样？""你最喜欢爸爸的哪种本领"，"你的爸爸和你一起玩什么你最开心？"等话题。

---

[1] ［英］安东尼·布朗. 我爸爸［M］. 余治莹，译. 石家庄：河北教育出版社，2007.

3. 动手制作：(1)回顾与爸爸在一起活动的各种场景,可以以绘画表征方式,自制图书《我爸爸》;(2)给爸爸写信或者卡片,倾诉心声,可以把自己的感受与想法用自己的方式表达出来,可以表达对爸爸的关心,可以表达对爸爸的各种能力和品德的喜爱和崇拜,为能有这样的爸爸而感到自豪;(3)尝试向家庭其他成员表达心声。

（解读人：田素娥）

239 《我爸爸是军人》[1]

一、内容介绍

《我爸爸是军人》(图 239-1)是一本军旅题材的儿童图画书,根据作者真实的童年经历创作而成,以故事叙述的形式讲述了作者小时候和妈妈一起去部队探亲的经历,通过孩子的视角,再现了 1998 年抗洪抢险时的中国军人英勇无畏的形象及军民一家亲的感人场面。故事在作者的巧妙构思和设计之下,让孩子们了解了中国军人在部队的生活日常,从故事中体会军人的英勇无畏、奋不顾身的精神,懂得尊重与敬爱军人,也让军人形象深入孩子们心中。这本书也为我们打开了爸爸的世界,让孩子触摸到爸爸真实的一面。尽管爸

图 239-1

爸不在身边,尽管爸爸无法陪伴,但是,"我"依然沐浴着他的爱。我们身边的那个爸爸,尽管职业不同,但他们不曾说出来的爱是一样的。

二、"图·文"解读

该书以第一人称讲述故事让人产生代入感。以水彩画的表现形式绘画,图画细节生动形象,军营生活画面感强,色彩温暖、鲜艳亮丽,显得怀旧又亲切;使用环保特种纸,安全绿色油墨,为孩子营造健康阅读环境。书中图与文是相互补充的关系,文字和画面配合得紧密,故事感人。作者通过细节的描绘,让读者深入了解驻扎在山区里的军人的军营生活。文字在图像中的位置各不相同,字体大小不一,排列不齐,大大增加了阅读趣味性。

三、共读的对话与思考

1. 问题设计："小女孩爸爸的职业是什么? 他工作的地点在哪里?""小女孩为什么羡慕对门的安琪? 她的心情是怎样的?""爸爸工作的地方是什么样的? 见到爸爸后的小女孩的心情

---

[1] 赵墨染. 我爸爸是军人[M]. 北京:中国少年儿童出版社,2017.

发生了哪些变化?”“军人叔叔们是怎样抗洪救灾的?你想对军人叔叔说些什么?”“你的爸爸是什么职业?你想对爸爸说什么?”“长大之后,你想成为什么样的人?”

2. 该作品可以与多领域融合,拓展活动。如:(1)组织幼儿参观军营,了解军人的一日生活,尝试角色扮演,争做小小兵,感受军人的伟大、坚强、勇敢和力量,培养爱国主义情感,引导幼儿争做社会主义合格建设者和接班人;(2)以“我的爸爸是xx”为主题,让幼儿画一画自己与爸爸之间的故事,增进亲子之间的情感;(3)可以和幼儿一起聊聊,长大后,要成为什么样的人,并鼓励幼儿为之奋斗。

(解读人:毛亚婷、姚苏平)

240 《我的1000个宝贝》[1]

一、内容介绍

《我的1000个宝贝》(图240-1)为科普百科图画书,主要内容由塔索和奶奶在六个地方散步时的发现来展示,描述了一段洋溢着亲情的散步,一段收集点滴幸福的美好时光。作品中每个散步的地方,都有一个场景图展示捡到的宝贝,并提供与宝贝相关的事物。孩子在阅读时可以进行连线游戏,之后可以比对书后的答案,答案提供它们的关系说明,给孩子普及这些事物间的关系。这个故事教会孩子在日常生活中如何学习,如何认识周边的事物。孩子和祖母、外婆的亲情互动,教会家长如何在爱中陪伴孩子成长。

图240-1

二、“图·文”解读

该书以水彩画的表现形式绘画,色彩真实且丰富。主要以六个不同的自然场景构图,场景中的小物品分布在各个地方,有大有小,有高有低。在好多跨页上,左右的物品间能够产生联想关系。易引起读者想把它们连起来的想法。在书的后面,有一些与这个故事相关的小知识,这种构图能吸引幼儿认真地观察和发现图画中的有趣细节。

画页上较大的字体讲述的是故事的主要内容,每个场景中还绘有许多小物品,每个物品图片旁都配上了字号小的文字或者数字,可以让读者自己去讨论,自主去学习,非常有趣。图与文既有相互补充,也有对照的关系,帮助孩子在边读边玩中认知周围的世界、生命的轨迹。

[1] [加]纳丁·罗伯特,文;[加]阿奇,图. 我的1000个宝贝[M]. 黄茳,译. 北京:作家出版社,2017.

三、共读的对话与思考

1. 问题设计:"奶奶给塔索准备了什么? 他想用来做什么?""他们去了哪些地方散步? 在每个地方捡到了什么宝贝?""你捡到过宝贝吗? 它们都来自哪里呢?""你跟奶奶散过步吗? 你们散步的时候会做些什么事情?"

2. 该作品可以与多领域融合,拓展活动。如:(1)通过对六个地方(河边、城里、森林、乡下、公园和海滩)的探索,帮助幼儿梳理关于"宝贝"的经验。通过寻找、讲述、归类、判断、推理等方式让幼儿对"宝贝"有更深入的了解,帮助孩子发展观察技能、好奇心和批判性思维。(2)在阅读之后,可以带幼儿接触大自然,支持和鼓励幼儿在探究的过程中积极动手动脑寻找答案或解决问题,为科学、社会、语言等领域提供经验。(3)要求幼儿把宝贝和关联事物连线,说说为什么这样连,全部连好线之后,比对作品后的答案,给幼儿普及这些事物间的关系。根据幼儿的情况,及时补充相关科学知识。(4)联系捡到每个宝贝的场所、周围的环境、图案信息等,引发幼儿发挥想象,猜测宝贝的来龙去脉,或者编一个故事,也可以将收集的宝贝进行大胆创作。(5)通过"和奶奶散步"这个主题,让幼儿了解到亲情的美好。

(解读人:毛亚婷、姚苏平)

241 《我的第一套自然认知书: 口袋本》(全 40 册)[1]

一、内容介绍

这是一套取材于自然的科普认知书(图 241-1)。它选择一系列妙趣横生的自然图片,把动物、植物和没有生命的河流拟人化,放置在幼儿熟悉的情境(如睡觉、吃饭、躲猫猫、交朋友……)里,让幼儿和它们形成对话、问答等有趣的互动。书中充满富于童趣的悬念、类比,不仅让孩子认知事物的形象和名称,也让他们获得思维的锻炼与想象力的激发。40 册小书,幽默开启幼儿感知,在他们心中种下拥抱自然、探索世界的种子。

图 241-1

二、"图·文"解读

作品选择了 40 个充满童趣的自然主题,1000 幅摄影实拍图,从宏观的动物世界到微观的昆虫王国,从植物到动物,从自然环境到人类社会。这些照片无一不在丰富幼儿的感官体验,为孩子呈现最真实,最生动的大自然。小开本、圆角的设计,更符合幼儿的阅读需求。画面冲

[1] 何佳芬、刘书瑜,著;步印童书馆,改编. 我的第一套自然认知书:口袋本[M].贵阳:贵州教育出版社,2019.

击力很强，高清摄影实景图，为孩子们放映大自然富于奇趣的珍贵瞬间。如此清晰、真实的摄影图，能让孩子更容易感知到大自然的脉动、呼吸和蓬勃的生命力，体会到世界的美妙！作品不仅情节跟画面契合度高，还特意把故事背景设置在孩子熟悉的情境里，比如睡觉、吃饭、躲猫猫、交朋友……这些是孩子熟悉又日常的事情，孩子理解起来，自然也更容易，甚至还能和图画书形成对话、问答等有趣的互动。书中每页只有一句话，图与文是相互补充的关系，可以让孩子轻松建立名字与事物、事物与行为特征的对应，帮助读者更好地理解作品内容，增加了阅读的互动性、趣味性。

三、共读的对话与思考

这套书的编写从幼儿视角出发，让孩子们感知动物和植物没有分别，生物和非生物没有界限，昆虫们个个本领高强，一颗种子也能变出魔法！非常适合给幼儿做自然科学启蒙读物。不仅让幼儿认知事物的形象和名称，也让他们获得思维的锻炼与想象力的激发。

1. 在阅读时，可以让幼儿带着书本走进大自然，寻找书中的动物、植物，真实地去感受并说一说自己的发现。

2. 书中的照片是摄影师长时间蹲守、实践，才捕捉到的精彩画面，可以让幼儿体验摄影。

3. 整套作品语言通俗、有趣，浅显生动，以幼儿的视角解读画面，潜移默化地丰富幼儿的词汇库，培养孩子的语言表达能力、逻辑能力。

4. 每一本书都有好玩的逻辑和情节，或设置幽默的悬念，或直接与幼儿对话，让幼儿获得知识的同时，也让他们动动脑筋，在有趣的思考中获得观察、类比、想象等思维的激发。

（解读人：毛亚婷、姚苏平）

242 《我的孤独症朋友》[1]

一、内容介绍

有这样一群特殊的孩子，他们拥有清澈的眼睛，却从不与你对视；他们拥有灵敏的听力，却对他人的言语充耳不闻；他们拥有纯净的灵魂，却承受着旁人无法探知的孤独。他们是来自"星星的孩子"，闪烁着独特的光亮。《我的孤独症朋友》（图 242-1）这本书以同伴的视角讲述了有孤独症的朋友就像其他人一样，有擅长的事情，也有不擅长的事情。书里涉及的内容包括感觉的敏感性、沟通的差异、独特的游戏方式以及对常规的坚持等。

图 242-1

[1] ［美］贝弗莉·毕晓普，文；［美］克雷格·毕晓普，图. 我的孤独症朋友[M]. 王漪虹，译. 北京：华夏出版社，2017.

这本书的结尾还为成年人提供了分页导读,用实例和解说对文本进行了补充,进一步帮助教师和学生家长了解孤独症。书后还附有《孤独症谱系障碍的 18 个特征》《帮助孤独症儿童的10 个窍门》及推荐阅读。

这本书的作者是一个孤独症孩子的妈妈,为了帮助儿子更好地融入校园生活,她创作了这本如何面对孤独症孩子的图画书。作者站在一个平等的角度,让孩子们知道,那些患有孤独症的朋友其实跟我们一样,有擅长的东西,也有不擅长的东西,教会孩子们接纳、尊重和友善。

二、"图·文"解读

该书插图颜色鲜艳,画面简洁明了,语言也轻松易懂,让大家通过书中的描述明白孤独症是怎么一回事,患有孤独症的孩子和我们是一样的。值得一提的是,该书结束之后,剩下的一半页面是对正文内容的分页解读,帮助读者走近患有孤独症的孩子。除此之外,该书还介绍了《孤独症谱系障碍的 18 个特征》以及《帮助孤独症儿童的 10 个窍门》,是一本了解患有孤独症的孩子的快速入门指南。

三、共读的对话与思考

1. 问题设计:"这本书讲的是患有孤独症的小朋友,什么是孤独症?""他的耳朵灵吗?哪里灵?""他的眼睛尖吗? 哪里尖?""他的味觉如何?""他的触觉呢?""他的力气呢?""他聪明吗? 他会些什么?""可是,患有孤独症的小朋友也会有许多困难,有哪些困难?""他会理解别人吗?""他愿意分享吗?""他喜欢变化吗?""还有哪些是他做不到的?""你周围有这样的朋友吗?""如果遇到这样的朋友,你会怎样对待他?"强调患有孤独症的孩子和大家是一样的,要学习接纳、尊重和友善。

2. 继续提供该作品推荐书目,进一步了解患有孤独症的孩子。

3. (1)绘画,通过给患有孤独症的朋友赠予绘画,和他交朋友;(2)学习一些和患有孤独症的朋友一起玩的社交游戏,强化他的社交能力。

(解读人:徐群)

243 《我的世界》[1]

一、内容介绍

《我的世界》(图 243-1)是作者的自传式图画书,讲述了一个在乡野、羊群中长大的小女

[1] [法]伊利亚·格林. 我的世界[M]. 王文静,译. 西安:世界图书出版西安有限公司,2018.

孩，自母亲去世以后，寻找心灵归属的途中，获得友谊和成长的故事。作者通过小女孩的成长故事，向读者展示了友谊、寻找心灵归宿、面对失落和挫折的勇气等主题。作品的画风唯美但弥漫着淡淡的哀伤，是集死亡、真爱、希望、人生信念于一体的经典图画书。它告诉孩子，无论生活中遇到怎样的痛苦，人与人之间的爱都能抚平伤痛，给予你生活的勇气和希望。

图 243-1

二、"图·文"解读

该书画风独特且充满想象力，色彩十分丰富，与人物的情绪情感和故事情节相融相生。其色彩丰富、构图巧妙，极具视觉冲击力。作者用隐喻且充满诗意的表述，描绘和展现出"我"儿时特殊的生命感受、心理状态和情感体验。纸张拼贴、水彩、彩色铅笔图样等混合使用，产生了一种独特、陌生、疏离的感觉。色彩的运用和多变的画风相呼应。作者基于孩子的心理接受能力，用朦胧隐喻的文字淡化死亡带来的恐惧，淡化失去亲人的悲恸之情。"泥土""芳草""石头"等词暗示母亲的死亡。该书开篇前三幅跨页和第 9—10 页的跨页的色彩构思奇特而玄妙。黑色基本覆盖整个页面。前者的黑色犹如母亲眼里的世界，女儿是中心，散发着明亮的光，这黑色里包裹着母爱；后者的黑色则是女儿眼里的世界，母亲逝去，世界坍塌，这黑色是命运对女孩的残忍和无情。该书最后的三幅跨页，作者没有使用任何色彩，只留下褐色线条勾勒的画面，给人以想象和创造的空间。

三、共读的对话与思考

1. 问题设计："我妈妈陪着我的时候，心情是怎样的？让我们画出来吧。""小女孩家四周都有些什么呢？她最喜欢什么？一起来说一说。""小女孩的妈妈去世了，她怎么样了？你想对她说什么？""你愿意为小女孩做些什么吗？说一说吧，也可以画下来。""小女孩画了哪些画？你想跟她一起画吗？"

2. 创编《我的世界》的故事，并绘画相关插图。

3. 该作品可以与语言、健康、社会、艺术等领域融合，开展活动。如：(1)赏读图画书，充分感受图画书的色彩、构图、文字之美；(2)了解和感知生命和成长的过程，理解并客观地认识死亡，进行适宜的生命教育；(3)以绘画方式舒缓和平复心情，或者以绘画方式讲述自己难忘的经历和心情故事；(4)运用后三幅跨页，根据自己的感受把色彩填补上去，让"我"的世界变得更有意义。

（解读人：徐群）

244 《我会保护眼睛》[1]

一、内容介绍

《我会保护眼睛》(图 244-1)出自"儿童健康习惯养成绘本·第1辑",是一本健康科普类读物。通过有趣夸张的图画和简练的语言,为孩子们讲述了眼睛的工作原理及对身体的重要性。图书设计了"亲子互动"和"给家长的话"两个环节,目的是激励孩子对健康行为的积极参与,并从专家的角度告诉父母有关健康行为的科学信息,帮助家长在寓教于乐中教会孩子养成保护眼睛的健康好习惯。

图 244-1

二、"图·文"解读

作者采用水平视角构图,以铅笔画表现形式绘图,编绘版式设计阳光、清新、活泼,赏心悦目。作品以丰富的色彩画面,描述了爸爸和宝宝与眼镜之间发生的故事。在后期出现的眼睛疲劳信号、眼保健操动作等内容,运用了环绕的构图,还使用了箭头、红色字体等特殊符号,错落的排放方式,增加了画面的动态感,起了点缀的作用。作品通过图文互补,让幼儿学习练习保护眼睛的方法,具有一定的提醒作用。

三、共读的对话与思考

1. 问题设计:"当爸爸不戴眼镜时,会发生哪些糟糕的事情?""为什么爸爸戴上眼镜能看清楚,而我不能?""爸爸的眼睛是怎样变坏的? 你做过这些事情吗?""戴眼镜有哪些不方便的地方? 我们怎样做才能让眼睛远离疲劳?""你知道哪些保护眼睛的好方法?"

2. 该作品可以与多领域融合,拓展活动。如:(1)通过阅读,了解眼睛的作用、结构及工作方式,知道眼睛的重要性,学会保护眼睛;(2)体验戴眼镜,感受戴眼镜的麻烦和不舒服,知道要保护眼睛;(3)知道眼睛不舒服的表现,依照眼保健操的步骤学做眼保健操;(4)学习看书写字的正确姿势,知道保护眼睛的方法;(5)关注身边戴眼镜的同学,相互提醒使用正确的用眼方法,和同伴一起养成良好习惯。

(解读人:毛亚婷、姚苏平)

---

[1] 北京健康教育协会,文;海润阳光,图. 我会保护眼睛[M].北京:中国人口出版社,2019.

245 《我家附近的野花》[1]

一、内容介绍

《我家附近的野花》(图 245-1)是一本极具实用性的科普类图画书,主要通过亲子之间的互动讲述了小女孩榕榕因为袜子上的一粒小种子,产生了认识周围植物的兴趣。这本书介绍了多种常见植物的特征以及它们传播种子的方式。书里的小女孩不仅仔细观察每种植物,还用图文并茂的方式把观察结果记录下来,变成一份植物科学笔记。通过阅读,孩子们从自己做起,培养对身边环境的好奇心和敏锐的观察力,进而养成自主探索知识的习惯,以最简单、最轻松的方式亲近大自然。

图 245-1

二、"图·文"解读

该书画风细腻生动,富有童趣。画面构思精巧,安排了非常多的细节,可以帮助孩子观察大自然与周边环境。采用国画专用的京和纸作画,综合使用丙烯颜料、水彩、彩色铅笔、广告颜料等,先以小笔勾勒轮廓,再一层层堆叠上色。全书用精细的笔触、特写的手法,逼真、大场景式地呈现野花、野草的生态环境。该书最大的特色是设计了特殊的大拉页,增添不同的阅读乐趣。画面采用儿童的视角,让父母也能走入孩子的世界。书后附有野花、野草相关的扩展知识页,翔实、有趣。

三、共读的对话与思考

1. 问题设计:"放学回家的路上,榕榕喜欢做什么?""她发现了哪些植物? 这些植物有什么特性?""榕榕是怎样观察植物的? 除了观察,她还会做什么?""你见过哪些野花? 它有哪些特性?""野花的传播方式有哪些?""你有没有做过植物观察记录? 植物观察记录可以怎么做?""在大自然中,除了观察植物,你还对什么感兴趣?"

2. 该作品可以与多领域融合,拓展活动。如:(1)认识作品中榕榕发现的植物,知道身边的植物有很多种类,了解它们的特性以及开花、结果、传播种子的知识,激发热爱自然、亲近自然的情感。(2)科学观察,尝试用多种方式记录植物的生长过程,培养对身边环境的好奇心和敏锐的观察力。

(解读人:毛亚婷、姚苏平)

[1] 陈丽雅.我家附近的野花[M].石家庄:河北教育出版社,2020.

246 《我可能会成为一个画家》[1]

一、内容介绍

"我"在家里四处涂画,在各种并不是画纸的地方涂鸦。妈妈起初很生气,整天跟在"我"后面清洗,但最终因为"作品"太多只能放弃。妈妈为"我"买了一本图画本,让"我"画在图画本上,并说会把"我"的画展示给别人看。因此"我"的创作热情有了表达的平台,"我"更加勤奋地画画。有一天,"我"画出一朵花,妈妈笑了,她把花装进了相框挂在了墙上……虽然这幅画没有拿出去展示,但妈妈把它端端正正挂在墙上,说明妈妈已经完全理解和接受了"我"对绘画的喜爱。本书(图 246-1)的立意与世界经典名著《小王子》中那幅不被世人理解的画作有着异曲同工之妙,又多了些积极浪漫的色彩。

图 246-1

二、"图·文"解读

该书的图画采用温暖而明亮的底色,用流水般温情的语调讲述着幼儿成长的困惑与喜悦。环衬上那些在成人眼中看起来杂乱的线条和纷乱的色彩,或许正是某个孩子的神秘花园,那些线条和色彩里藏着孩子们相互交流的独特方式,藏着成年人无法理解的童年密码。孩子们享受着恣意的创作乐趣,同时希望自己的作品得到别人的认可。

该书通过精心设计和安排的文字与图画使读者不仅了解了故事的发展,还看到了文字无法描述的"我"的画作。那些奇怪的线条与构图只有"我"能创造和解释,那些童年独有的密码应该是人类共同的记忆。妈妈的愤怒、无奈和欣喜不再用文字表达,而是用妈妈的面部表情和身后的背景颜色进行了充分的展现。当愤怒的妈妈身后出现的红色放射状线条全都变成了宁静的黄色和绿色时,我们知道妈妈和孩子在画画这件事上和解了……

三、共读的对话与思考

1. 问题设计:"故事中男孩喜欢做什么?""他在哪里画?""妈妈怎么看待这件事情?""妈妈是怎么做到的?""妈妈的态度和行为有怎样的变化?""你自己是怎么做的?妈妈是怎么认为的?以后你会怎么做?"

2. 思考:文中的"我"是非常具有想象力的孩子,"我"并不特指某个孩子,"我"代表的是对

[1] 商晓娜,文;西西,图. 我可能会成为一个画家[M]. 青岛:青岛出版社,2020.

画画有兴趣的一类孩子。他们热衷于用画笔恣意挥洒，表达着自己对外部世界的观察与理解。这是一个关乎所有人童年的故事，关乎所有人梦想的记录。尽管一旁的大人不懂"我"的创作，但这丝毫不影响"我"的绘画积极性。对于幼儿来说，画画是他们的一种表达方式，是他们天马行空思想的投影。家长应该支持并鼓励幼儿的创作，这是发展他们创造力最好的方式之一。

（解读人：张攀、姚苏平）

247 《我可以和你玩吗》[1]

一、内容介绍

《我可以和你玩吗》（图 247-1）是一套专为婴幼儿准备的互动性很强的书，全套共 4 册，采用毛绒和纸板相结合的方式，每本书都讲述了一个动物故事，角色带有的毛绒眼睛可以用手指转动。这套丛书既是一套富有意义的书，又是一套带有益智功能的手偶玩具，孩子可以通过手指转动动物的眼睛，感知有趣的故事，提高宝宝手眼脑相结合的能力，并从中了解动物的特点，提高认知能力，学习礼貌用语，分辨对错，学会分享，懂得感恩。每本书讲述一个动物的主题故事，其中《我可以和你玩吗》讲述小鳄鱼想和朋友玩耍的故事。

图 247-1

二、"图·文"解读

该书色彩鲜艳，极具视觉冲击力。本书采用布艺和纸板相结合的方式，将柔软的毛绒材料与硬质的纸板相融合，给孩子带来独特的触觉体验。孩子通过触摸动物的眼睛，感知精美的故事，这种设计满足孩子挖抠欲望，锻炼孩子手眼脑的协调能力，培养抓握能力。书中语言简练，多采用提问的形式，孩子可以通过故事书，边玩耍边学习更可以和爸爸妈妈开发各种好玩的玩法。

三、共读的对话与思考

1. 分角色表演该作品。

2. 该作品可以与多领域融合，拓展活动。如：（1）作品为幼儿提供了丰富的语言素材，其故事情节和生动图画可以激发幼儿的语言表达欲望。通过阅读，幼儿可以接触到更多的词汇和句式，提高语言表达能力。另外，作品设计的转动眼睛的玩法，可以增加阅读趣味性，激发幼儿阅读兴趣。（2）作品中的图画和故事情节可以帮助幼儿理解新的概念和技能。

---

[1] 鼎辰文化.我可以和你玩吗[M].武汉：华中科技大学出版社，2017.

例如,通过观察作品中的动物,幼儿可以了解动物的生活习性、外貌特征等知识,进一步提高认知水平。(3)通过作品中"我和你玩"的情节,幼儿可以与角色进行互动,从而促进幼儿社会性发展。(4)作品具有丰富的想象力和创造力,能够激发幼儿的创造力发展。通过阅读作品,幼儿可以学习到如何将文字和图画结合起来表达思想和情感,进而培养自身的想象力和创造力。

(解读人:毛亚婷、姚苏平)

248 《我们的国宝》[1]

一、内容介绍

国宝是国之重器,是一个国家珍贵的文物宝藏。国宝中包含着一个国家政治、经济、文化、历史、地理、艺术、天文、哲学、神话、社会风俗等各个方面的丰富知识,是孩子们最好的课外学习对象。本书(图248-1)开篇就以朵朵和灿灿两位小讲解员的对话为引,以时间线为脉络,通过幽默风趣的漫画对话和精致插图等,对馆藏在12个省的23件珍贵文物(鹰形陶鼎、红山玉龙、皿方罍、妇好鸮尊、"利"青铜簋、何尊、虢季子白盘、云纹铜禁、曾侯乙编钟、杜虎符、秦陵一号铜马车、长信宫灯、"五星出东方利中国"织锦护膊、铜奔马、击鼓说唱陶俑、独孤信多面体煤精组印、武则天金简、镶金兽首玛瑙杯、葡萄花鸟纹银香囊、鎏金舞马衔杯纹银壶、三彩釉陶骆驼载乐俑、元代圣旨金牌、明鲁王九旒冕)以及文物背后的故事、制作工艺进行详细介绍,兼具人文性、知识性和艺术性,让小朋友能在一种轻松愉悦的语言环境下学习文物知识,了解国宝,爱上国宝,深切感受到中华优秀传统文化。

图 248-1

二、"图·文"解读

该书以一人一熊对话的方式,介绍一个个国宝。他们是国宝的小解说员,通过诙谐幽默的语言,带领小朋友进行奇妙的国宝之旅,增强小朋友在图画书阅读中的参与感。

国宝介绍分"国宝档案""小科普""故事"和"知识+"四个版块进行,详细说明国宝文物出现的年代、用途、材质、发现地、收藏地、象征意义、故事由来以及相关拓展补充,让小朋友全面系统地了解文物的总体风貌,体现了中华文明的博大精深。

该书采用拟人手法让文物"开口",与小朋友进行面对面的互动交流。在书中,除了两位小

[1] 洋洋兔.我们的国宝[M].济南:泰山出版社,2020.

讲解员的引导，还加入了文物的自述。例如，鹰形陶鼎说道："呵呵，我已经有5000多岁了，但我依然很健壮！""鼎是用来做什么的呢？它最初是古人用来烧水、煮饭、炖肉的锅。""鼎下面的部分，就是用来烧火的地方。"该书通过这样的虚拟场景，为小朋友答疑解惑。

三、共读的对话与思考

1. 该书通过时间轴对文物进行介绍，能让幼儿感受每个时代的文物所体现的人类智慧。阅读时，可以让幼儿模拟小解说员，介绍自己最喜欢的一件文物；或让幼儿扮作一件国宝，向大家介绍自己。

2. 作品中的国宝都标注了馆藏地，家长可以带着幼儿去馆藏地进行实地参观，让幼儿获得直观感受，满足好奇心，也有利于提高幼儿对文物的兴致。参观中，可以让幼儿参与博物馆"我是小小修补员"的活动，提升动手能力。观摩后，可以让幼儿画出自己心中的文物形象，增进对国宝的了解，感受中国传统文化的魅力，进而增强文化自信。

（解读人：庄怀芹）

249 《我是谁》[1]

一、内容介绍

《我是谁》(图249-1)这个故事中的主人公通过别人对自己称谓的变化，感受外界对自己的不同界定，最后得出结论：这些不同称谓的人，其实就是一个人，那个人就是我！主人公实现了自我认知的发展。我是谁？这是一个难以回答的问题，"我"存在于各种相对关系中，"我"有很多自己的特点。《我是谁》是关于儿童自我认知的启蒙之书，儿童可以更好地认识自我，开启对生命的思考和探寻之路。

二、"图·文"解读

这本图画书的文字故事和绘图呈现，都达到了自然融汇、浑然一体的状态。作者在绘画时综合采用了水性颜料、彩色铅笔，使整个画面呈现出了水墨画渲染的效果。小女孩咪咪的造型可爱生动，表情丰富；画面分割和整体设计灵活而不凌乱。在文字的版式呈现上，作者也颇为用心，比如第20—21页中通过字形大小、颜色的变化来表现人物不同反应和情态，通过句子的反复和交替来表现人物纷乱和焦虑的

图 249-1

---

[1] 陈玲玲，文；杨伟佳，图. 我是谁[M]. 郑州：海燕出版社，2016.

心情。

三、共读的对话与思考

1. 问题设计:"咪咪还有哪些名字?""还有谁叫咪咪? 咪咪知道后是什么心情?""咪咪有哪些特点? 她知道自己是谁了吗?""除了名字,别人对你还有哪些昵称或称呼? 你听到后的心情是怎样的?""你有哪些特点? 你觉得自己是怎样的人?"

2. 该作品可以与多领域融合,拓展活动。如:(1)欣赏画面的色彩、图案、构图,感受不同角色的动作、表情等;(2)通过阅读作品,创造机会,接触不同的人际环境,如参加亲戚朋友聚会,多和不熟悉的小朋友玩,较快适应各类人际关系;(3)尝试用故事表演、绘画等不同的方式表达自己对故事的理解。

(解读人:毛亚婷、姚苏平)

250 《我想》[1]

一、内容介绍

《我想》(图 250-1)是童话诗人高洪波童诗的图画书版。诗歌中的主人公红袋鼠对一年四季的变化有着奇幻的想象力。春天,他想把小手放在桃树枝上,想把脚丫接在柳树根上,想把眼睛装在风筝上,想把自己种在土地上;夏天,想乘一艘小船在小河里漂流;秋天,想登上一列火车,在秋天的田野上轰隆隆开过;冬天,想坐一架雪橇,在冬天的雪地上飞奔。经过一系列畅想后,最终只想当一束春天的花朵。诗歌的曼妙和画面的精美,构成了情景交融的美好场景。

图 250-1

二、"图·文"解读

该书借助主人公红袋鼠这一角色形象,激发孩子阅读欣赏的兴趣,为浮想联翩的诗歌增添了童真。故事的所有内容都是基于红袋鼠在春天的联想,是以"想"为诗眼生发的奇思妙想,符合学龄前儿童前具体运算阶段的心理特点。从春天出发,又进一步畅想了夏秋冬三个季节,对每个季节的特征、常见的事物做了充满想象力的延伸,让小读者对四季、对自然有了更深的感悟。

书中的插图采用跨页满幅的方式,给人以视觉的冲击,令人仿佛身临其境,身处于大自然

---

[1] 高洪波,文;程思新,图.我想[M].北京:中国少年儿童出版社,2018.

中；同时采用类似于彩铅素描画的方式，将每一样事物中的颜色变化表现得淋漓尽致，例如由粉渐白的桃花、此起彼伏的大草坪、柔软的白云、透亮的天空等。这样的颜色表现方式也在不知不觉中将小读者带进那个充满诗情画意的大自然中。

三、共读的对话与思考

1. 问题设计："你在故事中发现了哪些季节？你是从哪里发现的？""故事中春天的大自然里都有些什么呢？夏天呢？秋天呢？冬天呢？""读完故事，你有什么感受？""在我们的城市中，你发现了哪些春天的痕迹？"

2. 尝试对故事进行创编，鼓励幼儿自由畅想："如果是你，你想变成什么？"尝试用故事中"我想……"的句式进行创编。

3. 该作品通过一首散文诗带领孩子们"走"过春夏秋冬，但这只是书中的大自然。陈鹤琴先生曾说过"大自然、大社会，都是活教材"，我们不妨带着书，和孩子一起来到户外，寻找真正的大自然，身临其境地感受自然界的魅力，在春天的阳光里尽情想象，抒发对大自然的热爱、对美好事物的无限向往。

（解读人：刘明玮、姚苏平）

251 《我想有个弟弟》[1]

一、内容介绍

《我想有个弟弟》（图251-1）是一个关于爱和成长的故事，故事主要由"我"想象出的各个场景组成。"我"在五岁生日这一天，希望得到一个特别的礼物——弟弟。如果有一个弟弟，"我"就不再是家里的"小不点儿"了，"我"会为他做许多事情。事实上，"我"扮演的是父母的角色，而弟弟就是另一个"我"；当我们一起运动，一起旅游，彼此鼓励，一起分享快乐、忧伤和秘密的时候，我们又是伙伴，是朋友。最后"我"认识到，自己在帮助弟弟的同时，弟弟也给予了"我"陪伴和快乐。"五岁"正是儿童即将进入小学生活的年龄，作品旨在说明，该年龄段的儿童，对生活和情感有了一定的观察和体验，开始产生独立意识，他们不仅需要同伴，也需要与他人分享家庭给予的关爱，更需要得到周围人的认可，这正是儿童在其成长道路上良性发展的体现。

图251-1

[1] 宁珊，文；杨美旗，图. 我想有个弟弟[M]. 沈阳：辽宁科学技术出版社，2019.

二、"图·文"解读

该书图文互补,画面基本写实,较少变形。当"我"处于主导地位去照顾弟弟的时候,"我"和弟弟分别处于画面的左右两面;当"我"和弟弟相互陪伴,一起游戏时,我们会处在画面的同一面。弟弟是什么样子呢?"我"把想象中弟弟的画像贴在玩具熊的脸上,其实,"我"照顾的一直是玩具熊。前后环衬背景、构图完全一致,人物的动作和表情也完全一致,但前环衬的人物是玩具熊,后环衬的人物是真实弟弟,说明"我"的陪伴对象发生了变化。画面幽默,充满儿童的稚趣。

三、共读的对话与思考

1. 问题设计:"你能说出前环衬中的玩具熊都在做什么吗? 说出它们的各种表情。""你发现假想的弟弟与环衬中的玩具熊有什么关系吗?""'我'想有个弟弟的愿望实现了吗?""你希望有一个弟弟或妹妹吗? 为什么?"

2. 如果你想有个弟弟(或妹妹),想象一下他的样子,并把他画下来。

3. 思考:该作品可以与其他领域融合,拓展活动。如:(1)如果你有弟弟或妹妹,尝试去帮助他陪伴他,在这个过程中体会关心与陪伴的幸福感。(2)"我想有个弟弟"并不是独生子女家庭孩子的普遍心声。现实中,一些孩子渴望来自同辈人的平等陪伴和平等合作,而另一些孩子则拒绝与他人分享父母的关爱。所以,家长要关注、理解幼儿的心理与诉求,用想象和游戏等方式,在日常生活的细节中引导幼儿,帮助他们学会爱的分享。

(解读人:丰竞、姚苏平)

252 《我想知道你的名字》[1]

一、内容介绍

《我想知道你的名字》(图 252-1)是一本为在抗疫中勇敢逆行的人们创作的诗歌图画书。2020 年一场突如其来的疫情让武汉这座昔日繁华的城市按下了暂停键。大疫面前,无数平凡的人舍小家为大家,纷纷挺身而出,心怀大爱,奔赴而来,勇往直前,从未退缩。"把家和团圆丢下的人啊""不后退的人啊""创造出奇迹的人啊""只为让大家安心不出门而出门的人啊""为大家守护他们的人啊""从没提到过自己的人啊""承担起所有人命运的人啊"……一批批勇敢奔赴武汉的人们,一个个牵挂着武汉的人们,一个个坚守武汉的人们,正是这些无名英雄的共同努力,为武汉这座城市带来了一个又一个奇迹。虽然我们不知道这些英雄的姓名,但他们舍生

---

[1] 左昡,文;苏童,图.我想知道你的名字[M].天津:新蕾出版社,2020.

取义、舍己为人的精神已深深地震撼着我们。每一个挺身而出的普通人，每一次支援抗疫的行动，每一声深情的呼唤，都让我们热泪盈眶。

二、"图·文"解读

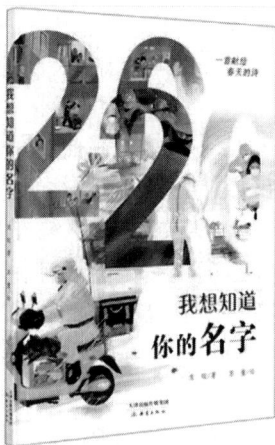

该书用抒情的语言，描写了抗疫过程中各行各业人们的故事，它一声声呼唤着："我想知道你的名字""我很想知道你的名字""我好想知道你的名字""我真想知道你的名字""我只想知道你的名字""我真的真的想知道你的名字"……一声声的呼唤中，充满着深情的感激。

都是除夕夜，前后两张画面却对比明显。一张是空荡荡的桌子和封城的信息，一张是阖家团圆、烟花欢庆的场景。在这一前一后

图 252-1

的对比中，是谁让欢声笑语重新回归？"我想知道你的名字。"书中画面人物形象有多次出现模糊处理的效果，这种画面处理方式能让人感受到时间的紧迫与心情的急切，也展现出了疫情期间一个个平凡岗位上的不平凡人与时间赛跑、与疫情赛跑的动态表现。

三、共读的对话与思考

1. 问题设计："书中提到了哪些为抗疫作出贡献的人？他们分别做了什么？""疫情期间，让你印象深刻的人或事是什么呢？""你想对那些为抗疫作出贡献的人说什么？""你身边有人参加了抗疫志愿者行动吗？说说他的英雄事迹。"

2. 尝试与老师一起有感情地朗诵，结合画面感受诗歌表达的情感。

3. 思考：(1)那些挺身而出、甘于奉献、平凡而伟大的人是我们的中华好儿女，他们的言行有感动人心的力量，他们的身上闪耀着中华民族的精神之光；(2)当下我们所享受的美好生活，是很多人默默付出的结果，我们应怀着感恩之心，珍惜我们拥有的幸福生活，努力创造生命的意义与价值。

（解读人：徐群）

253 《我要飞》[1]

一、内容介绍

《我要飞》(图 253-1)讲述了一只公鸡很渴望飞翔，一只山羊为了帮助公鸡飞翔，想了很多

---

[1] 何谦.我要飞[M].上海：中国中福会出版社,2017.

的办法。在其他动物都嘲笑公鸡的时候,山羊和公鸡试着制作翅膀,乘坐热气球,但是这些都失败了,在最后的努力中,他们乘坐火箭飞上了太空,在太空中,公鸡真的体会到了自己飞翔的感觉。这个故事传达出了可贵的精神力量,那就是困难面前不怕失败,努力去挑战。这个故事在拓宽孩子知识面的同时,培养了孩子们面对困难不轻言放弃的可贵精神。

图 253-1

二、"图·文"解读

该书以水彩画的表现形式绘图,简洁的线条、极富现代气息的图画、大片的黑白加一点点的红色,为这个故事增色许多。公鸡、山羊、大猪等动物形象,幽默风趣、灵动可爱。比如,第7—8页的内容是山羊邀请一只鸟,让公鸡看看它为什么可以飞,图上公鸡的表情和动作变化,使作品的画面内容和叙事节奏一一呼应;第9—10页的内容简单地带入了物理知识,让读者轻松学到小常识,还让整个叙事更丰富。

三、共读的对话与思考

1. 问题设计:"封面上的大公鸡看着天上飞过的鸟儿们,它在思考什么呢?""公鸡能实现飞的梦想吗? 伙伴们帮他想了哪些办法呢?""公鸡与火烈鸟比,有什么区别?""有翅膀的都一定会飞吗? 飞行除了靠强有力的翅膀,还需要什么?""公鸡最后飞起来了吗? 它是怎么飞上天的?""你有梦想吗? 你的梦想是什么? 该怎么去实现?"

2. 该作品可以与多领域融合,拓展活动。(1)与幼儿一起思考关于飞翔的知识,支持和鼓励幼儿大胆联想、猜测问题的答案,并设法验证。如在思考如何让物体飞行时,鼓励幼儿猜测飞行需要的条件,并通过实际去验证,引导幼儿在探究的过程中积极动手动脑寻找答案或解决问题。(2)可以与幼儿一起讲故事或扮演角色,引导幼儿仔细观察画面,结合画面讨论故事内容,学习建立画面与故事内容的联系,提高阅读理解与语言表达能力。(3)使用多种材料动手制作飞行模型,或画一幅创想画,不断激发幼儿的想象力与创造力。(4)鼓励幼儿说一说自己的梦想并知道要为梦想而努力。在拓宽幼儿知识面的同时,培养幼儿面对困难不轻言放弃的可贵精神。

(解读人:毛亚婷、姚苏平)

254 《我依然爱你》[1]

一、内容介绍

《我依然爱你》(图 254-1)讲述了身患阿尔茨海默病的老人与孙女之间的亲情。小女孩从出生起,就和奶奶亲密无间。小女孩渐渐长大,慢慢发现奶奶和以前不太一样:奶奶总是抱着个从乡下拿来的竹筐,一坐就是半天;小女孩想看看竹筐里到底藏着什么宝贝,却总是被奶奶发现,还被大声呵斥。直到有一天,小女孩发现奶奶被警察叔叔领回了家,手上还戴了一个黄手环……通过一个简短温暖的故事,让孩子感受这种情绪,从而学会珍惜,学会感恩,把爱传递下去,照亮心灵,唤起大家对老人的关注,学会用爱回报他们的爱。

二、"图·文"解读

图 254-1

整个故事简单清晰却透着波折,在伤感绝望中浸润着温暖的力量。全书有一明一暗两条线索。明线是奶奶的竹筐,而暗线是奶奶的鞋子,隐晦地告诉我们奶奶生病的过程:扉页上,奶奶穿着一双平底皮鞋;到了第二页,奶奶的鞋竟然穿错了;妈妈接小女孩放学后,鞋柜旁奶奶的拖鞋在,那双外出时穿的皮鞋也在,这也预示着奶奶可能出事了;在结尾处,小孙女推着轮椅上的奶奶出门,奶奶穿的还是开头的那双皮鞋,一头一尾巧妙呼应。

这本书的插图画风温暖细腻,水墨风柔和、色彩温暖,把奶奶的慈祥,孙女的可爱,一家人之间的爱都呈现得淋漓尽致。插图里的环境、事件也和现实生活非常贴合,孩子们阅读起来很有亲近感。书的前后环衬采用的是柔和又比较亮的黄色。正文是一个大跨页,营造出其乐融融的氛围,让读者感受到这是一个特别温馨的家庭。后面慢慢地采用分镜头的方式,就像一部电影一样,镜头不断上演着一场场大反转的剧情,尤其是奶奶对待孙女态度的变化,孩子刚开始的不理解、难过等错综复杂的情绪都可以在分镜头里呈现。我们也随着这些镜头里她的心情变化,内心不断起伏。

三、共读的对话与思考

1. 问题设计:"小女孩和奶奶之间的感情怎么样? 她发现了奶奶的哪些异常表现? 她怎么想?""奶奶为什么一直抱着竹筐,竹筐里面有什么? 小女孩是怎样发现的?""奶奶手腕上的

---

[1] 橙子,文;钟彧,图. 我依然爱你[M].北京:新世界出版社,2019.

黄色手环是什么？为什么要戴？小女孩知道后的心情是怎么样的?""你和奶奶在一起做过什么事情？读完这个故事后,你会和老人怎样相处?"

2. 该作品可以与多领域融合,拓展活动。如:(1)仔细观察图画书,从里面找到祖孙相爱的画面和情景,给幼儿深度讲解,引导幼儿回忆是否与家里长辈也有类似的事情发生,让幼儿更好地理解"爱"这种珍贵的感情;(2)引导幼儿关爱身边的老人,可以为自己的爷爷奶奶做一些力所能及的事,也可以画一画自己的爷爷奶奶;(3)与幼儿一起了解阿尔茨海默病患者,懂得当遇到他们时可以给予及时的关注与帮助。

(解读人:毛亚婷、姚苏平)

255 《我有一个梦》[1]

一、内容介绍

《我有一个梦》(图 255-1)是一个关于过去与将来、乡村与城市、幻想与真实的故事,是一幅孩子与父母的童年交相辉映的美妙画卷。

梦中,长成大人的"我",出门远行,来到陌生的地方,却遇到熟悉的依然年轻的爸爸妈妈。在没有围墙,没有教室,被红树林环绕的学校里,课程也像童话:品德课,学习和小狗交朋友;科学课,要观察鱼,那就先捉鱼;数学课,为了课上学数数,大家都来摘橘子……

图 255-1

梦醒时分,"我"激动地向爸爸妈妈讲述梦中奇遇,爸爸妈妈却说,这就是他们小时候的生活。于是,"我"满怀希望地想,长大后就能美梦成真,过上爸爸妈妈小时候的生活,就像他们长大后过"我"小时候的生活。

二、"图·文"解读

该书是一部魅力十足的佳作,相信每个孩子翻开后,都会被其吸引,津津有味地跟随小主人公穿越到爸爸妈妈的童年,在绿意葱茏的田野、硕果累累的橘园、妙趣横生的小动物们之间游历,亲近自然,和睦友邻……大呼过瘾之余,也能满怀希望回归——毕竟,自己的童年同样美好,否则经历过童年的爸爸妈妈就不会乐此不疲地享受"我"小时候的生活了。童年特有的乐观、欢快和清澈,让现在的和曾经的孩子隔空相望,彼此祝福。作品中非常巧妙地运用了一系列对比,梦境与真实、乡村与城市、过去与现在、父母和孩子……一组一组,彼此映衬,又互为补充。在对比中看出异同、彰显特征,不动声色,其意自现。

[1] 常立,文;钱璐敏,图.我有一个梦[M].杭州:浙江大学出版社,2019.

这本书的插画在全球插画奖中国区新人选拔赛中获优秀奖,读者细品画面,不得不赞叹其实至名归。色彩的冷暖、构图中元素密集与清爽留白、回文诗般的环绕式排布、单页的简洁叙事与跨页的纷繁铺陈,以及幕布般开合的隐蔽式互动展现等,无不显示出图画作者的用心良苦与才华绽放。绘者精心架构图画中的生活细节,为文字加分,给小读者更多探索空间。比如,"我"是一年级小学生的身份,就是由蓝白校服、梦醒后画面近景的一年级下册《语文》课本揭示的。奶奶家橱柜上琳琅满目的小摆设,有些正是孩子从未见过的新鲜"旧物"。绘者没有因为面对的是孩子,就对画面元素只作简单陈列,相反,她始终追求匠心独运的表现手法。图 255-1 中同一绘画平面中连续出现的形态各异的"我",无疑会让孩子感到惊异和好奇,在寻找答案的过程中,也许孩子就迈开了亲近现代艺术的步伐。

三、共读的对话与思考

1. 带着问题一起读:(1)"学习和小狗交朋友",画面中为什么有这么多"我"和小狗?(2)"语文课的内容为什么是想一想这一天多么快乐?"(3)结尾"等我长大了,就能过上他们小时候的生活了吧。就像他们长大了,就能过上我小时候的生活一样",你觉得是这样吗?

2. 采访一位长辈,爷爷奶奶、叔叔阿姨、老师、邻居都可以,听听他们的童年趣事,也把你自己最开心的童年记忆分享给他们。

3. 拓展:向绘者学一招。拿起画笔,模仿作品中一幅画面,画出你的生活,或者梦想世界。

4. 参阅书目 189《如何让大家从秋千上下来》,了解作者常立的创作风格。

(解读人:田俊)

256 《我有长辫子啦》[1]

一、内容介绍

《我有长辫子啦》(图 256-1)讲述了维吾尔族女孩阿依慕过生日,奶奶为她讲述了一个古老的故事:善良的仙女帮助勇敢坚韧的小王子,将干涸的沙漠变为了丰美的绿洲。从此之后,维吾尔族小姑娘都开始模仿仙女的打扮,年长一岁增加一根小辫子,梳小辫子成了维吾尔族女孩美的象征,她们都希望像仙女那样美丽和善良。作者将美好的故事娓娓道来,充分展示了维吾尔族姑娘由内而外的纯美和善良。

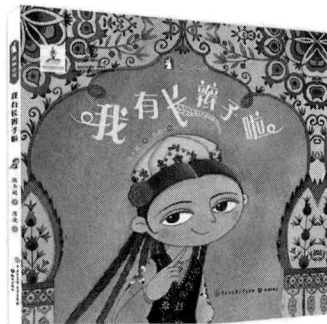

图 256-1

---

[1] 保冬妮,文;陈波,图. 我有长辫子啦[M]. 北京:知识出版社,2019.

二、"图·文"解读

绘者用充满童趣、独特精美的笔触展示了梦幻般的故事场景,图文配合一体,给人带来美妙的视觉享受。贪图享乐的大王子、英俊勇敢的二王子、从天而降的仙女和美丽单纯的阿依慕……每个角色都栩栩如生,令人过目不忘。浓丽的色彩、横跨页的大幅插图渲染出了异域的华美苍茫,让人记忆深刻。作品图文相得益彰、生动鲜活,读起来妙趣横生。

三、共读的对话与思考

1. 问题设计:"大王子阿合奇和小王子哈里拜的行为,分别体现了他们怎样的性格特点?""你来自什么民族?你的民族有怎样的古老习俗?这些习俗有什么传说?"

2. 思考:每个女孩心中都有一个成为仙女的梦,该作品以一个美好的故事,唤醒了女孩们内心对真善美的追求。同时,异域风情的画风使小读者们关注到了维吾尔族的服饰特点和引人入胜的传说,引导幼儿深入了解当地的民俗和传说,以及人们的服饰、饮食和生活特点,丰富对我国少数民族的认识。

(解读人:杨晓可、姚苏平)

257 《乌龟一家去看海》[1]

一、内容介绍

春天来了,小乌龟"壳壳"一家从冬眠中醒来,他们想去看看大海。大海远不远呢?大海是什么样子的?听说大海里有长翅膀的大鱼,有漂来漂去的小伞兵,还有害羞的大海怪……小乌龟壳壳勇敢地迈开脚步向前走,越过草地,渡过池塘,翻过大山……在爸爸妈妈和朋友们的陪伴下,一步一步实现自己去看大海的梦想。《乌龟一家去看海》(图 257-1)是一本温暖励志的原创图画书。作者利用传统布艺拼贴的艺术创作方法,讲述了乌龟一家去看大海,实现梦想的温暖故事,告诉孩子在成长的路上要学会与父母和朋友互相陪伴与支持,共同勇敢地面对困难,去实现梦想。

图 257-1

---

[1] 张宁.乌龟一家去看海[M].南宁:接力出版社,2016.

二、"图·文"解读

该书采用传统工艺中极富表现力的贴布绣与剪布绣技法，配合变化多样的布料选择及多层次的渲染效果，令画面极富立体感。可爱的动物形象与传统水墨画意境相结合，呈现出既稚拙童趣，又灵动唯美的独特的东方意蕴，让孩子充分感受体验到中国传统艺术之美。画面色调以蓝色为主，从环衬页就体现了色彩的冷暖变换，随着叙事节奏从小海龟壳壳最初的懵懂，到看大海的阔朗，画面色彩也随之从单一色调到明丽丰富。第27页采用S形构图，增加流动性。第28页采用平铺构图打破传统焦点透视的限制，产生梦幻的空间，更加符合故事的叙事方式。第28页开始描绘大海景色，画面简洁双色，文字呈水波状，吸引读者注意力，增加阅读趣味性。

三、共读的对话与思考

1. 问题设计："小乌龟去看海，路上遇到哪些朋友们？他们说大海是什么样子的？""为什么小鸟说飞上两天就到大海了，可是乌龟过了好几个'两天'都没到？""乌龟一家看到大海了吗？大海是什么样的？大海里面有什么？""小螃蟹会去乌龟的家乡看一看吗？回家的路上会发生什么事情呢？""乌龟身上有哪些值得我们学习的品质呢？""请你说一说，你的梦想是什么？"

2. 分角色表演该作品。

3. 该作品可以与多领域融合，拓展活动。如：(1)引导幼儿欣赏作品独特的创作风格，知道刺绣、扎染、缬染等传统手工艺；(2)让幼儿挑选喜欢的画面，尝试用布做一幅拼贴画或做一次简单的扎染，让幼儿感受不同的折叠方法带来的不同染色效果；(3)在情节的推进中，通过让幼儿参与小乌龟的探险，引导他们发现其中的细节，感受不同海洋生物的特点，为科学领域的学习提供经验。

（解读人：毛亚婷、姚苏平）

258 《屋檐下的腊八粥》[1]

一、内容介绍

传统文化类图画书重视对民族节日的记述与表达，《屋檐下的腊八粥》(图258-1)通过小燕子的视角讲述了腊八节的传统，故事传递出家庭的温暖，表达了中国人对于团圆、幸福的美好期盼，对分享、友爱、慈孝等美好品德的坚守。正如作者郑春华所说："其实在今天，我们吃什么已经不那么重要了，重要的是通过这种方式将家庭成员聚在一起，共同用亲情去抵御生活中的寒流！"

[1] 郑春华，文；朱成梁，图.屋檐下的腊八粥[M].成都：天地出版社，2020.

二、"图·文"解读

图 258-1

该书画风温馨,唯美地展现了中国人的美好生活场景。第3—4页,主要讲小燕子因受伤没法南迁只得留在巢穴养病。画面以对幅形式展开,层次分明。变黄的树木、南迁的飞燕、屋檐上的落叶,点明了秋天已至、冬天即将来临,交代了起因、时间、地点、背景,故事的序幕也即将拉开。

第6—7页主要展示了农家生活的场景,院子里风干的鸭子、腊肉,腌制脱水的蔬菜,门前晾晒的鞋子……烟火气息跃然纸上。庭院里的大公鸡、屋檐下的燕子和屋檐上的麻雀,整个画面安然闲适。作者对细腻生活图像的刻画不仅是图画书创作者童年回忆的自我表达,也能让读者产生共鸣。

第23—24页是一家人围坐一起品尝腊八粥的场景。大家将腊八粥的食材挑拣出来辨认,喂给小燕子。传统文化在延续,传统节日里饱含的美好寓意得以延续。腊八粥承载着民间的风俗信仰,寄托着人们的美好愿望。图画书的最后一页,是小燕子回到巢穴之中盼望着父母的团聚,与他们分享这腊八粥中的奇妙味道,也写出了小燕子对于家人团聚的憧憬。

三、共读的对话与思考

1. 问题设计:"胖婶为什么要将食物挂出来呢?""腊八粥的食材有几种? 分别是哪些食物? 都有什么颜色?""为什么粥的名字叫腊八粥呢?""胖婶煮好了腊八粥和谁一起品尝?""胖婶是哪天煮的腊八粥?""你们家是怎么过腊八节的?"

2. 欣赏、感受更多关于腊八节的一些民俗活动形式。

3. 该作品可以与多领域融合,拓展活动。如:(1)腌制腊八蒜,了解腊八节的民俗活动及其背后的民俗文化;(2)分小组带食材煮腊八粥,并尝试分享;(3)续编故事内容,续写小燕子见到了爸爸妈妈会怎么说、怎么做。

4. 参阅书目111《金牌邮递员》,了解作家郑春华的创作风格。

(解读人:史晓倩)

259 《误闯虫洞》[1]

一、内容介绍

《误闯虫洞》(图259-1)是由亚洲首获"雨果奖"的科幻作家刘慈欣推荐给小朋友的科幻图

---

[1] 朱慧芳,文;胡优、赵喻非,图. 误闯虫洞[M].北京:人民邮电出版社,2019.

画书。故事的背景是地球生存环境遭到破坏,主人公阿咪虎临危受命,去太空寻找北极地区的动物们,并探寻宇宙中适合居住的星球。书中融入了虫洞、黑洞、空间站等科幻元素,故事情节紧凑,内容惊险刺激。这是一本带有趣味航天、天文知识,脑洞大开的图画书。在阅读的过程中,孩子们可以了解到火箭发射的过程,知晓航天员在太空失重环境下的一日生活状态,见识到全息投影技术、智能机器人朋友等,还能感受到智慧、勇气和责任的传递。书中最后讲述了飞船被吸入虫洞,而虫洞究竟通向何方,阿咪虎能否醒来……这也为故事的后续推进留下了一个个悬念。

图 259-1

二、"图·文"解读

该书的配图、配色均有科幻大片的感觉,阅读的过程仿佛在观看一部科幻电影。第 9 页、第 10 页通过动态画的形式详细介绍了火箭发射的过程,并介绍了中国航天里程碑事件。第 12—25 页通过场景切换的方式描绘了阿咪虎与机器人闪电的太空日常生活。第 26—29 页通过辽阔宇宙与孤单飞船的对比,描绘了伤感又迷茫的情感。第 44 页、第 45 页上是一个以深紫色、黑色为主的大漩涡,文字随着图画一起旋转起来,图文结合的特点让读者身临其境地感受到虫洞的巨大引力和神秘。

三、共读的对话与思考

1. 问题设计:"阿咪虎每天要在飞船中完成哪些工作? 心情怎么样?""如果有一天地球不适宜居住,你会选择移民到其他星球还是留下来保护地球? 为什么?""你知道哪些航天英雄?""你觉得宇宙中有外星人吗? 外星人会长什么样呢?""你知道虫洞是什么吗? 书中描绘了它有什么特点?""想象一下,进入虫洞的阿咪虎和机器人闪电会怎么样?"

2. 开展"小小航天员知识或体能大比拼""我设计的宇宙飞船""星际之旅"等主题绘画展。

3. 思考:(1)地球之于宇宙,只是千万颗行星中的一个,宇宙如此浩瀚,生命如此渺小,赖以生存的地球是多么值得珍惜,爱护地球就是爱护我们自己的家园;(2)孩子们天生对"机器人、虫洞、黑洞、空间站、宇宙、小行星带"等充满了好奇与想象,相信在不久的将来,对生命奥秘探索的热情会引领孩子们走向更深更远的太空探索之旅。

(解读人:徐群)

260 《这里是中国：西安》[1]

一、内容介绍

"这里是中国"是一套给孩子的城市简史绘本，其中这一本（图260-1）介绍的是世界文明的历史古都——西安。书中介绍了西安这座城市坐落在秦岭山脚下，八条河水哺育着一代代的西安人。编者从秦、汉、唐、明、清这几个朝代的更迭讲述着西安的历史演变，以及不同时期遗留下来的文化瑰宝，如秦朝的兵马俑、唐代的大雁塔、明清时代的钟楼等。除了地理、历史层面，书中还从人文、民俗、特产等方面介绍了西安，如碑林博物馆、关中皮影戏、粗犷豪放的秦腔、西安特色美食泡馍等，充分向读者展示了西安的历史文化风貌和城市特色。本书既可以满足家长和孩子的旅游需求，又可以引导孩子更深入地认识这座历史名城。

二、"图·文"解读

图260-1

全书每幅插图都是手绘图，两页纸构成一幅完整的画面，观赏起来较为直观。线条细腻精湛，如第25页在展示关中皮影戏时，绘者生动展示了"戏中有画、画中有戏"，虽然每个人物都很小巧，可是每个人物的服饰花纹都非常丰富，人物的动态和造型都不尽相同，使其看起来特征鲜明、生动可爱。色彩色调的运用上以深色调写实为主，凸显了西安的历史底蕴。文字与画面互为补充，先是分镜头的文本框架建构，如介绍各朝代时的西安，后是人文、民俗、美食等的展开介绍，都很有代入感，高度还原了西安人民的生活。同时，这本书向孩子们展示了西安有许多不同的建筑风格的宫殿、楼阁、房屋，极具中国建筑之美。这本书为孩子们提供了认识西安、了解西安的窗口，也能让孩子们更喜欢城市、喜欢建筑、喜欢景观。

三、共读的对话与思考

1. 问题设计："西安有哪些著名的建筑，这些建筑有什么特点？""西安有哪些好吃的美食，这些美食是怎样制作而成的呢？你的家乡有哪些美食呢？""你喜欢西安吗？为什么？""大雁塔为什么会向一边倾斜，是什么原因？"

2. 开展"我是西安小导游"的活动，幼儿可用游玩的照片、图片等形式介绍西安，引导幼儿更深入地了解西安。

---

[1] 同济大学建筑与城市规划学院.这里是中国:西安[M].北京:北京科学技术出版社,2020.

3．该作品可以与多领域融合，拓展活动。如：(1)欣赏皮影的色彩、图案以及造型，感受中国传统民俗之美；(2)了解西安的特色美食及制作方法，尝试全家动手做一做，如做泡馍；(3)关注自己周围生活的环境，了解并能介绍自己家乡的历史、景点、特色美食等。

（解读人：张旭阳、姚苏平）

261 《西西》[1]

一、内容介绍

热闹的广场上，好多小朋友在玩，小女孩西西却一个人坐着，为什么呢？本书带我们从不同的空间和时间角度，展示广场上小朋友们快乐玩耍，却不能直接看出西西为什么一直坐着，直到最后一页揭晓答案，原来西西是在给画画的老师当小模特！

这是一本奇妙的书(图 261-1)，如同游戏地图一般，包罗万象，整部作品像是摄像机的镜头，借着中景、远景和近景的转移，巧妙地讲述着同一时空中正在发生的一切故事。全书充满童趣，唤起我们满满的童年回忆。

图 261-1

二、"图·文"解读

打开图画书，封二、封三出现了五颜六色的各种小点点，似乎在告诉小读者书中讲述的是一个欢乐的故事，读完故事发现，这些小点点就是书里各种各样的小人儿。该书的最大特点是绘制了很多的小人儿。正如作者自己做的一个梦，梦中有很多的小人儿，他们都那么健康活泼、天真烂漫、自由自在，生活在黄土地上，生活在新时代的阳光下，玩各种游戏、吃各种好吃的，跟家人一起享受平凡、安静的每一天。画面为了突出各种各样活泼好动的小人儿，特意省略了大人和背景。人物的绘制采用了水彩，且为了突出故事主人公西西的安静，特意给西西选了一条蓝色的裙子，而其他小朋友都是暖色调的，一冷一暖的鲜明对比，让西西永远是画面中那个最安静的小女孩。该书的文字只是简单重复的句式：

好多人在踢毽子，只有西西一个人坐着。

好多人在跳房子，只有西西一个人坐着。

好多人在丢沙包，只有西西一个人坐着……

这样的文字，不仅没显单调，反而更加引发小读者的好奇心，引导小读者往下继续阅读。精简重复的文字，不着痕迹地把西西定位在所有交错故事的中心位置，使整个故事有准确的焦

---
[1] 萧袤，文；李春苗、张彦红，图. 西西[M]. 郑州：海燕出版社，2015.

点,引人入胜。该书对孩子来说,是一本考眼力的图画书,他们要在耐心观察中寻找线索和答案,在游戏中感受小朋友之间的欢乐与友情。可以说《西西》是当代中国儿童生活的"清明上河图"。

三、共读的对话与思考

1. 问题设计:"故事的主人公叫什么?""小朋友们在哪里? 在干什么? 西西呢? 在哪里? 在干什么?""小朋友们在干什么? 西西呢?"……依次反复,帮助儿童快速找到西西。(展示到全景页面)"仔细看,这张图有什么? 第一页的小朋友们在踢毽子,在哪里?""第二页的小朋友们在跳房子,在哪里?"……"原来,前面看到的这么多页其实就是在一个地方,西西呢? 在哪里? 西西一动不动,到底是什么原因?""最后一页,西西的好朋友拉着她要去哪里?"

2. 该作品可以融合多领域,拓展活动。如:(1)认知领域,介绍《清明上河图》;(2)健康领域,体验民间游戏"踢毽子""跳房子""丢沙包"等;(3)艺术领域,尝试绘画好多好多小人儿等。

(解读人:徐群)

262 《西西的杂货店》[1]

一、内容介绍

《西西的杂货店》(图 262-1)是一本富有童趣并能带领孩子感受中国传统文化的节日图画书。它从童话的视角,为孩子们讲述了新年以及中国红的意义。书里的主角是一只蜘蛛——西西,不仅会吐丝,还擅长编织。西西开了一家杂货店,一开始它的愿望很简单,用白色的丝网编织许多漂亮的物品,为所有人带来快乐,但是这可不是一件简单的事情。在鸡大婶的建议和鼓励下,蜘蛛西西一次又一次尝试挑战新鲜的事物,从编织红色的窗花,到编织更加丰富多彩的中国结。西西的作品,陪伴大家度过了一个喜庆的新年,为大家带去了平安和快乐。

图 262-1

二、"图·文"解读

该书除了红色以外,其余的颜色饱和度较低,给人温馨的感觉。图画线条简单,形象丰满,颜色搭配让人温暖舒适,与内容完美结合,如西西在吐白色的丝时,身体是白色的,在吐红色的丝时,身体是红色的,与文字保持一致,图文互补。第2页,西西的店铺开在橡树下,绿色树叶有深有浅,咖啡色的招牌,白色的字体,颜色明亮又舒适。店里都是白色作品时,背景色是灰蓝

[1] 郑旭,文;潘懿,图. 西西的杂货店[M].杭州:浙江少年儿童出版社,2019.

色,把白色衬托得更加干净飘逸。店里都是红色作品时,背景色是白色,越发衬托出红色的温暖喜庆,给人视觉上的享受。红色的物品体现了中国特色,红色的窗花、灯笼、对联、衣服,让人感受到热情、愉悦,凸显了过年的喜庆气氛。

三、共读的对话与思考

1. 问题设计:"当蜘蛛西西的杂货店遇上新年,它给大家准备了什么样的年货呢?""西西看到大家戴着自己编织的红色帽子、手套、围巾时,它是怎么想的? 为什么会这样想呢?""如果你是西西,新年到了,你会给大家准备哪些年货呢?""当你看到漂亮的中国红时,心里会有什么感受? 会想到什么呢?"

2. 分角色表演该作品。

3. 阅读完该作品,可以结合中国的传统节日新年,开展一些多领域拓展活动。如:(1)探索雪花剪纸操作步骤,尝试剪雪花窗纸;(2)逛集市,置办年货,感受到浓浓的过年气氛;(3)共同探索新年还有哪些红色,哪些习俗,从而将习俗牢记,将文化传承;(4)了解蜘蛛的特征及生活习性,知道蜘蛛吐丝的原理以及吐丝的作用;(5)了解自己身上独一无二的特点,肯定自己,接纳自己,知道自己是美好的个体,努力成就自己。

（解读人：张旭阳、姚苏平）

263 《洗洗小手好干净》[1]

一、内容介绍

《洗洗小手好干净》(图 263-1)的主人公豆豆是一个调皮任性的小女孩,她不明白为什么每天都要洗手:从外面回来要洗手,和小动物亲密接触后要洗手,吃饭前要洗手,就连"玩水"后也要洗手……其实,每个孩子心中常常都会有这个疑问:我为什么要洗手呢? 小手白白的,看起来很干净啊! 本书通过豆豆的故事,给孩子们展现了一个肉眼看不见的"细菌世界",让他们了解洗手的重要意义,掌握正确的洗手方法,使洗手不再是简单的"玩水"游戏,而是生活中的一个健康好习惯,从而自觉养成洗手的好习惯。

图 263-1

二、"图·文"解读

该书画面干净细腻且有表现力,有较为轻盈、通透的质感。绘画笔触有轻有重,如第 11 页

---

[1] 北京健康教育协会,文;海润阳光,图.洗洗小手好干净[M].北京:中国人口出版社,2019.

画的沙子城堡采用轻重两种笔触营造了明暗的效果,更好地呈现了沙子城堡的造型。书中文字有两种形式:人物对话或者内心独白采用放大的粗体文字,如第18页小女孩对为什么要洗手充满疑惑时,用的就是粗体文字,配以小女孩的面部表情,生动刻画出她不解和不情愿的内心活动;说明性文字采用小一号的文字,如第29页,介绍手部存在的致病菌时,采用小一号的文字,以细菌的第一人称展开陈述,增加了说服力。该书让我们看到了一个肉眼看不到的"细菌世界",呼吁小朋友们坚持正确洗手,养成良好的卫生习惯。

三、共读的对话与思考

1. 问题设计:"豆豆玩耍回家不洗手直接去喝水,对吗? 为什么?""摸了小猫以后需要洗手吗? 为什么?""可以用雨水洗手吗? 为什么?""为什么要洗手? 小手上有什么?""洗手的正确方法是什么? 一起来试一试。""什么情况下我们要洗手? 洗手有哪些好处?"

2. 出示七步洗手法图卡,学会七步洗手法儿歌,了解正确的洗手步骤。

3. 该作品可以与多领域融合,拓展活动。如:(1)观看洗手顺序图,学习洗手的正确步骤;(2)了解洗手的常用物品,知道洗手的重要性;(3)在10月15日开展的"全球洗手日"活动中,学会七步洗手法,掌握正确的洗手方法,知道洗手是预防各类传染病的有效途径,养成良好的卫生习惯。

(解读人:张旭阳、姚苏平)

264 《夏季歌者——蝉》[1]

一、内容介绍

"夏季歌者"是一套根据法布尔《昆虫记》改编的手绘本,共有八册:《地下工匠——蚂蚁》《变身大师——菜粉蝶》《好斗乐师——蟋蟀》《高冷剪刀手——螳螂》《铁嘴锯工——天牛》《夏季歌者——蝉》《铁甲清道夫——蜣螂》《专业麻醉师——沙泥蜂》,是一套适合幼儿阅读的科普图画书,其中有关"天牛""蝉"的两册均入选347种推荐书目。其中,《夏季歌者——蝉》(图264-1)从蝉在中国传统文化中的美好寓意、地理分布开始讲起,从孩子们发现蝉的日常场景开始引入,为读者展示了小小的昆虫世界里的奇妙大事件。通过一个个小故事的形式,介绍了蝉的生活习性和性格特点,如蝉的一天、唱歌的蝉、雌蝉的任务、在地下生活的蝉等。这样一个个小的故事,不仅赋予了蝉情

图 264-1

[1] 付赛男,文;韩蕾,图. 夏季歌者——蝉[M]. 西安:未来出版社,2019.

感和思想，也让我们对蝉的了解更加多元立体。

二、"图·文"解读

该书绘图精美细致，艺术欣赏价值高，文字叙述集合了故事性和科学性。书中第6页、第7页以拟人的形式，将蝉和蚂蚁的童话故事表现了出来，画面中懒惰的蝉和勤劳的蚂蚁形象生动，这两页图画及故事内容的呈现为后续蝉的饮食习惯作了铺垫，给人留下了深刻的印象。第12页的画面介绍了雄蝉的身体结构，文字部分不仅介绍了蝉各部位的名称，还有对其的描述，让孩子的观察更加具体形象，也让我们对蝉的了解更加科学，如雌蝉是"沉默者"，只有雄蝉才会"唱歌"。

三、共读的对话与思考

1. 问题设计："你知道会叫的是雄蝉还是雌蝉吗？它为什么要鸣叫呢？""请仔细观察一下雄蝉和雌蝉的身体结构，说说它们之间的相同和不同。""一只成虫蝉需要经历哪几个重要的阶段呢？""你愿意和爸爸妈妈一起走进大自然，观察与记录蝉的特点与变化吗？"

2. 延展到区域游戏，如：科学区，提供蝉的昆虫标本和放大镜，幼儿结合标本观察进行图画书阅读，进一步增加对昆虫的探究兴趣；创设表演区，表演蝉脱壳的过程，注意动作与表情。

3. 思考：关于蝉和蚂蚁的懒惰和勤劳的童话故事给人留下了深刻的印象，以至于人们对蝉产生了误解，在科学的观察和了解后，才知道蝉也会勤劳觅食。因此，我们要时刻保持科学家精神，要认识到建立在科学的观察与分析基础上才能得到客观公正的认知。同时，正如成长为一只成虫需要历经千辛万苦，每一个生命的诞生和成长都不容易，每一个生命的存在都具有它独特的意义，爱护生命，努力生活，发挥每一个生命的独特价值。

（解读人：徐群）

265 《夏日虫鸣》[1]

一、内容介绍

《夏日虫鸣》（图265-1）的主人公"我"——一位生长在南方小镇的小男孩，在暑假里收到舅舅的邀请，从南方小镇来到了首都北京。在北京的公交车上小男孩遇见了"啾啾"鸣叫的蝈蝈，舅舅买来两只蝈蝈送给了他。小男孩给两只蝈蝈搬了新家，和两只蝈蝈在暑假里做了很多有趣的事情。暑假结束，蝈蝈却不小心被弄丢了，小男孩很伤心，这两只蝈蝈从此一直被他珍藏在

图 265-1

[1] 叁小石.夏日虫鸣[M].合肥：中国科学技术大学出版社，2019.

童年记忆中。本书细致描绘"我"遇见喜爱的蝈蝈,经历了"相遇—期待—相逢—相处—别离"的过程。作者以自己的童年记忆为依托,以图画书的形式,讲述童年的小故事。浓重的年代色彩,引发了 80 后一代人强烈的共鸣。

二、"图·文"解读

该书插图色彩饱和度高,前三页以蓝绿色调为主,凸显了浓浓的夏日气息,第 3、第 4 两页插图内容为 20 世纪 80 年代北京街上的场景,红色的公交车、人们骑着的自行车、收破烂的老爷爷、插着耳机的少年等年代气息感十足,易勾起 80 后读者的童年记忆。书中插图的大小会随着内容的起伏而变化,如第 5 页,小男孩的表情放大,占了一页的插图,字体也变大,生动刻画出小男孩找到"啾啾"声的欣喜。插图描绘细腻、形象,第 11、第 13 页插图缩小,一页多幅插图,将小男孩等待蝈蝈的焦急、舅舅带蝈蝈回来的欣喜刻画得淋漓尽致。最后一页以金黄色的色调结束,配上四句意犹未尽的文字,让人浮想联翩,虽然蝈蝈丢了,但是它们带给小男孩的美好回忆将一直被珍藏。

三、共读的对话与思考

1. 问题设计:"啾啾声是从哪里发出来的? 是谁发出来的呢?""当舅舅给小男孩带回蝈蝈时,小男孩心里怎么样?""蝈蝈陪着小男孩在暑假做了哪些趣事呢?""蝈蝈陪着小男孩回到老家了吗? 在路上发生了什么事? 小男孩的心情如何?""你有最喜欢的小动物吗? 与好朋友交流你们之间的趣事。""如果你是小男孩,你想让蝈蝈陪着你做哪些趣事呢?""成长过程中,你觉得最难忘的回忆是什么?"

2. 开展"时光博物馆",收集家里的老物件,带孩子一起重温爸爸妈妈的童年。

3. 该作品可以与多领域融合,拓展活动。如:(1)认识蝈蝈的外形特征与生活习性,对昆虫世界感兴趣;(2)交流自己的童年趣事,能用连贯完整的语言表达;(3)尝试用绘画、手工的形式,为自己编制一本珍贵的童年回忆本。

(解读人:张旭阳、姚苏平)

266 《夏天》[1]

一、内容介绍

《夏天》(图 266-1)是一个以善良和合作为主题的哲理童话,作者曹文轩用简洁、诗意的语言讲述了一个关于爱与分享的故事,而绘者郁蓉将中国传统剪纸艺术与线描相结合,给图书增

---

[1] 曹文轩,文;[美]郁蓉,图. 夏天[M]. 南昌:二十一世纪出版社集团,2018.

添了诸多趣味和活力。故事发生在炎热的夏天,一群动物在大荒原里急切地寻找阴凉地儿。随即,为了争一棵树的阴凉儿,动物们争吵打闹了起来。最终,大象赢了。但是等到它们回过神来发现,令它们竞相争夺的树已经干枯濒死。就在这时,动物们看到了穿越荒原的一对父子,父亲一路用自己的身影为孩子遮阴。看到这一幕的动物们得到了启发,开始按照体积大小依次为小一点的动物遮阴。这时最有童话色彩的情节出现了——天空飘来一朵云为所有的动物遮阴。这是一个富有东方哲学意味的童话,父子二人的身影宛如一剂清凉的良药,唤醒了纷争的动物们,爱与被爱是互为因果的。

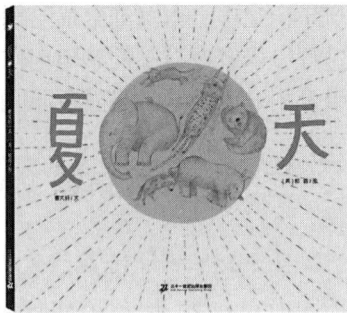

图 266-1

二、"图·文"解读

该书的图画采用了剪纸与线描相结合的方式,以明黄色为主要基调,展现了夏天的炽热。前后环衬展现了从太阳初升的大面积荒漠到渐变阴凉的夕阳景象。动物们争抢树荫的争吵声和它们的焦躁神情融在一起。书中"大太阳""大荒原"等字由绘者的儿子手写。阶梯页(套帖锁线)的设计,每一页比上一页大一点点,好像在跟读者玩影子游戏,增加了互动和翻页的惊喜。

三、共读的对话与思考

1. 问题设计:"夏天动物们一般怎么避暑?""书里哪些动物争抢树荫,为什么?""大象抢到了树荫,为什么大家反倒笑起来?""动物们为什么突然不争抢了? 它们用什么办法找阴凉儿?""你在生活中会争抢吗? 遇到争抢的时候怎么办?"

2. 分角色表演该作品,尝试用"影子"来进行对话和表演。

3. 该作品可以与多领域融合,拓展活动。如:了解夏天避暑的方法;反复阅读时可以猜一猜阶梯页的下一页是什么动物;作品开场是一片临湖的瓜田,思考这个场景和正文中的大荒漠有什么关联,同时思考善良、合作对于解决问题的意义和作用。

(解读人:姚苏平)

267 《香喷喷的节日》[1]

一、内容介绍

《香喷喷的节日》(图 267-1)是一个关于"爱"的童话故事。小老鼠米尼一家精心准备了香

---

[1] 秦文君,文;徐晓璇,图. 香喷喷的节日[M].济南:明天出版社,2015.

喷喷的食物,请亲戚们来过老鼠节。大家见面后各司其职、分工合作,鼠爷爷还和小老鼠们一起做起了游戏,大家好不开心,但鼠叔叔的到来,打破了这种和谐快乐的气氛。最终在大家的帮助下,倒霉的鼠叔叔振作起精神,和大家一起度过了一个幸福快乐的老鼠节。戏剧化的情节设计,旨在说明幸福的生活也会有一些不完美,家人之间的理解和宽容会让生活变得香喷喷。

图 267-1

二、"图·文"解读

该书田园风格的服饰、家具、生活用品、地窖内琳琅满目的食物,以及代表了秋天的绛红色系,都表现出老鼠家庭的富足与温馨。前环衬单调的色彩与内页丰富的色彩形成对比,反衬出节日的热闹与欢快。象征家庭大团圆的聚餐,使用了双折页的画面,突出场面的热闹气派。文字与图画相互补充,风趣幽默,符合儿童的游戏心理,如第21—22页,鼠爷爷和孙子们做游戏,被摇椅倒扣住,"鼠小弟们扶起鼠爷爷,学着鼠爷爷的步伐……地窖里好像来了一群鼠爷爷"。作品既描写了热闹的家宴,也描写了依依不舍的离别,如后环衬中,聚会散了,亲人们告辞回家了,山路一直向着夜空中圆月的方向延伸,似乎在告诉我们:空间距离不能阻隔亲人对于彼此的爱,要珍惜每一秒的陪伴,珍惜每一次的团圆。秦文君用"香喷喷"来描绘节日,作品句式整散结合,节奏缓急有致,修饰语丰富,描写细腻。

三、共读的对话与思考

1. 问题设计:"小老鼠米尼为节日作了哪些准备?""故事中哪些东西是香喷喷的?""你觉得大家应不应该等待鼠叔叔的到来? 为什么?""你发现鼠小弟们和鼠小妹们都有哪些不同的地方?""你喜欢鼠爷爷吗? 为什么?"

2. 画一幅画或制作一件手工作品送给家人或朋友。

3. 该作品可以与其他领域融合,拓展活动。如:(1)了解中国都有哪些节日,挑选一个节日,说说这个节日的味道;(2)尝试在生活中耐心等待一位家人或朋友,与他们分享美味的食物或一件快乐的事情,体会"没有一只老鼠不愿意等待自己的亲人"这句话的含义,学会关爱和感恩。

(解读人:丰竞、姚苏平)

268 《小彩帽》[1]

一、内容介绍

小熊有一顶心爱的小彩帽。有一天,它被风吹跑了! 小彩帽先后落到了乌龟背上、青蛙身

[1] 红·海.小彩帽[M].云南:晨光出版社,2020.

上、鸭子头上。小熊一路追赶，眼看就要追上了。谁知，一只大鸟又把小彩帽叼到了空中！小熊还能拿回自己的小彩帽吗？

小熊流下了伤心的眼泪，没想到峰回路转，一阵风吹来，小彩帽又落回到小熊的头上！《小彩帽》(图 268-1)是一本关于挫折教育的图画书，我们从中可以获得一些启示：我们在生活中难免会遇到困难，那些看得见或看不见的阻力常常会让人感到无奈；但为了实现目标和梦想，我们一定要有不懈追求的勇气和执着努力的决心。

图 268-1

二、"图·文"解读

该书是一本无字书，每两页构成一幅完整的图画，每幅画面都有大量的留白，突出了小熊这一主体形象及主要情节内容，增加了画面的空间感，提升了插画留白的审美趣味。画面布局合理，故事情节表现得非常丰富细腻。比如在版权页，风把树叶卷起来了，故事其实从这里就开始了。如果读者仔细观察小熊的眼睛和嘴巴，会发现小熊在不同的场景里显露出不同的表情，或错愕，或坚定，或伤心，或高兴……此外，小彩帽是一顶彩虹条纹的帽子，与这本书想要传达给读者的意旨相符合：风雨之后见彩虹。这也比较契合小熊努力追逐，最终失而复得的冒险经历。

三、共读的对话与思考

1. 问题设计：(1)阅读前的讨论："你有没有最喜欢的物品？如果你最喜欢的物品丢失了，你会是什么心情？你又会怎么做？"(2)阅读时："你在封面上看到了谁？它的头上戴的是什么？你觉得小熊要去哪里？"在讲的过程中，可以引导幼儿观察页面，预测一下，下一位出场的小动物会是谁？在看的过程中，还可以引导幼儿说一说，在不同的场景中，小熊的表情变化、心理活动是怎样的。(3)阅读后的讨论："如果你是小熊，看着鸟戴着帽子飞走，你会怎么办？帽子实在找不回来，你会放弃吗？"

2. 创意互动：设计一顶帽子。"书中的小彩帽看起来像什么？你喜欢的帽子是什么样的？如果给小熊设计一顶帽子，你想做成什么样的？"

3. 创作新故事。故事里的场景，由地面—水里—空中—地面，通过乌龟—青蛙—鸭子—鱼—鸟完成帽子的"接力"。"如果重新给帽子设计一条被风吹走的路线，你想怎么设计？最后你想让它回到小熊头上吗？"重新编写故事。

(解读人：张旭阳、姚苏平)

269 《小丑·兔子·魔术师》[1]

一、内容介绍

《小丑·兔子·魔术师》(图 269-1)讲述了马戏团里的魔术师睡着后,小丑也想变魔术,变出的兔子在慌乱中逃走了,于是开始了一场寻兔子之旅。小丑先后将戴帽子的大象、跳火圈的狮子、空中飞行的少女、奔跑的骏马、骑车的大熊误认为兔子。结果兔子跳到了魔术师的头上,魔术师打开斗篷后里面藏了一只兔子,最后将兔子和小丑一起收进帽子。

这本无字书以顶针式的手法将角色故事铺展开来,向读者展示了马戏团里的场景。通过设置悬念吸引读者边读边猜,聚光灯的射线将我们的注意力集中在人物角色上,故事的循环、递进结构跃然纸上,具有很强的阅读互动性。

图 269-1

二、"图·文"解读

该书只有极简黑白两色,却将场景刻画得十分周全。这种黑白创作手法突破了儿童图画书以往艳丽的色彩,带来的视觉冲击感反而更强烈。"无字去色"之后,读者的注意力更加集中到图画本身,从角色脸部表情变化、肢体动作转换中获得了更多的信息,达到一种"无字胜有字"的效果。

图画书的环衬部分,聚光灯打到魔术师和小丑的身上,通过聚光灯,读者的注意力也聚集到角色——手舞足蹈的小丑、闭眼瞌睡的魔术师上,正如我们观看演出时,聚光灯亮起,故事就此拉开帷幕。

第5—6页,主要讲述了小丑发现了像兔耳朵的东西,猜测是兔子。画面左上角聚光灯下的小丑手舞足蹈,欣喜的表情表明小丑好像已经找到了兔子。右下角是聚光灯的一部分,因此照射出来的物体也是一小部分。画面逐幅展开,一大一小、整体与局部对比,这种手法强化了叙事结构,也通过局部的关系引起悬念,吸引读者大胆猜测。

黑与白的交替、光与影的变换,生动展现了小丑不停寻找兔子的过程中经历的种种冒险,兼具了文学性、艺术性,吸引着大小读者沉浸其中。

三、共读的对话与思考

1. 问题设计:"小丑变出了什么?""马戏团里有哪些动物?""兔子最终是在哪里找到的?"

---

[1] 林秀穗,文;廖健宏,图. 小丑·兔子·魔术师[M].青岛:山东教育出版社,2018.

"魔术师最后把兔子和小丑变到哪里去了？""马戏团里还可能会有些什么呢？"

2. 争做魔术师：尝试表演一些简易的魔术。

3. 该作品可以与多领域融合，拓展活动。如：(1)尝试用勾线笔绘制黑白线描画，并用点、线、面、图形、纹理来填充创作；(2)在小舞台投放魔术帽、魔法棒等道具，在小舞台开展魔术表演；(3)尝试续编和创编故事内容，魔术师还可能会变出什么呢？

（解读人：史晓倩）

270 《小刺毛》[1]

一、内容介绍

一只名叫"小刺毛"的短毛猫是小姑娘贝斯家的特殊成员，《小刺毛》(图 270-1)这本书别出心裁地以小刺毛的视角来看待夜晚和人类的世界，告诉我们如何面对差异，学会包容。小刺毛礼貌地接受了所有家庭成员的晚安祝福，然后，整个故事就开始了。小刺毛的眼睛能看到所有黑夜中移动的物体，比如花盆里忙碌的小蠕虫、路过的蚂蚁等。等大家真的睡着后，小刺毛从后门钻了出去，在花园里听到了很多声音，还遇到了一只老鼠，看到贝斯在梦游……小刺毛的工作一直至清晨的问候结束。作品巧妙地利用了视觉、听觉，以及小猫的心理活动，完整地呈现了猫咪眼中的世界：精彩、奇妙而充满童趣。

图 270-1

二、"图·文"解读

该书使用第一人称，用一只猫的视角，讲述了一个夜晚的故事。乍一看，画风有些粗犷，像是随手涂鸦。不过流畅的线条和种种小细节，让画面丰富而生动。比如，第一页被小女孩亲切抚摸的小猫咪，它惬意地躺在椅子上，椅子上有一些莫名其妙的黑色线条，这是小猫咪的抓痕呀。谁家养过的小猫咪，没有到处抓抓挠挠的习惯呢？再比如，小刺毛被爸爸强行碰鼻子时，那强忍着面无表情，实则爪子都弹出来的小模样，真是让人忍俊不禁。

该书图画与文字属于图文双线叙事，文字呈现的叙事内容较多，图画与文字叙事内容部分重合，但不是完全重合，文字作为图画叙事的扩展，使全书叙事内容更加丰富立体。书中文字在图画的留白部位，背景很干净，画面和语言都舒缓而优美，给予了读者视觉、听觉上的享受。

[1] [挪]拉什·索比耶·克里斯滕森，文；[挪]博·高斯达，图. 小刺毛[M]. 李馨雨，译. 上海：东方出版中心，2017.

三、共读的对话与思考

1. 问题设计:"小刺毛在夜晚看到了什么?听到了什么?""假如你是小刺毛,猜猜看你还可能在哪里听到什么声音?""小刺毛的生活习惯与人类一样吗?为什么?""其实,每个人也存在不一样的地方,你觉得你不一样的地方在哪里?""故事中贝斯和小刺毛是好朋友,你知道他们为什么能做好朋友吗?""你和你的好朋友是怎么相处的?"

2. 分角色表演该作品。

3. 该作品可以与多领域融合,拓展活动。如:(1)倾听生活中各种各样的声音并学会区分;(2)探索声音的产生,体验探究的乐趣;(3)认识猫的外形特征,了解猫的生活习性,学会关心爱护小动物;(4)大胆说出自己的好朋友,知道和朋友要友好相处、相互理解。

(解读人:张旭阳、姚苏平)

271 《小刺猬赫比的大冒险》[1]

一、内容介绍

《小刺猬赫比的大冒险》(图 271-1)以小刺猬赫比的第一次觅食冒险为内容,渲染、表现童年生活的欢乐和惊喜。故事情节浪漫夸张。赫比在秋天第一次出门觅食冒险,竟被一阵西风直"吹"进了冰天雪地的冬天,它无知无畏地爬到了"世界的顶端"。它勇敢地向白熊妈妈求援,顺利获救,醒来后,又被一阵东风"吹"回了家里,来到了春天。置身险境时,小刺猬似乎毫无恐惧感,回到家后,它又由衷地感到了高兴——它的冒险很成功。小刺猬赫比既充分见识了外界的危险多变,又验证并保持了自己的能力和勇气,不陷入退缩畏怯之心。

图 271-1

二、"图·文"解读

与主题相称,该书的画面色彩活泼悦目:秋天有浓艳多彩的落叶,冬天是蓬松的冰雪,小刺猬的家里则是始终如一的温馨舒适。主人公刺猬的形象较为写意,不甚浓密的背刺间裸露出粉色皮肤,更显其稚嫩。文字与画面有许多"互文"之处,尤其真切地传达出小刺猬的天真——它把树洞看作巨怪的口袋,把横木认作猫头鹰的翅膀。这会唤起读者的怜爱同情。它在雪中的跋涉与求援、大白熊对它的"无限"拥抱,也都是儿童式的勇敢、儿童对未知世界天然地信任

---

[1] [英]珍妮·波贺.小刺猬赫比的大冒险[M].彭懿、杨玲玲,译.北京:北京教育出版社,2018.

的表现。

三、共读的对话与思考

1. 讨论：梳理小刺猬赫比出门冒险的过程，想象自己就是小刺猬。冒险经历中，先后出现了哪些有趣的细节？每个场景里包含了哪些危险？哪一处场景是最危险的？为什么？

2. 朗读该作品，要表现出小刺猬出门冒险的兴奋享受、陷入危险的慌张无助、求助时的认真严肃、回到家的快乐满足。着重分析小刺猬向白熊求助的语言（准确而简练地说出自己的目的和需要）。明确风向与季节之间的暗线联系，领会作品的夸张手法——冒险一天就经历了一个季节，理解故事的童话性质——刺猬在冬天是要冬眠的。

3. 思考：在故事轻松活泼的气氛中，幼儿可以悠然地共情小刺猬赫比的有趣冒险，感知到它身上的种种可爱品质。前景不确定的时候，它勇于踏出第一步；它随机应变，心怀希望；它善于求助，礼貌又勇敢。这些都是儿童健康成长所必需的品质。联系现实，幼儿又应当理解，在大自然里，小动物采取的是随遇而安的"生活方式"，全然受自然环境的支配。对照自己，辨认出自己长期置身于各种保护——父母的提示和保护、安宁的社会环境的保护、各种现代安全设施的保护之下的基本事实，幼儿可以获得对自身生存现状的换位观察。如此改换视角，也有助于幼儿在思维的客观性方面得到发展。

（解读人：盖建平）

272 《小笛和流泪的橘子》[1]

一、内容介绍

《小笛和流泪的橘子》(图 272-1)中的主人公小笛是一名孤独症儿童，不善于与人交流，只喜欢画画。在一次画展上，他和爸爸走失，他通过自己的画表现对妈妈的喜欢和对爸爸的依赖。也是这次走失事件，让小笛的爸爸妈妈明白了小笛也是爱他们的，只是表达的方式更加独特。故事曲折伤感，看到结尾才让人舒了口气。

图 272-1

二、"图·文"解读

该书的主人公是一名孤独症儿童。整本书的色彩偏冷，画面清新柔和，人物形象生动，通篇温馨又有点小伤感。比如书的前

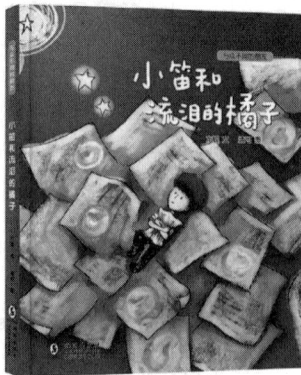

---

[1] 方锐，文；孟可，图. 小笛和流泪的橘子[M]. 北京：海豚出版社，2020.

几页,画了一只大大的蜗牛,似乎寓意着面对孤独症儿童,我们只有慢慢地等待,等待他的成长。书的后半部分,描述了深夜小笛一个人搂着他的画睡着了,整幅画面色彩偏暗,又突出了小笛画的橙色的橘子,表现出了主人公小笛的无助和对妈妈的想念。书的最后一页,贴心地阐述了"遇到这样的朋友,我们可以试着和他……"

三、共读的对话与思考

1. 问题设计:"故事里的小男孩叫什么名字?""他又叫什么的孩子?""什么是星星的孩子?""小笛和别的小朋友相比,有什么不同?""他画了那么多橘色的图案到底代表什么意思?""假如你遇到患孤独症的小朋友,你会怎么办? 怎么对待他?"

2. 了解世界孤独症日和孤独症儿童:孤独症患者主要表现为不同程度的语言障碍、社会交往障碍、兴趣范围狭窄和刻板的行为模式。比如故事中的小笛,他从不回应父母的话,只喜欢对着画板不停地画画,画着让人看不懂的事物。

3. 该作品可以融合多个领域,拓展活动。如:(1)认知领域,了解什么是孤独症;(2)社会领域,学习和患孤独症的儿童相处,比如和他一起听一些音乐、一起画画、一起搭积木或一起玩黏土等,明白即使他们没有作出任何回应都没关系,要尊重、接纳并且善待每一个患孤独症的儿童,要让这些特殊儿童感受到来自你我的温暖;(3)艺术领域,一起听听音乐《隐形的翅膀》《让爱传出去》等。

（解读人:徐群）

273 《小鳄鱼别气了!》[1]

一、内容介绍

《小鳄鱼别气了》(图 273-1)是一本具有情绪疗愈作用的图画书。小老鼠的一个无心之过让小鳄鱼非常生气! 生气的小鳄鱼回到家,奶奶安慰并告诉他:只要睡一觉起来,气就会消了。小鳄鱼在床上翻来翻去,好不容易睡着了。它在梦里派出蚊子特攻队、蝙蝠侠,还命令恐龙嗯嗯在小老鼠身,它觉得自己想做什么都可以! 而且,醒来的时候不会被知道。对小鳄鱼来说,它找到了自己释放负面情绪的最佳场所——梦境,也找到了释放负面情绪的最佳方式,为那些本来可能阴鸷灰暗的愤怒梦境,镀上艺术的华美色泽。在梦中世界,小鳄鱼将自己的负面情绪进行转移,或许只是一时的安慰剂,但至少是安全且不会伤害别人的。

图 273-1

---

[1] 粘忘凡,文;孙心瑜,图. 小鳄鱼别气了! [M]. 石家庄:河北教育出版社,2019.

二、"图·文"解读

该书的画面洒脱、不拘谨，两页构成一幅完整的画面，且结合了许多大师的作品，给人视觉上的享受，如：小鳄鱼生气时，情绪被外化了，它可以变成蒙克《呐喊》的压抑悲怆，达·芬奇《蒙娜丽莎》的不可捉摸，凡·高《星空》的孤独无边。绘者擅长视觉思考，将小鳄鱼曲曲折折的内心戏，用图画发泄了出来：先用简单的四幅插画简单描述了小鳄鱼生气的缘由，然后又以浓墨重彩的大幅图画描绘了小鳄鱼生气后的情绪状态及如何在梦境中排解自己的负面情绪，最后又以简单的三幅黑白插图描绘了小老鼠关心小鳄鱼，两人重新做回了朋友，小鳄鱼的气也消了。黑白插图前后呼应，突出中间的情节重点。文字简洁明了，全文以第一人称的口吻在叙述，图文互补，便于读者理解。

三、共读的对话与思考

1. 问题设计："小鳄鱼为什么会生气？它用什么办法让自己不生气？""你在生活中生过气吗？生气是什么感觉？""生气是很糟糕的事情吗？可不可以在不影响或不伤害别人，不伤害自己的情况下，释放情绪呢？""假如你是小鳄鱼，你还有什么好方法排解自己生气的情绪吗？"

2. 分角色表演该作品。

3. 该作品可以用于心理健康系列活动。如：(1)仿编故事，学会用其他的好办法排解负面情绪，并分享创编故事情节；(2)正视、接纳自己的负面情绪，用正确的方法释放负面情绪，学会表达自己的情绪情感。

（解读人：张旭阳、姚苏平）

274 《小狗追月亮》[1]

一、内容介绍

《小狗追月亮》(图 274-1)的主人公露露是一只个头特别小的小狗，可她却是个大探险家！她的探险足迹从屋子、花园、整条街不断地向远处蔓延，以至到了天上，露露很想去看看那个每晚在天上发光的古怪玩意儿——月亮。露露爬上桌子、椅子、板凳、松树以至山顶，可还是够不着月亮。露露试图跳到月亮上去，可月亮实在太远，露露从山上摔了下去，一直滚到了地面。够不着月亮的露露并没有灰心，而是听从朋友古斯的建议，去地

图 274-1

[1] [法]娜塔莉·洛朗,文;[法]阿丽亚娜·德尔里欧,图. 小狗追月亮[M]. 吴天楚,译. 北京:北京时代华文书局,2018.

上挖坑找恐龙骨架。露露挖呀挖、挖呀挖,挖得很深,还是没找到恐龙骨架,探险家露露并没有灰心,她还在继续挖着……露露追月亮、挖恐龙的路上,遇到了很多困难,认识了很多朋友,虽然最后追不到月亮、挖不到恐龙,但那又有什么关系呢? 重要的是去探险!

二、"图·文"解读

该书绘画风格活泼滑稽,书中的露露个子小小的、瘦瘦的,配上那一身杂乱有型的毛发,特别符合大冒险家的角色定位。此外,书中露露的表情与动作刻画得特别细致生动:如露露问古斯月亮是什么的时候,她的嘴巴张开着,眼睛看着古斯,一副好奇的表情;如露露搭桌椅板凳时,脚尖用力踮起,手用力往上伸着放椅子,非常符合露露个子小的特征,与文字相呼应。书中文字比较简洁,且较为风趣活泼,用简短的文字构筑出露露追月亮的故事,非常符合孩子们的语言习惯。书中文字和图画遵循自上而下的空间顺序,有助于帮助孩子梳理露露追月亮历经"地上—板凳—树上—树顶—山上—山顶—地上"的过程。

三、共读的对话与思考

1. 问题设计:"露露为什么想要追月亮?""露露在追月亮的过程中遇到了哪些朋友,这些朋友分别给了她什么建议呢?""如果你是露露,你打算怎样去追月亮呢? 除了追月亮,你还会想做哪些事情?""你做过冒险的事情吗? 大胆地分享给大家。""你喜欢小狗露露吗? 为什么?""最后露露为什么会想到去地上挖坑呢?"

2. 分角色表演该作品。

3. 该作品可以与多领域融合,拓展活动。如:(1)通过绘制观察笔记的方式,记录月亮的盈亏变化;(2)尝试玩一些考古挖掘玩具,体验考古挖掘的趣味;(3)学习露露的冒险精神,在父母的陪伴下做一件冒险的事情。

（解读人:张旭阳、姚苏平）

275 《小怪物伊戈尔》[1]

一、内容介绍

《小怪物伊戈尔》(图 275-1)以主人公小怪物寻找"同类"的旅程为故事主线,通过繁密精细的笔触、纤巧素淡的线条和清新雅致的配色,营造出一种宁静、舒缓的氛围,一幕幕地展现出水上、林中、河边、巢里,小怪物与不同生物相伴、安宁和乐的景象,向小读者传达出它用心感知、耐心寻觅的生活态度,以及享受不同环境、珍视伙伴的心境。故事的高潮是小怪物与一个

---

[1] [意]弗朗切斯卡·达芙妮·维纳佳.小怪物伊戈尔[M].金佳音,译.济南:山东画报出版社,2019.

截然不同的大怪物的相遇、相处与告别，最后引出继续探寻、永不停歇的主题——可以回到家，可以再出发。

图 275-1

二、"图·文"解读

该书的"怪物"形象设计，是贯穿全书情节的有机支撑："交朋友"的大量篇幅全无文字，单以画面展现伊戈尔在各种场景、各种生物之中的处处"融入"。能做到这一点，正与它的生理特征密切相关：小怪物之"怪"，不仅在于体形小（书中煞有介事地声称其大约 9.7 厘米高）、毛发多，更在于头部之外的肢体极为细小，几乎与毛发无从区分，因此能随意"塑形"，模仿蝙蝠、雏鸟、小鱼、水獭、猫头鹰等的姿态外形。

大怪物的"怪"处，与小怪物是原理相似而表现相反：它巨大，身体的比例是另一种失衡——长臂短身，似乎只有上半身。大小怪物的奇异形象，是该书的创意亮点所在。

三、共读的对话与思考

1. 朗读与表达：该书的文字高度书面化，却并不矫揉拗口，适合用作朗读练习的材料。无配文的画面则便于幼儿细心观察，就画面内容进行口头输出，观察、认识作者笔下的美好细节（开阔优美的自然环境、安恬的各种动物），想象小怪物多姿多彩的寻觅之旅与尚未展开的新旅程。

2. 讨论：体认小怪物踏上未知路途的勇气和热情。小怪物怎么保护自己？它的行囊里装了什么？它怎样赶路会省力些？它会遇到什么麻烦呢？它还会与什么样的动物"不分彼此"？……着重把握伊戈尔与各色生物的相处情态，揣摩想象它未来的旅程，认识融入自然的快乐，以及与他人相遇、相伴的可贵价值。

3. 思考：故事开篇说小怪物伊戈尔"知道的就只有自己的名字"、着手寻寻觅觅，扣的是传统哲学里"认识你自己"的经典命题；寻找"同类"，则是西方现代文明模式下，人陷入"原子化"、感受到环境的对立和自身的异化，于是试图找回或者说创造出身份认同这一基本事实的幻想映照。我国小读者宜从享受自然之美、与生灵为友、主动成长、在探索中交朋友的角度去理解。

（解读人：盖建平）

276 《小河》[1]

一、内容介绍

《小河》（图 276-1）是一本清新优美的散文类图画书，主人公是一条宁静的小河，书中描绘

[1] 金波，文；刘婷、刘雯，图. 小河[M]. 上海：华东师范大学出版社，2020.

了小河一直奔流向前的情景。小河流经山谷时看到了晴朗的天空,流经田野时看到了绿色的麦苗、金色的迎春花,流经果园时看到了桃花、杏花、梨花,流经村庄时遇到了鸭子、蜻蜓、青蛙与它做游戏,最终许多河流共同流入大海。在小河流入大海的过程中,一幅幅美丽的画卷随之展开。现代生活中的孩子和大自然的接触少了,但是在阅读这本书的过程中,孩子可以利用多种感官去感受田园景致的美好,感受和城市不一样的景象。

图 276-1

二、“图·文”解读

该书图画的表现手法为生动艳丽的水彩画,每幅图景都与文字描述互为补充,能更好地帮助幼儿进入到诗歌描绘的那种生机勃勃的田园景致中,从多种感官带给读者美的感受。书中的小河拟人化,有表情,有动作,书中的鸭子、蜻蜓、青蛙也是形态各异,非常形象,给读者想象的空间。文字是由诗人金波创作,语言清新优美,展示了一条小河在旅行中所见到的闲适、安逸、恬淡、优美的田园生活。散文中关于景物色彩的相关描绘,还可以丰富幼儿的词汇量,如绿茵茵的麦苗、金灿灿的迎春花、银亮的水花等。文字还向读者传达了小河为汇入大海付出了许多努力,拥有坚持不懈的乐观精神。

三、共读的对话与思考

1. 问题设计:“小河去了哪些地方旅行,看到了哪些景象呢?”“假如你是这条小河,你想流入哪里呢? 你会看到什么?”“你最喜欢书中的哪一个画面或者哪一句语句呢? 为什么?”“小河最后流向了哪里? 它的心情怎么样? 你是怎么知道的?”“书中为什么说这条小河是明亮的小河呢? 除了是明亮的小河,你觉得它还是怎样的小河?”

2. 依照该作品内容,开展情景表演。

3. 该作品可以与多领域融合,促进幼儿对自然的探索与感知。如:(1)欣赏山谷、田野、果园、村庄的景色,感受田园景色的美好。(2)了解河、湖、海的相互联系,知道河流汇成大海的过程。(3)回忆自己生活中最喜欢的自然风光,并能大胆描述与人分享。(4)仿编散文,想象如果你自己是这条小河,你想去哪里旅行呢? (5)知道小河为了汇入大海付出了很多努力,在生活中我们也要向小河学习,坚持不懈、乐观向前,善于发现生活中的美好。

4. 参阅书目 43《吹糖人》、302《小河》,了解童诗作家金波的创作风格。

(解读人:张旭阳、姚苏平)

277 《小黑和小白》[1]

一、内容介绍

《小黑和小白》(图 277-1)紧扣当代人"互联网生存"的典型现象、典型问题——以网上浏览为主要消遣、以网上聊天为主要社交,几乎脱离了真实的日常生活,错过了生命的许多乐趣。直到两个主人公的友谊突破了虚拟空间,共同努力、携手回到现实世界,他们才从黑白、单调、"唯我独尊"的室内生活里跳脱出来,在广阔多彩的天地之间看到、嗅到、触到、感触到彼此的存在,也更加珍惜相伴的时刻——"你看得见我吗?""我就在你身边。"

图 277-1

二、"图·文"解读

该书的文字具有鲜明的诗歌性,简练扼要,直抓细节,朴素传神。与文字风格相衬托,图画前半部分的配色皆为黑白组合,局部点缀橙、黄、蓝、米、灰,以小块的鲜艳用色凸显环境的单调,又不至于沉闷,这一处理恰当地传达了当代生活的知觉状态:"宅家"上网的生活似乎舒适,实则苍白,尽管电子屏幕和窗外的天空是同样浓郁的一小块蓝色。直到两个主人公走出家门,真正"看见"真实世界的多彩多姿:全无面目的小黑、小白终于有了眉眼,在灿烂的树林边、明媚繁盛的花田里,他们有了鼻子;投身潜入水中,脸上出现了红晕。这些细节只是点到为止,却足够确切、直观地揭示了虚拟世界与真实世界、"想象地"生活与"行动地"生活的本质区别。

三、共读的对话与思考

1. 细读:梳理小黑、小白相遇的几个阶段(各自漫游—网上相遇—久久网聊—彼此相约—相见不见—走出家门—投入世界享受感知—彼此相伴)。每个阶段他们分别有怎样的行为?

2. 讨论:小黑、小白进入对方家中,为什么没有被看见? 观察画面,可以得到直观的解释:小黑家是白色的,小白家是黑色的,外来者被环境遮蔽,故而不能"显色"。画面给出的答案接近物理现象。从社会文化、心理学的角度还有另一个解释:将对方纳入自己的"领地"并不是"看见"对方;走出"自我中心"的视域,才能真正相识、相知。

3. 思考:当代小读者都是互联网原住民,该作品以生动的哲理故事向他们揭示网络生活的本质局限及"破局"之道——拥抱现实生活,这是其成长道路上重要的观念储备。此外,小黑、小白回到现实后不断地自我丰富,也强调了伙伴、朋友的真义:"陪伴"不是待在原地、彼此

[1] 张之路、孙晴峰,文;[阿根廷]耶尔·弗兰克尔,图.小黑和小白[M].济南:明天出版社,2017.

应和,而是共同走向广阔的生活世界。

(解读人:盖建平)

278 《小黑鸡》[1]

一、内容介绍

《小黑鸡》(图 278-1)通过一只小黑鸡破壳出生后的故事,呈现了关于生命和成长的哲思。故事源自作者的真实经历:妈妈曾给她买了六只小芦花鸡,后来其中的五只被野猫叼走,她与妈妈悉心将最后一只小鸡养大,但有一天她不在家时,妈妈却把这只鸡做成了鸡汤。正如作者所言:"鸡的世界就像一个浓缩的人类社会,小鸡长大的过程很不容易,会被其他动物欺负,甚至会付出生命的代价。"作者也想通过小黑鸡的成长经历告诉读者:置身生活中,总会有很多磨难与挫折,只有我们鼓起勇气,才能面对成长的真相。

图 278-1

二、"图·文"解读

该书使用彩铅、水粉创作,以写实的画风、活泼的色彩,通过小黑鸡的成长之旅,展现了云南悠长而充满意蕴的田园风光。环衬部分,刻画了农家生活场景。农家饲养的不仅仅有鸡,还有鸭子、小狗、猫等。生活气息浓厚,田园生活和谐、怡然自得。同时这些家畜也是故事发展中的主要元素,推动故事情节发展。如后文中猫咪的威胁、抢食的坏鸭子、追捕的大黄狗……第38—39页,是小黑鸡战胜鸡老大的场景。两只鸡争斗时,翅膀舒展,眼神犀利,羽毛掉落。作品客观真实地记录下小鸡长大过程中经历的一切。故事结尾处,作者设置了一个悬念:丰盛的饭桌上有一碗鸡汤,作品在这里戛然而止,留给读者对于生命意义的沉思。

三、共读的对话与思考

1. 问题设计:"农场里面有什么?""请你猜猜看小鸡的颜色?""小黑鸡从鸡妈妈那里学会了什么?""小黑鸡喜欢吃什么?""农场里有哪些危险?""遇到了危险时,小黑鸡是怎么处理的?"
2. 尝试饲养一次小鸡,从孵小鸡开始记录小鸡的成长。
3. 该作品可以与多领域融合,拓展活动。如:(1)观察小鸡的外貌特征、生活习性,探究小鸡最爱的食物,制订照养计划;(2)在观察小鸡的基础上尝试写生创作,着重展现小鸡的生活场

---

[1] 于虹呈. 小黑鸡[M]. 北京:中信出版社,2019.

景和样貌。

（解读人：史晓倩）

279 《小红米漂流记》[1]

一、内容介绍

云南红河哈尼稻作梯田上种植了许多不同的水稻品种，其中哈尼红米已经种植了上千年。《小红米漂流记》(图 279-1)的主人公就是哈尼特有的品种——小红米。本书将小红米拟人化。好奇的小红米想知道山下有什么，它问了很多朋友，每个人的回答都不一样。小红米非常困惑，它只好向水冬瓜爷爷求助，水冬瓜爷爷鼓励它亲自去看看。于是布谷鸟衔着它飞了起来，顺着梯田的灌溉系统，小红米认识了分水木刻，见识了哈尼族的蘑菇房等许多新奇的事物，认识了山下很多新的朋友，一路上有了很多收获。本书通过娓娓道来的童话故事，向小读者们阐释了农业文化遗产的价值精髓。

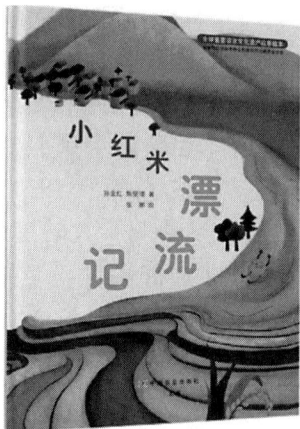

图 279-1

二、"图·文"解读

该书图文互为补充，两幅图为一个完整的画面，其他事物的"大"与小红米的"小"在构图上有鲜明的对比，给了读者极大的视觉冲击力。此外，文字和构图都是遵循灌溉系统的运转顺序，小红米是从山上最高的梯田，顺着梯田的自灌溉系统，一步步来到山下的村庄的。这样的编写顺序方便读者认识梯田的灌溉系统：小红米的旅行经历了"山顶的稻田—泉眼—顺着管子—大水井—水池—另一个水池—下一个水池—分水木刻—山下的稻田—晒台—水碾—米的家"的历程。书中小红米及许多动植物都拟人化，增加了阅读的趣味性。绘画细节也很到位，如小红米的外壳和内里的颜色不同，小红米在旅行过程中的面部表情及身体动作都是不一样的，细细看来，有许多可挖掘之处。

三、共读的对话与思考

1. 问题设计："小红米去了哪些地方旅行？都发生了哪些事情？""山下是什么样子的？小鱼、老水牛、水冬瓜爷爷分别是怎么说的？""小红米来到了分岔路口，是谁给它指路的？你觉得它（分水木刻）有什么作用？""你觉得小红米一路的旅行刺激吗？小红米身上有哪些值得我们

---

[1] 孙业红、焦雯珺，文；张娜，图. 小红米漂流记[M]. 北京：中国农业出版社，2018.

学习的地方呢?""假如你是小红米,你觉得你在旅行过程中还会看到什么? 发生哪些有趣的事情?""你吃过红米吗? 你还见过哪些颜色的米? 它们有什么不同的地方呢?"

2. 分角色表演该作品。

3. 该作品可以与多领域融合,拓展活动。如:(1)梳理小红米的旅行轨迹,初步了解梯田自灌溉系统的运转方式;(2)知道红米的外形特征和种植方式,感受食物的多样性;(3)认识中华优秀农耕文化,激发对其的兴趣,为勤劳、智慧的中国人民点赞;(4)学习小红米勇于探索、不怕困难的品质。

(解读人:张旭阳、姚苏平)

280 《小鸡救妈妈》[1]

一、内容介绍

《小鸡救妈妈》(图 280-1)是根据贵州彝族民间传说改编的童话故事,反映了当地人民的生活经验和文化。作品构思新颖:在山上干活儿的不是鸡妈妈而是小鸡,不是鸡妈妈救小鸡,而是小鸡救鸡妈妈。在人物刻画上,鸡妈妈缺少主见,胆小软弱,不敢拒绝无理要求,差点成了野猫口中的美味;而小鸡有主见,有智慧,胆大心细,善于寻求他人的帮助,能够做到物尽其用,最后救出了鸡妈妈。懦弱的鸡妈妈养出了勇敢智慧的孩子。当然,鸡妈妈在教育孩子上也有可取之处:适时放手,给孩子以成长和锻炼的空间。故事旨在告诉孩子:我们不可能永远受到父母的庇护,我们要勇敢、智慧,才能有能力让自己独立,并反哺父母。

图 280-1

二、"图·文"解读

该书以水彩进行描画,人物造型富有童趣。鸡妈妈穿着红蓝相间绲边的彝族传统服装,戴着挂有红色璎珞的帽子,非常符合彝族已婚女性的装扮;小动物们造型夸张,如小鸡怒火中烧的情绪,借用了卡通中火焰的形状来表达,非常符合小鸡的性格特点。画面中的很多细节是对文字内容很好的补充。如前后环衬都以绳子、扫把、捶草棒为装饰,但三者的状态却有细节上的变化,强调了它们在情节发展中的重要性。又如最后一页,左边是小鸡们和鸡妈妈得胜回家,右下角出现了松鼠一家,显得有些突兀;如果往前翻到第 9 页,就会发现松鼠妈妈曾出现在鸡妈妈遇险的路上,她目睹了事件的过程:据此读者可以猜测,结尾处松鼠妈妈给孩子们讲的正是小鸡救妈妈的故事。

---

[1] 胡巧玲,文;孟莉,图.小鸡救妈妈[M].贵阳:贵州人民出版社,2016.

三、共读的对话与思考

1. 问题设计:"说一说鸡妈妈的哪些做法是不对的?""鸡妈妈跟着野猫走在路上的时候,树上哪些动物看到了它们? 这些动物有怎样的表情?""小鸡们凭借哪些本领救出了鸡妈妈?""如果你遇到野猫的威胁,会采取什么办法救自己?"

2. 分角色表演该作品。

3. 该作品可以与其他领域融合,拓展活动。如:(1)了解鸡蛋是怎样变成小鸡的,学习卵生动物的有关知识;(2)找出文中用来描写鸡妈妈的、带有"不"的句子,懂得拒绝不合理要求,学习如何保护自己;(3)学会与他人合作,发现并认可别人的长处与优点;(4)孩子的能量有时远超过父母,这是值得成人认真思考的一个问题。

(解读人:丰竞、姚苏平)

281 《小鸡漂亮》[1]

一、内容介绍

《小鸡漂亮》(图 281-1)讲述了一只名叫"漂亮"的小鸡很有个性,其他的鸡只管自己吃喝拉撒,它却总喜欢问各种问题,就连它的名字都是自己取的。它不顾其他人的嘲笑,不停地练习飞翔。后来,当狐狸来到农庄里抓鸡的时候,小鸡漂亮凭借自己飞翔的本领拯救了大家。这个故事说明:每个人都应该有属于自己的梦想,并要坚持自己的梦想。

二、"图·文"解读

该书主要采用黄色、蓝色、绿色等色系,给人以明亮、温暖的感觉,手绘铅笔画富有艺术性,浅色线条在纸上留下的痕迹加上淡雅

图 281-1

的颜色,使画面看起来十分柔和,给儿童许多想象的空间,贴近儿童世界,具有审美功能。比如第 21—22 页内容是小鸡漂亮通过跳绳、举哑铃、在岩石上跳跃、举重等方式练习飞翔,画面中间利用了深蓝色背景表现夜晚里的小鸡漂亮也在认真练习,使人真切感受到小鸡漂亮为了梦想而执着的精神。同时使用各种简单的符号加以点缀,使得整个画面和谐而丰富。第 31—32 页内容是小鸡漂亮带领大家学习飞行,整个画面的线条柔软流畅,一边是放大的植物近景,一边是聚集在一起的小鸡们,既表现了动植物的细节,又凸显了小鸡们的众志成城,具有强烈

---

[1] 汤素兰,文;龚燕翎,图. 小鸡漂亮[M].济南:济南出版社,2017.

的艺术感染力。

三、共读的对话与思考

1. 问题设计："小鸡漂亮不想刨虫子和蚯蚓,它做了哪些事情?""当小鸡漂亮摔跤时,它有没有放弃飞行? 它是怎么做的?""当乌鸡白凤受到狐狸伤害的时候,小鸡漂亮是怎么做的?""如果你是小鸡漂亮、乌鸡白凤、其他小鸡,你会怎么做?"

2. 分角色表演该作品。

3. 该作品可以与多领域融合,拓展活动。如:(1)使用绘画、捏泥、手工制作等多种方式表现小鸡、鸡舍等,自由地选择材料进行设计,表达自己的感受和想法;(2)了解鸡的不同种类、基本外形特征和生活习性等,进一步了解野鸡和家鸡的不同;(3)与成人聊一聊各自的梦想,尤其是看起来不可能实现的梦想。

(解读人:胡媛媛、姚苏平)

282 《小蝌蚪找妈妈》[1]

一、内容介绍

《小蝌蚪找妈妈》(图 282-1)是著名的中国原创童话,讲述了春天的池塘里出现了许多小蝌蚪,它们在看到鸭妈妈后,也要寻找自己的妈妈。可是妈妈长得什么样子呢? 鸭妈妈说:"你们的妈妈有两只大眼睛,嘴巴又宽又大。应该就在前面不远。"小蝌蚪继续游,看到了鱼,鱼妈妈说:"你们的妈妈有四条腿,就在前面……"在经历的一个个波折中,巧妙地嵌入式介绍了青蛙的外形特征,小蝌蚪身体外形也逐渐发生变化,最后它们终于找到了妈妈,回归母爱亲情。

图 282-1

二、"图·文"解读

该书主要运用中国水墨画的表现形式,色彩浓淡相宜,画面中有留白,给人遐想空间,让人不禁想象那些未出现在画面中的景与物。故事结构重复,以"找错妈妈"的方式不断增加新线索而让读者保持阅读兴趣,画面呈现生动形象的动物特征,比较与辨认的认知过程,让读者感受到图文并茂的魅力。书中第 18—19 页采用全幅跨页的方式呈现,便于读者观察了解池塘动物栖息的环境,同时让读者感受到画面动态与静态的交融,呈现遐想空间,与作品名称呼应。

---

[1] 杨永青.小蝌蚪找妈妈[M].长沙:湖南少年儿童出版社,2020.

三、共读的对话与思考

1. 讨论话题："小蝌蚪长得什么样？它们找到妈妈了吗？""小蝌蚪在找妈妈的过程中，遇到了谁？这些动物与青蛙妈妈有什么一样，有什么不一样？""小蝌蚪的身体外形发生了怎样的变化？"

2. 多领域融合与拓展：与科学、语言等领域融合。说一说蝌蚪和青蛙的外形特征和生活习性；尝试创编，小蝌蚪找妈妈的过程中"找错妈妈"了，还有什么动物可以编进故事里；说说画画小蝌蚪的生长过程；选择角色表演故事；了解池塘里的动物和植物及其之间的关系。

3. 饲养并观察记录小蝌蚪的生长过程，形成小蝌蚪的系列观察记录本，了解小蝌蚪的生长及变化过程。收集、了解自然界中幼体与母体外表特征不一样的动物，尝试仿编或者创作故事等。

（解读人：田素娥）

283 《小老鼠又上灯台喽》[1]

一、内容介绍

《小老鼠又上灯台喽》（图283-1）的关键词是"又"，以传统民谣《小老鼠上灯台》为蓝本，对其进行再加工："小老鼠，上灯台，偷油吃，下不来。叽里咕噜滚下来。错！错！错！小老鼠，上灯台，找本书，啃起来。嘻嘻哈哈笑起来。"利用大家熟悉的传统童谣，加入猫、狗等动物形象，讲述了一群小动物在爬上灯台后，纷纷爱上读书的新故事。作品建构了童谣二次创作，贴合当下儿童生活的新景象。

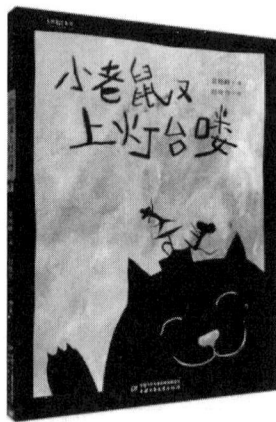

图283-1

二、"图·文"解读

该书在传统儿歌《小老鼠上灯台》的基础上，围绕"爱读书"这一中心，进行了全新创作。依旧采用押韵的童谣方式，让文字读起来朗朗上口、风趣好玩，符合幼儿阅读和念诵的年龄特点。除了基础的文字部分，故事中还有大量的动物的拟声词，通过叠加，与故事融为一体，增加了趣味，也让小动物们变得活灵活现，为图画书带来了特别的节奏感和动感。

书中的人物形象和画面大多采用剪纸、剪影的方式呈现，将民间童谣和民间非遗相结合，既有一定的趣味性，又有一定的传承意蕴。

---

[1] 袁晓峰，文；赵晓音，图. 小老鼠又上灯台喽[M].北京：中国少年儿童出版社，2018.

文字排版采用不规则的方式，像一个个跳跃的音符，让童谣的韵律感跃然纸上，也为平面的图书带来了一丝灵动。有些文字还会结合故事情节内容，变身成为画面的一部分。例如"啧啧啧，好神奇，故事里面有咸鱼。听得大猫流口水，听得大猫笑嘻嘻"部分，有一个页面是用"喵"组合成的咸鱼群，利用猫咪的拟声词组合成了鱼的形状，生动有趣。

三、共读的对话与思考

1. 问题设计："你在书的封套上看到了什么？封皮又有什么？""点读书名《小老鼠又上灯台喽》，灯台在哪里？又上灯台，去干什么呢？猜一猜？""从书里还传出'吱！吱！喵！喵！汪！汪！'的声音，是谁在叫？""故事里讲了什么事情？""你听到了、看到了哪些小动物？""你还听到了什么？""这本图画书的图画你觉得有什么特别的地方吗？""这样的图画你喜欢吗？为什么？"

2. 创意互动：后续可以和幼儿一起，分角色扮演不同的动物，将故事表演出来。或者模仿书中的绘画形式，采用剪影或皮影戏的方式将故事表现出来。

3. 思考：该作品采用了传统童谣新编的方式，为传统的内容注入新的血液。在我们的国家还有许多代代相传的民间童谣，我们也可以思考如何对它们进行再创作，将它们与时代、与当下儿童的生活进行联结，生成新的童谣。

（解读人：刘明玮、姚苏平）

284 《小马过河》[1]

一、内容介绍

《小马过河》（图284-1）是一则经典的童话故事：一匹小马想帮妈妈做事，驮起口袋前往磨坊，却被一条小河挡住了去路。河水是深是浅呢？牛伯伯说浅，小松鼠说深，小马犯难了，回去问妈妈。妈妈教它多动脑筋想一想，比一比，再试一试，就能得到自己的答案了。最终小马蹚过了河，原来河水不深不浅刚刚好。这个故事说明遇事要自己动脑筋，想办法克服困难，找到答案。

图284-1

二、"图·文"解读

该书主要采用蓝色、绿色等色调描绘，采用了年画的艺术表现形式，通过连环画般的叙事结构，传达出实践出真知的意蕴。画中小马的形象真诚、勇敢，极具感染力和生命力。第10页内容是小马听完妈妈的话后来到河边再次尝试下河，松

---

[1] 彭文席，文；陈永镇，图. 小马过河[M].武汉：长江少年儿童出版社，2020.

鼠和老牛在一旁劝告小马。画面背景主要采用了青草绿和翠绿色搭配，松鼠、老牛、小马的主体位置位于画面的三个角度，撑起整个画面，看起来饱满而美丽；其中睫毛、目光、肢体上的细微处等细节部位描摹得纤毫毕现，很有感染力。第 12 页内容是小马独自尝试下水过河，画面中绘者用了淡蓝色来表现水流，用多根白色的线条进行勾画，以右上角的黑色背景作为衬托，整个画面表现出水流的湍急，小马的肢体、微微下垂的脑袋、飞舞的毛发让人感受到画面的动态美。

三、共读的对话与思考

1. 问题设计："小马要帮妈妈做什么事？遇到了什么困难？""同是一条河，为什么老牛和松鼠对河水深浅的判断会完全不同呢？""读读妈妈说的话，你明白妈妈的话包含哪些意思吗？""如果小马再次遇到困难，它还会去找妈妈吗？""今后如果你在生活中遇到困难，该怎么办呢？"

2. 分角色表演该作品。

3. 该作品可以与多领域融合，拓展活动。如：(1)提供相关器械材料，创设小马过河的情境，供幼儿分组进行体育运动游戏，比如搬运物体过河，重点锻炼下肢力量和身体协调性、平衡性；(2)引导幼儿多观察图画中的小马、松鼠、妈妈等不同角色的表情，用自己的语言大胆猜测、表达人物的情绪和感受；(3)日常生活中，引导幼儿关注他人的情绪变化和实际感受，学习要多站在他人的角度考虑问题。

（解读人：胡媛媛、姚苏平）

285 《小蚂蚁大国王》[1]

一、内容介绍

《小蚂蚁大国王》(图 285-1)是"小小昆虫记"系列图画书之一，昆虫与人类具有相同的生态地位，是本书的核心价值理念。全书分为三个故事维度：第一个维度是小蚂蚁沉浸在自己"伞"的世界里；第二个维度是小蚂蚁热爱伞的背后其实也是在憧憬大人的世界，它想要长大；第三个维度是小蚂蚁实现魔法愿望变身国王后的心理变化，从而真正理解长大背后的意义。科普图画书穿上了童话的盛装，贴合现代儿童的趣味，能引领孩子们探索大自然的奥秘，具有教育性和趣味性。

图 285-1

---

[1] 魏晓曦. 小蚂蚁大国王[M]. 济南：山东科学技术出版社，2019.

二、"图·文"解读

该书以童话体裁为依托,将知识寓于情节当中,采用了水彩画的艺术形式,让孩子在或轻松愉快或紧张好奇的氛围中学习昆虫知识。作品主要以昆虫视角来观察自身的世界,呈现这些弱小生命的生活环境和状态,让昆虫的"思想"和"精神"显得弥足珍贵。第8—19页内容是小蚂蚁热爱雨伞,沉浸在雨伞世界里的场景。各种形状、颜色的雨伞,飘扬在空中,徜徉在海里,画面和谐而美妙,给人一种自由自在的感觉。而这里的"伞"是暗喻,象征着童心、童年,在这个片段中,小蚂蚁不屑于大人对"伞"的单一功能性定论,它有它自己独特的理解角度和观点,同时也提醒成人,要多以儿童视角发掘自然界的丰富多彩,给予孩子充分的想象空间,尊重童心,敬畏童年。

三、共读的对话与思考

1. 问题设计:"小蚂蚁喜欢什么? 雨伞可以用来做什么呢?""小蚂蚁遇到了魔法师,许了一个什么愿望?""小蚂蚁实现愿望了吗? 它开心吗? 为什么?""如果你是小蚂蚁,你会怎么做呢?"

2. 分角色表演该作品。

3. 该作品可以与多领域融合,拓展活动。如:(1)投放黏土、彩笔、颜料、彩纸等基础材料,鼓励幼儿使用多种方式表现蚂蚁、雨伞等故事中的内容,感受美与创造美;(2)引导幼儿收集过去的照片,围绕"成长"进行进一步调查、记录与讨论,初步了解成长的意义,丰富情感认知;(3)带领幼儿在户外寻找蚂蚁,了解蚂蚁的外形特征、生活习性等,同时可将其与其他昆虫进行对比观察,了解不同之处;(4)进行角色扮演游戏,引导幼儿在游戏中扮演自己想要成为的人,比如爸爸妈妈、医生、老师、警察、飞行员等,体验不同职业带来的不同感受。

(解读人:胡媛媛、姚苏平)

286 《小猫穿鞋子:动物的脚爪》[1]

一、内容介绍

《小猫穿鞋子》(图286-1)是一篇童话故事,以拟人的手法叙述了一只小猫通过自己的亲身实践,以及与公鸡、麻雀、大白鹅、小黄狗、猫妈妈的对话,明白了自己脚掌的重要用途,认识了独一无二的自己。文中语言生动活泼,刻画了小猫天真好奇、知错就改的可爱形象。该故事

---

[1] 人民教育出版社课程教材研究所学前教育课程教材研究开发中心.小猫穿鞋子[M].北京:人民教育出版社,2018.

选自人民教育出版社语文一室于 1993 年编印的"语文第二册自
读课本"《小猫咪穿鞋子》(故事集)。该故事告诉读者：不同物种
的脚掌有不同的特点和用途；无论做什么事都要懂得从自身特点
出发，不能盲目效仿。

图 286-1

二、"图·文"解读

　　该书主要采用了蓝色、棕灰色、黄色、红色等色彩混搭，部分
画面采用了拼贴与混合的艺术表现手法，十分贴近儿童的真实生
活，画面架构简单，色彩饱满，形态有趣，给人以童真的感受。第
6—7 页内容是小猫穿上鞋子后遇见了公鸡的对话场景。画面中
小猫的脑袋微微扬起、双眼闭起、尾巴上翘的形态，表现出小猫穿
上鞋子后开心得意的心理状态。一旁的公鸡抬起脑袋，用眼神注
视着小猫，显示出两个角色正在互动的场景。右边篇幅中大面积使用了留白，中间部分利用圆
形轮廓凸出公鸡用脚刨土找虫子的画面，可以看出作者想要引导大家重点关注脚，引发幼儿初
步的思考，使幼儿对下文产生了更强烈的好奇心。第 16—17 页内容是小猫依偎在猫妈妈身
边，趴在院子里，把四只脚掌贴在地上的场景。画面中，猫妈妈的神情十分慈祥温柔，小猫的神
情也十分放松，加上深绿色的背景色和月光、星空的衬托，整个画面静谧而美好。右边的画面
则突出刻画了地面抖动的场景，配上文字："别怕，是建筑工人在打夯哩！"图片和文字一一呼
应，令人感受到猫妈妈对小猫的耐心教导与呵护之情，令人动容。

三、共读的对话与思考

　　1. 问题设计："为什么小猫想要穿上漂亮的鞋子呢？""小猫穿上鞋子很高兴，遇到了谁？"
"小猫后来还穿鞋子吗？它的脚趾有什么作用呢？""公鸡、麻雀、大白鹅、小黄狗的脚掌有什么
不同的作用呢？"
　　2. 分角色表演该作品。
　　3. 该作品可以与多领域融合，拓展活动。如：(1)真实观察生活中的小狗、小猫、小羊等
动物的外形特征，了解它们脚掌的不同作用，丰富自己的认知经验，积累知识；(2)根据观察
的结果，使用黏土、绘画等方式细致刻画不同的动物，大胆表达自己的创作想法；(3)在科学
游戏区，利用相关游戏材料，比如根据脚掌的影子图片，进行一一配对，丰富经验。

（解读人：胡媛媛、姚苏平）

287 《小年兽》[1]

一、内容介绍

《小年兽》(图 287-1)是一个从儿童心理治疗的角度,对民间传说进行改编的童话故事。"年"本身就是一个孤独的怪兽,常会莫名地生气和恶作剧。不仅"年"自己不快乐,被它控制的人也不快乐,他们不仅会寂寞,还会烦躁,甚至暴怒。人们用放鞭炮、挂灯笼的办法把"年"吓跑,但这只是暂时的办法。要想真正摆脱"年",摆脱孤独,我们不仅要让生活充满喜庆的色彩,更要宽容大度,主动与人沟通。作品构思巧妙,从正反两方面告诉我们如何从孤独这个"怪兽"的控制中逃脱出来。与传说中的"年"不同,作品中的"年"是孤独的代名词,造型呆萌,令人同情。

图 287-1

二、"图·文"解读

该书的画面几乎没有空白,大面积填色的背景,将造型小巧的人物紧紧包围,背景色彩随人物心情的变化而变化,渲染了或压抑或喜庆的氛围。作者熊亮一反传统文化中视"年"为凶恶猛兽的认知,把小年兽设计成呆萌而孤独的形象,使小读者更容易接近它。如第10页中,"年"与小朋友们并排站立在右下角,静静地观察小朋友们的活动,说明"年"所代表的孤独就在我们中间,就是我们中的一员。作品语言简练,富有情感:如后半部分第二人称的转换,使讲述的语气亲切真诚,似与孤独者促膝谈心;又如尊称"年"为"一位",并没有把小年兽置于人们的对立面,而是与"年"和解,让大家不怕孤独,同时也让"年"摆脱孤独,成为"新年"。作品构思巧妙,让人有豁然开朗的感悟。

三、共读的对话与思考

1. 问题设计:"'落单'是什么意思? 落单的时候,我们的心情是怎样的?""怎样才能从'年'的控制中逃脱出来?""'年'都有怎样的心情? 你发现'年'在什么时候害羞了?"
2. 分角色表演该作品,让孤独的"年"变成开心的"年"。
3. 该作品可以与其他领域融合,拓展活动。如:(1)了解传说中"年"的故事,说说这些传说中的"年"与作品中的"年"有什么不同;(2)自己感到孤独的时候怎么办? 好朋友孤独的时候可以怎么做?

(解读人:丰竞、姚苏平)

---

[1] 熊亮.小年兽[M].天津:天津人民出版社,2018.

288 《小琪的房间》[1]

一、内容介绍

《小琪的房间》(图 288-1)是一个关于美德的故事。小琪有一个收拾得很整洁的房间,但是没有人知道这是妈妈辛劳的结果。小珍珠来小琪家玩,看到小琪整洁的房间很喜欢,回家后就以小琪为榜样,学习整理自己的房间。过了几天,小琪到小珍珠家去玩,看到小珍珠不但把房间整理得很干净,而且懂得随时收拾,保持房间的整洁。小珍珠对小琪说:"我是跟你学的。"小琪听了,很不好意思,回家以后也下了决心,开始自己动手整理房间了。这个故事谈到了"整洁"和"荣誉"。"整洁"是一种好习惯,"荣誉"靠自己的劳动得来才可贵。

图 288-1

二、"图·文"解读

绘者借助环衬页——胡乱丢了一地的图画书、小布熊、蜡笔和梳子——开篇,自然衔接到第 2—3 页内容:妈妈发现小琪的房间乱糟糟的场景。在正文开始前就介绍故事的主角,显得新颖有趣。故事里,妈妈常常替小琪收拾房间,为了凸显画面的"乱",绘者在图中画了许多东西,同时还把它们画在了本不应该放的地方,主旨表达清晰。第 34—35 页内容是小琪去小珍珠家做客后,自发地整理好了自己的房间,从画面可以看出,这些大大小小的东西和之前四处乱丢的东西是十分吻合的。因为幼儿的观察力是十分敏锐的,他们会关注到这些细节,所以绘者在勾勒的时候考虑得很细致周全。整个画面鲜丽明亮、细致缜密,给人温和、轻松的视觉感受。

三、共读的对话与思考

1. 问题设计:"小琪的房间怎么了? 有哪些东西乱糟糟?""小琪的妈妈是怎么帮助小琪整理房间的?""小琪的房间最后变干净了吗? 为什么?""你会整理房间吗? 你有什么好方法?"
2. 分角色表演该作品。
3. 该作品可以与多领域融合,拓展活动。如:(1)与父母共同在家整理房间,增进亲子情感交流,感受共同整理好房间的成就感,获得积极的情绪体验;(2)观察周边环境,与父母共同思考、制作合适的标记,学习掌握分类收纳的小技巧,提高生活自我服务能力。

(解读人:胡媛媛、姚苏平)

---

[1] 林良,文;庄姿萍,图. 小琪的房间[M]. 福州:福建少年儿童出版社,2015.

289 《小山羊和小老虎》[1]

一、内容介绍

　　《小山羊和小老虎》(图 289-1)用儿歌的方式,讲述了山羊智斗老虎的故事。儿歌表达浅显明快:"羊,羊,羊,一只小山羊。虎,虎,虎,一只小老虎。小山羊毛儿雪白雪白,叫起来:'咩咩,咩咩。'小老虎尾巴老粗老粗,叫起来:'啊呜,啊呜。'"优雅柔美的小山羊和活泼率真的小老虎一见面就共同戏耍,立即成为好朋友。但是回到家后,两位妈妈都大惊失色,告诉孩子对方是天敌,各自出了对付对方的主意。第二天,小山羊在 10 只大山羊的帮助下,把小老虎打得落荒而逃。这个作品最早是以彩墨画的形式,发表在 1962 年 3 月号的儿童期刊《小朋友》上;在 2019 版中提供了二维码,可扫码观看 2019 年版的线上资源。

図 289-1

二、"图·文"解读

　　该书的画面和人物造型充满舞台设计感。山羊穿着漂亮的披风斗篷,脸上的扮相类似花旦,眼神娇俏、姿态婀娜;老虎的妈妈穿白色毛茸茸的外套,戴着青衣式的头饰,神情凶恶、作派阴险;小山羊和小老虎斗争的高潮部分神似"全武行"大戏,出来斗老虎的大山羊们,个个儿头上扎着红头巾,排列、造型、舞步,以及场景设置都充满京剧的风味。对话体、拟声词的使用,使整个作品不拘泥于"斗争"的严苛,而展露出儿童友爱、率真的天性。

三、共读的对话与思考

　　1. 问题设计:"小山羊遇到小老虎,会发生什么事情?""你希望小山羊和小老虎继续做好朋友吗? 你觉得它们能够成为好朋友吗?""你如果遇到陌生人,会和他一起玩吗?"
　　2. 典型的三段式作品,有清晰的层次、结构,可以做成童话剧。
　　3. 续编这个作品:"小山羊和小老虎第三次见面会发生什么?"
　　4. 该作品是一本经典的儿歌图画书,对它的赏读可以与多领域融合。贺友直精妙传神的创意绘画加上鲁兵亦庄亦谐的儿歌抒写,让读者领略到母语的趣味和京剧文化的韵致,理解"天敌"的内涵。同时,作品中对小老虎的教训适可而止,一定程度上跳脱出仇恨教育,引发我们思考儿童乃至成人是否可以跨越身份和阶层结下友谊的问题。

(解读人:姚苏平)

---

[1] 鲁兵,文;贺友直,图. 小山羊和小老虎[M]. 武汉:长江少年儿童出版社,2019.

290 《好神奇的小石头》[1]

一、内容介绍

《好神奇的小石头》(图290-1)是一本融合了音乐和绘画艺术的互动图画书,用律动和想象力来讲述故事,以激发儿童的乐感和创造力。该书通过一个个不同颜色的石头将会变物体的猜想,引导读者翻页、揭开答案,形成游戏化的互动阅读体验。灰色的小石头会变成小老鼠,一直玩到妈妈来;黄色的小石头会变成大鸭梨,甜又脆,小朋友们排好队;粉色的小石头会变成小汽车,嘀嘀嘀,开到东来开到西……最后红色的小石头飘啊飘,变成热气球,带着朋友去遨游。该书通过不断变化石头的颜色,吸引小读者的阅读兴趣;将第二页石头部分设计成洞洞,激发小读者的好奇心和想象力,使其不断猜测不同颜色的小石头可能会变成什么,从而拓展想象力和推理力。

图 290-1

二、"图·文"解读

该书运用颜色加洞洞的设计方式,色彩简单、明确,"洞洞"镂空后的联想设计十分别致。第5页内容是呈现整页的黄色加文字"……接下来,他会变成什么呢?"。第6页呈现的是洞洞设计,在白色的纸张上镂空出一个椭圆形的洞洞,激发读者的想象力,并设置一定的悬念。在后面的两页,即第7—8页,第7页和第6页共用一个洞洞,洞洞正好呈现出第5页的黄色,与第8页的黄色部分恰好形成对称,第7页注解文字"大鸭梨,甜又脆,小朋友们排好队",第8页将小石头变成的物品形象呈现出来,设计巧妙。图画书最后附有歌词旋律乐谱,以及二维码,可以扫码让小读者听音乐,将音乐和故事相结合,激发儿童对音乐的兴趣,培养他们的音乐感知力,并通过视觉和听觉的结合丰富他们的阅读体验,不仅有助于培养儿童的音乐素养,还提供了启发性、想象力、推理力的阅读体验。

三、共读的对话与思考

1. 问题设计:"神奇的小石头变成了什么颜色?""灰色的小石头会变成什么呢?""看,小石头变成了小老鼠会做什么呢?""黄色的小石头还会变成什么呢?""画面中的红色小石头变成的热气球去干什么了?"

---

[1] 左伟.好神奇的小石头[M].广州:新世纪出版社,2020.

2．伴随音乐,分角色尝试表演小石头变成的形象。

3．该作品可以与多领域融合,拓展活动。如:(1)去公园、石子路寻找不同颜色的石头,看看现实生活中石头的不同颜色,猜猜它们能变成什么;(2)体验石头绘画,在小石头上用颜料或蜡笔添画上自己想象出的内容;(3)尝试根据自己认识的颜色,增加变色的小石头,再次发挥想象,尝试续编或创编故事内容;(4)制作小石头陈列墙,展示自己的绘画作品、不同种类的小石头以及一些科普性知识。

(解读人:史晓倩)

291 《小手小脚　好朋友》[1]

一、内容介绍

手和脚是人体最重要的器官之一,《小手小脚　好朋友》(图 291-1)一书将之描述为儿童日常生活中离不开的好朋友。小手和小脚能帮助我们做什么呢? 小手和小脚合作又能一起做什么呢? 该书用浅显易懂、儿歌式富有韵律感的语言,让幼儿在阅读的过程中了解与小手和小脚有关的"秘密"。

图 291-1

二、"图·文"解读

该书在刻画人物形象时采用的是黑色且流畅的粗线条,色调自然而明快,瓦蓝瓦蓝的天空、绿油油的草地、红色的滑梯,尤其是萌态十足的做游戏的小手小脚,使画面极具动态感,给人带来愉悦的感觉。该书的有些页面被平分成四个部分,分别呈现出四种对比强烈的色彩和四种不同动态的手和脚。简明的文字和图画的分别讲述不仅满足了幼儿对自己身体的好奇,也教导幼儿该如何保护自己的身体,做自己的"健康小卫士"。

三、共读的对话与思考

1．该书最大的特点是故事内容与幼儿的生活经验非常接近,让幼儿很容易产生代入感。可以通过以下几种方法帮助幼儿理解图画书的内容。(1)首先,开展问中读。可以根据书中的关键提问"小手宝宝在哪里呢?""为什么小手宝宝这么灵活呢?""为什么小脚宝宝这样有力?"引导幼儿在观察画面后表达自己的理解。(2)其次,读中玩。书中有参与故事情节的游戏互动页,不妨带着幼儿学一学小手小脚的动作,增加阅读的乐趣。(3)最后,还可以玩中学。本书内

---

[1]　崔玉涛,文;杨辉,图.小手小脚　好朋友[M].北京:北京出版社,2019.

容丰富,却深入浅出,教师可以迁移生活经验,开展"平时你是怎样洗小手和小脚的?""正确的方法是怎样的?""你洗对了吗?"的讨论和练习,帮助幼儿习得正确的洗手、洗脚方法。

2. 故事中气泡图中的语言以儿歌的形式展开,朗朗上口,能丰富幼儿早期口头语言和诗歌语言的表达经验。

3. 拓展:这是一本健康知识类图画书,蕴含了较为丰富的健康知识,可根据幼儿的关注点和兴趣点,组织开展关节的自我保护、烫伤后的处理方法、有力量的肌肉等拓展活动。

4. 该书很适合亲子阅读,成人也可以根据幼儿的兴趣拓展话题,如"动物的小手和小脚是什么样的呢? 与我们小朋友一样吗?",引发幼儿对不同动物的小手和小脚产生探究兴趣。

(解读人:顾明凤、姚苏平)

292 《小田鱼的好朋友》[1]

一、内容介绍

《小田鱼的好朋友》(图 292-1)讲述了小田鱼在稻田里"寻找朋友—不予理睬—主动帮助—互相成就—收获友谊"的整个过程,让孩子感受温暖的友谊,积累丰富的情感体验。同时,也让孩子在故事中进一步增长农作物生长的知识,知道稻田中可以养鱼,稻田为田鱼的生长、发育、觅食、栖息提供了良好的生态环境,熟悉稻鱼共生系统,贴近大自然,激发幼儿热爱自然的情感。

图 292-1

二、"图·文"解读

该书以有趣生动的故事为依托,将自然万物的知识渗透其中,采用了卡通画的艺术表现形式,刻画了具象的稻田、小鱼、白鹭等不同的动植物,线条流畅,富有童趣,让人陶醉其中。同时配以优美朴实的文字、有来有往的对话,引导孩子在故事中感受友情,自然地掌握自然知识。

第 9—10 页内容是小田鱼看到了水稻正在遭受害虫的啃咬,整个画面用绿色铺满,绘者为了凸显小田鱼的情绪状态,特别将小田鱼安置于角落里,细心放大刻画出了小田鱼眼睛中的忧愁、着急的神情,同时也将害虫、水稻等形象绘制得十分形象生动,利用了拟人化的手法,为水稻也画上了神情,最后在画面的留白处配上朴素的文字,将故事情节娓娓道来。

第 29—30 页结尾部分,画面描绘了秋天的景象,相比于之前盛夏里火辣辣的太阳、翠绿的稻田,绘者在这里使用了大面积的黄色,呈现出了一片秋天梯田里丰收的景象。画面架构上,绘者采用了从近到远的视角:近景刻画得十分细致,水稻从绿色的叶片变成了金灿灿的稻谷,

---

[1] 焦雯珺,文;张娜,图. 小田鱼的好朋友[M].北京:中国农业出版社,2018.

颗颗饱满,十分写实,美妙动人;远景是大片的梯田,其中还点缀了两个农民,增加了生活的气息,别有一番风味。末尾一句疑问,能引发孩子们更多的猜想和思考。

三、共读的对话与思考

1. 问题设计:"小田鱼遇到了谁?""小田鱼是怎样和水稻做朋友的?""最后小田鱼交到好朋友了吗?""如果你是小田鱼,你还想和谁交朋友? 你会用什么办法呢?"你觉得小田鱼怎么样? 请你试着评价一下它。""你有朋友吗? 在生活中你会怎样与朋友交往呢?""读完书,你有什么感受? 我们该如何保护生态环境呢?"

2. 尝试续编故事内容,并进行表演。

3. 该作品可以与多领域融合,拓展活动。如:(1)依照该作品内容,提供相应材料,比如画笔、彩纸、黏土等,鼓励幼儿进行关于故事情节的绘画或小田鱼的手工制作;(2)引导幼儿在日常生活中,关注和了解自然,察觉各种动植物的外形特征,习性与生存环境的适应关系,尝试将自己观察到的事物表达、记录下来,培养其初步的探究能力。

(解读人:胡媛媛、姚苏平)

293　《小喜鹊和岩石山》[1]

一、内容介绍

《小喜鹊和岩石山》(图 293-1)讲述的是小喜鹊阿利和岩石山的故事。阿利是第一只停在岩石山的小喜鹊,岩石山天天等着阿利到来,而阿利不只带来了精彩的故事,还带来了特别的礼物。光秃秃的岩石山,因为阿利的礼物,渐渐换上了光彩的衣裳……有了阿利的陪伴,岩石山不再孤单。这是一个充满爱与等待的故事,这个故事也告诉我们,朋友之间除了情感上的互相依恋,还应有实实在在的帮助,心中还要时常惦记着对方。读完之后,孩子一定会对友谊有更加深入的理解。

图 293-1

二、"图·文"解读

该书的主角,一沉静一灵动,一巨大一渺小,一亘古绵延一生命短暂,书中的文字语言精练沉稳,情节推展节奏合度,整个故事描绘得充满希望、鼓舞人心。

第 15—16 页内容展现出两个主角形象差异非常大:一个是来去自由、灵动欢快的小喜鹊,

---

[1] 刘清彦,文;蔡兆伦,图. 小喜鹊和岩石山[M]. 石家庄:河北教育出版社,2016.

另一个是沉闷安稳、孤独屹立的岩石山。两个原本毫无交集的"生命"，因为偶然，也因为对彼此的理解和信任，成了朋友。小喜鹊离开之后，岩石山等了很久很久。直到小喜鹊送来一颗绿色的种子，在角落里的一个土坡，画出了生命的充沛能量，整个画面线条充满了力度，刚柔相济，并有一定的层次和肌理感。色彩的运用上，大片荧光的色块中偶尔一抹类似中国泼墨画的笔法，画风宜中宜西。

第 25—26 页的画面中，树枝和绿叶环绕，露出了一片蔚蓝的天空，而天空的形状是爱心的模样。绘者以写实的花鸟，搭配抽象的远景，以柔软细腻的笔法，描绘出一个经历过创造后、充满爱的"家"的模样，这也是岩石山最终收获的幸福，而起因就是那只再也不会来的小喜鹊。

三、共读的对话与思考

1. 问题设计："小喜鹊飞到了哪里？岩石山是什么样子呢？""小喜鹊为岩石山做了什么？""岩石山最后变成什么样子了？小喜鹊怎么了？""你的身边有'小喜鹊'吗？他对你是怎样的呢？"
2. 精读其中一个段落并尝试分组进行角色表演。
3. 该作品可以与多领域融合，拓展活动。如：(1)播放关于朋友的乐曲或舞曲，引导幼儿与同伴创编动作，随乐舞动，感受与朋友在一起的快乐；(2)提供画笔和纸，鼓励幼儿围绕故事内容进行二次创编，并尝试在集体中大胆表达自己的创编内容，锻炼语言表达能力；(3)鼓励幼儿分享自己与朋友之间暖心的事情，并把想对朋友说的话用笔画下来，与同伴互送贺卡，增进情感交流。

（解读人：胡媛媛、姚苏平）

294 《小小的船》[1]

一、内容介绍

《小小的船》(图 294-1)这本图画书中汇集了《小小的船》《小白兔》《数鸭子》等一系列经典童谣，文字朗朗上口，同时配有精美的图画，呈现给读者一场充满童趣的视觉盛宴，能使人不禁一起诵读，回味熟悉的童年记忆。

图 294-1

二、"图·文"解读

该书中线条柔和、风格拙朴的绘画更凸显了童谣具有的欢快，补充了文字中没有描绘的情景。绘者采用各式各样的大面积插图来呈现童谣中的内容及细节。《小猫》的画面呈现出淡淡

---

[1] 启发文化，文；朱成梁，等，图. 小小的船[M]. 北京：北京联合出版公司，2020.

的水红色,没有墨线的高强度勾勒,有的只是或浓或淡的晕染,纯净而沉静,涌动着朴实的暖流。绘者以一种淡淡的、悠悠的晕染,刻画出一个童趣盎然的小猫。《数鸭子》的图文结构颇有特色,通过左右整合,有的鸭子在水中游戏,有的鸭子在草地上欢笑,有许多小朋友在桥上欣赏……多维度地表现出同伴在一起数鸭子的兴奋之情,连缀起一个上下左右空间呼应的热闹场景。

三、共读的对话与思考

1. 问题设计:"小猫的本领是什么? 梅花是什么?""猫长什么样子?""门前大桥上有什么?""鸭子长什么样?""数了几只鸭子?"

2. 仿编儿歌或童谣,可在此基础上配动作,大胆表演作品。

3. 该作品可以与多领域融合,拓展活动。如:(1)了解小猫、小鸭的外形特征、生长习性,并尝试用绘画、捏泥、手工制作等多种方式创作作品并展示;(2)结合数学领域,尝试制作关于点数配对、动物影子配对等不同的游戏材料,掌握数量关系,丰富认知经验。

(解读人:胡媛媛、姚苏平)

295 《小小虎头鞋》[1]

一、内容介绍

虎头鞋是一种中国传统手工艺品,因为鞋头是虎头的样子,所以被称为"虎头鞋"。长辈们送给孩子虎头鞋,是希望孩子们能够苗壮成长,同时也希望用形象逼真的虎头图案驱鬼辟邪,保护孩子没病没灾。

图 295-1

《小小虎头鞋》(图 295-1)把北方剪纸运用在图画书的创作上,用淳朴的民间童谣形式,把北方娃娃的生活描绘得活灵活现。浓郁的喜庆色彩,为图画书带来吉祥的寓意;虎头鞋的游戏,可激发幼儿的想象力和创造力;剪纸的灵活运用,给人以视觉上的艺术享受。

二、"图·文"解读

该书将图画与剪纸巧妙地结合在一起,用色大胆、造型别致,给人以极强的视觉体验。剪纸中隐藏了很多典故,如夸父逐日、精卫填海、寿星驾鹤等。剪纸形式也是多种多样,有套色剪

---

[1] 保冬妮,文;黄捷,图. 小小虎头鞋[M].济南:明天出版社,2018.

纸、单色剪纸,有团花、喜花、门笺,也有斗色剪纸等。同时,文字采用童谣的形式,朗朗上口。剪纸和童谣都是独具魅力的中国传统民间艺术,为孩子们呈现着独特的东方美感和韵律。

三、共读的对话与思考

1. 问题设计:"生活中,你了解多少中国传统手工艺? 它们分别有怎样吉祥的含义?"
2. 活动设计:家长和老师可以找一些简单的剪纸图案,让幼儿尝试剪一剪,也可以带着幼儿去周边拜访非遗传人,参观非遗展馆,感受传统文化的魅力。
3. 尝试用方言、普通话两种形式表演一个当地的童谣。

(解读人:杨晓可、姚苏平)

296 《小雪球的梦想》[1]

一、内容介绍

《小雪球的梦想》(图 296-1)讲述了一个小雪球为了实现自己的梦想,不怕困难险阻,不断滚动前行,在好朋友乌鸦的陪伴下,最终变成了大雪球的故事。一路上,他遇见破掉的大雪球、凹凸不平的怪雪球和正在融化的雪球……这些都让小雪球产生了迟疑、担心:如果他撞上了岩石怎么办? 如果他被太阳晒化了怎么办? 如果粘在那个凹凸不平的大雪球上,是不是会轻松一点儿? 彷徨之时他向小伙伴小乌鸦分享了这些心事,小乌鸦给了他鼓励和支持。小雪球实现梦想的方法是勇往直前,动力在于前行路上的友谊和信念。

图 296-1

二、"图·文"解读

该书画风淡雅,就像一幅水墨画,色调以蓝色和白色为主,场景就是雪地,故事里的人物也比较简单,除了小雪球、乌鸦,就是各种形状的大雪球。第1—2页的画面颜色以带有灰调的白色、蓝色、灰色、绿色为主,拟人形象的小雪球如同孩童般的表情变化,令人喜爱。第18—19页中,小雪球在滚动的过程中遭遇了失败和挫折,与好朋友小乌鸦在山洞里避雨,互相关爱扶持,画面的背景是灰色,有雨滴、冰山,显得沉闷;但仔细观察两位主角,小乌鸦紧贴在小雪球身旁,用大大的翅膀护住小雪球,让人感受到友情的弥足珍贵。淡色系画风笼罩了恬淡的氛围,文字朴素,情感动人。

---

[1] [韩]李载京.小雪球的梦想[M].郭磊,译.济南:山东画报出版社,2020.

三、共读的对话与思考

1. 问题设计:"雪地上有一只乌鸦,一个小雪球已经滚出一条细长的雪痕,顺着他们前进的方向,猜猜他们准备做什么呢?""用手触摸封面,有没有找到特别的地方? 小雪球和他滚过的路线、漫天飘落的雪花,这些地方的触感有什么不一样?""一起点读书名,小雪球的梦想是什么? 实现梦想的路上,小雪球遇到了哪些困难?""长大后,你希望自己是什么样? 你会怎样实现梦想呢?"

2. 分角色表演该作品。

3. 思考:观察作品中不同角色的表情,猜测他们的内心状态,讨论一下用什么样的话语交流更容易找到朋友。尝试续编故事:小雪球滚呀滚,还会遇到什么事情呢?

(解读人:胡媛媛、姚苏平)

297 《小雨后》[1]

一、内容介绍

《小雨后》(图 297-1)用朗朗上口的童谣勾勒出一幅美好的童年画卷,凸显了乡村孩童在春雨中惬意快乐的生活和天真愉悦的心情。细雨荷塘、一叶小舟、风吹落叶……勾勒出一幅"误入藕花深处"的奇妙画卷。整个作品体现了对历史的继承、对文化的坚守和对淳朴民风的回归,让现在的孩子了解大人们"小时候"的故事,同时也为世界各国的孩子打开一扇了解中国的小小窗口。

图 297-1

二、"图·文"解读

该书以童谣的形式配以稚拙的水墨画面,充满童真童趣,表现出中国特有的故事情趣和艺术意境。画面中大量留白的运用营造出雨后天空的清新纯净之感,扎着冲天辫的小女娃,泛着舟,游弋在或淡或浓的水墨江南。第3—4页以水墨画的形式呈现"小雨初停"的清新悠然、惬意闲适。简明的构图和稚拙的线条,将山村新雨后的诗情画意展现得淋漓尽致。封面、扉页与封底图画常被忽视,但是这本书中,作者会让美的细节、意境在此留存,并与文本内容进行关联。如封底内侧:细雨霏霏,空中云团透着淡淡的灰粉,青灰砖瓦房,炊烟袅袅,落红纷纷;家人做好了香喷喷的饭菜,小女孩闻着味儿就往家赶,凉爽惬意的江南水乡意境跃然纸上。作者充

---

[1] 周雅雯.小雨后[M].北京:天天出版社,2015.

分运用中国水墨画的特点,几幅没有人物出场的画面,寥寥数笔,留足想象空间,令读者仿若得见一家人其乐融融的生活场景。

三、共读的对话与思考

1. 问题设计:"远处游来了几只鸭子? 阿毛被什么吓得汪汪叫?""小雨滴找到了哪些朋友? 朋友们在干什么?""树枝除了做成战马、宝剑、弓箭,还可以做什么呢?"

2. 该作品可以与多领域融合,拓展活动。如:(1)了解下雨天雨滴的特征,利用彩纸、剪刀、黏胶等材料制作下雨天的作品,通过艺术的形式进行呈现,培养审美感;(2)结合当下季节,走到户外,比如用手触碰雨滴,用脚踩踩水,用容器接雨水等,分享在雨中游戏的感受,通过多种形式体验下雨天的有趣,了解、贴近大自然;(3)学习文中的象声词和动词,感受文中的段落及结构,体验语言文字的美,尝试仿编其中的段落,培养思维敏捷能力,锻炼语言表达能力。

(解读人:胡媛媛、姚苏平)

298 《小猪埃德加》[1]

一、内容介绍

《小猪埃德加》(图 298-1)以喜剧方式谈论了个体与群体的关系。本色各异的小猪,一致采取了自动、无条件地套上粉色小猪这个"标准形象"的"安全"做法,而肆意排斥以本来面目示人的小黑猪埃德加;埃德加渴望得到小猪群体的接纳,于是走上了同样的自我伪装之路。直到一场大雨"凑趣",让所有小猪同时洗去粉彩,还归本相,"身份危机"才顺利地化为乌有——甚至,实际上,画面中没有一只小猪真的是粉色的。这意味着所有小猪都摆脱了长久以来共同的秘密,结束了作假的窘境,皆大欢喜。

图 298-1

二、"图·文"解读

该书中的小猪形象设计出色,十分切合故事的喜剧氛围:虽有生动多样的表情,却又有同一类呆笨的面目,愚拙的外形,直白的行为。也正是因为秉性是一样的愚拙直白,在故事结尾,全体小猪暴露本来面目后,它们能够迅速接受,过渡到另一种其乐融融。这又进一步强调,小猪们虽然喜欢使坏,暗藏"不可告人的秘密",却仍然天真简单、心思单纯。这一事实,也能让小

---

[1] [法]阿朗·梅斯.小猪埃德加[M].董翀翎,译.合肥:中国科学技术大学出版社,2018.

读者得到情感上的安慰和鼓励。

三、共读的对话与思考

1. 有感情地朗读全书,重点是对话部分,着力表现:"小粉猪"的排斥异己、居高临下;埃德加的积极尝试、冷静思考;下雨后整个群体的慌乱;最后的皆大欢喜。

2. 讨论。一方面,小猪埃德加敢于行动,当感到孤独时,就出发去寻找朋友,试图融入小粉猪群体时,进行种种尝试,比如送礼物、把自己的皮肤涂抹成完全不同的颜色。如何评价它的这种做法? 另一方面,彩色小猪们各自明知自己其实不是粉色小猪,却结成了一伙,肆意排斥小黑猪,它们为什么要这么做?(发自内心觉得猪"应该"是粉色的。)你经历过一群人结成一伙排斥一个人的事情吗? 你怎么看这类事情?

3. 思考:中国小读者对这个故事的理解可以集中在"交朋友"和"做自己"两个要点上。小猪埃德加的性格积极开朗,面对小粉猪的排斥、歧视,并不自怨自艾、自我否定,而是专注于自己需要伙伴、想要游戏的真实愿望,积极尝试各种办法争取对方的接纳,并及时对行动的效果进行客观的判断。它的态度和做法,都是小读者自信面对外部陌生世界的榜样。

(解读人:盖建平)

299 《小猪变形记》[1]

一、内容介绍

正躺在地上休息的小猪感到非常无聊,当他跑出去找好玩的事情时,他碰到了正在吃树叶的长颈鹿,于是便萌生了一个有意思的想法:他找来了一对高跷,将自己变成了长颈鹿。可是这并没有让小猪感到快乐,他反而一不小心从高跷上重重地摔了下来。随后,小猪尝试变形成了河马、大象、袋鼠、鹦鹉,可都没有让小猪找到乐趣,直到最后,小猪遇上了另一只小猪,他变回了自己,在泥坑里找到了乐趣。小猪在不断的"变形"过程中,不但没有收获成就感,反而受到了动物们的嘲讽与奚落,直到最后在泥坑里肆无忌惮地玩耍、大叫,做回自己,才真正收获了乐趣。《小猪变形记》(图299-1)讲述的这个故事旨在说明,每一个人都是独一无二的,不用去羡慕他人,更不要去盲目模仿他人,做好自己,才能找到自己想要的乐趣以及幸福。

图 299-1

---

[1] 〔英〕本·科特.小猪变形记[M].金波,审译.北京:外语教学与研究出版社,2017.

二、"图·文"解读

该书是一本色彩鲜明的图画书，以蓝色为主调，辅以暖黄色，使画面温馨、明亮。每当小猪"变形"时，作者会给小猪单独设置一面空白背景，使读者更清晰地看到小猪是如何变形的，小猪的形象也愈发饱满生动。前环衬和后环衬中已经将故事内容暗示给了读者：前环衬中，小猪从一脸好奇看着所有他想要变形成的动物，到最后自己在泥坑中欢快地玩耍，整个过程中他都在不断地探索、尝试；后环衬中，所有动物与泥坑中的小猪相背而立，小猪依然在做自己喜欢做的事，所有动物的脸上也都洋溢着笑容，体现了该书的主题——"做自己，最幸福"。第 8 页中，小猪正在"变形"成斑马，通过图与文的滑稽对照，令读者对这只小猪印象更为深刻，同时也将斑马的特点凸显了出来。

三、共读的对话与思考

1. 问题设计："当小猪变形后，却受到其他小动物的嘲笑时，他的心情是怎样的？""小猪每次遇到其他动物，都会主动跟他们说什么？""小猪在故事里不停地变身，你是怎么看出来小猪变成了谁的？""如果你也可以变形，你最想变成什么？你要怎么变呢？为什么想变成他？""小猪变过好多小动物，那他最后是变成了谁，才找到了幸福和快乐的？""当动物们看到小猪找到了自己的幸福后，他们的心情是怎样的？"

2. 分角色表演该作品。

3. 该作品可以与多领域融合，拓展活动。如：（1）了解动物们的外形特征和习性，并能根据特征准确识别动物；（2）认识到做自己才是最幸福的，增强自信；（3）根据自己想要变成的物体的特点，自行制作变身道具，感受自主创作的快乐。

（解读人：黄欣、姚苏平）

300 《写给爸爸的纸条》[1]

一、内容介绍

《写给爸爸的纸条》（图 300-1）是一本儿童哲学类图画书，也是一本儿童心理自助图画书。主人公李豆豆的父母是医护人员，也是孩子心中的英雄。当疫情出现时，爸爸妈妈离家抗击疫情，孩子在家乖巧认真地生活游戏，展现了每个人对抗疫的不同支持。本书从孩子的角度，以一张张小纸条的形式，传递了孩子对爸爸妈妈深深的思念与关心。小纸条上的每一个字，每一个拼音，都承载着孩子对爸爸妈妈质朴的爱，让人感受到孩子内心情感的细腻。阅读这本书，

[1] 魏晓曦，文；吴斌，图. 写给爸爸的纸条[M]. 济南：山东科学技术出版社，2020.

小读者能隐约感受到爱是什么：爱是对父母离开的不舍，爱是隐约的担心，爱是对爸爸职业的崇拜，爱是等待和祝福。本书内容最大的特点是虚实结合，现实的生活加上想象的游戏，呈现了孩子认识世界、理解世界的方式，也唤醒了儿童的想象力和创造力。

二、"图·文"解读

该书中第 6 页的画面是孩子站在门口，张望远处，灯光照射出长长的影子。画面暗示出孩子对父母的不舍与内心的孤独。文字部分是对图画的补充，讲述了爸爸妈妈离开前发生的故事。图文的结合，更能让人感受到抗疫家庭的不易。第 20 页、第 21 页和该书的后环衬，有无数个做投降状的新冠病毒，还有小男孩和他的好朋友恐龙，他们神气十足地站在垂头丧气的新冠病毒中间，绘图和故事的内容相呼应，又让整本书充满了童趣。

图 300-1

三、共读的对话与思考

1. 问题设计："李豆豆想念爸爸妈妈吗？他在家做了哪些事儿？心情怎么样呢？""李豆豆的爸爸妈妈也会想念他吗？""当你思念爸爸妈妈的时候会怎么做？""如果让你写一张纸条给爸爸妈妈，你想写什么呢？""疫情结束之后，你最想和爸爸妈妈做的一件事是什么？"
2. 创设小医院的角色游戏区，收集所需的游戏道具，体验医生、护士的职业。
3. 思考：孩子能够通过想象游戏在自己的世界中找寻到与焦虑世界和解的途径。其实，我们每个人面对疫情时内心都有一些焦虑和恐慌，这些情绪也存在孩子的心中。如何才能察觉到孩子这些细微的情绪，引导孩子表达自己的想法与感受，梳理调节情绪的办法，是疫情期间成人需要思考的一个重要问题。"为爱前行"是对奋战在抗疫前线的人们的描述，"为爱留守"又未尝不是一种默默的支持呢！

（解读人：徐群）

301 《新说山海经：白鹿记》[1]

一、内容介绍

《新说山海经：白鹿记》（图 301-1）是选自中国神话源头之一的《山海经》的经典故事，用充满童趣的语言，讲述了一个善恶终有报的民间故事，体现着中国传统文化中淳朴的善恶观。在

---

[1] 张锦江,文；马鹏浩,图.新说山海经：白鹿记[M].上海：华东师范大学出版社,2019.

古老的上申山山寨中，叔公与他曾经救助过的、拥有神奇魔力的白鹿和丹木树相依为命。一天白鹿在河边汲水时，救助了被巨大鲶鱼拖下水的渔夫老猫头。老猫头昏迷不醒，白鹿前往蛇山，采摘到蛇含草，老猫头才得以还魂。不料，白鹿营救老猫头时惊醒了山中的独角怪兽，它不断偷吃用作山神祭的羊群，导致山神祭的祭品不足百只，这时老猫头竟然恩将仇报——提议用白鹿充当第 100 只祭祀的羊，好在山神及时赶到救下了白鹿，并把恩将仇报的老猫头变成了一只羊。

图 301-1

二、"图·文"解读

全书以白、绿、蓝为主，塑造了一个充满想象且神秘的神话世界；剪纸、水墨画、铅笔画等绘画形式混合使用，将中国传统色调及韵味展现得淋漓尽致。在前环衬中，绘者将叔公如何与白鹿及丹木相识的故事交代清楚的同时，还呈现了《山海经》中的其他一些怪兽，如，九个头的蛇、两个头的鸡等，以此逐渐向读者展开了这一神秘的世界。第 8—9 页中白鹿为救老猫头，在前往摘取蛇含草的途中，无意踩到了一块岩石，而这正是后来闯进山村，吃了羊羔的独角怪。该书的最后没有固定的结局，仅是以图画展现了山神与被抓来的羊羔在一起生活的场景。白鹿和叔公怎么样了？山神为什么要这么多羊？相信每一位读者都有着自己的想象。

三、共读的对话与思考

1. 问题设计："当叔公遇到弱小的白鹿正在被怪兽欺负时，他是怎么做的？""白鹿为了帮助老猫头，帮助山村的村民们，打败了巨蛇、海雕、独角怪这些怪兽，你觉得白鹿怎么样？为什么？""老猫头恩将仇报，被山神变成了羊，如果你是山神，你会怎么惩罚老猫头呢？""白鹿不管是在取蛇含草，还是在斗独角兽的过程中都遇到了巨大的困难，但是白鹿是怎么做的？""白鹿、蛇含草在中国神话中被赋予了神奇的色彩，那么你还知道哪些神话中的人物或事物呢？"

2. 分角色演绎该作品。

3. 该作品可以与多领域融合，拓展活动。如：(1)欣赏山神祭画面，观察画面中每个人物形象的不同，并尝试自由创作；(2)初步了解《山海经》，感受中国神话的底蕴与魅力；(3)与父母共同了解《山海经》中的一种异兽，并与同伴介绍交流；(4)师幼共同游戏，分角色扮演白鹿及怪兽，运用体育器械设置道路障碍，进行闯关游戏。

（解读人：黄欣、姚苏平）

302 《雪人》[1]

一、内容介绍

《雪人》(图 302-1)是一本非常有想象力的叙事童话图画书。小主人公看到雪人在春天里一天天融化,不禁"久久地想",从春天就开始期盼冬天:春天过得很慢,夏天太长了,秋天也不肯走……日子好长啊。念念不忘必有回响,美丽的憧憬,让小主人公做了一个美丽的梦。在憧憬中冬天终于到了,期盼的大雪终于来了,这次小主人公用心堆出了一个比以往都漂亮的雪人,最重要的是,她还给了雪人一颗红红的心——那是一个承载着几代人浓浓爱意的红苹果。有了这颗心,这雪人便有了心跳,有了生命,终于不会再融化了。作品的语言非常富有意境,风格平和、细腻而抒情,更多观照人物内心的情感,在娓娓道来中,营造出一种淡淡的情绪,既平静又饱满,富有语言的张力,将孩子淳朴细腻的心思层层展开,美好的情感令人动容。

图 302-1

二、"图·文"解读

该书是绘者贵图子图画书创作生涯的第一个作品,在绘画技法上花了许多心思。绘者以往最为常用的绘画颜料是水彩。水彩相对其他颜料而言,表达更为细腻和灵动。但为了更好地表达出一种孩童的朴拙之感,绘者采用了丙烯颜料来进行《雪人》的创作。选择自己并不算擅长的丙烯,在探索不够熟悉的颜料的过程中,把那种笨拙和新鲜劲儿都保留在画面里,恰恰很好地传达出了文本诗意、浪漫和质朴的情感。

三、共读的对话与思考

1. 完整理解这本图画书,可以从以下几方面入手。首先是鼓励孩子完整地叙述故事;其次是在画面中寻找孩子感兴趣的细节,并且围绕这些细节进行互动,鼓励孩子去进行发现;此后可以和孩子就某些问题展开讨论,比如:"雪人为什么在春天的时候会融化?""小女孩有什么想法? 她的愿望实现了吗? 怎么实现的? 这个红苹果有什么神奇之处?""想想自己身边有这样的'红苹果'吗?"

2.《雪人》这个作品能够为幼儿提供多方面的认知经验。首先,是对于四季轮回的认识,

---

[1] 金波,文;贵图子,图. 雪人[M]. 南京:江苏少年儿童出版社,2014.

直观感悟一年一度季节的变化，可以培养幼儿亲近大自然、热爱生活的情感。其次，通过对故事的深入理解和体会，激发幼儿对于更深层次生命意识的感悟。此外，本书的情感表达非常含蓄细腻，反复阅读有助于丰富幼儿的内心情感。

（解读人：陈文瑛）

303、304 《新学堂歌》（共两卷）[1]

一、内容介绍

从 2004 年起，谷建芬老师便陆续从唐诗宋词中遴选出一批适合当代少儿演唱的优秀的古诗词，谱写成节奏明快、易学易唱的"谱诗成曲"的儿歌系列。该套作品传承并进一步拓展了晚清民国时期兴盛的"学堂乐歌"的特点，可以让孩子更快乐地亲近、学习和传承中华文化经典。在此基础上，邀海内外华裔儿童插画家来创作图画，使《新学堂歌》（图 303、304-1）成为将诗歌、音乐与绘画融为一体的中国经典儿童音乐绘本，旨在"以诗歌亲近传统文化，用音乐陶冶儿童情操"。

图 303、304-1

二、"图·文"解读

画中有诗。该书的图画创作采用孩童视角，读者翻开书，即可感受到一名孩童用新奇眼光来观察他初体验的世界，领略四季、自然、劳动等的奥秘。画面生动温馨，色彩明亮活泼，线条圆润朴拙。《春晓》里春天早晨人们在户外运动的勃勃生机；《江南》里看到一群鱼儿游弋在一片荷花盛开的荷塘里的清新静谧；《悯农》里看到了辛勤劳动创造的富足美好；《清明》里的人扫墓祭祀，与祖先对话，唤醒家族记忆；《登鹳雀楼》感受登高远望，一眼尽收祖国大好山河美景……

诗中有歌。谷建芬老师将中国古诗词与现代伴奏、旋律相结合，创造出一种古诗新唱的音乐形式：使用一些模拟性的前奏、尾声以及形象的伴奏音型，并根据诗词本身意境，将西方管弦乐曲与笛子、琵琶、古筝等中国古典乐器结合起来，契合了古诗词朗朗上口、简洁明了的特点，旋律优美动听，节奏欢快活泼。如《游子吟》，前奏采用深情、舒缓、柔美的节奏，主歌部分歌词结尾采用延长符，营造了歌曲中的意境。《晓窗》节奏俏皮，先用鸡鸣声领起前奏，最后用"咕咕咕咕"拟声结束。

---

[1] 谷建芬,选编；蔡皋,等,图. 新学堂歌[M]. 石家庄：河北教育出版社；北京：北京联合出版公司,2014.

三、共读的对话与思考

《新学堂歌》内容丰富，有诗，有画，有歌，有乐，有故事，有文化。从"诗-画"角度、从"歌-乐"角度、从"故事-文化"角度来看，诗里、画里、歌里有诗的故事，诗外、画外、歌外有不同的人的故事。

1. 先问问幼儿知道哪些诗。列出诗目，挑出其中的一首，问幼儿在诗里发现了什么，如季节、人物、事件、物品、活动、故事等。根据发现，引导幼儿想象，说出自己所联想的事或物，并鼓励他们用绘画方式呈现。

2. 拿出一幅或几幅诗里的插画，请幼儿一起讨论，画里表现的是何时何地何人在做何事，然后给出几首诗词，请其选出一首和画面意境相匹配的诗词。

3.《新学堂歌》节奏感强，不少幼儿园、小学将其作为课间操曲目，得到了广大中小学生的喜爱。可以学习这些编舞动作，带领幼儿一起做，进而将《新学堂歌》里诗的意境，经由音乐，再经由肢体演绎出来。

4. 举办《新学堂歌》音乐会，请幼儿进行诗歌串烧演唱和表演。

（解读人：庄怀芹）

305 《雪人》[1]

一、内容介绍

《雪人》（图 305-1）是我国引进的一本著名图画书，讲述了在一个寒冷的冬天，一个小男孩和他的爸爸妈妈住在温暖的家里。清晨，他惊喜地发现外面下大雪了，他赶紧穿戴好衣帽飞快地跑了出去。他堆了一个大雪人。在深夜里，小男孩透过窗户发现这个雪人居然有了生命。小男孩邀请雪人到家里玩，雪人对一切充满好奇……雪人则带着小男孩飞到了漫天飘雪的天空，他们飞过山坡和原野……天蒙蒙亮，太阳就要出来了，雪人拉着小男孩飞回家。雪人站在屋外，小男孩回房间睡觉。一觉醒来，太阳早已出来，小男孩飞奔出去，窗外的雪人已经融化。

图 305-1

二、"图·文"解读

该书是一本无字书。全书采用彩铅画，表现了冬雪天的淡雅柔和，有一种朦胧美。通过图

---

[1]　[英]雷蒙·布力格.雪人[M].李明彝，译.济南：明天出版社，2009.

画传递了浓浓的情意,给人无尽的想象。作者依据故事情节采用不同的画面表现形式,如:小男孩把雪人带回家玩耍的情节,采用了多格画面,类似漫画,用连续的镜头展现人物的动作和神情变化;雪人带小男孩飞行在天空时,采用跨页或者单页的画面,给人无限的想象空间。在色彩运用方面,小男孩和雪人玩耍的情节,画面色彩比较鲜明,表明人物的快乐心情;当小男孩睡醒发现雪人融化,画面色调渐渐变得灰暗,显示人物心情变得低落起来,画面极富现场感。

三、共读的对话与思考

1. 问题设计:"这本书中的雪人是什么样子的? 他的身体看上去怎么样? 看到他的小眼睛了吗? 扉页上是大半身的雪人站立图像,是不是高大、可爱?""小男孩要去外面玩,妈妈同意了吗? 他穿靴戴帽,飞快地跑出去,跑得帽子都飞了,身后的妈妈有怎样的表情? 小男孩身后的雪地上留下了什么? 谁的脚印?""小男孩是怎么堆出高大的雪人的?""小男孩是怎么打扮雪人的?""小男孩看着堆好的雪人,心里可能会有怎样的感受?""夜晚,小男孩睡不着,小男孩发现雪人怎么了?""小男孩带着雪人做什么了?""雪人带着小男孩做什么了? 看到了什么?""小男孩和雪人在一起开心吗? 为什么?""太阳快出来了,小男孩回屋子睡觉,雪人在屋外,后来发生了什么? 你看到了什么? 小男孩心里可能有怎样的感受? 你心里有什么话想说吗?"

2. 拓展建议。(1)玩一玩。可以在冬天堆雪人,感受到雪的融化,体验堆雪人的快乐,关注自我的心理和情绪。(2)谈一谈。这本书的结尾,给人伤感,想象一下,雪人变成了……以此进行心理调适。(3)试一试。科学小实验,取自然界中或者冰箱中的冰,怎么做可以融化得快或慢一些?

(解读人:田素娥)

306 《岩石上的小蝌蚪》[1]

一、内容介绍

《岩石上的小蝌蚪》(图 306-1)是一个关于生命和诚信的经典原创童话故事,更是一个融合了语言美、形象美、意境美的生命故事。因为一个意外,两只小蝌蚪来到了岩石老公公身上的小水坑里,为了小哥哥的承诺,它们拒绝了小花狗和大花鸭的帮助,在烈日下苦苦等待,直到小水坑里的水蒸发完,也没能等到它们的小哥哥……故事中的小哥哥随口许下的一句承诺,却最终导致了小蝌蚪生命的结束。这则故事曾引发关于儿童文学价值观的讨论,例如儿童文学是否能表现悲剧、生命的消逝等问题。事实上,在儿童的生活中,对待更幼小的生命时,他们往往表现得比较粗心

图 306-1

[1] 谢华,文;俞理,图.岩石上的小蝌蚪[M].武汉:长江少年儿童出版社,2020.

大意。通过成人与儿童共同的阅读和讨论,我们希望引导所有读者都能珍视承诺,尊重生命。

二、"图·文"解读

该书画面以白、灰为主,偶尔穿插出现色彩强烈的画面,同时通过水墨与版画相结合的方式,带给人以强烈的视觉冲击。第23—24页,画面正中间升起的这一轮太阳,以及周围那夸张四射的线条,无不在诉说着温度的变化,也揭示了两只小蝌蚪的结局,画面充满着张力,与后面夜晚宁静的画面形成了对比。第27—28页,澄净的夜空让人从先前画面的燥热中脱身出来,故事在充满诗意的结尾中落下帷幕,延展页中的"好做个美美的梦……"一句,进行了波浪及延长的效果处理,给人以宁静及深沉的遐想……

三、共读的对话与思考

1. 问题设计:"故事里的小哥哥把小蝌蚪放在了岩石上,却忘记了。你有没有过将东西乱放的经历呢?""岩石老公公看到了小蝌蚪经历的所有事情,它有没有帮助小蝌蚪? 心情是怎样变化的?""小花狗、大花鸭发现小蝌蚪的困难后,有没有提供帮助? 如果是你遇到了这岩石上的小蝌蚪,你会怎么做?""你认为故事里的小哥哥做得对不对? 为什么?""你是否养过小动物? 有没有许下承诺,自己要照顾好它呢?""你有没有向你的父母、长辈、老师、同伴许下过承诺,你是否做到了?"

2. 该作品可以与多领域融合,拓展活动。如:(1)仔细观察作品中岩石的形状、色彩,尝试用水墨进行绘画,感受水墨画的韵味;(2)交流讨论,对于故事中的岩石老公公、两只小蝌蚪、小花狗、大花鸭、小哥哥的行为,你是怎么认为的? (3)与成人一起讨论"如何对待比自己更弱小的生命"。

3. 参阅书目134《两颗花籽找新家》,了解绘者俞理的创作风格。

(解读人:黄欣、姚苏平)

307 《羊姑娘》[1]

一、内容介绍

《羊姑娘》(图307-1)是一个关于太行山一个名叫"羊角村"的地方民间传说。一位医术高明的郎中救了一只受伤的小羊并悉心照顾,小羊很快得以康复。后来村子里来了一头怪兽,吼叫着要每家送一个孩子,要不然就毁掉整个村子。勇敢的小羊变成了一个漂亮的小姑娘去对付大怪兽,大怪兽被水冲走了,小姑娘也变回了羊的样子,准备离开村子。怪兽发现自己上当

---

[1] 李健.羊姑娘[M].乌鲁木齐:新疆青少年出版社,2015.

后又杀了回来，又是英勇的小羊挡住了怪兽的冲杀，与之同归于尽，一起变成了石头。村民为了纪念她，把这个村子改为"羊角村"。羊姑娘为了保护村子里的儿童而舍弃了自己的生命，她机智善良、勇敢无畏、知恩图报，令人动容。

图 307-1

二、"图·文"解读

该书是一本极具中国特色的图画书，它将古色古香、风韵独特的中国水墨画与饱含中国传统文化精神的民间故事完美融合，向孩子们展示了中国画古朴悠远的艺术美，也展示了中国传统文化的魅力。正文的第 1 页与第 37—38 页内容首尾呼应，利用图与文相互补充，第 1 页其实既是故事结束，也是故事的开始。第 7—8 页，怪兽出现，其占据了两页大篇幅的身躯，与只占右下角一小块地方的村庄形成了鲜明的对比，将这只怪兽的凶狠、强大暴露无遗，也从侧面讴歌了羊姑娘的机智勇敢、慷慨赴死的精神。

三、共读的对话与思考

1. 问题设计："郎中第一次看到小羊时，他们一家是怎么做的？""当怪兽来袭，村民们是什么心情？当怪兽被羊姑娘解决，村民们又是什么样的心情？""羊姑娘得知村民们有危险，她是怎么做的？""羊姑娘发现怪兽要伤害孩子时，她为什么要冲出来？你觉得她的心理是怎样的？"

2. 分角色表演该作品。

3. 该作品可以与多领域融合，拓展活动。如：(1)欣赏作品中的绘画场景，感受中国水墨画的独特韵味；(2)了解羊姑娘对付怪兽的办法，可以实际操作试一试泥地里的脚印、山谷回声以及水面镜子；(3)尝试创编故事，有没有更好的解决办法；(4)想一想自己在面对困难时，有没有主动去解决，并分享给大家听一听。

(解读人：黄欣、姚苏平)

308 《妖怪偷了我的名字》[1]

一、内容介绍

《妖怪偷了我的名字》(图 308-1)是一个关于拼音、名字以及勇气的童话故事。每个人都有名字，可一天醒来，全城所有小孩的名字都没了，不管是日常起居还是学习游戏都变得一团糟。原来，名字被山里的一个怪兽给偷走了，一个小男孩于是踏上了救回名字的旅程。一路上，他遇到

---

[1] 亚东，文；麦克小奎，等，图. 妖怪偷了我的名字[M].北京：化学工业出版社，2018.

了"四不像""闻云鹿""乌龟大仙""大巫""小巫"等妖怪,每帮助一个妖怪,就会得到字母,而这些字母组合起来正是小男孩的名字。他也成功救回了全城其他孩子的名字。至于偷名字的妖怪,小男孩和其他孩子也给它起了名字。《妖怪偷了我的名字》通过"偷名字"这个抽象的行为以及小男孩闯关冒险,让孩子了解姓名并建立自我认同:我们都是这个世界上独一无二、无可替代的存在。因为本书涉及一些拼音的知识,所以比较适合幼小衔接阶段的儿童阅读。

图 308-1

二、"图·文"解读

该书色彩丰富、画面饱满,每一页根据场景的不同会使用不同的色调,如:当说到"妖怪的城堡",便是阴冷的绿色;说到美梦时,则是鲜艳的彩色。让读者的情绪随每一页故事情节的变化而变化。在"乌龟大仙"这一情节中,引用了"龟兔赛跑"的故事,借此深入地告诉读者坚持的重要性。作品最后,给读者留下了一张白纸,邀请读者一同参与到给妖怪起名字的过程中,更好地激发读者的想象力和创造力。

三、共读的对话与思考

1. 问题设计:"你喜欢你的名字吗？ 如果没了名字,我们的生活会变成什么样?""当小男孩帮大家找回名字后,他是什么心情？ 偷名字的妖怪是什么心情？ 小男孩还做了什么?""小男孩旅程中第一个遇到的妖怪是谁？ 它们为什么要组合成四不像?""小男孩一路上遇到了哪些困难？ 他是怎么克服的?""如果你和同伴的名字被妖怪偷走了,你会怎么办?"

2. 分角色表演该作品;进行故事改编。

3. 该作品可以与多领域融合,拓展活动。如:(1)拼写自己的名字,将自己的名字代入故事,体验拼音的乐趣;(2)发挥想象,在给偷名字的妖怪取名后,将它的样子画下来,并与同伴交流。

(解读人:黄欣、姚苏平)

---

309 《爷爷的 14 个游戏》[1]

一、内容介绍

《爷爷的 14 个游戏》(图 309-1)是一本具有温度又充满童趣的图画书。春节刚过,当医生

---

[1] 赵菱,文;黄利利,图. 爷爷的 14 个游戏[M].南京:江苏凤凰少年儿童出版社,2020.

的爸爸和当护士的妈妈就去武汉抗疫了，家里只剩下爷爷和小女孩。小女孩不知道自己居住的这栋楼被隔离了，14 天不能出门。为了能让小女孩快乐地"宅"在家里，在这 14 天里，爷爷想出了每天和她做一个游戏的办法。小女孩扮演了医生、科学家、警察、军人、社区管理员、病人……每天都对即将到来的新游戏充满期待，并且从游戏中感受到在这场抗"疫"中，各行各业人员的艰苦战斗和无私付出。

图 309-1

二、文字作者创作谈

《爷爷的 14 个游戏》的创作灵感，来源于孩子们喜欢的角色扮演游戏。童年时的我，就很喜欢玩这样的游戏，常常集编剧、导演、演员于一身，给周围平凡的事物赋予神秘的色彩。如果孩子进入一个自己设计的游戏中，宣布"故事现在开始"，周围普通的物品就立刻登台了，焕发出充满趣味的光彩，就像《爷爷的 14 个游戏》中一样：孩子把一把汤勺当作电话，给楼下的樱花打电话；在客厅里用床单搭起帐篷；把一个玩具风扇当成直升机，从一个城市的上空飞往另一个城市……这些游戏，都是在被隔离的 14 天中进行的。

构思这本图画书时，我想，在一个特殊的封闭环境中，应该怎样呵护孩子天真灵动的心，帮助她顺利度过这段日子？首先浮现在我心中的，是一个画面：孩子穿着妈妈的白色短风衣，把自己打扮成医生的模样，手里拿着玩具听诊器，很认真地帮爷爷听诊——孩子在模仿当医生的爸爸，像模像样地给爷爷诊断，把这场角色扮演当成了一个很有趣味的游戏。在面对未知的病毒时，谁都会害怕，谁都会担忧。但即使如此，各行各业的人们仍然挺身而出，逆向而行，这不但是对职责的坚守，更是人性中展现出来的光亮与博爱——这就是普通人能成为英雄的伟大之处。我也希望，通过这个故事，在孩子的心中，播下兴趣、梦想与勇气的种子。因为，拥有梦想的孩子们长大后，会成为守护世界的人。

三、绘画作者创作谈

我决定用偏写实的淡彩绘画手法来表现这篇动人的战疫故事。温和恬淡的色调突出"我"始终被爷爷关爱和保护着，场景和视角的切换可以更准确地营造身临其境的游戏氛围，画面的收和放、松与紧赋予"我"和爷爷游戏的节奏和高潮，同时也是为了表现人物的情绪变化并突出主人公的坚韧勇敢。

（解读人：赵菱）

310 《爷爷的牙，我的牙》[1]

一、内容介绍

《爷爷的牙，我的牙》(图 310-1)一书中的"我"，在生日这天，和爷爷同时换牙，于是祖孙二人将爷爷掉落的下牙抛向房顶，将"我"掉落的上牙扔进水沟。接着，借助医生的帮助，爷爷和"我"都换上了新牙，一起品尝美食。作品通过爷爷和"我"两个人之间关于"掉落的牙齿"和"期待新长出的牙齿"的对话，展现了温暖的亲情，科普了换牙掉牙小常识，教育大家要养成保护牙齿的好习惯。同时，通过爷爷和"我"的掉牙对比，幽默风趣地展现了不同年龄阶段的牙齿特点。

图 310-1

二、"图·文"解读

该书采用跨页的形式，一开始整体呈现爷爷和"我"一起吃饭的场景，营造温馨的氛围，接着逐渐放大凸显爷爷和"我"的互动画面。在把牙齿扔向屋顶的画面中，更是放大了抛向空中的牙齿，强调了主题内容。图文相互补充，画面以暖色为主，线条流畅，文字朴实无华，开始部分与结束部分的文字前后呼应，也体现了换牙前后的变化。

三、共读的对话与思考

1. 问题设计："爷爷掉的牙和我掉的牙一样吗？哪里不一样？""谁的牙先长出来的？为什么他的牙齿长得快呢？""你换过牙齿吗？换牙的时候感觉怎么样？""爷爷的新牙是怎么换上的呢？"

2. 分角色表演该作品，扮演爷爷和"我"进行对话，从而理解牙齿的变化，感受亲情的温暖。

3. 该作品可以与多领域融合，拓展活动。如：(1)在游戏中操作牙齿模型，进一步认识牙齿的结构，了解牙齿知识；(2)自主制订爱牙护牙计划，并尝试进行打卡，养成保护牙齿的好习惯；(3)与父母一起制作保护牙齿宣传海报，体现牙齿在不同年龄阶段的变化，呼吁更多人爱护自己的牙齿。

(解读人：谢菲、姚苏平)

---

[1] 应璐,文;张卫东,图. 爷爷的牙,我的牙[M]. 北京:中国大地出版社,2015.

311 《爷爷一定有办法》[1]

一、内容介绍

《爷爷一定有办法》(图 311-1)讲述了一个流传已久的犹太民族的民间故事,故事分为明暗两条线索。明线讲述了爷爷给约瑟做的小毯子日渐老旧了,妈妈对约瑟说要把又破又旧的毯子丢了,但约瑟相信爷爷一定有办法。爷爷用自己的巧手把毯子变成了外套、背心、领带、手帕、纽扣。暗线是地下的小老鼠一家将爷爷裁剪下来的毯子边角料做成了枕头、衣服、床单、桌布等物品。

故事运用重复而又生动的情节和画面,呈现了爷爷的智慧,流露出温暖的祖孙之间的浓厚亲情。同时通过这个"共赢共享""物尽其用"的故事,呈现了犹太民族的勤俭与智慧的品质。

图 311-1

二、"图·文"解读

该书画面细腻、生动、传神。书的环衬画面是约瑟身上的那块布料,整个故事就以这块布料为线索,展开明暗两条故事线,在画面表达形式上分为上方和下方。画面上方的明线以毯子由大变小,串联起故事情节和前后画面。毯子的每一次变化都体现了爷爷的智慧,以及对孙辈的爱。画面下方的暗线处,小老鼠一家也非常有趣,它们也在用边角料快乐地忙着制作,充满温馨。明线暗线画面色彩和谐,主题一致,整体构图巧妙,双重线索尽显一家人的深厚情感。

三、共读的对话与思考

1. 问题设计:"爷爷把小毛毯变成了哪些物品? 多余的边角料去了哪里? 老鼠把这些边角料做成了什么?""为什么小毯子做的东西越来越小?""每次遇到难事,为什么约瑟相信爷爷一定有办法?""你觉得爷爷爱约瑟吗? 你从哪里感受到的?""约瑟应该感谢爷爷吗? 为什么?""为什么旧的东西可以不扔掉?"

2. (1)创编说说小老鼠一家后来的故事;(2)谈谈"你的爷爷或者其他亲人做过什么事让你感受到爱?";(3)创想"如果你是爷爷,你会把小毯子变成什么?",可以画一画,说一说;(4)手工创作,可以用生活中的废旧物品(空置的瓶罐或者纸张、布头边角料等)做成一个新的作品,体现环保的生活理念。

(解读人:田素娥)

[1] [加]菲比·吉尔曼.爷爷一定有办法[M].宋珮,译.济南:明天出版社,2013.

312　《夜晚的云孩子》[1]

一、内容介绍

《夜晚的云孩子》(图 312-1)描述了一个恬淡且充满诗意的童话,是"云孩子系列丛书"之五。夜晚来临,充满强烈好奇心与爱心的云孩子,去找她的兄弟姐妹们、天上的星星小朋友们和月亮阿姨以及鸟儿、炊烟、彩虹一起游戏。每到一个地方,云孩子总会有一些新的感受,也会有很多的思考与收获,书中的画面、语言带给了读者一个温馨、美好的世界。

图 312-1

二、"图·文"解读

该书以黑色、蓝色为主要基调,让人感受到夜晚的宁静,同时以树木、星光等作为点缀,让画面更加饱满,黑夜中让人感受到的不是冷和孤寂,而是温暖与希望。在第 4—5 页内容中,云孩子有着许多的兄弟姐妹和朋友,如"长雀斑的弟弟""皮肤像蛋清一样的妹妹",充满童趣及想象力的文字,使书中的每一个形象都栩栩如生,仿佛就在眼前。第 24 页中,文字与画面内容相互补充,黄色灯光中的家在黑夜中是那么醒目、温暖,不管云孩子到哪里,家总是她的归宿。

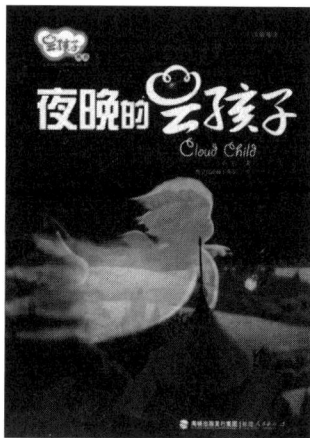

三、共读的对话与思考

1. 问题设计:"起初,云孩子独自生活时,她是什么心情?""当云孩子找到其他云朵、星星,甚至是花朵、鸟儿、白雾和她一起玩时,她又是怎样的心情?""云孩子都找到了哪些玩伴? 她们在一起怎么玩?""你和你的朋友在一起时,会玩什么? 有什么事情让你印象深刻?""你最喜欢云孩子的哪个游戏? 你会怎么去和她玩? 可以说一说,画一画。""云孩子回到了她温暖的家中,那么你喜欢你的家吗? 你觉得你的家是怎样的?"

2. 发挥想象续编故事。

3. 该作品可以与多领域融合,拓展活动:动手制作作品中或幼儿创编出的故事角色,尝试使用多种材料,体验不同材料的特性。

(解读人:黄欣、姚苏平)

---

[1]　小山,文;焦学红绘画工作室,图. 夜晚的云孩子[M]. 福州:福建人民出版社,2016.(书目 312《夜晚的云孩子》、331《云孩子在草原》是同一书系。)

313 《一点点儿》[1]

一、内容介绍

《一点点儿》(图 313-1)讲述了一个关乎亲情和成长的生活故事。随着二孩、三孩政策的放开,越来越多的家庭有了多子女的家庭结构。故事中,小南的妈妈又生了一个孩子。妈妈忙着照顾刚出生的小宝宝,没有时间陪小南。于是,小南学会了给自己倒牛奶、穿衣服、扎辫子……整本书描述了小南的成长过程,并且展现了小南和妈妈以及新生的小宝宝之间的浓浓亲情。温馨可爱的故事,不仅描绘了孩子成长的初体验,也帮助孩子学会独立、包容,以及如何接纳家中的新成员。

图 313-1

二、"图·文"解读

该书以暖黄色为主,以铅笔画的形式进行展现,给读者以舒适、温暖之感。书的勒口页,有一幅图画以及文字,正是小南与妈妈在故事最后部分的情景。此处的文字"一下下"和"大大"分别进行了缩小和放大的处理,让读者由衷感到小南的乖巧、成长以及妈妈对小南深切的爱。第 2—3 页,右边是小南与妈妈外出的完整图画,干净整洁,妈妈在抱着小宝宝的同时,目光是注视着小南的,她并没有因为小宝宝而对小南有任何忽视,配以左边的独白文字,故事的场景便如同电影画面般自然而然浮现在读者的脑海中。正文的最后一页,没有任何文字,但无论是小南与小宝宝玩闹的样子,还是两人的小衣服在风中飘荡的情景,都让人体会到了骨肉亲情的美好。

三、共读的对话与思考

1. 问题设计:"当家中多了一个小宝宝时,小南的心情是怎样的?""故事中,小南的妈妈有没有因为小宝宝的缘故,忽视了小南呢?""小南做了什么? 她为什么会去做这些?""小南喜欢小宝宝吗? 当妈妈因为照顾小宝宝而无法帮助小南时,她是怎么想的?""小南可以自己倒牛奶、系扣子、扎辫子、荡秋千玩,每当她独自完成一件事,她的心情是怎样的? 你能不能独自完成自己的事情呢?""你有没有哥哥姐姐、弟弟妹妹? 平时你又是怎么和他相处的?"

2. 该作品可以与多领域融合,拓展活动。如:(1)欣赏作品中的图画,尝试用彩铅进行绘画,感受彩铅画的特点;(2)尝试独立完成力所能及的事情,体验成功的自豪感;(3)与父母或兄

---

[1] [日]泷村有子,文;[日]铃木永子,图. 一点点儿[M]. 唐橙橙,译. 北京:光明日报出版社,2014.

弟姐妹共读作品,讨论书中的情节和自己的感受。

(解读人:黄欣、姚苏平)

314 《一封奇怪的信》[1]

一、内容介绍

《一封奇怪的信》(图 314-1)围绕一封"奇怪的信",讲述了一个馈赠与关爱的童话故事。年老的雷龙感叹自己孤单寂寞,慈母龙妈妈听到后,便请他帮忙送一封信,而这封信则是慈母龙妈妈众多蛋中的一个,请老雷龙送到北方森林给一位"慈爱先生"。此后,老雷龙一路上仔细呵护着这封信(慈母龙蛋),直至它变成了小慈母龙……整个故事,体现着浓浓的关爱,既有着慈母龙妈妈对老雷龙大费周折的关爱,也有着老雷龙对"信"(慈母龙蛋)无微不至的关爱。最终,老雷龙恍然大悟:这封"信"是慈母龙妈妈赠予他的爱心伙伴;而老雷龙一路的悉心呵护,也让他和小慈母龙之间有了亲密无间的情感。

图 314-1

二、"图·文"解读

该书每一页的内容,主体都十分突出;主要采用白、黄、绿三种颜色,彩铅、水彩、油画混合使用,给画面带来了丰富的色彩和质感,使故事也更加生动有趣。扉页上,与封面相比,老雷龙面前的"信"变成了小慈母龙,已经为故事结尾埋下伏笔;同时在书名的下方还多了一行字,即"学会关爱别人",开篇便点明了本书宗旨,帮助读者更好地理解本书。书中每一页文字的第一个字,都进行了放大及调色的处理,这种设计手法增加了作品的视觉效果和趣味性,也可以帮助读者更好地理解故事情节,并在视觉上形成了一种独特的排版风格。

三、共读的对话与思考

1. 问题设计:"当年老的雷龙经过慈母龙妈妈时,他是怎么想的?""慈母龙妈妈有没有帮助老雷龙? 她做了什么?""老雷龙最后有没有把信送到慈爱先生那里? 他还感到孤单吗?""慈母龙妈妈为什么不直接送一颗蛋给雷龙呢?""雷龙感到自己很孤单,为了送好这封信,不再孤单,他是怎么做的?""你身边有没有感到孤单的人,你会去关爱、帮助他吗?"

2. 续编老雷龙和小慈母龙回家路上的故事。

[1] 冰波,文;颜青,图. 一封奇怪的信[M].郑州:海燕出版社,2017.

3. 该作品可以与多领域融合，拓展活动。如：（1）仔细观察作品中这封"奇怪的信"，了解信的组成结构；（2）了解慈母龙和雷龙的外形特征和生活习性；（3）尝试自己设计，给亲近的人"写"一封信。

（解读人：黄欣、姚苏平）

315 《一个国王没有钱》[1]

一、内容介绍

故事发生在阿拉城，这是一个物资丰富，但就是没有钱的国家。从前，生活在这里的居民只能靠馈赠、借贷、抢劫的方式去获得想要的东西，直到米灰灰当国王后，才开始改进交易方式。从以物换物，逐渐发展到用"钱"购买，而钱也经过了糖果、贝壳、金币三种材质的变革阶段，逐步稳定下来。

有一位经济学家曾对 100 名 3—10 岁的儿童进行过调查，问他们的钱是从哪里来的。得到最多的答案是"钱是从妈妈的钱包里掏出来的"，其次是"钱是银行给的"只有 20%的孩子说"钱是上班挣来的"。《一个国王没有钱》（图 315-1）则用童话故事的形式讲述了货币的由来，帮助读者了解金钱的来源，进行早期的"财商"启蒙。

图 315-1

二、"图·文"解读

该书采用了较为明快的颜色，以水彩画的形式为主，画风童稚，色彩柔和，利于小读者们接受、喜爱。第 1—2 页内容，将阿拉城的样子以及这位没有钱的国王——米灰灰，完全地展现给了读者，配合左上角的文字，将故事背景交代清楚。"钱"字的放大处理，将这一关键字凸显出来，可以吸引读者注意力，辅助读者捕捉重点内容，也将本书的主题进行了强调。第 6—7 页内容，向读者介绍了居民们最初获取物品的方式，对馈赠、借贷、抢劫三种方式分别配以生活场景，便于读者理解吸收。在"抢劫"这一内容里，进行了注释，告诉读者这一行为是违法的，帮助读者树立正确的财富观。

三、共读的对话与思考

1. 问题设计："没有钱的时候，人们想要一样东西，他们可以通过哪些方式获取？你认为

---

[1] 余非鱼，文；惠迪，图. 一个国王没有钱[M]. 成都：四川科学技术出版社，2018.

哪些方式是可以使用的?""如果有同伴向你借东西,你会借吗? 如果你向别人借东西,但别人不愿意借给你,你又会怎么做?""你知道钱是怎么一步步变化过来的吗? 为什么当作钱的东西变化了好几次?""在生活中,你有没有想要的东西,你会用什么方法去得到它?""故事中,你知道有哪些行为是违法犯罪的吗?"

2. 该作品可以与多领域融合,拓展活动。如:(1)收集物品,如贝壳、瓶盖等,作为"游戏钱币",在游戏中进行交易;(2)在父母的协同下,树立良好的财富观念;(3)根据作品中的场景,分角色进行童话剧表演,并自己动手制作道具。

(解读人:黄欣、姚苏平)

316 《一个男孩走在路上》[1]

一、内容介绍

《一个男孩走在路上》(图 316-1)是一个关于给予和回报的清新故事。故事文字充满韵律,每一次交换物品时使用的重复语言,使儿童更易理解,朗朗上口。小男孩戴着新帽子走在路上,一路上遇到了小鸟、大象、小女孩、小熊,并一次次与他们交换手中的物品,一直到蛤蟆这儿换成了一首歌。小男孩边唱边走,歌声感染了经过的小动物们,最终风吹落了帽子,重回到小男孩手上。故事从蛤蟆出现时一分为二:前半段是给予,后半段是回报。向前走,是物质上有形的给予和帮助;返回来,是给予和帮助之后获得的精神上无形的愉悦和快乐。

图 316-1

二、"图·文"解读

该书画风清新可爱,形象生动,色彩丰富;配图运用拼贴、镂空等工艺,让这个有趣的故事更加引人入胜。每一次交换的物品都会被特意挖空,使下一页的图案可以正好印在要交换的物品上,具象化地表现了爱的传递和流转。文字部分与画面贴合紧密,相互补充,并随着图像改变排版方式(如贴着小路写成弯弯扭扭的一行)。对话部分的文字颜色为灰色,唱歌的拟声词会特意加大字号,起到提示作用。整本书色调清爽明朗,语言简单直白,非常适合小朋友阅读。

三、共读的对话与思考

1. 问题设计:"风把小男孩的帽子吹到哪里去了? 作为交换,小鸟把什么给了小男孩? 接

[1] 彭学军,文;瞿澜,图.一个男孩走在路上[M].南昌:二十一世纪出版社集团,2019.

下来呢？""小男孩最终拿到帽子了吗？想象一下，接下来他要戴着帽子到哪里去呢？"

2. 引导幼儿发挥想象，完成前后环衬的涂色。如果在班级阅读的话，可以组织幼儿模仿故事进行游戏，依次与身边的同学交换手中的物品。

3. 这本书不仅向幼儿强调了给予帮助，同时展现了帮助之后的快乐和收获，正所谓"赠人玫瑰，手有余香"。

（解读人：金典、姚苏平）

317 《一块小手帕》[1]

一、内容介绍

图 317-1

《一块小手帕》（图 317-1）以童话故事的手法，叙述了一块小手帕借风出行后，被小公鸡、小猴、小鹭鸶三个小动物送回的神奇过程。故事脉络清晰，形象鲜明，事件的发展让儿童充满期待。作品语言简洁易懂，活泼而富有童趣，不断循环的情节与语言，正是该作品的魅力所在，巧妙地契合了儿童喜爱重复的表现手法，不仅便于儿童理解，也便于他们在游戏中模仿与表达。作品形象且具体地阐明了"拾金不昧"的简单道理，与儿童生活密切相关。"这是谁的？我是要还给人家的！"这种榜样示范的力量是巨大的。

二、"图·文"解读

该书以水彩画的形式描绘出了各种动物的生动形象，灵气十足，每一页以几幅图表达出故事情节的推进过程。每一幅画都堪称佳品，无论是色彩的搭配还是形象的展示，都充分显现出中国水彩画细腻而俊逸的风格。作品色彩丰富，线条细腻，犹如一幅幅生动有趣的动画，流动性极强，深深吸引着儿童的眼球。每一页都以宫格的形式表现连续的故事情节，画面大小适宜。小公鸡的粉色、小猴的蓝色、小黄莺的黄色，其背景的变化，不断提醒着儿童关注情节的推进。画风活泼，观感极具美感。封面与封底是小动物们在绿色的田野里随着风儿追逐着小手帕的完整故事场景。前环衬是绿色的背景中突出了风儿的特写，后环衬是故事的延续，这群可爱的小动物们还会遇到更多有趣的故事……扉页中一块粉色小手帕随风飘落，简洁明了，重点突出。正文中图文搭配大小适宜，既有规律，又富有变化，三幅、四幅在一页凸显出故事的流动性，脉络清晰简明，让儿童一目了然。

---

[1] 刘坼. 一块小手帕[M]. 武汉：长江少年儿童出版社，2020.

三、共读的对话与思考

1. 问题设计："小公鸡、小猴、小鹭鸶捡到了手帕,它们是怎么做的?""如果它们最后没有遇到小黄莺,而小手帕又可能飞到哪里去呢? 可能被谁拾到了? 它会怎么做呢?""你捡到了某某同伴的东西,你会怎么办?"(鼓励幼儿创编出新的故事内容)

2. 鼓励幼儿尝试扮演故事中的角色进行对话。

3. 该作品可以与多领域融合,拓展活动。如:可依照该作品中精美的图画独立或合作进行二次创作,继续拓展新的故事情节,也可进行手工制作,还可以试验手帕在什么样的风中会被吹跑,怎样固定。

(解读人:黄翠萍、姚苏平)

318 《一条大河》[1]

一、内容介绍

《一条大河》(图 318-1)以第一人称的口吻开篇,神似母亲河在向孩子们娓娓讲述着自己动人的故事,按顺序对黄河的出生地、黄河第一弯、炳灵寺石窟,以及黄河穿过的,包括兰州、塞上江南——宁夏(2 个跨页)、成吉思汗的"宫廷"——鄂尔多斯草原、黄河入晋第一湾——老牛湾、黄土高原腹地——陕北、晋陕大峡谷两岸的黄土高原、壶口瀑布、黄河第一楼——鹳雀楼、晋陕大峡谷南端、古都洛阳南郊的龙门石窟、小浪底水利枢纽工程、中岳嵩山及其山麓的古迹、炎黄二帝纪念地——郑州、《清明上河图》的故乡——开封、五岳之首——

图 318-1

东岳泰山、黄河入海口——东营(2 个跨页)进行了重点描绘,地理、人文、民俗与风情等内容皆在 21 个大跨页中纤毫毕现。语言简洁,内涵丰富。壶口瀑布、陕北延安、黄帝陵、老牛湾等地精彩且具有地标性的形象,生动地展现了黄河的风貌。该作品采用双线叙述的方式:一条线是按照黄河由西向东的自然走向展开,另一条线则是以黄河沿岸丰富的文化标志为顺序。语言沉稳而平静,却在不经意间彰显了黄河厚重的历史底蕴和磅礴的气势。

二、"图·文"解读

该书以气势磅礴的壁画风格给读者带来强烈的视觉冲击,装帧精美,腰封上用简洁的文字

---

[1] 于大武.一条大河[M].北京:中国少年儿童出版社,2019.

介绍了作品的主题与成就，护封上是黄河的标志性景点——壶口瀑布，前环衬画的是黄河源头，土黄色背景中朵朵浪花似调皮的幼童在惬意地玩耍，后环衬给读者提供了一个完整的黄河流域图，介绍了黄河从源头到入海口的大场景，文字和简洁的笔触共同勾勒出重点建筑古迹和山脉等，如航拍般令读者意犹未尽。每一个跨页是一个完整的场景，颜色千变万化，中华民族的锦绣山河尽显眼前，美不胜收。作品中的画面气势磅礴，文字短小精悍，图中有小字标出地点名称，图文相互补充，让读者在欣赏美丽壁画的同时，又对黄河沿岸的地理环境产生了清晰的空间认知。

三、共读的对话与思考

1. 问题设计："你知道黄河是在哪里诞生的吗？她最终要到哪里去？""黄河一路经过了哪些地方？有哪些风景？你最喜欢哪一段？""看了这些图画后，你心中有什么感受？""看到大禹治水、成吉思汗、革命圣地延安、少林寺等画面后，你想到了哪些事？读了这本书后，你还想知道些什么？"

2. 成人与幼儿一起绘制黄河流域图。

3. 拓展：到沙水区玩挖黄河的游戏；尝试做黄河游玩的假期旅行攻略；吟诵有关黄河的童谣、儿歌等。

（解读人：黄翠萍、姚苏平）

319 《一条小小的，一块大大的》[1]

一、内容介绍

《一条小小的，一块大大的》(图319-1)通过双线叙事的方式，围绕一块肉展开故事。小男孩一家艰苦朴素，一天爸爸下班带回来一条小小的肉，妈妈挑灯设计了菜谱，但第二天肉不见了；小老鼠一家更加拮据节俭，一天鼠爸爸带回来一块大大的肉，鼠妈妈同样围绕这块大大的肉设计了菜谱，第二天肉也不见了。原来同一块肉给两个家庭带来了喜悦，只不过对小男孩家是小小的喜悦，对小老鼠家是大大的喜悦，最后他们都品尝到了肉的美味。双线穿插讲述故事的同时，引发读者深入地思考，感受对比背后所蕴含的温情，体验艰苦朴素、乐观知足、不怕困难、热爱生活等美好的品质。

图319-1

---

[1] 肖定丽，文；张卫东，图. 一条小小的，一块大大的[M]. 北京：中国大地出版社，2015.

二、"图·文"解读

该书色彩鲜艳,小男孩一家以黄橙色暖色调为主,小老鼠一家以蓝青色冷色调为主,对比鲜明,凸显差异。作品刻画小男孩家场景时是仰视视角,刻画小老鼠家场景时是俯视视角,画面从整体到局部,从小到大,逐渐突出故事主要人物。通过小男孩家和小老鼠家色调的对比以及肉的相对大小的对比,突出两者的差异,凸显肉对于小男孩家之"小"和对于小老鼠家之"大",更好地帮助读者感受到双线的对比,从中感受到温馨和睦的家庭氛围,从他们寻找这块肉的过程中体会珍惜食物的道理,以及乐观知足的生活态度和热爱生活的美好品质。

三、共读的对话与思考

1. 问题设计:"为什么说肉是小小的,又为什么说肉是大大的?""小男孩家和小老鼠家对这块肉做了哪些事情?他们为什么要这样做?""最后他们都吃到肉了吗?心情怎么样?""为什么一块普通的肉会让小男孩和小老鼠一家那么开心呢?"

2. 该作品可以与多领域融合,拓展活动。如:(1)尝试制作连环画,创编、续编故事内容,发挥想象力和创造力,表达自己对于该作品的理解与感悟;(2)将故事内容讲给爸爸妈妈、爷爷奶奶等身边人,一起说一说艰苦朴素的年代故事,然后和同伴进行分享;(3)尝试设计菜谱,自制一周食谱,并了解不同食材的营养价值;(4)开展"光盘行动",养成节约粮食的好习惯。

(解读人:谢菲、姚苏平)

320 《一万只鳄鱼》[1]

一、内容介绍

《一万只鳄鱼》(图320-1)讲述了一则有趣的童话故事:一只猴子玩耍时误入了鳄鱼群中,在遭到鳄鱼王威胁后,临危不惧,冷静地想出了妙计并顺利脱险。故事内容起伏跌宕,语言幽默,情节滑稽,非常符合儿童倾听故事时的心理期盼,猴子顺利上岸,死里逃生的结局让儿童深感满足。这个故事说明了:无论身处何种险境,都不能轻言放弃,要勇敢面对,动脑筋,想办法,克服困难;同时对愚蠢无知、狂妄自大、反复折腾的鳄鱼王表现出了莫大的嘲讽。故事情节张弛有度,节奏明快,深受儿童喜爱。

图 320-1

---

[1] 刘朱瞳. 一万只鳄鱼[M]. 重庆:重庆出版社,2018.

二、"图·文"解读

该书用水彩作画，线条粗放，颇有印象派风格，与故事中的角色身份很是吻合。正文以蓝色为底色，表现出江面的宽阔无边；鳄鱼王绿色的身体，身着白色外衣，其上勾勒出硬硬的黑线条；而小猴子的外形几乎与一个可爱的儿童相似，让小读者生出诸多代入感，仿佛那只聪明机智的猴子就是自己。所有的形象都在黑色的轮廓线外又勾出一圈白色线条，更容易使读者一目了然。每个跨页代表一个场景，图画撑满整个画面，带来很强的张力。作品的封面和封底合成一个完整的场景，愚蠢的鳄鱼王正在神气地指挥大家排成一排，让小猴数数，前后蝴蝶页采用的黄色空白纸，简单大气。扉页上的鳄鱼王已是一副被废黜王位后的落魄样了，更能引起儿童阅读的浓厚兴趣。

三、共读的对话与思考

1. 问题设计："什么叫作孤岛？"（与幼儿一起查阅有关岛屿的图片或视频，结合旅行经历，引导儿童尝试用自己的语言说出对小岛的理解。）"小猴子掉到了江里的木头上为什么没有沉下去？""如果小猴子一直被鳄鱼王困在小岛的树上会怎么样？""小猴子遇到危险会害怕吗？它是怎么做的呢？""鳄鱼王为什么被大家赶走（废黜）？""如果你是小猴子，你还会想什么办法脱险？""你是鳄鱼王会上小猴子的当吗？""如果你以后也遇到了困难，甚至遇到了危险，你会怎么做？"

2. 自主选择故事中的角色，尝试进行表演游戏。

3. 通过沉浮实验，感知木头在水中的特性；依照该作品用绘画演绎故事或进行手工制作，独立或合作创作图画书；了解孤岛的特征，在沙水区探究"孤岛"与"半岛"的区别。

（解读人：黄翠萍、姚苏平）

321 《一园青菜成了精》[1]

一、内容介绍

出了大门往正东，一园青菜在农夫走后开始了大战，它们个个成了精。在农夫回来后，一园青菜已然熟透⋯⋯《一园青菜成了精》（图 321-1）通过幽默风趣及夸张的表现手法、朗朗上口的儿歌语言，演绎了一个菜园里的热闹故事，给予儿童无穷的想象空间。

图 321-1

---

[1] 北方童谣；周翔，图. 一园青菜成了精[M]. 济南：明天出版社，2008.

二、"图·文"解读

全书主要采用水彩绘画手法,蔬菜被赋予了儿童的个性特征,显得欢快活泼,体现了中国民谣特有的生命力。通过大跨页来展现蔬菜军团的阵势,角色高低错落,大小间隔,如同音符般跳跃,既有欢快的节奏感,又具有乐谱的线性特征。组图呈现蔬菜的对阵,不同角色的体态和肢体动作活色生香,韵律感十足,仿佛是孩子们的游戏,又带有戏剧性的效果。

三、共读的对话与思考

1. 问题设计:"菜园在什么地方? 你从哪里看出来的?""园子里都有哪些蔬菜? 是什么样子的?""上面讲的是什么事情,你能看出来吗?""猜一猜它们会发生什么事情?"
2. 引导幼儿观察画面,发挥想象,表达故事内容,分组进行表演。
3. 让幼儿想象和讲述画面内容。在理解童谣内容的基础上,充分感受童谣有趣而充满想象力的风格,并乐于参与游戏。同时,通过多种阅读手段来理解图画书内容,了解故事,感受故事诙谐幽默的情节。在整个欣赏过程中,一直处于主体地位,积极互动和联想。

(解读人:周翔)

322 《一只蚂蚁爬呀爬》[1]

作者创作谈

《一只蚂蚁爬呀爬》(图322-1)讲述了一只蚂蚁的奇妙历险之旅。这是一只小小的蚂蚁,虽然小,它却想要经历大世界里的一切:到水里游来游去,到岸上蹦来蹦去,到树上跳来跳去,到天上飞来飞去,到草原上跑来跑去。于是,它经历了一次又一次的变形,从蚂蚁到鱼、青蛙、松鼠、鸟、狮子,最后决定重新做回自己。作品语言简洁,富于韵律,插图精致,细节丰富,带给读者成长与生活的哲思。

图 322-1

作品中,文字与图画共同织成两条叙事的线索。一是蚂蚁自由变形的显在叙事,一是蚂蚁自我努力的隐藏叙事。两条线索,一显一隐,一明一暗,同时构成一场视觉发现的游戏。两者的交织,可以做多重解读。故事里有两只蚂蚁吗? 它们是由同一只蚂蚁投射出的不同形象吗? 那么,哪一只蚂蚁代表现实,哪一只蚂蚁代表幻想? 又或者,我们每个人心里,从来都住着两只蚂蚁,一只用浩大的想象点亮

---

[1] 赵霞,文;黄缨,图. 一只蚂蚁爬呀爬[M]. 合肥:安徽少年儿童出版社,2020.

生活的平凡，一只在平凡的生活中编织着了不起的浩大。这两条线索对作品来说缺一不可，就像在我们的生活中，现实与幻想，愿望与行动，也是缺一不可。"想象"之我与"现实"之我合在一起，才构成了完整的生活，完整的人。这本图画书传达的生活感悟，唯有通过这两条线索的交织融汇，才能完整地传递出来。

这是一本特别适合问题式阅读的图画书，画面细节丰富，富于想象的留白。故事的插图中有不少贯穿首尾、富于回味的细节。一是蚂蚁的触角。故事里，每个蚂蚁的变形体——鱼、青蛙、松鼠、鸟、狮子，都带着蚂蚁的触角，这意味着此刻的变形体既不是蚂蚁，又是蚂蚁。我们不妨问一问孩子，故事为什么要做这样的处理？里面包含了什么样的意思？二是蚂蚁身体的方向。在大部分故事时间里，蚂蚁及其变形体相对于其背景，身体姿势是一直向前（向右）的。这是它行动的基本方向，也是故事气氛的一种暗示。偶尔，在遇到障碍的时候，蚂蚁及其变形体向前的身体会有一点等待的凝滞。当障碍变大，蚂蚁的身体方向也会出现较大的变化。我们可以引导孩子去发现这个视觉象征的意义。三是时间的变化。蚂蚁的这场旅行，从薄雾飘荡的清晨启程，到满月升起的夜晚结束，正好是一天。这一天时间和天光的转移变化，体现在每一页插图中：清晨、上午、正午、黄昏、日落、月出。一天是一个周期，既可以指自然时间，也隐喻着人生的旅程。最后的满月，是这场旅程圆满的象征。此外还有封面、扉页和内文的石头，封面与内文结尾处的地平线方向，都有着别样的解读空间。孩子可能会根据自己的观察，提出各种各样的问题。和孩子一起阅读和分析这些有意味的细节，不但可以培养他们阅读图画书的基础能力，也能促进他们发现、分析、理解、表达的能力。

《一只蚂蚁爬呀爬》是一个跟自我认识有关的故事。我们每个人都对当下生活充满了"别的"想象，但这个"别的"也许并不指向别处，而就在我们自己身上。对蚂蚁来说，蚁路的变形，追寻的本质其实并非另一个形象本身，而是它自己内在的愿望和力量。所以，变形不一定意味着你想成为另一个个体，而更可能暗指向你身体里另一个隐藏的自我。理解自己真正想要的是什么，你才会更懂得自己应该做些什么，就像故事里那只隐藏的蚂蚁一样。

（解读人：赵霞）

323 《医生到底是好还是坏？》[1]

一、内容介绍

《医生到底是好还是坏？》（图 323-1）是一个极接地气的叙事类作品，与儿童的生活息息相关。男孩迈克对自己即将要进行的疝气手术深感恐惧，想出了感冒、肚子饿等理由试图逃避手术，但最后还是在温柔的护士和医生的帮助下顺利完成了手术。经此一劫后，迈克犹如涅槃重生，从心底里升腾起强烈的自信与勇气，他的精神小幼苗也焕发出了勃勃生机，开始苗壮成长，

[1] ［斯洛文尼亚］花儿·索科洛夫，文；［斯洛文尼亚］彼得·思科罗杰，图.医生到底是好还是坏？[M].赵志伟，译.北京：作家出版社，2017.

这为迈克将来承受更多的风雨打下坚实的心理基础,也让小读者的"医院恐惧综合征"得到了巧妙的治愈。

二、"图·文"解读

该书大部分采用跨页的构图方式,色彩明亮,色调变化符合主人公迈克的心理走向。手术前迈克紧张的眼神、手术中手术室及医生手术刀的特写、手术后迈克轻松开心的表情等,都选用了儿童的视角,紧扣小读者的心弦。作品腰封上简洁而有趣的小画,描绘了医生给迈克检查及迈克躺在病床上的场景,吸引住了儿童的视线。封面上小小的迈克站在绿色的系缆桩上手拿画笔;左上角呈"投降"姿势的医生与护士,眼神中透出惊恐,似乎与即将手术的迈

图 323-1

克置换了彼此的心情。该书原版的名字是《啊!那些医生!》,前后蝴蝶页上画出的简笔画稚气十足,是迈克"我要把所有医生装进大船里,送到一个荒岛上去"宣言的真实写照,也与封面上医生、护士的表情相契合。"为什么要这样对待医生呢?"带着这样的疑问,小读者翻到扉页时,看到迈克穿着红色衣衫,露出惊恐的表情,无数只手伸向他,到底要将他拽向何处呢?带着强烈的好奇心,小读者翻开了正文,由远景拉到了迈克的房间,画面与文字相得益彰,互相补充,开始叙述一次有惊无险的迈克医院历险记。

三、共读的对话与思考

1. 问题设计:"你觉得迈克去医院时应该是什么样子的?""你怎么评价迈克?你觉得给迈克做手术的医生、护士怎么样?为什么?""如果你以后生病住院了,你会怎么做?"
2. 尝试扮演该作品的各个角色。
3. 学会关注自己的身体状况,坦然面对打防疫针或生病上医院等事情。

(解读人:黄翠萍、姚苏平)

324 《翼娃子》[1]

一、内容介绍

《翼娃子》(图 324-1)以男孩翼娃子的视角讲述了在南京打工的一家人辛苦但温馨的一天。来自农村的翼娃子一家人,为了在城里站住脚跟,每日起早贪黑地在小饭馆忙活。平凡且琐碎的日常流水账、父母流露出的温情细节,以及翼娃子异想天开的语句,都极为写实地刻画

---

[1] 刘洵.翼娃子[M].济南:明天出版社,2017.

了当下普通中国人忙碌、艰辛而又充满温情的日常生活，充满了令人动容的人间烟火气息。

图 324-1

二、"图·文"解读

淡而有味的文字、细致入微的图画以及平实严谨的图文关系，处处展现出这是一本难得的现实主义题材图画书。正是作者刘洵长时间与翼娃子一家的交流相处，才使得插图能够反映出许多真实的生活细节。贯穿全书的时间暗线在不同时钟上得以体现，记录了从清晨到晚上一家人的生活时间点。前后环衬的变化也是细节满满。挖空的辣酱和小菜罐、翻倒的牙签盒、便签上客人点的菜以及新完成的作文，让读者了解了翼娃子在家乡重庆的快乐生活以及对家乡的深深思念，同时也让人们看到了外来务工人员生存的艰难和不易。

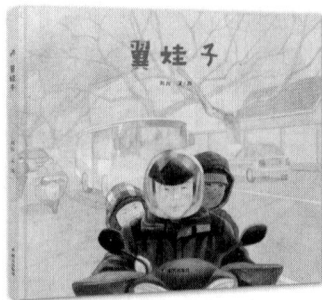

三、共读的对话与思考

1. 问题设计："为什么翼娃子不和爸爸一起骑电动车，而是和妈妈坐公交车去饭馆？""翼娃子的作文写完了吗？写的是什么？""看看墙上的钟，猜测一下，翼娃子的饭馆每天从几点开始营业，到几点下班？"

2. 作者在书中描写了很多地点上的细节。如果你是南京的小读者，可以抽空和家人一起去找找这家饭店在哪里。

3. 作者在书后写道："因为和翼娃子一家的友谊，因为童年时对父母的疼惜，因为如蝼蚁般卑微的异乡漂泊体验，我创作了《翼娃子》，在语言无法到达的地方，把真实的瞬间定格为永恒的画面。"这本图画书根植于现实生活，关注进城务工者及其子女的生存状态，具有普遍的代表性和一定的话题性，深具生活的质感和情感的力量。

（解读人：金典、姚苏平）

325 《妈妈，我从哪里来》[1]

一、内容介绍

对儿童进行性启蒙教育势在必行。《妈妈，我从哪里来》（图 325-1）正是一本满足这一需求的、有趣的、身体科普认知书，将父母相爱、生命的产生、胎儿的发育、婴儿的诉求表现、性别的差异、自我保护等以时间轴为序娓娓道来，中间自然合理地插叙动物的胎数、成人不同性别

---

[1] 袋鼠妈妈童书.妈妈，我从哪里来[M].南昌：江西美术出版社，2017.

的称呼等,最后回归到我们(儿童)长大后与异性相爱、结婚生子的美好轮回,既激发了儿童对未来美好生活的向往,又引导了儿童从小培养热爱、珍惜生命之情。作品将相对比较复杂的问题以儿童化的语言通俗易懂地表达出来,温暖形象,生动有趣。作品内容与儿童的精神成长密切相关,形象生动地回答了儿童的疑问,既让幼儿初步了解生命诞生、性别差异等知识,也有了自我保护的意识。

图 325-1

二、"图·文"解读

该书以印象派手法生动地用水彩绘出各种形象,虽简洁却能让儿童一目了然。色彩活泼、线条流畅,符合儿童视角;画面大小适宜,色调变化和谐统一。文字随内容的变化有大有小,重点突出。文字方向配合图画走向,便于阅读。图文相互补充,细节突出。

三、共读的对话与思考

1. 问题设计:"你知道了自己是怎么来的吗?""父母如此辛苦地养育了我们,我们应该怎样对父母呢?"

2. 鼓励幼儿开展娃娃家游戏,发生矛盾时寻求解决问题的办法。

3. 鼓励幼儿动手进行小鸡出壳的实验,探究生命的奇妙旅程,在观察、饲养小鸡的过程中体验生命的奇妙乐趣。将鸡蛋放置在身上,进行"护仔"行动,体会妈妈怀孕时的艰辛与不易,激发对父母的热爱之情。

(解读人:黄翠萍、姚苏平)

326 《勇敢的小米》[1]

一、内容介绍

《勇敢的小米》(图 326-1)讲述了一个幽默风趣的童话故事——小猫小米的故事。小米不害怕看医生,敢走高空绳索,敢拉老虎的尾巴,敢在深夜的树林里像大野狼一样嚎叫,敢在庄严的王宫里跟国王大喊大叫,敢独自在大海上航行,敢在奔跑的马背上倒立,敢和鸵鸟比赛跑,敢和长颈鹿比身高,整个街区的野猫都害怕它。故事到这里,让儿童对之后小米更为勇敢的行为充满了期待,却不料,结局却急转而下,"勇敢的小米却害怕老鼠",这种有悖生活常规的结局会让人难以置信,继而哈哈大笑。作品语言短小精悍、形象生动,故事情节滑稽幽默、富有童趣,

---

[1] 徐烁. 勇敢的小米[M]. 沈阳:辽宁科学技术出版社,2020.

令儿童回味无穷。作品中勇敢的小猫对老鼠的恐惧，抚慰了儿童心理中的某些缺憾："你看，这么勇敢的小猫竟然害怕老鼠，我平时怕黑……也是可以原谅的。"每个人都有自己的弱点、软肋，坦然面对、适度调整，是成人和儿童都应有的生活态度。

图 326-1

二、"图·文"解读

该书以写实的手法，用水彩颜料细腻地描绘出了小猫小米及其他动物的形象，尤其是小米，似乎身上每根毛都清晰可见，极其生动逼真。以两页打开后成为一幅画的形式，给孩子带来了完整而美丽的视觉效果，每幅画的色彩、线条、方向、视角都极为精致，画面大小适宜低幼儿童阅读，文字虽少，但每幅画都给孩子留下了无限的想象空间。

三、共读的对话与思考

1. 问题设计："你从哪里看出小米不怕狮子医生？""小米是怎么在绳索上走的？""它拽老虎的尾巴时，老虎是什么表情？""小米想了什么办法和鸵鸟赛跑，和长颈鹿比身高？""你是喜欢勇敢的小米还是胆小的小米？为什么？你有办法让小米不怕老鼠吗？""你有什么特别害怕的事情吗？"

2. 鼓励幼儿尝试扮演勇敢的小米和胆小的小米。

3. 思考：尝试发现生活中还有哪些事情，有个令人意想不到的结尾？对自己十分害怕的事情，是一定要"克服"呢？还是适可而止地回避呢？成人和幼儿都可以讨论一下这个问题。

（解读人：黄翠萍、姚苏平）

327 《有了新宝宝，你还爱我吗？》[1]

一、内容介绍

多子女家庭结构对于每个头生子来说，是需要经过一定的心理调适的。头生子们试图得到一个明确的答案：父母还会像此前"独生子"状态时那样把全部的爱投注在自己身上吗？但父母往往忙于照顾幼小的孩子，而忽略了对头生子的心理照护。同时对头生子的负面情绪也是一筹莫展，无计可施。《有了新宝宝，你还爱我吗？》（图 327-1）这一充满温情的童话故事，巧

[1]　[美]卡罗·罗斯，文；[美]丹尼尔·豪沃思，图. 有了新宝宝，你还爱我吗？[M].北京：商务印书馆，2017.

妙地化解了家长和孩子共同面对的心理焦虑,让孩子心中的石头落了地,继而会给家庭带来更多的欢乐。

二、"图·文"解读

该书用细腻的笔触生动地描绘出了猫、兔、鼠、北极熊、鸭子五对动物母子的形象,最为精妙之处在于母子之间的眼神定位,妈妈的眼睛一直都温柔地注视着自己的宝宝,而宝宝总是依赖地望着亲爱的妈妈,逼真的形象、明亮的色彩,都给读者带来了美好的享受。作品图与文相互补充。文字语言优美,以"(某小动物)挤在妈妈怀里,甜甜地问道:'妈妈,如果你有了新的小(动物),你还会爱我吗?'"这样的句式,通过五种小动物完全相同的问话,表现出了儿童内心深处的焦虑与期盼。而五个动物妈妈五次回答"当然了⋯⋯",已经使儿童的焦虑得到了缓解。最后落脚到儿童自己身上,仍然是相同的问话和相同的回答。当小读者读到这里的时候,内心深处已经升腾起了对母亲的极度信任和对未来弟弟妹妹到来的殷切期盼。赶走了内心阴影后,儿童会变得更加充满爱心,不仅做好自己力所能及的事,还能主动帮助爸爸妈妈照顾自己的弟弟妹妹。

图 327-1

三、共读的对话与思考

1. 问题设计:"宝宝们为什么都喜欢'挤'在妈妈怀里? 为什么总是问妈妈同样的问题?""你最喜欢哪个宝宝的问话? 你最满意哪个妈妈的回答? 为什么?"
2. 鼓励幼儿尝试扮演不同的小动物,感受其内心深处不同的需要。
3. 思考:如果你要当哥哥或者姐姐了,你会问妈妈同样的问题吗? 如果你有哥哥姐姐,你怎么向他表达爱?

(解读人:黄翠萍、姚苏平)

328 《幼儿园,我来了》[1]

一、内容介绍

《幼儿园,我来了》系列(图 328-1)一共有八个作品,对应幼儿在幼儿园生活的方方面面。《如果你不想去幼儿园》中的鳄鱼妈妈巧妙地用幼儿园中有趣的同伴、好吃的食物,激发了小鳄鱼上幼儿园的兴趣。《妈妈会来接你的》中可爱的小松鼠不仅自己不哭,还安慰同伴,让小老鼠

---

[1] 解旭华,文;王梓又,图.幼儿园,我来了[M].北京:天天出版社,2017.

学会了在心里想妈妈。《躲开那条小恐龙》提醒儿童既要学会如何躲闪，同时也要注意尽量不撞到别人。《爱咬咬的小老鼠》引导幼儿要学会用"说话"解决与同伴之间的冲突，不能咬人。《这是我的名签》以小刺猬和小鹿穿错了衣服，从而引入名签的概念，让每个孩子学会通过名签辨认、管理自己的物品。《奇怪的早餐》让儿童明白既不能吃别人的饭菜，也不能挑食。《小老鼠的秘密》再现了幼儿尿裤子的场景，告诉幼儿这不是"羞耻"的事情，而应该向老师求助，老师一定会帮助自己的。《今天谁来接我呢？》让幼儿认识到不能跟陌生人走，要学会保护自己。这套书不仅帮助小班幼儿有效解决各种问题，也助力家长学会理解儿童，帮助儿童克服在小班所遇到的各种问题。作品的语言生动有趣，场景感较强，易被儿童接受，是一套适合小班亲子共读的书。

图 328-1

二、"图·文"解读

该书采用铅笔画、蜡笔画、水彩画相结合的手法，色彩活泼，线条走向流畅，形象轮廓清晰分明，画面大小适宜。文字随图像走向放置在不同的位置，图文互补，便于幼儿理解。作品内容与小班幼儿的一日生活密切相关，能帮助教师引导儿童有效克服分离焦虑，学会自我保护，并与同伴友好相处，等。

三、共读的对话与思考

1. 问题设计："如果你是小鳄鱼、小老鼠、小恐龙……你会怎么办？""你喜欢故事中的谁？为什么？""你觉得你像故事中的谁？"

2. 鼓励幼儿尝试根据作品内容或改编后的内容玩表演游戏。

3. 思考：在一日活动中，学会不挑食，自己的事情自己做，管理好自己的物品；与同伴友好相处，不攻击别人，不冲撞别人，不跟陌生人走；学说故事中的对话；通过阅读，感受生动有趣的动物形象、色彩美丽的构图等。

（解读人：黄翠萍、姚苏平）

图 329-1

329 《雨龙》[1]

一、内容介绍

《雨龙》(图 329-1)讲述了一个充满传奇色彩的民间故事。阿宝在打柴的路上捡到一颗红珠子,这颗宝珠能使米缸装满米、钱罐装满钱,阿宝经常用宝珠去帮助乡亲们。很长时间都没下雨,庄稼枯死了,河流干涸了,而宝珠也吸光了所有的水。阿宝在寻求雨龙的路上帮助了巨蛇、鲤鱼、梅花鹿、山鹰,并得到了它们的礼物。为了不让宝珠落入红鬼之手,阿宝果断吞下了龙珠,变成了一只雨龙,为人间带来了甘霖。故事情节完整,跌宕起伏,扣人心弦;语言浅显易懂,朗朗上口。

二、"图·文"解读

该书运用水墨画的风格进行描绘,线条粗犷有力,色调厚重,人物刻画细节分明,画面重点突出,完全符合儿童审美。画面时而跨页,时而特写,给小读者带来了强烈的视觉冲击。文字内容结构简洁、易懂,句式在多个场景中重现:"你知道雨龙在哪里吗?""如果你⋯⋯,我就告诉你。"多轮循环的对话使读者对情节的变化脉络产生了清晰的认知。

三、共读的对话与思考

1. 问题设计:"阿宝捡到珠子后,发生了什么事?""阿宝为什么要去寻找雨龙? 在找雨龙的路上,他遇到了谁? 发生了什么事?""阿宝变成雨龙后,给人们带来了什么好处?""你喜欢阿宝吗? 为什么?"

2. 鼓励幼儿尝试进行角色扮演。

3. 在生活中尝试运用"如果⋯⋯,就⋯⋯"的句式进行表达。

(解读人:黄翠萍、姚苏平)

[1] 李健.雨龙[M].乌鲁木齐:新疆青少年出版社,2015.

330 《云朵一样的八哥》[1]

一、内容介绍

《云朵一样的八哥》(图 330-1)以第一人称的口吻,用散文诗般优美的语言叙述了一个浪漫的童话故事。一只漂亮的八哥,遇到了充满爱心的人们,就开心地住了下来,可是,骨子里对自由的向往,总让在笼子里的它唱不出快乐的歌。当它被人们放归山林后,终于重新变回了一只云朵一样的八哥。明线是叙述八哥突破牢笼、获得自由的过程,暗线则是鼓励儿童走到美丽的大自然中去,追求自由的心灵与宽广的胸怀,享受美妙的生命。语言精练,浅显易懂,富有童趣。

图 330-1

二、"图·文"解读

绘者郁蓉将铅笔线描画和剪纸艺术完美地结合在一起,将一只渴望蓝天、向往自由的八哥刻画得活灵活现,让人感觉这只八哥是关不住的,因为它的每一根羽毛都闪耀着自由的光辉。作品的表现手法中西兼容,西式的造型以中式传统剪纸艺术表现出来,彩色铅笔画出简化的线条,形成整体轮廓,用黑色单色剪出人物、动物和场景,彩色铅笔的色彩变幻与剪纸的黑白效果,使画面活泼而不失沉稳。跨页铺成一幅完整的画面,使读者视野丰富开阔,细节清晰完整。每一页都会吸引儿童好奇的目光,值得儿童细细品味。作品的封面与封底浅棕色的底色上,用丰富的黑色剪纸完整表现出一只八哥自由地飞翔在树林间,装帧美观大气,前后蝴蝶页则是用细腻的铅笔线描画出鸟儿与鸟笼,儿童画的风格吸引了孩子的目光。扉页中的人物与八哥的剪纸画及铅笔勾勒的鸟笼和衣服的图案,把儿童拉到了自己生活的世界。正文中文字在图画中的位置变化带来了故事的变化,图文相互补充。在八哥回归自然这一幅画中,八哥、大象、老虎、小鸟以及人物是运用剪纸手法加以表现的,而熊猫乐园、森林等是用彩色铅笔描绘的,画面主体突出,背景丰富,体现了八哥回归丛林后的喜悦之情。

三、共读的对话与思考

1. 问题设计:"八哥喜欢待在哪里?""你喜欢待在哪里?"
2. 尝试用"剪纸"合作完成一个故事。
3. 成人与幼儿一起去看看大自然的动物、动物园的动物,讨论什么是"自由"和"快乐"。

---

[1] 白冰,文;[英]郁蓉,图.云朵一样的八哥[M].南宁:接力出版社,2017.

4. 可参阅书目 108《脚印》、266《夏天》，了解绘者郁蓉的创作风格。

（解读人：黄翠萍、姚苏平）

331 《云孩子在草原》[1]

一、内容介绍

《云孩子在草原》（图 331-1）出自"云孩子丛书"，在极富抒情性与想象力的故事内容里隐藏了云的特性。一朵白云叫云孩子，她喜欢自由胜过一切，她在草原上空像小鸟一样自由飞翔，小马看到说是自己的影子，鱼儿看到说是一条张牙舞爪的龙，放羊的女孩说是一群吃草的羊。云孩子想：自己为什么总是被比喻成别的东西呢？她只想做自己：晴朗的天空中，云孩子是穿白衣裙的小姑娘；在日落前的山顶，云孩子是穿红裙子的小姑娘；在雷声滚滚时，云孩子是胆怯的小姑娘；当家门对云孩子打开时，云孩子飞回自己的小床上，云孩子是透明又困倦的小姑娘；夜深的时候，云孩子不太喜欢出门，她躲在家里了……

图 331-1

二、"图·文"解读

该书有浓浓的诗意。环衬采用跨页形式，描绘了蓝蓝的天空白云飘，绿色的草原上有蒙古包，给人空旷而静谧的感觉。书中所有画面也都采用了跨页形式，色彩和谐，通透性强，充分表现了草原和天空的交融，展现了草原的广袤与辽阔。第 4 页至第 5 页画面主要运用了鲜明的白色、绿色、黄色和蓝色。极富视觉冲击力的是白色，即天空中白色的云孩子和草原上白色的老马小马在天地间遥相呼应，让人一目了然，顿生连接与遐想。同时，蒙古包、小路、树木和群山，体现了草原的独特风景，让读者获得自然和谐的心理感受。

三、共读的对话与思考

1. 问题设计："这本书里的那一朵白云叫什么？""云孩子喜欢自由胜过一切，她自由吗？""小马看到云孩子说她是什么？为什么这么说？""鱼儿、放羊的女孩看到云孩子说她是什么？为什么这么说？""云孩子不想被比喻成其他东西，她只想做自己。她做自己了吗？晴朗的天空中，云孩子变成什么样子？为什么会变？""你还能说出云孩子变成的其他样子吗？她为什么能变样呢？"

---

[1] 小山,文;焦学红绘画工作室,图. 云孩子在草原[M]. 福州:福建人民出版社,2016.

2. 该作品可以与多领域融合,拓展活动。如:(1)欣赏作品画面以及色彩,感受草原之美;(2)通过图片、视频或者旅游等方式,了解草原人们的生活和地域特点;(3)观察天上的云,用拍照、绘画或语言描述出形态各异的云;(4)对有经验的成人进行访谈或者查询资料,尝试了解云的特性;(5)理解你、我、她、我们、自己、别人等词语;(6)交流讨论"如果我是一片自由的云,我想去哪里?""当我觉得孤单时,如何自我调适情绪,让自己幸福快乐?""做自己是什么意思? 我们不一定是别人说的那个样子,我们更要做自己。你同意吗?"之类的话题。

(解读人:田素娥)

332 《早餐，你喜欢吃什么?》[1]

一、内容介绍

《早餐,你喜欢吃什么?》(图 332-1)通过早餐这一幼儿熟悉的主题,来介绍不同动物的喜好。故事前面都是不同动物喜爱的早餐,最后还有一个惊喜在等着小朋友,喜欢吃面包、鸡蛋和牛奶的到底是谁呢? 是爸爸妈妈最爱的宝宝哦。故事结尾回到小朋友身上,让读者感觉更加熟悉、温暖。

作品打破了想象和现实之间的界限,想象了动物们像人一样规律地吃早餐;同时想象和现实之间又是有联系的,动物们喜欢吃的东西是基于现实的。这种基于现实的想象既让孩子们感受到阅读的乐趣,又带有一定的认知性和秩序感。

图 332-1

二、"图·文"解读

该书用撕纸、拼贴、添画等形式来完成故事,画面明亮、简洁,又有艺术张力,画风生动可爱,通过画面的表达赋予不同动物独特的个性,让故事内容充满趣味。作品用翻页惊喜的方式展示了动物们对食物的喜好,让孩子们品尝了吃东西的快乐滋味,最后回到孩子的日常生活。第 3 页采用了撕纸、拼贴、添画的形式,红色颇具艺术张力,铅笔线条添画让画面变得灵动起来。画家基于鱼的形态对其进行艺术化处理,既保留鱼的样子,又使其具有孩子气。第 15 页出现了四盘草,和前面单份食物有所不同,这让故事变得丰富起来。四个盘子有大有小,分别都是谁的呢? 孩子带着这样的疑问翻开了下一页,增加了作品的惊喜感和趣味性。第 16—17 页的画面也颇具幽默感,牛、马、大象的盘子都空空的,美味的草已经吃完了;只有小羊的盘子里装着草,它小心翼翼地护着盘子里的好吃的,大家可都在盯着呢。小羊可爱的样子和护食的心理跟幼儿园的孩子如出一辙。

---

[1] 殷秀华,文;周翔,图.早餐,你喜欢吃什么? [M].南京:南京师范大学出版社,2013.

三、共读的对话与思考

1. 问题设计:"小猫咪的鱼吃完了吗?""小老鼠抱了几颗花生?""小兔子的手里还抓着什么?""大熊的蜂蜜罐是什么颜色的?""哪些动物爱吃草啊?""谁喜欢吃虫子呢?""宝宝喜欢吃哪些东西?""说一说自己早餐喜欢吃什么吧。"

2. 分角色表演该作品。让幼儿分别扮演不同的动物,一边朗读作品一边让对应的动物表演者参与其中。

3. 该作品可以与多领域融合,拓展活动。如:(1)欣赏作品画面的表达方式,用撕纸、拼贴、添画等形式,做出自己喜欢吃的早餐;(2)观察家人早餐喜欢吃的东西,并用作品中的艺术形式表达出来,观察生活,关心家人;(3)从该作品出发,思考作品之外常见动物喜欢吃的东西,用作品中先展示食物,再揭示答案的形式,玩猜猜游戏。

(解读人:周翔)

333 《怎样成为运动高手》[1]

一、内容介绍

《怎样成为运动高手》(图 333-1)出自科普百科全书"身体的秘密"丛书,主要讲述人体的运动系统,告诉读者人体的骨骼、肌肉等是如何协调的。"你知道人体是怎么动起来的?""不如我们先来想一想,怎么才能让一个小玩偶动起来。"从小玩偶过渡到人体,让读者饶有兴趣地了解有关成为运动高手的必备知识。骨、骨连接和骨骼肌能让我们的身体动起来,称为运动系统。坚硬的骨骼还是内脏器官的保护神,骨骼有不同形状和大小,骨有自我修复的功能,人体能够自由活动的骨连接叫关节……身体动起来,不等于就能成为一名运动高手。运动高手必须拥有健康的骨骼、关节、肌肉,要多吃鸡蛋、鱼、虾和肉,多喝牛奶。要经常参加体育锻炼,参加不同的运动项目,才能锻炼到全身肌肉。

图 333-1

二、"图·文"解读

该书以浅显易懂的生动语言将原本枯燥的身体机能知识变得简洁清晰,用天马行空的图画,形象地描绘出我们身体的功能运动,易于读者理解和接受。书的环衬是由多而小的几何平

---

[1] 盛诗澜,文;林琳,图.怎样成为运动高手[M].杭州:浙江人民美术出版社,2017.

面图形和人体骨骼等图案构成的，浅色的背景上是深咖色的图案，呈现不规则的美。第24—25页，作者通过跨页的 X 光透视的方式，简洁而形象地刻画出肘关节的铰链关节、腕关节的椭球关节、拇指根部的鞍状关节、肩关节的球窝关节，让读者一目了然。通过书中配备的人体小玩偶的图形材料制作，激发读者对人体骨骼及其运动的进一步认识与理解。

三、共读的对话与思考

1. 问题设计："小玩偶身体要动起来，首先要有一个人体架子，包括哪些部分呢？""人体动起来和小玩偶差不多吗？你摸摸自己身体的骨骼、骨连接、骨骼肌，能聊聊运动系统吗？""人体有许多骨头吗？能说说它们大体的样子吗？知道骨的构成吗？""骨架坚硬，才能让人站直不趴下，是吗？坚硬的骨骼是内脏的保护神，为什么？""我们会长高是因为骨骼长了？""骨头也会折断？它有自我修复的功能吗？""能聊一聊关节吗？能指出身体的关节吗？关节有不同吗？""知道骨骼肌吗？有什么作用？""身体动起来，就能成为一名运动高手吗？""我们要多吃什么才能有健康的骨骼、关节、肌肉？为什么要经常参加体育锻炼？为什么要尝试不同的运动项目？"
2. 拓展：（1）制作会动的小玩偶；（2）画一画，说一说人体运动系统、其他动物及机器人的运动系统；（3）尝试不同的运动项目。

（解读人：田素娥）

334 《章鱼先生卖雨伞》[1]

一、内容介绍

《章鱼先生卖雨伞》（图 334-1）讲述了一个内容简单又充满奇思异想的幼儿故事。章鱼先生开了"章鱼小铺"，下雨了，章鱼先生开始卖雨伞。大象、狮子、孔雀、蜥蜴、变色龙、鸡宝宝、蚂蚁纷纷跑来，不同的动物想要的雨伞不一样，于是神通广大的章鱼先生提供了各种各样的伞，满足了动物们的需求，每个动物都满意地打着雨伞离开了。这个故事的描述方式与幼儿园"娃娃家"的运行机制很相似，能够让儿童在职业体验中感受到成就感、幸福感。

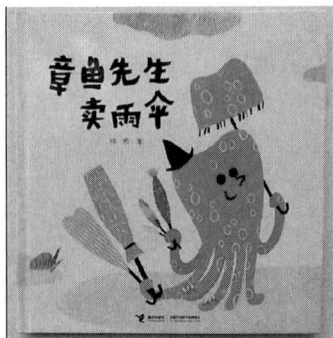

图 334-1

二、"图·文"解读

该书内容简单，线索单一。书中的动物与雨伞的颜色相匹配，情节循环又有趣。书的前环衬采用跨页的形式，有规则地呈现多种颜色和造型的雨伞，在白色背景的衬托下，让人感受到

[1] 韩煦. 章鱼先生卖雨伞[M]. 南宁：接力出版社，2018.

伞的品种丰富与有规则交错排列的静态美;后环衬同样是跨页的形式,与前环衬相比,不同的是,雨伞全部撑开,给人以丰富的动态美。在第 29 页与第 30 页之间有趣地呈现了折叠式的夹画:章鱼先生为蚂蚁们提供了黑色伞,图文生动、可爱,让人过目难忘。

三、共读的对话与思考

1. 讨论话题。(1)对动物的不同特征具有一定的认知经验。分别聊一聊大象、狮子、孔雀、蜥蜴、变色龙、鸡宝宝、蚂蚁的特征。(2)理解动物与雨伞之间的关系。讨论"章鱼先生的章鱼小铺在雨天卖什么了? 哪些动物来买伞了? 它们买到怎样的伞了? 它们满意吗?""为什么大象要买灰色的雨伞? 书里的其他动物买了什么颜色的伞?""没有黑色的雨伞,章鱼先生想了什么办法?""动物买伞时会对章鱼先生说什么? 章鱼先生会对动物说什么?""为什么每个动物买的伞都不一样?""章鱼先生卖了几把雨伞?""剩下的雨伞谁会来买? 为什么?""你最喜欢书中的哪一把伞,为什么?"

2. 拓展建议。(1)设计伞面色彩,说说谁会来买,说出理由。也可以依据动物特征设计雨伞,可以创编故事,锻炼观察能力和想象力。(2)也可尝试为自己设计一把伞,可以说出理由。(3)思考:下雨天遮雨的伞,还可以有什么新奇的样子? 这样会更好地遮雨吗? 章鱼小铺在雨天还可以卖什么? 会发生怎样的故事? 在晴天,章鱼小铺可以卖什么? 你给章鱼先生怎样的建议? 你想过开小铺吗? 准备怎么做呢? 可以画一画,说一说。

(解读人:田素娥)

335 《长大以后干什么》[1]

一、内容介绍

《长大以后干什么》(图 335-1)是反映当代中国幼儿生活故事的"小小豆豆图画书"系列中的一本。"你长大以后想干什么?"这个可能是每个孩子都被问及过,也曾经思考过的问题。本书从孩子的视角,叙述心中的理想。整体叙述节奏舒缓、娓娓道来。口语化的语言,平实、浅显易懂。

二、"图·文"解读

该书中的每一幅插画看似粗糙凌乱,实则细腻丰富,以彩铅为媒介,以速写的手法呈现了人物的轮廓和细节。绘者独有的风

图 335-1

[1] 陈晖,文;沈苑苑,图.长大以后干什么[M].郑州:海燕出版社,2020.

格,以一种略显怪诞、重心倾斜的创作方式,引导孩子通过各种弯曲或笔直、长的或短的、粗的或细的线条来感受事物的质感变化。作品的几处大跨页设计,使故事内容更好地衔接起来。

三、共读的对话与思考

1. 幼儿自主阅读后,成人可以和幼儿聊一聊:"故事里讲了什么事情?""这些职业你都认识吗?""你最感兴趣的是什么?"引导幼儿重点观察图画与职业之间的联系,说说不同职业的特点,使幼儿萌发对文字符号的兴趣。当幼儿在阅读过程中,与书中的"我"产生共鸣时,可再次引发讨论:"你长大以后想干什么? 能不能用书中的句式来说一说?"鼓励幼儿用"我想当……"的句式对作品进行续编。还可以给幼儿提供彩铅和画纸,帮助幼儿创编自己的图画书,画一画,说一说自己的理想。

2. 成人还可以将作品的内容与幼儿的生活建立联系,拓展幼儿社会领域的经验,如带幼儿去不同的职业场所开展参访活动,感受职业的具体内容,加深对现代生活职业的认识等。

(解读人:顾明凤、姚苏平)

336 《长江边的传说·鲤鱼石》[1]

一、内容介绍

《长江边的传说·鲤鱼石》(图 336-1)的开篇描绘了长江沿岸堆积着许多天然且有灵性的石头,有箱子石、肥皂石、猴子石、青蛙石、公鸡石、鲤鱼石等等。

一天,小姑娘洗衣服弄疼了静伏在江边的"鲤鱼石",它竟然是沉睡千年的鲤鱼。被惊醒的鲤鱼于是带着小姑娘一起云游四海,饱览祖国山川的壮阔与神奇。

二、"图·文"解读

图 336-1

该书用简练直白的文字、梦幻通透的色彩、巧妙独特的造型设计与构图,让"鲤鱼石"的故事更具中国魅力。开篇第一句话"从前,烟波江上,有许多船,江岸有许多石头"与之对应;绘者将小船画在氤氲的江面之中,颇有中国画的水墨意境,将对岸的村落、白墙、灰瓦置于绿树的映衬下,显得恬静美丽,展现了"江南水乡"的神韵。紧接着通过跨页设计,呈现岸边的猴子石、青蛙石、金鸡石等,为后面鲤鱼石

---

[1] 王以培,文;李依浓,图.长江边的传说·鲤鱼石[M].桂林:漓江出版社,2018.(书目 336《长江边的传说·鲤鱼石》、337《长江边的传说·小狐滩》是同一书系。)

的出现做好了铺垫。作品中的小姑娘,是一个典型的中国娃娃形象。她身穿中式盘扣小红袄,端着小木盆、赤脚在石板上刷洗衣物的场景有着浓郁的中国元素。当小姑娘坐上被她惊醒的千年鲤鱼石一起去游历时,故事被推向了高潮。遨游的鲤鱼、与天相连的浪花,把读者带进了一个灵动、梦幻的神话世界,宛如庄子所说的"鲲之大,不知其几千里也。化而为鸟,其名为鹏。鹏之背,不知其几千里也。怒而飞,其翼若垂天之云"。云流畅的线条、晕染的色彩都起到了很好的烘托效果。

三、共读的对话与思考

1. 问题设计:"中国最长的河流叫什么?""长江边上有什么?""为什么会有箱子石、猴子石、鲤鱼石?""为什么浑浊的水经过肥皂石水就变干净了呢?""谁唤醒了鲤鱼石?""鲤鱼石为什么愿意带小姑娘旅行?""千年鲤鱼石是什么意思?""你会用哪些方法快速地从1数到1000?"

2. 该作品可以与多领域融合,拓展活动。(1)阅读表演:完整讲述故事,表演故事,续编故事。(2)美育:临摹作品,探索用水彩表现水、树木、房屋、动物等;收集石头,创造性地表现石头画、石头借形想象等。(3)科学:理解"千年"意思;探索从1数到1000的数数方法。(4)社会:说说家乡的美景,做做家乡的美食,寻找家乡的民间故事。

(解读人:匡明霞、姚苏平)

337 《长江边的传说·小狐滩》[1]

一、内容介绍

《长江边的传说·小狐滩》(图337-1)描述的是万州新田古镇新田码头的险滩"小狐滩"的传说故事。"小狐滩"原是一片茂密的森林,活跃着各种飞禽走兽,种群数量最多的是大大小小的狐狸。一天,老狐狸们外出觅食,猎人趁老狐狸们不在,掳走了所有的小狐狸。老狐狸们追着猎人来到江边,可猎人已过江到了对岸,老狐狸们心急如焚,纷纷跳入江中,在水里兴风作浪。古往今来好多船只在这里翻沉。这个传说提醒人们:谁违背自然规律、扼杀生灵,破坏了大自然的生态环境,谁必遭报应。险滩因此得名"小狐滩",它不仅是一个地名、一个神话传说,更是一段警示教训:敬畏生命、爱护环境。

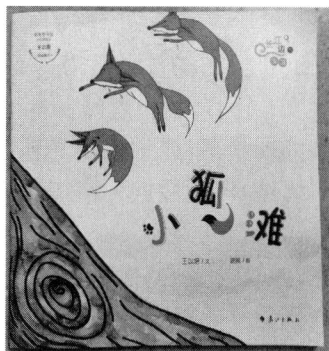

图337-1

---

[1] 王以培,文;凌晨,图. 长江边的传说·小狐滩[M].桂林:漓江出版社,2018.

二、"图·文"解读

该书插画运用了彩铅、马克笔、水彩等工具绘制而成。全书采用跨页设计，给读者呈现了猎人出现之前小狐滩广袤的原始森林景象，密密的丛林中活跃着各种飞禽走兽，其中红色的狐狸格外引人注目。两只老狐狸的简洁对话，流露着对孩子们的怜爱之情。紧随其后的画面是密林深处一窝熟睡的、可爱的小狐狸，整个森林恬静祥和。此后，猎人抢走了老狐狸的孩子，老狐狸们为了让人类为破坏行为付出代价，一起哭着跳进江里兴风作浪，在江上形成一道诡异的险滩（小狐滩），以惩戒人类的行为！这一美丽又伤感的传说代代相传，给人警示！

三、共读的对话与思考

1. 问题设计："小狐滩原来是险滩吗？你能说说它原来的模样吗？""是谁破坏了动物们生存的美丽家园？""我们怎样做才能与自然和谐相处呢？"
2. 分角色表演该作品。
3. 该作品可以与多领域融合，拓展活动。（1）制作保护自然的海报；（2）和家人一起搜集当地的民间故事。

（解读人：匡明霞、姚苏平）

338　《正要说晚安》[1]

一、内容介绍

世界上的每个角落都有一个不想去睡觉的孩子。《正要说晚安》（图338-1）就是一本记录黄昏来临时，女孩拉拉做睡前准备的图画书，亦记录下一段慢时光——由拉拉"道不尽的晚安"缓缓展开、慢慢放大情绪的亲子时光。本书语言富有童趣，细腻地还原出儿童在入睡前真实的言行与心理状态。对于父母而言，拉拉可爱的"拖延法"将会唤起父母们对每一位还没准备好告别白昼的孩子的切身体验，从而让父母改变育儿观念，尝试给予孩子们如非洲大草原般广阔的接纳空间，认同孩子们睡前"磨磨蹭蹭"行为背后的细腻的心理活动，与孩子一起度过一段和谐美好的睡前时光。

图 338-1

[1]　[美]瑞秋·伊莎多拉.正要说晚安[M].孙慧阳，译.北京:北京日报出版社,2018.

二、"图·文"解读

该书绘者用水彩画来展现爸爸妈妈与拉拉之间的"睡前拉锯战",浓郁热烈的色彩与稚拙粗犷的线条细腻地勾画出儿童对绚丽大自然的深深眷恋。书中使用较多的色彩为鹅黄、橘黄、紫色、黛色、宝蓝、驼色等,呈现非洲太阳慢慢落山的天空色彩变化。色彩的繁多并不显得冲突或凌乱,这些色彩的变化反而引领我们走进书中的世界,与主人公拉拉一起与鱼、小猫、小鸟等伙伴道晚安。拉拉和鱼、小猫、小鸟、山羊道晚安时,画面背景是鹅黄、橘黄色的,显示出太阳还未落山时的室外场景;拉拉和小猴子、小鸡、蚂蚁、小狗、石头道晚安时,画面背景是紫色、宝蓝色的,显示出太阳落山后夜晚来临的室外场景;拉拉和故事书、月亮道晚安时,画面背景以驼色为主,显示拉拉家中的室内场景。画面由明到暗、由室外到室内的转变,结合颇具角色代入感的口语表达,水到渠成地传递出父母渐次高涨的情绪。

三、共读的对话与思考

1. 问题设计:"拉拉睡前说了什么?""故事中拉拉和哪些动物说了晚安?""为什么拉拉要一直和不同的小动物说晚安?""你们在生活中有没有和拉拉一样不想睡觉呢?""你是如何对爸爸妈妈表达你的想法的?"

2. 角色扮演游戏:家长和幼儿在家可以一起分角色进行对话,幼儿扮演拉拉,家长可分别饰演拉拉的爸爸和妈妈。

3. 该作品可以与多领域融合,拓展活动。(1)心理健康:联系生活中的睡前场景,说说自己睡前的活动、有时难以入睡的原因,知道要养成自主、独立睡觉的好习惯;(2)语言表达:结合区域,创设感兴趣的情境游戏,在角色扮演、图画书创编中充分感知、理解作品的情节内容;(3)艺术创想:感知作品中色彩与场景的关系,进行情节创编,如还会在什么场景下与什么人说晚安,合作创作图画书。

(解读人:任流萍、姚苏平)

339 《只是我不小心》[1]

一、内容介绍

《只是我不小心》(图339-1)是一本教育儿童保护自我的图画书。故事内容是小狼家买了新电脑,他叫来长耳兔和咕噜熊一起打游戏。他们正在玩一款名叫《小猪吃西瓜》的游戏,突然画面中出现了陌生人说话的声音,约他们去巴拉巴拉广场,玩一个特别特别好玩的游戏。好奇

---

[1] 陈琪敬,文;李静潭、李敏,图. 只是我不小心[M]. 天津:天津人民出版社,2018.

的咕噜熊没有等小狼和长耳兔，就自己先跑过去了。小狼和长耳兔赶到时发现一个陌生的叔叔正对着咕噜熊动手动脚，他们便大喊起来，坏人被吓跑了。本书告诫小朋友不要随意去见陌生人，听信他们的花言巧语，更不要让他们随便触碰自己的身体，遇到特殊情况则要大声呼救以摆脱危险。

图 339-1

二、"图·文"解读

整个作品有强烈的教育意识，没有对画面有相应的审美追求。坏人出现后突出人物，背景减少，人物的动作和害怕的表情更为突出，对幼儿安全自护意识的强化起到最直接的效果。书名为《只是我不小心》，强调了对陌生人的警惕；但是从当下性侵儿童的犯罪案例来看，70%以上是熟人犯罪，同时，儿童遭遇侵犯并不是儿童自身的"不小心"造成的，而是犯罪者的恶劣行径导致的。因此让儿童提升防范意识、知道何为不当要求和行为、捍卫及时且大胆说"不"的权利、通过法律手段维权等，才是对儿童进行自我保护教育的要义。

三、共读的对话与思考

1. 问题设计："咕噜熊为什么会单独去巴拉巴拉广场？""咕噜熊到达广场后遭遇了什么事？""咕噜熊后来怎么样了？""听了这个故事，你有什么想法？""假如你或好朋友有同样的遭遇，该怎么办？"

2. 该作品可以与多领域结合，拓展活动。(1)心理健康：鼓励幼儿勇敢拒绝不当对待，大胆寻求帮助。(2)语言表达：和幼儿一起交流听了故事有哪些保护自己的办法，并制作成宣传画，和同班、同园幼儿分享。(3)人际交往：不随意见陌生人，不要让他人随意触碰身体。(4)艺术创作：用绘画演绎故事或合作创作图画书。(5)科学认知：认知隐私部位，知道自我保护。

(解读人：任流萍、姚苏平)

340 《中国传统文化绘本：中华传统节日》[1]

一、内容介绍

中国传统节日是中华传统文化中的重要部分。每一个节日，都有它的历史渊源、美丽传说、独特情趣和深厚广泛的民众基础。《中国传统文化绘本：中华传统节日》(图 340-1)共 8 册，展现了 8 个中国最重要的传统节日：春节、元宵节、清明节、端午节、七夕节、中秋节、重阳

---

[1] 郑勤砚.中国传统文化绘本：中华传统节日[M].南昌：二十一世纪出版社集团,2019.

节、腊八节。每一个节日故事,都附有传统节日习俗知识,富有知识性、教育性和启发性,潜移默化地将中华传统文化根植于孩子内心,让孩子在故事中体会智慧、勇气、责任、亲情、感恩等中华民族优秀的品质。

二、"图·文"解读

这套书由中央美院师生联袂创作,取材于中华传统民俗故事,以节日的由来为主线展开,用手绘插图的形式,重新提炼和光大中国传统文化的精华,将一个美丽的、睿智的、勤劳的、情感深厚的中国形象,展现给今天的儿童。《中华传统节日——春节》在插画、文字以及设计上保留传统玉皇大帝、太上老君、怪兽等形象精髓的同时,加入幼儿喜爱的卡通元素,让孩子们在感受趣味的同时了解中国的传统文化。《中华传统节日——元宵节》将中国传统画风和现代漫画结合,创造了一个兼具中国传统气韵和现代文明色彩的节日故事。

图 340-1

三、共读的对话与思考

1. 问题设计:"中国都有哪些传统节日?""过年这一天有哪些习俗呢?""端午节是为了纪念战国时期的哪位诗人?""后羿做了一件什么事? 老道长送了他什么东西? 他是如何做的?""嫦娥为什么要吃下长生不老药呢? 她吃了以后发生了什么?""现代人能够飞到月亮上去吗? 怎么去呢?"

2. 故事讲述:选择最喜欢的一篇传统故事,尝试进行故事讲述。

3. 该作品可以与多领域融合,拓展活动。如:(1)欣赏中华传统节日的色彩、图案以及各种传统人物形象,感受中国元素之美;(2)与成人交流自己喜欢的节日,聊一聊节日习俗。

(解读人:张敏、姚苏平)

341 《中国故事·神话篇》[1]

一、内容介绍

《中国故事(神话篇)》系列(图 341-1)为叙事类神话传说图画书,包括《开天辟地》《女娲补天》《精卫填海》《夸父追日》四个故事。情节动人、画风精美,让儿童在赏心悦目的图文叙事中感受中华民族文化寻根的魅力。该套书每册封面都有故事对应的二维码,可扫码观看动画视

[1] 红狐童书馆.中国故事(神话篇)[M].南京:河海大学出版社,2018.

频，让阅读变得有声有色。

图 341-1

二、"图·文"解读

该套书选取了中国远古神话最具代表性的故事，以跨页的方式表现开天辟地的磅礴、女娲造人的辛劳、精卫填海的孤勇、夸父追日的执着。在人类祖先的早期探寻之路上，常有先行者以悲剧的方式为后人竖起警示路标。通过对这些神话故事的了解，儿童初识"悲剧"的伟大，体会"悲悯"这一高贵的品质，品味"虽败犹荣"的人生气象。该套书的画风具有浓烈的装饰气息，构图设计富有现代想象力，色彩搭配饱和度高，人物造型原始朴素，背景环境夸张瑰丽，使读者仿佛进入了鲜活、多彩的神话世界。

三、共读的对话与思考

1. 展开阅读与创想活动：神话故事还可以刺激幼儿的语言发展，通过阅读可以深入地感受精卫填海的执着、夸父追日的坚持、女娲补天的创造力、盘古开天辟地的壮举，获得语言表达、阅读及多元表现能力的发展。如《女娲补天》中女娲为什么要补天、女娲是怎样补天的等。还可启发幼儿进行故事创编："如果是你的话，你会选择什么样的方法？"让孩子们充分发挥自己的想象力和创造性。

2. 展开中华传统教育：欣赏中可以领略讲仁爱、守诚信、崇正义等优秀传统美德，帮助幼儿从小树立社会主义核心价值观。如《精卫填海》中精卫面对自然灾难并没有放弃，而是利用"填海"展现自己对困难永不放弃的坚持与勇敢。阅读过程中，可以把问题抛给幼儿："你觉得精卫是一只什么样的鸟？""在它的身上你学习到了什么？"

3. 成人与幼儿一起讨论世界各民族的早期神话传说。

（解读人：鞠洁、王海英）

342 《中秋节》[1]

一、内容介绍

《中秋节》(图 342-1)是一本精致、好玩的文化图画书。紧扣团圆主题,用平实的语言,以留守儿童遥遥和爸爸妈妈、爷爷奶奶过中秋节为线索,串起了兔儿爷、月饼起义、嫦娥奔月等系列小故事,并穿插了做月饼、拜月亮、看灯展、猜灯谜等系列民间习俗,构思非常巧妙。让孩子们在翻翻、拉拉、转转、插插的玩乐中,自然而然地了解了中秋节的起源、习俗、饮食等相关文化知识。

图 342-1

二、"图·文"解读

该书的插图与立体设计既有思想高度,又有艺术品位。其一,画风复古,八个跨页的中国画,呈现了江南水乡的古韵,黑瓦白墙、古典窗棂、云纹案几、雕花走马灯……怀旧基调观照传统。其二,颜色厚重,以夜景为主,不同蓝色夜空下的月亮尤为突出,渲染了中秋佳节的氛围。其三,互动性强,转动转盘,感知月亮的变化;翻开折页,呈现立体的兔儿爷;打开"大月饼",朱元璋和月饼的故事图文并茂;书中还包含了《嫦娥奔月》的神话故事,以及插入式的祭月仪式和抽拉式的诗词、灯谜等元素……手脑并用的互动方式带来优质的阅读体验感。

三、共读的对话与思考

1. 可以和幼儿一起聊聊中秋文化民俗。中秋节是什么时候? 这一天月亮是怎样的? 在中国文化里,月亮圆了代表什么? 在一个月中,月亮还有哪些变化呢? 请你来转动转盘,感受不同的月相。欣赏完作品,你知道中秋节的民俗有哪些? 为什么有这么多的民俗? 你还知道有关中秋节的哪些故事、成语或古诗词? 跟大家分享。

2. 可以和幼儿一起进行一些实践活动。做做兔儿爷的泥工、画画嫦娥奔月的连环画、布置一个灯盏并一起猜谜语、制作一本有创意的立体故事书。

3. 可以和幼儿一起关注中国其他的传统节日和节气。清明祭祖、端午赛龙舟、重阳敬老、小雪腌菜大雪腌肉等。

(解读人:韦琴芳、姚苏平)

---

[1] 巨英,文;贠杨,图.中秋节[M].西安:未来出版社,2017.

343 《中秋节快乐》[1]

一、内容介绍

《中秋节快乐》(图 343-1)是以中国传统节日中秋节为背景，围绕兔妈妈和大野狼这两个主要角色展开的一个温暖童话。兔妈妈为两个回家过节的孩子出门寻找食材，一路上受到众多动物朋友帮助的同时，也遭遇了大野狼的跟踪。大野狼想吃掉兔妈妈，却状况百出：被胡萝卜坑绊倒、被松果击中、被蜜蜂叮咬……最后，兔妈妈做出了香甜的月饼，一家人开心过节，却不忘给大野狼送了月饼。作品的主题是鲜明的，折射着人情美好，渗透着对团圆的期盼、对生活的热爱，以及对他人的善意。

图 343-1

二、"图·文"解读

该书通过图文双线并列的形式铺展开来：文字从兔妈妈这条明线切入——语言简洁，且富有歌谣般的节奏感，情节温馨，体现亲情、友情，别具幸福的味道；插图补充了大野狼尾随的暗线——单幅或跨页的水彩手绘，线条柔软，色彩鲜活，画风温柔，动物形象天真而欢乐，连唯一的"反派"大野狼，也是傻憨蠢萌的。此外，图画里的细节更是饱满而准确。比如封面上：极其醒目的半轮圆月占据了近半幅画面，兔妈妈与两只小兔正在赏月；阴影处，那只大野狼也在看着月亮，"海上生明月，天涯共此时"的韵致油然而生。再如挂在墙上的日历纸，果园里的落叶，花丛中盛开的菊花，河狸身旁的芦叶，还有忙着回家的鸭妈妈一家，秋的气息、中秋的感觉，从书里悄悄弥散开来……

三、共读的对话与思考

可以和幼儿一起仔细读图，提高观察能力：兔妈妈知道大野狼跟在她身后吗？你从哪里读出来的？

可以和幼儿一起回味情感，感受世间美好：读完整个故事，你觉得兔妈妈有哪些特点？从哪里可以感受得到？

可以和幼儿一起大胆猜测，拓展想象思维：大野狼读了兔妈妈留给他的信，吃着月饼，赏着月，他的心情是怎样的？他在想些什么呢？后续可能还会发生哪些故事？

还可以和幼儿一起表演故事，体会其中的幽默：一起来布置场地、制作道具，演一演勤劳、

---

[1] 孟亚楠.中秋节快乐[M].北京：天天出版社，2017.

有爱、善良的兔妈妈，以及可爱、倒霉、被感化的大野狼吧！

（解读人：韦琴芳、姚苏平）

344 《竹篮里的花园》[1]

一、内容介绍

《竹篮里的花园》（图344-1）讲述了一位叫"乐乐"的女孩跟随一条叫"小黑"的狗，一起穿越到中国画的世界里，遇到的一系列奇妙有趣的故事，将一幅幅中国画呈现在读者眼前。他们收集"岁寒三友"——松、竹、梅，同时，乐乐一边和老松树、梅树、荷花、水鸟、葡萄藤等聊天，一边帮助它们解决问题，最后自己也获得了成长的快乐。作品用"绘本故事＋名画赏析"的形式，展现了最能代表中国各历史时期独特风格的传世名画，让孩子在享受故事乐趣的同时，从不同画风中领略中国传统艺术的魅力，了解其背后蕴藏的知识和历史背景。

图 344-1

二、"图·文"解读

该书用传统经典图画迎接幼儿探索的眼睛，用淡淡的墨色、丰富的丹青、诗化的意境等种种中国画特有的韵味，带我们一起领略了一段奇妙的旅程。精练典雅的文字配合浓淡相宜的插图，带领我们渐入传世名画之旅……故事的叙事节奏很有层次感：寻松、寻梅、寻荷、寻葡萄，环环相扣，最终达到皆大欢喜的完满结局，连贯而立体。用艺术的形式讲述艺术，以故事的方式承载艺术，为孩子开启一扇好看、好读的中华传统美学之门。

三、共读的对话与思考

1. 问题设计："你看过国画吗?""你还知道哪些著名的国画?""你知道国画有哪些类型吗?"
2. 向幼儿介绍画国画需要的材料，鼓励幼儿自己创作一幅国画。
3. 和幼儿一起去看一次画展，了解不同绘画的特点。

（解读人：杨晓可、姚苏平）

---

[1] 司南,文；么么鹿,图. 竹篮里的花园[M].北京：中译出版社,2018.

345 《最喜欢的一天》[1]

一、内容介绍

《最喜欢的一天》(图 345-1)讲述了爸爸接"我"从城里的幼儿园到牧区家的途中遇见鸽子、山羊、小马、牛等动物,并热心地为它们提供帮助,将它们一一送回家。动物们为了表达感谢,也纷纷送给女孩一些礼物。当女孩和爸爸在森林迷路的时候,动物们的礼物帮了大忙,让他们找到了回家的方向。女孩和爸爸顺利到家,吃到了妈妈做好的包子,看到了女孩最喜欢的小黑羊。

本书故事情节简单,却充满深刻的教育意义。通过阅读本书,小读者可以培养互相帮助、不求回报的无私奉献精神,了解蒙古族的生活习俗、传统美食。书中蓝天、白云、绿草地等自然景物的描绘,也会增加小读者对大自然的热爱和对内蒙古大草原的向往。

图 345-1

二、"图·文"解读

该书画面色彩明快,块状的人物构图,简单而有童趣,充满了民族风情。动物的形象契合儿童的审美需求,质朴、简约,充满了生活气息。戴着帽子的鸽子、背着书包的小羊、挂着口哨的小马和围着围巾的小牛……这些小动物和人的形象接近,会说话、有想法,形象十分生动。简练的语言勾勒出"我"和爸爸乐于助人和小动物们懂得感恩的形象,传达了乐于助人、互相关爱的积极思想。

三、共读的对话与思考

1. 问题设计:"放学路上帮助小动物的事给了女孩怎样的精神体验? 为什么这是她最喜欢的一天?""送完小牛,在森林里迷路了,女孩是怎样找到回家的路的?"

2. 引导幼儿分享帮助他人和得到别人帮助的经历,并说出其中的感受。

3. 思考:"勿以善小而不为"。爱不分大小,而在一点一滴。只懂得收获的快乐,并不是真正的快乐;在成就别人的同时提升自己,才是真正的快乐。有时候,一个发自内心的小小的善行,也会铸就大爱的人生舞台。记住别人对自己的恩惠,乐于做举手之劳的善行,在人生的旅途中才能晴空万里。

(解读人:杨晓可、姚苏平)

---

[1] 哈里牙.最喜欢的一天[M].呼和浩特:内蒙古人民出版社,2017.

346 《100 只兔子想唱歌》[1]

一、内容介绍

《100 只兔子想唱歌》(图 346-1)的创作灵感来自一个真实的故事:一个粗嗓音的胖男孩被老师看中,被安排为合唱团低音部主唱,从而实现自己的唱歌梦想。书中的故事主角"100 只兔子",每只兔子只会唱一个音符,它们参加唱歌比赛,全部被淘汰了。后来它们遇到了故事里的关键人物——胖河马,胖河马是一位把诗歌写在树叶上的浪漫诗人。在胖河马的组织带领下,100 只兔子组成了一个合唱团,将每一个音符组合,唱出了森林里最动听的曲子。兔子也从一只伤心的兔子变成了 100 只喜悦的兔子。这看似荒诞的故事中,却蕴含着深刻的人生哲理。做最好的自己,保持善意,团结一致,就能激发出最强的力量。

图 346-1

二、"图·文"解读

该书中主要采用水彩风格,水彩的饱和度低,有种柔和温暖的感觉,符合故事的内容,让读者的视觉效果更加和谐舒适。在写实的基础上增加了拟人效果,"100 只兔子",没有一只是一模一样的,绘者在"100 只兔子"的整体中给予每只兔子个体存在感,它们有着不同的表情和不同的姿态。周边旁听的其他小动物也随着兔子们的表现变化发生了体验性的表情变化。

三、共读的对话与思考

1. 问题设计:"这本图画书里讲了什么故事?100 只兔子遇到了什么困难?它们又是怎样完成唱歌梦想的?""你最喜欢故事里的哪个小动物?为什么?"

2. 尝试续编故事,分角色表演,让作品中这个特殊的合唱团在学校、社区等地巡回演出。

3. 思考:《100 只兔子想唱歌》是一本值得反复阅读的中国优秀原创图画书,书中 100 只兔子在胖河马的帮助下组建了合唱团,每只兔子只唱自己擅长的音符,最后完美呈现了胖河马创作的诗歌《我们很棒》。可以说,《我们很棒》既是一首歌,也是兔子们对自己的肯定。本书也告诉孩子们,在团队协作中,只有每个人都做好自己,整个团队才能和谐运行,迸发出巨大的能量。

(解读人:陈小娟、姚苏平)

---

[1] 刘保法,文;邓正祺,图.100 只兔子想唱歌[M].上海:中国中福会出版社,2017.

347 《30000 个西瓜逃跑了》[1]

一、内容介绍

《30000 个西瓜逃跑了》(图 347-1) 的题目就很有创意。30000 个西瓜能逃跑？为什么要逃跑？原来是它们听了两只乌鸦的对话，担心自己被吃掉，于是 30000 个西瓜在夜里逃跑了。它们拥上马路，"汇成一条西瓜河"；它们爬向山顶，"看到一片浩瀚的大海"；它们滚下山坡，"30000 个西瓜像烟花一样炸开了"；它们汇成西瓜汁大池；还变成了一个巨大的嘴巴，长出了西瓜花纹的腿；它们跳进大海向太阳游去……两只乌鸦再次对话："咦，今天的太阳有点儿奇怪哦！"原来天上的太阳布满了黑点，看上去就像一个巨大的西瓜瓤。这是一个超越现实、天马行空的作品。绿皮红瓤的西瓜，因撞击而爆裂；30000 的数量，才能汇成"西瓜河"；西瓜的"红瓤黑子"与太阳相像。这些都使得故事的独特想象既出人意料又在情理之中。

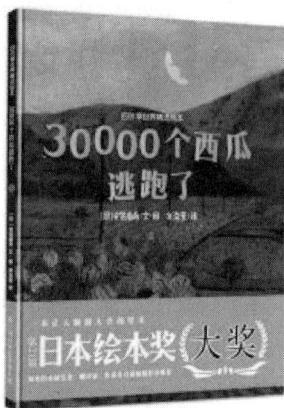

图 347-1

二、"图·文"解读

书中主要运用丙烯、岩彩和油画棒等组合绘画手法，用涂鸦拓印和招贴创意的方式让画面看上去非常富有肌理效果感。前环衬和后环衬用水墨涂鸦的方式表现出一个个西瓜纹路的动物形象，表情丰富、脑洞大开。画面中没有太多的景别变化，基本是采用远景，这样更加突显西瓜汇聚在一起而形成的宏伟景象。在浓厚涂鸦中又能找到细腻之处，在西瓜变成大红唇爬上山顶的画面中，火辣辣的太阳让大红唇流着红色汗液的同时，头顶也有热浪在"蒸蒸日上"。最后，长着黑点的太阳也给大家留下了更大的想象空间。

三、共读的对话与思考

1. 问题设计："30000 个西瓜到底要逃到什么地方去呢？它们还会以什么样子去经历各个地方？""它们会累吗？它们会停下来吗？"

2. 尝试将自己的想法画下来，如你心中的 30000 个西瓜的长相，它们可能去的地方，来帮助西瓜们继续逃亡。

3. 思考：你身边有什么东西可能会"集体出逃"？为什么？如果它们集体出逃了，会变成什么样子？想一想，画一画，聊一聊。

（解读人：陈小娟、姚苏平）

---

[1] ［日］安芸备后. 30000 个西瓜逃跑了[M]. 余治莹，译. 合肥：安徽少年儿童出版社，2018.

后记

姚苏平

今天是 2025 年 1 月 1 日,上午陪闺女去南京的老门东溜达,一派气象万千,心中也是无限感慨。十年前临近元旦来到这里时,我还是朝气蓬勃的小青年,如今半生已过,物是人非,人生的此时、彼时,构成了一个个瞬间的"我",原来人生从不是一如既往,就像这本书的酝酿与诞生,也多次停顿,幸有亲友砥砺,方得问世。

2022 年年初和田素娥老师一起坐校车的时候,说起如何推动"儿童文学"的团队建设,她向我介绍了 2021 年年末教育部推荐幼儿图画书的事情,并说包括学前教育专业人士、语文学科人士、艺术类学科人士、家长等大量的热爱儿童阅读的推广者都希望有全面解读书目的作品,能够实现某种意义上的"大中小一体化"。我们一时聊得热血沸腾,恨不得下了校车就开干。但是冷静下来,又开始犯难:国家社科项目还在艰难推进,还有很多杂事缠身。要不要去做这件事情,让我左右为难、辗转反侧。临近春节的时候,冷月高照、家家闭户,我突然觉得自己再不去推进这件事,无法安心过年。于是开始组织团队,按书目清单购书。我记得当时小区的快递站点都在收取年货,那一箱箱又沉又占地方的书弄得快递小哥心惊胆战。还有部分年代略久的书,只能到旧书网站上一本本地搜集购买,整个过程前后持续了近两个月。于是在那个春节,我几乎都在买书、写编号、录入基本信息,然后开始邮寄给团队成员。腊月二十五左右快递已经开始停工放假,我开车把书送给南京沿途的团队成员。那时徐群还在发着高烧,勉为其难地下楼取书;邹青一家轮番发烧,她迷迷糊糊地回应我寄出相关图书的消息;丰竞在石湫等书寄达后再回去过年;盖建平在拿到书的时候,特地赠我一盒当时非常珍贵的电解质冲剂;庄怀芹、史晓倩、张攀、刘明玮都尽力抽出时间配合这项工作……北京的孙卫卫,上海的孙玉虎,金华的常立,南京的周翔、余丽琼、张晓玲、赵菱,苏州的王一梅、苏梅等数位老师,都在那种交通不便的特殊情况下,给予了我巨大的支持。江苏少年儿童出版社副总编辑陈文瑛是金波《雪人》的编辑,一听到请她做文本解读,立即放下手中很多工作,认认真真地写了三千多字的解读。《少年文艺》主编田俊在写解读时,专门就"那时的童年"和我谈了很久。《东方娃娃》编辑秦艳琼、江苏凤凰美术出版社编辑高静都参与到该社被推荐书目的解读中。正因为很多人的慷慨襄助,这部书稿才得以推进。因为本书的总量受限,所以很多老师的前期工作只能忍痛割爱。尤其是田素娥老师,不仅一直鼓励我推进这项工作,而且带领她的团队分担了大量的书稿的编撰、校对、审核工作;她还不间断地解答我关于教育学领域的术语、话语,以及教育现场、教学改革的方式方法等问题。

　　大家同舟共济，初稿基本形成。复旦大学出版社的谢少卿编辑不厌其烦地对书的结构、表述提出了宝贵的修改意见。这时我的其他工作也进入到必须收尾的阶段，因此，对书稿的继续修改整整持续了一年多。直到昨晚，也就是 2024 年的最后一天，很多项工作才基本收尾。也就是在昨天，我陆续收到了曹文轩、朱自强、海飞、陈香、谈凤霞、徐冬梅等老师关于这本书的建议，看到这些我尊重和热爱的人们给予我的指导与支持，人间辞旧迎新的意义，在此刻无比清晰而温暖。

　　感谢董雯昕、高淑仪、汪相君、黄梦瑶、林睿、杨倩、王晨曦、于秋雨等同学，是他们协助我做了大量烦琐的前期数据整理和图表校对工作；感谢我的家人默默的支持，尤其感谢桃桃和溜溜赐予我源源不竭的赤诚与童趣，让我相信心灵的永无岛上可以怡然自乐、壶天自春。

姚苏平

2025 年 1 月 1 日写于南京

图书在版编目(CIP)数据

语图叙事的童年想象:347 种图画书赏析与共读设计/
姚苏平编著.--上海:复旦大学出版社,2025.7.
ISBN 978-7-309-17926-2

Ⅰ. Ⅰ207.8

中国国家版本馆 CIP 数据核字第 2025VN3104 号

语图叙事的童年想象——347 种图画书赏析与共读设计
姚苏平　编著
责任编辑/谢少卿

复旦大学出版社有限公司出版发行
上海市国权路 579 号　邮编:200433
网址:fupnet@fudanpress.com　http://www.fudanpress.com
门市零售:86-21-65102580　团体订购:86-21-65104505
出版部电话:86-21-65642845
上海四维数字图文有限公司

开本 787 毫米×1092 毫米　1/16　印张 26.5　字数 661 千字
2025 年 7 月第 1 版
2025 年 7 月第 1 版第 1 次印刷

ISBN 978-7-309-17926-2/Ⅰ·1452
定价:98.00 元